KARINE GIEBEL

Karine Giébel a été deux fois lauréate du Prix
Marseillais du Polar : en 2005 pour son premier
roman *Terminus Elicius,* et en 2012 pour son sixième
livre *Juste une ombre,* également Prix Polar franco-
phone à Cognac. *Les Morsures de l'ombre* (Fleuve
Noir, 2007), son troisième roman, a reçu le prix
Intramuros, le prix polar SNCF et le prix Derrière les
murs.

Meurtres pour rédemption est considéré comme un
chef-d'œuvre du roman noir.

Ses livres sont traduits dans plusieurs pays, et pour
certains, en cours d'adaptation audiovisuelle.

Purgatoire des innocents (Fleuve Noir, 2013) est son
septième roman.

D0826875

JUSTE UNE OMBRE

DU MÊME AUTEUR
CHEZ POCKET

TERMINUS ELICIUS
LES MORSURES DE L'OMBRE
CHIENS DE SANG
JUSQU'À CE QUE LA MORT NOUS UNISSE
MEURTRES POUR RÉDEMPTION
JUSTE UNE OMBRE

KARINE GIEBEL

JUSTE UNE OMBRE

Fleuve Noir

Pocket, une marque d'Univers Poche,
est un éditeur qui s'engage pour la préservation
de son environnement et qui utilise du papier fabriqué
à partir de bois provenant de forêts
gérées de manière responsable.

Le Code de la propriété intellectuelle n'autorisant, aux termes de l'article L. 122-5, 2e et 3e a, d'une part, que les « copies ou reproductions strictement réservées à l'usage privé du copiste et non destinées à une utilisation collective » et, d'autre part, que les analyses et les courtes citations dans un but d'exemple et d'illustration, « toute représentation ou reproduction intégrale ou partielle faite sans le consentement de l'auteur ou de ses ayants droit ou ayants cause est illicite » (art. L. 122-4).
Cette représentation ou reproduction, par quelque procédé que ce soit, constituerait donc une contrefaçon, sanctionnée par les articles L. 335-2 et suivants du Code de la propriété intellectuelle.

© 2012, Fleuve Noir, département d'Univers Poche.
ISBN 978-2-266-23857-1

*À Stéphane, pour ces seize dernières années,
et toutes celles qui restent à venir.*

Prologue

La rue est longue. Étroite. Obscure et humide.

Je n'ai pas très chaud dans mon manteau. Pour ne pas dire froid. Dans le dos, surtout.

J'accélère, pressée de retrouver ma voiture. Et mon lit, l'instant d'après.

Je n'aurais pas dû me garer si loin. Je n'aurais pas dû boire autant. Partir si tard.

D'ailleurs, je n'aurais pas dû aller à cette soirée. À archiver dans les moments gâchés. Les temps perdus, si nombreux. Cette soirée, j'aurais mieux fait de la passer en compagnie d'un bon livre ou d'un beau mec. Mon mec.

La moitié des lampadaires est en panne. Il fait sombre, il fait tard. Il fait seul.

Le bruit de mes pas se cogne aux murs sales. Je commence sérieusement à avoir froid. Et sans trop savoir pourquoi, à avoir peur. Sentiment vague, diffus ; qui m'étrangle en douceur. Deux mains glacées se sont lovées autour de mon cou sans que j'y prenne garde.

Peur de quoi, au fait ? L'avenue est déserte, je ne vais pas me faire attaquer par une poubelle !

Allez, plus qu'une centaine de mètres. Peut-être deux, à tout casser. Rien du tout, quoi…

Soudain, j'entends quelqu'un marcher dans mon dos. Instinctivement, je passe la seconde puis je me retourne.

Une ombre, vingt mètres derrière moi. Un homme, je crois. Pas le temps de voir s'il est grand, petit, gros ou maigre. Juste une ombre, surgie de nulle part. Qui me suit, dans une rue déserte, à 2 heures du matin.

Juste une ombre…

J'entends mon cœur. Je le sens. Curieux comme on peut sentir son cœur, parfois. Alors que la plupart du temps on ne fait pas attention à lui.

J'accélère encore. Lui aussi. Mon cœur aussi.

Je n'ai plus froid, je ne suis plus ivre. Je ne suis plus seule.

La peur avec moi. En moi. Précise, désormais.

Encore un fugace mouvement de tête : la silhouette s'est rapprochée. Désormais, cinq ou six mètres nous séparent. Autant dire rien.

J'essaie de ne pas céder à la panique.

C'est seulement un type qui rentre chez lui, comme moi.

Je bifurque à droite, me mets à courir. Au milieu de la rue, je regarde en arrière : il a disparu. Au lieu de me rassurer, ça finit de me terroriser. Où est-il ?

Il a sans doute continué tout droit ; il a seulement dû rire un bon coup en me voyant paniquer de la sorte ! Je ralentis un peu, tourne encore à droite. Allez, j'y suis presque !

Je débouche enfin dans la rue Poquelin, cherche la clef dans mon sac. La sentir sous mes doigts me fait du bien. Je lève les yeux, repère ma voiture sagement garée au milieu des autres. J'actionne l'ouverture automatique des portières, les clignotants me répondent.

Plus que dix mètres. Plus que cinq. Plus que…

L'ombre surgit d'un renfoncement. Mon cœur se détache et tombe dans le vide.

Choc. Commotion cérébrale.

Il est immense. Entièrement vêtu de noir, une capuche sur la tête.

Je recule d'un pas, simple réflexe. La bouche ouverte sur un hurlement resté coincé au fond de moi.

Cette nuit, dans une rue déserte, sordide, je vais crever ! Il va se jeter sur moi, me poignarder ou me frapper, m'étrangler, m'ouvrir le ventre. Me violer, m'assassiner

Je ne vois pas son visage, on dirait qu'il n'en a pas.

Je n'entends plus mon cœur, on dirait que je n'en ai plus.

Je ne me vois plus aucun avenir, on dirait que..

Encore un pas en arrière. Lui, un en avant.

Mon Dieu, je vais mourir. Pas maintenant, pas ce soir. Pas ici, pas comme ça… !

Si je cours, il me rattrapera. Si je ne bouge pas, il se jettera sur moi. Si je hurle, il me fera taire. À jamais.

Alors, pétrifiée, je fixe cette ombre sans visage. Je ne pense plus à rien, je ne suis plus rien.

Si, une proie.

J'ai l'impression de voir briller ses yeux dans la pénombre, tels ceux d'un fauve, la nuit.

Ça dure de longues secondes, ce face-à-face. Cet odieux face-à-face.

Lui, contre ma voiture. Moi, contre un mur. Confrontée à ma propre mort.

Et puis soudain, il tourne les talons et s'éloigne, se

fondant lentement dans les ténèbres. Ne faisant plus qu'un avec elles, il disparaît.

Mes jambes se mettent à trembler, la clef de ma voiture glisse entre mes doigts. Mes genoux se plient, je m'écroule sur le trottoir. Entre deux poubelles.

Je crois que je viens de me pisser dessus.

Tu mènes une vie normale, banale, plutôt enviable.

Tu sembles avoir réussi, au moins sur le plan professionnel, peut-être même sur le plan personnel. Question de point de vue.

Tu as su t'imposer dans ce monde, y trouver ta place.

Et puis un jour…

Un jour, tu te retournes et tu vois une ombre derrière toi.

Juste une ombre.

À partir de ce jour-là, elle te poursuit. Sans relâche.

Le jour, la nuit, elle est là. Tenace. Déterminée. Implacable.

Tu ne la vois pas vraiment. Tu la devines, tu la sens. Là, juste dans ton dos.

Elle frôle parfois ta nuque. Un souffle tiède, fétide.

On te suit dans la rue, on éteint la lumière derrière toi.

On ouvre ton courrier, on ferme tes fenêtres.

On feuillette tes livres, on froisse tes draps, on pille tes albums secrets.

On t'observe jusque dans les moments les plus intimes.

Tu décides d'alerter les flics qui ne comprennent rien. Qui te conseillent d'aller consulter un psy.

Tu te confies à tes amis ; ils te regardent d'abord bizarrement. S'écartent finalement de toi.

Tu leur fais peur.

Tu as peur.

Elle est toujours là. Juste une ombre. Sans visage, sans nom. Sans mobile déclaré.

Est-ce le diable ? Cette présence invisible qui te hante et pourrit ta vie jusqu'à la rendre insupportable, jusqu'à ce que tu aies envie d'en finir en te jetant sous un train ou dans le vide, en espérant qu'elle ne te suivra pas jusqu'en enfer.

Personne ne te comprend. Personne ne peut t'aider.

Tu es seule.

Ou plutôt, tu *aimerais* tant être seule.

Mais l'ombre est encore là, toujours là. Dans ton dos, dans ta vie.

Ou seulement dans ta tête… ?

Tu avales de plus en plus de médicaments. Somnifères pour pouvoir dormir alors que tu la sens penchée sur toi. Drogues pour affronter ces journées où tu ne penses qu'à elle.

Plus qu'à elle et à rien d'autre.

Ta vie si parfaite part en lambeaux. S'effrite, lentement mais sûrement.

Inexorablement.

Et l'ombre ricane dans ton dos. Encore et toujours.

Ou dans ta tête… ?

Le temps que tu comprennes, il sera trop tard.

Chapitre 1

Trois heures de sommeil, c'est court. Bien trop court.

Obéir malgré tout à l'injonction barbare du réveil. Se doucher, se maquiller, se coiffer, s'habiller.

Faire comme d'habitude, même si Cloé pressent que rien ne sera plus jamais pareil.

Aucune raison, pourtant. Une péripétie parmi d'autres, sans conséquences.

Alors pourquoi ce sentiment étrange et inédit ? Pourquoi cette petite voix qui lui chuchote que sa vie vient de changer ? À jamais.

Quelques kilomètres en voiture, dans les embouteillages du matin, et enfin l'immeuble qui apparaît, colosse parmi les colosses. Sobre, imposant et triste.

Une nouvelle journée qui fera sans doute oublier à Cloé sa frayeur nocturne. Cette ombre qui l'a suivie, poursuivie. Acculée contre un mur.

Cette peur, intense. Encore vivante dans son cœur, sa tête, son ventre.

L'ascenseur, les couloirs, les bonjours. Les sourires vrais ou faux. La ruche déjà au travail et dont Cloé sera peut-être bientôt l'intransigeante reine.

Saluer Nathalie, sa fidèle et dévouée secrétaire ; saluer Pardieu, le président, qui trône dans un vaste bureau non loin du sien. Lui assurer que tout va bien, qu'on est prêt pour une interminable journée productive au service de la boîte tentaculaire et nourricière.

Feindre qu'on n'a pas oublié le rendez-vous de 16 heures, capital pour décrocher un gros contrat.

Comment pourrais-je l'oublier ? Je ne pense qu'à ça depuis des semaines, monsieur !

Cacher qu'on n'a pas dormi, ou presque. Qu'on a vu la mort de si près que le rendez-vous de 16 heures n'a aucune espèce d'importance.

Je me suis pissée dessus il y a quelques heures à peine. Personne, jamais, ne le saura.

À part l'ombre.

*
* *

Cloé pousse la porte du restaurant italien et cherche Carole des yeux. Ici, c'est leur repaire, le lieu où elles défont puis refont le monde. Où elles complotent, se confient l'une à l'autre parfois en silence. Disent tant de mal de tant de monde. Juste histoire de passer le temps.

— Excuse-moi, je suis à la bourre ! Pardieu me racontait qu'il vient d'acheter une maison de campagne dans l'Allier... Qu'est-ce que j'en ai à faire ? Qu'il y aille, dans sa baraque, et surtout qu'il y reste ! Qu'il laisse enfin la place !

Carole rigole de bon cœur.

— Sois patiente, ma chérie. Tu sais bien que le

Vieux va finir par prendre sa retraite. Et que tu t'as-siéras dans son fauteuil.

— Pas sûr, rétorque Cloé d'un air soudain maus-sade. On est deux en lice.

— Tu es sa préférée, c'est évident. Tu pars favorite.

— Martins a sa chance. Et il ne ménage pas ses efforts. Quel lèche-cul ! Si c'est lui qui l'emporte, je vais me retrouver sous ses ordres et je crois que je ne le supporterai pas.

— Tu iras voir ailleurs, conclut Carole. Avec ton CV, ça ne posera aucun problème.

Le serveur note la commande avant de repartir à la vitesse de la lumière, slalomant entre les tables avec une agilité époustouflante. Cloé avale un verre d'eau et prend son élan.

— Faut que je te raconte un truc... Cette nuit, j'ai eu la peur de ma vie ! Je suis allée à une soirée organisée par une de mes clientes.

— Bertrand t'a accompagnée ?

— Non, il avait autre chose de prévu.

— T'es sûre qu'il ne mène pas une double vie ? insinue Carole. Il a souvent *autre chose de prévu*, je trouve.

— On ne vit pas ensemble. Alors on n'est pas obligés de rester collés l'un à l'autre.

— Évidemment, mais comme ça fait à peine quelques mois que tu le connais, je me pose des questions sur ce mystérieux prince charmant !

Consciente qu'elle s'engage dans une voie sans issue, Carole enclenche la marche arrière.

— Donc, tu vas à cette soirée et... c'était bien ?

— Nul. Ça n'en finissait pas. J'ai profité du départ d'un couple pour m'éclipser, mais il était déjà 2 heures du matin ou presque.

Le garçon arrive avec une salade, une pizza et une bouteille d'eau minérale.

— Bon appétit, mesdemoiselles !

— Il est gentil, sourit Carole. *Mesdemoiselles*... Je ne l'entends plus assez souvent ! Alors, tu t'en vas à 2 heures du mat' et après ?

— Je me suis fait suivre dans la rue par un type.

— Mince...

Cloé garde le silence, la peur revenant comme un boomerang.

Au bout d'une minute, elle se met à raconter en détail son histoire. L'impression de se débarrasser d'un fardeau.

Carole reste perplexe un instant.

— Et c'est tout ? dit-elle enfin. Il a fait demi-tour et il a disparu ?

— Exact. Envolé.

— T'es sûre que c'était le même ? Celui qui marchait derrière toi et celui qui est sorti du renfoncement ?

— Oui. Habillé tout en noir, capuche sur la tête.

— C'est bizarre qu'il n'ait rien fait. Il aurait pu te piquer ton sac ou...

— Me tuer.

— C'est sûr, acquiesce doucement Carole. Mais tout est bien qui finit bien. Il s'est peut-être simplement amusé à te faire peur.

— Drôle de jeu !

— Allez, oublie tout ça, dit Carole en attaquant sa salade. C'était juste une mauvaise rencontre, rien de grave. C'est fini, maintenant.

— Je sais pas. Peut-être qu'il est encore là. Qu'il me suit toujours.

— Tu l'as revu aujourd'hui ? s'inquiète Carole.

— Non, mais… Je sais pas, je te dis. Une impression.

— C'est le contrecoup, explique Carole.

Et ta tendance paranoïaque qui s'est réveillée, ajoute-t-elle sans bouger les lèvres.

— Une grosse frayeur, il faut du temps pour l'évacuer. C'est tenace. Ça va aller, maintenant, jure-t-elle avec un sourire.

Comme Cloé garde le silence, son amie se fait plus persuasive.

— Tu me fais confiance, non ? C'est mon métier… Gérer les peurs, c'est mon métier !

Cloé sourit. Drôle de définition de la profession d'infirmière.

— Demain, tu n'y penseras déjà plus. Et la prochaine fois, emmène ton garde du corps avec toi !

— T'as raison.

— L'important, c'est que ce type n'ait pas essayé de te blesser… Allez, ta pizza va refroidir ! Je ne sais pas comment tu fais pour manger tout le temps des pizzas sans prendre un gramme !

De toute façon, ça ou autre chose… Impression d'avaler des cactus.

Demain, tu n'y penseras déjà plus.

Alors, pourquoi ai-je le sentiment que ce n'est que le préambule ?

*
* *

Vingt et une heures. Enfin, Cloé gare sa voiture rue des Moulins.

Elle voulait inviter Bertrand à dîner, mais il est un peu tard pour se mettre aux fourneaux. Dans la vie, il paraît qu'il faut savoir ce qu'on veut. Peut-être faudrait-il surtout savoir ce qu'on peut…

Sacrifier sa vie privée sur l'autel de la réussite. Surtout quand on est une femme. Prouver sa compétence, ses capacités, sa motivation ou encore sa discrétion.

Toujours prouver, chaque jour recommencer. Ne jamais baisser sa garde.

Cloé récupère son courrier dans la boîte aux lettres avant de monter la volée de marches du perron avec l'impression de gravir le mont Ventoux un jour de grand vent.

Chez elle, enfin… Coquette maison des années 50, posée au milieu d'un jardin arboré. Une demeure cossue dont elle est l'unique locataire.

Les heures supplémentaires servent notamment à cela ; à ne pas tourner en rond dans un appartement minable, au cœur d'une banlieue sordide. Sauf que Cloé passe plus de temps au bureau que dans sa belle maison. Mais il y a longtemps qu'elle a chassé cette aberration de son esprit.

Dans l'entrée, elle oublie son courrier sur la sellette en marbre, à l'ombre d'un magnifique bonzaï japonais. Aussitôt, elle se dirige vers la chambre pour y abandonner ses vêtements.

En petite tenue, elle se laisse couler doucement dans le canapé du salon avant de composer le numéro de Bertrand. Lorsqu'il décroche, le visage de Cloé se détend, s'illumine. Rien ne lui fait autant d'effet que sa voix. Aussi douce que grave, aussi sensuelle qu'une caresse légèrement appuyée.

— Salut, chéri.

— Je me demandais si le Vieux t'avait kidnappée !

— On avait un rendez-vous important à 16 heures

20

et ça s'est éternisé, comme d'habitude. Papy a voulu qu'on aille fêter ça ! Champagne pour tout le monde.

— Tu dois être crevée, non ?

— Oui. Surtout que je n'ai pas beaucoup dormi la nuit dernière.

— Ah, cette fameuse soirée ! Alors, c'était bien ?

L'ombre s'invite dans le salon, se plante sans vergogne au beau milieu du tapis iranien. Cloé frissonne de la tête aux pieds, replie ses jambes dans un réflexe de défense.

— Je me suis ennuyée sans toi. Tu m'as manqué.

— J'espère bien ! Tu veux que je passe ?

— Je n'ai rien préparé à dîner.

— J'ai déjà dîné. Il me manque juste le dessert...

Cloé se met à rire, ses jambes s'allongent à nouveau devant elle. L'ombre a disparu. Volatilisée, comme la nuit d'avant.

— Tu me laisses le temps de prendre un bain ?

— Une demi-heure, chuchote Bertrand. Pas une minute de plus.

— Marché conclu. Alors je raccroche puisque je n'ai pas une minute à perdre !

Elle coupe la communication, un sourire gourmand sur les lèvres.

Encore heureux, la maison est propre et rangée ; Fabienne a bien bossé. Les heures supplémentaires servent aussi à cela. À ne pas se taper le ménage.

Elle décide donc de se consacrer à elle, de se faire belle pour cet homme qui a délicieusement comblé chaque parcelle de vide dans son existence. Ou presque.

Toujours garder un peu d'espace autour de soi pour pouvoir respirer, évoluer.

Cloé ne saurait affirmer qu'elle est amoureuse de

lui, mais elle sait qu'elle a trouvé cet équilibre qu'elle espérait depuis si longtemps. Depuis toujours, même si elle a déjà été une femme mariée.

À un monstre.

Devant la penderie, Cloé hésite de longues minutes. Une robe noire et courte, à fines bretelles, s'envole du placard pour atterrir sur l'édredon crème qui recouvre le grand lit.

Cloé s'arrête un instant devant la fenêtre et son regard s'enfonce dans le jardin, baigné par la pâle lueur du lampadaire de la ruelle qui le borde. Vent naissant, ciel clair brodé d'étoiles.

Mais soudain, elle a le souffle coupé net. Une ombre, fugace, vient de passer devant la maison.

Pas une ombre, non.

L'Ombre.

Immense, vêtu de noir, une capuche sur la tête, l'homme s'est arrêté près du muret. Ne faisant qu'un avec l'obscurité, il fixe la fenêtre.

Il fixe Cloé.

Elle hurle, une force invisible l'aspire en arrière. Dos au mur, ses mains plaquées sur la bouche, les yeux exorbités, elle écoute son cœur agoniser.

Il est là. Il m'a suivie jusqu'ici. C'est moi qu'il veut.

Me tuer, c'est ça qu'il veut.

Enfin, elle réalise que la porte d'entrée n'est pas fermée et se rue dans l'étroit couloir.

Pourvu qu'elle arrive à temps.

Elle percute un meuble au passage, ne sent pas la douleur du choc. Elle se jette sur la porte, tourne le verrou deux fois et se saisit du téléphone.

Le 18… Non, le 17 ! Elle ne sait plus, ses doigts tremblent.

Le bruit strident de la sonnette lui fait lâcher le combiné. Elle ne bouge plus, pétrifiée.

Deuxième coup de sonnette.

Le 17, oui. Un homme veut m'assassiner !

Son portable se met à vibrer, elle le récupère sur la table et voit le visage de Bertrand apparaître sur l'écran. Son sauveur, mieux qu'une armée de flics !

— Bertrand ! Où es-tu ? hurle-t-elle.

— Devant ta porte. T'as pas entendu la sonnette ? Qu'est-ce qui se passe ?

Elle se précipite à nouveau dans l'entrée, distingue une silhouette déformée par le verre martelé. Elle ouvre le verrou, se retrouve face à un homme. Son homme.

— Bonsoir, ma chérie.

Il l'attire contre lui, elle se contracte, refuse qu'il l'embrasse.

— T'as pas vu quelqu'un ? Là, dans le jardin… quand t'es rentré.

Bertrand est un peu refroidi.

— Non, je n'ai vu personne.

Elle s'écarte de lui, jette un œil dehors avant de fermer la porte à double tour.

— Un type est passé de l'autre côté, près de la fenêtre de la chambre !

— Je t'assure que je n'ai vu personne, répète Bertrand.

Il se débarrasse de son blouson, scrute le visage anxieux de la jeune femme.

— Il fait nuit noire, tu sais… Tu as sans doute rêvé.

— Non ! rétorque-t-elle d'une voix cinglante.

Le regard de Bertrand s'assombrit. Ce ton le surprend.

— Trouve-moi une lampe, je vais faire le tour de la maison pour te rassurer.

— C'est dangereux ! Si jamais il est là, il pourrait…

— Du calme. Donne-moi cette lampe, je m'en charge. D'accord ?

Elle attrape une Maglite dans le placard.

— Fais attention.

— T'inquiète, ma belle. Je suis de retour dans deux minutes.

Tandis qu'il s'évanouit dans l'obscurité, il entend le verrou se refermer dans son dos.

Cloé se rend à la fenêtre du salon. La main crispée sur le rideau, le souffle court, elle regarde passer Bertrand, précédé par le puissant faisceau de la lampe.

— Je suis sûre de l'avoir vu… il était là. Je ne suis pas folle, bon sang !

Sa gorge ressemble à un nœud coulant.

C'est le contrecoup. Une grosse frayeur, il faut du temps pour l'évacuer…

J'ai pas des hallucinations, quand même ?

La sonnette de l'entrée la fait sursauter. Elle se hâte de rejoindre le vestibule, presse son oreille contre la porte.

— C'est moi. Magne-toi, je me gèle !

Enfin, elle ouvre ; Bertrand entre se mettre au chaud.

— Rien à signaler. S'il y avait quelqu'un tout à l'heure, je peux t'assurer qu'il est parti.

— Merci, dit-elle. J'ai vraiment eu peur, tu sais.

— Pour te rassurer, je crois que je vais être obligé de passer la nuit ici !

— Je t'assure que je l'ai vu.

— Je te crois. Mais il est parti, maintenant. Alors oublions-le, d'accord ?

L'oublier… Cloé voudrait tant en être capable. Chasser de son esprit cette ombre maléfique.

Oublier la cible tatouée sur son front.

Chapitre 2

Il ne fait pas encore jour, plus vraiment nuit. Et puis ses yeux se sont habitués.

Il la contemple. Profondément assoupie. Sur le ventre, un bras sous l'oreiller, une jambe repliée.

Belle. Davantage encore lorsqu'elle dort.

Sans défense. C'est comme ça qu'il la préfère, qu'il la désire.

Elle a remisé son arsenal de guerrière des temps modernes. Plus de batteries de missiles au fond des yeux, de flingue à la ceinture, de griffes au bout des doigts.

Juste une femme, fragile et désarmée. Comme ça qu'il la veut.

Ça ne fait pas longtemps qu'il l'a rencontrée. Quelques mois, à peine.

Un peu plus longtemps qu'il l'avait repérée.

Seule, parce que traumatisée par son ex-mari.

Seule, parce que trop occupée à gérer sa carrière pour trouver l'âme sœur.

Ravissante mais tellement effrayante pour la plupart des hommes.

Pas pour lui. Dompteur de fauves est le métier qu'il rêvait d'exercer quand il était môme. Alors, il aime les lionnes, les tigresses… Cloé en est une. Qui cache ses faiblesses sous une armure quasiment parfaite.

Impénétrable, indestructible ? Rien ni personne ne l'est.

Failles invisibles à l'œil nu. Mais avec le bon objectif, le bon angle de vue, on peut tout déceler. Et lui, il a vu. Immédiatement. Comment l'approcher, la ferrer. La mettre dans son lit.

Il continue à l'observer ; sa peau laiteuse illumine l'obscurité. Ses cheveux longs, d'un châtain clair aux reflets roux, cachent son visage tourné vers lui.

Bertrand décide de la réveiller. En douceur. Elle ouvre les yeux, arrachée au sommeil par une caresse sur son épaule, son dos.

— Pardonne-moi, murmure Bertrand. Tu avais l'air de faire un cauchemar.

Un cauchemar, oui. Toujours le même, depuis si longtemps.

Un hurlement terrifiant, un corps qui tombe dans le vide et s'écrase à ses pieds.

Cloé se réfugie dans les bras de Bertrand, si rassurant.

— J'ai crié ? suppose-t-elle. C'est moi qui t'ai réveillé ?

— Non, je ne dormais plus.

— Il est encore tôt, non ?

— Oui, mais… j'ai cru entendre du bruit.

Elle se contracte, il sourit à la nuit. Sa respiration s'est accélérée, il sent même son cœur battre contre sa peau. Un délice.

— Ça venait de derrière la maison… J'ai sûrement rêvé !

Cloé s'assoit dans le lit, remontant le drap sur son corps frappé d'effroi.

— Il est là, murmure-t-elle.

— Qui ?... Mais non, il n'y a personne ! s'amuse Bertrand. Je n'aurais pas dû te dire ça, je suis vraiment trop con.

Cloé pose une main sur l'interrupteur de la lampe de chevet. Elle hésite. L'impression que la lumière, tel un bain d'argent, va révéler sa présence au pied du lit.

— Il est là, murmure-t-elle encore.

Sa voix est glacée, son front bouillant.

— Calme-toi. Il n'y a personne, je te dis. J'ai rêvé, c'est tout. C'est peut-être le vent.

— Il n'y a pas de vent. Il est là !

— Mais de qui tu parles ?

— Du type que j'ai vu dans le jardin hier ! Il m'a suivie dans la rue... Appelle les flics !

Bertrand allume la lumière, Cloé ferme les yeux.

— Calme-toi, je t'en prie... Je vais fouiller la maison, histoire de te tranquilliser.

Elle rouvre les paupières, la chambre est vide. Elle regarde Bertrand enfiler son jean, ne peut s'empêcher de le trouver aussi beau qu'héroïque. Heureusement qu'il est là pour veiller sur elle.

— N'y va pas les mains vides, supplie-t-elle. Prends une arme !

Il sourit, un peu moqueur.

— T'as un calibre sous l'oreiller, bébé ?

Elle se rue sur l'armoire, en extirpe quelque chose et le lui tend. Il écarquille les yeux.

— Qu'est-ce que c'est que ça ?

— C'est... C'est un parapluie.

Il éclate de rire, la repousse gentiment.

— Je vois bien que c'est un parapluie ! Laisse-moi faire, ça vaut mieux.

Il commence par tirer les rideaux et scruter le jardin

à l'arrière de la maison. Puis il s'engage dans le couloir menant au salon. N'ayant pas très envie de rester seule dans la chambre, Cloé décide de le suivre.

L'une après l'autre, pièce après pièce, Bertrand allume les lumières. Vérifie les placards, inspecte chaque recoin, jette un œil dans l'autre partie du jardin.

— Tu vois, dit-il enfin, il n'y a personne d'autre que nous, ici.

Cloé ne semble pas convaincue.

— Je suis vraiment désolé, ajoute-t-il en la prenant dans ses bras, c'est ma faute. J'aurais mieux fait de me taire… C'est quoi cette histoire de type qui t'a suivie dans la rue ?

— C'est quand je suis sortie de cette soirée. J'étais garée loin et… Un homme m'a suivie, je me suis mise à courir pour le semer. Mais il m'attendait à ma voiture.

— Il t'a… ?

— Non. Il n'a rien dit, rien fait. Au bout d'un moment, il est parti.

— Curieux, souligne Bertrand. Mais tu n'aurais pas dû rejoindre ta voiture seule, c'est vraiment imprudent !

Il semble en colère, Cloé pose le front contre son épaule.

— Y avait pas de mec à cette soirée capable de te raccompagner jusqu'à ta bagnole ? Tu te rends compte ? Heureusement qu'il n'a rien tenté !

— Oui… Hier soir, il m'a semblé que c'était lui qui rôdait.

— Je crois que c'est la trouille que tu as eue la veille qui te file des hallucinations.

— C'est ce que dit Carole aussi.

— Si je comprends bien, tu as raconté ça à Carole et pas à moi, hein ?

— Je voulais pas t'emmerder, se justifie piètrement Cloé.

— *M'emmerder* ? C'est la meilleure !

Il prend son visage entre ses mains, la fixe droit dans les yeux.

— Tu as confiance en moi, oui ou non ?... Alors, tu dois me dire ce genre de choses, d'accord ?

— D'accord.

Enfin, il sourit. Un si joli sourire. Qui panse les plaies, efface les cauchemars.

Il l'embrasse, la pousse lentement contre le mur.

— J'ai plus sommeil, murmure-t-il. Et toi ?

— Moi non plus ! J'ai tellement de chance de t'avoir rencontré, ajoute-t-elle tandis qu'il aventure ses mains sous le peignoir.

— Non, c'est moi qui suis un sacré veinard !

Elle rigole doucement, le peignoir coule sur le parquet.

Un sacré veinard, oui.

Chapitre 3

En retard. Et alors ?

Bientôt, elle dirigera cette boîte. Quel inconscient se risquerait au moindre reproche ?

Tandis que Cloé marche vers son bureau, les employés, qu'on préfère nommer collaborateurs, la saluent respectueusement. Se prosternent devant la future impératrice, serviles, dociles. Sourires empruntés, regards soumis.

Cloé adore ça. S'en délecte chaque jour un peu plus. C'est incroyable comme on prend rapidement goût au pouvoir.

Quand elle sera la patronne, Cloé passera un coup de balai. Si ses calculs sont bons, ce sera pour le printemps, saison idéale pour le grand nettoyage. Certains prendront alors leurs affaires pour aller pointer au chômage.

Plus de boulot ? On t'exile au Pôle emploi, à l'autre bout de la société. Pour une longue et harassante traversée du désert de glace, sans chiens ni traîneau. Mais avec quantité de manchots.

En passant la porte de son bureau, elle sourit, songeant à la liste, brève mais délicieuse, de celles et ceux qui feront leur valise pour ces terres désolées.

À peine a-t-elle enlevé son manteau que Nathalie débarque sans frapper dans son antre spacieux.

— Bonjour, Cloé !

Depuis peu, la secrétaire se croit autorisée à l'appeler par son prénom. Bientôt, elle la tutoiera et lui filera de grandes claques dans le dos. Il est grand temps de la remettre à sa place.

Tout en bas de l'échelle.

— Bonjour, répond Cloé.

— Panne de réveil ?

Cloé daigne enfin la regarder. La fixe même droit dans les yeux.

— Pardon ? dit-elle d'une voix glaciale.

L'assistante cherche ses mots. Ne surtout pas se tromper deux fois d'affilée.

— Je pensais que… Comme d'habitude vous arrivez plus tôt, je me suis dit que…

Cloé s'approche, un sourire prédateur sur ses lèvres parfaitement dessinées.

— Vous me reprochez d'être en retard, j'ai bien entendu ?

— Non, bien sûr que non ! bredouille la secrétaire. Je me demandais juste si vous aviez eu un souci, je m'inquiétais !

— Vous vous prenez pour ma mère ?

Nathalie opte pour le silence. Quoi qu'elle dise, elle sera clouée au pilori, de toute façon.

— Je ne suis pas une simple employée de bas étage, ajoute calmement Cloé. J'arrive à l'heure qui me plaît. N'est-ce pas ?

Nathalie ne va pas tarder à lâcher le dossier qu'elle tient pitoyablement entre ses mains.

— Bien sûr, murmure-t-elle. Vous n'avez pas à vous justifier.

— En effet. Vous aviez quelque chose d'intéressant à me dire ?

— Monsieur Pardieu souhaite vous voir.

— Très bien. Merci beaucoup, Nathalie.

La secrétaire s'enfuit, Cloé esquisse un nouveau sourire. Moqueur, celui-là. Peut-être que cette cruche fera partie du convoi pour le Pôle. Elle n'a pas encore décidé. Nathalie n'est pas très futée, mais Cloé lui reconnaît une certaine efficacité.

Elle suspend son manteau, se dirige vers le bureau de Pardieu. Le Vieux est au téléphone mais lui fait signe d'entrer et de s'asseoir.

Cloé croise ses jambes, sa jupe remonte légèrement. Rien d'inconvenant, mais Papy n'en perd pas une miette. Pourtant, Cloé soupçonne que, depuis un moment, il ne peut plus rien faire d'autre que se rincer l'œil. Certains vieillissent plus vite et plus mal que d'autres, injustice de la nature…

Enfin, Pardieu raccroche et lui sourit. Un sourire tendre, paternel.

— Comment ça va, Cloé ?

— Bien, merci. Je suis en retard, désolée.

— Ce n'est pas grave, mon petit. Vous avez bien travaillé, hier. Vous avez été parfaite.

Elle lui sourit à son tour, le cajole d'un regard sucré. Il quitte son fauteuil pour aller fermer la porte de son bureau, constamment ouverte. Le moment est donc important. Crucial, peut-être.

— J'ai décidé de passer la main, annonce-t-il. Cette fois, j'ai même fixé une date.

Cloé se force à arborer une mine inquiète. Elle a bien fait de suivre des cours de théâtre lorsqu'elle était adolescente.

— Vous allez vraiment nous abandonner ?

— J'ai envie de me reposer et de profiter un peu du temps qu'il me reste ! Vous savez, j'ai déjà 68 ans. Le temps passe si vite…

Il paraît beaucoup plus. Même son grand-père, pourtant âgé de plus de 80 ans, ressemble à un jeune homme à côté de lui. Mais ce n'est pas le moment de lui annoncer qu'il ne jouira pas longtemps de sa retraite dorée.

— Vous ne faites pas votre âge, prétend Cloé. Je vous l'ai déjà dit. D'ailleurs, il faudra que vous me donniez le secret de votre éternelle jeunesse avant de partir !

— Le travail, mon petit… Le travail.

Si telle est la raison de ton délabrement précoce, mieux vaut que je cesse de bosser au plus vite !

— Je comprends que vous ayez envie de passer à autre chose, poursuit la jeune femme, mais comment allons-nous faire sans vous ?

— Vous vous en sortirez très bien ! Surtout que je vais être remplacé par quelqu'un de valeur.

Le cœur de Cloé se comprime. Le moment tant attendu est enfin arrivé. Mais est-elle ce fameux *quelqu'un de valeur* ?

Pardieu la fixe avec un mystérieux sourire, faisant cruellement durer le suspense.

— Il faut que j'en parle avec le conseil d'administration, bien entendu, mais j'ai fait mon choix et je crois qu'ils me suivront… Que diriez-vous de prendre ma place, Cloé ?

Une vague de chaleur envahit la jeune femme ; elle a envie de crier, de hurler, de bondir de cette chaise, de sauter au plafond. Presque d'embrasser le Vieux.

Elle se contente pourtant d'un sobre sourire de petite fille embarrassée.

— Eh bien... Je suis profondément touchée et honorée. Un peu étonnée, aussi. Et, pour ne rien vous cacher, légèrement angoissée !

— Allons, mon petit, je ne vous ai pas choisie par hasard...

— J'espère que je serai à la hauteur. Et ce serait pour moi une grande fierté de vous succéder.

— J'en suis heureux.

— Ils vont peut-être me trouver trop jeune, non ?

— Ils vous apprécient à votre juste valeur et je vais leur expliquer que vous êtes à mes yeux la plus qualifiée pour reprendre le flambeau. Je suis quasiment certain qu'ils valideront ma décision.

Ce *quasiment* sonne faux aux oreilles de Cloé.

— Merci, monsieur. Merci beaucoup.

— Vous le méritez, Cloé. Vous possédez tous les atouts. Le charisme, l'intelligence, la force de travail, l'esprit d'équipe, les connaissances, la culture... Sans oublier une volonté à toute épreuve et un courage hors du commun.

Elle émet un petit rire gêné, tente même de rougir. Il prend sa main dans la sienne.

Des années de boulot enfin récompensées. Des années à lui cirer les pompes, mais pas trop. À le flatter, sans en rajouter. Des soirées et des jours de congé sacrifiés.

Mais tout cela pour arriver à un exploit. Devenir calife à la place du calife à seulement 37 ans.

Un exploit, oui.

Elle pense à Philip Martins, l'autre directeur adjoint. Qui va en faire une jaunisse. Jamais il ne s'en remettra, c'est certain ! Se faire piquer la place par une femme, plus jeune que lui et avec moins d'expérience... Humiliation suprême.

— Bien sûr, tout cela doit rester entre nous pour le moment, ajoute Pardieu. Si le conseil d'administration va dans mon sens, j'annoncerai la bonne nouvelle dans environ deux mois. D'ici là, je vous prie de ne pas montrer que vous savez.

— J'y veillerai, monsieur. Mais comment va réagir Philip, à votre avis ? Il a plus d'ancienneté que moi, et…

— Philip se pliera à ma décision, coupe un peu durement le Vieux. Il n'aura pas le choix, de toute façon. S'il ne l'accepte pas, il faudra lui trouver un remplaçant.

— J'espère que la maison n'aura pas à s'en séparer. Il est précieux pour nous tous.

— Je l'espère également, acquiesce Papy. J'avoue d'ailleurs avoir longuement hésité entre vous deux. Mais je crois qu'il lui manque un petit quelque chose. Quelque chose qui aide en bien des circonstances… Une arme redoutable, même !

— Quoi donc ? s'impatiente Cloé.

— Le charme, bien sûr.

Chapitre 4

Il a un regard de fou.

Fascinant. Tellement inquiétant.

Ses yeux sont marron foncé. Simplement marron foncé. Teinte pure, sans autre nuance.

Un regard si profond que s'y plonger procure la sensation de basculer dans l'inconnu ou l'infini.

Abyssal est le mot.

Le malaise provient de ce qu'il recèle, exprime, évoque. Ce qu'il insinue, cache, dévoile. Promet et provoque.

Il est silencieux, ça fait plusieurs minutes qu'il n'a pas prononcé le moindre mot.

Assis dans cette cuisine ringarde. Face à une femme, la trentaine à tout casser. Tee-shirt court et moulant, d'un rose affreux, qui épouse une poitrine siliconée et laisse apparaître un nombril raté à la naissance ; pantalon blanc, serré, légèrement transparent. Bijoux de pacotille et vernis assorti au tee-shirt. Piercings dans la narine droite, l'arcade sourcilière gauche, sur la langue. Cheveux décolorés, filasse. Maquillage outrancier.

Vulgaire est le mot.

Il la fixe, elle a du mal à affronter son regard. Son fameux regard.

Insoutenable.

Il a un léger sourire sur les lèvres, presque imperceptible. On dirait qu'il se moque d'elle. Ou qu'il prépare un mauvais coup. Elle passe une main sur sa nuque bien trop tendue, en profite pour tourner la tête quelques instants.

L'impression que cette esquisse de sourire la juge, que ce regard la condamne.

Il ne bouge pas, ne semble même pas gagné par l'ankylose. Un bloc de pierre, imperturbable.

Il est entré de force chez elle, ne lui a pas laissé le choix. L'a obligée à s'asseoir là, lui a posé une question. Une seule.

Il guette la réponse, apparemment prêt à passer l'éternité assis en face d'elle.

— Putain, mais arrête de me fixer comme ça ! s'écrie-t-elle brusquement.

— Pourquoi ? Ça te gêne qu'on te regarde ? Je pensais que tu aimais ça, pourtant.

— Ça me gêne que *tu* me regardes ! T'es un taré, c'est pas vrai !

— Parce que je te regarde dans les yeux ?

— T'es là, tu parles pas, tu bouges pas, c'est tout juste si tu respires ! T'es un putain de robot ou quoi ? Si ça se trouve, t'es même pas flic !... C'est ça, ta carte, c'est du bidon ! Tire-toi ou j'appelle les flics, les vrais !

Elle est hystérique, il est de marbre. Il ne répond pas, comme s'il en avait déjà trop dit. Comme s'il économisait ses mots. Il se contente d'extirper de sa poche sa carte professionnelle et de la faire glisser jusqu'à elle. Elle détaille la photo et lit, machinalement :

— Commandant Alexandre Gomez... Commandant, mon cul !

Toujours immobile, il continue à la dévisager, cherchant peut-être à lui traverser le crâne pour lire à l'intérieur de son cerveau. Mais y aurait-il quelques pages intéressantes à feuilleter ou seulement une pathétique succession de cases vides ?

Elle se met à gigoter sur sa chaise, comme si on lui avait glissé du poil à gratter dans le string. Une de ses jambes bat la mesure, ses doigts s'accrochent les uns aux autres.

Le bateau prend l'eau, le naufrage est proche. Imminent, même. Gomez sourit un peu plus franchement, histoire d'élargir la brèche.

— Tu devrais arrêter le café, dit-il. Et surtout la coke.

— Va te faire mettre, connard ! crache-t-elle en tordant affreusement sa bouche.

Elle n'a pas le temps de réagir, pas même le temps d'avoir peur. Il est déjà debout, l'a soulevée de sa chaise et clouée au mur. Ses pieds ne touchent plus le sol. Il faut dire qu'il est grand. Et doté d'une force colossale.

Elle arrête de respirer, hypnotisée par les yeux de fou qui sont encore et toujours fichés au plus profond des siens.

— Ne m'insulte pas ou je t'explose la gueule, c'est compris ?

Il a parlé calmement, sans élever la voix. Elle songe à se débattre. Hésite à lui répondre.

Il ne le fera pas, bien sûr ! Il n'a pas le droit. Il bluffe.

— Lâche-moi, enfoiré de flic de merde !

Il obéit, elle est surprise de toucher à nouveau

terre. Plus surprise encore quand elle reçoit le choc en pleine figure. Une gifle qui ressemble à un coup de poing. Elle reste debout, un peu par miracle, lui jette un regard ébahi.

Il ne bluffait pas, finalement.

Arrive le deuxième coup, plus violent encore. Elle s'effondre.

— Mais arrête, t'es malade ! gémit-elle.

— Tu étais prévenue, répond-il simplement. Tu devrais écouter ce qu'on te dit.

— Merde… T'es complètement barge…

Elle est en train de se relever lorsqu'il la saisit par son tee-shirt et la remet d'office sur sa chaise. Elle saigne du nez, s'essuie avec sa main.

— Je vais porter plainte contre toi ! menace-t-elle sans grande conviction.

— Bien. Tu veux que je prenne ta plainte ? C'est mon boulot, après tout.

Elle reste interloquée une seconde, continue à éponger le sang qui coule de sa narine gauche avec une feuille d'essuie-tout qui traînait sur la table.

— Putain, t'es un malade mental…

— C'est ce que prétend la rumeur, en effet. Alors tu devrais répondre à ma question. Sinon, qui sait ce que je suis capable de te faire subir ensuite…

— Tu me fais pas peur ! prétend-elle. Il est bien plus dangereux que toi !

— Ça m'étonnerait. Mais si c'est le cas, tu n'auras pas le temps de le vérifier.

Elle relève les yeux sur lui, cherchant l'explication de cette phrase sibylline.

— Soit tu me dis ce que je veux savoir et je m'occupe de ce fumier de sorte que tu ne le reverras pas avant de longues années, soit tu continues à me faire perdre mon temps et je t'efface du paysage.

Elle se met à rire. Ses nerfs lâchent.

— Tu vas sortir ton flingue et me fumer, là comme ça ? rétorque-t-elle. Arrête de délirer, poulet !

— Non, je ne vais évidemment pas utiliser mon arme de service. Un couteau de cuisine fera l'affaire, je t'assure. Personne ne sait que je suis là, personne ne sera amené à me soupçonner. De toute façon, tout le monde s'en branle de toi. Tu peux crever aujourd'hui, ça ne dérangera personne.

Les pupilles de la jeune femme se dilatent. Elle remarque qu'il n'a pas quitté ses gants de cuir depuis qu'il est entré. Pas d'empreintes, pas de traces.

Elle a la bouche sèche, son cœur se dérègle. Il la fixe toujours, calmement.

— Tu as bien un couteau de cuisine, n'est-ce pas ?

— …

— Parfait. Alors, tu décides quoi ?

— Tu bluffes !

— Jamais. Je déteste jouer, je perds tout le temps.

Il se lève, ouvre un premier tiroir. Elle l'observe, trop estomaquée pour réagir.

— Mauvaise pioche ! ricane-t-il en brandissant une boîte d'allumettes. Quoique… Je peux foutre le feu à ta baraque pourrie en partant. Ça ralentira l'identification de ton cadavre.

Il fourre la boîte d'allumettes dans la poche de son jean, ouvre un second tiroir.

— Bingo !

Elle voit étinceler la lame, reprend enfin ses esprits. Elle se précipite vers la sortie, il la rattrape au moment où elle atteint la porte d'entrée.

Elle hurle, il plaque une main sur sa bouche.

Elle se débat, il lui met le couteau sous la gorge.

— Alors, tu as décidé quoi ? chuchote-t-il dans son oreille. Je te rappelle que la fuite ne fait pas partie des options possibles. Soit tu parles, soit tu crèves.

Elle continue de hurler sous le bâillon.

— Arrête de bouger comme ça, je vais finir par t'égorger accidentellement avant même de savoir si tu es prête à coopérer ou pas ! Ce serait idiot, non ?… J'essaie d'éviter les bavures, en général. J'ai horreur de la paperasse.

Il fait pression sur le manche du couteau, elle arrête de gesticuler. Il enlève sa main, elle cesse de crier.

Il sait qu'il a gagné. La peur est sa meilleure alliée même si elle reste une étrangère pour lui.

— Je sais pas où il est ! gémit-elle.

Dernier sursaut avant le grand plongeon dans le bain délicieux de l'aveu.

— Dommage. Dans ce cas, tu ne m'es d'aucune utilité. Bye bye…

— Non, arrête ! Je vais te dire… Arrête, merde !

Elle se met à pleurer, il soupire. Premier signe d'impatience depuis qu'il est entré.

— Je t'écoute.

— Il est…

Elle reprend sa respiration, sent la lame s'enfoncer légèrement dans sa gorge.

— Où ?

— Un appart, dans le 94. À Créteil, rue de la Fraternité… Au 29.

— Seul ?

— Oui… oui !

Il la repousse sans ménagement. Elle percute une chaise, s'affale sur le tapis.

— Si tu m'as menti, je reviens. Si tu dis un mot à

qui que ce soit de notre petite conversation, je reviens aussi. Compris ?

— Oui... Je t'ai dit tout ce que je savais !

— Parfait. *Merci d'avoir coopéré avec les forces de l'ordre, mademoiselle.*

Avant de quitter la maison, il lance le couteau de cuisine en direction de la jeune femme. L'arme se plante dans le canapé, à quelques centimètres de son visage ; elle se ratatine contre le sofa.

— Je manque d'entraînement ! constate le flic en souriant. Et je ne plaisantais pas, tu sais... Tu devrais vraiment arrêter la coke ! Bonne journée, chérie.

Chapitre 5

Elles sont attablées à la terrasse couverte de leur café préféré, situé à mi-chemin entre la tour où travaille Cloé et *l'usine* de Carole. Autrement dit l'hôpital.

Elles aiment se retrouver là quand elles n'ont pas le temps de déjeuner. Parfois pour un simple quart d'heure.

Le chauffage au gaz offre une température tropicale sur deux mètres carrés de banquise. Un thé, un café crème. Et sur les lèvres de Cloé, un sourire qui refuse de s'estomper. Celui du triomphe. Carole l'observe avec un mélange de tendresse et d'envie.

— Tu planes, non ?

— Le septième ciel, ma chérie !

— Je suis heureuse pour toi. Et fière aussi. Mais je savais que tu y parviendrais.

— Directrice générale ! Tu imagines ?

Carole boit une gorgée de thé, va pour ajouter du sucre, se retient au dernier moment. Mauvais pour la ligne.

— En tout cas, faut que tu files droit jusqu'au jour J.

— C'est sûr, j'ai pas intérêt à déconner. Si près du but, je ne me le pardonnerais jamais.

Cloé ne sourit plus. Comme si elle venait à peine de réaliser que son rêve est à portée de main. Seulement à portée de main. L'oiseau pourrait encore s'envoler, là au dernier moment.

Un homme passe devant la terrasse, son regard s'attarde sur les deux jeunes femmes.

Non, seulement sur Cloé, Carole a appris à ne plus se raconter d'histoires. Quand elles sont ensemble, elle devient invisible, translucide. Cloé capte toute la lumière, toutes les attentions. Elle emplit tout l'espace, ne laissant que les miettes en pâture aux autres.

Il en a toujours été ainsi. Pas seulement parce qu'elle est d'une grande beauté. Plutôt parce qu'elle dégage quelque chose de singulier. Une aura à nulle autre pareille, un charme ravageur, une force incroyable. Elle existe aux yeux de tous, ne peut passer inaperçue, se fondre dans la foule des mortels. Dotée de quelque chose d'unique. De rare. Quelque chose que Carole a toujours rêvé de posséder.

Un phénoménal pouvoir d'attraction.

Elle aurait tant aimé que cet homme la remarque. Juste pour se sentir exister. Mais il ne l'a même pas vue, trop obnubilé par Cloé.

Quand elles avaient 16 ans, il en était déjà ainsi. Cloé Beauchamp, élève brillante, surdouée. Drôle, pleine d'esprit et de grâce. Aussi forte en maths qu'en sport.

Parfaite, accomplie, épanouie.

Cloé, future directrice générale de la filiale française d'une holding de marketing et publicité.

Cloé, qui a rencontré le prince charmant il y a quelques mois à peine alors qu'elle sortait d'une histoire d'amour ratée qui aurait dû la confiner au célibat pendant de longues années.

Cloé, que tous les hommes désirent.

Cloé, Cloé, Cloé… Centre de l'univers, soleil flamboyant autour duquel tournent de pathétiques satellites.

C'est ça, je ne suis qu'un satellite de Cloé. Une pitoyable planète plongée dans son ombre. Elle est une déesse, moi une pauvre adepte. Autant dire rien.

— À quoi tu penses ? interroge Cloé en terminant son café.

— À toi, répond Carole. À toi, ma chérie…

*
* *

Le museau de fouine de Nathalie apparaît à l'entrée du bureau.

— Excusez-moi, je voudrais faire un point sur vos rendez-vous.

— Entrez, répond Cloé. Asseyez-vous.

L'assistante s'exécute et ouvre l'agenda de sa supérieure hiérarchique.

Oui, non. Repousser, annuler, confirmer.

Cloé a la tête ailleurs. Bien au chaud dans la nacelle d'une montgolfière, elle observe le monde depuis les cieux. Magique. Enivrant. Grisant.

Les autres, ceux qui grouillent à ses pieds, ne sont que de minuscules insectes. Insignifiants.

Elle n'est même pas étonnée d'être montée si haut. Si vite. Rentrée dans cette boîte il y a seulement cinq ans, en qualité de directrice de la création, la voilà sur le point de franchir l'ultime barreau de l'échelle. Simplement parce qu'elle est la meilleure, qu'elle possède une volonté et des nerfs d'acier.

Simplement parce qu'elle est Cloé Beauchamp et que rien ne lui résiste.

Parce qu'elle a su dissimuler aux yeux de tous ses failles, pourtant profondes. Voire gigantesques. Parce qu'elle a su ériger un blindage à l'épreuve des balles. À l'épreuve de tout.

Elle sourit, écoutant d'une oreille distraite la voix stridulante de Nathalie. Elle n'entend même pas qu'on frappe à sa porte et met quelques secondes à réaliser que Philip Martins est planté devant son bureau.

Nathalie s'enfuit bien vite, Cloé sourit à son collègue. Son adversaire. Battu en quelques rounds seulement et qui ne sait pas encore qu'il est KO.

Exquis.

— J'aimerais qu'on discute de ce projet ensemble, dit-il en posant devant elle un volumineux dossier. Je voudrais ton avis.

— Volontiers. Si je peux t'aider…

Cloé détaille ses mains. Elle a toujours trouvé qu'il avait de vilaines mains. Des doigts un peu bouffis, des veines trop apparentes. Dommage, parce qu'il n'est pas laid. Charmant, en vérité. Il porte aisément sa cinquantaine. Il s'entretient, ça se voit. Il s'est toujours beaucoup aimé, elle ne peut l'en blâmer ; ils ont au moins ça en commun.

Elle écoute à peine ce qu'il lui raconte, étrangement concentrée sur lui. Sur son visage, le col déboutonné de sa chemise Dior. Elle imagine le moment où il apprendra… Elle est surprise par un léger pincement au cœur, une émotion qu'elle n'attendait pas. Elle n'aurait pas cru compatir au triste sort de Philip Martins, ce collègue ennuyeux, cet homme qui ne lui a jamais fait de cadeau, qui a toujours tiré la couverture à lui.

J'ai gagné, il a perdu. C'est le jeu. Je n'ai pas à m'apitoyer sur son cas. Il deviendra seulement mon adjoint. Mon employé. Ma chose.

— Tu y penses, parfois ? demande-t-elle soudain.

Martins s'interrompt dans ses explications fastidieuses et la dévisage sans comprendre.

— Au moment où Pardieu partira, précise Cloé avec un drôle de sourire.

Pris au dépourvu, il met quelques secondes à répondre.

— Oui, bien sûr, dit-il enfin. Mais pourquoi tu me demandes ça ?

— Je trouve que tu ferais un excellent président.

Sincèrement surpris par ce compliment, il reste sans voix.

— Oui, je trouve que tu serais parfait, poursuit Cloé.

— Merci. Mais Pardieu n'est pas encore parti !

— Exact. Cela dit, je pense qu'il ne tardera plus.

Il l'interroge du regard, suspendu à ses lèvres pulpeuses.

— Intuition féminine ! prétend Cloé avec un sourire désarmant.

Elle a toujours adoré s'amuser. Surtout avec des proies faciles. Quoique Martins ait plus d'un tour dans son sac. Elle a appris à s'en méfier.

Constamment se méfier, de tout et de tout le monde. C'est ainsi qu'on évite beaucoup d'échecs. Qu'on évite de se briser sur les écueils.

Elle se focalise à nouveau sur Martins qui continue à s'empêtrer dans des explications harassantes.

Les semaines à venir s'annoncent particulièrement divertissantes.

Lui faire croire que c'est lui. Le rassurer, le mettre en confiance. L'hypnotiser avec une jolie danse du ventre pour qu'il ne voie pas approcher le cyclone.

Et au moment tant attendu, lui porter le coup de grâce.

Bercée par la voix grave de Philip, Cloé a repris place dans la nacelle de sa montgolfière. Bien au-dessus de tout cela, elle vogue dans une lumière aveuglante, étincelante.

Plus une seule ombre au tableau.

*
* *

— Vous avez regardé le match, hier soir ? demande le lieutenant Laval.

Gomez le toise avec un petit sourire.

— Non. J'ai fait des trucs beaucoup plus intéressants.

— Quoi ?

— Je peux pas te raconter.

— Pourquoi ? s'étonne Laval.

— Parce que t'es tout juste majeur et que *certaines scènes peuvent heurter la sensibilité des plus jeunes*.

— Vous êtes con, parfois, dit Laval en haussant les épaules.

— Seulement *parfois* ? Ça me rassure. Merci, Gamin.

— En tout cas, le match était vraiment super ! C'est le PSG qui...

— Je sais qui a gagné, soupire Gomez. Je connais même le score. Difficile d'y échapper sauf en devenant sourd... Remarque, des fois, ça m'arrangerait ! Parce que je ne comprends pas comment on peut se passionner pour une bande de débiles mentaux qui jouent à la baballe.

— Vous êtes chiant, et ça c'est constamment !

Gomez rigole et pose une main sur l'épaule de son collègue.

— Tu m'as analysé en moins de deux, bravo ! Tu feras un excellent flic quand tu seras grand.

Ils sont dans une voiture banalisée, stationnée rue de la Fraternité à Créteil.

— Vous pourriez me dire ce qu'on fout là ? demande Laval.

— On planque.

— Ouais, ça j'ai vu. Mais on attend qui, exactement ?

— Tu verras quand il daignera sortir de chez lui ! Mais tu ne seras pas déçu, crois-moi.

— C'est vous le chef, après tout...

— Exact, Gamin. Alors ouvre bien les yeux et réveille-moi si un type brun avec des cheveux longs et une vraie sale gueule sort au niveau du 29.

Gomez bascule le dossier de son siège, croise les bras et ferme les yeux.

— Vous allez roupiller à cette heure-ci ?

Le commandant s'est déjà endormi, ou fait semblant ; son jeune collègue lève les yeux au ciel. Bosser avec Alexandre Gomez est une aventure chaque jour renouvelée. On ne sait jamais comment il va réagir, où il va entraîner ses équipiers. Dans quel merdier ou quel magnifique coup de filet.

Ce mec est une énigme et le restera sûrement jusqu'à sa mort. Qui risque fort de ne pas se produire au fond d'un lit, dans une affreuse et paisible petite maison de retraite.

Bien trop mystérieux pour qu'on le connaisse vraiment.

Bien trop odieux pour qu'on l'apprécie réellement.

Bien trop intelligent pour qu'on le haïsse entièrement.

Bien trop courageux pour qu'on ne l'admire pas secrètement.

Bien trop féroce pour qu'on ose l'affronter directement.

*
* *

Il fait nuit, il fait froid. Il est tard.

Ils rient aux éclats.

Tandis que Bertrand l'enlace passionnément, Cloé cherche la clef de la maison dans son sac. Un peu éméchée, elle peine à coordonner ses mouvements.

— Bon, tu ouvres ? s'impatiente Bertrand. On ne va tout de même pas faire ça sur le perron... J'ai pas envie de me retrouver au poste pour atteinte aux bonnes mœurs !

Cloé est toujours hilare, grisée d'alcool, d'orgueil et de désir.

Il est beau, intelligent, drôle. Et il est à moi.

Elle trouve enfin le trousseau, s'escrime à faire entrer la clef dans la serrure. Bertrand prend sa main dans la sienne, la guide jusqu'à faire le bon geste. Ils entrent, se jettent l'un sur l'autre. Bertrand referme la porte avec le pied tandis que Cloé lui arrache sa veste.

— Doucement, chérie, j'ai payé cette veste cinq cents euros !

— Je t'en achèterai autant que tu voudras, répond-elle en s'attaquant à la chemise.

— Tu deviens dangereuse quand tu as trop bu !

— Je t'en achèterai des dizaines, des centaines si tu veux !

— Tu me prends pour un gigolo ou quoi ?

— Tu te ferais beaucoup d'argent ! s'amuse Cloé. Tu aurais un succès fou. Mais je ne suis pas partageuse… Si tu me trompes, je t'arrache les yeux !

Il la soulève du sol, elle s'accroche à son cou. Il l'emmène ainsi jusqu'au salon alors qu'elle rit toujours autant. Il la dépose sur le tapis, se met à son tour à la déshabiller. Mais lui choisit la douceur.

Toujours la douceur.

Soudain, Cloé ne rit plus. Une ride se creuse au milieu de son front.

Comme elle fixe un point derrière son dos, Bertrand se retourne mais ne remarque rien de particulier. L'abandonnant au milieu du salon, elle se dirige vers la magnifique enfilade en noyer et observe les trois cadres accrochés juste au-dessus.

— Qu'est-ce qu'il y a ? s'inquiète Bertrand. On dirait que tu vois ces photos pour la première fois !

— Ils ne sont pas à leur place. Celui de droite, là, il est normalement à gauche, et inversement. C'est Fabienne, la femme de ménage. Elle a dû les nettoyer et se tromper en les remettant en place.

Bertrand pose ses mains sur ses hanches, ses lèvres sur sa nuque.

— C'est passionnant ton histoire de cadres, mais on a des choses plus intéressantes à faire.

Il soupire tandis qu'elle lui échappe à nouveau. Elle se hisse sur la pointe des pieds, inverse les clichés.

— Tu vois, cette photo, c'est mon père et moi quand j'avais 12 ans. Je l'adore…

— Ton père ?

— Non. La photo.

Face à sa mine outragée, elle sourit. Puis se remet carrément à rire.

— Tu es imprévisible, avoue Bertrand.

Il caresse son visage, passe une main dans ses cheveux.

— Tu ne m'as jamais parlé de tes parents, ajoute-t-il.

Elle lui sourit tendrement.

— Tu veux tout savoir de moi ?

Bertrand acquiesce d'un mouvement de tête.

— Alors que moi, je ne sais rien de toi, murmure Cloé.

Absolument rien. D'où tu viens, où tu vas. Qui tu es vraiment. Ce que tu as vécu, ce que tu espères vivre. Je ne connais aucun de tes rêves ou de tes cauchemars.

Absolument rien, sinon que tu as les yeux les plus extraordinaires que j'aie jamais croisés. Que tu es en train de devenir la drogue la plus puissante que j'aie jamais testée.

*
* *

— On pourrait peut-être laisser tomber, non ? espère Laval.

Gomez fixe la rue, immobile, imperturbable. Une statue inébranlable.

— Prends un taxi et rentre chez toi, propose-t-il. Les mômes de ton âge ont besoin de se coucher tôt.

— Celui que vous attendez a dû se tirer aux Seychelles…

Laval bâille à s'en décrocher la mâchoire.

— Dites-moi au moins qui on attend depuis des plombes, ça me filera du courage.

— Vaut mieux pas que tu le saches. Sinon, tu vas faire dans ton froc.

— On parie ?

— Un pote de Bashkim.

— Bashkim ? Mais comment vous avez su où le trouver ?

— Je n'ai pas dit que j'avais retrouvé Bashkim. Seulement la trace d'un type qui pourrait nous conduire jusqu'à lui... Nuance.

— Qui vous a refilé l'info ?

— Une nana qui a trouvé que j'avais de beaux yeux et une manière sexy de lancer le couteau.

— Hein ?

— Laisse tomber, Gamin. Ce qui compte, c'est remonter jusqu'à la tête du réseau.

— J'y crois pas... Si c'est un pote à lui, Bashkim pourrait aussi se pointer dans les parages !

— Ne rêve pas, bougonne Gomez. Ce dégénéré est sans doute bien au chaud dans son pays de merde... C'est beau, l'Albanie. Tu connais ?

— Non. N'empêche que si Bashkim arrive, faut appeler l'armée en renfort. Ce type est barge !

— Moi aussi, rappelle le commandant. Et sans doute plus que lui, puisque je risque ma peau pour deux mille cinq cents euros par mois.

Laval n'a plus sommeil. Il fixe avec inquiétude la porte au niveau du 29 avec la crainte de voir arriver celui qu'il a attendu tout l'après-midi sans même le savoir.

Pourvu qu'il ne vienne pas. Ni lui, ni son pote.

— T'as les foies ? suppose Gomez.

Laval est soudain très agité sur son siège.

— Ce genre de gibier, on peut pas se le faire à deux. Trop dangereux. Ce type, c'est du lourd ! Armé jusqu'aux dents...

— Et toi, tu portes quoi sous ta veste ? Un hochet ?... Je te répète que ce n'est pas Bashkim qui crèche là, seulement un pote à lui. Et puis, faut juste lui coller au train, pour le moment. Histoire qu'il nous mène jusqu'à un fumier un peu plus gradé. Et ainsi de suite. Je ne vais quand même pas t'apprendre les bases, non ?

— Vous êtes dingue, merde...

Gomez le fixe de son regard glaçant.

— Maintenant, tu vas la boucler, OK ? Si tu as les jetons, tu te barres. Sinon, tu fermes ta gueule et tu ouvres tes oreilles.

Laval est tétanisé. Finalement, Gomez est bien plus impressionnant que Tomor Bashkim.

— Ce salaud, je le veux, t'entends ? Ça fait des mois que je cherche comment le coincer, et là, j'ai une piste. Alors je vais pas la lâcher. Je t'ai choisi pour me seconder parce que j'ai confiance en toi. Mais si tu n'es pas à la hauteur, si je me suis trompé, tu peux te casser. Clair ?

— Clair, murmure Laval. Je reste, c'est bon.

— Parfait. Tu peux dormir un peu, si tu veux. C'est ton tour.

*
* *

Les chiffres rouges ont disparu du radio-réveil.

Alors, Cloé attrape son portable sur le chevet et constate avec bonheur qu'il n'est pas encore l'heure de se lever. À peine 4 h 12.

Elle repose sa tête sur l'épaule de Bertrand qui dort profondément, prête à replonger dans les bras de

Morphée. Mais une envie de plus en plus pressante l'en empêche.

À contrecœur, elle se lève sans réveiller son amant et marche pieds nus jusqu'à la salle de bains. Grâce à l'absence de lumière, elle n'a pas à affronter sa tête dans le miroir. Avec sa cuite de la veille, elle doit être affreuse...

Elle soulage sa vessie et décide de boire un grand verre d'eau fraîche avant de se recoucher. Elle entend un bruit derrière elle, sursaute.

— Qu'est-ce que tu fabriques ? demande Bertrand.

— J'avais soif. Mais il n'y a plus d'électricité. Sans doute une coupure.

— La rue est éclairée, pourtant... Où est le compteur ?

— Dans le garage.

— J'y vais, retourne te mettre au chaud. Cette maison ressemble à un frigo !

Il s'habille à la va-vite, tandis qu'elle se glisse sous la couette en attendant le retour de son homme. Elle pose son crâne douloureux sur l'oreiller, a juste le temps d'entendre la porte d'entrée s'ouvrir puis se refermer avant de se rendormir.

*
* *

Le silence est parfait. Trop, peut-être.

Cloé allonge son bras gauche, s'aperçoit que Bertrand n'est pas là.

La coupure d'électricité, le compteur... Sur l'écran du téléphone, elle découvre qu'il est 4 h 45.

Il est parti depuis une demi-heure.

— Bertrand ?

Le silence fait tragiquement écho à son appel.

— Chéri ?

Elle a parlé plus fort, n'obtient toujours aucune réponse. Elle commence à trembler, tente d'allumer la lampe de chevet.

Il n'est pas revenu, l'électricité non plus.

Elle doit aller voir ce qui se passe. Mais l'angoisse la cloue dans ce lit froid. L'Ombre se dessine doucement devant ses yeux. Plus noire encore que les ténèbres.

— Bertrand, réponds, merde !

Elle vient de hurler. Elle claque maintenant des dents et ce n'est pas seulement parce que le chauffage a été coupé.

Reste calme. Il doit avoir du mal à trouver la panne, voilà tout.

Mais la peur est tout sauf rationnelle.

Cloé puise au fond d'elle-même le courage de s'extirper du lit, comme si elle quittait un abri sûr pour s'aventurer dans un monde hostile.

Pieds nus, un peignoir sur le dos, elle avance doucement dans le couloir.

— Bertrand ? Tu es là ?

Dans l'entrée, elle essaie bêtement d'allumer le lustre. Elle tente de contrôler les spasmes qui font s'entrechoquer ses dents et se maudit en silence.

Je suis ridicule.

Sur le perron, la lumière de la rue la rassure un peu. Seulement un peu.

— Bertrand ?

Un petit vent la nargue et finit de la glacer. Elle repart en arrière, enfile sa paire d'escarpins.

Une seconde, elle s'imagine, à l'aube, sur le perron de sa maison, en peignoir blanc et escarpins noirs. Mais elle a bien d'autres choses à imaginer.

Bertrand mort. Assassiné par l'Ombre.

Elle descend la volée de marches, bifurque à gauche vers le garage. Elle devine la porte grande ouverte sur un trou noir.

Figée sur le seuil, elle écoute attentivement le silence.

— Chéri ?

Aucun bruit, sauf celui du vent dans les branches et celui du moteur d'une grosse cylindrée qui rugit dans une rue voisine. Elle ose deux pas à l'intérieur du garage vide puisque sa voiture est restée dans le parking souterrain de l'Agence.

Elle respire fort, l'air froid brûle ses poumons. La voix dans son crâne se fait plus persuasive.

Fais demi-tour pendant qu'il est encore temps !

Prête à s'enfuir, elle pivote. Et tombe alors nez à nez avec son cauchemar.

Immense, l'homme est habillé tout en noir, capuche sur la tête.

Cloé pousse un hurlement affreux, part en arrière. Sa cheville se tord, elle perd l'équilibre. Sa tête percute quelque chose de dur, le choc est violent.

Respiration coupée net, chaleur intense qui embrase son corps, explose dans son cerveau.

Elle ouvre à moitié les paupières, discerne l'Ombre qui se penche sur elle.

Elle voudrait parler, lui demander où est Bertrand.

Que lui avez-vous fait ? Qu'allez-vous me faire ?

Mais aucun mot ne franchit ses lèvres pourtant ouvertes.

L'homme est tout près d'elle. Il lui semble apercevoir le bas de son visage. Il lui semble qu'il sourit.

Et puis ensuite…

Le gyrophare orange se reflète dans le rétroviseur intérieur. L'heure des éboueurs. L'heure d'aller se coucher, sans doute.

La voiture rechigne un peu, finit enfin par démarrer. Laval se réveille en sursaut, met un instant à se souvenir qu'il n'est pas dans son lit.

— Vous l'avez vu ?

— Non, répond le commandant. Je te dépose chez toi.

Laval bâille, ses paupières se referment.

— Qu'est-ce que vous comptez faire ?

— Pioncer un bon coup.

— Non, je veux dire pour le mec.

— Il ne perd rien pour attendre !

— Je m'en doute, soupire Laval. Putain, j'ai mal aux reins…

— Tu demanderas à ta femme de te faire un bon petit massage.

— Sauf que je suis pas marié, rappelle le jeune lieutenant.

Deux types complètement saouls titubent le long du trottoir, Gomez fait un écart. Bientôt, il sera chez lui, dans son appart un peu sordide. Mais près d'elle, au moins. Il sait qu'il ne trouvera pas le sommeil réparateur. Des mois qu'il le cherche en vain.

L'aube ne tardera plus, mais ne lui fera pas l'aumône du moindre réconfort.

Ce moment si particulier entre la nuit et le jour. Entre deux mondes si différents.

L'heure où les ombres se détachent de l'obscurité.

Chapitre 6

Avant même que le rideau se lève, la douleur la rattrape, au sortir de ce rêve bizarre, ce cauchemar plutôt. Peuplé de cris, d'ombres ricanantes. De tisonniers incandescents qui lui ont ouvert le crâne de part en part.

Derrière ses paupières closes, elle devine une lumière. Une voix, aussi. Qui la ramène à la vie.

L'Ombre, la chute.

— Allez, ouvre les yeux, chérie…

Il est encore là, il vaut mieux que je continue à faire la morte.

Mais la voix se montre plus autoritaire, la forçant à quitter les coulisses.

— Réveille-toi !

Elle obéit enfin, tombe sur le visage inquiet de Bertrand. Les souvenirs se précisent, elle se met à trembler. Réalise alors qu'elle est bel et bien dans son lit.

— Qu'est-ce qui s'est passé ? murmure-t-elle avec difficulté.

— Je ne sais pas, avoue Bertrand. Tu as dû tomber et te cogner la tête, je suppose.

— Il est parti ?

— Qui ?

Soudain, c'est la peur qui l'emporte. Cloé se tétanise de la tête aux pieds.

— Il est là !

— Du calme… Qui est là ?

— Le type, je l'ai vu dans le garage !

— Calme-toi, je t'en prie. Tu es tombée, c'est tout. C'est ma faute.

Bertrand l'aide à s'asseoir, cale deux oreillers dans son dos. Elle tourne la tête vers le réveil qui clignote, ressent une douleur fulgurante dans l'épaule.

— Quelle heure il est ?

— 5 h 10. J'ai appelé un médecin, il sera là d'une minute à l'autre.

— Je ne veux pas de médecin, je te dis que je l'ai vu !

— S'il te plaît, essaie de te calmer. Il n'y a personne d'autre que toi et moi, ici.

Il a pris sa main dans la sienne, la serre très fort.

— Où étais-tu ? reproche-t-elle soudain. Je ne t'ai pas vu revenir, je suis sortie et…

— Je sais, pardonne-moi. Au moment où j'ai soulevé la porte du garage, j'ai entendu une voiture freiner à mort dans la rue et puis le bruit d'un choc. Alors je suis sorti pour voir si c'était grave… Un mec un peu bourré qui a percuté la bagnole qui roulait devant lui.

— Y avait des blessés ?

— Non, rien que de la tôle froissée, explique Bertrand en continuant à tenir la main de Cloé. Mais aucun des deux types n'avait de formulaire de constat, alors ils m'ont demandé si je pouvais leur en filer un et il a fallu que je revienne ici prendre les clefs de ma voiture. Je croyais que tu t'étais rendormie, que tu ne t'inquiéterais pas de mon absence. Je leur ai donné le

60

constat, je suis rentré et, en passant le portail, je t'ai entendue hurler. Je me suis précipité et je t'ai trouvée inconsciente. Je te dis pas la frayeur que j'ai eue !

— Je l'ai vu.

Bertrand soupire.

— Tu as vu qui, exactement ?

— Un grand type, habillé en noir. J'ai eu peur, j'ai perdu l'équilibre et je suis tombée.

— Tu te fais des idées, Cloé. Depuis que ce salaud t'a suivie dans la rue, tu as la frousse. Et tu crois le voir partout. C'est normal, cela dit, mais...

— J'ai pas rêvé !

— S'il y avait eu un homme dans le garage, je l'aurais surpris. Je l'aurais forcément croisé ! Je suis arrivé moins de trente secondes après que tu as crié. Il n'y avait personne, je peux te le jurer.

La sonnette les interrompt, Bertrand s'éclipse. Cloé ferme les yeux, essayant de se calmer.

Tu crois le voir partout... S'il y avait eu un homme, je l'aurais forcément croisé.

Suis-je en train de devenir cinglée ?

Bertrand revient, accompagné d'une femme, la cinquantaine fatiguée.

— Voilà le docteur, chérie.

— Bonsoir, madame... Alors, qu'est-ce qui vous arrive ?

Bertrand lui fait un point rapide de la situation. La panne d'électricité, la chute dans le garage. Il omet volontairement les détails, allant à l'essentiel.

La toubib commence une méthodique auscultation. Elle demande à Cloé de se mettre debout, lui inflige divers mouvements, mille questions.

— Vous ne semblez pas avoir de traumatisme. Mais avec un choc à la tête, mieux vaut jouer la prudence. Je vous conseille donc de vous rendre à l'hôpital pour passer des examens complémentaires.

— C'est inutile.

— Sois raisonnable, chérie, prie Bertrand.

— Je n'ai rien et n'ai pas envie de passer cinq heures aux urgences pour me l'entendre dire !

Bertrand pousse un nouveau soupir d'agacement, échange un regard désolé avec la généraliste.

— Bon, comme vous voudrez, madame. Je ne peux pas vous forcer à y aller. Mais si vous avez des nausées ou mal à la tête, appelez les pompiers immédiatement, d'accord ? Et demain matin, si vous le pouvez, reposez-vous.

— D'accord, concède Cloé de mauvaise grâce. Combien je vous dois ?

*
* *

Ils ont roulé vers le sud, pour arriver enfin là où habite Laval ; petit immeuble modeste, coincé entre les quartiers résidentiels des bords de Seine et les cités mal famées des bords de rien.

Si, au bord de l'autoroute, des voies ferrées. Et du désespoir.

— Voilà, Gamin. Bonne nuit.

Le lieutenant Laval espérait un merci, pour avoir enduré tant d'heures à planquer en vain. Mais avec Gomez, mieux vaut ne jamais attendre les remerciements.

— Bonne nuit, à demain.

— Prends ta matinée, ajoute Gomez.

Laval est surpris. Finalement, il l'a, son remerciement.

— Roupille un peu, poursuit le commandant. T'as vraiment une sale gueule.

— Vous avez toujours un mot gentil, ça fait plaisir !

Le lieutenant claque la portière, Gomez redémarre aussitôt. À défaut d'apprécier une bonne nuit de sommeil, il appréciera sans aucun doute une bonne douche.

Il roule vite, bien au-delà de la limite autorisée. Non qu'il soit réellement pressé de rentrer.

La retrouver est un bonheur. Mais c'est aussi un supplice.

Il roule vite, simplement parce qu'il aime la vitesse. Parce qu'il aime défier le destin.

Si seulement un pneu pouvait éclater et m'envoyer dans le décor. Me tuer, sur le coup de préférence. J'ai envie de mort, pas d'agonie. La vie, c'est déjà une lente agonie et rien d'autre. Une marche forcée vers l'issue fatale.

On vient au monde sans l'avoir demandé, on va à la mort sans l'avoir choisi. Pas la peine d'en rajouter.

Il allume une clope, baisse la vitre. Le compteur s'affole jusqu'à atteindre des sommets.

Il suffirait d'un écart, d'un simple écart. Un petit coup de volant. Léger, rien du tout.

Mur ou pilier d'un pont, de plein fouet. Final éblouissant.

Alexandre hésite.

Je n'ai pas le droit, elle a besoin de moi.

Bel alibi pour un coupable magnifique.

Bel alibi pour un crime imaginaire. Ce manque de courage, cette lâcheté quotidienne.

Personne n'est irremplaçable, surtout pas moi. La tuer et me tuer juste après.

Le volant garde la trajectoire, le pied se fait moins lourd sur la pédale.

Trop tard, une Mégane de la BAC lui colle au train. Gomez sourit, jette son mégot et accélère à nouveau. Il va les balader un peu, leur apprendre à conduire une caisse.

Il tourne à droite dans un dérapage qui mange la moitié de la gomme. Les jeunots de la BAC sont encore derrière, mais il est obligé de ralentir pour ne pas les distancer et gagner trop vite la partie. Les amusements sont si rares…

Ces couillons ont mis la sirène, histoire de réveiller les bonnes gens avant l'heure.

Droite encore, gauche ensuite. Ça y est, il les a semés. Record battu : moins de quatre minutes !

— *Game over*, les gars !

Il rallume une clope, se met à rire tout seul. Comme un con.

Dans quelques instants, ils auront l'identification de la plaque, si toutefois ils ont réussi à s'approcher suffisamment pour la déchiffrer. Ils découvriront alors avec stupeur qu'ils ont poursuivi la voiture d'un flic du département voisin.

Au moment où Gomez reprend la bonne direction pour rejoindre son appartement, il croise un autre véhicule sérigraphié. Le Scénic exécute un demi-tour spectaculaire pour le prendre en chasse.

Mais Gomez est fatigué. Pas envie de s'amuser avec ceux-là aussi. Surtout que le réservoir de la 407 est quasiment vide.

Il stoppe la Peugeot le long d'un trottoir et coupe le contact. Ses collègues s'arrêtent juste derrière et mettent quelques secondes à descendre. Le conducteur reste à bord, tandis que les deux autres s'approchent de la voiture, arme au poing.

— Jetez les clefs et mettez les mains sur le volant !

Gomez s'imagine alors en train de tomber sous les tirs de la Police française, victime d'une bavure retentissante.

Séduisant.

Mais ils seraient capables de le rater et de lui loger une balle au mauvais endroit.

Beaucoup moins séduisant.

Il jette donc la clef par la vitre ouverte et pose sagement ses mains sur le volant. À défaut de mourir en héros, il va continuer à se distraire un peu.

Un des deux flics ouvre la portière, tandis que l'autre le tient en joue.

— Descends ! hurle le premier.

— Pas de geste brusque ! s'écrie le second.

— Du calme, les gars. Restez cool. Je suis prêt à coopérer.

Le troisième larron quitte à son tour la voiture pour se joindre aux autres. Une femme, très jeune. Gomez est surpris ; il n'y en a pas beaucoup affectées au sein de la BAC.

— Allez, descends, connard !

Gomez enclenche le mouvement, les deux types le sortent de force de l'habitacle et le plaquent sur le sol.

Viril.

On lui passe les menottes, il reçoit au passage un coup de pied vicelard dans les côtes avant d'être relevé sans ménagement. En apercevant l'écusson qui orne leur uniforme, un aigle à tête blanche, Gomez comprend qu'il a affaire à la BAC 91.

Il se retrouve en face du chef de ce groupe d'éboueurs de la nuit. Un brigadier, petit et trapu, avec une gueule patibulaire, qui commence à le fouiller. Il se fige lorsque sa main se pose sur le pistolet simplement glissé à l'arrière de la ceinture du jean de Gomez.

— Il est armé !

— Et alors ? rétorque Alexandre. Vous êtes armés, vous aussi. Pourquoi pas moi ?

— Ta gueule, connard ! Où sont tes papiers ?

— J'ai dû les oublier malencontreusement chez moi.

— C'est dommage, ça, connard !

— J'admire votre vocabulaire très étendu, messieurs. *Connard* semble y tenir une place de choix !

Le brigadier, en manque évident d'arguments, envoie une droite dans l'estomac de Gomez qui se plie en deux.

— Pourquoi t'as un flingue ?

Alexandre reprend sa respiration avant d'enchaîner.

— *C'est pas à moi, m'sieur ! Sur la tête de ma mère, c'est à un pote ! Il me l'a prêté, il voulait que je le ramène à son cousin, m'sieur !*

— Toi, tu vas passer une sale nuit ! prédit le brigadier. Tu roulais à près de 130 en ville, tu portes un flingue sur toi, t'as pas tes papiers et je suis sûr qu'on va trouver des choses intéressantes en fouillant ta bagnole !

— Bon, assez joué, coupe brusquement Gomez. Vous allez me détacher, me rendre les clefs de ma caisse, mon calibre, et vous confondre en excuses, OK ?

Deux des flics se mettent à ricaner ; le troisième, la jeune femme, sans doute plus prudente, reste neutre.

— On va rien te rendre du tout, connard !

— Je préfère que tu m'appelles par mon nom :

Alexandre Gomez. Commandant Alexandre Gomez, SDPJ 94. *Connard*, c'est seulement pour les intimes.

Un drôle de silence suit les présentations officielles.

— Les papiers sont dans le vide-poche de ma portière, précise Gomez.

La fliquette récupère la carte professionnelle, la tend à son chef. Le brigadier devient livide, Gomez a même l'impression que son froc va s'écrouler sur ses chevilles.

— Je mène une enquête interne sur les pratiques de la BAC, poursuit-il posément. Je suis chargé de voir comment sont traités les suspects n'opposant aucune résistance, ce qui a été mon cas. Voir par exemple s'ils sont tutoyés, insultés, ou peut-être même frappés.

— Mais...

— Je sais, c'est normalement le travail de l'IGS, mais nos cousins les bœufs-carottes n'ont pas suffisamment de couilles pour se mettre en situation. Se faire traiter de *connard* ou se manger une droite, c'est pas leur truc. Alors, on m'a chargé du sale boulot... Au fait, vous attendez quoi pour m'enlever les bracelets ?

Le gardien de la paix dépositaire de la clef interroge son chef du regard. Le brigadier hoche la tête et Gomez recouvre sa liberté de mouvement.

— Merci bien. Pourrais-je récupérer mon arme, à présent ? C'est un peu mon doudou, vous comprenez... Je fais des cauchemars horribles si je l'ai pas sous mon oreiller.

Le brigadier la lui rend, Gomez la balance sur le siège passager de la Peugeot.

— Et si on faisait plus ample connaissance, maintenant ? Je vais noter vos noms, vos prénoms et vos grades. Allez, je vous écoute ! Honneur aux dames...

— C'est vraiment dégueulasse ! ose le plus jeune gardien.

— T'as raison, mon gars, mais les ordres sont les ordres, soupire Gomez.

Le brigadier reprend la parole :

— Écoutez, commandant, c'est un malentendu…

Gomez s'allume une Marlboro, se délectant de leur mine défaite.

— Allez, détendez-vous, les filles : c'est une blague ! Y a une caméra cachée, là juste derrière l'arbre ! C'est pour le spectacle de fin d'année de la Préf !… Allez quoi, souriez, je vous dis que vous êtes filmés !

En face, ils ne savent plus sur quel pied danser, malgré l'énormité du canular. Ils se consultent bêtement du regard, Gomez a soudain pitié d'eux. Il songe à faire cesser leur calvaire au moment où le brigadier se remet à aboyer tel un roquet.

— Je ne sais pas à quoi vous jouez, *commandant*, mais on a vraiment autre chose à foutre qu'écouter vos délires d'alcoolique !

Gomez l'empoigne par le col de son blouson, le plaque contre la voiture.

— C'est toi qui vas m'écouter, *connard* : tu viens de te planter en beauté et je vais te le faire regretter toute ta vie ! T'imagines pas une seconde à qui tu viens de t'en prendre ! Et je n'ai pas avalé une seule goutte d'alcool, contrairement à toi.

— J'ai pas bu ! se défend le brigadier.

— Ton haleine de chacal me souffle le contraire !

Le petit trapu est tétanisé par le regard terrifiant qui s'enfonce dans le sien.

— Vous auriez dû dire tout de suite que vous étiez de la maison ! Je pouvais pas deviner !

— Eh ben si, tu aurais dû. Ça s'appelle le flair, *connard* !

— Vous êtes givré, c'est pas possible…

— Gagné ! Tu as le droit de revenir demain soir pour la finale. T'as vraiment une tête de vainqueur. Je suis certain que tu remporteras la super-cagnotte !

La gardienne de la paix pouffe discrètement, Gomez lâche le brigadier qui porte machinalement une main à sa gorge endolorie.

— Bon, c'est pas que je m'ennuie, mais après cette rude journée à combattre le crime, j'ai envie de rentrer chez moi. Alors je vais vous laisser jouer à la marelle !

Il s'approche de la jeune femme, elle fait un pas en arrière. Il attrape sa main, y dépose un baiser avant de lui faire un clin d'œil.

— Désolé pour ce petit intermède facétieux, mademoiselle. Si vous me dites votre prénom, je promets de ne plus jamais recommencer.

— Valentine.

— C'est merveilleux. Bonne nuit, Valentine. Et ne vous laissez jamais marcher sur les pieds par ces deux machos, promis ?

— Promis, commandant.

Elle sourit, un peu désarçonnée, tandis que Gomez remonte dans sa bagnole, colle le gyro sur le toit et démarre brusquement.

Ébahis, les trois flics regardent la voiture s'éloigner. Au bout de la rue, elle a déjà dépassé allégrement les cent kilomètres à l'heure.

— Il est vraiment fou ce type, murmure Valentine.

Je ne cesse de penser à toi.

C'est plus fort que moi, plus fort que tout.

Je t'ai choisie, parmi cette foule d'anonymes.

Choisie pour être ma muse, ma source d'inspiration.

Pour toi, j'inventerai mille et un supplices, tous plus raffinés les uns que les autres.

Je te le promets.

Pour toi, j'accomplirai un à un tous les sacrifices. Humains, bien sûr.

J'anéantirai tous les obstacles qui se dresseront entre nous.

Tu ne seras pas déçue.

Je te le promets.

Pour toi, je braverai l'impossible.

Rien ne me résistera.

Surtout pas toi.

Bien sûr, tu te défendras, avec le courage que je te connais, l'intelligence qui te caractérise.

Bien sûr, tu te battras jusqu'au bout, je n'en doute pas une seconde.

Mais tu finiras par te rendre à l'évidence et déposeras les armes à mes pieds.

Je te métamorphoserai, te sculpterai à mon goût.

T'écorcherai, te mettrai à vif. À nu.

Je te détruirai lentement, jour après jour, morceau après morceau.
Je te déconstruirai, pièce par pièce.

Tu seras ma plus belle œuvre d'art, ma plus belle réussite.
Mon plus beau carnage.

Mon chef-d'œuvre, je te le promets.

Chapitre 7

— Faudrait vraiment que t'arrêtes de jouer au con, Alex.

Gomez soutient le regard du commissaire Maillard, pas le moins du monde impressionné. Il faut dire qu'ils se connaissent depuis quinze ans et que Maillard a baissé les bras depuis longtemps. Contrôler Gomez relève de l'utopie. Autant essayer de maîtriser un troupeau de buffles poursuivis par une meute de hyènes.

Alors, le divisionnaire se contente de limiter les dégâts. De cacher la poussière sous le tapis.

— Si je rentrais dans le rang, tu t'ennuierais à mourir, provoque Alexandre.

— Ça me ferait des vacances, tu veux dire ! Parce que subir à 9 heures du matin l'énoncé de tes frasques nocturnes, ça n'a rien de drôle.

— Allez, détends-toi mon vieux ! rigole Gomez en allumant une clope.

— Fume pas dans mon bureau, merde ! ordonne Maillard.

Gomez ouvre la fenêtre, tire deux taffes et jette le mégot.

— Au prix où ça coûte...

— T'as qu'à arrêter.

— Et crever à 90 balais ? Non merci !

— T'es vraiment bon pour l'asile, Alex.

— Tu parles, aucun hôpital psy ne veut de moi ! J'ai déjà postulé, mais apparemment, je leur fous les jetons.

— Pourquoi tu as martyrisé cette équipe de la BAC ? soupire Maillard.

— Ils n'avaient qu'à pas me casser les couilles. Je roulais tranquille et…

— Tu roulais à 130 en agglomération. C'est un motif suffisant, il me semble. Le gyro, c'est pas fait pour les chiens.

— Et après ? J'ai même pas réussi à écraser un petit vieux ! À cette heure-là, ils sont tous au pieu depuis longtemps. Je voudrais bien contribuer à sauver notre système de retraite, mais faudrait que les papys soient moins casaniers.

— Je te rappelle que tu es payé pour terroriser les méchants, pas les flics. Les flics, c'est ta famille, tu vois. L'équipe dans laquelle tu joues. Enfin, dans laquelle tu es censé jouer du moins…

— Je suis payé, t'es sûr ? s'étonne Gomez. Vu l'état de mes finances, je croyais que j'étais bénévole à l'Armée du salut.

— Les gars de cette nuit se sont plaints et ça va encore me retomber sur le dos.

— Tu as l'échine solide, je le sais. Et puis je te jure que je me suis bien marré ! Il y avait une petite avec eux. Valentine, elle s'appelle. Tu devrais la faire venir au SDPJ. Parce qu'elle sait se débrouiller au volant d'une bagnole.

— Vraiment ?

— Surtout parce qu'elle est bandante ! avoue Alexandre.

Maillard lève les yeux au ciel et ferme la fenêtre de son bureau.

— Au fait, tu peux me dire ce que tu faisais dehors cette nuit ?

— J'admirais les étoiles. C'est beau, les étoiles.

Maillard croise les bras et attend.

— Je me suis pris de passion pour l'astronomie, assure Gomez.

— Dis-moi ce que tu foutais ou je te balance en pâture aux bœufs-carottes pour l'incident de cette nuit.

— Tu ferais jamais ça, mon frère.

— Je ne suis pas ton frère, juste ton supérieur hiérarchique.

Gomez s'extirpe du fauteuil où il s'était affalé.

— Non, tu n'es pas *juste* mon supérieur hiérarchique. Tu es surtout mon ami.

Maillard serre les mâchoires, pris en faute. Gomez pose une main sur son épaule.

— Merci, je te revaudrai ça.

Avant de franchir la porte, il se retourne, un sourire inquiétant sur les lèvres.

— Fais-moi confiance. Je vais te rapporter un gibier de choix. Un de ceux qui te vaudront une jolie médaille que tu pourras admirer tout au long de tes vieux jours.

Le commandant claque la porte derrière lui, le divisionnaire soupire à nouveau. Un jour, il le sait, il paiera cher le soutien indéfectible qu'il apporte à Gomez.

Son ami, c'est vrai. Son meilleur limier, aussi. Kamikaze des missions impossibles.

Un homme qui cache son désespoir chronique sous un masque de carnaval. Tantôt outrancier et grotesque. Tantôt effrayant.

Souvent effrayant.

Un homme qui possède en tout cas quelque chose d'extraordinaire que Maillard lui envie depuis toujours.

La volonté farouche de rester libre.

*
* *

— Tu as appelé le bureau ? demande Bertrand.

— Oui. Je leur ai dit que je ne viendrais pas ce matin.

— Moi aussi, je vais téléphoner à mon boss. Je préfère rester près de toi.

Il boit une gorgée de café, prend son portable. Cloé l'écoute tandis qu'il invente un mensonge à l'intention de son patron. Elle le trouve chaque jour plus séduisant. Comme si une nuit passée avec elle lui conférait un charme supplémentaire. Elle se plaît à penser qu'elle le rend plus beau, qu'il s'épanouit à son contact. Qu'elle est une sorte de drogue, elle aussi. Aux effets bénéfiques, bien sûr.

— Comment tu te sens ? s'inquiète Bertrand.

— Ça va, prétend Cloé.

Il prend sa main, elle fuit son regard magnétique et pourtant d'une incroyable douceur.

— Tu crois vraiment que j'ai des hallucinations ?

— Disons que tu as eu très peur, l'autre jour, et que ça a déclenché ces drôles de manifestations… Je pense que tu devrais te faire aider.

— Tu veux m'envoyer chez un psy, c'est ça ? dit Cloé en relevant la tête.

— Ça pourrait être bon pour toi d'en parler avec un spécialiste.

— Je ne suis pas folle !

— Arrête, Clo. Ne recommence pas, s'il te plaît. Je n'ai jamais pensé que tu étais folle. Ça n'a rien à voir. Tu as été visiblement traumatisée et...

— Je n'ai pas été traumatisée ! s'emporte Cloé. J'ai eu peur, c'est tout. Il en faut plus pour me traumatiser !

Bertrand lâche sa main, quitte la table.

— J'y vais, dit-il simplement.

Cloé hésite, le rattrape finalement dans l'entrée.

— Ne t'en va pas ! ordonne-t-elle.

— Je n'aime pas quand tu me parles sur ce ton. Je préfère rentrer chez moi.

Cloé passe ses bras autour de son cou.

— Ne pars pas, s'il te plaît. Reste avec moi...

Il ne répond pas, visiblement peu décidé à lui obéir.

— Je suis sur les nerfs, ajoute Cloé. Excuse-moi. J'ai pris ma matinée et toi aussi, ce serait idiot qu'on reste chacun de notre côté, non ?

Elle lui retire son manteau, il se laisse faire. Prenant sa main dans la sienne, elle le ramène dans la cuisine. Il consent à se rasseoir, demeure toutefois silencieux. Blessé, peut-être.

Cloé lui sert un deuxième café, se transforme en gentille fille.

— Pardonne-moi, répète-t-elle. Je crois que je n'aime pas parler de ça parce que... Parce que j'ai honte de réagir comme je le fais, d'avoir la trouille. De voir ce type partout.

— Avoir honte n'arrangera rien. En parler, par contre, ça peut...

— Hors de question, coupe Cloé sans élever la voix. Je vais me raisonner, ça va passer.

Elle l'embrasse, il fond comme neige au soleil.

— Tu n'as plus mal à la tête ? s'enquiert-il.

— Non. J'ai juste un bleu sur l'épaule. Rien de grave.

Elle débarrasse la table, il ne la quitte pas des yeux.

— Au fait, tu as pris tes médicaments ? demande-t-il soudain.

— Non, j'ai oublié…

Cloé ouvre un placard au-dessus de l'évier, récupère un flacon de gélules, en avale deux avec un grand verre d'eau.

— C'est quoi, ces médocs que tu prends tous les matins ?

C'est la première fois qu'il lui pose la question. Un peu embarrassée, Cloé hausse les épaules.

— Un petit souci au cœur, rien de grave. C'est un traitement préventif.

— Rien de grave, c'est sûr ?

Elle approche son visage du sien, murmure :

— J'ai un cœur de pierre, ne l'oublie pas.

Bertrand sourit.

— Je suis géologue, chérie. Ne l'oublie pas. L'étude des roches, c'est mon métier. Des plus friables aux plus dures, aucune ne me résiste.

*
* *

Gomez pousse la porte des locaux de sa brigade, un gobelet de café froid à la main.

— Bonjour, patron ! lance Laval.

— T'étais pas censé roupiller toi, ce matin ?

— Si, mais vous me manquiez trop. Je n'ai pas pu résister à l'envie de vous avoir tout près de moi.

Gomez cache son sourire en terminant son breuvage infâme.

— Où sont les autres ?

— Au bar du coin, peut-être, réplique Laval.

— T'as cinq minutes pour me les ramener ici.

— Je suis pas un labrit.

— Un quoi ?

— Un chien de berger.

— Pourtant, quand tu me regardes, j'ai parfois cette impression, envoie Gomez.

— C'est parce que toute l'admiration que j'ai pour vous transpire dans mon regard, chef.

— Arrête ton cinoche et va me chercher la bande d'abrutis qui me sert d'équipe.

Au moment même où Gomez termine sa phrase, trois hommes entrent dans la pièce.

— Salut, patron. La bande d'abrutis au rapport !

Ils viennent lui serrer la main, le capitaine Villard en tête.

— Alors, commence Villard, paraît que tu t'es payé une équipe de la BAC 91, cette nuit ?

— Je leur ai juste donné une leçon de pilotage gratuite, répond Gomez. Ça leur évitera de suivre le stage de conduite rapide ! On va pas y passer la journée.

— En tout cas, on ne parle que de ça dans les couloirs ce matin ! l'informe Villard.

— Vraiment ? Je comprends enfin pourquoi il n'y a plus de concierges dans les immeubles ; ils ont tous été mutés ici... Si on se mettait au boulot, maintenant ?

*
* *

78

Pardieu ne prend pas la peine de frapper avant d'entrer dans le bureau. Philip Martins lève le nez de ses dossiers et sourit au président.

— J'ai à vous parler, Philip.

Le Vieux prend soin de refermer la porte avant de s'asseoir face à son collaborateur.

— J'aimerais savoir ce que vous pensez de Cloé, attaque-t-il.

Martins est surpris, ne peut le cacher.

— À quel niveau ? demande-t-il pour gagner du temps.

— À tous les niveaux.

Philip desserre machinalement son nœud de cravate. Pardieu le fixe avec ses petits yeux rieurs. Un regard jeune, presque enfantin, au milieu d'un visage exagérément ravagé par les années. Ce regard qui ne fluctue jamais au gré de ses humeurs. Indéchiffrable.

Martins se lance enfin.

— C'est une fille intelligente, elle a beaucoup de talent.

— Mais encore ?

— C'est une bosseuse, qui ne compte pas ses heures.

— Lâchez-vous, Philip ! prie Pardieu avec un petit rire.

Martins s'installe plus confortablement dans son fauteuil.

— Dites-moi plutôt ce que vous voulez entendre, monsieur !

— Votre sentiment, votre *véritable* sentiment sur mademoiselle Beauchamp. Ce que vous pensez d'elle, sans détour.

— Je l'admire, avoue Martins. Elle est douée, pleine d'imagination. Elle a toujours la solution, la répartie qu'il faut. Elle est brillante. Elle ne se laisse jamais décourager. J'ai rarement croisé quelqu'un doté d'une telle volonté.

— Continuez, encourage Pardieu.

Martins hésite, ne sachant toujours pas où le Vieux veut en venir.

— Je l'admire, oui, répète-t-il. Mais... je n'aimerais pas être à sa place, parce qu'elle doit souffrir le martyre.

— Vous croyez ?

— J'en suis certain. Son ambition la dévore, l'éloigne des autres. Elle se méfie de tout le monde... Je crois qu'elle a peur d'échouer.

— Comme nous tous, non ?

— Certes. Mais pour Cloé, ça en devient maladif. Il n'y a que ça qui compte. Je crains fort qu'elle ne finisse par craquer à force de vouloir toujours tout gérer. Toujours vouloir être parfaite... La meilleure, partout.

Il se tait, Pardieu continue à le fixer.

— Merci, Philip.

— Mais de rien. Pourquoi ces questions ?

— Pour vérifier si j'ai fait le bon choix.

La gorge de Martins se noue. Il a déjà desserré sa cravate, ne peut rien faire de plus.

— Le bon choix ?

— Vous savez pertinemment de quoi je parle, continue Pardieu. De celui ou de celle qui me succédera à la tête de la maison.

— Vous avez déjà choisi quelqu'un ?... C'est Cloé, c'est ça ?

— Non. C'est vous, Philip.

Martins accuse le coup.

— Vous ne dites rien ? s'étonne Pardieu.

— Je... Je suis surpris, pardonnez-moi. Sincèrement, je pensais que vous choisiriez Cloé.

— J'ai hésité longuement entre vous deux, je l'avoue. Mais au final, je crois qu'il n'y a pas photo. Et l'interrogatoire que vous venez de subir me conforte dans mon choix, fait depuis fort longtemps. Ce que j'apprécie chez vous, Philip, et qui fera de vous un excellent dirigeant, c'est votre humanité. Vous savez voir les qualités chez les autres, vous savez les reconnaître. Et donc, vous saurez les exploiter. Cloé est trop centrée sur elle-même pour voir ceux qui l'entourent. Vous avez parfaitement raison : les autres ne sont pour elle qu'autant d'ennemis potentiels ou, dans le meilleur des cas, des esclaves à utiliser. Leur marcher sur la tête pour s'élever plus haut. Toujours plus haut... Je ne laisserai jamais la maison que j'ai fondée entre ses mains.

— Elle ne le supportera pas, affirme soudain Martins.

— Je le sais. Elle quittera l'Agence, ira travailler pour un concurrent. C'est dommageable pour nous, à cause de toutes les qualités qu'elle possède et que vous venez d'énumérer. Mais ma décision est prise. Et elle est irrévocable.

— Vous comptez l'annoncer quand ?

— J'ai parlé à Cloé. Je lui ai fait croire que c'était elle qui était choisie.

Martins devient livide.

— Vous me trouvez monstrueux, n'est-ce pas ?

Philip ne songe même pas à le contredire.

— À votre place, Cloé m'aurait fait un sourire de connivence !

— Vous vous rendez compte du choc ?

— Oui. Mais j'ai besoin qu'elle bosse jusqu'à

l'annonce officielle, pas qu'elle passe son temps à chercher un poste ailleurs. Je vois les intérêts de la maison avant tout. Et je compte sur vous pour qu'elle continue à croire jusqu'au bout qu'elle est l'heureuse élue.

Martins hésite. Face au regard du Vieux, il finit par capituler.

— D'accord, je me tairai.

— J'attends de vous plus qu'un silence, Philip. Il ne faut rien laisser paraître. Puis-je compter sur vous ?

— Vous le pouvez.

— Parfait.

Le Vieux se lève, marche vers la porte. Mais avant de sortir, il se retourne.

— Au fait… vous ne m'avez pas dit si vous étiez heureux d'être mon successeur. Qu'en est-il ?

— Laissez-moi le temps de réaliser, monsieur.

Pardieu prend congé, un sourire sur les lèvres.

Philip se plante devant la fenêtre de son bureau, y reste un long moment. Il ne parvient pas à se réjouir car le doute l'emporte.

Peut-être que Pardieu l'a choisi.

Peut-être pas.

Il commence à connaître ce vieux renard. Capable de tout.

Capable de mentir comme un arracheur de dents. De mettre ses deux successeurs potentiels en concurrence pour les jauger, les juger dans la dernière ligne droite.

En tout cas, il va falloir assurer pour franchir la ligne d'arrivée en tête. Le genre d'épreuve finale où tout est permis.

Tout.

Chapitre 8

Ils vont être en retard. Mais Cloé n'ose pas demander à Bertrand d'accélérer. Il est un peu tendu, depuis ce matin. Elle aussi, d'ailleurs. Alors, elle prend son mal en patience.

Il est presque 13 heures, ils entrent à peine dans Paris. Cloé regarde couler la Seine qui joue au caméléon avec le ciel grisâtre.

— T'es sûr que ça ne dérangera pas Carole que je me joigne à vous ?

— Bien sûr que non, assure Cloé. Elle sera ravie.

— Tu vas lui raconter pour ce matin ?

— Je ne sais pas.

— Au fait, tu ne devrais pas laisser ton garage ouvert la nuit. Surtout quand je ne suis pas avec toi. Même s'il n'y a rien à voler à l'intérieur, ce n'est pas très prudent.

Concentré sur la route, Bertrand ne voit pas la peur qui vient de rejaillir au fond de ses prunelles claires. Un mélange d'ambre et de jade. Deux bijoux lumineux, étincelants.

— Tu l'as trouvé ouvert cette nuit ? murmure-t-elle.

— Oui. J'ai cherché les clefs pendant dix minutes pour rien !

Les mains de Cloé se mettent à trembler, elle les cache entre ses cuisses. Il ne lui reste plus beaucoup de certitudes. Pourtant, elle en est sûre : le garage était fermé à double tour lorsqu'ils sont partis se coucher.

*
* *

La présence de Bertrand la met mal à l'aise. Ils se connaissent si peu... Pourtant, Carole fait mine d'être enchantée, demande un couvert supplémentaire au serveur.

Cloé, après avoir passé commande, s'éclipse en direction des toilettes. Carole se retrouve en tête à tête avec Bertrand qui la fixe avec un petit sourire.

— Je ne voulais pas venir, balance-t-il sans préambule. Mais Cloé a insisté. Je sais que vous aimez bien vous retrouver entre filles, j'espère ne pas être de trop.

— Pas du tout. On se voit souvent, tu sais. Alors on a tout le loisir d'échanger nos petits secrets !

La jeune femme regarde un instant par la fenêtre la foule qui déambule sur le trottoir. Comme si cela présentait un quelconque intérêt. Puis elle se tourne à nouveau vers Bertrand, lui adresse un sourire timide.

Pourquoi cet homme fait-il naître en elle un tel malaise ? Inutile de se voiler la face : elle est irrésistiblement attirée par lui, a peur que ça ne se lise sur son visage.

— Toujours célibataire ? interroge brusquement Bertrand.

Salaud.

— Oui, répond Carole.

Il pique un morceau de pain dans la panière, elle

suit des yeux chacun de ses gestes. Il a de belles mains, des yeux verts époustouflants, un sourire qui n'est pas étranger à la fonte de la banquise à des milliers de kilomètres de là.

— Le célibat a du bon, poursuit Bertrand.

— T'as raison ! réplique Carole en masquant au mieux son envie de le gifler.

Ou de l'embrasser, au choix.

— J'en profite bien, d'ailleurs ! ajoute-t-elle en essayant de paraître sincère.

Le petit sourire en coin de Bertrand s'élargit. De mieux en mieux.

Parfois, il est préférable de garder le silence pour éviter de s'enfoncer.

— Qu'est-ce qu'elle fabrique, Cloé ?

— Elle doit être en train de se remaquiller et de se recoiffer ! raille Bertrand. Alors qu'elle n'a pas besoin de tout ça pour être la plus belle des femmes.

Plus belle que moi, vraiment délicat de le préciser.

Carole triture sa serviette de papier rose entre ses doigts, passe une main dans ses cheveux noirs, attachés en une simple queue-de-cheval. Si elle avait su, elle les aurait laissés libres.

— Tu as maigri, on dirait ! reprend Bertrand. Non ?

Le visage de Carole se contracte involontairement.

— Je ne crois pas, non ! C'est même l'inverse.

Jusqu'à quand va-t-il la torturer ainsi ? Et s'il pouvait arrêter de la fixer avec cet air narquois…

— Tu es resplendissante en tout cas.

Soudain, elle doute. Est-il sincère ? Bien sûr que non !

Pourtant, Carole ne sait plus vraiment. Son cœur s'emballe, ses mains froissent carrément la serviette.

— C'est gentil de me dire ça ! lâche-t-elle dans un petit rire nerveux.

— Je le pense vraiment.

Cloé choisit cet instant précis pour revenir en scène, son amie la maudit en silence.

— Tu n'as pas l'air bien, réalise enfin Carole. Ça ne va pas ?

— Mal dormi, élude Cloé.

Carole fronce les sourcils, tourne la tête vers Bertrand. Il se met alors à raconter toute l'histoire en détail, sans omettre les hallucinations de Cloé qui le fustige du regard.

— Je n'ai pas rêvé ! dit-elle en contenant sa colère. Je l'ai vu, ce type.

— Tu ne vas pas recommencer ! prie Bertrand d'un ton condescendant.

— Bertrand a raison, intervient Carole. C'est la peur, rien d'autre.

— C'est la peur qui a ouvert la porte du garage ? envoie Cloé.

— Tu as oublié de la fermer, voilà tout, répond Bertrand.

— Non. J'en suis certaine.

— Bertrand a raison…

— Arrête de répéter *Bertrand a raison* ! aboie Cloé. Je sais encore ce que je fais !

Elle vient de crier sans même s'en rendre compte. Les convives de la table voisine la considèrent d'un œil amusé. Bertrand attrape sa main, la serre un peu trop fort. Elle grimace de douleur.

— Calme-toi, ordonne-t-il. Ça suffit, maintenant. Ce type n'existe pas et il va bien falloir que tu l'admettes et que tu nous écoutes.

Cloé essaie de dégager sa main, mais la poigne de

Bertrand se resserre encore. C'est la première fois qu'il a un geste brutal à son égard. Devant Carole, en plus.

— S'il avait été là cette nuit, je l'aurais vu. Impossible autrement.

— Il a pu se planquer dans le garage, il faisait nuit noire ! rétorque Cloé.

Elle sent qu'elle va se mettre à pleurer, essaie de se contenir. Carole demeure silencieuse, cherchant un trou de souris où se glisser.

— Je suis arrivé quelques secondes après que tu as crié, j'ai remis tout de suite le disjoncteur et j'ai allumé la lumière. Il n'était pas là. Il n'a jamais été là. Sauf dans ta tête. Est-ce que tu vas finir par me croire, oui ou merde ?

— Qui a coupé le courant, alors ?

— Personne.

À aucun moment il n'a élevé la voix. Pourtant, son regard est dur, sa voix cassante. Il lâche enfin sa main, un long silence les sépare. Carole pense devoir le briser au plus vite.

— Écoute, Cloé, je pense que Bertrand dit vrai. Tu as l'impression que ce mec est là. Parce que tu as été suivie dans la rue, parce que tu as eu terriblement peur et que...

Elle ne peut finir sa phrase ; Cloé les abandonne sans un mot. Carole va pour lui emboîter le pas, Bertrand la retient.

— Laisse-la, dit-il. Elle reviendra quand elle sera calmée.

Carole hésite et, finalement, obéit.

— Tu as sans doute raison...

Prétexte idéal pour éviter de s'avouer qu'elle préfère rester auprès de cet homme plutôt que d'aller consoler son amie.

Sa meilleure amie.

*
* *

Les bureaux sont plongés dans le noir, les couloirs déserts. Mais Cloé est encore là.

Pourtant, elle n'a pas réussi à travailler cet après-midi.

Il aurait dû l'appeler, s'excuser, venir la retrouver. Il n'a pas donné signe de vie.

Carole, elle, a tenté de la joindre, a finalement laissé un message embarrassé sur le répondeur.

Elle est inquiète pour moi, mais ne me croit pas... Est-elle vraiment mon amie ?

Cloé essaie de faire barrage à la confusion qui s'installe dans sa tête. Ça empire, heure après heure. Elle ne sait pas ce qui l'effraie le plus : être victime d'hallucinations ou réellement poursuivie par un inconnu.

Aucune trace d'effraction dans le garage, elle doit bien le reconnaître. Mais il existe sans doute un moyen d'ouvrir les portes sans les forcer.

Cette nuit, elle sera seule. Elle n'appellera pas Bertrand, bien trop orgueilleuse pour lui avouer qu'elle est morte de trouille. Et si cet inconnu existe, s'il a pu pénétrer dans le garage, pourquoi ne pourrait-il pas s'introduire dans la maison ?

Des images effroyables défilent devant ses yeux. Ce qu'il pourrait lui faire subir.

Non, Cloé, non. Ils ont sans doute raison, tu te fais des idées. Tu as la frousse et tu délires.

À la fenêtre de son bureau, elle observe une soirée

88

comme une autre qui débute dans le 13ᵉ arrondisse-
ment de Paris. Les gens qui s'engouffrent dans les
bouches de métro, font leurs courses ou hèlent un taxi.

Eux, sans doute, ne se sentent pas persécutés. Eux,
sans doute, n'auront peur ni du noir, ni des ombres,
cette nuit.

Elle se retourne, pousse un cri étouffé.

— Pardon, dit Martins. Je t'ai fait peur, désolé. Tu
ne rentres pas chez toi ?

— Si, je vais y aller, répond-elle en mettant un
peu d'ordre sur son bureau. Et toi ?

— Je termine à l'instant. À demain, alors.

— Bonne soirée, Philip.

Il disparaît dans les couloirs, elle regrette soudain
de ne pas l'avoir suivi.

La peur. Encore, toujours. Quitter seule la tour,
rejoindre seule sa voiture garée dans le parking souterrain.

Elle se dépêche d'enfiler son manteau, de bloquer
son ordinateur avec le mot de passe, d'attraper son
sac. Puis elle se dirige presque en courant vers les
ascenseurs. Avec un peu de chance… Mais la chance
n'est pas de son côté, les portes se referment trop vite.

L'étage est désormais abandonné.

Chapitre 9

Les portes s'ouvrent sur le parking. Aussi désert que mal éclairé, comme il se doit.

Le piège parfait.

Ce goujat de Martins aurait pu m'attendre !

Cloé jette un coup d'œil circulaire, refusant de sortir de l'ascenseur. Elle se concentre, s'intime des ordres d'une voix dure, sans appel ni pitié.

— Ne sois pas ridicule ! Tu n'es plus une gamine.

Elle abandonne enfin son refuge dérisoire pour s'élancer à découvert. Mâchoires soudées jusqu'à la douleur qu'elle ne sent pas, poings serrés, démarche bien trop rapide.

La berline est en vue, la télécommande déjà dans sa main droite. Elle fait un tour sur elle-même, ne remarque rien de suspect.

Elle grimpe dans sa Classe A, en verrouille aussitôt les accès. Les mains sur le volant, elle reprend sa respiration avant de démarrer. Elle récupère son badge dans le vide-poche, quitte enfin le parking.

Voilà, elle a réussi. Ce n'était pas si compliqué. Simple question de volonté.

Tandis qu'elle se fraie une place dans le trafic, elle tente de se décontracter. Musique classique, climatisation à 24 degrés. Dans sa bulle luxueuse, elle se sent à l'abri. Pourtant, il faudra bien en descendre. Un instant, elle songe à passer la nuit dans un hôtel.

Un endroit où il ne pourra pas me retrouver. Un terrier où me planquer.

En passant devant un Mercure, elle hésite.

— Hors de question. Je ne vais tout de même pas céder à la panique !

Je n'aurais pas dû partir du restaurant à midi. J'aurais dû appeler Bertrand pour m'excuser. Lui demander d'être avec moi, cette nuit. Le supplier, même.

— Le supplier ?... Je suis pitoyable !

Alors qu'elle patiente à un feu rouge, un visage revient la hanter. Celui de Christophe.

Passion de sa vie ?... Peur de sa vie. Haine de sa vie.

Cinq ans passés à ses côtés. Avec, comme lamentable épilogue, un mois d'hosto pour elle et deux mois de prison pour lui.

Christophe. Grand, impressionnant. Comme l'Ombre.

Elle ferme les yeux, ne voit pas le feu passer au vert. Des coups de klaxon furieux la ramènent sur terre. Elle était en enfer.

C'est lui. C'est Christophe. Il est de retour, il veut m'achever. Se venger, me tuer.

Il a toujours aimé me terroriser, m'avoir à sa merci.

Elle s'aperçoit qu'elle pleure à chaudes larmes.

— Tu es revenu, espèce de fumier ! Tu veux ma peau, c'est ça ?

Elle hurle dans le vide. Personne ne l'entend. Personne ne la comprend. Elle est seule, terriblement seule.

Non. La peur est avec elle. Incrustée dans ses chairs

à vif. Elle coule dans ses veines, bat dans ses tempes, mouille son front et ses mains. Elle vit là, en elle.

Depuis bien longtemps.

*
* *

D'habitude, elle est pressée d'arriver. Ce soir, elle a roulé lentement. A même emprunté quelques détours inutiles.

La rue est déserte. Chacun chez soi. Chacun pour soi.

Cloé observe ce décor habituel, transformé en jungle hostile. Où chaque arbre est une cachette idéale pour l'éventuel prédateur prêt à fondre sur elle.

Elle prend son portable, cherche Bertrand dans ses contacts. Lui confesser qu'elle est morte de peur, l'implorer de venir.

Elle perd de longues minutes à hésiter, embourbée dans ses propres contradictions.

Ne sois pas si fière, bon sang !

Ne lui donne pas ce plaisir.

Ou alors… Appeler Carole. Elle viendra, c'est certain.

— Je suis grotesque, à la fin. Ce type n'existe pas, je délire.

Appeler Caro, c'est incarner cette ombre. Ne pas l'appeler, c'est avouer qu'elle a rêvé. Cauchemardé, plutôt.

Il faudra qu'elle résolve ce dilemme. Plus tard. Pour l'instant, il s'agit simplement de rentrer chez elle. D'accomplir cette chose banale devenue périlleuse mission.

Affronter ses peurs, ses démons. Mesurer son courage.

En pénétrant dans le jardin, elle songe qu'il fau-

92

drait installer un portail. On rentre ici comme dans un moulin. Mais un portail n'empêchera personne d'escalader le muret qui sert de clôture.

Un chien de garde, peut-être ? Énorme, capable de déchiqueter n'importe quel intrus.

Le problème, c'est que Cloé a toujours eu peur des chiens. Une véritable phobie.

Elle regarde autour d'elle, derrière elle. Plus que quelques mètres et elle sera en sécurité.

Et s'il l'attendait à l'intérieur, confortablement installé dans le canapé ?

Alors qu'elle pose le pied sur la première marche du perron, un homme sort de l'ombre.

— C'est moi, n'aie pas peur.

Cloé ferme les yeux une seconde, les rouvre sur le visage de Bertrand. Elle ne trouve pas les mots, tellement soulagée qu'il soit là. Pourtant, quelque chose de froid, comme un courant d'air, la traverse de la tête aux pieds. Suivi aussitôt d'une envie de mordre à pleines dents dans cette chair familière.

Surtout, ne pas lui montrer à quel point entendre sa voix me fait du bien. J'ai gagné, il ne peut pas se passer de moi. Et ça doit continuer ainsi.

— Je suis venu voir comment tu allais.

— Ça va, répond-elle sèchement.

— Tant mieux… On pourrait peut-être parler, non ?

— Comme tu veux, dit-elle en ouvrant la porte. Mais je te préviens, je suis fatiguée.

— Je peux m'en aller, si tu préfères.

— Maintenant que tu es là, tu n'as qu'à entrer.

Dans le vestibule, elle balance ses clefs, ses chaussures, son sac. Tout ça sans un regard pour Bertrand. Il la suit jusque dans le salon où elle se sert un Martini ; elle ne lui propose rien, même pas de s'asseoir.

Continuant son petit manège, elle inspecte l'air de rien chaque pièce de la maison. En profiter tant qu'il est là. Ensuite, le jeter dehors. Sauf s'il exprime des millions de regrets, bien sûr. À genoux, de préférence.

Elle revient dans le salon, passe à côté de Bertrand, planté au milieu de la pièce. Elle n'a toujours pas daigné lui accorder la moindre attention.

Il va comprendre. Qu'on ne la traite pas impunément de dingue. Qu'il aurait dû la poursuivre dans la rue lorsqu'elle s'est enfuie. Se confondre en excuses. Ou au moins l'appeler vingt fois dans l'après-midi.

Elle allume la télé, Bertrand n'a pas bougé. Il la fixe de ses yeux soudain étrangement sombres, transformés en flingues chargés à bloc.

Pour la énième fois, elle le frôle sans le toucher. Mais une poigne se referme sur son bras, elle renverse la moitié de son Martini sur le tapis.

— Si tu n'avais pas envie de me voir, fallait me le dire.

Enfin, elle le regarde. Le toise, plutôt. Avec un sourire hautain, presque méprisant.

— Lâche-moi, ordonne-t-elle. Tout de suite.

Il l'attire brutalement à lui, confisque le verre qu'il pose sur l'enfilade.

— À quoi tu joues ?

— J'ai passé l'âge de jouer.

— Moi aussi. Alors on arrête.

Il la libère, enlève son manteau, le jette sur le canapé.

— Pas la peine de t'installer, lance-t-elle. Parce que tu ne dormiras pas là.

Il l'empoigne par les épaules, la pousse contre le mur. Elle s'aperçoit enfin qu'il a un visage qu'elle ne lui connaît pas. Un regard effrayant.

C'est juste un peu trop tard.

Elle repart plusieurs années en arrière. Lorsqu'un homme la terrorisait. Lorsqu'elle vivait avec un ennemi, un tueur.

Elle tente de le repousser, il la plaque à nouveau contre le mur.

— Arrête ça immédiatement... Sinon, j'appelle les flics !

Il se met à rire. Ce rire non plus, elle ne le lui connaissait pas. Elle frissonne, tente de maîtriser les battements de son cœur.

— Allons, Cloé, tu es ravie que je sois venu parce que tu es morte de trouille.

— Tu délires.

— Moi ? Non... Tu es heureuse de me voir, mais tu ne veux surtout pas le montrer. Tu es bien trop fière.

Il se colle contre elle, dans une étreinte qu'elle n'a pas choisie. Pourtant, elle sent qu'il serait dangereux de le repousser encore.

— Tu crois quoi ? murmure-t-il. Que je vais te supplier pour passer la nuit ici ?

— Alors pourquoi t'es venu ?

— Pour voir si tu allais bien, je te l'ai dit.

— Tu as vu ? Barre-toi, maintenant.

— Ne me parle pas comme ça. Ne me parle *jamais* comme ça.

— Je te parle comme je veux.

Il fait non, d'un mouvement de tête. Cloé étouffe doucement.

— Sors de chez moi ! Dégage !

Elle s'est mise à hurler, signe que la peur lui fait perdre le contrôle.

— Tu sais, ajoute Bertrand, je ne suis pas un brave toutou. Ni ton chien de compagnie, ni ton chien de

95

garde. Il faudrait vraiment que tu apprennes à avoir un minimum de considération et de respect pour les autres… Pour moi, en particulier.

Il a passé ses mains sous sa jupe, une vague de chaleur la submerge.

— J'ai pas envie, dit-elle en baissant d'un ton.

— Mais si… Tu redoutes d'être seule parce que tu as peur, tu voudrais que je reste mais tu refuses de l'avouer. Allez, vas-y, dis-le !

Elle allonge son bras gauche, attrape le verre où il ne reste quasiment que les glaçons, le lui jette en pleine figure. Il recule, essuie son visage. Ils s'affrontent du regard dans un silence annonciateur.

— Tu veux me frapper ? défie-t-elle. Vas-y.

— Tu me confonds avec quelqu'un d'autre, Clo. Ton ex-mari, sans doute.

Elle devient d'une pâleur cadavérique ; Bertrand sourit, content de son effet.

— Eh oui, je suis au courant, tu vois…

Carole, évidemment. Qui ne sait pas ce que le mot discrétion veut dire. Elle me le paiera.

— Et je ne suis pas aussi con que lui, ajoute Bertrand en récupérant son manteau. Tu ne crois quand même pas que je vais finir en taule pour toi ?

Il se dirige vers la sortie sans se presser.

— Si tu entends du bruit cette nuit, inutile de m'appeler. Idem si le courant est coupé. Je pense que je ne serai pas disponible. Bonne nuit, Cloé.

Au bruit de la porte qui claque, elle sursaute. Ses lèvres se mettent à trembler, elle se laisse glisser contre le mur pour se retrouver assise par terre.

— Salaud !

Tu me manques déjà. Pourtant, je ne regrette rien.

Gomez est allongé sur le canapé, un bouquin à la main. Un des rares Chandler qu'il n'avait pas encore lu.

Pas de planque, ce soir. Après tout, il n'est pas pressé. Il y retournera un autre jour, une autre nuit. Finira bien par remonter jusqu'à Bashkim. Cet enfoiré de première, cette ordure qu'il faut broyer dans la benne. Il lui logerait volontiers deux balles dans le cœur, mais ce serait lui faire un cadeau qu'il ne mérite pas. La prison, c'est beaucoup mieux. Surtout qu'un type comme lui prendra forcément perpète. Sauf en cas d'imprévu. Un de ces ratés de la justice qui mettent parfois à mal des mois de boulot.

— Alex !

Gomez pose son bouquin sur la table basse et s'extirpe du sofa.

— J'arrive, répond-il en se dirigeant vers le fond de l'appartement.

Il pénètre dans la dernière chambre, allume la lumière.

— Qu'est-ce que tu as, chérie ?

Dans un lit médicalisé, une femme contemple le plafond. Son visage est tellement ravagé qu'il est impossible de lui donner un âge. Elle est d'une maigreur épouvantable, ses yeux sont profondément cernés de mauve, exagérément enfoncés dans leurs orbites.

Elle est effrayante. Et belle à la fois.

Cette beauté particulière et émouvante.

Celle des gens qui souffrent.

— Pourquoi tu ne dors pas ? demande doucement Alexandre.

— J'ai mal.

Il s'assoit dans le fauteuil, près d'elle. On se croirait dans une chambre d'hôpital. Barrières le long du lit, potence, perfusions. Rien ne manque. D'ailleurs, depuis maintenant six ans, l'appartement s'est transformé en hôpital.

Puis en mouroir.

Il prend sa main dans la sienne, la serre mais pas trop fort. Sinon, ce sera l'hématome.

— Je t'ai déjà donné tous tes médocs, rappelle-t-il.

— Si tu savais comme j'ai mal !

Des larmes coulent le long de ses joues creusées d'effroi. Il ne supporte pas de la voir pleurer. L'impression qu'un acide suinte sur sa propre peau.

— Ne t'énerve pas, je t'en prie. Je vais voir ce que je peux faire… Je reviens.

À peine a-t-il franchi la porte que les plaintes résonnent à nouveau. Il presse le pas jusqu'à la cuisine. Là, il ouvre un placard, entièrement rempli de boîtes de médicaments, et attrape la morphine.

Il a déjà dépassé la dose maximale. Et après ?

Il prépare l'injection, tandis que dans le fond de l'appartement, les plaintes sont devenues cris.

Un jour, il la tuera. Sans le vouloir. Ou peut-être que si.

Parce qu'il n'accepte plus de la voir souffrir. Parce qu'elle le supplie chaque jour. Sans un mot, juste avec les yeux.

Parce qu'il est prêt à aller en taule pour ce crime.

Parce que l'amour ressemble sans doute à ça.

N'ayant pas eu le courage de rejoindre son lit, elle a décidé de veiller jusqu'au petit matin.

Allongée sur le canapé, face à la télé en sourdine, Cloé fixe le néant.

Les lumières sont allumées, le téléphone à portée de main. Tout comme la bouteille de whisky, ouverte après le départ de Bertrand.

Ne pas dormir, sinon il viendra. Ne pas dormir, sinon il me tuera. Ou pire encore.

Que me veut-il ? Qui est-il ?

Elle tente de mettre un visage sur l'Ombre. Il est grand, mais elle ne saurait dire précisément sa taille. Et des hommes qui mesurent entre 1,80 mètre et 1,90 mètre, elle en connaît plusieurs. Christophe, Martins… Bertrand.

Elle se ressert un verre, glissant doucement vers l'ivresse.

Ou alors c'est moi qui deviens parano. Cinglée. Malade, frappadingue.

Laquelle des deux options est la pire ? Si elle est réellement poursuivie par un homme, elle peut s'enfuir à l'autre bout de la planète. Si l'ennemi est en elle, elle pourrait s'envoler pour la lune, ça n'y changerait rien.

Non, vraiment, elle ne saurait dire ce qui est le plus effrayant. Alors, elle tente de trouver une troisième option, plus rassurante.

Ils ont raison. C'est le contrecoup de la peur, ça va passer. Dans quelques jours, je ne verrai plus cette ombre, je n'entendrai plus de bruits suspects. Tout rentrera dans l'ordre.

— Et je serai présidente de l'Agence !

Elle se met à rire, s'offre une gorgée de single malt. Une grimace déforme son visage. Elle aurait dû choisir un breuvage plus facile à avaler pour oublier.

— Et Bertrand reviendra se traîner à mes pieds !

L'instant d'après, elle est en pleurs. Elle prend son portable, compose son numéro. Elle laisse sonner longtemps, finit par tomber sur sa messagerie. Elle raccroche, s'octroie une gorgée supplémentaire.

— Allez, réponds !

Elle réessaye. Cette fois, la communication bascule sur le répondeur au bout de la seconde sonnerie. Appel refusé.

Bonjour, vous êtes bien sur le portable de Bertrand...

Cette voix, délicieuse. Qui lui réchauffe les tripes plus sûrement que le douze ans d'âge.

— Bertrand, c'est moi... C'est juste pour te dire que je... Juste pour te dire que...

Ses yeux sont dans le vague, les mots se perdent. Que pourrait-elle bien lui dire ? Je t'aime ? Absurde. L'amour est une faiblesse qui peut coûter cher. Le garder secret, ne jamais l'avouer.

— C'est juste pour te dire d'aller te faire foutre ! s'écrie-t-elle finalement.

Elle raccroche, éclate en sanglots. Ses doigts se desserrent, le portable échoue sur le tapis. Elle pleure longtemps, abritée par la solitude. Cette chère solitude qui permet de laisser libre cours à tout.

Tout ce qu'il faut constamment dissimuler sous une épaisse armure. Derrière les sourires et les airs de circonstance. Derrière un masque d'argile.

Tout ce qu'elle cache, depuis si longtemps.

Depuis que le mensonge est devenu son refuge, sa religion.

Seule face à elle-même, elle peut sangloter, hurler jusqu'à éteindre sa voix. Insulter la terre entière, ceux qui l'ont blessée, ceux qui n'ont même pas essayé. Ceux qui ont profité d'elle, du temps où c'était encore possible. Avant qu'elle soit armée jusqu'aux dents.

*
* *

Elle s'est enfin endormie. Gomez la regarde, assis dans le fauteuil près du lit. La morphine a détendu ses traits, apaisé son visage. Lui rendant un peu de sa beauté originelle.

Sera-t-elle ainsi lorsqu'elle basculera dans la mort ? Alexandre l'espère. C'est bien là son dernier espoir.

Il ne sait pas encore quand.

Parfois, il prie pour que ça arrive. Souvent, il chiale de peur que ça n'arrive.

Elle lui manquera, de toute façon.

Devenu l'esclave d'une mourante, il pourrait choisir de l'abandonner. De la confier à des blouses blanches. Mais autant s'enfoncer un poignard dans le cœur puisqu'il ne peut se passer d'elle.

Lentement, il s'endort. Une main posée sur la sienne. Prêt à partir avec elle.

Il rêve de son visage. Son vrai visage, avant la maladie. De son sourire, englouti. De son rire, oublié. Il rêve qu'il lui donne ce qu'elle attend. La résurrection. La libération.

La mort.

À quelques kilomètres de là, dans les beaux quartiers, Cloé aussi bascule doucement de l'autre côté. Dès qu'elle a franchi la frontière, elle plonge dans un cauchemar.

Son cauchemar.

Le même depuis des années.

Ça commence comme un rêve. Un rire d'enfant...

Ensuite, c'est un hurlement terrifiant, un corps qui tombe dans le vide et s'écrase à ses pieds.

Cloé rouvre les yeux dans un sursaut. Quelques secondes plus tard, recroquevillée sur le sofa, elle s'enfonce lentement dans un coma profond.

Une ombre à son chevet.

Chapitre 10

— C'est quoi, ce torchon ?

Elle n'a pas élevé la voix. Mais son regard est pire qu'une insulte.

Face à elle, Matthieu Ferraud, le nouveau directeur de la création, encaisse sans broncher.

— Quel est le problème ? demande-t-il finalement.

Elle lui jette quasiment à la figure le document qu'il a déposé la veille sur son bureau.

— *Le problème* ? répète Cloé avec un sourire féroce. Je crois que c'est vous.

Matthieu examine bêtement le projet de campagne publicitaire réalisé par son équipe avant de lever les yeux sur Cloé. Recruté il y a deux mois à peine, ce n'est pourtant pas la première fois qu'il a maille à partir avec cette furie. Mais qu'elle ose s'adresser à lui de cette manière est inédit. Il respire profondément, comme son professeur de yoga le lui a enseigné.

— On pourrait en parler ensemble, peut-être ? propose-t-il. Vous pourriez…

— Il n'y a rien à dire, coupe Cloé. À part que vous êtes complètement dénué de talent. Je veux une nouvelle proposition dans la journée. Vous n'êtes pas payé pour passer vos journées à boire du café. Alors bougez-vous.

Obéissant à Cloé, il se met debout, histoire de lui montrer qu'il la dépasse d'une tête. Ce qui ne la déstabilise pas une seconde.

— Dites-moi au moins ce qui vous déplaît dans mon projet !

— Tout. C'est nul. Slogan ringard, image débile ! Nos clients vont nous rire au nez avant de partir chez la concurrence. Vous avez jusqu'à 16 heures. Ensuite, je demande au président de vous virer.

Elle tourne les talons, laissant son subordonné complètement groggy. Elle s'enferme dans sa tanière, avale une gorgée de café préparé par Nathalie. Trop amer, imbuvable ; ça ne fait qu'aggraver sa nausée tenace.

— Même pas capable de faire un café digne de ce nom ! Décidément, je bosse avec une bande d'incompétents !

Cloé a l'impression de s'être métamorphosée en volcan. La petite raclée qu'elle vient d'administrer au nouveau venu l'a à peine calmée.

Qui pourra enfin éteindre le feu avant qu'elle implose ?

Elle consulte son portable qui ne lui signale aucun nouvel appel, à part tous les messages laissés par Carole et auxquels elle n'a pas répondu.

Plantée devant la fenêtre, Cloé se heurte au ciel grisâtre autant qu'à ses doutes. Elle n'aurait pas dû se comporter ainsi avec Bertrand. Mais elle n'aurait jamais pensé qu'il réagirait de la sorte. Il avait l'air si amoureux… Si dépendant.

Il semblait m'appartenir, pourtant.

Finalement, elle envoie un texto à Carole, l'invitant

à la rejoindre pour le déjeuner. Lapidaire, pour ne pas montrer qu'elle a besoin d'elle. Plutôt comme si elle lui accordait une faveur. Elle appuie sur Envoyer au moment où Philip Martins entre dans son bureau. Sans frapper.

Sa tension monte encore d'un cran.

— Cloé, qu'est-ce qui s'est passé avec Matthieu ?

— Pourquoi cette question ? Il est venu pleurnicher dans tes bras ?

Le visage de Philip se durcit.

— Tu n'es pas là pour terroriser les collaborateurs, il me semble.

— J'ai *terrorisé* ce pauvre homme ? Comment ai-je osé faire une chose pareille ? !

— Arrête ! ordonne Philip. Il paraît que tu l'as menacé ?

Cloé termine son café avec l'impression qu'un mélange d'acides entame sa trachée.

— Je lui ai juste demandé de faire correctement son boulot. Ça te pose un problème ?

— Ne me parle pas sur ce ton…

— Ne me dis pas que je te terrorise, toi aussi ?

— Non, mais tu me fais vraiment chier.

Martins n'est jamais grossier, signe qu'il est réellement énervé.

— J'ai vu le projet, il n'est pas si mauvais. Que tu lui demandes de revoir sa copie est une chose. Une bonne chose, d'ailleurs. C'est vrai que c'est loin d'être parfait. Mais que tu le menaces d'être viré en est une autre. De toute façon, ce n'est pas toi qui décides.

— Il suffit que je demande à Pardieu, rétorque Cloé. Ça revient au même.

— Oh oui, c'est vrai ! J'avais oublié à quel point il est sous ton influence !

— Plus que tu ne le crois.

Martins sourit, s'installe sans autorisation sur une des chaises.

— Tu n'as pas à passer tes nerfs sur les autres, ajoute-t-il. On ne va pas changer de DC tous les mois. Je te rappelle que tu as dégagé le dernier en date.

— Bon débarras.

— Tout le monde a droit à l'erreur. Laisse-lui le temps de faire ses preuves.

— C'est émouvant, la solidarité masculine ! raille Cloé.

— Rien à voir. Ce mec attend tes conseils, pas une exécution publique.

— Mes conseils ? Autant que je fasse tout moi-même, dans ce cas. Parce que je te signale que j'ai du boulot par-dessus la tête.

— Moi aussi. Tout le monde a du boulot, ici… Tu dois te montrer plus indulgente.

— Comme tu l'as été à mon égard lorsque je suis arrivée ? ironise Cloé.

— Je ne m'en souviens pas, prétend Martins. C'est si loin… Tu as des problèmes personnels en ce moment ? Je te trouve particulièrement odieuse. Encore plus que d'habitude.

Estomaquée, Cloé garde la bouche ouverte. Comment ose-t-il ?

— Si tu veux en parler, poursuit Martins, je suis à ta disposition.

— Tu te prends pour mon psy ?

— Ton psy ? Le pauvre… Je le plains sincèrement ! balance-t-il.

Cloé est sur le point d'exploser tandis que Philip semble s'amuser.

— Sors d'ici.

Il la rejoint près de la fenêtre. Il est bien trop près au goût de Cloé, mais elle peut difficilement s'enfuir sauf en sautant par-dessus son bureau.

— Change de comportement, dit-il à voix basse. Je te donne là un conseil d'ami… Tu es en train de te mettre tout le monde à dos. Je suppose que tu as des raisons d'être de sale humeur, mais notre vie personnelle ne doit pas interférer dans notre travail.

Elle tourne la tête vers l'extérieur, retient ses larmes. Des larmes de rage. Martins pose une main sur son épaule, elle se raidit de la tête aux pieds.

— Prends quelques jours de congé, si ça ne va pas.

— Tout va très bien. Laisse-moi, j'ai du travail.

Il s'éloigne enfin, Cloé ferme les yeux. Encore un qui lui tend la main et à qui elle crache à la figure. Une simple habitude. Une devise, même. Ne jamais tendre la main, au risque de se la faire broyer. Ne jamais accepter celles qui se tendent, de peur d'être redevable.

Incapable de remettre le nez dans ses dossiers, elle s'obstine à regarder dehors, comme hypnotisée par le ciel lourd et la tristesse ambiante. C'est alors qu'elle distingue quelque chose qui scintille derrière les vitres d'un appartement de la tour d'en face.

Une paire de jumelles, ça ne fait aucun doute.

*
* *

Engoncée dans son manteau, Carole fait les cent pas. Cloé est en retard.

Elle ne peut pas me poser un lapin ! Son message était si froid…

Après vingt ans d'amitié, elles ne vont tout de même pas se brouiller pour si peu !

La porte du bâtiment coulisse, Cloé apparaît. Moins rayonnante que d'habitude, mais toujours aussi élégante. Long manteau et béret en feutre gris, jupe et bottes noires.

Elles se dévisagent un instant, Carole prend l'initiative.

— Salut, ma chérie. Je suis vraiment contente qu'on déjeune ensemble.

Cloé ne répond pas immédiatement, glaçante comme jamais. Au bout de quelques secondes de cet odieux silence, elle esquisse enfin un sourire.

— Moi aussi, dit-elle.

Soulagée, Carole l'embrasse.

— T'as eu mes messages ?

— Oui, merci. Mais je n'ai pas eu le temps d'y répondre. J'avais autre chose à faire.

Son amie ravale sa douleur.

— Je m'en doute. Ce n'est pas grave… Italien ?

— Italien, confirme Cloé. On prend le bus ?

Elles se mettent en route et Carole remarque que Cloé observe tout autour d'elle. Ça ne s'arrange pas.

— Tu as revu Bertrand ?

— Oui, hier soir. Je l'ai jeté dehors, précise Cloé d'une voix cinglante.

— Merde… tu aurais peut-être dû…

— Ne me dis pas ce que j'ai à faire, par pitié.

Profitant d'une brève accalmie dans le flot de la circulation, elles traversent le boulevard. Et soudain, Cloé se fige au beau milieu de la chaussée. Un homme vêtu d'un sweat noir à capuche. Mains dans les poches, tête baissée, il marche droit sur elle.

Cloé a cessé de respirer, une bouffée de panique

l'étouffe. L'homme la frôle sans lever la tête, leurs épaules se touchent. Impression de recevoir une puissante décharge électrique.

— Cloé ! hurle Carole.

Le bruit d'un freinage en urgence arrive jusqu'au cerveau de la jeune femme paralysée. La voiture s'est arrêtée à quelques centimètres d'elle. Un coup de klaxon la fait sursauter, les injures du conducteur l'atteignent à peine. Carole la rejoint, adresse un signe d'apaisement à l'automobiliste furieux puis escorte Cloé jusqu'au trottoir.

— Qu'est-ce qui t'a pris ? Tu veux mourir ou quoi ?

Cloé se retourne, l'homme en noir a disparu. Mais la peur est toujours là.

Elle ne la quittera plus, désormais.

*
* *

— Des types qui portent un sweat noir à capuche, tu peux en croiser des dizaines à Paname, souligne Carole.

Elle prend la main de Cloé dans la sienne, lui adresse un sourire rassurant.

— Il faut que tu te calmes, Clo. Je pense que tu devrais prendre quelques jours de repos.

— Je suis vraiment en danger. Quelqu'un m'observe, me suit… Je ne rêve pas !

— Mais qui ferait une chose pareille, voyons ? Et pourquoi ?

— Je sais pas… C'est… C'est peut-être Christophe.

Carole reste interdite quelques secondes.

— Il ne s'est pas manifesté depuis longtemps et

je le vois mal revenir d'un coup pour… Pour quoi, au fait ?

— Pour se venger !

— Ça ne tient pas la route. Il sait ce qu'il risque s'il s'approche à nouveau de toi. Et je pense qu'il n'a pas envie de retourner en prison.

— Il est fou ! hurle Cloé.

Quelques visages se tournent dans sa direction, elle baisse d'un ton.

— Il est fou, répète-t-elle.

— Non, Cloé. Il n'est pas fou.

— Tu prends sa défense ?

— Pas du tout. Mais être fou, ce n'est pas ça. Il est violent, pas cinglé.

— Alors qui ? demande Cloé avec des sanglots dans la voix. Qui ?

— Je ne sais pas, murmure Carole. Mais… Écoute, je ne veux pas que tu te sauves comme hier, je veux juste t'aider. Tu le sais, n'est-ce pas ?

Cloé fixe une croûte immonde accrochée au mur. Elle ne l'avait jamais remarquée jusqu'à aujourd'hui. Comment peut-on avoir si mauvais goût ?

— Je sais que tu peines à me croire, mais je pense sincèrement que tu te fais des idées.

— N'en parlons plus, coupe durement Cloé.

— Bien sûr que si, on peut en parler ! On *doit* en parler !

— Non. C'est inutile, je crois. Je préfère qu'on arrête.

Un long silence s'installe entre elles, le garçon vient débarrasser la table. Cloé s'exile dans les toilettes, revient au bout de dix longues minutes.

— Désolée, dit-elle. Je t'emmerde avec mes histoires.

— Non, assure Carole. Je suis inquiète, c'est tout.

— T'as peut-être raison, je ne sais plus très bien. Parlons d'autre chose. Parle-moi de toi.

Carole sourit et se laisse aller en arrière sur sa chaise.

— De moi ?

— Ben oui. Tu n'as rien à me raconter ?

Son amie hausse les épaules, prend un air mystérieux.

— Tu as rencontré quelqu'un ?

— Pourquoi tu dis ça ? s'étonne Carole.

— Je sais pas… Quelque chose dans tes yeux !

Carole se met à rire, Cloé la fixe, prête à la faire passer aux aveux.

— Tu as rencontré quelqu'un ou pas ?

— Tu te souviens de Quentin ?

Cloé fronce les sourcils, fouille sa mémoire.

— Tu l'as croisé une fois chez moi, pendant une soirée un peu avant Noël. Il est infirmier, lui aussi. Grand, brun, la quarantaine. Les cheveux longs.

Enfin, Cloé parvient à mettre un visage sur le prénom. Elle se remémore vaguement un type plutôt taciturne et finalement assez quelconque. À moins qu'elle ne confonde avec un autre.

— On se connaît depuis pas mal de temps, et là, ça fait plusieurs fois qu'on se voie en tête à tête. Il m'a invitée à boire un café, puis au resto… Je crois que je lui plais.

— Marié ? suppose Cloé.

— Il veut divorcer, précise immédiatement Carole.

— C'est ce que tous les mecs mariés prétendent ! Et une fois qu'ils ont tiré leur coup, ils oublient instantanément toute idée de divorce.

Carole hausse les épaules, son cœur se comprime douloureusement.

— Pas grave, assure-t-elle.

— Il te plaît, si je comprends bien ! sourit Cloé. Je suis contente pour toi.

— Comment tu le trouves ? demande Carole.

Sa voix a changé, espiègle et gonflée d'espoir.

— Il faudrait que je le revoie. J'avoue qu'il ne m'a pas marquée plus que ça.

Carole avale la couleuvre avec un verre d'eau gazeuse.

— Et quand est-ce que tu comptes passer aux choses sérieuses avec lui ? poursuit Cloé.

— Je sais pas. Il prend son temps, apparemment !

— Ça existe encore, les mecs qui font la cour pendant des semaines ? J'y crois pas ! Organise un truc et invite-moi. Comme ça, je pourrai le revoir, ce fameux gentleman !

*
* *

Gomez allume une Marlboro, appuie ses fesses contre la 407. Il est un peu anxieux, rien de bien méchant.

Soudain, il l'aperçoit, sortant du commissariat.

— Valentine !

La jeune femme tourne la tête vers lui, reste ébahie un instant. Il s'approche, sourire et démarche assurés.

— Bonsoir, Valentine. Je vous attendais.

— Mais… Comment vous savez à quelle heure je…

— Je me suis renseigné. On m'a dit qu'aujourd'hui

vous finissiez à 17 heures. Je voulais m'excuser encore pour l'autre soir.

— C'est gentil. Mais… j'ai trouvé ça plutôt marrant ! confesse la jeune femme.

— Tant mieux. En fait, mon plan pour me faire pardonner, c'était de vous inviter à dîner.

Elle est encore plus médusée. Instinctivement, son regard se pose sur la main gauche d'Alexandre. Plus précisément sur son annulaire. Alliance basique. Et visiblement ancienne.

— Oui, je suis marié, confirme Gomez. J'ai dit que je voulais aller au resto, pas à l'hôtel.

Valentine rougit, fixe la porte du commissariat.

— Alors, ce dîner ?

— Je sais pas.

— Comment ça ? Vous avez envie de passer une soirée avec moi ou pas ?

Elle arbore un sourire timide, hésite.

— Quel soir êtes-vous libre, cette semaine ? demande Gomez.

— Demain.

— Ça me va. Je passe vous chercher à 20 heures.

Elle lui donne son adresse, toujours aussi mal à l'aise. Il attrape sa main, y dépose un baiser et repart vers sa voiture.

— Attendez ! s'écrie Valentine. On ira où ?

— Je sais pas encore. Pourquoi ?

— Pour savoir comment je m'habille.

Il se marre, elle le regarde de travers.

— Rappelez-vous, Valentine, je suis flic.

— Et alors ?

— Et alors, j'ai un salaire de flic. De toute façon, vous serez parfaite, je ne me fais aucun souci.

Chapitre 11

Elle s'était juré d'attendre, refusant de céder la première dans ce bras de fer. Mais risquer de le perdre est plus dur encore que capituler. Cloé appuie sur la sonnette et patiente.

— Oui ?

— C'est moi.

L'interminable silence qui succède à cette annonce aggrave son malaise. Le bruit d'ouverture de la porte lui signale toutefois qu'elle est invitée à monter. Première victoire.

Elle s'engouffre dans le hall, commence à gravir les étages, jusqu'au troisième. Elle frappe deux coups discrets, patiente encore. Bertrand prend son temps pour lui ouvrir. Il est seulement vêtu d'un jean, torse et pieds nus. Il s'appuie sur le chambranle, croise les bras.

Ça s'annonce délicat.

— Bonsoir.

Sa voix est glaciale, son regard sans équivoque. Cloé regrette d'être venue, songe à s'enfuir. Son orgueil reprend le dessus, lui imposant l'affrontement. Elle a remporté des batailles bien plus difficiles. Mais les excuses, elle sait seulement les recevoir. Et encore…

— Bonsoir, je peux entrer ? J'aimerais te parler.

— Si c'est pour me dire d'aller *me faire foutre*, c'est inutile. J'ai bien eu le message.

Un cynisme intolérable s'affiche ouvertement dans ses yeux verts. Elle aurait encore préféré y déceler de la colère. Il veut jouer avec elle, c'est évident. Peu disposé à lui faciliter la tâche.

— Je voulais te dire des choses plus agréables, mais je ne resterai pas une minute de plus sur le pas de ta porte, prévient Cloé.

Il s'efface enfin, l'invite d'un geste de la main à rentrer. Seconde victoire.

Cloé pénètre dans l'appartement spacieux, toujours aussi bien rangé, puis ôte son manteau.

— Pas la peine de t'installer, ironise Bertrand. *Parce que tu ne dormiras pas ici !*

Tout en le fixant, elle retire sa veste, l'abandonne sur le dossier du fauteuil.

— Je suis d'un naturel optimiste, répond-elle en imitant son sourire sarcastique.

Elle ne le quitte pas des yeux, déboutonne son chemisier avec une lenteur calculée. Bertrand profite du spectacle, adossé au mur. Elle remonte légèrement sa jupe, fait descendre sa culotte en dentelle jusqu'au sol avant de venir se coller contre lui.

— Je croyais que tu voulais parler, rappelle Bertrand.

— J'ai changé d'avis. Et puis on pourra toujours parler après si tu en as encore la force...

Elle tente de l'embrasser, il tourne la tête. Elle ne se laisse pas décourager, l'enlace doucement. Il feint de rester de marbre, mais Cloé est suffisamment près de lui pour constater que son petit effeuillage a eu l'effet escompté.

Il ne va pas tarder à céder. Elle ne perd jamais, de toute façon.

Elle l'embrasse dans le cou, commence à dénouer la ceinture de son jean. Brusquement, il la saisit par les épaules, la plaque contre le mur si brutalement qu'elle laisse échapper un cri.

— Excuse-toi, ordonne-t-il.

— J'avais bu ! On va pas en faire toute une histoire, non ?

— Excuse-toi, répète-t-il. Ou sors de chez moi.

Elle aurait pensé que ce serait plus facile. Qu'elle échapperait à ça. Mais se faire jeter dehors maintenant serait intolérable. Le pire des affronts. Il faut qu'il succombe, qu'il soit à nouveau à elle. Parce qu'elle ne peut supporter de se faire larguer. D'échouer.

Parce qu'elle ne peut endurer le manque de lui.

C'est à cet instant précis qu'elle le réalise. Juste à temps.

— Je suis désolée, murmure-t-elle. Je ne pensais pas ce que j'ai dit…

— C'est tout ?

Son cœur se serre, la couche de glace perpétuelle qui couvre ses iris se fendille pour dévoiler leur couleur originelle.

— Je n'aurais jamais dû te parler comme ça.

Il ne rend toujours pas les armes. Pourtant elle sent qu'elle approche du but. Plus qu'une marche à gravir. Ou plutôt à descendre, vu les circonstances.

— Tu me manques trop… Pardonne-moi, s'il te plaît.

Il la regarde avec une satisfaction qui lui semble particulièrement odieuse.

J'ai gagné, se persuade Cloé.

Victoire au goût amer.

Jamais elle n'aurait pensé lui avouer ça un jour. Pourtant, c'est la simple vérité. Alors pourquoi a-t-elle l'impression qu'elle vient de toucher le fond ?

Bertrand a enfin capitulé, il est à elle. Ou l'inverse, elle ne sait plus. Le vide qu'il avait laissé se comble lentement. Délicieusement. Elle a l'impression de revivre, de respirer à nouveau.

Sans un mot, il s'empare d'une victime consentante et passionnée.

C'est bon et douloureux à la fois. Comme les excuses, finalement.

*
* *

Gomez monte les escaliers lentement, traînant un boulet invisible. Arrivé au second, il croise la voisine, dame âgée toujours tirée à quatre épingles, comme si elle voulait cacher qu'elle n'a même pas de quoi manger à sa faim chaque jour.

— Bonsoir, monsieur !

Gomez la déteste. Elle est gentille, discrète. Pourtant, il la déteste. Sans aucune raison valable. Seulement parce qu'elle a un âge avancé. Un âge que Sophie n'atteindra jamais.

Il lui répond malgré tout d'un simple sourire, rentre chez lui et trouve Martine assise dans la salle à manger, en train de feuilleter un magazine. Il dépose les provisions qu'il vient d'acheter à l'épicerie du coin, s'approche pour lui serrer la main.

— Comment ça s'est passé aujourd'hui ?

— On a vu pire. Elle n'était pas en forme ce matin, mais ça s'est arrangé.

— Vous pouvez rester plus tard, demain soir ?

— Bien sûr, acquiesce l'auxiliaire de vie. Aucun problème.

Alexandre la raccompagne et reste un moment planté face à la porte close, comme s'il songeait à s'enfuir ou s'apprêtait à livrer un combat difficile.

Le même que d'habitude, pourtant.

Enfin, il enlève son blouson, dépose son arme sur la table du salon. Il entre dans la chambre sur la pointe des pieds, mais Sophie ouvre les yeux dès qu'il s'approche. Elle lui sourit, tend la main vers lui. Il l'embrasse longuement sur le front.

— Salut, ma beauté… comment tu te sens ?

— Ça va. Et toi ?

— Ça baigne !

Il s'installe dans le fauteuil, sans lâcher sa main, froide comme la mort. Déjà.

— Tu as faim ?… Qu'est-ce qui te ferait plaisir ?

Elle réfléchit un instant, opte finalement pour des pâtes au beurre.

— Je m'en charge, dit Alexandre. Je prends juste une petite douche d'abord.

— Je ne suis pas pressée… J'ai tout mon temps, tu sais !

Elle rigole, il l'embrasse à nouveau. Attend d'être dans la salle de bains pour se mettre à chialer. Immobile sous le jet d'eau un peu trop chaude, pendant de longues minutes, il laisse aller. Ne sachant pas vraiment sur quoi ou sur qui il pleure, tel un gamin effrayé.

Sur lui, sans doute. Qui sera bientôt veuf. À 42 ans.

Lui, qui ne sait pas comment il fait. Pour vivre avec ce qu'elle est devenue.

Lui, qui ne sait pas comment il fera. Pour vivre sans elle.

Il sort enfin de la baignoire, enfile un tee-shirt et

un vieux jean. Tout en préparant le dîner, il écoute d'une oreille distraite les infos à la radio. Il pleure toujours, en continu, sans même s'en apercevoir. Simple habitude.

Il dresse les assiettes sur un plateau et sèche ses larmes avant de retourner dans la chambre.

— Madame est servie !

Il aide Sophie à s'asseoir ; l'effort lui arrache une grimace, une violente quinte de toux. Mais elle retrouve son sourire aussitôt après.

— Tu m'as manqué, aujourd'hui, dit-elle.

— Seulement aujourd'hui ?

Elle rit à nouveau, il lui adresse un clin d'œil.

— Bon appétit, mon amour.

Ils attaquent leur repas, les yeux dans les yeux. Alexandre lui raconte sa journée, inventant des anecdotes plus ou moins drôles. Elle n'est pas dupe, consciente qu'il exerce vraiment un métier ingrat. Mais elle sourit volontiers, ce soir. Martine a dû forcer sur la morphine.

Il débarrasse le plateau, lui prépare un thé.

— Tu me fais une place ? quémande-t-il.

Il s'allonge à côté d'elle, la prend dans ses bras. Le lit est vraiment trop étroit. Ils n'ont pas encore songé à fabriquer des lits médicalisés en 140. Comme si la maladie interdisait l'amour.

— Je rentrerai tard demain soir, annonce Gomez.

— Planque ?

— Non.

Sophie esquisse un sourire d'une infinie tristesse. Elle se serre encore plus contre lui, respire son parfum léger. Le désir explose dans son cerveau. Seulement dans son cerveau.

Le reste est mort.

— Comment elle s'appelle ?

— Valentine.

— C'est joli… Quel âge ?

— Je sais pas. Moins de trente, en tout cas.

Ils restent silencieux un moment. Sophie caresse son visage, s'attardant sur sa bouche.

— Ne la fais pas trop souffrir, finit-elle par dire. Elle n'y est pour rien.

*
* *

Ils n'ont pas parlé, finalement. Ça n'aurait pas servi à grand-chose, de toute façon. À part peut-être rallumer les braises endormies et gâcher ainsi leur réconciliation explosive.

Cloé est allongée sur le côté, tournée vers celui qu'elle a failli perdre. Mais qu'elle a su reconquérir. Elle le regarde, sans se lasser.

Elle se sent bien. Enfin presque.

Reste l'Ombre. Tout autour d'elle. Tout près d'elle. Les ténèbres ont ouvert leurs puissantes mâchoires et craché leur prophète. Il vient la chercher pour la conduire de force en enfer, elle en est sûre.

Parce que sa place est au purgatoire, elle en est sûre.

Veut-il la tuer ? Ou simplement l'effrayer ? Quelles que soient ses intentions, elle ne se laissera pas faire. Se battra, comme elle l'a toujours fait.

Elle cale sa tête sur l'épaule de Bertrand, il ne se réveille pas.

Elle est bien. Enfin presque.

Elle a seulement hâte que le jour se lève pour chasser l'Ombre qui se dresse au pied du lit et la fixe sans relâche.

Douleur [dulœr] n.f. (lat. *dolor)*. Souffrance physique. // Affliction, souffrance morale.

Tu vas comprendre ce que ce mot veut dire, mon ange.
La souffrance pure. Cristalline, comme tes yeux.
Sans artifice ni remède. Sans issue.
Et surtout, sans fin.
Tu te crois forte, tu penses que rien ne peut te résister ou te freiner.
Tu te crois invincible.
Je le suis.
Pas toi.
Installée sur ton piédestal, tu imagines pouvoir régenter le monde.
La chute sera brutale lorsque tu tomberas à mes pieds.

Tu commandes, je t'apprendrai l'obéissance.
Tu méprises, je t'apprendrai le respect.
Tu braves, je t'apprendrai la peur.
Tu manipules, je ferai de toi une proie.
Ma proie.
Tu domines, je ferai de toi une esclave.
Mon esclave.

Tu juges, je t'ai déjà condamnée.
N'oublie jamais que je t'ai choisie. Parmi tant d'autres.
N'oublie jamais pourquoi.

Tu veux vivre ?
Meurs en silence, mon ange.

Chapitre 12

Cloé consulte sa montre, finit son café et commence à débarrasser la table.

— Laisse, dit Bertrand. File, tu vas être en retard.

Elle vient se poser sur ses genoux, l'embrasse.

— J'ai bien fait de venir, non ?

— Je ne m'en plains pas, sourit Bertrand. Et je trouve qu'on devrait se disputer plus souvent. Pour avoir le plaisir de se réconcilier après !

— Arrête !… Bon, il est l'heure. Faut que je passe chez moi pour me changer, en plus.

— Profites-en pour prendre tes médicaments.

Elle le dévisage avec étonnement.

— T'as vraiment peur que je tombe malade ou quoi ?

— Ce serait dommage que ton cœur connaisse la moindre petite faiblesse… non ?

*
* *

— Vous avez suivi le match, patron ?

Gomez délaisse son journal et lève les yeux sur Laval qui arbore son sourire de gosse effronté.

— Tu vois pas que je suis occupé ? Alors fous-moi la paix, tu veux ?

— C'était géant, non ? ajoute Laval en posant ses fesses sur le bureau du commandant.

— J'ai pas la télé, soupire Gomez.

Le lieutenant écarquille les yeux comme s'il avait un homme de Cro-Magnon en face de lui.

— Vous vous foutez de moi, c'est pas possible !

— Eh si, c'est possible. C'est encore autorisé par la loi… Peut-être que ça durera pas, alors j'en profite.

— Mais vous faites quoi, le soir ?

Alexandre le considère d'un air franchement désolé.

— Trouve-toi une femme, conseille-t-il en replongeant dans son canard. Elle t'apprendra des trucs, tu verras.

— Ah ouais ! Je comprends mieux pourquoi vous avez toujours l'air crevé le matin ! Si vous passez vos soirées à…

— Tu avais quelque chose d'intéressant à me dire, sinon ? coupe Gomez.

— On fait une teuf, samedi prochain. Toute l'équipe, chez Villard.

— Amusez-vous bien.

— Vous êtes invité, précise le lieutenant.

Le commandant capitule et plie son journal.

— Qu'est-ce que tu veux, à la fin ?

— J'ai parié que j'arriverais à vous faire venir. Deux cents euros.

— T'es malade !

— Allez, patron… Je suis à découvert, déconnez pas !

Gomez lui adresse un sourire en coin.

— OK, je viendrai. Si on fait cinquante-cinquante.

— Génial ! Je savais que je pouvais compter sur

vous ! Bien sûr, les conjoints sont invités aussi. On aura enfin le plaisir de connaître votre charmante épouse !

Gomez continue de sourire. Façade parfaite malgré la douleur qui lui serre la gorge.

— Compte pas là-dessus. Tu crois qu'elle a envie de gâcher une soirée avec des blaireaux de ton espèce ?

— Pour tout vous dire, l'objet du pari, c'est que j'arrive à vous faire venir, vous ET votre femme. Alors, faites ça pour moi, pitié !

— Désolé, tu viens de paumer deux cents euros.

— Villard m'avait prévenu que ce serait difficile, gémit Laval. Depuis trois ans qu'il bosse avec vous, il n'a même pas réussi à la voir en photo !

— Arrête ton cirque, ordonne Gomez.

— Pourquoi nous la cacher comme ça ? Vous avez peur qu'on vous la pique, ou quoi ?

Le Gamin ricane, Gomez le toise des pieds à la tête.

— Tu penses vraiment qu'elle peut me larguer pour un minus dans ton genre ? Tu rêves !

Villard entre à son tour en scène. De l'autre côté de la cloison, il n'a rien perdu de la conversation.

— Je t'avais dit que c'était impossible. Je suis sûr qu'il la garde sous clefs !

— Lâchez-moi, les gars, souffle Gomez. Retournez jouer dans votre bac à sable.

Laval revient à la charge.

— On a vraiment envie de connaître celle qui vous supporte depuis vingt ans. En fait, on a prévu de lui décerner une médaille samedi soir !

— La médaille du courage ! renchérit Villard.

Tandis que ses hommes se marrent, Gomez reste impénétrable. Cachant à la perfection qu'ils sont en train de lui manger le cœur à la petite cuiller.

Cloé gravit les marches du perron en courant.

Courir, toujours. Être à l'heure, efficace. Parfaite.

Elle s'arrête net, intriguée par une traînée sombre sur la porte blanche. En la suivant des yeux, elle aperçoit enfin le cadavre. Un oiseau noir, mort sur son paillasson.

Les oiseaux ne s'écrasent pas sur les portes. Sur une vitre, à la rigueur… Ce n'est pas un hasard mais bel et bien un présent. Morbide à souhait.

— Tu es venu…

La colère succède rapidement à l'angoisse.

— Tu crois que tu me fais peur, salopard ? !

Elle vient de hurler dans le vide. Ses yeux s'emplissent de larmes de rage.

— Qu'est-ce que tu veux, à la fin ?

De l'autre côté de la rue, le voisin cesse d'astiquer sa voiture déjà rutilante et observe cette femme qui braille sur son perron. Inutile de passer pour une aliénée auprès des habitants du quartier ; Cloé respire à fond pour recouvrer un semblant de calme.

Faisant attention à ne pas marcher sur le malheureux volatile, elle pénètre chez elle avec prudence. Il faudra qu'elle songe à se procurer une arme. Ça devient urgent.

Elle saisit son parapluie à pointe métallique, passe la maison au peigne fin. Rien à signaler.

Comment ce fou ferait-il pour entrer sans forcer la porte ?

Elle n'est plus sûre de rien.

Une arme et un verrou supplémentaire. La liste des courses s'allonge.

Dans la cuisine, elle récupère un grand sachet de congélation, des gants en latex. Avec une grimace de dégoût, elle saisit l'oiseau du bout des doigts et l'enferme soigneusement dans le sachet avant d'aller le placer dans le congélateur du garage.

Pièce à conviction.

Elle entreprend ensuite de nettoyer le sang qui macule sa jolie porte.

— Saleté de malade mental !

Sa besogne terminée, elle ressent le besoin d'une douche, alors même qu'elle en a déjà pris une chez Bertrand.

Elle choisit à la va-vite un tailleur pantalon dans la penderie, un chemisier, et peut enfin rejoindre sa voiture. La pendule du tableau de bord lui reproche l'heure tardive. Elle se rappelle alors qu'elle a une réunion avec Pardieu et d'importants clients à 10 heures.

— Bon sang !

Au premier feu rouge, elle saisit son portable, compose le numéro du président.

— Bonjour, monsieur, c'est Cloé. Je risque d'être un peu en retard.

— C'est fâcheux.

Le feu passe au vert, Cloé redémarre.

— J'ai eu un souci ce matin… Mais je fais mon maximum, je serai là à 10 h 15 !

— Je compte sur vous.

Alors qu'elle raccroche, elle aperçoit les flics sur le bord de la route. Un type en uniforme lui fait signe de se ranger sur le côté. Le sort s'acharne. Une journée de merde s'annonce.

— Police nationale, madame. Coupez le moteur du véhicule, s'il vous plaît.

— Écoutez, je suis en retard et…

— Coupez le moteur, répète l'agent en haussant la voix. Et veuillez me présenter les papiers du véhicule.

Le flic épluche la carte grise, la carte verte, avant de passer au permis.

— Je suis pressée, rappelle sèchement Cloé.

— Vous téléphoniez au volant. L'amende est de 35 euros et deux points seront retirés de votre permis.

Cloé essaie la douceur et le charme. Sourire et regard enjôleurs.

— Je suis vraiment désolée, monsieur. J'ai juste passé un appel de trente secondes pour prévenir mon président que j'allais arriver en retard à la réunion.

Le flic sourit à son tour, se penche légèrement.

— Il est interdit de téléphoner au volant, madame.

— Oui, mais…

— Vous savez ce que le mot *interdit* veut dire ?

— OK, je suis tombée sur quelqu'un de très compréhensif ! Mais vite, je suis pressée.

Évidemment, c'est la phrase qu'il fallait éviter. Le policier dresse le PV avec une application toute particulière. Au bout de dix minutes, Cloé sort de la voiture. Et de ses gonds.

— Vous le faites exprès ? Je vous ai dit que j'étais en retard !

Un autre flic, sans doute un gradé, s'approche.

— Nous faisons juste notre travail, madame. Il vaudrait mieux garder votre calme.

— C'est à ça qu'on vous paye grassement ? À empêcher les gens d'aller bosser ?

Avec un sourire en coin, l'agent continue à écrire

à la vitesse d'un enfant de maternelle. Tout juste s'il ne tire pas la langue.

— Nous sommes payés, et pas *grassement*, pour appliquer les lois, répond le gradé. Si vous étiez pressée, il fallait respecter le code de la route. Ça vous aurait permis d'économiser 35 euros et un bon quart d'heure.

— Connard ! marmonne Cloé.

— Pardon ?

Elle regarde ailleurs, appuyée sur sa Mercedes.

— Vous pouvez répéter ce que vous venez de dire ? insiste le gradé.

— Je n'ai rien dit, sourit Cloé. Vous devez entendre des voix, monsieur le policier.

— Vous voulez que j'ajoute outrage à agent sur le PV ?

— Je veux juste aller travailler. Si vous le permettez, bien entendu. Mais allez-y, prenez votre temps, messieurs !

Enfin, l'agent lui remet l'amende. Cloé grimpe dans sa voiture et démarre en trombe.

Pour Pardieu, le retard est un péché capital. Il faut qu'elle invente très vite un alibi en béton.

Il est 10 h 40 lorsque Cloé pénètre dans la grande salle de réunion. Tous les regards convergent vers elle, comme chaque fois qu'elle entre dans une pièce. Armée d'un sourire de pénitente, elle vient s'asseoir près du président.

— Bonjour, messieurs, je vous prie d'excuser mon retard.

— Nous n'attendions plus que toi, précise Philip Martins d'un ton acerbe.

— Je suis vraiment désolée, ajoute Cloé en le fixant

droit dans les yeux. Mais ce n'est pas tous les jours qu'on a l'occasion de sauver une vie.

Le silence se fait, ils sont suspendus à ses lèvres.

— J'ai dû pratiquer un massage cardiaque à une vieille dame qui avait un malaise. J'ai pensé que ça valait bien une demi-heure de retard… Non ?

Martins garde la bouche ouverte, Pardieu esquisse un petit sourire.

— Eh bien, puisque notre héroïne est enfin arrivée, nous allons pouvoir commencer.

La pub, c'est essentiellement une question d'imagination.

*
* *

Gomez ralentit pour vérifier le nom de la rue. Quartier résidentiel d'Évry, alignement de pavillons qui ont une fâcheuse tendance à se ressembler. Mieux vaut ne pas rentrer chez soi ivre mort sous peine de se tromper de baraque et d'atterrir dans le plumard du voisin.

Au beau milieu de cette collection de maisons de poupées tristes, celle où vit Valentine.

Le commandant aperçoit alors la jeune femme qui l'attend déjà sur le trottoir.

— Bonsoir, Valentine ! Grimpez…

Elle monte et le considère avec un malaise évident.

— Vous êtes resplendissante. Cette tenue vous va bien mieux que l'uniforme.

— Pas difficile.

— C'est vrai. On y va ?

Elle hoche la tête, il passe la première.

— Détendez-vous ! Je ne vais pas vous manger.

— Je ne suis pas comestible.

Gomez éclate de rire. Il profite d'un stop pour la fixer droit dans les yeux.

— Vous êtes pourtant fort appétissante.

Valentine rougit malgré elle, mais rétorque aussitôt :

— Les plantes vénéneuses sont toujours appétissantes.

Il allume une cigarette et descend la vitre.

— Ça ne vous dérange pas, j'espère ?

— Si.

— Tant pis !

— Un homme galant jetterait sa cigarette.

— Non, affirme Gomez. Un homme galant vous aurait demandé l'autorisation avant de l'allumer. De toute façon, je ne suis pas galant.

— Merci de me prévenir, commandant !

— Appelez-moi Alexandre, par pitié. Sinon, je vous appelle gardienne de la paix.

— OK, Alexandre. On va où ?

— Je connais un petit resto sympa sur les bords de Marne. Ça vous tente ?

La voiture remonte vers Paris, ils restent un long moment silencieux.

— Pourquoi avez-vous accepté mon invitation ? interroge soudain Alexandre.

— À vrai dire, je me le demande.

— Peut-être parce que vous me trouvez irrésistible ?

Elle tourne la tête vers lui, se retient de rire.

— Ça doit être ça, en effet.

— Moi, en tout cas… je vous trouve irrésistible.

— J'avais bien compris. Mais vous devriez regarder la route. Si je passe au travers du pare-brise, je serai beaucoup moins *irrésistible*.

Alexandre rigole à nouveau. Il ne l'avait pas imaginée si mordante, est agréablement surpris.

— Vous êtes censé être où, en ce moment ? questionne la jeune femme.

— Pardon ?

— Pour votre femme, précise Valentine.

— Avec vous.

— Vous vous moquez de moi, non ?

— Pas le moins du monde. Je lui ai dit que j'avais rendez-vous avec une jeune femme qui se prénommait Valentine. Elle a trouvé que vous aviez un joli prénom, d'ailleurs.

— Elle n'est pas jalouse ?

— Si, bien sûr.

Valentine perd un peu ses moyens.

— Vous me menez en bateau. Elle pense que vous êtes au boulot.

— Vous n'êtes pas obligée de me croire. Mais je vous assure qu'elle sait parfaitement ce que je suis en train de faire.

— Très bien… Et qu'êtes-vous en train de faire ?

Il repère une place libre, réalise un créneau parfait.

— Vous ne répondez pas à ma question, Alexandre ? insiste Valentine.

Gomez contourne la voiture pour lui ouvrir la portière.

— J'emmène au resto une plante vénéneuse, non comestible, mais particulièrement charmante !

— Et vous n'avez pas peur ? s'amuse Valentine en descendant à son tour de la bagnole.

— Je suis immunisé, mademoiselle !

Il l'invite à marcher vers le restaurant en lui prenant la main.

— Et j'ai faim.

* *

Cloé met un peu d'ordre sur son bureau, enfile son manteau, attrape son sac.

— Vous êtes encore là ?

Elle sursaute ; Pardieu vient d'entrer, discret comme à son habitude.

— Je partais, précise Cloé.

— Vous m'accordez quelques instants ?

Il s'assoit, elle en fait autant, tout en jetant un coup d'œil impoli mais discret à sa montre.

Pas assez discret.

— Je ne vous retiendrai pas longtemps, précise le président.

— Aucun problème, prétend la jeune femme.

Il la dévisage quelques secondes, elle commence à se sentir mal à l'aise.

— Bravo, pour ce matin, dit-il enfin. L'excuse pour justifier votre retard à la réunion... Bien joué, vraiment !

— J'ai pensé qu'il fallait les étonner, sourit Cloé.

— Je vous reconnais bien là. Et quelle est la vraie raison ?

— Ce serait un peu long à expliquer, monsieur.

— Et ça ne me regarde pas. Toutefois, il ne faudrait pas me décevoir maintenant.

La gorge de Cloé se serre.

— Votre retard était malvenu, mais ce n'est pas le pire...

Le Vieux ménage une petite pause, histoire de prolonger le suspense.

— Vous n'aviez pas préparé correctement cette réunion.

— Si, je…

— Laissez-moi finir, voulez-vous ?

Elle se tait, sa bouche se crispe.

— Vous n'aviez pas préparé correctement cette réunion et nous avons bien failli passer à côté d'un contrat important. Heureusement que Martins était là. N'est-ce pas ?

— C'est vrai que j'ai commis une ou deux maladresses, mais…

— Ne vous relâchez pas maintenant. Si vous voulez toujours ma place, bien entendu.

— Je vous promets que ça ne se reproduira pas, monsieur, se hâte-t-elle de préciser.

— Je n'en doute pas, conclut Papy en se levant. Passez une bonne soirée, mon petit. Et ne me décevez plus jamais.

Cloé reste clouée dans son fauteuil de longues minutes. KO.

*
* *

Gomez stoppe la voiture devant la maison et laisse tourner le moteur.

— Vous voilà chez vous, Valentine.

La jeune femme ressemble de nouveau à une collégienne timide. Elle qui s'est pourtant cachée durant toute la soirée derrière un rideau d'impertinence et d'audace.

Mais arrive le moment crucial où s'évaporent les apparences. Elle attend qu'il la prenne dans ses bras, qu'il l'embrasse. Elle, elle n'osera jamais. Pour cela, il faudrait d'abord qu'il coupe le contact.

Elle hésite à descendre de voiture, ne peut finalement s'y résoudre.

— Vous ne me demandez pas de vous inviter à prendre un dernier verre ? demande-t-elle comme si elle s'excusait de tant de hardiesse.

Elle le dévisage avec son sourire ingénu, ses yeux de biche.

— Non.

Son sourire s'évanouit, elle encaisse le choc. Aussi brutal que s'il venait de la gifler.

Alexandre regarde la route, les mains sur le volant. Il était pourtant sûr de lui. Savait ce qu'il venait chercher, ou plutôt voler, en l'invitant à passer cette soirée avec lui. Il cherchait à se rassurer, sans doute. À vérifier qu'il n'était pas seulement un futur veuf, mais encore un homme séduisant. Il cherchait à étancher sa soif, rassasier sa faim. Oublier son malheur. Oublier…

Sauf qu'il ne pense qu'à elle. Encore et toujours.

Sauf que Valentine est trop fragile pour assouvir ses envies inavouables. Elle vaut mieux que d'être un simple palliatif à sa douleur.

— Ne m'en veuillez pas, Valentine. Je vous en prie. Je suis désolé, mais je ne peux pas.

— C'est à cause de votre femme ?

Il acquiesce d'un silence.

— Je croyais qu'elle était au courant ! sourit tristement Valentine.

— Elle l'est. Elle m'a même encouragé à vous rejoindre, ce soir.

— Vous ne vous aimez plus, c'est ça ?

— Elle est en train de mourir. Et on s'aime comme au premier jour.

Deuxième choc. Encore plus violent que le premier.

Alexandre fixe son alliance, maintenant. Chaque mot lui érafle le cœur.

— On avait plutôt passé une bonne soirée, non ? Et voilà que je gâche tout…

— Ne dites pas ça, Alexandre.

Un silence atroce s'invite dans l'habitacle.

— Tu es merveilleuse, Valentine, ajoute brusquement Gomez. Alors je ne veux pas me servir de toi. Je vais te faire du mal et je ne le veux pas. Sauve-toi, maintenant.

Elle avance une main vers son visage. Il la stoppe juste avant qu'elle le touche.

— On pourrait seulement parler, dit-elle.

Elle est sincère, il le voit dans ses yeux. Encore plus merveilleuse qu'il ne l'imaginait.

— Pour que je te raconte ma souffrance ? Tu ne le mérites pas… Ou que je te fasse pitié ? *Je* ne le mérite pas. Sauve-toi, je te dis.

— Elle a de la chance de t'avoir. D'être aimée par toi.

Il sent une poigne invisible serrer son cou.

Valentine griffonne quelques mots sur un mouchoir en papier, l'abandonne sur le tableau de bord. Elle claque la portière, il attend qu'elle ait passé le portail pour démarrer. Il allume aussitôt une cigarette et l'autoradio.

Au bout de la rue, il s'arrête en plein milieu de la chaussée. Une douleur féroce lui broie les tripes. Les larmes refusent de venir le soulager. Rien ne peut le soulager, de toute façon. Sauf partir avec elle, peut-être.

Il prend le mouchoir en papier, actionne la lumière du plafonnier. Un numéro de portable et quelques mots. *Si tu as besoin de moi.*

Après le sermon de Pardieu, elle est rentrée directement chez elle. Elle avait espéré que Bertrand l'y attendrait. Mais personne ne l'attendait. À part sa chère solitude. Et la peur de l'Ombre.

Elle l'a appelé, bien sûr. Partie de poker avec des amis. Elle a feint de ne pas lui en vouloir. Ils sont libres, après tout.

Sa chère liberté.

Comme elle n'avait pas faim, elle est partie se coucher. Là, elle a guetté le sommeil. L'a imploré de venir l'apaiser. Effacer les questions, quelques heures durant.

Mais il n'est pas venu, lui non plus. Alors, les yeux ouverts et la lumière allumée, elle cherche.

Qui. Pourquoi.

Un mobile, un coupable. Une solution.

Dès qu'elle ferme les paupières, un oiseau de mauvais augure se heurte aux murs de la chambre en poussant de funestes cris.

Dès qu'elle éteint la lumière, l'Ombre ricane au pied de son lit.

Et son cœur de pierre s'épuise à palpiter dans le désordre le plus complet.

*
* *

Martine s'est endormie dans le salon. Alexandre la réveille sans grand ménagement.

— Vous voulez que je vous raccompagne ? propose-t-il.

— Non, merci, répond l'aide-soignante en enfilant son manteau. J'ai ma voiture.

— Très bien. Merci d'être restée si tard en tout cas.

Elle disparaît, Alexandre se jette sous la douche, y reste de longues minutes. Pourtant, il n'a à se laver d'aucun crime.

En tirant le rideau de la baignoire, il reste stupéfait. Sophie est là, assise sur le petit tabouret, ses béquilles à côté d'elle.

— Mais qu'est-ce que tu fais debout ? demande-t-il en attrapant une serviette.

Elle a un sourire triste, le regarde se sécher à la va-vite.

— Je t'attendais.

Il la serre dans ses bras, un peu trop fort. Comme s'il voulait l'étouffer.

— Tu ne dois pas te lever, reproche-t-il doucement. Tu pourrais tomber.

— Je fais ce que je veux. Et je suis déjà tombée… Amoureuse de toi, il y a longtemps.

Il prend son visage entre ses mains, l'embrasse.

— Tu as passé une bonne soirée ? demande-t-elle.

Elle voit les muscles de son cou se tendre.

— Oui, dit-il.

— Tu as couché avec elle ?

Sophie ne sait pas si elle espère un oui, ou un non. Ce qu'elle sait, c'est qu'il ne mentira pas. Depuis qu'ils font ménage à trois avec la mort, le mensonge a été banni entre eux.

— Non.

— Tu l'as embrassée, au moins ?

— Arrête, s'il te plaît.

Il l'aide à retourner jusqu'à la chambre, s'assoit sur le rebord du lit.

— Alex, ce sera encore plus dur pour moi si…

— Tais-toi, ordonne-t-il.

— Non, je ne me tairai pas !

Elle a une voix douce mais ferme.

— Tu es jeune, tu dois me promettre de refaire ta vie avec une autre femme.

Il ferme les yeux, essaie de se maîtriser.

— Alex, c'est important pour moi.

C'est important pour moi. De savoir que tu auras quelqu'un à qui te raccrocher. Que tu ne me suivras pas. Que tu resteras à la surface tandis que je m'enfoncerai dans le néant.

— Je peux pas…

Soudain, il file un coup de pied dans le fauteuil.

— Je peux pas ! hurle-t-il.

— Calme-toi, supplie sa femme.

Cette fois, il a perdu le contrôle. Il tape dans les murs, les meubles, pousse des cris de dément. Sophie parvient à se remettre debout, s'approche de la tornade qui dévaste la chambre.

— Alex, calme-toi, je t'en prie !

Elle ne doit pas le toucher, au risque d'être envoyée au tapis.

— Mon amour, s'il te plaît…

Enfin, il s'arrête de frapper, d'un seul coup. Épuisé. La suite sera encore pire, Sophie le sait. C'est la colère qui le fait tenir debout.

Elle se rassoit sur le lit, il s'effondre à ses pieds. Elle passe une main dans ses cheveux, tandis qu'il se met à pleurer, le front posé sur les genoux de sa femme.

— Je t'interdis d'y penser, murmure-t-elle. Tu n'as pas le droit de m'infliger ça, Alex.

Chapitre 13

Un cercueil en bois clair avec une croix dorée au milieu. Qui descend lentement dans un trou sans fond.

Gomez se réveille en sursaut, ses yeux cherchent ceux de Sophie. Elle lui sourit, il est rassuré. Encore un jour où elle sera là.

Ça fait deux heures qu'elle attend sagement qu'Alexandre émerge de son sommeil agité. Deux heures pendant lesquelles elle a tu sa douleur et s'est demandé, une fois encore, comment son mari supporte de passer ses nuits dans un total inconfort. Cassé en deux dans ce fauteuil, avec une simple petite couverture. Et comment il trouve la force, ensuite, d'aller travailler, de faire comme si de rien n'était.

Il pourrait dormir dans la chambre voisine ; leur ancienne chambre. Il pourrait remplacer ce fauteuil par un lit de camp. Mais non, il préfère s'infliger cette torture, comme s'il cherchait à souffrir à l'unisson avec elle.

Il endurerait les enfers pour veiller sur moi...

Elle tend son bras droit, parvient à caresser la main d'Alexandre.

— Salut, ma beauté. Bien dormi ?

— Oui.

Il s'étire et l'embrasse. En jetant un œil au radio-réveil, il constate qu'il est déjà 8 heures et quitte la chambre.

D'un geste machinal, il allume la radio et met l'eau à chauffer. Du placard de la cuisine, il commence à sortir les boîtes de médicaments. Il connaît les doses par cœur, pourrait presque accomplir ces gestes les yeux fermés. Ça ne changerait peut-être pas grand-chose, d'ailleurs. À se demander si ces traitements ont une quelconque utilité. À part la morphine, bien sûr.

Valentine traverse furtivement son esprit, il l'imagine endormie. Espère égoïstement qu'elle rêve de lui. Une petite douleur de plus, noyée dans le déluge de supplices qu'il affronte depuis si longtemps.

Il revient auprès de sa femme, l'aide à s'asseoir dans le lit et pose devant elle le petit déjeuner, essentiellement composé de pilules multicolores.

— Ma dose journalière, soupire Sophie.

— Bon appétit, chérie ! ricane Alexandre.

Il avale son café, rien d'autre.

— Tu ne manges pas ? s'étonne-t-elle.

— Pas très faim. Je… Pardon pour hier soir. Je ne devrais pas m'énerver comme ça.

— Tu fais ce que tu peux.

Elle effleure sa joue mal rasée.

— C'est ma faute, dit-elle. Mais j'ai besoin de savoir que tu ne resteras pas seul. Et surtout, de savoir que tu ne feras pas la connerie de me suivre.

La gorge de Gomez enfle au point qu'il n'arrive plus à respirer.

— Je sais que tu n'aimes pas que j'en parle, mais j'ai besoin que tu me promettes, Alex.

— Et si je m'arrêtais de bosser ? dit-il.

Jolie diversion.

— Je vais aller voir Maillard et lui demander une année sabbatique. Comme ça, je resterai tout le temps près de toi.

Ils savent tous les deux qu'ils n'ont pas une année devant eux.

— Tu as besoin de sortir, Alex. Besoin de voir autre chose, de faire autre chose.

Parler l'épuise, elle reprend son souffle.

— Je ne veux pas que tu tournes en rond ici, à me regarder agoniser. Ce serait atroce. Pour toi, comme pour moi. Et puis je sais que tu aimes ton travail.

— On en reparlera, dit-il en se levant. Faut que j'aille me préparer.

Elle l'entend s'enfermer dans la salle de bains, écoute le bruit du rasoir, celui de l'eau. Elle tourne la tête vers la fenêtre. Le ciel, pourtant maussade, l'attire comme la lumière captive le papillon. S'aidant de la potence suspendue au-dessus de sa tête, elle commence par s'asseoir sur le rebord du lit.

Elle n'a pas 40 ans. Les aura dans quelques mois, si elle survit jusque-là.

Attrapant ses béquilles, elle se laisse glisser jusqu'à ce que ses pieds touchent le sol. Alors, elle s'appuie sur les cannes avec un rictus qui déforme son visage déjà martyrisé par la maladie.

Cette putain de maladie. Incurable, mais qui prend son temps pour l'anéantir. Morceau par morceau.

Elle aurait préféré quelque chose de foudroyant. Préféré qu'Alexandre ne la voie pas devenir ce cadavre ambulant. Qu'il garde un autre souvenir d'elle.

Mais on ne choisit pas.

Pas ces choses-là, en tout cas.

Elle arrive enfin à la fenêtre, l'ouvre en grand et ferme les yeux. Un vent frais caresse sa peau, elle rêve qu'elle est dehors, sur une plage du Nord. Qu'elle court, les pieds dans le sable mouillé. Qu'elle peut encore courir, nager. Vivre et non survivre.

Vivre, sans lutter. Sans souffrir.

Si encore elle avait une chance… Elle se bat seulement pour ne pas mourir trop vite, luttant contre l'inéluctable. C'est stupide, peut-être, mais ça s'appelle l'instinct de survie.

Alexandre revient dans la chambre, habillé et rasé de près.

— Tu devrais te rallonger.

— Non, ça va… J'avais envie de respirer un peu d'air.

— J'y vais, dit-il en l'embrassant. À ce soir, ma beauté.

— Tu ne m'as rien promis, rappelle Sophie.

— Si, répond-il en fixant son alliance. Je t'ai promis d'être à toi jusqu'à la mort.

— Promets-moi, ordonne Sophie.

— Jamais.

Malgré les larmes qui éclosent dans ses grands yeux fatigués, il ne cède pas. Il se contente de l'embrasser à nouveau, de la serrer dans ses bras avant de quitter l'appartement.

Dans le hall, il croise Martine qui vient prendre la relève.

— Veillez bien sur ma femme, murmure Gomez.

*
* *

Cloé est l'une des premières à arriver au bureau. Il faut dire qu'elle n'a pas dormi une seule seconde.

Aucune fatigue, pourtant. Elle se sent même très en forme.

Nathalie n'étant pas encore là, elle décide de préparer du café. Assise dans la petite cuisine de l'étage, elle fixe le mur blanc. Sur lequel elle imagine un cercueil en surimpression.

Ce même cercueil qu'elle a trouvé ce matin, dessiné sur le capot de sa voiture, dans la fine pellicule de poussière. Joli présent pour démarrer agréablement la journée.

Ce malade veut ma mort… Ou seulement me terroriser. Mais je ne vais pas me laisser faire. Il va comprendre qu'il a commis une erreur en s'attaquant à moi.

Elle passe en revue les suspects potentiels. Pour la énième fois. Son ex-mari est sur la plus haute marche du podium. Mais Cloé commence à douter. Malgré la capuche, malgré l'obscurité, peut-on ne pas reconnaître un homme qu'on a aimé ? Un homme qu'on a maudit au point de vouloir sa mort ?

Cloé n'a pas la réponse.

Soudain, Christophe a donc de sérieux outsiders.

Le dernier directeur de la création qu'elle a harcelé et humilié jusqu'à ce qu'il jette l'éponge. Benjamin. Ce crétin de Benji… Nul. Lent et inefficace.

Disons qu'il n'allait pas à la vitesse de Cloé. Que sa tête ne lui revenait pas.

De toute façon, elle a œuvré pour le bien de la maison. Rien de personnel. Quoiqu'elle y ait pris du plaisir, ne peut le nier. Ni le regretter.

Nathalie, peut-être ? Elle a songé à un homme, jamais à une femme. Pourtant… Sa secrétaire la déteste, elle le sait. S'en amuse.

Mais pas ce matin.

Non, Nathalie n'a pas assez de cran. Ni assez d'imagination.

Par contre, Martins… Lui a la carrure. Et surtout, un motif sérieux de la rendre folle. De lui faire commettre un faux pas. De la faire chuter en coulisses pour qu'elle ne puisse pas entrer en scène au moment voulu.

Et s'il avait compris que le Vieux a fait son choix et tentait le tout pour le tout ? Hier matin, il semblait particulièrement ravi de la voir arriver en retard et se prendre les pieds dans le tapis durant la réunion…

Elle se sert une tasse de café et quitte la cuisine. En rejoignant son bureau, elle passe devant celui de Philip. Elle hésite, s'assure que personne ne la remarque. Finalement, elle entre et ferme discrètement la porte. Son cœur accélère, elle a l'impression de commettre un délit. Fouiller le bureau d'un collègue n'est pas un crime, après tout… Juste un acte indélicat.

Mais que pourrait-elle trouver ici ? Un sweat noir à capuche ? Ridicule ! Martins ne ferait pas le sale boulot lui-même, il n'est pas du genre à mettre les mains dans le cambouis. Plutôt le genre à déléguer.

Elle s'assoit dans le fauteuil de son rival, pivote de droite à gauche en essayant d'imaginer où il dissimulerait quelque chose de compromettant. Elle tente d'ouvrir les tiroirs, ils ne sont pas fermés à clef. Ce qui ne signifie pas qu'il n'a rien à cacher.

Elle se met à étudier consciencieusement leur contenu. Des dossiers qu'elle connaît par cœur, des fournitures de bureau… Pas un seul objet personnel, à part une photo de sa charmante épouse et de sa fille. Près du cadre, il y a également un livre écorné, qui a dû être lu plusieurs fois. Cloé regarde son titre de longues secondes.

Les manipulateurs.

En le feuilletant, elle découvre que l'auteur explique qui sont les manipulateurs, quelles sont leurs méthodes. Un vrai guide pratique pour les reconnaître, les éviter.

Ou les imiter.

Elle remet le bouquin à sa place, parcourt des yeux le bureau. Plusieurs notes sur des Post-it. Des choses à ne pas oublier, des clients à rappeler…

En soulevant le calendrier qui lui sert de sous-main, elle découvre un autre Post-it, bien planqué. Un prénom et un nom qui ne lui disent rien. Ainsi qu'un numéro de portable.

Elle se hâte de recopier ces coordonnées sur un morceau de papier qu'elle glisse dans sa poche. Il est temps de quitter les lieux.

Cloé remet tout en ordre, récupère sa tasse de café. En ouvrant la porte, elle tombe nez à nez avec Philip et manque de basculer en arrière.

Il la considère avec étonnement, puis rapidement avec colère.

— Cloé… tu es bien matinale, dis-moi ! Puis-je savoir ce que tu fais dans mon bureau ?

— Je cherchais un dossier dont j'ai besoin.

— Et tu l'as trouvé ? demande-t-il en regardant ses mains vides. Si tu as besoin de quelque chose, il suffit de me demander.

Elle réfléchit à la vitesse de la lumière, son cœur refuse de se calmer.

— Le dossier Barbier.

— Il est aux archives. Et je te rappelle que je ne suis pas aux archives. Pas encore… Sors de mon bureau, maintenant.

— Pourquoi ça te dérange autant que j'y sois

entrée ? contre-attaque Cloé. Tu as des choses à cacher ?

— Pas le moins du monde, ma chère. Mais tu perds ton temps.

— Je... je perds mon temps ? De quoi tu parles ?

— Tu ne trouveras pas la réponse à ta question en venant fouiller dans mes affaires. Si tu veux connaître ton avenir, va plutôt consulter une voyante ! balance-t-il en lui claquant la porte au nez.

*
* *

Gomez file une tape sur l'épaule de Laval.

— À demain, petit branleur.

— À demain, patron. Et bonne soirée !

— Toi aussi. Embrasse ta télé pour moi.

— Très drôle ! bougonne le lieutenant.

Gomez ne rentre pas directement chez lui. Vu l'état de la circulation, il place le gyro sur le toit de sa voiture, actionne le deux tons et fonce à travers la ville.

Il a enfin trouvé ce qu'il cherche depuis des semaines. Ce qui fera plaisir à Sophie. Son sourire est si précieux... Il songe, une fois encore, au moment où elle s'éteindra, où la mort figera ses traits. Et la délivrera enfin de la douleur.

Il gare la voiture devant une petite boutique un peu triste. *Livres anciens.*

À l'intérieur, pas un seul client, à se demander comment le libraire parvient à boucler ses fins de mois.

— Bonsoir, je suis monsieur Gomez.

— Ah oui, je vous attendais !

Le commerçant saisit un volume placé sous la caisse, le pose devant le commandant.

— Voilà, c'est ce que vous cherchiez.

Gomez sourit béatement. Un livre épuisé depuis des lustres, jamais réédité. Un roman que Sophie a lu dans sa jeunesse et qui l'a marquée au fer rouge. Un roman qu'elle veut absolument relire avant de...

Il ne paye pas de mine, mais Gomez a l'impression de tenir un trésor inestimable entre ses mains. Il règle le libraire, demande un paquet cadeau et remonte dans sa voiture. Il pose le livre sur le siège passager avant de remettre la sirène.

Chapitre 14

Alexandre monte l'escalier en courant. Sûr de son effet, il a hâte d'offrir son présent à Sophie. Il avait promis qu'il le lui dégoterait. Et il tient toujours parole.

Il trouve Martine dans le salon, en train de feuilleter un de ces magazines people débiles qu'elle affectionne apparemment beaucoup.

— Bonsoir, monsieur. Parlez doucement, elle dort.

— D'accord, chuchote Alexandre. Ça a été, aujourd'hui ?

Martine hausse les épaules.

— Il a fallu de la morphine. Elle souffrait.

Le sourire de Gomez s'évanouit.

— Mais ça semble aller mieux, désormais. Je suis allée la voir il n'y a pas longtemps, elle dort profondément. Essayez de ne pas la réveiller.

— OK. Bonne soirée.

Il la raccompagne jusqu'à la porte, lui serre la main.

— À demain.

Un peu frustré de ne pouvoir donner son cadeau tout de suite, il décide d'aller le poser sur la table de chevet, afin qu'elle le trouve en se réveillant. À pas de loup, il entre dans la chambre. La veilleuse est allumée.

Une douce lumière éclaire le visage de Sophie. Elle est morte.

Elle a les yeux ouverts, fixe le plafond.

— Salut, ma beauté. Je croyais que tu dormais... J'ai une surprise pour toi !

Chapitre 15

Plus que quelques kilomètres et Cloé sera chez elle. Plus qu'une heure et demie et Bertrand la serrera dans ses bras. Il doit passer la chercher à 20 heures pour l'emmener dîner au restaurant.

Le manque de lui devient dangereux. Mais elle n'a pas la force, ni même l'envie, de résister à cette attraction. Tant pis pour l'éventuel prix à payer.

Car il y a forcément un prix à payer.

Dans les embouteillages, Cloé réfléchit. Elle a cherché une bonne partie de l'après-midi, mais le nom sur le Post-it n'est pas celui d'un client de la boîte.

C'est lui, j'en suis sûre. C'est Martins. Je ne sais pas comment, mais il est au courant que Pardieu va me faire nommer directrice et cherche à se débarrasser de moi. Et maintenant, il sait que j'ai des doutes sur lui. Ça peut le calmer ou…

La Mercedes quitte enfin l'autoroute pour entrer en ville. Circulation particulièrement dense, ce soir. Alors, Cloé décide d'emprunter l'itinéraire bis, par les bords de Marne. Plus long, mais plus dégagé. Enfin, elle peut enclencher la vitesse supérieure.

Une voiture vient soudain se coller derrière la sienne, Cloé est douloureusement éblouie.

— Tes phares, abruti ! vocifère-t-elle en abaissant le rétroviseur intérieur.

Le feu passe au rouge, elle s'arrête. Les phares sont toujours derrière.

— Quel con, ce mec !

Elle redémarre, tourne à droite pour s'engager dans un raccourci, dédale de petites rues bordées de pavillons. Les phares la suivent.

Cloé commence à transpirer. Sueurs froides qui coulent le long de sa nuque.

C'est lui. Aucun doute.

Elle accélère, lui aussi.

Elle tourne à gauche, lui aussi.

— Merde ! Merde…

Elle est tellement éblouie qu'elle ne parvient pas à distinguer la marque ou la couleur de la voiture. La seule chose qu'elle devine, c'est qu'il s'agit d'un 4 × 4 ou d'un fourgon, vu la hauteur des feux.

Le dessin sur le capot, la nuit dernière… Façon de l'avertir que sa voiture va se transformer en cercueil ?

— Reste calme ! murmure-t-elle. Reste calme…

Elle freine brusquement, stoppe la berline sur le bas-côté. Prête à redémarrer. Avec l'espoir que l'autre va la doubler et disparaître. Mais bien sûr, il s'arrête un mètre derrière elle.

Cloé vérifie que les portières sont verrouillées, attrape le portable dans son sac.

Appeler les flics. Vite.

Un choc la projette en avant, le téléphone lui échappe des mains. Son poursuivant vient de coller le pare-chocs de sa voiture contre celui de la Mercedes. Cloé cherche son téléphone, ne parvient pas à mettre la main dessus. Il accélère, la Mercedes se met à avancer même si Cloé garde le pied sur la pédale de frein.

Elle passe la première, repart en trombe. Ses mains tremblent.

L'autre voiture la rejoint bien vite.

Totalement paniquée, Cloé ne sait plus où elle va. Elle tourne à gauche, dépasse un panneau sans le voir.

Voie sans issue.

*
* *

Il est figé au pied du lit.

Debout. Sans réaction. Aussi inerte qu'elle.

Sauf que lui respire encore.

Et c'est peut-être ça qui fait le plus mal.

Toutes ces années qui restent.

À respirer sans elle.

*
* *

Coup de frein brutal.

Cul-de-sac.

Derrière, les phares se rapprochent dangereusement, mais lentement.

Cloé ne sait plus. Tout va trop vite dans sa tête, la frayeur enraye son cerveau.

Abandonner la voiture, sauter par-dessus une clôture pour se réfugier chez quelqu'un ? Ou attendre ?

Descendre, c'est prendre le risque de quitter son abri. Attendre, c'est prendre le risque qu'il vienne la chercher.

Elle tente encore de récupérer son portable, mais il a glissé sous le siège. Pour l'attraper, il faudrait qu'elle sorte de la voiture.

En se redressant, elle constate que l'autre véhicule s'est arrêté une dizaine de mètres derrière.

Il va venir. L'embarquer de force dans sa bagnole. La rouer de coups, la tuer. Ou pire encore.

Son cœur semble prêt à crever sa poitrine pour aller s'écraser contre le pare-brise.

La portière s'ouvre, il descend. Les yeux braqués dans le rétroviseur, Cloé retient sa respiration. Que va-t-il faire ?

Elle ne voit pas grand-chose, à cause des phares.

Juste une ombre.

Un homme, sans doute. Grand, vêtements sombres, tête couverte. Qui avance vers elle.

Faire le bon choix. Vite.

Cloé appuie alors sur le klaxon, garde la main plaquée dessus. L'Ombre s'immobilise.

Une lumière s'allume enfin dans le jardin d'en face, un homme apparaît sur le seuil de sa porte. Son voisin l'imite quelques secondes plus tard.

Cloé klaxonne toujours.

— Allez, sortez de chez vous ! hurle-t-elle. Venez m'aider !

L'inconnu remonte dans sa voiture. Une marche arrière et il disparaît.

Cloé enlève sa main de l'avertisseur. Elle reprend sa respiration avant de fondre en larmes.

Les riverains rentrent chez eux, enfin tranquilles.

*
* *

Cloé est assise sur le canapé. Mains jointes entre ses cuisses, visage tendu à l'extrême, léger mouve-

154

ment de la jambe droite. Bertrand l'observe, debout près de la fenêtre.

— Ça va mieux ?

Elle fait non, d'un signe de tête.

— Puisque tu ne veux pas aller au resto, je vais te préparer un truc à manger, propose-t-il.

— Non… Il n'y a plus rien dans le frigo. J'ai pas eu le temps de… Je n'ai pas faim de toute façon.

Bertrand s'agenouille face à elle, attrape ses mains. Glacées.

— Essaie de te détendre.

— Il veut me tuer !

Elle plonge ses yeux fatigués dans les siens, y cherchant un réconfort qui ne vient pas.

— Ne dis pas ça ! C'est un mauvais plaisantin, assure Bertrand. Quelqu'un qui a seulement voulu te foutre la trouille… Et c'est réussi.

Cloé retient ses larmes, Bertrand la serre contre lui.

— Calme-toi, ma puce. C'est peut-être un mec à qui tu as fait une queue de poisson et qui a voulu se venger. Ou alors qui a vu une belle nana et a eu envie de s'amuser un peu.

— C'était lui ! hurle Cloé.

— Il faisait nuit, je ne vois pas comment tu peux être aussi sûre de toi. Comment tu peux reconnaître quelqu'un que tu n'as jamais vu vraiment…

Elle sait. Que c'était le même homme. Que ce n'est pas un plaisantin. Pourtant, elle ne trouve pas les mots pour convaincre Bertrand. Alors, elle cesse de s'acharner et continue à sangloter dans ses bras.

Chapitre 16

Recroquevillé contre le mur, sous la fenêtre, il la regarde.

Il a passé la nuit à la regarder.

Parce que, bientôt, on la lui enlèvera. Bientôt, il ne la verra plus.

Jamais.

C'est insupportable.

Il a pleuré toutes les larmes de son corps, maudit tous les dieux de l'univers.

Il a hésité à lui fermer les yeux, mais n'a pas osé la toucher. Sentir le froid de sa peau sur la sienne va bien au-delà de ses forces.

Il a hésité à prendre son flingue. À le mettre dans sa bouche pour partir avec elle.

Finalement, il n'a pas encore pressé la détente. Mais n'a pas renoncé.

Il ne lui avait rien promis, après tout.

Son arme, à portée. Dans le holster.

Un simple geste. Et tout oublier. Ne plus souffrir. Jamais.

Encore une nuit sans sommeil.

Et pourtant, toujours aucun épuisement. Plutôt une

énergie proche de l'hystérie. Muscles contractés, nerfs à fleur de peau.

Face au miroir, Cloé ne se reconnaît pas. La fatigue qu'elle ne ressent pas s'affiche outrageusement sur son visage.

Elle retourne dans la chambre où Bertrand dort encore. Comment peut-il roupiller alors qu'elle flirte avec la mort ? Elle aurait aimé qu'il partageât ses insomnies, ses angoisses et ses craintes. Elle se sent seule, même s'il est là.

Seule et vulnérable.

Mais le jeu a assez duré. Les règles vont changer.

*
* *

Il ne l'entend même pas entrer. Il est bien trop loin. Réfugié dans une coquille étanche de douleur, de chagrin, de peur.

— Bonjour, Sophie !

Martine s'arrête à l'entrée de la chambre. Elle voit d'abord Alexandre, assis par terre, méconnaissable. Un pistolet dans la main droite.

Ses yeux se posent ensuite sur Sophie.

— Mon Dieu…

Elle reste assommée quelques secondes avant de réagir enfin. Elle s'approche du commandant, s'abaisse à sa hauteur.

— Monsieur Gomez, donnez-moi cette arme, s'il vous plaît.

Elle tend la main, il ne la voit pas, les yeux rivés sur sa femme. Comme si, en détournant son regard, il allait la faire disparaître pour toujours.

— Donnez-moi votre arme, monsieur Gomez, répète-t-elle avec une extrême douceur.

— Laissez-nous. Allez-vous-en.

— Non, Alexandre. Je ne peux pas vous laisser. Donnez-moi votre arme et je partirai.

Il tourne enfin les yeux vers elle. Ces yeux de fou. Affreusement beaux.

Affreusement tristes, ce matin.

Martine avance sa main, saisit l'arme.

— Allez, Alexandre, lâchez ça.

Il desserre les doigts, elle récupère le Sig-Sauer par la crosse et s'éclipse pour le ranger en lieu sûr. Lorsqu'elle revient dans la pièce, il n'a pas bougé. Apparemment figé pour l'éternité.

Martine remonte alors le drap sur la tête de Sophie. Comme si la mort ne devait jamais avoir de visage.

— Non ! hurle Gomez. Ne la touchez pas !

Il s'est levé, elle recule. D'instinct.

Ces yeux de fou. Qui la fixent, désormais.

— Calmez-vous, je vous en prie…

Elle quitte la chambre à reculons, sans geste brusque, bifurque dans le couloir et attrape son téléphone portable. Mais elle préfère sortir de l'appartement avant d'appeler. D'une main tremblante, Alexandre redescend le drap.

— Je suis là, murmure-t-il. Personne ne te touchera. Personne.

*
* *

— Bon, si je résume, vous avez été suivie par un homme en voiture, hier soir. Ce même homme, que vous êtes incapable de décrire, vous avait déjà suivie dans la rue, à plusieurs reprises.

Le flic soupire, Cloé s'accroche. Elle pensait qu'ils seraient plus faciles à convaincre.

— Il y a aussi l'oiseau mort sur le pas de ma porte et…

— Il ne faut pas voir le mal partout, madame, coupe le lieutenant. Un oiseau est venu crever sur votre paillasson, ça ne signifie rien. Les oiseaux ne se cachent pas tous pour mourir !

Cloé serre les mâchoires. Ce type est en train de se moquer d'elle ouvertement.

— Et le cercueil sur ma voiture ?

Il hausse les épaules.

— Une connerie de gamin ou un voisin indélicat.

— Je suis en danger de mort et vous ne me croyez pas ? s'emporte Cloé.

— Écoutez, madame, j'aimerais vous aider, mais franchement, je ne vois pas comment ! Vous me parlez d'un homme que vous n'avez jamais vu clairement, mais seulement vaguement aperçu. Vous me parlez de faits invérifiables. S'il y avait eu des coups de téléphone ou des lettres anonymes, je veux bien. Mais là…

— Je vous dis que quelqu'un veut ma peau ! martèle Cloé d'une voix glaciale. Et vous devez m'aider.

Nouveau soupir du lieutenant. Il jette un œil à la pendule accrochée au mur.

— Qui pourrait bien avoir envie de vous faire du mal ? demande-t-il à contrecœur. Vous avez un suspect à me proposer ?

— Eh bien… Mon ex-mari, peut-être. Je l'ai envoyé en prison.

Le flic semble soudain légèrement intéressé.

— Il était extrêmement jaloux et possessif. Il... Il me frappait. J'ai fini par porter plainte contre lui, le jour où j'ai été hospitalisée. Il a été condamné à six mois de prison, dont quatre avec sursis. Il s'appelle Christophe Dario.

Le lieutenant prend note.

— Où est-il, désormais ?

— Aucune idée. Nous avons divorcé, je n'ai plus jamais eu de ses nouvelles.

— Il ne vous verse pas de prestation compensatoire ? s'étonne le policier.

— Non, je gagne bien plus que lui, explique Cloé avec un sourire cynique.

— Je vois... Et donc, vous pensez qu'il veut se venger, si je comprends bien.

— Peut-être.

Le flic soupire à nouveau. Ça semble être une habitude chez lui. Un tic, peut-être. Ou le poids des plaintes qu'il encaisse à longueur de journée.

— D'autres suspects ?

— Il y a Philip Martins, l'autre directeur adjoint de l'agence où je travaille.

Cloé lui explique leur rivalité, le départ du président qui approche. Son interlocuteur fronce les sourcils.

— Vous y allez un peu fort. Si tous les collègues de travail en compétition pour un poste se mettaient à...

— Bon, vous prenez ma plainte ?

— Une plainte contre qui ?

Elle lève les yeux au ciel.

— Contre X, bien sûr !

— Désolé, madame, mais ça ne va pas être possible. Il n'y a rien de solide permettant de recevoir votre plainte et d'ouvrir une enquête. Il me faut des éléments tangibles, des constatations. Il n'y a eu ni

160

agression, ni violation de domicile. Vous n'avez reçu aucune menace verbale ou écrite...

— Vous allez attendre que je sois morte pour réagir ?

— Ne soyez pas si pessimiste ! ricane le flic. Ce n'est pas parce qu'un type vous a suivie une fois ou deux dans la rue... Il est peut-être amoureux de vous, tout simplement !

— Et mon ex-mari ?

— Vous l'auriez reconnu, si c'était lui. Même avec une capuche sur la tête ! Allons, soyons sérieux, madame... Une main courante, c'est vraiment tout ce que je peux faire pour vous. Si ça se précise, si vous recevez de véritables menaces, revenez nous voir.

Cloé le fusille du regard.

— N'oubliez pas de reprendre votre... oiseau congelé. Nous avons autre chose à faire que courir après une ombre.

*
* *

Il n'a pas eu le choix. Ils étaient trop nombreux, armés d'une fausse compassion mais d'une véritable seringue.

Le corps de Sophie est parti pour la morgue.

Tandis que lui reste là, prisonnier de cette chambre vide. Au milieu d'un champ de ruines.

Il a récupéré son arme de service que Martine avait rangée dans un placard, la tient au chaud dans sa main droite.

J'ai besoin que tu me promettes, Alexandre...

Il est des promesses impossibles à tenir, mon amour. Je sais qu'en me tirant une balle je ne te rejoindrai pas. Ce serait trop facile, trop beau. S'il existait, cet endroit où l'on peut se retrouver, je n'aurais qu'à attendre.

Je sais qu'en appuyant sur la détente je te perdrai à jamais, mon amour.

Mais au moins, j'oublierai.

*
* *

La désagréable sensation d'avoir avalé un serpent venimeux. Qui remue dans ses tripes.

D'être branchée sur du 220 et de recevoir une décharge toutes les trente secondes.

Cloé ne parvient pas à se calmer.

Il y a la peur qui la submerge par vagues répétitives.

Il y a l'impression d'avoir une cible gravée sur le front. D'être une proie. Facile.

Il y a l'impuissance. Et ce terrible sentiment de solitude.

Personne ne la croit. Personne ne la prend au sérieux. Tandis que l'Ombre attend son heure, le moment propice.

Elle est arrivée à l'Agence en fin de matinée après avoir perdu son temps au commissariat. Deux heures à patienter pour finalement se faire humilier par un simple flic.

Un incapable, oui ! Tu veux des *éléments tangibles* ? Je te promets de faire livrer mon cadavre encore chaud dans ton bureau !

Cloé sort de sa poche le papier avec les mystérieuses coordonnées trouvées dans le bureau de Philip Martins. *Victor Brugman, 06.39.63...*

Elle décide de tenter sa chance. Elle compose le numéro sur son portable, ferme la porte de sa tanière plongée dans la pénombre. Elle a descendu les stores, pour éviter que l'autre ne la surveille avec ses jumelles. Car il est encore là, elle en est sûre. À l'épier sans relâche.

Au bout de la troisième sonnerie, une voix masculine lui répond.

— Monsieur Brugman ?

— Lui-même...

— Pardonnez-moi de vous déranger. Je vous appelle de la part de Philip Martins. C'est lui qui m'a donné votre numéro de portable.

Court silence à l'autre bout.

— Je vous écoute, madame... Madame ?

Cloé invente un nom à la va-vite.

— Voilà, j'aurais besoin de vos services moi aussi.

— Bien sûr, pourquoi pas. Quelle somme souhaitez-vous investir ?

— Quelle somme ? répète bêtement Cloé. Je paierai le prix qu'il faudra.

Encore un blanc. Plus long que le premier.

— Vous avez un budget illimité, c'est parfait ! Mais que cherchez-vous, exactement ?

— La même chose que Martins. Que vous vous occupiez de quelqu'un pour moi.

— Vraiment ? Et que je m'en *occupe* de quelle façon ?

Cloé a la sensation de s'enfoncer dans des sables mouvants.

— Je veux que vous lui fassiez peur.

L'homme se met à rire.

— Écoutez, madame, je crois vraiment qu'il y a un malentendu. Un gros malentendu ! Vous savez, je

163

ne suis qu'un simple agent immobilier. Je peux faire peur, surtout quand j'annonce un prix… mais ce n'est pas ma spécialité !

Cloé ferme les yeux et raccroche sans la moindre excuse.

— Merde !

Encore une voie sans issue. Heureusement qu'elle a appelé en numéro caché.

Elle consulte sa montre. L'après-midi ne fait que commencer, mais elle se demande soudain ce qu'elle fait là. Elle n'a pas réussi à se concentrer aujourd'hui. Les dossiers s'amoncellent devant elle, comme autant de montagnes à gravir. Elle, d'habitude si rapide, n'a pu en étudier un seul alors qu'on attend son avis sur chacun d'entre eux.

Inutile de s'acharner, elle jette l'éponge. Elle décroche le fixe, appelle Nathalie.

— Je m'en vais, annonce-t-elle. J'ai un rendez-vous chez le médecin.

— Vous revenez à quelle heure ?

— Je ne reviens pas.

— Ah ? s'étonne la secrétaire. Des consignes ?

— Aucune. À demain, Nathalie.

Elle éteint son ordinateur, enfile son manteau et s'enfuit. L'ascenseur s'ouvre, elle tombe nez à nez avec Martins et Pardieu en train de plaisanter.

Mauvais plan.

— Tu pars déjà ? s'étonne Philip avec perfidie.

Il consulte sa montre, le président en fait autant.

De mieux en mieux.

— J'ai un rendez-vous à l'extérieur.

— Avec qui ? interroge Pardieu.

— Chez le toubib.

— Vous êtes malade, mon petit ?

164

Elle ne supporte plus qu'il l'appelle *mon petit*, surtout devant Martins.

— Je sais pas, je ne me sens pas bien.

— C'est vrai que tu es toute pâle, ironise Martins. Tu as l'air épuisée.

— J'ai sans doute attrapé un virus, répond Cloé. Ça ira mieux demain.

— Reposez-vous, mon petit. C'est pas le moment de flancher.

Elle entre dans l'ascenseur, appuie sur le zéro. Martins se retourne, lui adresse un sourire particulièrement odieux. Puis, avant que les portes ne se referment, elle a le temps de voir qu'il pose une main sur l'épaule du président, lui chuchote un mot à l'oreille.

— Toi, tu perds rien pour attendre, murmure Cloé.

*
* *

— Patron ?

Gomez sait qu'il connaît cette voix. Mais il ne se souvient plus à qui elle appartient. C'est peut-être la saloperie que le toubib lui a injectée ce matin. C'est peut-être qu'il est en train de devenir fou. Vraiment fou, cette fois.

Laval apparaît à l'entrée de la chambre.

— La porte était ouverte, s'excuse-t-il.

Gomez lève la tête, le lieutenant a un mouvement de recul à peine perceptible face à ce visage familier. Dévasté.

Il considère le lit médicalisé, a du mal à croire que pendant tout ce temps il n'a rien su. Il se remémore leur discussion au sujet de la soirée chez Villard, les larmes grimpent jusqu'à ses yeux d'enfant.

— C'est Maillard qui m'a prévenu... Il m'a dit de venir.

— Fous le camp. J'ai besoin d'être seul.

— L'infirmière qui s'occupait de votre épouse lui a téléphoné. Il est à Marseille, alors il m'a appelé et m'a tout expliqué. Je savais pas... Personne savait d'ailleurs, à part lui. Il m'a demandé de rester avec vous.

— Va-t'en.

— Non. Je ne partirai pas. Vous ne devez pas rester seul, pas maintenant.

Le lieutenant amorce un pas en direction de son chef, s'arrête net. Il vient enfin d'apercevoir l'arme dans sa main.

Ne pas le brusquer.

Il se laisse glisser contre le mur, lui aussi. Pour être dans la même position.

— Vous auriez dû nous le dire.

— Ça aurait changé quoi ?

— On aurait pu vous aider, peut-être.

Gomez a une sorte de rire nerveux, sa main se resserre sur la crosse du Sig-Sauer.

— Tu devrais partir, lieutenant.

— Non, patron. Je ne vous laisserai pas.

— T'as peur que je me flingue ?

Laval réfléchit avant de répondre.

— Vous voulez la rejoindre, c'est ça ?

— Je ne la rejoindrai jamais. C'est des conneries, tout ça.

— C'est ce que je pense aussi. Là où elle est, elle ne souffre plus.

— Moi si.

— J'imagine.

— Tu peux pas.

166

— Justement. J'ai dit que *j'imagine*, pas que je sais... Chaque mot a son importance, patron. C'est vous qui me l'avez appris.

Ils restent silencieux un moment.

— Je ne peux pas vous empêcher de vous foutre en l'air si c'est ce que vous voulez vraiment, reprend Laval. Mais... j'ai envie d'essayer quand même.

Le lieutenant fait une nouvelle pause. Il semble calme, pourtant la tempête fait rage sous son crâne. Que lui dire ? Comment le décider à rester ?

Suis ton instinct, Gamin. C'est ce que Gomez lui répète constamment.

Sauf qu'un seul faux pas pourrait lui coûter la vie.

Il se lance, au bout de quelques minutes.

— Vous l'aimiez, non ?

Gomez ferme les yeux.

— Dégage.

— Répondez à ma question et je vous foutrai la paix.

— Plus que tout, lâche Alexandre.

— Si vous vous tirez une balle, vous cesserez d'avoir mal, c'est certain, poursuit le lieutenant. Mais il n'y a pas que la douleur que vous oublierez. Vous oublierez tout.

Gomez cale son front sur ses genoux, serre ses mains sur son crâne. Signe que sa tête va exploser. Avant même qu'il appuie sur la détente.

— Vous oublierez qui elle était. Ce que vous représentiez l'un pour l'autre.

Alexandre a l'impression que son jeune coéquipier lui enfonce des clous dans la colonne vertébrale.

— Personne ne la connaissait mieux que vous, je pense. Alors, si vous vous brûlez le cerveau, elle n'aura plus aucun endroit pour exister.

167

— Tais-toi ! implore Gomez. Tais-toi, par pitié…

Laval sent qu'il a touché sa cible, au bon endroit. Au bon moment.

— D'accord, je me tais… Au fait, on a logé Nikollë.

Alexandre garde la tête baissée, comme s'il n'entendait pas.

— Alban Nikollë, le bras droit de Bashkim, rappelle Laval. Et c'est grâce à vous.

Le commandant ne réagit toujours pas. Mais le jeune flic s'acharne.

— Vous savez, le type qui habitait au 29 rue de la Fraternité ? Eh bien, en le filochant, on a logé Nikollë. Il a un appart au Kremlin-Bicêtre. Et je sens que, bientôt, il va nous mener jusqu'à Bashkim. Parce que d'après les écoutes, ce fumier est de passage en France. J'ai pensé que vous voudriez le savoir.

Gomez relève enfin la tête et considère son lieutenant avec une tendresse inattendue.

— Tomor Bashkim est ici, martèle Laval. Ici, en France. Plus précisément dans le 94. Et son pote ne tardera pas à nous mener jusqu'à lui, j'en suis certain. Mais ce salopard est à vous, patron. On n'a pas oublié. Alors, on vous le gardera au chaud et on attendra votre retour. On attendra le temps qu'il faudra… Vous voulez une cigarette ?

Alexandre acquiesce d'un signe de tête, Laval fait glisser sur le sol son paquet et son briquet. Alexandre lâche enfin son arme. Pour quelques minutes, sans doute. Mais c'est déjà un premier pas.

— Parlez-moi d'elle, murmure Laval. Je ne sais rien sur elle…

Chapitre 17

Bien sûr, Cloé n'est pas allée chez le médecin. Pour éradiquer le parasite qui gangrène sa vie, il lui faut autre chose qu'un simple généraliste.

Plutôt un spécialiste. Du genre tueur à gages.

Quoiqu'un toubib pourrait peut-être lui expliquer pourquoi son cœur bat de façon si désordonnée. Parfois à cent à l'heure. Parfois avec une effrayante paresse.

Lui expliquer aussi pourquoi, depuis ce matin, elle a de temps à autre l'impression de quitter le monde des vivants. L'impression de dormir les yeux ouverts, de s'absenter de son propre corps. Comme s'il y avait des trous noirs dans sa vie. Dans son cerveau.

Simple fatigue, sans doute. Résultat de deux nuits sans sommeil.

Les effets de la peur, aussi. Cette peur dans laquelle elle baigne depuis des jours, comme on baignerait dans un bain d'acide. Forcément, ça commence à laisser des traces.

Malgré son état, elle est rentrée chez elle, obligée tout de même de faire une pause sur le bord de la route. Avec l'espoir qu'en changeant ses horaires elle déjouerait les plans de l'Ombre.

Et en effet, elle n'a vu aucune voiture la suivre.

Elle ferme la porte à clef, se débarrasse de son manteau, attrape aussitôt son téléphone pour appeler un serrurier. Ajouter un verrou à la porte d'entrée qu'elle aimerait blindée, changer la serrure. Maigres défenses, qui la rassureront tout de même un peu.

L'artisan propose de venir lundi soir. Encore un week-end à passer, mais elle tiendra le coup.

Reste à trouver comment se procurer une arme. Un flingue, léger et maniable, qu'elle puisse glisser dans son sac à main, entre le tube de rouge à lèvres et le miroir de poche.

Mais dans le monde qui est le sien, personne n'est à même de lui fournir pareille marchandise.

Assise sur son sofa, elle réfléchit. Qui, dans son entourage, serait susceptible de lui indiquer la marche à suivre ?

Il suffit peut-être de se rendre chez un armurier ? Elle n'y connaît rien, mais suppose qu'il faut posséder un permis ou quelque chose dans le genre. Après quelques recherches sur le Net, elle comprend que le seul calibre qu'elle peut s'acheter trônera fièrement dans les rayons d'un magasin de jouets.

Et si elle optait pour une bombe lacrymo ? Pas aussi dissuasive qu'un AK 47, mais mieux que rien.

Elle pourrait ajouter à cet attirail un club de golf dans la voiture, un autre derrière sa porte d'entrée, un troisième dans sa chambre.

Ça, elle sait comment se les procurer. Dans le monde qui est le sien, c'est beaucoup plus facile d'emprunter des clubs de golf que des revolvers. Question de niveau social.

Puisque les flics ne veulent pas s'intéresser à son cas, elle se défendra par elle-même.

Elle n'est pas femme à se laisser attaquer sans

réagir. La prochaine fois que ce taré se manifeste, Cloé promet de ne pas s'évanouir, de le laisser approcher et de lui asperger le visage de gaz paralysant avant de lui fendre le crâne en deux.

Forte de ces bonnes résolutions, elle décide de s'offrir un peu de repos. Elle laisse un message à Bertrand, l'invitant à venir dîner chez elle, et vérifie par deux fois que portes et fenêtres sont bien verrouillées.

Dans la chambre, elle vire ses vêtements et se glisse sous la couette. Elle n'a pas vraiment sommeil mais sait qu'elle doit récupérer. Lundi, il lui faudra être d'attaque pour avaler tous les dossiers en souffrance. Ne pas décevoir le Vieux, si elle veut réaliser ses desseins.

Être à la hauteur de ses ambitions, toujours.

Ses yeux refusant de se fermer, elle attrape un tube de somnifères dans le tiroir du chevet, en avale un.

Au bout de dix minutes, elle en prend un second.

*
* *

Un rire d'enfant. Pur et cristallin. Et juste après, un hurlement terrifiant, un corps qui tombe dans le vide et s'écrase à ses pieds.

Cloé ouvre les paupières, il fait nuit noire. Elle consulte son réveil, constate qu'il est déjà 19 h 30. Combien de temps a-t-elle dormi ? Elle ne se souvient plus de l'heure à laquelle elle s'est couchée. Ne se souvient même plus pourquoi elle n'est pas au bureau. Y est-elle seulement allée, aujourd'hui ? Affreux mélange, dans sa tête.

Son portable sonne, ça lui fait l'effet d'un électrochoc. Elle lit le texto en plissant les yeux. Tout est si flou…

171

Bertrand, qui lui écrit qu'il est d'accord pour venir dîner ce soir.

Elle l'a invité ? Sans doute… Aimerait seulement s'en souvenir.

Cloé tente de sortir de son état second. Assise sur le rebord du lit, elle prend sa tête entre ses mains et nage à contre-courant.

— Saletés de somnifères !

Les images de son rêve défilent encore dans son cerveau, signe qu'elle n'est pas tout à fait réveillée.

Ce hurlement terrifiant, ce corps qui bascule dans le vide et s'écrase à ses pieds.

Si seulement ce n'était qu'un cauchemar. Si seulement…

Elle se lève, titube un peu.

Heureusement, Bertrand n'arrivera pas avant 21 heures.

Elle passe brièvement sous la douche et s'habille en vitesse. Le brouillard se dissipant un peu dans son crâne, elle se souvient brusquement que son frigo est vide. Complètement vide.

— Et merde !

Elle ne se sent pas d'attaque pour affronter la foule d'un supermarché, décide de se fournir chez le traiteur du coin. Dans la cuisine, elle s'appuie au plan de travail. Difficile encore de tenir debout. Un verre d'eau froide l'aidera peut-être à émerger. Quoique à ce stade, c'est un seau d'eau glacée qu'il faudrait.

Elle ouvre son réfrigérateur, prend la bouteille et attrape un verre dans le placard.

Et soudain, elle se fige.

— Non, c'est pas possible…

Elle rouvre le frigo. Il est plein à ras bord.

Cloé a réussi à revenir d'entre les morts. Il a fallu une deuxième douche, presque froide, trois tasses de café et une bonne heure. Elle s'est juré d'éviter les somnifères, dorénavant.

— C'était délicieux, complimente Bertrand.

Il est très élégant ce soir. Cloé le trouve particulièrement beau. Chaque jour un peu plus séduisant.

— Il faut que je te dise quelque chose, annonce-t-elle.

Elle prend une profonde inspiration, se lance.

— Il est venu ici.

Le visage de Bertrand se transforme. La colère germe au fond de ses fascinants yeux clairs.

— Tu vas pas recommencer, non ? On est bien, tranquilles, tous les deux…

— Je te dis qu'il est entré chez moi.

Bertrand soupire. Elle voit bien qu'il fait son possible pour rester calme.

— Comment le sais-tu ? demande-t-il.

— Le frigo…

— Quoi, il y a ses empreintes dessus ? ricane Bertrand.

— Ne te fous pas de moi, ordonne Cloé. Il était vide ce matin. Et il est plein ce soir.

Bertrand fronce les sourcils. Puis soudain, il se met à rire.

— Tu me fais marcher !

— Non, je ne plaisante pas. Je te dis que le frigo s'est rempli pendant mon absence.

Il redevient sérieux.

— Tu m'inquiètes, Clo.

Elle tripote sa serviette, tente de trouver les mots pour le convaincre.

— Il est entré ici et a rempli le frigo.

— Arrête de dire n'importe quoi !

Brusquement, il la fixe avec un regard qui a quelque chose de cruel.

— *Au secours !* lance-t-il d'une voix haut perchée. *Un homme me veut du mal ! Il a fait les courses et a rempli mon frigo ! Mais que fait la police ? !*

Cloé sent les larmes monter jusqu'à ses yeux, tente de les refouler.

— Ne parle pas comme ça, murmure-t-elle. Je ne suis pas folle.

Il change de registre.

— Je sais que tu n'es pas folle, ma chérie. Mais tu as un problème.

— Oui, j'ai un problème. Quelqu'un veut me rendre dingue. Et personne ne me croit.

— Il y a forcément une explication. C'est ta femme de ménage qui a dû faire les courses.

— Impossible. Elle ne vient jamais le vendredi et ne fait jamais les courses.

— Alors c'est toi.

Elle le considère avec incompréhension.

— Mais enfin, si j'avais acheté de la bouffe, je m'en souviendrais !

— C'est bien ça, le problème, conclut Bertrand. Je crois que tu devrais aller consulter un médecin. Un neurologue.

— Un neurologue ? répète Cloé avec effroi.

— Oui. Peut-être que l'autre fois, lorsque tu es tombée dans le garage, le choc à la tête…

— Non ! s'écrie Cloé. Je vais bien !

Il prend sa main dans la sienne, se fait plus tendre.

— Non, tu ne vas pas bien, je t'assure. Tu as des réactions bizarres. Tu me fais peur.

— Je te dis qu'il est venu ! C'est lui, j'en suis sûre !

Bertrand l'oblige à se lever.

— Viens avec moi, ordonne-t-il.

Il l'escorte jusqu'à la cuisine, ouvre le frigo.

— Effectivement, il est bien garni, constate-t-il. Ce qu'il y a dans ce frigo, c'est ce que tu as l'habitude d'acheter, oui ou non ?

Elle jette un œil aux victuailles, ne répond pas. Une peur, encore pire que celles des derniers jours, s'insinue doucement en elle.

Bertrand prend un pack de yaourts, le lui colle sous le nez.

— C'est bien cette marque que tu préfères, non ?

— Oui…

Il remet les yaourts au frais, attrape un paquet de jambon à la coupe, regarde l'étiquette.

— Où fais-tu tes courses ?

— Au Casino.

— Acheté au Casino, dit-il en lui montrant l'étiquette.

Cloé devient livide.

— Je n'y suis pas allée… Je… Je suis rentrée directement du bureau… Et j'ai dormi.

— Tu as pris des médocs ? soupçonne Bertrand.

— Juste un somnifère, avoue-t-elle. Deux, en fait.

Il referme le frigo, attrape Cloé par les épaules.

— Où est ton sac à main ?

— Euh… Dans le salon.

Ils y retournent, Bertrand s'empare du sac et le lui tend.

— Comment payes-tu tes courses, habituellement ?

— Carte bleue.

— Ta carte, s'il te plaît.

Elle obéit, de plus en plus troublée, lui remet la carte protégée par un étui en cuir. Il extirpe les tickets de paiement, fait le tri et finit par brandir celui qui l'intéresse.

Cloé, incrédule, le détaille à son tour. Il est daté du jour même.

— Tu es allée au Casino, tu es passée à la caisse à 17 heures et tu as réglé par carte.

— C'est pas possible ! gémit Cloé en secouant la tête.

Bertrand prend son visage entre ses mains.

— Écoute-moi, Clo… Écoute-moi bien. Tu as un sérieux problème. Tu dois consulter un spécialiste. Tu as des soucis de mémoire, apparemment. C'est sans doute dû à la chute. À moins que ce ne soit un surmenage. Tu as besoin de soins et de repos.

Elle se débat encore.

— Non !

— Si, Cloé. Ce frigo ne s'est pas rempli tout seul. Et ce mystérieux type que tu vois partout n'a pas pu venir chez toi sans fracturer la porte ou une fenêtre. Réfléchis un instant, tu veux ? Il serait rentré, je ne sais pas comment, aurait pris ta carte bleue dans ton sac, serait allé au Casino. Il aurait payé avec ton code secret, serait ensuite revenu, aurait tout rangé dans le frigo et serait reparti tranquillement… Tu réalises à quel point c'est grotesque ?

Cloé a soudain du mal à respirer. Son cœur se met à palpiter de travers.

— C'est impossible, Cloé. Impossible, tu entends ?

Elle ne sait plus. Le doute empoisonne son sang, un

froid glacial coule le long de son dos. Elle se met à pleurer doucement, Bertrand la récupère dans ses bras.

— Ce n'est pas grave, ma chérie. Je suis là, ça va aller… On va te soigner, tu vas voir.

*
* *

Cloé sort de la salle de bains. Nouvelle douche, chaude cette fois-ci. L'occasion de pleurer encore, en toute discrétion. Un flot de larmes qui l'a curieusement soulagée.

Elle a regroupé ses longs cheveux encore humides en un chignon flou, enfilé un peignoir blanc et ajouté une discrète touche de parfum.

Bertrand a décidé de rester, cette nuit.

Elle le rejoint sur le canapé, en face de la télé. Apparemment, il est captivé par un film. Elle s'assoit à côté de lui, cale sa tête sur son épaule. Envie d'oublier l'ombre menaçante qui plane sur sa vie. Lui seul pourra l'y aider.

— Ça va mieux ? s'enquiert-il.

— Un peu… Merci d'être resté.

— C'est normal, non ?

— Tu pourrais t'enfuir ! Si je deviens dingue, tu pourrais avoir peur et partir en courant !

— J'adore prendre des risques.

Cloé feint de s'intéresser au film, Bertrand lui fait un résumé rapide de ce qu'elle a raté. Un homme harcelé par un fou qui a décidé de détruire sa vie.

Les nerfs à vif. On dirait un fait exprès. Elle n'a pas envie de connaître la fin et sait comment détourner l'attention de Bertrand.

— Éteins la télé, murmure-t-elle en glissant sa main entre deux boutons de sa chemise.

Tout en l'embrassant, il attrape la télécommande, coupe le son mais pas l'image. Cloé se lève, fait glisser son peignoir. Bertrand la détaille avec un sourire carnassier. Comme s'il la voyait nue pour la première fois.

— Je serais vraiment fou de m'enfuir alors que tous les mecs voudraient être à ma place !

Elle se sent à nouveau forte. Belle, désirable et désirée. Au diable l'Ombre.

Elle se pose sur lui, ouvre la braguette de son pantalon.

— T'as raison, je suis folle. Mais seulement de toi... C'est grave, tu crois ?

— Ça pourrait le devenir. Reste sur tes gardes, on sait jamais.

Sensuelle et lascive, elle lui sort le grand jeu. Le déshabille lentement, tout en le fixant droit dans les yeux. Elle joue avec lui, le provoque. S'exhibe, se refuse. Lui donne et lui reprend.

Longues minutes durant lesquelles elle l'allume jusqu'à l'insupportable. Jusqu'à la douleur.

Ce sera tellement meilleur après. Quand il ne pourra plus résister, n'aura plus aucune défense.

Quand ça fera si mal que son déguisement d'homme civilisé s'effritera pour laisser la place à l'animal qui sommeille en lui.

Il n'y a pas de plaisir sans douleur.

Cloé en est sûre.

Il n'y a pas de plaisir sans douleur, mon ange.
Le sais-tu ?
Ta douleur, ma jouissance.

Tu commences à douter de toi, de tes facultés et de ta combativité.
Je le sens, je le vois, je l'entends.
Tu commences à perdre tes forces, tes certitudes. Comme on perd son sang lorsqu'on est blessé.
L'hémorragie ne s'arrêtera plus.
J'ai déchiré tes chairs, rien ne viendra panser cette plaie désormais.
La lutte est engagée, j'en sortirai vainqueur.

Tu commences à m'appartenir et, déjà, le plaisir me grise.
Mais ce n'est que le début, mon ange. La suite sera meilleure encore.
Pour moi, bien sûr. Parce que pour toi...
Pas de plaisir sans douleur. Une règle qu'il te faudra accepter.
Tu dois souffrir. Pour moi.
Parce que je l'ai décidé, parce que je t'ai choisie. Simplement pour ça.
Je veux que tu aies mal, à en crever. Que tu implores la mort d'abréger ce supplice. De venir te libérer, te sauver de moi.
Sauf que la mort, ce sera moi.

Je t'arracherai les ailes, mon ange. Alors, tu ramperas devant moi.

Chapitre 18

Bertrand boit quelques gorgées d'eau froide directement au robinet. Puis son regard s'enfuit par la fenêtre de la cuisine. L'aube s'annonce. Mais la nuit n'est pas finie.

Il retourne dans la chambre, s'allonge à côté de Cloé, profondément assoupie. Sur le ventre, comme toujours.

Il n'a plus sommeil, a trop envie d'elle pour se rendormir.

Pourtant, la partie commence à être longue, il faudrait en entamer une nouvelle.

Une autre fleur à butiner puis à faucher.

Il faut que je songe à mettre le point final. Mais chaque chose en son temps. Je n'ai pas terminé avec elle. Pas encore. Le meilleur reste à venir…

Lentement, il fait descendre le drap, découvrant son corps presque parfait.

Parfait, ce serait ennuyeux.

Il la déguste des yeux, malgré la faible clarté qui baigne la pièce.

Il sait ce qu'il veut. Devenir une obsession, une drogue qu'aucune autre ne peut remplacer.

Rien n'est plus excitant.

C'est ça, être vivant. C'est ça, exister.

Exister, c'est manquer à quelqu'un.

Exister, c'est être la douleur d'un autre.

Une vie rangée ? Bertrand n'en veut pas. N'en a jamais voulu. La routine qui s'installe, qui bousille tout. Qui ronge lentement tout ce qu'elle touche. Qui érode les pierres les plus solides, craquelle n'importe quel ciment.

Il veut qu'elles se souviennent de lui. Toujours.

Il veut qu'elles aient envie de mourir pour lui. Par manque de lui.

Qu'elles se morfondent en pensant à lui. À ce qu'il leur a donné. Puis repris.

Il n'est qu'un simple voleur, après tout. Un voleur d'âmes.

Il les collectionne, comme d'autres collectionnent les montres ou les objets d'art.

Avec douceur, il décide de réveiller Cloé. Avec douceur, toujours. On obtient tout ce qu'on désire, par la douceur. Ou alors, c'est par la force. Les deux peuvent être agréables.

Comme les armes : toutes efficaces, à condition de savoir s'en servir.

Et Bertrand est un chasseur redoutable.

Il caresse son dos, monte et descend le long de sa colonne vertébrale. Elle ouvre les yeux, met quelques secondes à émerger d'un rêve. Ou d'un cauchemar.

Quelle importance ? Il s'en fiche.

Elle vient se coller contre lui, il dépose un baiser dans son cou, un autre sur son épaule. Elle se rendort bien vite, ne l'entend pas lorsqu'il murmure :

— Tu seras bientôt prête…

Il l'arrache à nouveau au sommeil qu'elle avait enfin réussi à trouver.

Mais elle ne lui en veut pas. Tellement heureuse de compter pour lui.

De compter autant.

Chapitre 19

Le neurologue n'en finit plus d'examiner l'électro-encéphalogramme, comme s'il cherchait l'erreur.

Bertrand, par le biais d'un ami, a réussi à lui obtenir un rendez-vous en urgence chez un spécialiste réputé. Cloé a accepté de jouer le jeu, seulement pour prouver qu'elle n'est pas en train de perdre la raison. Qu'il y a bien une ombre dans sa vie. Pas dans sa tête.

— Est-ce que vous prenez des médicaments, madame ?

— Non, répond-elle un peu vite. Enfin… Juste un truc pour le cœur. J'ai une tachycardie de Bouveret.

Elle se creuse la cervelle pour se souvenir du nom des gélules qu'elle avale chaque matin, le livre enfin au spécialiste.

— Autre chose ?

— Un autre médicament, vous voulez dire ?

— Ou… une autre substance.

Cloé reste médusée. Elle a dû mal comprendre.

— *Substance* ? Qu'entendez-vous par là ?

Petit sourire à peine perceptible.

— Je suis là pour vous soigner, non pour vous juger. Vous pouvez tout me dire, vous savez… Vous consommez de la drogue ? Cocaïne, par exemple ?

— Mais non ! s'offusque Cloé.

Il la fixe de manière embarrassante, elle soutient son regard.

— Je ne me drogue pas. Ni cocaïne, ni autre chose.

— Des somnifères ?

— J'en ai pris vendredi. Mais ça ne m'arrive quasiment jamais.

— Le nom de ce médicament ?

Cette fois, Cloé a beau chercher, elle ne le trouve pas.

— Qui vous l'a prescrit ?

— Personne. C'est mon ami qui me l'a apporté quand je lui ai dit que je faisais des insomnies.

— Pas d'anxiolytique, ou d'antidépresseurs ?

— Non. Pourquoi ces questions ?

— Les symptômes que vous décrivez pourraient être dus à deux facteurs : la prise de certaines substances ou un surmenage doublé d'un très fort stress. Est-ce le cas ?

Elle est sur le point de lui confier que oui, elle est stressée. Qu'elle vit dans l'angoisse depuis que l'Ombre marche dans son sillage. Pourtant, elle se retient. Elle est là pour démontrer qu'elle est saine d'esprit, autant ne pas lui tendre la perche.

— Eh bien… je suis nerveuse, ces derniers temps. J'ai beaucoup de pression au travail. Je ne dors presque pas, mais je ne me sens pas vraiment fatiguée.

— Je vois. Je vais vous prescrire quelque chose pour vous détendre, pour vous permettre de retrouver le sommeil. Mais c'est provisoire, bien sûr. Le temps de récupérer. L'important, c'est de vous reposer quelques jours.

— Vous voulez dire que je ne dois pas aller travailler ?

— Pendant une semaine, voire deux.

— Impossible ! s'exclame Cloé.

Le neurologue a un léger soupir d'agacement. Tous ces gens qui se croient indispensables...

— Disons une semaine d'arrêt, pour commencer.

— Je vous dis que c'est impossible pour moi de m'absenter une semaine du bureau !

— Vraiment ? Si vous voulez mon avis, et vous le voulez, sinon vous ne seriez pas là, il y a deux options : soit vous vous reposez maintenant, quelques jours, soit vous continuez à tirer sur la corde. Et là, ce ne sera plus une semaine au calme qu'il vous faudra. Ce sera un mois. Peut-être deux... Dans le meilleur des cas. Alors, que préférez-vous ?

Cloé baisse la tête. Que lui répondre ?

— Une semaine pendant laquelle il faut vous éloigner de ce qui vous stresse, martèle le praticien. Avez-vous la possibilité de vous rendre dans un endroit calme ?

— Peut-être, je vais essayer.

— C'est ce qu'il faudrait. Et surtout, n'emportez pas de travail avec vous. Du repos, du sommeil, du calme. Rien d'autre. C'est clair ? Pas d'excitants, non plus. Évitez le café, ou autre...

Visiblement, il reste persuadé qu'elle n'avale pas que des tisanes, mais n'ajoute rien. Il rédige l'ordonnance, Cloé a envie de pleurer, ne sait pas vraiment pourquoi.

— Vous croyez que... je deviens cinglée ?

Il la considère avec étonnement.

— Non, madame. Vous êtes agitée et nerveuse, vous êtes sous pression. Le corps humain est une machine fragile, vous savez. Offrez-vous une pause. Et si jamais les symptômes persistent, revenez me voir. D'accord ?

Elle acquiesce d'un mouvement du menton.

— Ne vous inquiétez pas, ajoute-t-il en lui tendant l'ordonnance et l'arrêt de travail. Tout va rentrer dans l'ordre rapidement. À condition que vous suiviez mes conseils.

— Je le ferai, docteur.

*
* *

La porte s'ouvre sur l'enfer.

Le cercueil est avalé par le brasier, comme par la gueule rougeoyante d'un monstre.

Gomez étouffe. Il a l'impression que c'est lui qui va brûler vif sur un bûcher.

La porte se referme, ses yeux aussi. Mais il imagine, voit et ressent tout. Le feu qui s'empare du sarcophage, d'abord. La température qui monte bien au-delà du supportable.

Les chairs qui fondent, dévorées par les flammes.

L'amour de sa vie se calcine, se transforme en cendres, part en fumée.

Il est sur le point de perdre connaissance tellement ça fait mal.

Ne plus la voir sourire, jamais.

Ne plus entendre sa voix, ou son rire. Jamais.

Ne plus plonger ses yeux dans les siens.

Ne plus sentir sa peau sous ses doigts ou sur ses lèvres. Son corps contre le sien.

Plus jamais.

La douleur absolue.

*
* *

Cloé a longuement hésité. S'absenter maintenant du bureau constitue une erreur, elle en est consciente. Mais ce type en blouse blanche s'est montré persuasif.

Lundi après-midi, 15 heures. Cloé compose le numéro de portable du Vieux. Inventer, comme elle sait si bien le faire. Il n'aura aucune possibilité de vérifier, de toute façon.

Elle réussit à modifier sa voix. Oscar de la meilleure actrice.

Elle lui annonce la couleur. Grippe, forte fièvre, vertiges. Elle ne tient plus debout, aurait voulu emporter des dossiers avec elle. Elle est désolée. Tellement désolée.

Pardieu se montre compréhensif, pourtant Cloé sent qu'elle perd des points. Tant pis, elle se rattrapera plus tard.

Une semaine devant elle. Oasis ou pénible traversée du désert ?

S'éloigner, a dit le médecin. S'éloigner de l'Ombre.

Elle appelle aussitôt Bertrand.

— Salut, mon chéri...

— Qu'a dit le toubib ?

— Que je devais me reposer quelques jours. Que j'étais sous pression, surmenée.

— Tu vois ! J'avais raison. Tu as accepté, j'espère ?

— Oui. Il dit que je dois me mettre au vert. J'ai pensé aller chez mes parents. Ils habitent à la campagne et ça fait longtemps que je ne les ai pas vus.

— Bonne idée... Ils vivent où, exactement ?

Un village perdu, à deux cents kilomètres de Paris. Elle lui en fait une description digne d'une agence de voyages, alors qu'elle a toujours trouvé cet endroit mortel.

— Tu... tu pourrais m'accompagner, non ? espère-t-elle.

Difficile de se l'avouer, mais une semaine sans lui ressemble à une punition.

— Ça ne va pas être possible, s'excuse Bertrand. Mais si tu veux, tu y vas en train et je viens te chercher le week-end prochain. Comme ça, je ferai leur connaissance.

— Oui, ce serait bien. Tu pourrais venir vendredi soir, tu passerais une nuit là-bas.

— Faut pas que ça les dérange, objecte Bertrand.

— Non, pas de souci... Moi, je partirai demain matin. On peut se voir ce soir ?

— Bien sûr. Je viens après le boulot, ma puce. Ça va aller mieux, tu vas voir. Ce petit séjour à Trifouillis-les-Oies va te remettre d'aplomb !

— J'espère surtout qu'il ne va pas me coûter le poste de DG...

— Décompresse, chérie. À ton retour, tu reprendras la place qui te revient.

Dès qu'elle a raccroché, Cloé va récupérer sa valise dans le garage. Le serrurier ne viendra qu'à 18 heures, elle a donc le temps de préparer ses bagages.

Tout en choisissant quelques vêtements dans sa penderie, Cloé songe à l'Ombre. À cet inconnu, ou cette vieille connaissance, qui a décidé de faire de sa vie un cauchemar.

Sera-t-il furieux qu'elle lui fausse compagnie, qu'elle échappe à son emprise quelques jours ? Se vengera-t-il à son retour ?

À moins qu'il ne la suive.

À moins qu'il n'existe pas... Ou seulement dans sa tête.

Elle préfère occulter ces deux dernières possibilités, aussi effrayantes l'une que l'autre.

Chapitre 20

Devant le placard de la chambre, il reste un moment immobile.

Enfin, il choisit un gilet, un qu'elle aimait bien. Il l'approche de son visage, ferme les yeux et respire son odeur de longues minutes. Debout dans leur chambre vide, cette relique à la main.

Gomez n'a pas pleuré depuis la crémation. N'en a plus la force.

Plus la force de rien, d'ailleurs. Juste d'avoir mal. Mais nul besoin de force pour ça. Il suffit de vivre encore. Même si c'est à moitié, même si c'est une illusion.

Il s'assoit sur le lit, le gilet de laine entre ses mains. Le silence autour de lui.

La maladie est une salope. Qui emporte l'être aimé. Mais pas l'amour.

*
* *

Malgré le traitement, Cloé dort mal. Sommeil morcelé, cauchemars qui s'apparentent à de féroces délires. À des batailles rangées contre des armées de démons sanguinaires. Qui n'ont pourtant pas réussi à chasser son rêve habituel. En début et en fin de nuit, comme pour ouvrir et fermer une parenthèse.

Un hurlement terrifiant, un corps qui tombe dans le vide et s'écrase à ses pieds...

— Tu as bien dormi ? espère Mathilde.

Cloé sourit ; drôle d'impression que de prendre son petit déjeuner en compagnie de sa mère.

— Comme un bébé ! ment-elle.

— C'est calme, ici. Tu n'es pas dérangée au moins. Tu peux te reposer.

C'est sûr, dépaysement garanti.

Pas d'autoroute, de voies rapides, de circulation.

Pas de dossiers à traiter, de coups de téléphone à donner, de mails à éplucher.

Pas de course effrénée du matin au soir.

Chant des oiseaux, bruit de l'eau ou du vent. Cloé a l'impression de s'être retirée dans un couvent. Ce n'est pas désagréable, d'ailleurs. À condition que sa cure forcée ne dure pas plus d'une semaine. Au-delà, elle deviendrait cinglée. Vraiment cinglée.

— J'ai invité ta sœur et Armand ce soir.

— Je comptais aller les voir, s'empresse de dire Cloé. Mais tu as bien fait.

— Et Lisa, tu veux qu'on aille lui rendre visite ? Tu n'es pas souvent là...

La main de Cloé se crispe sur la tasse.

— Je préfère y aller seule.

Mathilde ne lui reproche rien, comme toujours. Se contente d'ajouter : *Ça lui fera plaisir.*

Cloé sait bien que non. Ce ne sera pas un plaisir. Ni pour elle, ni pour Lisa.

Juste une souffrance, un devoir qu'elle s'inflige. Une punition.

Toujours se punir. C'est sa faute après tout. Même si personne ne le lui a jamais dit.

Sans doute parce qu'elle ne l'a jamais dit à personne.

— Bertrand viendra me chercher vendredi soir, annonce Cloé pour changer de sujet.

Elle voit les yeux de sa mère étinceler d'un sourire.

— On va pouvoir faire sa connaissance, je suis contente !

Cloé lit la suite dans ses pensées. *J'espère que c'est enfin le bon. Celui que tu sauras garder, qui aura le courage de rester.*

Mathilde s'attelle à la vaisselle. Cloé l'observe avec une profonde tendresse. Elle la trouve fatiguée, vieillie, mais toujours aussi élégante. Elle est habillée simplement, mais l'élégance n'a pas grand-chose à voir avec les vêtements. C'est une façon d'être.

Alors qu'elle ne l'a pas vue depuis six mois, Cloé ne saurait dire si sa mère lui a vraiment manqué. Toujours difficile de revenir dans la maison familiale, dans ce décor synonyme d'enfance heureuse.

Jusqu'au jour où tout a basculé dans l'horreur.

Son père fait irruption dans la cuisine, revenant de sa balade matinale. Depuis qu'il ne bosse plus, c'est un rituel. Chaque matin, se lever tôt et partir battre la campagne.

— Salut, ma fille, dit-il en embrassant Cloé.

— Salut, Pa…

Ils n'ont jamais trop su quoi se dire. Lui, le campagnard un peu bourru, avare de paroles et d'effusions. Fier de la réussite de sa fille aînée, mais qui ne le dira pas. Ravi qu'elle soit là, mais qui ne le montrera ni ne l'avouera. Comme si les mots lui faisaient peur. Comme si les émotions étaient faiblesses.

Cloé a hérité de lui. Beaucoup.

Il s'assoit en face d'elle, se sert un café.

— Je peux venir avec toi, demain matin ? espère Cloé.

Elle se demande soudain pourquoi elle vient de lui proposer une chose pareille.

Aussi surpris qu'elle, il hausse les épaules.

— Si tu veux, mais j'attends pas jusqu'à 10 heures que tu te lèves !... Et tu as de vraies chaussures, au moins ?

— J'ai de très jolis escarpins vernis, sourit Cloé. Tu penses que ça conviendra ?

Sa mère se met à rire, le père fait une grimace.

— Si tu te tords une cheville, tu viendras pas pleurer ! bougonne-t-il.

— Tu me porteras sur ton dos.

— Compte pas là-dessus. Je suis trop vieux, maintenant.

— Mais non, s'amuse Cloé. Tu es toujours aussi fort, j'en suis sûre.

— Les années, ma fille... Les années sont sans pitié.

Il n'y a pas que les années, songe Cloé.

L'Ombre apparaît dans un recoin de la cuisine. Sortie de nulle part.

Si, de son esprit. Malade, peut-être.

*
* *

— Ça vous dirait d'aller vous saouler la gueule ?

Laval a réussi à décider son chef à ouvrir la porte de l'appartement où il se terre comme un animal blessé. Une prouesse.

191

— Je connais un pub sympa, pas très loin d'ici.

— Et ensuite ? Tu me ramèneras et tu me foutras sur le canapé ? Si t'es un gentil garçon, peut-être même que tu m'enlèveras mes godasses et que tu me borderas… Et puis demain matin, j'aurai la gueule de bois, envie de gerber. Et toujours aussi mal. Alors dis-moi un peu à quoi ça servirait ?

Laval se contente de soupirer. Comme si une cuite pouvait bien servir à quelque chose. À ce compte-là, rien n'est vraiment utile.

— Qu'est-ce que t'es venu faire ici, Gamin ? Voir si j'étais prêt à reprendre du service ?

— Non, bien sûr que non ! C'est trop tôt…

Gomez s'assoit juste en face de lui et le fixe de son regard incisif.

— Trop tôt ? Parce que tu penses que dans un mois ça ira mieux ? Deux mois, peut-être ? Six mois ? À combien tu estimes le temps qu'il me reste à souffrir ainsi ? À ton avis, combien de temps je vais mettre à *faire mon deuil* ?

Laval déboutonne un peu sa chemise.

— Je ne sais pas.

Gomez arbore un sourire atroce. Celui des gens qui souffrent et ont envie de partager.

— Non, tu ne sais pas, lieutenant. Tu ne sais rien, d'ailleurs. Même dans dix ans, ça n'ira pas mieux. Ça n'ira jamais mieux. *Jamais*, tu entends ?

— Ne dites pas ça, patron.

— Je reviendrai la semaine prochaine, annonce froidement Gomez. Si je suis trop lâche pour me faire sauter le caisson d'ici là. Ça te va, comme réponse ?… Et ne viens plus ici. J'ai pas besoin d'une nounou pour veiller sur moi.

Laval se lève et enfile son blouson.

— OK, commandant. Comme vous voudrez. À la semaine prochaine.

Gomez entend la porte claquer un peu fort, reste immobile dans le fauteuil du salon.

Ce qu'il craignait est arrivé. Ses hommes vont le prendre en pitié. Il va falloir qu'il se montre encore plus dur à leur égard pour éviter de subir cette offense supplémentaire.

*
* *

Ce cher Armand est toujours aussi con.

Mais après tout, Cloé se demande pourquoi il changerait.

Ma sœur le regarde comme un héros, doit s'agenouiller devant lui tous les soirs. Alors, pourquoi diable se remettrait-il en question ?

Cloé n'a pas beaucoup parlé durant le repas qui s'achève. Mais son beau-frère a parlé pour deux. Pour dix, même. Monopolisant la conversation, la faisant tourner autour d'un unique et passionnant sujet : lui.

Il faut dire qu'Armand est un patron. Il a des gens sous ses ordres. Un vrai meneur d'hommes.

Cloé a eu envie de lui envoyer quelques vannes bien senties mais s'est abstenue. Inutile d'entamer les hostilités, ça peinerait ses parents. Le sourire de sa mère vaut bien ce petit sacrifice personnel.

Sa mère, qui a mis les petits plats dans les grands... Simplement heureuse d'avoir tous ses enfants autour de la même table. Enfin, presque tous. Car il en manque un.

Par contre, les petits-enfants sont tous là. Les trois qu'Armand a faits à Juliette. Trois monstres bruyants, agités et égocentriques.

Des gosses, quoi ! songe Cloé, soudain ravie de ne pas en avoir.

En tout cas, pas des comme ça. Je deviendrais folle avec trois gamins sur le dos. Qui braillent constamment, réclament à chaque minute. Qui se chamaillent, pleurnichent. De toute façon, je ne vois pas comment je pourrais m'en occuper alors que je ne suis jamais chez moi...

Elle admire sa sœur un instant. Seulement un instant.

Comment a-t-elle pu épouser un abruti pareil ? Il fallait vraiment qu'elle soit à la dérive ! Pauvre Juliette. Tu vaux tellement mieux que ça...

— Et toi, Cloé, qu'est-ce que tu en penses ? demande Armand.

Cloé revient brutalement dans la réalité. Le silence se fait.

Sauf que Cloé ne sait absolument pas de quoi ce cher Armand était en train de parler.

— Excuse-moi, j'étais ailleurs... De quoi parlais-tu ?

Le beau-frère se prend la gifle de plein fouet. Elle ne l'écoutait pas ? Offense suprême.

Cloé lui sourit de façon insolente.

— Tu étais *ailleurs* ? répète-t-il.

— .Clo est une rêveuse ! s'empresse de dire Mathilde. Toujours sur la lune !

Cloé a envie de rire. Elle, toujours sur la lune ? ! Celle-là, c'est la meilleure de la soirée.

— Je parlais de la fiabilité des voitures françaises, précise Armand, visiblement vexé.

Un sujet des plus excitants, évidemment. Il est vrai que ce cher Armand bosse dans l'équipement automobile.

— Aucune idée, répond Cloé. Je ne roule qu'en Mercedes.

Gomez écrase sa clope sur le trottoir. Ça lui fait bizarre d'être dehors, le soir.

Il pousse la porte du pub, est immédiatement heurté par le bruit. Mélange de musique, d'éclats de rire et de voix.

Il y a encore des gens qui ont envie de rire. C'est parce qu'ils ne connaissaient pas Sophie.

Il aperçoit Laval, installé au comptoir. Ainsi qu'il l'avait prévu. Espéré, même. Il pose une main sur son épaule ; le Gamin se retourne, médusé.

— Patron...

— Ne m'appelle pas comme ça. Pas ici.

Gomez adresse un signe au barman. Ce qu'il veut boire ? Une Desperado, évidemment.

— Je savais que je te trouverais là.

— J'y suis souvent, faut dire.

— Il est temps que tu trouves une nana, soupire Alexandre.

— J'en ai trouvé une, révèle le lieutenant.

— Qu'est-ce que tu fous là, alors ?

— Je vous attendais.

— Raconte-moi.

— Quoi ?

— Une histoire d'amour... Une belle, s'il te plaît.

Sur la terrasse, elle écoute la nuit, la vraie. Profonde et silencieuse, à l'abri des lumières outrageuses d'une ville. Une nuit sauvage, loin des hommes.

Cloé contemple les étoiles, appuyée à la rambarde. Malgré le froid, cet intermède lui fait du bien. Depuis combien de temps n'avait-elle pas admiré les étoiles ?

— Qu'est-ce que tu fais ?

Juliette vient de la rejoindre. La solitude aura été brève.

— Tu t'ennuies avec nous ? T'as eu l'air de t'emmerder tout le repas…

Les mâchoires de Cloé se crispent. Elle se retourne vers sa jeune sœur. Qui ne lui ressemble pas. Petite, ronde, les cheveux clairs et coupés court.

— Je suis seulement fatiguée. Je suis venue ici pour me reposer.

— Qu'est-ce qui se passe ? T'es malade ? Maman m'a dit que…

— Je ne suis pas malade, tranche Cloé. Juste un peu de stress professionnel. Rien de grave. J'avais besoin d'un break et j'en ai profité pour venir ici.

— Tu aurais pu prévenir, quand même. Tu sais, les parents sont fatigués. Papa, surtout.

— T'as peur que je les fatigue encore plus, c'est ça ? Merci du compliment !

— Tout ce que je te dis, tu le prends mal, de toute façon, souffle Juliette.

— Et tu voudrais que je le prenne comment ? ricane Cloé.

— Je dis juste que… Oh, et puis laisse tomber !

— Ça te contrarie que je sois là, c'est ça ?

Dire qu'elle s'était exilée sur la terrasse pour être tranquille cinq minutes. Raté.

— Je ne vois pas pourquoi ça me contrarierait, assure Juliette.

— Dis tout de suite qu'ici, personne n'est heureux de me voir, ce sera plus clair !

Juliette la fixe droit dans les yeux, de longues secondes, avant de répondre :

— Tu n'as pas changé ! Tu crois que tout le monde t'en veut de je ne sais quoi… Tu te vois des ennemis partout. Tu es toujours aussi parano, ma pauvre Cloé.

Chapitre 21

Le centre est une jolie bâtisse ancienne, nichée au cœur d'un parc magnifiquement arboré. Cloé gare la Citroën de son père au plus près du bâtiment mais hésite longuement avant d'en descendre. Elle rectifie sa coiffure devant le rétroviseur, vérifie son maquillage. Comme si son apparence avait quelque importance.

Enfin, elle se dirige lentement vers l'entrée ; les portes coulissent sur un hall spacieux et bien éclairé. Une propreté et un luxe qui la rassurent.

Jusque-là, tout va bien.

Une hôtesse d'accueil lui adresse un sourire forcé mais charmant.

— Bonjour, madame, je peux vous aider ?

— Bonjour, je...

Des hurlements lui coupent la parole ; à quelques mètres d'elle, un jeune homme jusque-là prostré sur une banquette vient de se jeter par terre et pousse des cris dont on ne sait s'ils expriment la colère ou la peur. Un colosse en blouse blanche accourt et le relève sans grande délicatesse avant de l'entraîner dans les couloirs.

Le silence qui se fait dès qu'ils ont disparu n'est en rien un soulagement. Plutôt une atrocité.

— Madame ? répète l'hôtesse comme si rien ne s'était passé.

— Heu... Je viens voir Élisabeth Beauchamp.

— Vous connaissez le numéro de sa chambre ?

— Non, avoue-t-elle en baissant les yeux.

Ça fait pourtant cinq mois que Lisa vit ici.

Ou plutôt qu'elle *végète* ici.

— Chambre 404, quatrième étage. En arrivant en haut, vous vous présentez au bureau des infirmières. L'ascenseur est là, sur votre gauche. Bon après-midi.

Cloé appelle l'ascenseur, mais au moment où il arrive, elle bifurque vers les escaliers. Peut-être pour gagner du temps. Retarder l'échéance.

Au quatrième, essoufflée par cette ascension difficile, elle part à la recherche du fameux bureau des infirmières.

D'emblée, Cloé est choquée. Autant l'extérieur et le hall d'entrée sont accueillants, autant l'étage est sordide. Carrelage fissuré, peinture écaillée sur les murs, plafonds délabrés. Et ces effluves infâmes, mélange de soupe réchauffée et de désinfectant, qui lui soulèvent le cœur... Quel endroit abject !

Elle s'arrête devant l'office, s'éclaircit la voix pour signifier sa présence. Deux infirmières discutent autour d'un café et l'une d'elles s'approche de Cloé sans prendre la peine de cacher qu'elle dérange.

— Je viens voir Lisa Beauchamp.

— Élisabeth ? Vous êtes de la famille ?

Regard suspicieux.

— Je suis sa sœur.

— Votre visite n'était pas prévue...

Depuis quand faut-il prendre rendez-vous pour visiter sa sœur ?

— Elle est dans sa chambre ?

— Évidemment ! Où voulez-vous qu'elle soit ? C'est au bout du couloir, chambre 404.

L'infirmière retourne à son café, Cloé à son douloureux pèlerinage.

Le bâtiment est surchauffé, elle s'éponge le front avant d'arriver au point de non-retour. Après une profonde inspiration, elle frappe à la porte et entre sans attendre la réponse.

De toute façon, il n'y en aura pas.

Cloé reste clouée sur le seuil.

Lisa… Posée sur un vieux fauteuil en skaï, la tête penchée sur le côté, le regard perdu dans le vague, les lèvres entrouvertes.

— Coucou, ma Lisa, c'est moi.

Sa voix est chancelante, son cœur recommence à dépasser la vitesse autorisée. Elle s'approche lentement, son malaise augmentant à chaque pas.

Les restes du dernier repas s'étalent sur la chemise de nuit délavée d'Élisabeth qui s'est oubliée sur le fauteuil. Cloé comprend brusquement pourquoi l'infirmière semblait contrariée par cette visite impromptue.

— Mon Dieu, murmure-t-elle en plaquant une main sur sa bouche.

Elle ne peut avancer davantage, stoppée par cette effroyable vision. L'odeur dans cette chambre est encore pire que dans les couloirs et il doit y faire au moins 30 degrés. Cloé enlève son manteau pour éviter d'étouffer et l'abandonne sur le lit défait, aux draps sales. Enfin, elle trouve la force de rejoindre Lisa, se penche et l'embrasse sur le front.

— Salut, petite sœur.

Elle ouvre la fenêtre, prend une chaise et se pose juste en face du fauteuil. Elle se trouve à moins d'un mètre de Lisa, espère que son regard va croiser le sien.

Mais il passe devant elle sans même le voir. Comme si elle faisait partie de ce décor hideux.

— Tu m'entends ?

Elle attrape sa main, étrangement froide, la serre dans la sienne. Tentative désespérée d'entrer en contact avec le néant.

— Je sais que ça fait longtemps que je ne suis pas venue te voir mais j'étais loin. Ça ne m'a pas empêchée de penser à toi, ma Lisa.

De penser à toi.

Chaque jour, chaque minute, chaque seconde. Sans même m'en apercevoir.

De rêver de toi, chaque nuit.

Elle ne peut détacher son regard de la saleté qui enlaidit sa petite sœur et, n'y tenant plus, elle retourne se pencher à la fenêtre. Essayant de retenir ses larmes, elle laisse son regard se reposer sur le parc verdoyant.

Tu vas y arriver, Cloé, ne sois pas ridicule !

Elle pivote vers Lisa en souriant. Sauf que ses lèvres tremblent, que ses yeux brillent.

— Je vais arranger ça, t'en fais pas.

Elle inspecte la salle de bains, réduit qui pue le renfermé, la moisissure et l'urine. Certainement laissée sans entretien depuis plusieurs jours. Elle décide de garder sa colère pour plus tard. L'important, c'est Lisa.

Elle revient vers sa sœur, armée d'un sourire de façade. Qui cache l'horreur.

Un peu comme ici, finalement.

— Je vais t'aider à prendre une douche ! Avec cette chaleur, je suis sûre que tu en meurs d'envie.

Il y a longtemps que Lisa ne peut plus marcher. Plus parler, non plus.

Il y a longtemps que Lisa est partie.

Alors, Cloé l'attrape sous les aisselles et les genoux,

la soulève dans un effort difficile. Pourtant, elle ne pèse plus grand-chose. Aussi légère qu'une étoffe froissée, aussi inerte qu'un morceau de bois séché. Brisé.

Cloé la porte ainsi jusqu'à la salle d'eau et la dépose sur une chaise en plastique qui trône sous le pommeau de douche. Elle lui ôte sa chemise de nuit avec la peur de la regarder. Gênée de déshabiller sa propre sœur. Mais après tout, Lisa a encore 8 ans. C'est encore et pour toujours une petite fille.

Nouveau choc pour Cloé : maigreur effrayante, os saillants et hématomes sur les bras, les cuisses, le ventre, les côtes...

Elle lui retire ensuite sa couche-culotte saturée et la jette précipitamment dans la poubelle. Son cœur se soulève, elle sent qu'elle vacille. La chaleur, l'odeur et la vision de ce corps décharné, abîmé. Une main contre le mur, Cloé tente de se calmer.

Pas le moment de s'évanouir, merde !

— Ça va aller, ma Lisa...

Ça va aller, Cloé.

Elle abandonne ses chaussures dans la chambre puis retourne dans le réduit, comme dans l'arène. Sauf que c'est contre elle-même qu'elle se bat.

Elle vérifie la température de l'eau puis laisse couler le jet sur les jambes de Lisa qui n'a aucune réaction. Alors, elle monte le long du corps aussi meurtri qu'impassible. Et subitement, elle croit voir ses yeux. L'espace d'un instant, elle a l'impression que sa sœur la regarde.

Mais non, Cloé doit rêver.

La douche terminée, elle enveloppe Lisa dans une grande serviette propre, certainement amenée par sa mère, avant de la déposer sur le lit.

Putain ! Mais depuis quand n'ont-ils pas changé les draps ?

À cette heure-là, hors de question de rester en chemise de nuit. Cloé choisit donc une robe blanche et légère, un gilet bleu et procède à la suite des opérations, habillant sa sœur comme elle le ferait avec une poupée.

Une poupée grandeur nature sur laquelle on a oublié de dessiner un sourire, un avenir.

Cloé nettoie ensuite le fauteuil, enferme les vêtements sales dans un sachet plastique. Au fond du tiroir de la table de chevet, elle dégote un peigne pour la touche finale.

Elle s'assoit sur le lit, prend Lisa dans ses bras. C'est bon de serrer ce corps contre le sien.

Sa chair, son sang.

Son crime.

Elle coiffe ses cheveux courts et ébouriffés, essayant de leur donner une forme féminine. Elle se souvient de ces magnifiques cheveux longs que toutes les petites filles enviaient à Lisa.

Elle la rallonge sur le dos, contemple le résultat : Élisabeth est beaucoup plus jolie désormais. Et surtout, son visage semble apaisé.

— Je reviens, murmure Cloé.

Dans le couloir, elle repère un fauteuil roulant abandonné. Elle le dérobe discrètement, y installe sa sœur, la couvre avec une couverture polaire avant de la pousser hors de cet endroit insupportable.

Pourtant, c'est bien là qu'elle vit. Chaque jour.

Cloé songe à sa spacieuse et coquette maison, son cœur déraille encore.

Je suis une salope. Une égoïste. Je ne suis rien. Je

peux mentir à longueur de temps. À tout le monde, et même à moi. Mais la vérité, c'est que je ne suis rien !

— On va se promener, ma chérie !

Cloé évite de passer devant le bureau des infirmières, se dirige vers les monte-charges situés au bout du couloir. *Ascenseurs réservés au personnel.*

Aujourd'hui, ils sont réservés à Lisa et sa grande sœur.

Elles traversent le hall d'entrée et arrivent enfin dans le parc, où Cloé savoure pleinement l'air pur et frais. Un régal. Aujourd'hui, le soleil brille pour elles.

— Ça fait du bien d'être dehors, non ?

Elles croisent le chemin d'autres humains éternellement assis, empruntent les petites allées goudronnées qui sillonnent entre les grands arbres. Des chants d'oiseaux leur souhaitent la bienvenue ; est-ce que Lisa les entend ?

Bien sûr qu'elle les entend. Elle voit tout, entend tout.

C'est juste qu'elle ne peut pas réagir. Qu'elle ne peut plus. Prisonnière d'un sarcophage.

Ainsi, elles continuent longtemps à avancer, sans savoir où elles vont. Si seulement elles pouvaient retourner dans le passé. Trouver le chemin secret qui les ramènerait vingt-six ans en arrière, précisément. Quelques secondes avant que...

Elles longent un petit bassin envahi de mousse où flottent trois ou quatre nénuphars décatis. Cloé s'assoit sur un banc, plaçant le fauteuil de Lisa juste à côté d'elle.

— Ça te plaît ici ? C'est sympa, non ? Et il fait meilleur que dans ta chambre.

Cloé tourne la tête, plongeant son regard dans l'eau

verdâtre qui ondule légèrement sous l'effet d'une petite brise opportune.

— Tu sais, je suis venue passer quelques jours chez papa et maman. J'avais besoin de retrouver un peu de calme... Besoin de retrouver mes racines, peut-être !

Cloé rigole doucement, sa gorge se serre. Besoin d'affronter la réalité, sans doute. Celle que je m'évertue à occulter chaque jour. Depuis vingt-six longues années.

— En fait, je me suis enfuie de chez moi. Si tu savais ce que j'ai vécu, ces derniers temps... Je... Quelqu'un me veut du mal. Ça a commencé par un type qui m'a suivie dans la rue et puis...

Et puis, Cloé n'arrête plus de parler. Comme c'est facile de se confier à quelqu'un incapable de vous répondre. D'avouer ses peurs à quelqu'un qui ne peut vous juger.

Cloé pose sa main sur la jambe de Lisa, mais ne parvient pas à la regarder. À affronter cette absence dont elle est responsable.

— Je ne sais pas si je deviens folle ou... ou si vraiment quelqu'un cherche à me rendre cinglée ! Je suis morte de trouille, Lisa.

Elle sent les larmes affluer, les essuie du revers de la main. Puis enfin, elle tourne la tête vers Lisa. Cette fois, Cloé ne rêve pas : sa sœur la dévisage avec ses grands yeux noisette. Son regard ne passe pas simplement là par hasard : il lui est destiné, elle en est certaine.

Et l'émotion est intense. À en perdre le souffle.

— Lisa ?

Elle ne s'enfuit toujours pas, continuant à la fixer du fin fond de sa solitude, comme si soudain la vie revenait à la surface. Cloé attrape sa main, la pose contre son cœur.

— Tu me reconnais ? C'est moi, Cloé ! Fais-moi un signe, je t'en prie !

Mais la vie s'efface. Doucement, le vide reprend ses droits.

— Lisa ?… Lisa !…

Trop tard, elle s'est à nouveau retranchée dans sa forteresse. Là où personne ne peut la suivre. Cloé embrasse sa main, la garde dans la sienne de longues minutes.

Puis, elles reprennent lentement le chemin du centre.

Cloé n'a pas pu se tromper : Lisa est revenue un court instant. Lisa l'a écoutée, entendue.

C'est incroyable comme ça lui a fait du bien.

Elles remontent dans la chambre où l'odeur s'est quelque peu dissipée. Cloé allonge Lisa sur le lit ; mais peut-être préférerait-elle le fauteuil ? Comment savoir ?

Enfin, elle l'embrasse sur le front, caresse son visage.

— Je reviendrai, murmure-t-elle. Je te le promets… Bientôt.

À nouveau, leurs regards se télescopent un court instant.

Et Cloé comprend que sa sœur est heureuse de la voir.

Alors qu'elle devrait la maudire. La haïr.

Elle la serre dans ses bras, un long moment, lui murmure quelques mots à l'oreille.

Puis Cloé quitte la chambre, entre soulagement et sentiment d'abandon. Mais avant de partir, il lui reste quelque chose à régler.

Elle s'arrête devant le bureau où les infirmières sont toujours en grande discussion.

— Je peux vous parler ?

— Qu'est-ce qu'il y a, madame ?

— Je viens d'aller voir ma sœur et je voulais vous dire que c'est inadmissible ! Il y avait une odeur pestilentielle et il faisait au moins 30 degrés !

— Et alors ? C'est pas notre faute si le chauffage est mal réglé, non ?

— Ah oui ? Et vous avez remarqué qu'il y a une fenêtre dans cette chambre ? Ça vous fatiguerait de l'ouvrir de temps en temps ? C'est pas bien compliqué pourtant. Ça doit être dans vos cordes !

Le visage de l'infirmière se durcit encore. Elle se plante face à Cloé, les mains sur les hanches, un air vindicatif au fond des yeux.

— C'est tout, madame ?

— Non, ce n'est pas tout ! s'écrie Cloé. Tout est sale dans cette chambre, c'est une véritable infection ! Et Lisa, il a fallu que je lui fasse prendre une douche !

— Et alors ? C'est ma faute si elle se pisse dessus ?

Cloé a une furieuse envie de la gifler.

Et alors ? C'est ma faute si j'ai envie de te coller une baffe ?

— À quoi vous servez ? assène-t-elle. Vous n'avez pas honte de la laisser dans cet état ?

— Vous comptez nous apprendre notre métier ? La douche, c'est trois fois par semaine. Le ménage, c'est le matin. Vous êtes pas venue au bon moment. Faut dire que vous venez pas souvent !

Les coups en dessous de la ceinture, maintenant.

— En quoi ça vous regarde ? hurle Cloé. Et tous ces bleus qu'elle a sur le corps ? C'est vous, n'est-ce pas ? Je suis sûre que vous la maltraitez !

— Surveillez vos paroles ! s'offusque la blouse blanche. Elle a des problèmes de circulation du sang. Normal quand on ne bouge jamais !

— Vous me prenez pour une imbécile ? Croyez-moi, ça ne va pas se passer comme ça. Où est le directeur de ce taudis ?

— La directrice n'est pas là aujourd'hui, madame. Si vous voulez la voir, il faut prendre rendez-vous.

— J'ai pas besoin de rendez-vous. J'exige de la voir maintenant !

— Vous n'avez rien à exiger ! Et si vous n'arrêtez pas votre scandale, j'appelle la police !

— Très bien. Puisque vous le prenez sur ce ton, je reviendrai voir votre directrice demain. Et vous regretterez d'avoir fait ma connaissance.

L'infirmière lui claque la porte au nez et Cloé reste un instant immobile face à ce mur de verre, la colère à fleur de peau.

Elle se décide à prendre le chemin de la sortie et, en passant devant une chambre dont la porte est ouverte, elle aperçoit furtivement une vieille dame attachée sur son lit, entièrement nue. Et qui appelle au secours d'une voix monocorde.

Cloé prend la fuite, dévale les escaliers et traverse le hall quasiment en courant. Elle grimpe dans la voiture mais ne démarre pas. Des yeux, elle cherche la fenêtre de la chambre de Lisa.

Les larmes l'aveuglent, elle ne voit plus rien.

Si, une petite fille de 8 ans qui sourit, qui rit, qui croque la vie à pleines dents.

Une petite fille de 8 ans qui a l'avenir devant elle.

Une vie, simplement.

Chapitre 22

Je m'appelle Cloé.

Cloé Beauchamp.

Mon père est à la retraite ; avant, il était mécanicien. Ma mère, elle, travaillait à mi-temps à la mairie du village.

J'ai deux sœurs. Élisabeth et Juliette. Lisa a 34 ans, Juliette 32. On est nées ici, on a grandi ici.

L'une d'entre nous est morte ici.

Je m'appelle Cloé, j'ai 37 ans. Et j'ai brisé une vie.

Non, plusieurs, à vrai dire. Toutes celles qui m'étaient chères. La mienne, aussi.

Mais c'était un accident. Seulement un accident...

J'avais 11 ans, Lisa 8. Pas très loin de la maison, une vieille usine désaffectée. Nos parents nous interdisaient d'y aller, bien sûr. Mais on y allait, bien sûr... Ce formidable terrain de jeu et d'aventures.

Un après-midi, ma mère a dû emmener Juliette chez le médecin. C'était un mercredi, elle m'a confié Lisa. *J'en ai pour une heure, à peine. Surveille bien ta sœur.*

Une heure, à peine. Juste le temps pour moi de tuer ma petite sœur.

C'est rapide de tuer quelqu'un, finalement. C'est facile.

Dès que la voiture de maman a disparu sur la route, je suis sortie de la maison. Avec Lisa.

Et nous sommes allées à l'usine.

Les jeux dangereux… Se faire peur. Qui n'a jamais essayé ?

Je suis montée en premier. Jouer aux équilibristes, ça m'a toujours plu. Marcher sur des vieilles poutrelles en acier, à trois mètres du sol. C'est excitant.

Lisa me regardait, de l'admiration plein ses yeux d'enfant sage.

Je lui ai dit que c'était son tour. Comme elle était effrayée, je me souviens m'être moquée d'elle. L'avoir traitée de froussarde. Je me souviens aussi l'avoir encouragée lorsqu'elle a posé le pied sur la poutre.

On aurait dit une danseuse ivre. Une danseuse folle.

C'est moi, qui étais folle…

C'est incroyable comme ça va vite.

Un hurlement terrifiant, un corps qui tombe dans le vide et s'écrase sur le sol, quasiment à mes pieds.

Ça dure une seconde. Pourtant, ça change tout. Le cours de sa vie, le cours de la mienne.

J'ai cru qu'elle faisait semblant, d'abord. Semblant d'être morte.

Je l'ai secouée, je lui ai dit d'arrêter de jouer.

C'était un accident. Un putain d'accident…

J'aurais préféré la tuer, je crois. La tuer, vraiment. Complètement.

Ensuite, j'ai menti. J'ai prétendu que je n'étais pas avec Lisa au moment de la chute, qu'elle s'était sauvée pendant que j'étais aux toilettes. Que j'étais partie à sa recherche et l'avais retrouvée inconsciente dans l'usine.

Mon premier vrai mensonge, ma première lâcheté. Mon deuxième crime.

Au volant de sa voiture d'emprunt, Cloé a erré un bon moment. Au hasard de ces routes quasi désertes, sillonnant les bois de feuillus et les champs en jachère.

Comme sa tête. En jachère, elle aussi. Esprit vide, ou trop plein. Souvenirs atroces qui se répètent à l'infini.

C'est pour ça qu'elle s'est éloignée d'ici dès son plus jeune âge et n'y revient quasiment jamais. C'est pour ça qu'elle a bâti cette forteresse autour d'elle.

Juste pour éviter de mourir.

Préférant la fuite, la dénégation. S'acharnant à donner à tous l'image d'une femme forte qui a réussi. Pour cacher l'insoutenable.

À force de jouer ce rôle, elle a fini par se leurrer elle-même. À force de porter ce masque, il est devenu son vrai visage.

Ai-je fait le mauvais choix ?

Avais-je seulement le choix ?

Responsable à 11 ans de l'agonie de ma propre sœur, du malheur de mes propres parents…

Avais-je vraiment le choix ?

Enfin, Cloé se décide à reprendre la direction de la maison familiale. Ne sachant plus vraiment où aller. Toutes les routes la ramènent au point de départ. Au péché originel.

— C'était un accident, murmure-t-elle. Juste un accident, comme il en arrive tellement…

Ses parents avaient consulté les plus grands spécialistes à Paris, Lyon, Marseille. Le verdict était toujours le même. Aucun espoir d'amélioration, jamais. Lisa était vivante, mais elle était comme morte. Et c'était définitif.

Les larmes de sa mère, Cloé ne les oubliera jamais. Elle qui aurait aimé pouvoir tout changer ou au moins pouvoir disparaître. Disparaître avec sa honte, sa culpabilité.

Qui aurait voulu pouvoir prendre la place de Lisa dans ce maudit fauteuil roulant.

Ses parents s'étaient montrés admirables. Pas un reproche. À peine quelques regards, quelques silences lourds de sens.

Non, Cloé, ce n'est pas ta faute. Je n'aurais jamais dû vous laisser seules… Tu ne pouvais pas deviner que Lisa s'enfuirait de la maison.

Si, maman, c'est ma faute. C'est entièrement ma faute. Lisa a voulu m'imiter, marcher dans les traces de sa grande sœur. Son héroïne.

Cette sœur qu'elle ne reconnaît plus aujourd'hui.

Cloé claque la porte d'entrée un peu fort. Gestes mal maîtrisés, émotion mal contrôlée.

— C'est toi, ma chérie ?

Oui, maman, c'est moi. Moi qui ai tué l'une de tes filles.

Le générique du journal télévisé. Vingt heures, déjà. Des heures à vouloir disparaître sans y parvenir.

Dans la cuisine, Cloé embrasse sa mère.

— Tu rentres tard, dis donc… Tu as vu Lisa ?

Mathilde lit la profonde détresse sur ce visage d'habitude si froid.

— Ça ne va pas ? Qu'est-ce qu'il y a ? s'inquiète-t-elle en abandonnant ses fourneaux.

— Quand allez-vous rendre visite à Lisa ?

— Trois fois par semaine. Le lundi, le mercredi et le samedi. Parfois le dimanche, aussi…

— Mais jamais le jeudi, n'est-ce pas ?

— Non. Ton père a sa séance de kiné le jeudi. Et moi, c'est le jour où je vais faire les courses… Mais pourquoi tu me demandes ça ? Qu'est-ce qui se passe ?

Le père apparaît soudain à l'entrée de la cuisine. Malgré son oreille défaillante et la télévision allumée, il a entendu leur conversation.

— Il se passe que j'ai trouvé Lisa dans un état lamentable !

— Qu'est-ce que tu racontes ? s'alarme Mathilde.

— Elle était…

Cloé n'arrive même pas à le dire.

— Et ce centre est une horreur ! Comment pouvez-vous la laisser dans un endroit pareil ?

Le visage de sa mère se décompose, le regard de son père s'assombrit.

— Personne ne s'occupe d'elle, là-bas ! Elle est à l'abandon, c'est sale, ça pue ! Vous n'avez pas de cœur ou quoi ?

Mathilde s'appuie à la table, ses mains fatiguées se mettent à trembler.

— Et toi ? Tu peux me dire ce que tu as fait pour elle, à part la précipiter dans le vide ? assène alors Henri.

Cette fois, c'est Cloé qui vacille. Elle vient de recevoir un coup dont la violence lui coupe la respiration. Pourtant, elle tendrait volontiers la joue gauche. Sans même le réaliser, c'est ce qu'elle est venue chercher ici. Ce qu'elle attend depuis des années. Depuis vingt-six longues années.

Elle baisse les yeux, avouant son crime en silence. Ils savaient, ils avaient compris. Et ne lui avaient pourtant jamais adressé le moindre reproche. Jusqu'à aujourd'hui.

— Et tu te permets de nous donner des leçons ?

continue Henri d'une voix sourde. Comment oses-tu ?
Si elle est dans cet endroit, c'est par ta faute !

— Henri ! s'écrie sa femme. Arrête ! Ne dis pas
des choses pareilles !

Cloé ne réagit plus, poignardée en plein cœur.
Attendant le coup de grâce.

Son père reprend lentement son calme tandis que
Mathilde essuie ses larmes.

— Ta mère et moi ne pouvions plus garder Lisa à
la maison, poursuit-il. Sinon, nous ne l'aurions jamais
placée dans ce centre. Ça a été un déchirement pour
nous… Nous n'avions plus la force de nous occuper
d'elle. Tu peux comprendre ça ?

Cloé essaie de ne pas s'enfuir. D'endurer le châtiment jusqu'au bout. Elle doit payer.

Vingt-six ans qu'elle attend.

— Son état de santé nécessite des soins quotidiens !
continue Mathilde avec des sanglots dans la voix.
Là-bas, il y a des docteurs, des infirmières. C'est
plus rassurant, pour nous… Nous n'étions plus à la
hauteur, c'est tout. Laver Lisa, habiller Lisa, faire
manger Lisa, nettoyer ses vêtements, changer ses draps
tous les jours ! Je n'avais plus la force. Et ton père,
avec son dos cassé…

Elle se remet à pleurer, Cloé veut la prendre dans
ses bras. Mais Mathilde la repousse violemment. Elle
qui n'a jamais le moindre geste brutal. Elle, si douce.
Si calme…

— Et ce centre n'est peut-être pas parfait, reprend
Henri, mais c'est le seul qui soit à moins de deux
cents kilomètres d'ici et le seul que nous pouvions
payer de toute façon. Toute ma retraite y passe et il
ne nous reste quasiment rien pour vivre !

Cloé réalise soudain à quel point elle a été aveugle, égoïste.

— Nous allons la voir plusieurs fois par semaine, nous nous occupons d'elle du mieux que nous pouvons. Mais si tu as une meilleure solution, tu peux toujours nous la proposer, conclut le père.

— Elle… J'ai vu des hématomes sur son corps, tente de se justifier Cloé.

— À peine on la touche, elle a un bleu ! Qu'est-ce que tu crois ? Qu'ils la frappent ?

— C'est ce que j'ai cru, avoue-t-elle.

— Et pourquoi feraient-ils une chose pareille ? Elle ne les embête pas, elle ne bouge jamais ! Elle ne se plaint jamais.

Il dit vrai. Mais les images de l'après-midi la hantent.

— Excusez-moi, murmure enfin Cloé. Je ne voulais pas vous blesser, mais quand je l'ai vue, aujourd'hui… Et cette chambre, tellement laide…

— Nous ne pouvons pas faire mieux, Clo, répète son père. Si ça continue, nous allons être obligés de vendre la maison pour payer. Et chaque soir, nous avons du mal à nous endormir car nous sommes inquiets pour son avenir. Que va-t-elle devenir après notre mort ? Tu peux me le dire ?

— Je m'occuperai d'elle, assure Cloé d'une voix à peine audible.

— Ah oui ? Comme tu t'es occupée d'elle jusqu'à présent ?

Cloé relève enfin la tête.

— Je te dis que je m'occuperai d'elle, papa. Et je… je m'excuse.

D'avoir gâché votre existence. D'avoir transformé vos nuits en cauchemar.

— Si vous saviez comme je pense à elle… Comme je m'en veux.

Mathilde hésite, prend finalement Cloé dans ses bras.

— Il ne pense pas ce qu'il dit. Ce n'est pas ta faute, ma chérie.

— Si. J'étais avec elle, quand elle est tombée… C'est moi qui l'ai emmenée là-bas.

Elle s'attend à être rejetée par sa mère. Bannie définitivement de cette maison.

Mais Mathilde continue de la serrer dans ses bras.

— J'ai tellement eu peur que j'ai menti. Je pensais que…

Cloé éclate en sanglots, essaie de finir sa phrase. D'aller au bout de l'horreur.

— Je pensais que vous m'abandonneriez si je vous disais la vérité !

— Calme-toi, murmure Mathilde. Calme-toi.

— De toute façon, c'est trop tard pour pleurer, ajoute Henri.

Il retourne devant sa télévision, d'un pas lourd. Cloé reste un long moment dans les bras de sa mère. Laissant libre cours à ses larmes, retenues depuis si longtemps. Ne pouvant voir celles de son père. Versées si souvent.

Chaque jour, depuis vingt-six ans.

Je m'appelle Cloé.

Cloé Beauchamp.

J'ai 37 ans.

Et j'ai mis vingt-six ans à avouer mon crime.

Je crois que c'est grâce à l'Ombre que j'ai enfin trouvé le courage.

Je crois que j'ai changé.

Chapitre 23

La première nuit depuis vingt-six ans.

Où elle n'a pas entendu le hurlement de Lisa. Où elle ne l'a pas vue basculer dans le vide.

Cloé s'aperçoit qu'il est déjà 10 heures, se rappelle qu'on est vendredi et que ce soir Bertrand viendra la chercher. Pour la ramener dans sa vie. Dans les mâchoires de l'Ombre, peut-être.

Mais fuir ne sert à rien. Ce qui doit vous rattraper vous rattrape.

Même vingt-six ans après.

Les volets s'ouvrent sur un jour gris, un air froid qui la gifle.

Cloé a presque peur de rejoindre ses parents même si hier soir ils ne sont pas revenus sur le sujet. Percer ce monstrueux abcès leur a sans doute fait du bien. À eux, comme à elle. Pourtant, elle se sent si mal...

Elle a prévu de leur laisser un chèque en partant. Pour Lisa, bien sûr. Mais l'accepteront-ils ?

Après avoir enfilé une tenue décontractée, à la limite du négligé, elle attache ses cheveux et se décide à descendre. Sa mère est affairée à nettoyer les vitres. Constamment en mouvement, comme si ça l'empê-chait de penser. Cloé connaît le problème. Courir, toujours. Pour éviter de s'arrêter et d'être englouti par les sables mouvants.

Réussir, toujours. Pour oublier qu'un jour on a échoué.

— Salut, maman.

— Bonjour, ma fille. Bien dormi ?

Une nuit horrible ; pas de chute dans le vide mais bien pire encore. Une fuite éperdue, l'Ombre à ses trousses. La mort, juste derrière elle, qui a tenté de la rattraper sans cesse.

Une nuit horrible, oui. Mais Cloé s'empresse d'assurer le contraire.

Mentir, encore.

— Je fais le ménage en grand aujourd'hui ! Ton ami vient ce soir, alors…

— Maman, ce n'est pas la peine !

— Mais si. Il reste du café, tu en veux ?

— Seulement si tu le bois avec moi.

Elles s'assoient dans la cuisine, ne trouvent pas les mots, ni même les regards qu'il faudrait.

— Papa n'est pas encore rentré ? s'étonne soudain Cloé.

— Non. Il a dû rencontrer une charrette !

— Tu sais, pour hier soir, je…

— Ne dis rien, prie Mathilde.

— Vous savez depuis quand ? interroge tout de même Cloé.

— Depuis le premier jour, avoue sa mère. Lisa ne serait jamais partie seule là-bas.

— Pourquoi… pourquoi vous ne m'avez rien dit, rien reproché ?

Mathilde fixe sa tasse de café, retenant ses larmes du mieux qu'elle peut.

— On pensait que… que ce serait mieux pour

toi. Pour Juliette aussi. Et puis, c'était ma faute.
Je n'aurais jamais dû te confier Lisa, tu étais trop
jeune.

— Maman, je…

— Je sais que tu souffres, toi aussi. Je sais que tu
n'as jamais voulu ça. Dans la vie, on fait des conneries. Surtout quand on est gosse. Certaines sont sans
gravité, Dieu merci. D'autres… d'autres sont irrépa-
rables. Et il faut faire avec. Il faut vivre avec ça. On
n'a pas le choix.

Tout est dit, sans doute.

— À défaut de pouvoir te dissuader de briquer la
maison, je vais t'aider, propose Cloé.

— Tu es là pour te reposer, rappelle sa mère.

— L'esprit… Me reposer l'esprit, précise Cloé.

Elles restent un moment encore devant leur café,
sans plus échanger un seul mot. Jusqu'à ce que la
sonnerie du téléphone les fasse sursauter.

*
* *

Les urgences sont quasiment désertes. Cloé et sa
mère sont assises dans la salle d'attente.

Aucune information précise. Juste que son père a eu
un accident. Qu'il est en vie, qu'on s'occupe de lui.

Déjà une heure et demie que le téléphone a sonné.
Que la peur et l'espoir se mêlent, s'entrechoquent,
s'affrontent en un combat régulier.

Cloé regarde par la fenêtre. Une ambulance vient
se garer à l'entrée, les brancardiers livrent leur colis
et repartent. Elle consulte sa montre pour la énième
fois.

Un médecin arrive, elle se lève d'un bond, aussitôt imitée par sa mère.

— Madame Beauchamp ?

Ces instants si particuliers. Où tout peut basculer, encore.

— Comment va mon père ?

Le visage du jeune interne est indéchiffrable. Cloé, pourtant, a déjà compris.

Réanimation, coma irréversible, paralysie… L'histoire se répète, forcément.

— Il est hors de danger, annonce enfin le médecin.

Cloé ferme les yeux, un sourire illumine son visage.

— Mais qu'est-ce qu'il a ? s'écrie Mathilde.

— Il a fait une chute. Il est encore choqué, mais ça va aller. Vous pouvez le voir quelques minutes, si vous voulez.

Elles lui emboîtent le pas, dans un dédale de couloirs. Transféré dans les étages, Henri se repose désormais dans une chambre. Un énorme bandage sur le crâne, une perfusion dans le bras. Il est relié à une machine qui surveille son pouls, sa tension. Il a les yeux ouverts, les traits tirés.

— C'est un promeneur qui l'a trouvé, indique le médecin. Il est tombé dans un ravin, d'après ce que j'ai compris. Ne restez pas longtemps, il ne faut pas le fatiguer.

Mathilde embrasse son mari, puis c'est au tour de Cloé.

— Pa… Qu'est-ce qui t'est arrivé ?

— Je marchais sur le chemin au-dessus de la rivière… Là où il y a le pont romain, tu vois ? J'ai entendu du bruit, j'ai vu des pierres qui tombaient de la falaise. Après, je sais pas… Je me suis réveillé en bas. Y avait un type, il a appelé les secours.

— Tu veux dire qu'il y a eu une chute de pierres et que tu en as pris une sur la tête ?

— Je suppose. C'est allé tellement vite !

— Mon Dieu, tu t'es bien arrangé, gémit Mathilde.

— Ça va, grogne Henri. Je suis pas mort.

— Tu aurais pu ! Tu nous as fait peur, tu sais.

— Calme-toi, maman. Il va bien, regarde… Bon, je vous laisse un peu tous les deux. Je vais prévenir Juliette.

— C'est pas la peine, bougonne le père.

Il a honte, visiblement. Qu'on le voie allongé sur ce lit.

— Si, c'est la peine, assure Cloé en l'embrassant sur le front. À tout à l'heure, Pa.

Elle quitte avec précipitation cet endroit qui lui rappelle tant de mauvais souvenirs. Elle décide d'aller prendre l'air sur le parking pour appeler sa sœur. Un peu perdue, elle repasse par les urgences pour trouver l'issue de ce labyrinthe.

Enfin, les portes vitrées apparaissent et Cloé prend une profonde inspiration, les yeux fermés.

Dieu merci, il va bien.

Elle rouvre les paupières et met une seconde à réaliser. Assis sur un muret, juste en face de la grande porte vitrée. À vingt mètres d'elle.

Un homme, vêtu de noir de la tête aux pieds. Capuche sur la tête.

Cloé est tellement choquée qu'elle n'a aucune réaction.

Il faudrait courir, lui sauter dessus. Mais elle est tétanisée, incapable du moindre mouvement.

Une ambulance vient exécuter son demi-tour devant les urgences, lui bouchant la vue.

Lorsqu'elle repart, l'Ombre a disparu.

— Tes parents sont sympas, dit-il en souriant. Je ne les voyais pas comme ça.

La voiture roule vite. Bertrand semble pressé de rejoindre Paris.

— Tu les voyais comment ? interroge Cloé.

— Je sais pas. Plus… Moins…

Elle rigole, caresse sa main posée sur le levier de vitesse.

— N'aie pas peur, vas-y !

— Ils sont simples. Dans le bon sens du terme. Je pensais que tu venais d'une famille bourgeoise, avoue Bertrand.

— Tu me prenais pour une fille d'aristos coincés ? Mes parents ne sont peut-être pas fortunés, mais ils sont riches.

Ils gardent le silence un moment, Cloé monte le son de l'autoradio.

— Je m'inquiète pour papa, reprend-elle.

— Il sera dehors lundi, tu verras.

Cloé a insisté pour rester quelques jours de plus, mais sa mère n'a rien voulu entendre.

— Ne t'en fais pas, chérie. Il est solide, apparemment.

— Ça aurait pu être très grave… À son âge !

Un nouveau silence, où résonnent les Variations Goldberg.

— Tu sembles aller mieux, en tout cas, juge Bertrand. Malgré l'incident d'hier, on dirait que ce séjour t'a fait le plus grand bien.

— Rien n'a changé, pourtant, prétend Cloé à voix basse.

— Qu'est-ce que tu dis ?

— Rien…

Au travers du masque qu'elle a réajusté en quittant la maison familiale, Cloé regarde les paysages défiler. Une Ombre derrière chaque arbre.

Chapitre 24

Sa main tremble un peu.

Attendre quelques instants, que le cœur se calme et que les gestes s'affirment.

Insérer le chargeur dans la crosse, d'un coup sec. Enclencher la sécurité.

Maintenant, il faut apprendre à s'en servir. Apprendre à être efficace, le moment venu.

Ôter la sécurité, armer le pistolet pour faire monter la balle dans son logement. Tendre le bras, ajuster le tir. Appuyer sur la détente.

Debout au milieu du salon, Cloé répète le mouvement plusieurs fois d'affilée.

Saisir le pistolet, ôter la sécurité, armer, viser, tirer.

Sur l'aria des *Variations Goldberg*, encore et encore.

Bientôt elle se sent prête.

À se défendre.

À tirer. Pour tuer.

Tu as osé t'en prendre à mon propre père. Tu as raté ton coup, espèce d'ordure.

Mais je peux te jurer que, moi, je ne te raterai pas.

Chapitre 25

Gomez allume une clope.

Peu pressé de rejoindre son bureau, ses hommes. Sa vie d'avant.

Il avait une vie, avant... Il peine à s'en souvenir. Ayant oublié quel chemin y mène.

Face à lui, tel un ennemi, se dresse l'hôtel de police. Bâtisse grise et triste.

Il envisage un demi-tour. Se réfugier dans leur appartement, aussi triste que ce foutu commissariat. Mais où le parfum de Sophie flotte encore, telle l'âme des morts.

Après avoir écrasé sa cigarette et verrouillé les portières de sa voiture, il se décide enfin. Il a promis à Laval, tient toujours ses promesses.

Il salue le bleu en faction devant l'entrée puis traverse le hall en répondant mécaniquement aux bonjours qu'on lui adresse.

Éviter les regards. Curieux ou compatissants. Sincères ou factices, peu importe.

Il grimpe dans les étages, arrive à sa brigade. Ses hommes sont tous là, comme s'ils l'attendaient.

Bien sûr qu'ils l'attendent.

Le silence qui suit son entrée est lourd. Affreusement lourd.

— Salut, les gars.

— Bonjour, patron.

Personne ne sait quoi ajouter face à ce visage aussi
glacé que la mort.

— Débriefing dans dix minutes.

Il s'enferme dans son bureau, avec l'impression
que c'est la première fois qu'il y met les pieds. Dix
minutes de répit. Il ouvre la fenêtre, ferme les yeux.

Sans toi, je n'y arriverai pas.

De toute façon, sans toi, je n'ai pas envie d'y arriver.

*
* *

Cloé gare sa voiture dans le parking souterrain.

Une semaine d'absence, seulement. Pourtant, elle a
l'impression de ne pas être venue ici depuis des mois.

Cinq minutes plus tard, elle est dans son bureau.
Les piles de dossiers sont toujours là, bien sûr. Ce
qui est plutôt rassurant, d'ailleurs.

Je suis irremplaçable.

Elle se laisse tomber dans son fauteuil, avec la
sensation de porter un poids sur les épaules.

Ce n'est qu'une question de temps. Elle va y arriver.
Arriver à se concentrer sur son travail, qu'elle aime
tant. Qui ne lui a toutefois pas manqué.

Elle va reprendre le dessus. À défaut de pouvoir
oublier l'Ombre, elle doit la considérer comme un
combat de plus à mener. Une victoire à remporter.

Et des victoires, elle en a remporté beaucoup.

Elle ouvre son sac à main. Il est là, rassurant, enroulé

dans un simple tissu. Le Walther P38, emprunté en douce à son paternel. Une arme qu'il tient de son propre père. Trouvée à la fin de la Seconde Guerre, qui n'a donc aucune existence légale. Religieusement conservée sur la plus haute étagère d'un placard de la maison, dans une simple boîte à chaussures.

Huit balles, plus une dans le canon. Neuf coups pour tuer. Et un second chargeur, au cas où.

Merci, papa. D'avoir gardé cette relique jusqu'à aujourd'hui. Il n'y a pas de hasard.

Elle ne mesure pas la monstruosité de sa détermination. Ne réalise même pas qu'elle est en train de basculer.

Un ennemi, une solution. Seule équation dans son esprit.

Cloé décide d'aller voir Pardieu. Le Vieux est dans son bureau, toujours aussi matinal.

— Ah, Cloé ! Entrez, mon petit. Vous allez mieux ?

— Oui, merci. Je m'excuse de vous avoir laissé tomber une semaine. Mais je ne tenais plus debout !... Alors, que s'est-il passé en mon absence ?

Cloé s'assoit, Pardieu lui fait un exposé de la situation. Ce qui est bloqué, ce qui est en bonne voie. Elle a du mal à se concentrer sur ses paroles. Elle s'imagine seulement à sa place, dans ce magnifique fauteuil en cuir, au milieu de ce spacieux bureau avec vue.

Mais une phrase la ramène un peu brutalement dans la réalité.

— Martins a pris en mains le dossier GM.

Ce projet qu'elle a porté depuis le début. Dont elle est l'unique instigatrice.

— Ça vous contrarie, mon petit ?

— Non, bien sûr que non, prétend Cloé avec un

sourire forcé. L'important, c'est qu'on décroche ce contrat.

— Tout à fait. D'ailleurs, Philip a fait un excellent travail.

Tu parles, tout était bouclé !

— Le contrat est signé, assène le Vieux.

La colère de Cloé monte encore d'un cran. L'image du P38 traverse furtivement son esprit.

— Bien, je dois y aller, dit-elle en se levant. J'ai une semaine d'absence à rattraper.

Elle quitte le bureau du président, se dirige vers celui de Martins. Elle sait pourtant qu'elle ferait mieux de se calmer d'abord.

Philip vient tout juste d'arriver, il est en train d'enlever son manteau.

— Tiens, Cloé ! De retour parmi nous ? Tu es guérie, j'espère ?

Il s'avance vers elle, un petit sourire sarcastique au coin des lèvres.

— Tu nous as manqué…

— Vraiment ? En tout cas, tu en as bien profité, espèce de salaud.

Martins reste ébahi une seconde par la violence verbale de sa collègue.

— Qu'est-ce que tu viens de dire ?

— Je sors du bureau de Pardieu. Il m'a raconté que tu m'avais piqué le dossier GM.

— Il fallait bien te remplacer durant ton absence, non ?

— Il fallait surtout en profiter pour te mettre en avant aux yeux du comité de direction ! envoie Cloé. J'avais tout fait, dans ce projet ! Et toi, tu as sauté sur l'occasion pour t'approprier mon boulot et te faire valoir !

Philip lui tourne le dos pour aller s'asseoir. Cloé prendrait volontiers le coupe-papier posé sur le bureau pour le lui enfoncer entre les omoplates.

Il la regarde à nouveau, confortablement installé. Il a retrouvé son insupportable sourire.

Le conflit n'est plus larvé, désormais. Il est déclaré et ne connaîtra qu'une seule issue.

— Que veux-tu, Cloé : qui part à la chasse… Tu connais le proverbe, non ? En tout cas, je peux te dire qu'en haut ils ont vraiment apprécié mon intervention. Ils m'ont *chaudement* félicité.

— Tu me le paieras, murmure Cloé.

— Des menaces ?… Tu veux la guerre ? Je te préviens, tu risques de ne pas en sortir indemne.

— Toi non plus. Et je te garantis que tu le regretteras. En temps voulu.

Sentant une présence dans son dos, elle fait volte-face et tombe nez à nez avec la secrétaire de Philip qui la fixe d'un air médusé. Cloé la bouscule avant de quitter le ring.

*
* *

Toujours cette appréhension.

Malgré la présence rassurante du P38 à portée de main, malgré la nouvelle serrure et le verrou supplémentaire, rentrer chez elle est une épreuve.

La nuit est tombée, déjà. Et Cloé a l'étrange impression que c'est uniquement sur elle.

Épuisée par cette journée de travail, elle a sans doute perdu le rythme.

Elle avance prudemment jusqu'au perron, ne voit rien de suspect. Pas d'animal mort sur le paillasson ni de trace de sang sur la porte. Elle tourne la clef dans la serrure, allume aussitôt la lumière du vestibule et se hâte de refermer. Rien à signaler, ce soir.

Elle se met à l'aise, appelle sa mère pour prendre des nouvelles d'Henri. Toujours en observation à l'hôpital, mais Mathilde se veut rassurante. Encore deux ou trois jours et ce sera de l'histoire ancienne.

À peine a-t-elle raccroché que Cloé compose le numéro de Bertrand. Elle l'attrape au vol, alors qu'il s'apprête à repartir de chez lui. Encore une soirée poker chez des amis. Cloé, contre sa propre volonté, s'entend insister. *Tu n'as qu'à passer chez eux, me rejoindre ensuite.*

Puis carrément implorer. *J'ai envie de te voir. Viens, s'il te plaît !*

Mais Bertrand ne cède pas. Leur fameuse liberté, leur chère indépendance.

Cloé a mal, n'essaie même plus de le cacher. *Tu me manques...*

Bertrand trouve le prétexte d'être en retard pour couper court à leur conversation. Cloé reste un moment figée sur le canapé. Cruel, ce sentiment d'abandon.

Qu'est-ce qui m'arrive ?

Comme dans un réflexe, elle saisit à nouveau son portable, appelle cette fois Carole. Elle lui raconte brièvement son séjour, puis l'accident de son père, omettant simplement de préciser qu'il s'agit d'une tentative d'assassinat. Cette obsession, désormais, de paraître normale aux yeux de tous. De se battre seule.

Dans l'ombre.

— Tu fais quoi, ce soir ? demande Cloé.

— Je suis avec Quentin, il a réussi à se libérer. D'ailleurs, je voulais t'inviter à dîner un soir, pour que tu le rencontres.

— Volontiers, répond Cloé. Ce soir ?

Visiblement, cette proposition n'emballe pas Carole. Mais Cloé ne lui laisse pas vraiment le choix.

— Tu sais, je ne suis pas souvent disponible, ajoute-t-elle. Il faut en profiter, ma vieille !

— Bon… pourquoi pas !

Cloé sourit. Rencontrer le nouveau petit ami de Carole, ça promet ! Caro, qui a toujours eu un goût assez particulier concernant les hommes.

Les plus crétins, les plus ringards, les plus ineptes.

Cloé a déjà vu le fameux Quentin, mais ne s'en souvient plus vraiment. Sans doute parce qu'il ne vaut pas la peine qu'on se souvienne de lui !

Heureuse de cette diversion, elle fait un tour sous la douche, sèche rapidement ses longs cheveux.

Dans sa chambre, elle ouvre sa boîte à bijoux, choisit une paire de dormeuses en or blanc, la bague assortie. Mais impossible de mettre la main sur le collier qui termine sa parure préférée. Elle inspecte chaque pièce, le cherche partout et finit par abandonner.

Elle retourne dans la chambre, se campe devant la penderie. La perversité ayant bien souvent quelque chose d'inconscient, Cloé ne se rend pas compte qu'elle choisit une tenue particulièrement sexy. Une robe noire, courte, avec un profond décolleté.

Plaire à quelqu'un, même si c'est au mec de Caro. Même si c'est un minable.

Faire de l'ombre aux autres, même si c'est à sa meilleure amie.

Quentin se lève du fauteuil, s'avance vers elle avec un sourire. Cloé reste médusée une seconde ; elle ne l'imaginait pas ainsi. Comment a-t-elle pu ne pas le remarquer pendant cette soirée où ils se sont croisés ?

— Ravie de faire votre connaissance, Carole m'a beaucoup parlé de vous.

Il a une poignée de main franche, solide. Deux glaçons bleutés à la place des yeux. Il est grand, élancé. Cheveux longs, bruns, attachés en queue-de-cheval. Un charme déroutant.

— Moi aussi, répond Quentin, j'ai beaucoup entendu parler de vous ! Et puis, on s'est déjà vus, vous ne vous rappelez pas ?

Sa voix est une douce musique. Un peu grave, terriblement sensuelle. Cloé a soudain très chaud.

— Peut-être, dit-elle. Mais on ne s'était pas parlé, il me semble.

— Si, mais apparemment vous avez oublié.

— Oh… Je…

— Ne faites pas cette tête, ce n'est pas grave ! Il y avait tant de monde à cette soirée… En plus, c'était il y a plusieurs mois. Et de toute façon, je n'ai pas la prétention d'être inoubliable !

Cloé rit de bon cœur et prend place dans le salon. Elle s'assoit juste en face de lui, croise ses jambes. Elle a capté son regard, son attention. Ça la rassure.

Carole a pourtant fait tout ce qu'elle pouvait. Une jolie robe, elle aussi. Une coiffure originale.

Mais comment pourrait-elle lutter ?

Elle sert l'apéritif, tente de cacher ce qu'elle ressent. Elle-même ne le sait pas vraiment.

Fière que sa conquête plaise à Cloé. Humiliée qu'il ne la quitte pas des yeux.

Elle sait que ce n'est qu'un jeu, qu'elle n'est pas en danger. Que Cloé ne lui piquera jamais un homme. Mais ça lui fait mal, malgré tout.

De s'éteindre dès que Cloé apparaît. De se consumer dans sa lumière aveuglante.

Ils rient, tous les deux. Le regard de Quentin s'attarde sur les courbes parfaites de l'invitée.

Carole prend sa main dans la sienne, il se laisse faire. S'en rend-il seulement compte ? Subjugué par la femme assise en face de lui, il semble parti sur une autre planète.

La planète Cloé.

— Je vais préparer la suite, s'excuse Carole en partant vers la cuisine.

— Je peux t'aider ? propose Cloé.

Surprise, Carole sourit un peu béatement.

— Volontiers, ma chérie.

— On vous abandonne quelques minutes, Quentin.

Une fois qu'elles sont seules, Carole lui pose la question. Excitée comme une adolescente.

— Alors, comment tu le trouves ? chuchote-t-elle.

— Charmant.

— Je savais qu'il te plairait ! exulte Carole.

— Ouais… Dommage pour toi qu'il soit marié.

Quentin ne se fait pas prier. Il accepte de raccompagner Cloé jusqu'à sa voiture.

À cette heure-là, c'est plus prudent.

— Tu es garée loin ? demande-t-il.

— Non, dans la rue au-dessus. L'autre fois, un type m'a suivie… Un fou, sans doute. Il s'est peut-être échappé de chez toi !

— Impossible, répond Quentin. Personne ne s'échappe de là-bas. Mais les malades ne sont pas tous enfermés. Il y en a même plein les rues.

— C'est rassurant !

— Ils ne sont pas forcément dangereux, précise Quentin.

— Je t'admire de bosser là-bas, ajoute-t-elle.

— Je l'ai voulu, c'est un peu une vocation.

Cloé a du mal à le croire. Travailler dans un hôpital psychiatrique, une vocation ? Surtout dans une Unité pour malades difficiles.

Ce Quentin est étonnant. Tour à tour ténébreux et chaleureux. Accessible et mystérieux.

— N'empêche que je t'admire, répète Cloé. Ça doit être un travail difficile.

— Parfois. L'intérêt, tu vois, c'est que ces personnes ont vraiment besoin de nous. Je me sens utile. Et ça…

— C'est important, concède Cloé. Je comprends.

La Mercedes apparaît, Cloé en est presque contrariée. La compagnie de cet homme lui est agréable. Pas un soupçon de remords ne vient la titiller.

— Voilà, on y est, dit-elle en désignant sa voiture.

— Jolie caisse, sourit Quentin. Je vois qu'on est mieux payé dans la pub que dans la psychiatrie !

— Je pense qu'un psychiatre gagne plus que moi.

— Sans doute. Mais pas un simple infirmier comme moi…

— Et toi, tu es garé où ?

— Juste là, dit-il en montrant un monospace gris stationné à deux pas de la Mercedes. Bonne nuit, Cloé.

Il l'embrasse sur la joue, elle pose une main sur son épaule.

— J'ai été charmée de te connaître. Je suis heureuse pour ma petite Caro…

Il se contente d'un sourire énigmatique.

— Elle m'a dit que tu étais marié. Tu comptes quitter ta femme ?

— Je te trouve bien indiscrète, répond Quentin sans se départir de son sourire.

— Pardonne-moi. Tu as raison. C'est juste que…

— Tu t'inquiètes pour ta copine, ça se conçoit. Mais ne t'en fais pas : je ne lui ferai aucun mal.

— Tant mieux. Je peux aller me coucher rassurée !

Il la regarde monter dans sa voiture, attend qu'elle soit partie pour rejoindre la sienne.

*
* *

Bertrand est allongé sur le canapé, devant la télé. Il n'est pas sorti, ce soir.

Il pense à Cloé. À ce qu'elle lui a dit, tout à l'heure, au téléphone. Ses supplices, à peine masquées derrière un ton autoritaire. Elle est prête, apparemment.

Fruit mûr, parfait pour être dégusté.

Ce sera pour demain, ma chérie. Demain soir, le grand soir…

Chapitre 26

Laval remonte le col de son blouson.

— Je me les gèle…

Gomez règle la climatisation sur 25 °C.

— Merci. Ça me manquait de bosser avec vous, patron.

— Arrête tes conneries, tu veux ?

Laval soupire ; la journée n'a pas été facile. Il a l'impression de marcher sur des œufs. Et encore… Il est mieux placé que les autres gars, qui se sont pris de plein fouet le nouveau visage de leur chef. Toujours aussi dur, inflexible. L'humour en moins.

Terrifiant.

Le jeune lieutenant ne peut s'empêcher de songer avec empathie au prochain suspect qui passera entre les mains du commandant.

Les deux flics ne tardent pas à arriver sur les lieux, au Kremlin-Bicêtre, rue Michelet. Là où crèche Alban Nikollë, le fameux pote de Tomor Bashkim. Son bras droit, à vrai dire. Celui qui gère ses affaires dans la Petite et la Grande Couronne. Surveillé depuis quelques semaines, il ne les a pourtant pas encore conduits jusqu'à la planque de son patron.

Soudain, Alexandre se demande ce qu'il vient faire

là. Pire encore : ce qu'il *fait* là. Dans cette bagnole, cette rue. Cette vie.

Son boulot, il paraît.

Pour se donner du courage, il se remémore les images du film. Un soir, six mois en arrière, au bord du fleuve. Le corps d'une jeune femme, passée entre les mains de Bashkim. Une qui avait tenté d'échapper à l'esclavage. Et qui avait servi d'exemple aux autres filles.

Alexandre se souvient de ce qu'il a ressenti en se penchant sur son cadavre. Du remue-ménage dans ses tripes. Il se souvient même du visage du Gamin, juste avant qu'il aille gerber dix mètres plus loin.

Bashkim, un fumier parmi d'autres. Proxénète notoire, qui se risque rarement à venir fouler le sol français puisqu'il a sur le dos un mandat d'amener international, délivré par un juge d'instruction parisien, dans le cadre de l'enquête sur le meurtre, ou plutôt le massacre, d'une prostituée de 17 ans. Une fille qui ressemblait à un ange.

Alexandre gare la voiture à une cinquantaine de mètres de l'immeuble où vit Alban Nikollë. Puis il appelle les gars qui planquent dans un soum depuis le début de l'après-midi.

— Autorité… On est sur place, vous pouvez décrocher.

Alors, la longue attente commence. Gomez allume une cigarette, descend la vitre. Laval ne dit rien, se contente de remonter à nouveau le col de sa parka.

— Tu as froid, Gamin ?… Moi aussi, j'ai froid.

Si tu savais comme j'ai froid. Je gèle de l'intérieur.

— C'est bien que vous soyez revenu, murmure le lieutenant.

— Il aurait mieux valu pour vous que je ne revienne pas, prédit Alexandre.

— Pourquoi vous dites ça ? Vous nous avez manqué.

Le commandant reste impassible. Comme si aucun mot ne l'atteignait.

— Sans vous, on était un peu perdus.

Une voiture noire arrive dans la rue en sens inverse et ralentit à hauteur de l'immeuble. Une Allemande, grosse cylindrée. BMW série 7, vitres fumées.

Nikollë sort une minute plus tard, s'engouffre dans la berline qui redémarre aussitôt et passe près de la Peugeot. Laval et son chef se planquent du mieux possible, puis Alexandre met le contact. Ce soir, apparemment, ils ne seront pas venus pour rien.

*
* *

La BMW les a baladés pendant des kilomètres.

Ne pas les perdre de vue, ne pas se faire repérer. Délicate équation qu'Alexandre a apparemment réussi à résoudre avec brio.

Les malfrats se sont arrêtés dans un endroit tranquille. La Peugeot, feux éteints, stoppe une cinquantaine de mètres en aval. Gomez et Laval en descendent et s'approchent discrètement, aidés par une rangée de buissons.

La BM est juste au-dessous d'eux, sur le parking désert d'un magasin de bricolage. Et lorsque les deux flics voient Bashkim et Nikollë qui discutent et fument une clope près de la voiture, ils ont du mal à en croire leurs yeux.

— Putain, il est là ! murmure Laval. Bashkim est là, merde !

Gomez, lui, garde le silence. Il fixe la berline, dont le moteur tourne toujours. Ça peut vouloir dire qu'un homme est resté au volant ou que Bashkim a pris ses précautions pour pouvoir repartir au plus vite.

— On se le fait.

— Hein ? Non, c'est pas possible, ça !

Laval tente de garder son calme.

— Je suis sûr qu'il y a un troisième type dans la caisse. Nous, on n'est que deux !

— Et alors ? L'effet de surprise, mon gars. Faut jamais le sous-estimer. C'est souvent plus efficace qu'un calibre.

— J'appelle des renforts.

— Pas le temps. Lâche ce téléphone, Gamin. C'est un ordre.

Laval obtempère. Son instinct lui dicte de prendre ses jambes à son cou. Pourtant, il reste accroupi derrière son buisson. Peut-être a-t-il encore plus peur de Gomez que de Tomor.

— Mets ton brassard, mon lieutenant, ordonne le commandant en ajustant le sien autour de son bras.

— Ce type est givré…

Impossible de savoir de qui il parle.

— On va le serrer en beauté… Suis-moi !

Alexandre sort de sa planque, Laval met une seconde à faire pareil. Pas vraiment le choix.

Bashkim lève la tête en direction des deux hommes qui dévalent le terre-plein. Il écrase sa cigarette, hésitant apparemment à remonter dans sa bagnole.

Gomez accélère le rythme, arrive en quelques secondes à hauteur de la voiture.

— Bonsoir, messieurs, Police nationale. Tomor Bashkim, veuillez me suivre.

L'Albanais ne laisse filtrer aucune émotion.

— On n'a pas le droit d'être dehors à cette heure-ci ? Y a un couvre-feu ?

— Je vous arrête en vertu du mandat d'amener délivré à votre encontre par le juge Mercier, dans le cadre de l'enquête sur le meurtre d'Ilna Prokova.

Bashkim esquisse un ignoble sourire. Peut-être en se remémorant le plaisir qu'il a eu à s'occuper d'elle ou à regarder ses sbires le faire à sa place.

Gomez lui retourne son sourire, les deux hommes s'affrontent quelques instants du regard.

— Ilna comment ? répond simplement l'Albanais.

— Prokova.

— Connais pas.

— Vous expliquerez ça au juge.

Laval est en seconde ligne, à cinq mètres de la voiture, prêt à dégainer son arme.

— Je crois qu'il y a erreur sur la personne, monsieur... Monsieur ?

— Commandant Gomez, Police judiciaire.

Alexandre brandit sa carte, l'autre main posée sur la crosse de son Sig-Sauer.

— Et derrière moi, là-bas, c'est le lieutenant Laval.

— Envoyez-moi une convocation, je répondrai volontiers à toutes vos questions.

Malgré un accent à couper au couteau, Bashkim maîtrise le français d'une manière admirable.

— Je crois que t'as pas compris, rétorque Gomez. Je vais pas t'envoyer de recommandé. Tu me suis, et c'est maintenant. Tu es en état d'arrestation.

— Désolé, mais j'ai autre chose de prévu. Une charmante jeune femme m'attend.

— Tu comptes lui fracasser le crâne à coups de barre de fer ? interroge calmement Gomez.

— Quelle drôle d'idée, commandant !

Un bruit provenant des fourrés qui bordent le parking dévie un instant le regard du commandant.

Une seconde de trop, pendant laquelle Bashkim se jette sur lui. Alexandre tente de dégainer, n'en a pas le temps.

Laval brandit son arme au moment où le malfaiteur plante la sienne dans la gorge de Gomez.

Le lieutenant reste pétrifié, son calibre à la main.

— Tire ! hurle Gomez malgré son inconfortable situation. Tire !

Ce n'est pas un ordre. Plutôt une prière.

Finir en héros. Finir, maintenant. En étant la cause de la condamnation à perpétuité de ce salopard. Ou de sa mort, si Laval réussit un carton.

Nikollë intervient pour récupérer le Sig-Sauer de Gomez qu'il jette dans le talus, ce qui fait déguerpir des buissons un chat famélique.

Noir, bien évidemment.

— Tire, putain ! répète le commandant.

— Envoie ton flingue ! ordonne Bashkim. Sinon, je le bute, ton copain !

— L'écoute pas, bordel ! Tire !

Laval hésite encore une seconde et décide de faire glisser doucement son arme sur le sol en direction des Albanais.

— Lâchez-le, demande-t-il. Lâchez-le et partez.

Gomez reçoit un coup de crosse en pleine tête et s'effondre, tandis que Bashkim et son acolyte remontent dans la BM.

Tomor démarre sur les chapeaux de roue, Laval se

précipite vers son pistolet et se baisse pour le récupérer au moment où Gomez relève la tête.

À temps pour voir la voiture foncer droit sur son lieutenant. Le percuter de plein fouet, l'envoyer valdinguer à plusieurs mètres.

Les feux stop de la BM s'allument, puis ce sont les feux de recul.

— Non ! hurle Gomez en se remettant debout.

La voiture exécute une marche arrière furieuse, roule sur le corps de Laval, freine à nouveau. Puis repart dans le bon sens, passant cette fois à côté de ce qui reste du Gamin, avant de s'évaporer dans la nuit.

Gomez retombe à genoux.

Dans un silence de mort.

Chapitre 27

Le rire de Lisa… Son hurlement lorsqu'elle bascule dans le vide et s'écrase aux pieds de sa grande sœur.

Le hurlement de Cloé lorsqu'elle ouvre les yeux. En retard sur l'horaire.

Il faut dire qu'une fois encore elle a cédé à la facilité, avalant un de ces somnifères miracles. Parce qu'à 2 heures du matin, elle ne dormait toujours pas. Comme si le sommeil l'avait définitivement abandonnée.

Elle s'étire, cherche machinalement le corps de Bertrand à côté du sien. Mais il n'est pas là.

Ce soir, sans doute. La nuit prochaine, elle l'espère. Elle l'attend.

S'il est là, elle pourra dormir sans aucune aide. C'est à cet instant qu'elle prend la décision.

— Ce soir, je lui demande de vivre avec moi. Ce soir sera un grand soir…

Cloé est étonnée par ce qu'elle vient de murmurer. Elle se demande soudain si son souhait n'est pas le simple fruit de la peur. Avoir un homme à la maison pour repousser l'Ombre loin d'elle ? Non, bien sûr que non. Son désir n'a rien à voir avec le démon qui rôde autour d'elle. Elle a seulement envie que

Bertrand soit près d'elle parce qu'il lui manque. Peut-être aussi parce qu'elle aspire à une certaine stabilité. Elle vieillit, sans doute.

Former un couple, un vrai. Avoir des projets, partager tout, même le quotidien.

Elle sait combien c'est périlleux. Mais elle sait aussi que Bertrand finira par se lasser de cette relation épisodique et fragile.

Bien sûr, il hésitera peut-être. Il pourrait même refuser. Mais au moins, il réalisera à quel point elle tient à lui. Et pourra accepter plus tard, une fois qu'il y aura réfléchi.

Forte de sa résolution, Cloé s'extirpe des draps et ouvre les rideaux opaques, découvrant un jour gris qui rechigne à se lever. Son estomac la brûle un peu ; Caro est toujours aussi piètre cuisinière ! Mais ses goûts en matière d'hommes se sont en revanche améliorés. Pensée furtive pour Quentin, ce mec un peu ténébreux, un peu mystérieux. Pas vraiment beau, loin d'être moche. Charmant, c'est certain.

Cloé attrape son peignoir, l'enfile sur sa peau refroidie par l'absence. C'est alors que quelque chose attire son regard. Sur sa table de chevet, elle a abandonné ses boucles d'oreilles et sa bague en rentrant cette nuit. Autour, formant un cœur, brille le collier assorti. Cloé s'en saisit d'une main tremblante.

— Mon Dieu, murmure-t-elle.

Impossible qu'elle ne l'ait pas vu hier soir.

Elle retombe doucement sur le lit, fixant le bijou qui scintille au creux de sa paume.

— Soit je deviens vraiment folle, soit…

Il est venu ici. Pendant que je dormais.

Une fois encore, elle ne saurait dire quelle hypothèse est la plus effroyable.

Cloé laisse le collier couler entre ses doigts et glisser à ses pieds. Long serpent étincelant, venimeux.

Annonciateur de mort.

*
* *

La nuit aux urgences d'un grand hôpital qui ressemble à une gigantesque usine.

Gomez, sur une banquette en plastique noir, dans un couloir gris, assiste sans le voir au ballet incessant des blouses blanches. Les seules images qui passent en boucle dans sa tête sont celles de Laval heurté, écrasé, laminé par cette voiture. Son corps inanimé, ses jambes broyées. Son crâne ouvert, ses yeux fermés.

— Alex ? Pourquoi tu ne m'as pas appelé plus tôt ?

Gomez redresse la tête sur ordre de cette voix familière. Maillard, debout devant lui.

— Tu es blessé ?

Le commandant pose machinalement un doigt sur le pansement qui orne sa tempe, là où la crosse s'est abattue sans pitié.

— C'est rien.

— Comment va Laval ?

— Il est en train de mourir.

Maillard se laisse tomber à côté de lui, sous le choc.

— Raconte, ordonne-t-il au bout d'un long silence.

— Je peux pas...

— J'ai envoyé ton équipe chez Nikollë. Gomez n'a aucun espoir.

— Il s'est tiré, confirme le commissaire. Avec armes et bagages. Envolé... Sans doute en route pour son pays. Quant à Bashkim, j'imagine qu'il a fait de même. Ils perquisitionnent l'appartement de

Nikollë, bien sûr, des fois qu'il ait oublié quelque chose d'intéressant dans la précipitation. Mais je ne me fais pas d'illusions.

Le commandant est défiguré par l'angoisse et la haine. Laval va mourir. Pour rien, en plus.

Deuxième coup. Presque aussi violent que le premier. De quoi l'achever.

Pourtant, son cœur bat encore. Que faudra-t-il pour qu'il s'arrête enfin ?

— Tu n'aurais pas dû reprendre le boulot si vite, dit Maillard comme s'il se parlait à lui-même.

— Tu crois que je suis responsable ?...

— Le responsable, c'est Bashkim. C'est lui qui conduisait la caisse, non ?

— T'as raison, c'est moi le coupable, murmure Gomez. Tout est ma faute.

— Non, à ce compte-là, c'est la mienne, soupire le divisionnaire.

— Tu sais rien ! s'écrie Gomez. T'étais pas là quand...

— C'est moi le coupable, s'entête Maillard. J'aurais pas dû te laisser revenir si vite, après...

— Arrête ! coupe violemment Alexandre. J'ai tué ce gosse.

Il se lève, le commissaire reste pétrifié sur sa banquette.

— J'ai tué ce gosse, répète froidement Gomez. Et je n'ai aucune excuse.

Sauf que c'est moi que j'ai voulu tuer.

La mort n'est pas une fille facile. Elle se refuse à ceux qui la veulent, se donne à ceux qui la repoussent.

Gomez se rassoit, appuie son crâne douloureux contre le mur. S'il pouvait exploser, imploser. Laissant sa cervelle retapisser les murs gris de ce maudit couloir.

Maillard hésite quelques secondes, puis pose finalement sa main sur l'épaule d'Alexandre.

— Ne craque pas, s'il te plaît. Tes hommes vont arriver, ils n'ont pas besoin de ça.

*
* *

Cloé est toujours assise sur son lit. Elle ne s'est même pas habillée, n'a même pas pris son café. Elle regarde les minutes s'égrainer sur le radio-réveil. Chiffres rouges qui ne veulent plus dire grand-chose.

Il est venu, pendant que je dormais.

Elle a finalement choisi cette conclusion. Peut-être moins effrayante que la folie.

Il est venu, dans ma chambre. Alors que j'y étais. Assommée par le somnifère.

Il m'a peut-être touchée.

Bien sûr qu'il m'a touchée.

Un interminable frisson glace sa peau. Sensation terrible.

Celle du viol.

Viol de son domicile, de son intimité. Viol de sa nuit, de ses rêves.

Elle n'a même pas songé à vérifier que la maison était déserte. Elle sait, d'instinct, qu'il n'est plus là. Qu'il est parti avant qu'elle se réveille. Mais elle sait aussi qu'il reviendra. Qu'il n'en restera pas là. La seule chose qu'elle ignore, c'est ce qu'il veut.

La désaxer ? L'assassiner ?

Elle récupère le P38, le garde sur ses genoux.

247

Désormais, elle le mettra sous son oreiller la nuit. Sauf si Bertrand est là, bien sûr.

Mais oui, il sera là.

Dernier espoir.

Cloé se souvient brusquement qu'elle a un travail. Qu'on l'attend, quelque part.

Mais elle ne se souvient plus comment on trouve la force d'y aller. Alors, elle reste là, prisonnière de cette chambre.

Prisonnière de l'Ombre.

*
* *

Prisonnier de cet hôpital, de ces interminables couloirs, Gomez n'a pas pu rentrer chez lui. Comme si, en abandonnant Laval, il signait son arrêt de mort.

De toute façon, il ne sait plus où aller.

Au bureau ? La culpabilité et la honte l'empêcheraient de franchir les murs du commissariat.

Chez lui ? Même leur appartement lui semble un refuge bien dérisoire.

Le seul refuge dont il rêve, ce sont ses bras. Mais elle n'est plus là. Partie en fumée.

Tout ce qu'elle était se résume à ça. Tout ce qu'ils ont vécu se termine comme ça.

Normal, en somme. La mort est le seul point final jusqu'à preuve du contraire.

C'est juste arrivé plus tôt que prévu.

Quelque part, non loin de lui, le Gamin se bat. Résiste. Il veut vivre, Alexandre le sent. Comme si un fil invisible les reliait. Pourtant, les médecins se montrent pessimistes sur ses chances. Traumatismes multiples, dont un crânien, fractures ouvertes aux jambes, enfoncement de la cage thoracique. Sans compter les deux vertèbres brisées, les organes écrasés... Un miracle qu'il soit encore en vie.

Une abomination, peut-être.

Car s'il revenait d'entre les morts, il tiendrait sans doute plus du légume que de l'homme.

Gomez avale un liquide censé être du café, acheté à la machine plantée dans le hall d'entrée.

Il n'a pas encore pu voir le Gamin. Ça vaut peut-être mieux.

Alors qu'il se rassoit sur sa banquette, il aperçoit son adjoint au bout du couloir. Le capitaine Villard s'installe à côté de lui, sans un bonjour.

— Des nouvelles ?

— Négatif.

— Sa sœur devrait arriver demain, annonce Villard. Elle vit en Nouvelle-Calédonie, prend le premier avion.

— Et ses parents ? s'enquiert Alexandre.

— Son père est mort, sa mère à l'hosto... Alzheimer. Elle se souvient même plus de lui.

Gomez réalise qu'il ne savait quasiment rien de Laval.

Je suis le dernier des salopards. Une ordure, comme Bashkim finalement.

— Il avait une copine, non ?

— Je crois pas, répond Villard. En tout cas, il ne nous en avait jamais parlé et personne ne s'est manifesté.

Gomez se souvient de la belle histoire d'amour, racontée entre deux bières au pub. Une fable, sans doute, inventée pour lui faire plaisir. Car le Gamin s'intéressait à lui. Il était généreux. Intelligent et drôle.

C'était un mec bien. Et je l'ai tué.

— Tu devrais rentrer chez toi, ajoute le capitaine.

Il ne lui propose pas de revenir au bureau. Ils n'ont plus besoin de lui.

— Pour quoi faire ?

— Et ici, tu restes pour quoi faire ? Tu comptes le réanimer en moisissant dans ce couloir ?

Alexandre serre les dents, son visage se durcit encore.

— Fous-moi la paix.

Puis, sans crier gare, c'est l'attaque. Celle que Gomez attendait depuis un moment déjà.

— Qu'est-ce qui t'a pris d'intervenir dans ces conditions, hier soir ? Pourquoi tu nous as pas appelés ? T'es devenu barge, ou quoi ?

Cette fois, ce sont les poings que serre le commandant.

— J'ai toujours été barge.

— Peut-être. Mais avant, tu ne jouais pas avec la vie de tes hommes.

— Fous le camp.

Villard se lève, considérant son chef avec une colère mâtinée de tristesse.

— Tu perds les pédales, Alex.

— Dégage, je te dis.

Gomez se met debout à son tour, jaugeant son adversaire. Conscient qu'il ne fait pas le poids face au commandant, Villard abandonne la lutte. De toute façon, lui mettre son poing dans la figure ne ressusciterait pas Laval.

— Je reviens demain. Je dois assurer l'intérim. S'il y a du nouveau, appelle-moi. Même si c'est une mauvaise nouvelle et que c'est au milieu de la nuit.

— Bien sûr, acquiesce Gomez.

Il regarde s'éloigner son adjoint avec l'envie de le

rattraper, de s'excuser. De lui dire à quel point il a mal, lui aussi.

— Commandant ?

Alexandre tourne la tête vers le médecin qui s'est approché en silence.

— Vous pouvez le voir quelques instants, si vous le souhaitez.

Son cœur s'emballe. Alors qu'il le croyait mort.

Ils s'engagent dans un de ces fameux couloirs, un autre.

— Je préfère vous prévenir, commandant, vous risquez d'être choqué.

— J'étais avec lui quand c'est arrivé, rappelle Gomez.

— Mais là, c'est pire, annonce le toubib. Alors accrochez-vous.

Le médecin ouvre une porte, Gomez le suit.

— Impossible de rentrer, vous pouvez le voir à travers la vitre.

Gomez s'approche de la cloison de verre et comprend soudain ce qu'a voulu dire l'interne.

Pire, oui.

Monstrueux, même.

Laval est méconnaissable. Son visage n'a plus grand-chose d'humain. Difforme, effrayant. Une gueule de noyé repêché au bout de quinze jours. Cerné d'engins barbares, des aiguilles plantées dans chaque bras, un tuyau enfoncé dans la gorge, le Gamin ressemble à un amas de chairs à vif. Son torse en partie bandé se soulève au rythme de la machine.

— Il… souffre ? murmure Gomez.

Le toubib observe lui aussi son patient. Avec l'indispensable indifférence.

— Il est dans le coma. Je ne peux pas vraiment

vous dire. On fait ce qu'il faut pour soulager la douleur en tout cas.

— S'il s'en sort... comment... comment sera-t-il ?

— Là non plus, je ne peux pas vous dire. La seule chose certaine, c'est qu'il ne marchera plus jamais normalement. On a été obligés...

Gomez ferme les yeux un instant. Les rouvre aussitôt. Il doit le regarder. Affronter.

— On a été obligés de l'amputer d'une jambe, poursuit le médecin. Au niveau du genou. Pour les autres séquelles, il faudra attendre son réveil pour être fixé. Mais je ne vous cache pas que les chances qu'il revienne sont assez minces. Toutefois, rien n'est désespéré. Il est jeune, en bonne santé... Enfin, il *était* en bonne santé, je veux dire. Une solide constitution. Alors, le miracle peut se produire.

Il y a bien longtemps qu'Alexandre ne croit plus aux miracles.

— Il faut que je vous laisse. Vous avez dix minutes. Ensuite, merci de retourner dans le couloir pour ne pas gêner le service. Bon courage, commandant.

Gomez reste pétrifié derrière la vitre. Il y pose ses deux mains à plat, puis son front.

— Accroche-toi, Gamin. Ne meurs pas, s'il te plaît.

Les larmes arrivent, creusant un sillon d'humanité sur ce visage de pierre.

— Je te demande pardon... Tu m'entends ? Oui, je sais que tu m'entends. C'est pas vraiment ma faute, tu sais. C'est à cause de Sophie... Non, je n'ai pas d'excuses, tu as raison. Je voudrais tellement être à ta place !

— Monsieur, il ne faut pas rester là, ordonne une voix féminine.

L'infirmière le prend par les épaules, le reconduit

vers la porte. Il se laisse faire, incapable de la moindre rébellion.

— Vous croyez qu'il pourra me pardonner ?

La femme le considère d'un air désolé. Elle ouvre la porte, le pousse doucement vers la sortie.

*
* *

Un petit vent frais permanente l'eau grise. Aussi grise que le ciel.

Cloé marche lentement, tout au bord de la rivière, étrangère aux bruits, à l'agitation, à la vie.

De temps en temps, elle jette un œil derrière elle. Bien sûr, elle ne le verra pas. C'est lui qui choisit de se montrer ou pas. Lui qui décide. Qui mène ce jeu de massacre à sa guise.

Elle, elle n'est qu'un pion, une proie, un gibier.

Sa chose, déjà.

Elle a fui sa maison alors que midi sonnait. N'a pas songé une seule seconde à rejoindre le bureau, ni même à appeler Pardieu. Qu'ils aillent au diable.

Par contre, elle a laissé plusieurs messages à Bertrand et attend désormais qu'il la rappelle.

Il viendra la prendre dans ses bras. La rassurer, l'apaiser. L'aimer.

Elle a pris sa voiture, sans destination précise. A roulé un moment et s'est retrouvée là par hasard. À moins que ce ne soit lui, encore, qui l'ait guidée jusqu'ici.

Qu'a-t-elle fait pour mériter ça ? Quelle faute a-t-elle commise pour se voir infliger un tel châtiment ?

Elle s'assoit sur un banc, regarde passer une péniche chargée jusqu'à la gueule.

J'ai tué Lisa. J'ai détruit ma petite sœur, ma propre sœur. Elle que je devais protéger.

Alors, j'ai forcément mérité de souffrir.

*
* *

Alexandre a finalement pris la fuite. Besoin d'air. Urgent.

L'image de Laval sur son lit d'hôpital, ou lit de mort, refuse de s'estomper. Elle crève l'écran de ses pensées. S'impose en relief, en couleurs, en horreur.

Il stoppe la voiture, descend directement sur les bords de Marne.

Marcher, respirer.

Rien ne le soulagera, pourtant. De sa faute, de sa peine, de sa souffrance.

Il avance, tel un robot, une effroyable rengaine en tête.

C'est alors que le choc se produit.

Cette femme, qui semble aussi perdue que lui. Assise sur un banc.

Gomez s'immobilise. Elle ressemble tellement à…

Est-ce qu'il rêve ? En est-il au stade des hallucinations, déjà ?

Un signe ? Un message ?

L'inconnue se lève, prend son sac et se dirige droit sur lui d'un pas lent. Sans même le voir.

Mais au moment où ils se croisent, leurs regards s'effleurent. Leurs yeux sont lourds, leurs malheurs proches, il le sent.

Gomez se retourne tandis qu'elle s'éloigne. La ressemblance avec Sophie est si frappante qu'il manque défaillir.

Mais ce n'est pas Sophie.

Juste son ombre.

*
* *

Il est presque 18 heures lorsque Bertrand sonne à la porte ; même s'il a les clefs, il préfère s'annoncer. Cloé ouvre rapidement, se réfugie dans ses bras.

— Je suis heureuse que tu sois là... Tu m'as manqué, murmure-t-elle.

Il caresse ses cheveux, l'embrasse dans le cou. Elle ferme la porte, prend soin de tourner les verrous.

— Ça va ? s'enquiert Bertrand.

Elle n'a rien voulu lui dire par téléphone, mais il a bien senti qu'elle allait mal.

Cloé ne répond pas, l'enlace à nouveau.

— Ça s'est mal passé au boulot ?

— Je ne suis pas allée travailler, avoue doucement Cloé.

— Ah bon ? Pourquoi ? Tu es malade ?

Elle prend sa main, l'entraîne dans le salon.

— Tu veux boire quelque chose ? propose-t-elle.

— Oui... Mais dis-moi ce qui ne va pas, d'abord.

Cloé inspire profondément, ne le quitte pas des yeux tandis qu'il ôte son manteau.

— Je veux bien te le dire, si tu promets de ne pas t'énerver.

Elle prend une bouteille de whisky, lui sert un verre.

— Je t'écoute.

— Il est venu ici, cette nuit.

Le visage de Bertrand accuse le coup. Mais il garde le silence, attendant la suite.

— Il a déposé un objet dans ma chambre, pendant que je dormais. Un collier.

— Tu veux dire que tu as trouvé une sorte de… cadeau ?

— Non. C'est un de mes bijoux. Hier soir, je suis allée chez Carole. J'ai cherché ce collier partout. Je voulais le mettre. Tu sais, celui en or blanc, que je porte souvent.

— Et alors ?

— Alors, impossible de mettre la main dessus. J'ai tout remué dans la maison. Et ce matin, il était là. Posé sur ma table de chevet, bien en évidence. En forme de cœur.

Bertrand regarde ailleurs, quelques secondes. Ce qu'il voit en face de lui est peut-être insupportable.

— Tu ne me crois pas, c'est ça ?

Il boit deux gorgées de whisky, pose son verre sur la table basse.

— Si, je te crois, assure-t-il. Mais on parlera de ça plus tard.

Elle voit dans ses yeux qu'il n'est pas venu parler. Qu'il a envie d'autre chose.

Envie d'elle.

Il vient de s'enflammer, d'un seul coup. Elle aussi a dû lui manquer, même si ce n'était qu'une nuit. Tant de temps à rattraper.

Il la prend par la taille, la soulève du sol, la fait tourner dans les airs. Cloé se met à rire.

Jamais elle n'aurait pensé rire aujourd'hui.

L'Ombre expire, vaincue par quelque chose de bien plus fort que la peur ou le doute. L'impérieux désir balaye tout sur son passage, écrase tout de sa puissance. Cloé n'a pas bu d'alcool, elle est pourtant déjà ivre. De lui, de ce qui les unit, les enchaîne.

Leur danse se termine sur le canapé, habitué à leurs étreintes. Il ne dit pas un mot, comme souvent. Ne prend même pas le temps de la déshabiller. Juste ce qu'il faut. Elle ferme les yeux, les rouvre, éblouie par une lumière trop puissante.

Lui.

L'impression que ses mains sont électrifiées, qu'elles attisent des milliers d'étincelles sur sa peau, plantent des centaines d'hameçons dans sa chair. Plus une parcelle de vide en elle.

Deux. Un seul et même corps.

Cloé oublie son nom, son passé, sa vie. Les ombres. Tout ce qui n'est pas lui. Unique régent d'un pays conquis, asservi et docile.

Les braises rougeoyantes se transforment en brasier, en incendie.

Une fournaise, proche de l'enfer. Puis un grand froid, proche de la mort.

Ils restent de longues minutes enlacés, terrassés.

Jusqu'à ce que Bertrand la lâche enfin. Cloé a l'impression de couler dans une mer australe.

Il est assis près d'elle, pourtant. Elle pose son front sur son épaule, caresse sa nuque.

— J'aimerais qu'on ne se sépare plus, murmure-t-elle. J'aimerais qu'on vive ensemble…

Il plonge ses yeux dans les siens, laisse passer les interminables secondes. Celles qui forgent l'incertitude.

— Tu veux bien ? implore Cloé.

Elle a déposé les armes, ressemble à une petite fille.

— Nous deux, c'est fini, assène Bertrand d'une voix atone. Terminé.

Un long poignard s'enfonce dans le ventre de Cloé. Jusqu'à la garde.

— Je te quitte.

Il se rhabille, sans empressement. Enfile son manteau.

Cloé le regarde s'en aller, incapable de la moindre parole. Difficile de parler avec une lame qui vous traverse de part en part.

Quand la porte claque, elle n'a même pas un sursaut.

Rien.

Juste une sensation étrange. Celle de se voir mourir sans rien pouvoir y faire.

Chapitre 28

Nous deux, c'est fini. Terminé. Je te quitte.

Les mots, comme des coups. Pires que des coups.

Des clous enfoncés au creux de ses mains, crucifiée, Cloé n'a pas bougé. Pourtant, il est parti depuis une heure, déjà. Elle est toujours sur ce canapé, au milieu de ce décor qui ne la regarde plus. À moitié nue, dévorée par d'invisibles mâchoires de glace, les mains crispées sur l'absence. Sans ces légers tremblements, on pourrait croire qu'elle est morte.

Le poignard toujours planté dans ses entrailles, elle se vide lentement de son sang, de sa sève.

Pas une larme, pas un mot. Aucune colère. Même plus une pensée. Juste une profonde sidération, un vide qui ressemble à l'infini.

Ce n'est plus la vie, pas encore la mort. C'est une sorte d'entre-deux.

Comme si quelqu'un avait déconnecté son cerveau.

Disjonctée, brisée, cassée.

Il a frappé alors qu'elle était déjà à terre. À croire qu'il voulait l'achever.

La sonnerie du téléphone ne la fait même pas réagir. Un bruit, au milieu du vacarme silencieux.

C'est une voix qui l'arrache au néant. Celle de Carole, sur le répondeur.

— Tu es là, Clo ? C'est moi... Si t'es là, décroche !

Une voix qui insiste. Et finalement, se résigne.

— Bon, c'est pas grave. Tu es sans doute au resto avec Bertrand ! Je te rappelle demain. Bisous.

Plusieurs bips et puis le silence, à nouveau. Le visage de Cloé se transforme en une plaie béante, géante. Les tremblements s'intensifient jusqu'à assaillir son corps entier. Les hameçons qu'il avait enfoncés dans sa chair se retirent lentement. La déchiquetant, morceau par morceau. Un flot incontrôlable la submerge, l'étouffe. Ses yeux libèrent enfin le trop-plein.

L'impression de s'ouvrir en deux.

Cette complainte est si douce, mon ange.

Tes sanglots, déchirants, sont des arias magnifiques qui emplissent mon cœur d'une profonde allégresse.

Je te le répète, mon ange : pas de plaisir sans douleur. Plus tu t'enfonces, plus je m'envole.

Je t'écoute, des heures durant. Je ne m'en lasse pas, ne m'en lasserai sans doute jamais.

Tu combles toutes mes espérances, et même au-delà. Tu es un cadeau des dieux.

Tu découvres la souffrance, la vraie.

Tu goûteras chacune de ses saveurs, de ses nuances. Je te le promets. Mais je ne suis pas pressé, je savoure déjà ce que tu me donnes.

Chaque seconde de ton malheur est une bénédiction. Un pas que tu fais vers moi sans même le savoir.

Approche, mon ange. Viens près de moi. Tout contre moi.

Approche, mon ange. Tu es presque à destination.

Presque à ma portée, désormais.

Là où je frapperai. Sans aucune pitié.

Tu as déjà un pied au-dessus du gouffre.

Bientôt, tu basculeras dans le vide... Cette tombe que je t'ai patiemment creusée.

Tu crois que le précipice sera sans fond. Une fois de plus, tu te trompes, mon ange.

Au fond, il y a moi. Qui t'attends.

Au fond de toi, tu me trouveras.

Chapitre 29

Elle cherche.

Qui elle était. Ce qu'elle faisait. Ce qu'elle aimait ou détestait.

Elle cherche.

Quel est ce jour atroce qui rend l'âme.

Mais même les jours n'ont plus aucun sens. Ni les jours, ni les heures. Plus rien n'a de sens.

Elle a rampé.

Rampé plus que marché jusqu'à la chambre.

Elle a avalé.

Ce qui restait de somnifères.

Et elle s'est allongée.

Sur l'édredon blanc, immaculé. Les bras en croix, les yeux rivés au plafond lisse.

Lisse, comme les parois du gouffre. Rien à quoi se raccrocher.

Que ce poignard sorte de mes tripes, que le sang jaillisse. Que la vie s'achève puisqu'elle m'a achevée.

— Voilà, c'est fini...

L'Ombre se penche, ricane au-dessus de sa sépulture.

— Ci-gît Cloé Beauchamp.

Tu as gagné. Il est parti, à cause de toi. Ou à cause de moi. Quelle importance ? La seule chose qui compte, c'est que l'horreur ait une fin. Que la peur ait une fin.

Elle prie.

— Faites que j'aie avalé assez de cachets… Faites que je meure, s'il vous plaît !

Son cœur bat vite, bien trop vite. Et n'importe comment. Ses yeux commencent à se fermer.

Quelque chose lutte, pourtant. Une infime partie d'elle.

— Laisse tomber ! Laisse-moi partir, par pitié !

Dehors un orage éclate. Coups de tonnerre, éclairs. La colère du ciel, comme un ultime reproche.

Ça y est, ses paupières tombent. Lourdes, telles des enclumes.

Ça y est, son esprit vogue vers l'inconnu.

Tandis que son cœur agonise, la peur explose dans ses entrailles. Trop tard.

Aller sans retour.

Ça y est, la lumière s'éteint.

Clap de fin.

Ci-gît Cloé Beauchamp. Morte dans l'ombre.

*
* *

Il hante encore cet hôpital. Enchaîné à cet endroit, pour l'éternité. Il y deviendra peut-être fantôme, déambulant à jamais dans ces couloirs aseptisés.

Alexandre se heurte aux murs, insecte fragile attiré par une lumière, une chimère.

Rester là pour veiller sur lui. Pour se punir.

Il a tant imploré qu'on a fini par avoir pitié de lui et le laisser venir.

Fin de soirée derrière une vitre. Le Gamin se bat, encore et toujours. Gomez pose sa main sur la paroi de verre. Essaie de le toucher. Jusqu'au cœur. Et lui parle, d'une voix à peine audible.

Tout ce qu'il n'a pas eu le temps de lui dire.

*
* *

Silhouette floue noyée dans un brouillard épais.

Ce n'est pas l'heure, Cloé. Pas encore...

Cette voix, étrange, comme descendue du ciel. Et ce froid sur sa peau, dans sa bouche. Qui coule entre ses lèvres entrouvertes.

Les yeux se referment, le froid s'accentue.

C'est ça, la mort ? Où je suis ?

Pas encore, Cloé. Ce n'est pas toi qui décides...

Désobéissant à la voix, elle repart dans les eaux calmes, profondes et noires.

Les paupières se soulèvent à nouveau.

Faible conscience de son corps. Juste qu'il tremble et que le froid se repaît de ses chairs.

Cloé revient à elle dans un hurlement atroce. Son cœur est une douleur. Il essaie de battre, il se bat. Ses mains touchent quelque chose de glacial, d'humide.

Elle met plusieurs minutes à comprendre qu'elle se trouve dans une baignoire. Sa baignoire.

Que sa peau ruisselle d'eau.

Le jet de la douche martèle ses jambes, son ventre. Elle tente de se lever pour échapper au supplice, retombe lourdement.

Arrêter cette torture.

Elle parvient enfin à atteindre le robinet. Ses sens s'éveillent, lentement. Ses yeux reconnaissent ce qui l'entoure. Sa robe traîne sur le carrelage de la salle de bains, le plafonnier est allumé. Cloé parvient à s'extirper de la baignoire, s'affale par terre.

Elle est en vie, en pleure.

Elle attrape une serviette, s'enroule dedans, grelotte de plus en plus. Ses dents s'entrechoquent.

Non, non, non !

Son cerveau sort du néant, elle tape du poing sur le mur. Jusqu'à saigner.

La douleur lui rappelle qu'elle est vivante. Les mots reviennent, toujours aussi cruels.

Nous deux, c'est fini. Terminé. Je te quitte.

Ses yeux hagards cherchent l'explication. Le pourquoi. Le comment.

Elle se souvient. La chambre, les cachets, les bras en croix.

Le tonnerre, les paupières qui se ferment.

Elle n'a pas pu arriver là toute seule. Se déshabiller, entrer dans la baignoire.

Pas encore, Cloé. Ce n'est pas toi qui décides...

Maintenant, elle sait au moins une chose : l'Ombre ne veut pas sa mort. L'Ombre veut qu'elle vive.

L'Ombre commande.

Et Cloé n'a même plus le choix de fuir. De mourir.

Aucune échappatoire.

Elle se remet à pleurer, meilleure façon de se réchauffer.

Il veut que je vive.

Pour me tuer de ses propres mains.

*
* *

Vomir ses tripes, se retourner les entrailles jusqu'à cracher du sang.

À genoux, la tête dans la cuvette des chiottes. Voilà le cauchemar d'un petit matin blême.

Voilà à quoi ça a servi.

Échec et mat.

Cloé se remet debout, tire la chasse. Penchée au-dessus du lavabo, elle se rince la bouche.

Lorsqu'elle relève la tête, elle percute son reflet dans le grand miroir. Paupières enflées, joues creusées et teint blafard. Elle est effrayante. Une seconde durant, elle se dit que si elle débarquait avec cette tête chez Bertrand, il y aurait une chance qu'il s'apitoie sur elle. Une chance qu'il la reprenne.

J'ai voulu mourir pour toi, mon amour. Tu vois ?

Cloé ferme les yeux. Elle se fait horreur. Se déteste, comme jamais elle n'a détesté personne.

Elle titube jusqu'à la chambre, se glisse à nouveau sous l'édredon. Le P38 est posé sur l'oreiller d'à côté. Là, tout près d'elle. Bien sûr, ce serait plus sûr et plus rapide que les somnifères. Ses doigts effleurent la crosse.

Plus envie de vivre, plus envie de mourir.

Paradoxe de l'errance.

Peut-être que le courage l'a abandonnée. Peut-être qu'elle s'abandonne à la volonté de l'Ombre.

Nous deux, c'est terminé. Je te quitte.

— Bertrand, mon amour...

Les larmes coulent doucement.

— Pourquoi tu m'as fait ça ? Pourquoi tu veux plus de moi ?

Le chagrin et cet affreux sentiment de rejet ont presque terrassé la peur.

Peur de l'Ombre.

Tout l'insupporte, plus rien ne lui importe.

Qu'il vienne, maintenant.

Qu'il fasse ce qu'il veut de moi.

Tu pensais pouvoir m'échapper ? Tu croyais avoir le choix ?
Encore une erreur, mon ange...
Mais tu n'arrêtes pas d'en commettre, de toute façon !
Il faudra du temps pour que tu comprennes. Du temps pour que tu acceptes.

Ce jeu a des règles. Elles sont simples.
Je commande, tu obéis.

J'ai passé une chaîne autour de ton cou, je t'emmène où je veux.
Plus tu résistes, plus je t'étrangle.
Tu ne décides plus de rien. Le seul maître des événements, c'est moi.
Quand le comprendras-tu enfin ?
Même ta mort m'appartient.

Je suis ton destin, mon ange.

Chapitre 30

Mercredi matin, il est 6 h 30.

Je m'appelle Cloé ; Cloé Beauchamp.

Je suis en vie. Et je suis seule. Affreusement seule.

J'ai 37 ans. Et cette nuit, j'ai voulu mourir.

Cloé avale un café. Un de plus. Il faudrait pourtant éviter la caféine, son cœur refusant de se calmer. Elle ingurgite ses pilules, puis attrape son portable, découvrant plusieurs appels en absence. Un instant, l'espoir renaît.

Il ne meurt jamais vraiment. Stupide allié de l'instinct de survie.

Mais Bertrand n'a pas appelé.

Pardieu, oui. Trois fois.

Carole, deux fois. Sa mère, une fois.

Elle écoute les messages : le Vieux est furieux, il fallait s'y attendre.

Cloé puise au fond d'elle-même l'énergie de téléphoner à sa mère qui a l'habitude de se lever très tôt. Sa voix est tellement cassée que Mathilde ne la reconnaît pas.

Non, maman, c'est rien... Juste très fatiguée. Si papa va bien, c'est le principal... Et Lisa ?

Elle raccroche, sa main hésite. Mais l'envie est trop

forte. Impérieuse. Elle compose le numéro de Bertrand qu'une overdose de somnifères n'a pas effacé de sa mémoire. Répondeur, bien sûr. Il doit tranquillement dormir. Auprès d'une femme ?

Étrangement, c'est la première fois que Cloé envisage qu'il ait pu la plaquer pour une rivale.

Et s'ils étaient en train de faire l'amour ? Elle imagine ses mains sur la peau d'une autre. Ses tripes se retournent à nouveau, un liquide chaud monte jusqu'au bord de ses lèvres.

Elle cherche ses mots, aurait dû répéter son texte avant la générale.

— C'est moi. On pourrait peut-être parler, non ? Je ne comprends pas pourquoi tu es parti comme ça hier soir. Je... Je suis mal, tu sais. Très mal... Dis-moi qu'on peut se voir, s'il te plaît. J'ai besoin que tu m'expliques. Besoin qu'on parle, tous les deux. Rappelle-moi... Je t'aime, tu sais.

Elle se juge lamentable, pathétique. Ce n'est sans doute pas ce qu'il souhaite entendre.

Mais Cloé ignore ce qu'il veut entendre, ce qu'il désire. Ce qu'il attend d'elle.

Alors, elle s'enferme – à clef – dans la salle de bains, passe un long moment sous la douche.

Se laver d'une tentative de suicide, ça prend du temps. Se laver d'avoir voulu la mort, plus que toute autre chose. D'avoir essayé d'abandonner Lisa. D'avoir trahi sa promesse.

Enfin, elle ferme le robinet. Ses gestes sont lents, aussi inefficaces qu'inélégants.

Le silence ne lui a jamais paru aussi insupportable.

Dans la chambre, elle s'habille, sans vraiment faire attention aux vêtements qu'elle choisit.

Retour dans la salle de bains pour l'éprouvante

mais indispensable séance de maquillage. Plutôt un ravalement de façade, vu l'ampleur des dégâts. Fond de teint, blush, fard à paupières, mascara.

Le résultat est désolant. Rien ne peut cacher la profondeur de son désarroi.

Ce n'est pas moi.

Ça ne peut pas être moi ! Je n'ai pas pu souhaiter ma propre mort.

C'est lui qui a guidé mes gestes. Lui, lui, lui...

Qui ?

Un quart d'heure plus tard, Cloé monte dans sa Mercedes. La route défile, dans une sorte de flou qui n'a rien d'artistique.

Que fait-elle là ? Hier encore, elle tentait de disparaître. Aujourd'hui, elle se rend au bureau.

Pourtant, elle sent que quelque chose change. Elle sent qu'elle revient. Que Cloé Beauchamp renaît de ses cendres. D'abord, une petite lumière s'allume au fond d'elle. Puis la flamme grandit jusqu'à atteindre son cerveau. Kilomètre après kilomètre, ses mains reprennent de l'assurance, la voiture accélère.

Je me suis toujours battue. Bertrand m'a quittée, je vais arrêter de pleurer et le reconquérir. Il m'appartient, sera de nouveau à moi. Comme le poste de directrice générale. Lui aussi m'appartient.

Reste l'Ombre.

Qui aurait dû me laisser crever. Parce que c'est moi qui l'anéantirai.

Seulement une demi-heure de route. Pourtant, Cloé, la vraie Cloé, est à nouveau là.

Comme si elle avait puisé dans les abysses explorés une phénoménale dose de force.

Comme si elle venait de sniffer un rail de coke.

Je m'appelle Cloé. Cloé Beauchamp. Et je ne suis pas encore morte.

Pardieu arrive à la boîte à 8 heures précises. En passant devant le bureau de Cloé, il s'arrête. Elle est là, face à son ordinateur.

— Bonjour, monsieur.

Il s'avance, arborant une mine austère.

— Content de vous revoir ! ironise-t-il. On vous a attendue, hier. On a dû annuler vos rendez-vous en urgence ! Et pas un coup de fil, pas une explication... Vous vous croyez dans un club de vacances ?

— Bien sûr que non, monsieur. Et je vous demande de m'excuser.

Il refuse de s'asseoir, déplace le jeu sur son terrain.

— Venez dans mon bureau, ordonne-t-il.

Elle le suit, il s'installe dans son magnifique fauteuil, la laisse debout.

— Je vous écoute.

Cloé prend une profonde inspiration, soutient son regard.

— Je ne peux pas vous dire pourquoi j'étais absente.

Le visage de Pardieu devient plus sévère encore. Il est étonné qu'elle n'ait pas échafaudé une de ses extravagantes excuses.

— Pourtant, je vous conseille de m'expliquer. Et de vous montrer convaincante. Parce que je ne peux tolérer ce genre de comportement. Si tout le monde s'amuse à déserter quand bon lui semble... où va-t-on ?

— Très bien... Je ne suis pas venue parce qu'on a tenté de me tuer.

Il s'attendait à peu près à tout. Venant de Cloé,

il s'était préparé aux plus abracadabrantes fantaisies. Là, il doit pourtant avouer qu'elle vient de frapper un grand coup. Au point qu'il reste muet, suspendu à ses lèvres.

Mais Cloé ne poursuit pas, le laissant avec cet encombrant paquet sur les bras.

— Qui a essayé de vous tuer ? demande-t-il enfin.

— Moi.

On dirait que Pardieu rapetisse dans son immense fauteuil. Chaque coup de gourdin l'y enfonce un peu plus.

— Mais enfin, Cloé… pourquoi ?

— Ça ne vous regarde pas. Ça ne regarde personne, d'ailleurs.

Pardieu détourne un instant son regard. Mal à l'aise, c'est évident.

— Cloé, vous êtes jeune, talentueuse et intelligente. Vous n'allez tout de même pas faire une telle connerie ?

— C'est réglé désormais. Je ne recommencerai pas. Et je vous demande de garder cette conversation pour vous.

Elle le fixe avec un regard incroyablement dur. Il est visiblement impressionné.

— Bien sûr, mais… Je vous avoue que je suis inquiet. Vous êtes sûre de ne pas vouloir parler ?

— Certaine.

Voix inflexible, visage de marbre.

— Ne vous inquiétez pas pour moi, ajoute-t-elle. La page est tournée. Et je suis revenue d'entre les morts plus forte qu'avant, soyez-en sûr.

— C'est l'impression que vous donnez, confesse Pardieu un peu timidement.

— Ce n'est pas qu'une impression… J'ai du travail.

Alors, si vous m'y autorisez, j'aimerais retourner dans mon bureau.

— Allez-y, murmure le Vieux.

Elle tourne les talons, le laissant pantois au milieu de son vaste bureau. Elle s'enferme dans sa tanière, relève les stores.

Tu peux m'observer à la jumelle si ça te fait bander. Je n'ai pas peur de toi.

Je n'ai plus peur de rien, de toute façon.

*
* *

Il pourrait dessiner cet hôpital les yeux fermés. Tous les recoins hideux de l'établissement sont gravés en Technicolor dans ses méninges.

Il a erré des heures durant dans ces couloirs, tatouant à jamais sa détresse sur les murs gris. Il fait maintenant partie du décor. On passe devant lui sans le voir.

Après une courte apparition derrière la cloison vitrée, quelque supplique murmurée à Laval, Gomez se décide enfin à rentrer chez lui.

Il est surpris de voir que le jour est levé, dehors. Que la terre continue de tourner. Il aurait pourtant juré que tout s'était arrêté, net, pendant une nuit d'horreur.

Il a perdu la notion du temps.

Il a tout perdu.

Il allume une clope, monte dans sa caisse et cherche un instant son chemin.

La route défile en accéléré. Ses paupières ont envie de se fermer. Parce qu'il n'a pas dormi depuis trop longtemps, sauf quelques minutes de temps à autre, sur cette maudite banquette.

Ses paupières ont envie de se fermer. Définitivement.

Parce qu'il ne supporte plus de voir ce qu'il est devenu.

Un veuf. Assassin, de surcroît.

Non, juste un meurtrier. *Il n'y avait pas préméditation, monsieur le procureur.*

Enfin, il arrive en bas de chez lui. N'ayant pas le courage de chercher une place libre, il abandonne la voiture en double file, baisse le pare-soleil où s'inscrit POLICE en lettres blanches.

Il prend l'ascenseur, incapable de monter les deux étages. La clef dans la serrure, le silence absolu qui l'attend, le nargue. L'achève.

Il reste un moment immobile dans le salon. Comme au milieu d'un champ de ruines. Puis il se traîne jusqu'à la salle de bains, vire ses fringues et entre dans le bac à douche.

Pas dormi, pas mangé, pas douché.

Un mort vivant.

Et l'eau chaude ne suffira pas à le laver de ses fautes. De son crime.

Le Gamin est toujours en vie. Toujours dans le coma.

Il a 25 ans. N'a plus qu'une jambe et sans doute plus que quelques heures à vivre.

Condamné à mourir ou à survivre à l'état de légume.

Gomez file un coup de poing sur le carrelage. Un autre. De plus en plus fort.

Il finit par se taper la tête contre le mur.

L'eau se teinte de rouge. Ça tourbillonne à ses pieds, dans son cerveau.

Mais ça soulage. S'épuiser, se blesser, se punir, ça soulage.

Il aimerait taper sur Bashkim, lui défoncer le crâne, lui broyer les jambes. Mais Bashkim est loin. Alors, c'est le mur. Ce carrelage choisi par Sophie, qu'il tente en vain de démolir.

Il s'écroule dans le bac, hébété par la douleur, regardant son propre sang couler.

Puis il s'allonge dans le lit de la disparue. Se recroqueville, nu sur le matelas. Mort de fatigue, mort de froid, mort de honte.

Mort, tout court.

Il s'endort au bout de quelques minutes, bercé par son parfum qui imprègne encore la chambre.

*
* *

La nuit tombe, Cloé sort de l'Agence.

On n'a pas vu Pardieu de la journée. Il s'est terré dans son bureau comme s'il craignait de croiser un monstre dans les couloirs.

Un monstre froid, qui a vaincu la mort.

La Mercedes quitte le parking souterrain. Cloé regarde machinalement dans le rétroviseur. Mais il y a tant de voitures… Dans laquelle se trouve-t-il ?

Le P38 est là, sur le siège passager. Attendant son heure de gloire.

Des kilomètres sur l'autoroute. Rouler au ralenti, freiner. Redémarrer. Puis, enfin, la bretelle de sortie se présente, le calvaire est bientôt terminé.

Cloé s'aperçoit alors qu'elle a pris la direction de Créteil. La direction du commissariat.

Oui, c'est ce qu'il faut faire. Y retourner, les convaincre.

Un dernier essai. Comme pour se prouver qu'elle

n'a d'autre choix que de se balader avec un calibre dans son Lancaster.

Elle gare la Mercedes, dissimule le pistolet dans la boîte à gants.

S'ils ne l'écoutent pas, ils seront responsables. S'ils ne l'écoutent pas, ils feront d'elle une meurtrière.

*
* *

Alexandre pousse la porte du commissariat, s'arrête net. Elle est là. Cette inconnue, croisée sur les bords de Marne.

Elle avance droit sur lui, comme la première fois. Il entre, elle sort. Ils se frôlent.

Sur son visage, il lit tant de détresse… Dans ses yeux, tant de colère.

Elle s'éloigne, il ne peut détacher son regard.

Gomez se dirige vers l'accueil, interroge l'agent de garde.

— Cette femme, celle qui vient de sortir, c'est qui ?

— Elle est venue porter plainte. C'est le lieutenant Duquesne qui l'a reçue, commandant.

— Merci.

Au lieu de monter à l'étage, Gomez trace tout droit vers les petits bureaux où sont recueillies les plaintes. Duquesne est occupé, Gomez lui adresse un signe. Le lieutenant s'excuse, rejoint Alexandre dans le couloir.

— Comment va Laval ?

— Il est vivant, il se bat, résume Alexandre.

Ça lui écorche la bouche d'avoir à dire ça.

— Tant mieux. Qu'est-ce que je peux faire pour vous, commandant ?

— La femme qui sort de ton bureau... Grande, longs cheveux châtains. Qu'est-ce qu'elle voulait ?

Le lieutenant lève les yeux au ciel.

— C'est une folle, putain...

— Explique, enjoint Gomez en fronçant les sourcils.

Le lieutenant devient brusquement livide.

— Vous la connaissez ? demande-t-il avec appréhension.

— T'occupe. Raconte.

— Ça fait deux fois qu'elle vient. Elle dit qu'un type la suit partout, rentre chez elle quand elle n'y est pas. Qu'il l'observe quand elle est au bureau... j'en passe et des meilleures. Sauf qu'il n'y a pas de lettres ni de coups de fil anonymes. Pas d'effraction. Rien. Elle n'a pas été agressée, pas menacée. Je crois qu'elle est paranoïaque.

Gomez l'écoute sans mot dire.

— L'autre jour, elle m'avait même apporté un oiseau mort congelé ! Vous imaginez ? ! Un oiseau trouvé sur son paillasson... Elle prétend que son mystérieux poursuivant l'a déposé sur le pas de sa porte ! Elle dit qu'il remplit le frigo quand elle n'est pas là, qu'il lui coupe l'électricité... Une folle, je vous dis. Dommage, un canon pareil !

— Elle vit seule ?

Duquesne hoche la tête.

— Tu lui as demandé qui possède les clefs de son domicile ?

— Évidemment ! Y a la femme de ménage et son mec. Mais elle écarte leur éventuelle responsabilité dans tout ça.

— Tu as pris sa plainte ? interroge Gomez.

Le lieutenant le considère avec étonnement.

— Quelle plainte ? J'ai rien pour prendre une plainte ! Que dalle, commandant ! J'ai fait une main courante, comme la dernière fois.

— File-moi ses coordonnées, ordonne Alexandre.

— Pourquoi ?

Il suffit d'un simple regard du commandant pour couper court aux questions. Le lieutenant s'exécute avant de retourner à son plaignant. Gomez glisse le papier dans sa poche, monte s'enfermer dans son bureau. Par chance, il ne croise aucun membre de son équipe.

Il allume une clope, ouvre la fenêtre et cherche un numéro dans son répertoire. Un vieil ami, qui bosse au commissariat de Sarcelles. Commandant, lui aussi.

Il épargne à Alexandre la question rituelle : *Comment va Laval ?* Pourtant, il est forcément au courant. Mais a la décence de ne pas en parler.

Quelques banalités plus tard, Gomez entre dans le vif du sujet.

— Y a un moment, tu m'avais raconté une histoire, au sujet d'une nana qui était venue déposer je ne sais combien de plaintes...

— Précise ?

— Une fille qui débarquait tous les deux ou trois jours pour dire qu'un type la harcelait. Qu'il entrait chez elle quand elle dormait, déplaçait les objets dans son appartement...

— Ah oui, je me souviens ! Mais c'est vieux, dis donc ! C'était au moins... y a un an, non ?

— À peu près, confirme Gomez. Elle est devenue quoi, ta cliente ?

— Aucune idée, mon vieux ! Elle nous a cassé les couilles pendant des semaines et puis on ne l'a plus revue.

— Tu pourrais me filer les mains courantes et les plaintes ? Je voudrais vérifier un truc. Un recoupement avec une autre affaire, peut-être.

— OK, je te prépare tout ça. Tu passes demain ?

— Je passe demain, confirme Alexandre. Merci, mon pote.

— De rien. Comment va Sophie ?

Gomez serre les dents. Il a l'impression de vomir son cœur lorsqu'il répond.

— Elle est morte.

*
* *

Cloé garde les yeux rivés sur la porte de l'immeuble. À s'en user les rétines.

Elle a sonné chez Bertrand, il n'a pas répondu. Alors, elle attend qu'il rentre.

Attendra toute la nuit, s'il le faut.

Elle repense à ce flic qui continue de la prendre pour une cinglée et s'est ouvertement payé sa tête. Elle ne peut décidément compter que sur elle.

Une silhouette approche sur le trottoir. Malgré la pénombre, Cloé reconnaît aussitôt Bertrand. Son cœur fait un looping dans sa poitrine.

Dès qu'il a dépassé la Mercedes, Cloé en descend. Elle se met à courir, le rattrape avant qu'il ne disparaisse dans l'immeuble.

— Bertrand !

Il se retourne, une main sur la poignée. Elle reste à une distance raisonnable. Ne pas se jeter sur lui, ne pas l'implorer, ne pas pleurer. Ne pas lui faire peur.

— Bonsoir. Tu as eu mon message ?

— Oui.

Il ne va pas lui faciliter la tâche, c'est évident.

— Je peux te parler ?

Il ne répond pas immédiatement, la toise froidement.

— Je ne fais que passer, dit-il finalement. Je dois repartir, désolé.

— Accorde-moi quelques minutes, s'il te plaît.

Elle n'a pas mis de trémolos dans sa voix, juste un peu de chaleur.

— OK, acquiesce-t-il. Viens.

Elle le suit, ils traversent le grand hall, montent au troisième étage. Elle a l'impression de talonner un étranger. Un étranger qu'elle a envie d'enlacer, d'embrasser, de toucher.

Il ouvre la porte de son duplex, s'efface pour la laisser entrer.

— Tu veux un verre ?… Whisky ?

— Non. Quelque chose de moins fort, plutôt.

Il va chercher une bouteille de vin dans la cuisine.

— Assieds-toi, propose-t-il.

Cloé se pose sur le sofa. Juste au bord, comme si elle ne voulait pas déranger. Ça se passe mieux que prévu.

Bertrand débouche le saint-émilion, remplit deux verres sur la table basse.

— Je t'écoute.

— Je voudrais comprendre ce qui se passe, dit-elle simplement.

Il se cale dans le fauteuil en face d'elle, porte le verre à ses lèvres.

— C'est simple… J'ai décidé de te quitter.

— Comme ça ?

Il hausse les épaules d'une manière désinvolte qui blesse Cloé.

— Non, avoue-t-il. Pour être honnête, j'y pensais déjà depuis un moment.

Elle baisse les yeux.

— C'est à cause de cette histoire, n'est-ce pas ? Ce que je t'ai raconté au sujet du type qui me suit partout…

— C'est vrai que je commençais à trouver ta parano vraiment chiante.

— Je ne suis pas parano. D'ailleurs je vais te le prouver.

Elle extirpe de son sac l'étui à carte bancaire.

— Tu vois ce ticket ? dit-elle. C'est celui des courses au Casino… Tu te souviens ?

Bertrand hoche la tête.

— Eh bien, j'ai consulté mon compte par Internet aujourd'hui et je me suis aperçue que cet achat n'avait toujours pas été débité. Ce qui est logique, vu que le numéro indiqué sur le ticket n'est pas celui de ma carte ! ajoute-t-elle de manière un peu triomphale.

À contrecœur, Bertrand consent à jeter un œil sur le fameux reçu.

— Regarde les chiffres après les étoiles, insiste Cloé.

— 9249, lit Bertrand en plissant les yeux.

— Alors que mon numéro de carte se termine par 8221 !

— Et alors ?

— Comment ça, *et alors* ? Ça veut dire que ce n'est pas moi qui suis allée faire les courses ce jour-là. Ce n'est pas moi qui ai rempli le frigo. C'est bien quelqu'un qui a glissé ce reçu dans mon étui pour faire croire que je devenais dingue !

— Ça n'explique pas comment la bouffe est arrivée jusque dans ta cuisine, souligne Bertrand en abandonnant le petit morceau de papier sur la table basse. Tout cela est bien trop tiré par les cheveux. Peut-être que tu as pris le ticket de quelqu'un d'autre qui traînait sur le tapis de la caisse. Ça arrive, parfois...

Elle est sidérée. Il ne la croit toujours pas alors qu'elle vient de lui fournir une preuve. Une preuve que le lieutenant de Créteil n'a pas jugée recevable, lui non plus.

Cloé a l'impression d'évoluer dans un palais des glaces, un labyrinthe vitré. Alors qu'elle pense avoir trouvé l'issue, elle se heurte sans cesse à d'invisibles obstacles.

Invisibles, comme l'Ombre.

— Que faudra-t-il pour te convaincre ? murmure-t-elle.

Bertrand hausse les épaules, une nouvelle fois.

— Très bien, ce n'est pas grave, prétend-elle. Je suis prête à ne plus te parler de cette histoire, à me débrouiller toute seule.

— Ça ne change rien. C'est fini, Cloé. *Fini*. Tu comprends ce que ça veut dire ?

Sa main se crispe sur le verre. Elle lutte pour ne pas pleurer. Pour ne pas se jeter à ses pieds et le supplier. Ou lui crever les yeux.

Les pulsions se mélangent.

— Je croyais qu'on s'aimait, dit-elle.

Bertrand esquisse un sourire à peine visible. Mais Cloé le reçoit cinq sur cinq.

— En tout cas, moi je ne t'ai jamais aimée.

Le couteau vient se planter à nouveau dans ses entrailles. Maintenant, Bertrand va le tourner dans la plaie, elle le sait.

— J'ai passé de bons moments avec toi, c'est vrai.

Je ne regrette rien, bien au contraire. Mais tout a une fin. Et nous deux, c'est terminé. J'ai tourné la page.

— Je peux pas le croire ! dit Cloé un peu fort.

— Il va bien falloir, pourtant.

Ses lèvres se mettent à trembler, elle sent le flot monter jusqu'à ses yeux.

Lutte acharnée pour ne pas pleurer.

— Mais moi je t'aime !

Il soupire, finit son verre.

— Je ne voulais pas te faire souffrir, prétend-il en retour. Je ne crois pas que tu m'aimes. Tu as mal parce que c'est moi qui ai décidé de la rupture. Et que tu n'as pas l'habitude qu'on te largue.

— C'est faux !

— Non, Cloé. Je te connais mieux que tu ne le penses...

Il se lève, signe que la discussion est terminée.

— J'ai tenté de me suicider quand tu es parti.

Dernière cartouche. N'importe quoi pour le faire flancher. Elle mourra de honte plus tard.

— Arrête tes conneries, Cloé. Tu as l'air parfaitement en vie...

Elle lui envoie un regard où se mêlent rage et désespoir.

— Tu regrettes que je m'en sois sortie ?

— Va-t'en, maintenant. Je ne veux pas en entendre plus.

— J'ai essayé de me tuer, répète-t-elle. Parce que tu m'as quittée.

Il pose ses mains sur ses épaules. À ce contact, elle est foudroyée.

— Eh bien, tu as eu tort de faire ça, dit-il. Je n'en vaux vraiment pas la peine, je t'assure. Alors maintenant, tu rentres chez toi et tu m'oublies. D'accord ?

CHAPITRE 31

Maillard fait une gueule d'enterrement. Pourtant, le Gamin n'est pas encore mort.

Alexandre, assis en face de lui, attend patiemment qu'il vide son sac.

— Alex, je sais que le boulot, c'est important, pour toi. Je sais ce que tu traverses, mais…

— Non, tu ne sais pas, rectifie le commandant.

— OK, mais disons que j'imagine ce que tu vis depuis que Sophie est morte. Et même si ce job est tout ce qu'il te reste, je pense que tu dois faire une pause.

— Tu *penses* ?

— Je t'ordonne de faire une pause, précise le divisionnaire. Vu tes états de service, l'IGS veut interroger Laval avant de prendre la moindre décision. À condition, bien sûr, que le môme se réveille. Ce que nous espérons tous.

— Je leur ai pourtant tout dit, confie Alexandre. Quand ils sont venus à l'hosto, je suis passé aux aveux complets. Un *mea culpa* d'anthologie ! Que leur faut-il de plus ?

— La version de Laval. On a décidé de te mettre au vert en attendant. Je t'ai préparé une feuille de congés, tu vas la signer. Et s'il le faut, tu enchaîneras avec un arrêt maladie.

— Je vois. Pourquoi ne pas plutôt me révoquer ? Ce serait plus clair !

— Je n'ai pas l'intention de virer mon meilleur flic. Tu dois seulement te reposer et digérer tout ce qui te tombe dessus. Villard assurera l'intérim pendant ton absence.

— Parfait, je vois que tu as tout prévu.

Gomez signe la feuille, jette le stylo et se dirige vers la sortie. Maillard se lève d'un bond.

— Alex ! Écoute... Je n'ai pas le choix. Je t'ai toujours soutenu, mais là, je ne vois pas d'autre solution. C'est la meilleure que j'ai trouvée pour le moment. Et je suis certain que tu reviendras parmi nous.

Alexandre claque violemment la porte, le divisionnaire retombe dans son fauteuil.

*
* *

Tu rentres chez toi et tu m'oublies.

Bien sûr. C'est tellement simple. Tellement facile. Tellement ignoble.

Le compteur de la Mercedes ne franchit pas les trente kilomètres à l'heure. Pas évident de distinguer la route au travers d'un rideau de larmes.

Je ne t'ai jamais aimée. J'ai tourné la page.

Crochet du droit, uppercut du gauche. L'adversaire au tapis.

Cloé pensait qu'il y avait une chance. Que tout était encore possible, qu'elle allait gagner.

Elle est sûre désormais que tout est perdu. N'a toujours pas compris pourquoi.

Ça n'a pas de sens.

Bertrand n'a pas voulu l'écouter. Les flics non plus.

Solitude totale, isolement complet.

Elle s'effondre sur le canapé et attend, résignée, une nouvelle crise de larmes. Les yeux dans le vague, le cœur sur la touche.

Je ne t'ai jamais aimée. Ça résonne drôlement dans sa tête, comme si son crâne était vide. Pourtant, elle a plutôt l'impression que ça déborde.

— Connard ! Salaud…

Même l'insulter ne la soulage pas. Elle se lève, ses jambes manquent de la trahir. Elle ouvre les portes du bar, considère les bouteilles comme autant de possibilités.

Les vider, toutes ? Non, je ne vais pas recommencer…

Mourir pour lui. Pour lui prouver. Que moi, je l'ai aimé. Que moi, je l'aime toujours.

Ridicule. Il s'en moquerait complètement. D'ailleurs, est-ce que je l'aime vraiment ?

Tu as mal parce que c'est moi qui ai décidé de la rupture…

Elle s'empare d'une bouteille au hasard. La roue de l'infortune a désigné le gin. Ça devrait l'assommer. Elle remplit un verre à ras bord, hésite avant de l'avaler cul sec.

Une torture, un supplice qu'elle s'inflige. Sa main se cramponne à l'enfilade en noyer ; son regard se cramponne aux photos qui ornent le mur.

Son père et elle. Sa mère, son père et Juliette. Lisa, juste avant que…

Cloé fronce les sourcils. Ce n'est pas l'alcool. Pas déjà !

Elle attrape le dernier cliché, le ramène lentement vers elle.

Ce n'est pas Lisa, sur la photo.

Ce n'est *plus* Lisa. C'est un monstrueux cadavre avec des trous béants à la place des yeux, les chairs en putréfaction qui se décollent des os du crâne. Et un ignoble sourire.

Cloé lâche le cadre comme s'il était brûlant avant de se mettre à hurler.

*
* *

Le frêle esquif approche dangereusement des rapides. Il tourne sur lui-même, tangue de plus en plus. Cloé n'a pas l'impression d'être dans un lit. Plutôt sur une barque qui menace de se fracasser dans le courant. Ses mains s'amarrent aux draps, ses yeux essaient de fixer le lustre suspendu au plafond, qui se balance et virevolte dans une tourmente imaginaire.

La bouteille de gin est vide. Jetée à la mer, sans message à l'intérieur.

Que pourrait-elle écrire ?

Au secours. À l'aide. Je ne sais plus où je vais. Je ne me reconnais plus.

Cloé entend de drôles de bruits. Ricanements qui se répètent à l'infini, cris déchirants qui emplissent sa pauvre tête.

Le bruit de son cœur qui défaille, aussi. Qui s'emballe sans trouver la pédale de frein.

Il faut les pilules du matin. Même si c'est le soir.

Vite, avant que son palpitant ne se fende comme un fruit trop mûr.

Elle tente de se lever, s'écroule sur le parquet. Elle

ne ressent aucune douleur, s'engage à quatre pattes dans l'obscur couloir. Arrivée dans la cuisine, elle se redresse et attrape la boîte de médicaments. Deux au lieu d'une, ce sera plus sûr.

Elle se tient au mur pour rejoindre le salon. Peut-être faut-il boire davantage pour atteindre l'oubli ? Oublier qu'elle s'est fait larguer comme une merde. Oublier qu'elle est une cible.

Elle récupère le P38 sur le canapé, le brandit devant elle. Elle tient à nouveau debout, un peu par miracle, se met à rire. Un rire effrayant, sorti de nulle part.

— Tu crois que tu me fais peur ? Montre-toi, espèce de lâche ! Viens te battre ! Allez, viens !... T'es où ? Je sais que t'es là !

Elle cesse de rire, écoute le silence qui la nargue.

Imaginant un bruit dans son dos, elle pivote sur elle-même et appuie sur la détente. Le recul lui fait perdre son fragile équilibre, elle bascule en arrière.

Son crâne a heurté violemment le sol, sa vue se trouble, le décor se dédouble.

Elle est en plein milieu du tapis, sur le dos, les bras en croix.

Les minutes qui suivent sont atroces. L'impression d'une agonie qui précède la mort. L'impression que son corps est écartelé, déchiqueté, broyé.

Puis la tension redescend doucement. Des papillons multicolores emplissent le ciel pur. Un sourire se dessine sur ses lèvres. Elle se sent bien. Étrangement bien. Proche de l'extase. Le rire la gagne à nouveau.

— Tu viendras pas, hein ? T'as trop peur de moi !

Elle se met à tourner doucement sur elle-même, remontée sur sa barque, emportée par le courant. Sauf qu'elle n'a plus peur des rapides ou des écueils, ni même de l'Ombre.

Plus peur de rien, d'ailleurs.

— Je m'appelle…

Elle vient d'oublier son nom.

*

* *

Lorsqu'elle ouvre les yeux, il fait nuit noire. Cloé ne sait pas où elle est.

Ses doigts touchent le sol, elle réalise qu'elle n'est pas dans son lit. Allongée sur le dos, apparemment par terre. Son crâne s'enfonce dans quelque chose de moelleux et de doux.

Elle refermerait volontiers les paupières. Sauf qu'elle se sent en danger.

Elle s'assoit avec difficulté, reste un moment immobile. Vertige puissant, sensation d'avoir avalé une bûche et reçu des coups de marteau sur la tête.

Elle gémit doucement, se remet prudemment debout. La nausée vient s'ajouter à la migraine.

Elle lance une main en avant, éprouve le vide. Avançant à l'aveuglette, elle finit par toucher un mur et le suit doucement. Ses doigts atteignent enfin un interrupteur, la lumière surgit. Aveuglante et douloureuse.

Lorsqu'elle parvient à rouvrir les yeux, Cloé découvre avec soulagement qu'elle est dans son salon. Elle était sur le tapis, près de la table basse. La tête sur un oreiller.

Son oreiller.

La nausée empire, son estomac se retourne. Elle se précipite dans les toilettes, retombe à genoux. Plus bas, elle ne pourrait pas. Ivre morte, en train de vomir son désespoir.

Comment en est-elle arrivée là ?

Elle se remémore la déchéance. Le commissariat, Bertrand, la bouteille de gin, le visage de Lisa profané… Son cœur qui s'affole, les pilules… Cet étrange plaisir… Ce sentiment de plénitude… Et puis plus rien.

À nouveau sur ses pieds, Cloé titube jusqu'à la cuisine et se prépare du café. La pendule lui indique qu'il est 3 heures du matin. Combien de temps est-elle restée inconsciente ? Au moins six heures.

Elle ingurgite une grande tasse d'arabica, ses idées s'éclaircissent peu à peu. Elle remplit une seconde tasse, s'exile dans le salon. Là, elle s'empare du cadre qui protège la photo de Lisa. Au travers du verre brisé, elle aperçoit le sourire enfantin de sa petite sœur. Son visage radieux. L'ignoble tête de mort s'est envolée.

— Merde, murmure-t-elle. Je l'ai vue, pourtant…

Elle repose le cadre sur l'enfilade, ne le quitte pas des yeux, guettant la transformation qui ne vient pas.

Elle tourne la tête, considère le trou dans le mur. Là où la balle du P38 est venue se loger. Puis ses yeux se posent sur l'oreiller qui a accueilli sa nuque des heures durant. Elle tente de se concentrer pour revivre avec précision les moments qui ont précédé l'évanouissement.

— J'étais dans la chambre, sur le lit. Je me suis levée, je suis tombée. J'ai marché à quatre pattes jusqu'à la cuisine…

À quatre pattes, oui. Ça, elle en est sûre.

— Je n'ai pas pu emporter un oreiller en marchant à quatre pattes.

Cloé se rue dans l'entrée, constate que la porte n'est pas fermée à clef. Elle tourne le verrou, s'écroule dos au mur.

Il était là. Encore.

Il sera toujours là.

Je joue avec toi, comme le félin avec sa proie. Tu sais, juste avant de la dévorer...

D'accord, mon ange, je l'avoue : j'ai truqué les règles de ce jeu. Afin que tu n'abandonnes pas trop vite la partie que nous avons engagée.

Je te donne de quoi résister, de quoi trouver la force de te battre, encore et encore.

Je t'entraîne au fond des abysses, je te hisse vers les sommets.

Je te réveille et je t'endors.

Histoire de te désorienter, de te perdre.

Histoire de faire durer ton calvaire et mon plaisir.

Toi, cette pathétique marionnette qui obéit au moindre de mes ordres !

Je suis autour de toi, près de toi.

Je suis au cœur de tes pensées et derrière chacun de tes actes.

Je suis dans chaque décision que tu crois prendre.

Je suis dans ta tête et jusque dans tes veines, mon ange...

CHAPITRE 32

Règle numéro un : ne plus jamais boire, toujours garder le contrôle.

Règle numéro deux : ne plus jamais oublier de verrouiller la porte quand je rentre.

Règle numéro trois : ne plus jamais quitter le pistolet. Le garder sur moi, de jour comme de nuit.

Règle numéro quatre : tirer à vue. Tirer pour tuer.

Cloé répète plusieurs fois ce long cantique. Règles d'or de la proie qu'elle est devenue. À respecter à la lettre, si elle ne veut pas finir sur l'étal d'un médecin légiste.

Lui ou moi. Le choix est rapide.

Sauf qu'elle continue à douter que le mystérieux prédateur souhaite sa mort.

Il a eu tant d'occasions de m'éliminer... Ça devrait être fait depuis longtemps.

C'est autre chose qu'il veut. Mais quoi ? Que cherche-t-il ?

À moins qu'il ne prenne simplement son temps...

Cloé frissonne ; elle avale une tasse de thé vert, ayant pour le moment abandonné le café. Sa tachycardie ne lui accorde quasiment plus aucun répit. Sans doute son cœur est-il trop fragile pour supporter tant de pression. Déjà fatigué.

Elle consulte sa montre, constate qu'il est l'heure de se rendre au bureau.

Une nouvelle journée commence, qui sera peut-être la dernière.

*
* *

Alexandre pose sa main à plat sur la cloison vitrée. De l'autre côté, Laval continue à lutter pour sa survie.

Sa dernière journée, peut-être. Ce cœur, qui peut s'arrêter d'un instant à l'autre.

Le commandant le contemple de longues minutes, oubliant presque de respirer.

Il n'a guère dormi, cette nuit encore. Pourtant, il était dans son lit, ou plutôt dans celui de Sophie, désertant la banquette en plastique du couloir.

Une infirmière, une nouvelle, lui demande de quitter le service, Gomez obéit. Il pousse la porte, s'engage dans le long corridor silencieux. Semelles de plomb, migraine d'enfer.

Dès qu'il met un pied dehors, il allume une clope, grimpe dans sa voiture et place le gyro sur le toit. Il a de la route à faire pour rejoindre Sarcelles, n'a pas envie de perdre du temps dans les embouteillages du matin.

Ces interminables minutes d'inaction où son esprit flirte dangereusement avec des abîmes aussi sombres que profonds.

Il préfère songer à cette inconnue qui lui rappelle Sophie.

Il préfère se persuader qu'elle a besoin de lui. Qu'il peut encore être utile à quelqu'un.

*
* *

— J'ai bu un café avec Cloé cet après-midi.

— Et comment va-t-elle, cette chère Cloé ? s'enquiert Quentin.

Du bout des doigts, Carole dessine des figures imaginaires sur le torse imberbe de son amant. Des cœurs, comme si elle avait à nouveau 14 ans.

Ils se sont retrouvés chez elle, vers 17 heures, pour un bref mais voluptueux amour clandestin.

— Elle va mal, révèle Carole. De plus en plus mal… Franchement, elle me fait peur.

— À ce point-là ?

— Elle est toujours persuadée qu'un type la suit partout, qu'il rentre chez elle quand elle est absente ou même quand elle dort…

— C'est peut-être vrai ! souligne Quentin. Pourquoi ne la crois-tu pas ?

— Il faudrait que je t'explique en détail, mais son histoire ne tient pas debout, je t'assure ! Tu imagines un mec qui entre chez elle, sans effraction, et remplit son frigo ?

Quentin se met à rire, Carole a la décence de ne pas l'imiter.

— Évidemment, vu sous cet angle, c'est du délire ! Mais pourquoi mentirait-elle ?

— Je ne crois pas qu'elle mente. Je pense malheureusement qu'elle est persuadée que c'est la vérité.

— Merde… Parano aiguë ?

— Ça m'en a tout l'air.

— Attends, on ne devient pas parano du jour au lendemain !

— Elle l'a toujours été un peu, affirme Carole. Toujours à voir des complots partout, à se méfier de tout le monde…

— Se méfier des gens, ce n'est pas être paranoïaque, rappelle l'infirmier.

— Je sais ce qu'est un parano, se défend Carole. Et je te dis qu'elle l'est. Ça m'inquiète, en tout cas. Elle est complètement à la dérive… Et en plus, pour couronner le tout, Bertrand l'a larguée.

— Aïe…

Quentin embrasse Carole sur l'épaule, puis se lève.

— Tu pars déjà ?

Il répond à son regard contrit par un sourire qui a quelque chose de désinvolte.

— Je serais volontiers resté plus longtemps, mais je prends mon service dans une heure.

Il ramasse ses vêtements, se dirige vers la salle de bains. Carole le suit, continuant à lui parler tandis qu'il prend sa douche.

— Qu'est-ce que je peux faire pour elle, à ton avis ? demande-t-elle.

— Hein ? J'entends rien !

Carole répète sa question, tout en laissant son regard profiter encore un peu de ce corps dont elle devient dépendante, chaque jour un peu plus.

— Il faudrait qu'elle aille consulter un psy, répond Quentin. Un bon, si possible. Je peux t'en indiquer un, si tu veux. Mais le plus dur, ce sera de la persuader d'y aller. Si elle n'a pas conscience de son problème, elle refusera.

Quentin sort du bac à douche, Carole lui tend une serviette.

— Merci... C'est ta meilleure amie, tu devrais pouvoir la convaincre, non ?

— J'ai déjà essayé, mais elle campe sur ses positions. Je suis même sûre que c'est pour ça que Bertrand l'a plaquée.

— Possible. Il a peut-être eu la frousse.

Il enlace Carole, l'embrasse dans le cou. Elle ferme les yeux, rêvant d'une prolongation.

— Toi, tu ne me laisseras pas tomber, hein ? murmure-t-elle.

— Jamais... Mais là, faut vraiment que j'y aille. Mes charmants malades m'attendent !

— Ils ont de la chance !

Il la regarde, interloqué.

— *De la chance* ? D'être internés dans un hôpital psychiatrique ?

— De t'avoir près d'eux toute une nuit...

*
* *

Sera-t-il là ?

Dans l'ombre, sans aucun doute. À épier le moindre de ses mouvements.

Cloé désire pourtant une confrontation. Elle a envie que le chasseur se montre. Même si le duel final lui sera certainement fatal.

Cette envie est plus forte que la peur de l'avoir en face ou celle de succomber à la rencontre.

Elle ne supporte plus qu'il l'observe à son insu, à l'abri des ténèbres. Elle veut plonger ses yeux dans les siens. L'affronter, enfin.

Un ennemi de chair et de sang, avec un visage, une peau. Une voix et une odeur.

Alors qu'elle ne l'a jamais réellement vu, ils sont presque devenus familiers. Affreusement familiers. Liens étranges qui se tissent entre la victime et son bourreau.

Cloé coupe le contact et saisit le P38. Elle le glisse dans son sac avant de descendre. Le lampadaire est encore en panne, la rue baigne dans une inquiétante semi-pénombre.

Tout est devenu inquiétant, désormais. La moindre parcelle d'obscurité, le jour qui se lève sur l'inconnu, le plus insignifiant des bruits… Tel est le quotidien du gibier. Être une cible avant même d'être une personne. Se posant une question terrifiante entre toutes : comment me tuera-t-il ? Lentement ? Rapidement ?

Interminable agonie ou mort subite ?

Visiblement, il aime prendre son temps. Ce qui laisse présager le pire…

Cloé se dépêche de rentrer. Elle scrute le jardin, plonge une main dans son sac. Ses doigts se posent sur la crosse en métal. Rassurante.

Doucement, elle avance vers le perron. Malgré le froid humide, elle a l'impression de se consumer de l'intérieur. Elle s'instille une dose de courage. Même s'il est venu pendant son absence, il est déjà reparti. Envolé depuis longtemps.

Mais alors qu'elle pose son pied sur la première marche, elle le voit.

Pendant un quart de seconde, elle se demande s'il est vraiment là ou si elle a des visions.

Assis sur la rambarde en pierre, près de la porte, l'inconnu se lève. Il est immense, habillé en noir.

— Bonsoir, dit-il d'une voix caverneuse.

CHAPITRE 33

Cloé a l'impression de recevoir un coup de poing dans le ventre, elle suffoque.

Moment tant attendu, tant redouté.

Elle devine à peine son visage. Mais la faible lumière de la rue éclaire ses yeux. Terrifiants.

Règle numéro quatre : tirer à vue. Tirer pour tuer.

L'homme descend une marche, Cloé brandit le P38 devant elle.

Il se fige instantanément.

— Du calme !... Je m'appelle Alexandre Gomez, je suis officier de police. Lâchez immédiatement votre arme.

Tandis qu'il parle, il esquisse un simple mouvement du bras pour attraper quelque chose dans son blouson. Un flash aveuglant explose dans la tête de Cloé.

Tirer à vue. Tirer pour tuer.

Lui ou moi.

Elle appuie sur la détente. Mais rien ne se passe.

Gomez dévale les marches et, sans que Cloé ait le temps de comprendre comment, il s'empare du flingue.

— Vous êtes dingue ou quoi ? ! hurle-t-il. Je vous dis que je suis de la police !

Il glisse le P38 dans la ceinture de son jean, lui colle sa carte professionnelle sous le nez. Cloé entrevoit les trois bandes.

Trois couleurs.

Bleu, blanc, rouge.

Trois mots.

Arrestation, jugement, prison.

Elle vient d'essayer de descendre un flic, va sûrement s'évanouir.

— Je vous attendais, ajoute Alexandre en rangeant sa carte dans la poche intérieure de son blouson. Et comme y a pas de portail, je me suis permis d'entrer.

Cloé demeure muette, complètement pétrifiée.

J'ai failli tuer un policier. J'ai sorti une arme devant lui, je suis foutue.

— J'aimerais vous parler, continue le commandant. On pourrait aller à l'intérieur ?

Comme elle n'a aucune réaction, il la saisit par le bras, l'escorte jusqu'à la porte d'entrée.

— Ouvrez, s'il vous plaît.

Il lui arrache les clefs des mains et se résout à la pousser à l'intérieur. Quand la porte claque dans son dos, Cloé sursaute. La poigne se referme à nouveau sur son bras, Gomez la conduit jusqu'au salon, tâtonne pour trouver l'interrupteur et l'assoit de force sur le canapé. Elle ressemble à une poupée de cire, sans réaction.

Sous le choc.

Alexandre essaie quelques portes avant de trouver la bonne ; celle du bar. Il prend un verre, y verse un doigt d'Otard 1795.

— Buvez, je crois que vous avez besoin d'un remontant !

Elle obéit, une vague de chaleur la submerge.

Gomez pose le P38 sur la table basse, s'installe dans le fauteuil en face d'elle.

— Ça va mieux ? Vous n'allez pas faire un malaise, au moins ?

— J'ai failli vous tuer, murmure Cloé.

— Aucun risque ! répond le flic avec un sourire moqueur. Il faut armer avant de tirer. Heureusement pour moi que vous ne savez pas vous servir d'un calibre.

Son sourire s'efface aussi vite qu'il est apparu. Il se penche légèrement vers l'avant, comme pour lui enfoncer chaque mot profondément dans le crâne.

— Sinon, j'étais mort.

— Je sais qu'il faut armer. J'ai juste oublié, j'ai paniqué… Vous allez m'arrêter ?

Il hausse les épaules, détaille le décor qui l'entoure.

— Ça se pourrait bien, répond-il de manière désinvolte. J'ai de quoi vous envoyer en taule pour un bout de temps.

Cloé a de nouveau l'impression de défaillir. Rien qu'à l'idée de finir en prison.

— Je croyais que c'était… lui.

— Je m'en doute. Et c'est justement de *lui* que je suis venu vous parler.

Il la fixe à nouveau de ses yeux de dément. Qui ressemblent à des mâchoires puissantes prêtes à la déchiqueter.

— Désolé de vous avoir effrayée, mademoiselle. Ce n'était pas mon intention.

Avec des gestes rapides et précis, il décharge le P38, enfourne les munitions dans sa poche.

— Vous en avez d'autres ?… Des chargeurs, vous en avez d'autres ?

Cloé hésite une seconde.

— Non, prétend-elle. Cette arme est ancienne, il n'y avait qu'un seul chargeur.

Il insiste, ne la quitte pas des yeux.

— Je peux fouiller la maison, vous savez. Alors, il vaudrait mieux me dire la vérité.

Sa voix regorge de menaces, les flammes continuent de brûler Cloé de l'intérieur. Pourtant, elle persiste et signe. Au point où elle en est… Tentative de meurtre sur un flic.

— Je vous dis la vérité.

— OK, admet Alexandre en se calant au fond du fauteuil. Racontez-moi tout, depuis le début. J'ai lu les deux mains courantes, mais je veux les détails.

— Vous vous intéressez à mon affaire ? s'étonne-t-elle.

— Pourquoi croyez-vous que je suis ici ? rétorque Gomez avec un autre de ses sourires sardoniques. Pour prendre l'apéro ?

— Mais le flic… policier…

— Vous pouvez dire *flic*, ce n'est pas une insulte, s'amuse Alexandre.

— Le policier qui m'a reçue m'a dit qu'il ne pouvait pas ouvrir d'enquête.

— C'est à moi d'en décider. Alors racontez-moi, d'accord ?

Cloé hoche la tête, avale une gorgée de cognac supplémentaire pour se donner du courage. Ce type l'impressionne. Son regard est tellement dérangeant qu'elle ne parvient pas à le fixer. Alors, elle baisse les yeux. Les mots peinent à venir, son interlocuteur reste de marbre. Aucun signe d'impatience de sa part.

— Comment ça a commencé ? À quel moment ? demande-t-il pour l'encourager.

— Il m'a suivie dans la rue, un soir…

Elle repart en arrière pour un éprouvant flash-back. Ne s'arrête alors plus de parler. Elle lève la tête de temps en temps, la rebaisse aussitôt.

Des semaines d'angoisse, la peur au ventre. Elle n'omet aucun détail, pas même sa rupture avec Bertrand. Pas même sa tentative de suicide.

On dirait qu'elle soliloque face à un rempart. Pourtant, elle sent qu'il l'écoute. Même s'il ne prend aucune note, il enregistre chaque mot, chaque geste.

Enfin, sa longue confession se termine. Le silence qui suit dure plusieurs minutes. À en devenir gênant.

— Vous êtes folle ? interroge soudain Gomez.

Cloé redresse la tête.

— Pardon ?

— Je vous demande si vous êtes folle, répète calmement Alexandre.

Il voit le visage de la jeune femme se transformer pour devenir d'une incroyable dureté. Elle reprend des forces à une vitesse prodigieuse.

— Vous ne me croyez pas, c'est ça ? Vous pensez juste que je suis dingue ?

— Pas de digression. Contentez-vous de répondre à ma question, je vous prie.

Elle est sur le point d'exploser. De le sortir *manu militari* de chez elle.

— Non, je ne suis pas folle ! s'écrie-t-elle en bondissant du canapé.

Elle marche de long en large, sentant les yeux qui collent à sa peau. À son âme.

— Je ne suis pas cinglée, merde ! Ce type existe vraiment ! Et je commence à en avoir marre de perdre mon temps avec des flics qui ne sont pas capables de comprendre que je suis en danger !

Elle attend une réplique qui ne vient pas, Gomez demeurant impassible.

— Ce type veut ma peau, vous m'entendez ? martèle Cloé. Il veut me tuer, ou pire !

Toujours rien en face. Alors Cloé bascule définitivement dans la colère.

— Vous n'êtes qu'une bande d'incapables !... Sortez d'ici !

Il ne bouge pas d'un millimètre, continue simplement à détailler chacun de ses gestes.

La colère de Cloé retombe d'elle-même, elle se rassoit en face de lui.

— J'en sais rien, murmure-t-elle. Peut-être bien que je suis cinglée après tout...

Nouveau sourire de Gomez. Mais sans ironie, cette fois. Un sourire, un vrai.

— Je vous crois, dit-il. Je pense que ce type existe et qu'il vous veut du mal.

Elle le considère avec stupeur, cherchant à quel jeu il joue.

— Pourquoi m'avoir demandé si j'étais folle, alors ?

— Pour savoir si vous l'étiez. Mais le fait que vous envisagiez la possibilité d'avoir tout imaginé prouve que vous êtes saine d'esprit. Autant qu'on peut l'être, en tout cas.

En signe d'agacement, elle a un léger mouvement de tête que Gomez trouve terriblement sexy.

— Vous avez de drôles de méthodes !

— Bon, j'ai quelques questions à vous poser.

— Allons-y... Vous voulez un verre ?

— Volontiers, répond Alexandre.

Cloé se dirige vers le bar, il la suit des yeux encore et toujours. Comme s'il la sondait en profondeur. Elle ressemble étrangement à Sophie, tout en étant très différente d'elle.

— Qu'est-ce qui vous ferait plaisir ?

— Whisky. Sans glace.

— Je croyais que les flics ne buvaient jamais pendant le service.

— Et que les poules avaient des dents ?

Tandis qu'elle le sert, il allume une clope sans même demander la permission. Cloé pose devant lui un cendrier en cristal et le single malt.

— Merci, mademoiselle Beauchamp.

Elle se réinstalle en face de lui, tente de supporter son regard. Incroyable qu'il soit si difficile à soutenir.

— Qui possède les clefs de chez vous depuis que vous avez changé les serrures ?

— Fabienne, ma femme de ménage. Et Bertrand, mon ex.

— Vous offrez vos clefs comme cadeau d'anniversaire ou quoi ?

Piquée au vif, Cloé répond du tac au tac.

— Ma femme de ménage, ça me paraît logique.

— Admettons. Et votre ex ?

— C'était pour lui faire comprendre qu'il était ici chez lui.

— Vous ne les lui avez pas reprises lorsqu'il vous a larguée ? s'étonne Alexandre.

Larguée... Un mot blessant. Ce type n'a aucune délicatesse. Pourtant, Cloé a compris qu'il a de la finesse.

— Non, avoue-t-elle. Je pensais qu'on se remettrait ensemble.

— Hum… Curieux qu'il ne vous les ait pas rendues.

— Il n'a rien à voir là-dedans.

— Vraiment ? Comment pouvez-vous en être aussi sûre ?

Elle ne trouve pas de réponse acceptable pour un flic.

— Je le sais, c'est tout.

— Vous savez que dalle, Cloé. Mais vous êtes du genre à croire que vous savez tout.

Il ne va pas tarder à la faire sortir de ses gonds à nouveau. Elle se contient, tant bien que mal. Partagée entre l'envie de mordre et celle de se réfugier dans ses bras.

Ce type sera son sauveur, elle le sait.

— Je dois récupérer les clefs, c'est ça ?

— Trop tard. Il a eu le temps de faire un double. Ce qu'il faut, c'est changer les serrures une nouvelle fois et ne plus distribuer vos clefs à tort et à travers… Autrement dit, ne plus les donner à qui que ce soit.

— La femme de ménage, il faut bien…

— À personne, c'est compris ? Démerdez-vous autrement.

— D'accord, concède Cloé en envisageant exactement le contraire.

Comment faire comprendre à ce flic buté que Fabienne n'a pas le don de passer au travers des portes et qu'il est hors de question qu'elle officie le soir ou le week-end ?

— Je vais aller questionner les voisins, reprend Alexandre.

— C'est obligatoire ? l'interrompt la jeune femme.

— Il faut que je sache s'ils ont vu quelqu'un entrer chez vous pendant votre absence.

— Et vous allez relever les empreintes digitales ? Il a dû toucher des tas de trucs, ici.

— Ce type m'a l'air d'être tout sauf un idiot. Alors ça m'étonnerait qu'il ait laissé sa carte de visite.

— Mais...

— Les gants, c'est pas fait pour les chiens, tranche le commandant. Inutile de perdre notre temps.

Gomez allume une nouvelle cigarette. Cloé se retient d'aller ouvrir la fenêtre.

— Donnez-moi le reçu de carte bleue, celui des courses.

— Je ne l'ai plus. Je l'ai sorti de mon sac quand j'étais chez Bertrand, pour le lui montrer. Et je l'ai oublié là-bas.

— Demandez-lui de vous le rapporter, ça pourrait m'être utile... Et maintenant, parlez-moi un peu de votre ex. Votre ex-mari, je veux dire.

Il sent que la simple évocation de cet homme la met profondément mal à l'aise. Ce n'est pas pour lui déplaire. Il a envie de la bousculer pour la faire chuter de son piédestal.

— On est restés ensemble pendant sept ans, mariés pendant cinq ans. Il... Nous...

— Prenez votre temps, dit Gomez.

Elle inspire profondément.

— Au début, c'était merveilleux. Mais ça s'est dégradé. Il... il a dû affronter des problèmes au niveau du boulot et... il est devenu alcoolique.

Elle fait une pause, avale une nouvelle gorgée de cognac.

— J'ai du mal à en parler, avoue-t-elle.

— Je vais vous aider, propose Alexandre. Il s'est mis à picoler et a commencé à devenir brutal quand il avait trop bu. Des gestes incontrôlés, des paroles menaçantes... Jusqu'à la gifle. Vous avez pardonné, plusieurs fois... Peut-être même qu'il s'est excusé, qu'il vous a juré qu'il ne recommencerait jamais. Sauf qu'il a recommencé, plusieurs fois. De plus en plus violemment. Jusqu'à ce que vous finissiez à l'hôpital.

— Comment vous savez tout ça ? Vous avez retrouvé ma plainte ?

Il sourit à nouveau, content de son effet.

— Non. Mais je connais l'histoire par cœur. Un grand classique ! Combien de jours d'hosto ?

— Un mois. J'avais des fractures. Il a été condamné, a fait deux mois de prison.

— Vous l'avez revu ?... N'ayez pas honte de me le dire si c'est le cas. Est-ce que vous avez à nouveau couché avec lui après ça ?

— Non, jamais ! Mon avocat s'est occupé de tout pour le divorce. Je me suis arrangée pour ne plus voir son visage.

— Sinon, vous auriez replongé, c'est ça ? suppose Gomez.

Elle s'agite un peu sur le canapé, ses doigts malaxent un coussin.

— Je ne crois pas, non.

— Vous pensez que ça peut être lui, votre mystérieux agresseur ?

— Je l'ai cru, au début. Mais... Je n'en sais rien.

— Je vais me renseigner sur lui, voir où il crèche désormais... Dites-moi, Cloé, vous l'aimez toujours ?

Elle serre les mâchoires.

— Non.

— Vous mentez très mal. Et ce Bertrand, vous l'aimez ?

— Pourquoi ces questions ? Je ne vois pas le rapport avec...

— J'ai besoin de savoir certaines choses pour cerner la situation, vous cerner *vous*.

Il se tait un instant, s'amuse avec son paquet de Marlboro.

— Vous avez quelque chose à cacher, Cloé ?

Elle est de plus en plus mal à l'aise, essuie la paume de ses mains sur sa jupe. Puis elle plonge ses yeux dans les siens.

— J'ai tué ma sœur.

Gomez encaisse la nouvelle sans broncher.

— Elle avait 8 ans, j'en avais 11. Je devais la surveiller, je l'ai entraînée avec moi pour jouer à des jeux dangereux. Elle... Elle a fait une chute, s'est brisé la colonne et s'est ouvert le crâne. C'est un légume, maintenant.

Gomez réfléchit avant de poursuivre sur ce terrain glissant.

— Comment gérez-vous votre culpabilité ?

Cloé ne répond pas. À quoi bon ?

— Peut-être est-ce pour vous punir de ça que vous avez accepté de servir de punching-ball à votre ex-mari, non ?

— Vous êtes flic ou psychiatre ? Psychiatre du dimanche, précise Cloé d'un ton cinglant.

Il se contente de sourire. Quand elle est cynique, elle est plus charmante encore. Ça fait étinceler ses yeux ambrés.

— Ma femme est partie il y a quelques semaines, balance soudain Alexandre.

— Je suis désolée. Mais pourquoi me dites-vous cela ?

— Vous lui ressemblez. C'est pour ça que j'ai décidé de m'intéresser à votre affaire.

Cloé devient livide.

— Je me souviens de vous... Je vous ai croisé au commissariat, non ?

— Exact.

Il se lève, Cloé l'imite.

— Moi, j'ai tué un de mes lieutenants, il y a moins d'une semaine. Et je gère très mal ma culpabilité.

Un drôle de type, ce flic.

— À cause de mon inconscience, il est entre la vie et la mort. Ils lui ont coupé une jambe, il a pas mal de fractures et sans doute des lésions au cerveau... Il a 25 ans.

Cloé ne sait quoi lui dire. Elle le regarde se diriger vers la porte d'entrée sans réagir. Puis, soudain, elle s'élance à sa poursuite.

— Commissaire ! Ne me laissez pas seule. J'ai peur.

Gomez se retourne, lui sourit.

— Je suis seulement commandant. Fermez votre porte et calez le dossier d'une chaise sous la poignée. Ou allez à l'hôtel si vous préférez... Je suis un simple flic, rappelez-vous. Ni psy, ni garde du corps.

Il lui tend néanmoins une carte de visite.

— À la moindre alerte, n'hésitez pas. Mon portable est toujours allumé.

Elle prend la carte, la détaille longuement. Elle est étonnée d'y lire ses coordonnées complètes. Adresse, fixe et mobile.

— Merci, commandant Gomez.

— Je m'appelle Alexandre.

— Et... votre femme, vous êtes resté longtemps avec elle ?

— Dix-huit ans... Bonne nuit, Cloé.

Elle le regarde descendre les marches du perron puis tourne le verrou. Elle reste un moment adossée à la porte, un sourire triste s'éternisant sur ses lèvres.

Enfin, elle n'est plus seule.

Un nouveau joueur entre sur le terrain, s'immisce dans la partie.

Alors, tu crois être sauvée. Tu penses avoir trouvé un allié assez puissant pour me combattre...

Une fois de plus, tu te trompes, mon ange.

Rien ni personne ne se mettra entre nous.

Ça, je peux te le jurer.

Cette partie se joue à deux. Seulement toi et moi. Que le meilleur gagne.

Et le meilleur c'est moi.

Chapitre 34

Installé dans le salon, avec pour seule compagnie un café et une cigarette, Gomez étudie une nouvelle fois les plaintes que son vieil ami lui a remises en début de journée.

Laura Paoli, la mystérieuse plaignante, en a déposé quatre, ainsi que trois mains courantes. De quoi passer en effet pour une emmerdeuse ou une timbrée de première catégorie.

Les faits remontent maintenant à environ quatorze mois, date à laquelle Laura s'est rendue pour la première fois dans ce commissariat des Yvelines.

Les faits… Un homme qui la suit dans la rue, en voiture ou à pied. Un homme qu'elle est incapable de décrire avec précision. Qui s'arrange pour être aperçu. Seulement aperçu.

Vêtu de noir, plutôt grand.

Plutôt maigres, les indices.

Des objets qui se déplacent à l'intérieur de son appartement lorsqu'elle s'en absente, voire pendant qu'elle dort. D'autres qui disparaissent pour réapparaître miraculeusement quelques jours plus tard. L'électricité coupée, puis le téléphone.

Aucun doute, cette Laura Paoli a vécu ce que Cloé Beauchamp est en train de vivre.

Un remake du même calvaire.

Le tout étant de savoir comment l'histoire se termine. Ça, le dossier ne le dit pas. Car aucune enquête sérieuse n'a été diligentée. Toutes les plaintes ont été classées, archivées.

Mais Gomez n'est pas un adepte des happy ends. Penchant naturel pour le pessimisme.

Il referme la pochette et se cale au fond du fauteuil. Son café refroidit, sa clope se consume.

Il connaît déjà son programme du lendemain. Retrouver cette Laura Paoli, si elle ne s'est pas enfuie aux confins d'une contrée sauvage, et l'interroger. Chercher quel est le point commun entre elle, célibataire d'une trentaine d'années, qui vit seule avec ses chats, et Cloé Beauchamp.

D'âge sensiblement différent, les deux victimes n'exercent pas la même profession et n'ont pas le même statut social, puisque Laura bossait à l'époque des faits dans un supermarché. Caissière contre future directrice générale d'une grande agence de pub...

Alexandre aimerait avoir une photo de cette fameuse Laura, histoire de savoir si elle était aussi jolie que Cloé.

Cloé... Dont il ne parvient pas à chasser le visage de son esprit. Qui vient se superposer, tel un calque, sur celui de sa chère défunte.

Les larmes arrivent sans qu'il tente de les retenir.

Une urne pleine de cendres. Voilà ce qu'il reste de toi. Ce qu'il reste de nous.

Ces cendres, que j'ai l'impression d'avoir dans la bouche, dans la gorge. Qui recouvrent le monde entier d'une immonde pellicule grise. Qui me font perdre le goût des choses, le goût de vivre. Mais le pire, peut-être, c'est la douleur. Qui se patine jour après jour.

Parce que je m'habitue à ton absence. Parce que j'ai peur d'oublier qui tu étais. Et qui je suis vraiment.

Sans toi, je ne suis rien, vraiment.

*
* *

Cloé raccroche, attend un instant, puis compose à nouveau le numéro. Elle sait qu'il ne décrochera pas, son portable étant visiblement éteint. Peu importe ; elle ne se lasse pas d'entendre sa voix répéter le message enregistré sur le répondeur.

C'est tout ce qu'elle peut avoir de lui, désormais. Ces quelques mots qui ne lui sont pas destinés et qu'elle écoute en boucle. La chaleur et la gravité de ce timbre qui lui manque.

Voilà tout ce qui lui reste de Bertrand.

Trois fois qu'elle appelle, cette nuit. En numéro caché, bien sûr. Mais alors qu'elle attend, le cœur battant, ce fameux *Bonjour, vous êtes bien sur le portable de Bertrand*, elle est surprise d'entendre la sonnerie puis Bertrand qui décroche aussitôt.

Sa vraie voix, comme un électrochoc.

— Allô ?

Son cœur escalade et dévale des pentes abruptes, un frisson agite la surface de sa peau.

— Allô ? répète Bertrand.

— C'est moi.

— Cloé ?

Elle croit l'entendre soupirer, mais il ne raccroche pas. C'est déjà ça.

— J'avais besoin de te parler, ajoute-t-elle.

314

— T'as vu l'heure ?

Cloé se raidit sur le sofa.

— Je voudrais récupérer mes clefs, dit-elle sèchement. Et le ticket de carte bancaire que j'ai laissé chez toi la dernière fois.

— Et tu m'appelles à minuit pour ça ? !

— J'ai des journées très occupées.

Il ricane, elle sent ses muscles se contracter plus encore.

— Tu pourrais me les rapporter ? poursuit-elle en mettant un peu de sucre dans son intonation. Je peux venir chez toi, si tu préfères...

— Ni l'un ni l'autre. Je déposerai tout dans la boîte aux lettres. Demain, sans faute.

Bêtement, elle n'avait pas songé à cette option.

— C'est si dur que ça de me revoir ?

— Non. Mais je crois que ça vaut mieux.

— Moi, j'aimerais bien te revoir. Ça... ça me ferait vraiment plaisir.

Elle regrette instantanément de se laisser aller de la sorte. De descendre aussi bas, une nouvelle fois.

— OK, répond Bertrand. Je passerai chez toi. Dis-moi à quelle heure.

Elle manque de hurler de joie, un sourire illumine son visage.

— Vers 20 h 30, ça va ?

— Parfait. Bonne nuit, Cloé.

Il raccroche, elle laisse exploser son allégresse. Elle savait qu'elle finirait par lui manquer. C'était inévitable. C'était écrit.

On n'abandonne pas ainsi Cloé Beauchamp.

*
* *

315

L'impression qu'il gèle. Que les draps sont mouillés, glacés. Que son cœur va exploser.

Les mains se crispent, les ongles s'enfoncent dans la chair. Des spasmes agitent ses jambes. Ses muscles sont contractés, ses mâchoires serrées, son souffle court.

Cloé se résigne. Elle s'extirpe des couvertures, sent le froid mordre sa peau à pleines dents. Vite, elle enfile son peignoir avant de plonger ses pieds dans les chaussons.

Arrivée dans la cuisine, elle se précipite sur la porte du placard. Celui qui contient les fameuses gélules contre la tachycardie, le ralentisseur du rythme cardiaque. Ses mains tremblent tellement qu'elle peine à ouvrir le tube.

Elle avale le médicament avec un grand verre d'eau et reste appuyée sur la paillasse.

Ses yeux se tournent vers la pendule ; 3 h 30 du matin.

Longue nuit d'insomnie.

Elle a une furieuse envie d'alcool.

Tout ce qui pourrait l'aider à dormir. Même un coup de massue sur la tête serait le bienvenu.

S'assommer, d'une manière ou d'une autre.

Elle a tellement envie de fermer les yeux, tellement besoin de dormir. Sauf que son corps refuse catégoriquement de plonger dans les bras de Morphée.

Elle rêve de somnifères, ayant déjà oublié qu'ils ont failli la tuer. À défaut, elle opte pour les calmants prescrits par le neurologue. Moins efficaces, certes, mais elle n'a pas d'autre choix.

Elle en prend deux d'affilée. Hésite une seconde, en avale deux de plus.

Après tout, il a dit que ce n'était pas très fort.

Au lieu de retourner dans la chambre, elle s'aventure dans le salon et s'arrête devant le bar.

Non, Cloé. Rappelle-toi : *règle numéro un : ne plus jamais boire, toujours garder le contrôle.*

Elle s'éloigne, revient. Comme attirée par un aimant.

— Un seul verre !

Avec les calmants, ça l'aidera à dormir quelques heures, peut-être.

Elle a déjà la bouteille à la main. Ce satané whisky.

Pas besoin de verre, autant boire directement au goulot. Quelques gorgées, pas plus.

Une de plus. Deux, trois…

Une horreur.

Elle range la bouteille, ferme la porte du bar à clef, s'essuie les lèvres sur la manche du peignoir. Elle se déteste, se trouve pitoyable.

Évitant les miroirs, elle retourne dans la chambre et se glisse sous la couette.

Des tremblements la secouent de la tête aux pieds. Ça dure encore d'interminables minutes.

Puis le petit miracle se produit. Son corps se détend même si son cœur continue de battre la chamade. La voilà à nouveau dans sa barque, portée par une brise légère et délicieuse. Elle sourit au néant.

Bertrand viendra, demain. Il me prendra dans ses bras. Il ne pourra pas résister, c'est sûr. Aucun homme ne peut me résister.

On sera deux, à nouveau.

La barque tourne de plus en plus vite. La brise légère se change lentement en tempête tropicale. En ouragan, en cyclone.

Au lieu de s'endormir, Cloé a l'impression de se

réveiller, de s'éveiller. Ses sens sont en alerte, son cerveau tourne à la vitesse d'une centrifugeuse.

Puis le calme revient. Son esprit s'en va, doucement. Destination lointaine. Inconnue.

Un voyage elliptique, une boucle sans fin sur laquelle elle glisse. Puis dérape.

Ça dure des heures, elle ne s'en rend même plus compte.

Bertrand est là, remplacé aussitôt par ce flic au regard de fou. Par cet homme habillé de noir, et dont elle ne peut voir le visage. Elle hésite entre le rêve et la réalité, ne sachant plus si elle dort ou si elle est réveillée. Si ses yeux sont ouverts ou fermés.

Elle tourne, de plus en plus vite. Part, de plus en plus loin.

Si loin qu'elle n'entend pas la porte s'ouvrir.

Qu'elle n'entend pas non plus le bruit feutré des pas dans le couloir.

Si loin qu'elle ne voit pas l'Ombre surgir à l'entrée de la chambre.

— Bonsoir, mon ange...

Chapitre 35

Gomez n'a pas eu le courage de passer à l'hôpital.

À quoi bon, de toute façon ? Le Gamin entend-il ses longues prières, s'aperçoit-il de sa présence derrière cette vitre ?

Alexandre préfère plonger tête baissée dans son enquête. Cette histoire de fou.

Ça tombe bien ; il est en train de le devenir.

Sauver Cloé avant qu'il ne soit trop tard. Sauver quelqu'un, au moins.

Lui qui, ces derniers temps, sème tant de cadavres derrière lui.

Il sort de sa voiture, marche quelques mètres pour trouver le bon numéro. Maison très modeste dans quartier populaire de Sarcelles. Mitoyenne de celles des voisins, cernée par une forêt d'immeubles qui lui font méchamment de l'ombre. Une minuscule cour devant, avec trois pots de cyclamens qui font de leur mieux pour parodier un jardin.

Sur la boîte aux lettres, pas de Laura Paoli. Gomez appuie malgré tout sur la sonnette et patiente. Personne ne répond. Voilà une investigation qui démarre sur les chapeaux de roue !

Il se traîne jusqu'à la maison voisine, retente sa

chance. Une vieille dame apparaît sur le seuil, en robe de chambre bariolée. Un marché aux fleurs à elle toute seule.

— Qu'est-ce que c'est ?

— Police judiciaire, madame !

Il exhibe sa carte au travers des volutes du portail. La mamie s'approche, prudemment.

— Je suis officier de police, j'ai quelques questions à vous poser.

— La police ? Mais qu'est-ce qui se passe ?

— Rien de grave, ne vous inquiétez pas. Vous pouvez m'ouvrir, s'il vous plaît ?

— C'est ouvert… La serrure a cassé.

Gomez pousse le portillon, essaie de sourire à la propriétaire. Il sait qu'il est effrayant et, rien qu'à voir la tête de l'octogénaire, il comprend qu'elle est terrorisée. Il faut dire qu'elle est si petite et si voûtée qu'elle lui arrive quasiment à la taille.

Il a soudain l'impression d'être un géant hirsute. Sorte d'ours des cavernes mal léché.

— N'ayez pas peur, madame. C'est juste une enquête de voisinage… Si on rentrait ?

Elle hésite, Alexandre lui sourit à nouveau, frisant la luxation des zygomatiques. Manque cruel d'entraînement, courbatures garanties.

L'intérieur est sombre et pauvre, mais propre et délicatement parfumé.

— Je prenais mon petit déjeuner, vous voulez un café ?

— Volontiers, madame. Merci beaucoup.

Ajouter du miel dans sa voix, de la douceur dans ses gestes. La mettre en confiance.

— C'est joli chez vous, prétend-il.

Elle lui apporte son jus dans un grand bol, légèrement ébréché. Ils s'assoient autour de la table de salle à manger, recouverte d'une antique toile cirée à carreaux rouges et blancs. Des lustres que Gomez n'avait pas vu un truc pareil.

— Je suis à la recherche d'une femme que vous avez dû connaître : Laura Paoli.

— Laura ?

— Oui, votre voisine.

— *Ancienne* voisine, corrige la vieille dame. Elle n'habite plus ici depuis longtemps.

— Et vous savez où je peux la trouver ?

— Non, monsieur.

— Pourquoi est-elle partie ?

— Elle a perdu son travail et ne pouvait plus payer le loyer de la maison. Elle a trouvé un petit studio, dans le quartier de la gare. Elle m'a laissé ses chats, d'ailleurs.

— Où travaillait-elle, à l'époque ?

— Au supermarché Carrefour. Celui qui est dans le grand centre commercial, à l'entrée de la ville… Vous voyez ?

Gomez acquiesce d'un geste du menton.

— Quand a-t-elle quitté la maison ?

— Attendez voir… Y a bien six mois. Peut-être plus. Le temps file si vite…

Elle esquisse un geste de la main, censé représenter la course folle du temps.

— Et elle vous a donné des nouvelles depuis qu'elle a déménagé ?

La vieille dame se recoiffe maladroitement à l'aide de sa main gauche, gangrénée par l'arthrite.

— Aucune. Vous vous rendez compte ? Pas un coup de fil, rien. Elle n'a même pas pris de nouvelles de Mistoufle. C'est le plus âgé de ses deux chats. L'est mal en point, d'ailleurs. C'est pas bon de se faire vieux, vous savez… Je devrais peut-être aller m'habiller, réalise-t-elle brusquement.

Elle reboutonne sa robe de chambre, Gomez lui sourit tendrement.

— Vous êtes très bien comme ça, ne vous inquiétez pas. C'est moi qui débarque à l'aube, excusez-moi… Avant que Laura se fasse licencier, avez-vous remarqué quelque chose d'anormal ? A-t-elle changé de comportement ? Semblait-elle avoir peur ?

— Elle était devenue moins souriante, c'est vrai. J'ai pensé qu'elle avait des problèmes. On aurait dit qu'elle était triste. Je ne la voyais quasiment plus dans le jardin. Elle s'enfermait chez elle, même pendant ses jours de repos.

— Vous a-t-elle confié ce qui la rendait *triste* ?

— Non.

— Recevait-elle de la visite ?

— Elle avait un petit ami, au début. Mais ensuite, je ne l'ai plus vu. Peut-être qu'il l'a laissée et que c'est pour ça qu'elle n'avait plus le moral.

— Peut-être, en effet.

— Pourquoi vous recherchez mademoiselle Laura ?

— J'ai besoin de son témoignage dans une vieille affaire, dit Gomez en se levant. Vous m'avez bien aidé, en tout cas. Et merci pour le café, aussi. Il était délicieux.

Imbuvable, d'une prodigieuse amertume. Comment fait-elle pour survivre à ça chaque matin ?

Alexandre se dirige vers la porte, suivi par son hôtesse qui tente de ne pas se laisser distancer.

— Au revoir, madame.

— Au revoir, monsieur. Dites… Si vous la retrouvez, vous pourrez me donner de ses nouvelles ? Elle était gentille, Laura.

— J'essaierai, promet-il.

*
* *

Ce moment très particulier. Passage tortueux entre le rêve et la réalité. Où l'on quitte doucement le songe, où la conscience se bat pour reprendre le dessus. Une dernière fois, le corps de Lisa bascule dans le vide et vient s'écraser à ses pieds. Alors, Cloé se réveille.

Une barre au front, comme si un étau lui avait enserré le crâne des heures durant.

Elle s'assoit sur le rebord du lit ; paupières en plomb, jambes en coton.

Elle a rêvé de lui pendant la nuit. Les images s'enfuient, déjà. Floues, déjà. Bientôt, elles seront archivées dans les affres de son subconscient.

Mais elle se souvient parfaitement que l'Ombre était dans son cauchemar et lui parlait. Sauf qu'elle a déjà oublié les paroles. Mais demeure la sensation de l'avoir tout près, l'impression de sa présence.

Elle consulte son réveil, met une seconde à réaliser qu'il est déjà plus de 9 heures.

— Merde !

Cloé se précipite dans la salle de bains, passe de l'eau sur son visage engourdi.

Ça tape fort dans sa tête, comme si quelque chose voulait sortir. Ou entrer. Sans doute les effets nauséabonds du cocktail whisky-médicaments.

Grand-messe à 10 heures avec Pardieu et l'ensemble des cadres. Comité de direction mensuel.

Elle zappe le petit déjeuner, avale juste son médicament, fait un bref passage sous la douche avant de s'habiller en quatrième vitesse. Un coup de brosse dans les cheveux et la voilà qui dévale les marches du perron. Elle se maquillera dans la voiture.

9 h 30. Il lui reste une chance d'arriver à l'heure.

La Mercedes démarre en trombe, dérape légèrement dans le premier virage pour cause de chaussée humide et de vitesse excessive. Les feux rouges se succèdent, sans aucune pitié.

9 h 45. La berline s'engage sur l'autoroute.

Cent mètres plus loin, premier bouchon. Une procession de feux stop allumés, à perte de vue.

— Et merde ! enrage une nouvelle fois Cloé.

C'est dit : elle arrivera en retard. De quoi se faire remarquer une fois encore.

*
* *

Le centre commercial se réveille. Les boutiques n'ont pas encore levé le rideau. Seul le supermarché a ouvert ses portes aux clients matinaux.

Gomez s'arrête à l'accueil, sort sa carte en guise de bonjour.

— J'ai besoin de voir un responsable.

L'hôtesse lui roule des yeux de merlan frit.

— Un responsable de quoi ?

Il soupire. Le café de mémé lui massacre les entrailles mieux que le pire des tord-boyaux.

— Le directeur, si vous préférez. Et c'est urgent.

— Le directeur ? Mais… il n'est pas là. Pas encore.

— Eh bien, le DRH, alors.

— C'est à quel sujet ?

Reste calme, Alex. Cette pauvre fille n'y est pour rien.

Il sourit, la fixe droit dans les yeux. Elle devient aussitôt livide.

— Enquête de police, mon cœur. Alors faites-moi plaisir, dépêchez-vous de l'appeler.

Elle décroche le téléphone, s'excuse avant d'annoncer la mauvaise nouvelle.

La police est là, monsieur.

Le DRH descend aussitôt des bureaux, serre la main de Gomez. Une poigne molle comme une figue trop mûre. Assortie à un regard de faux jeton.

— Monsieur Pastor, directeur du personnel, annonce-t-il de façon pompeuse.

— Commandant Gomez, Police judiciaire. Directeur de rien.

Monsieur Pastor, directeur du personnel esquisse un léger mouvement de recul face à l'insolence de son interlocuteur.

— Que puis-je pour vous ?

— Vous avez un bureau ?

— Évidemment ! rétorque le DRH avec un sourire que Gomez trouve détestable.

C'est décidé : s'il doit passer ses nerfs sur quelqu'un aujourd'hui, ce sera sur ce type. Hautain, content de lui. Chemise impeccablement repassée, cravate affreuse et chaussures cirées.

La proie parfaite.

— Eh bien, montrez-moi le chemin, je vous suis.

— Vous avez un mandat ?

S'il était d'humeur, Alexandre éclaterait de rire.

Mais il n'est pas d'humeur. Et ses zygomatiques ne le supporteraient pas.

— Un mandat pour aller dans votre bureau ? Et pourquoi pas un cachet du roi ?

— C'est-à-dire que…

— *Que quoi ?* J'ai des questions à vous poser. Mais si vous préférez, je peux vous inviter à rejoindre ma brigade dans un joli fourgon blanc muni d'un gyrophare bleu. Chez nous, on appelle ça un panier à salade. Et les salades, ça vous connaît, pas vrai ? Enfin, c'est comme ça vous arrange.

L'hôtesse à l'accueil se retourne pour pouffer discrètement.

— D'accord, suivez-moi, capitule le DRH.

Quelques minutes plus tard, ils sont dans le fameux bureau qui ressemble plutôt à une cage à poules depuis laquelle on a une vue plongeante sur l'immense palais de la surconsommation.

— Vous désirez un café ? propose Pastor qui transpire de façon excessive.

— Non, merci. Quand je regarde votre cravate, j'ai envie de gerber.

— Vous êtes toujours aussi désagréable ? s'indigne le DRH.

— Des fois c'est pire, je vous assure.

— Je vois… En quoi puis-je vous être utile ?

— Depuis combien de temps travaillez-vous ici ? attaque le flic.

— Ça va faire neuf ans.

— Parfait. Laura Paoli, ça vous rappelle des souvenirs ? Le DRH se creuse la cervelle, qui tourne encore au ralenti vu l'heure.

— Licenciée il y a environ un an, ajoute Gomez. Bossait ici comme caissière.

— Peut-être… Je ne me souviens plus vraiment.

— Souvenez-vous, exige le commandant. Ou trouvez son dossier.

— Puis-je savoir pourquoi vous vous intéressez à elle ? Alexandre sent les derniers millilitres de patience déserter ses veines.

— Je vais vous expliquer le concept : les questions, c'est moi qui les pose. Et vous, vous répondez. C'est simple, non ? Même un enfant de 5 ans comprendrait. Alors, si vous ne vous souvenez pas de Laura Paoli, allez chercher son dossier. Et vite.

— Ne soyez pas si agressif, monsieur ! s'offusque le DRH.

— Là, je ne suis pas agressif. Pas encore. Mais si vous insistez, ça pourrait venir.

Il accroche son regard dans celui, fuyant, du chef du personnel. Quinquagénaire pervers aux joues flasques et au bronzage artificiel, qui doit s'en donner à cœur joie pour terroriser son armée de caissières.

Le DRH réalise qu'il doit se débarrasser de ce grossier personnage au plus vite et se hâte de fouiller les dossiers suspendus dans l'armoire. Il finit par trouver celui de Laura, classé dans une boîte à archives.

Il l'ouvre sur le bureau, le parcourt rapidement. Gomez comprend que l'opération est superflue. Ce sale hypocrite se souvient parfaitement de Laura Paoli mais aurait bien aimé lui faire croire le contraire.

— En effet, elle a quitté nos effectifs il y a onze mois.

— Par *quitté nos effectifs*, vous voulez dire que vous l'avez balancée… Je traduis bien ?

— En effet, nous avons dû nous en séparer.

On dirait qu'il parle de son chien, attaché à un arbre sur la route des vacances.

— Puis-je savoir pourquoi ? continue Gomez.

327

— Licenciement pour faute.

— Des détails, je vous prie.

Le DRH feint d'éplucher le dossier. Tout pour ne pas affronter ce regard de dément.

— Nombreux retards, nombreuses absences injustifiées, erreurs de caisse.

— Pourquoi ?... Pourquoi ces retards, ces absences, ces erreurs de caisse ?

— Mais je n'en sais rien !

— Vous l'avez bien reçue avant de la lourder, non ? Vous avez dû lui poser la question !

— Peut-être... Sans doute. Je crois me rappeler en effet qu'elle arguait de problèmes personnels. Mais on ne peut pas admettre ce genre de choses. Les problèmes personnels, tout le monde en a.

— *En effet !* s'amuse Gomez. Et avant cela, quel genre d'employée était-elle ?

— Normale, rien à redire, avoue Pastor.

— Il y a une photo dans le dossier ?

Le DRH opine de la tête.

— Montrez.

Alexandre découvre enfin le visage de Laura. Jolie brune avec un délicieux sourire. Il la dégrafe du dossier, la met dans sa poche.

— J'ai besoin d'en savoir plus, poursuit le commandant. Je dois interroger des collègues de travail qui la fréquentaient.

Le DRH devient aussi pâle que sa chemise.

— Je vais en avoir pour un moment, ajoute Gomez avec perfidie. Ça risque de prendre des heures. À moins que vous me disiez si elle avait des amis, ici. Des gens qui pourraient m'indiquer où la trouver aujourd'hui.

— Euh... En effet, je crois qu'elle était très liée

avec Amanda... Mademoiselle Jouannet, une autre de nos hôtesses de caisse.

— Elle est là ?

— Je consulte le planning.

Le DRH clique sur sa souris, ouvre un tableau.

— Amanda... Amanda... Elle vient justement de prendre son service.

— Parfait. Faites-la monter.

— Impossible. Elle est à son poste, il faudra revenir lorsque..

— Faites-la monter, répète Gomez. Tout de suite.

Pastor songe une seconde à se rebeller face à l'attitude du flic. Appeler la sécurité, le bouter hors de ces lieux. Mais il préfère finalement éviter le scandale.

Un coup de fil plus tard, la fameuse Amanda débarque dans le bureau. La mine inquiète, visiblement angoissée d'être appelée chez ce négrier.

Gomez lui sourit et se présente. Puis il se tourne vers le DRH.

— Laissez-nous. Et fermez la porte en sortant, vous serez gentil.

Pastor hésite à protester, encore. Gomez lui marche quasiment sur les pieds. Il avance, le forçant à reculer jusqu'au couloir. Puis il lui claque la porte au nez et invite la caissière à s'asseoir tandis que lui s'approprie le fauteuil de Pastor.

— Détendez-vous, mademoiselle... Il doit pas être drôle tous les jours, celui-là ! plaisante le flic à voix basse.

Amanda lui sourit timidement.

— C'est le moins qu'on puisse dire ! confie-t-elle. Un vrai nazillon !

— Bon, je recherche quelqu'un que vous connaissez et qui travaillait ici... Laura Paoli.

— Laura ?

— Vous êtes une de ses amies, non ?

— Ben oui, mais...

Amanda semble sidérée que ce type lui parle de Laura.

— Vous savez où je peux la trouver ? interroge Gomez.

La jeune femme hoche la tête.

— Eh bien, dites-le ! s'impatiente le commandant.

— Cimetière central, allée 14.

*
* *

Cloé descend du bus, se tord une cheville. Tout va de travers depuis ce matin.

Elle s'élance sur le passage clouté, au milieu d'une foule compacte. Elle est en retard, encore. Carole l'attend dans leur restaurant favori pour un déjeuner en tête à tête. Elles se sont déjà vues la veille, mais Carole a insisté. *Je voudrais te parler, ma chérie...*

Tout en marchant, Cloé se remémore son effroyable matinée.

Elle est arrivée en salle de réunion avec quarante-cinq minutes de retard, a bafouillé quelques excuses avant de s'asseoir à côté du Vieux, comme à son habitude.

Elle se souvient encore de chaque parole. Chaque mot prononcé par Pardieu.

Mademoiselle Beauchamp ! Comme c'est gentil de vous joindre à nous ! Vous avez bien dormi, j'espère ?

Devant tout le monde. Devant tous les cadres de la boîte.

Humiliation publique, le pire des châtiments. Comment a-t-il osé ?

Le sourire en coin de Matthieu Ferraud, le directeur de la création. Ce jeune con imbu de sa personne. Et Martins qui buvait du petit-lait… Un cauchemar.

Fortement déstabilisée, Cloé s'est embrouillée en présentant les dossiers à l'ordre du jour. Mélangeant les noms, les chiffres, les dates. Portant aux yeux de toute l'assemblée son manque évident de préparation et de concentration.

Offrant le pitoyable spectacle de son incompétence.

L'enseigne lumineuse du restaurant apparaît enfin et Cloé manque de se faire renverser par une voiture alors qu'elle traverse en dehors des clous.

Elle pousse la porte du restaurant, bondé et bruyant. Coup d'œil circulaire : Carole est assise dans le fond. Cloé la rejoint, elles s'embrassent.

— Ça va, ma chérie ? s'enquiert Carole.

— Oh non… J'ai eu une matinée de merde !

Cloé lui fait un rapide résumé de ce qu'elle a vécu le matin même, omettant seulement de préciser qu'elle s'est levée en pleine nuit pour boire du whisky.

— Mince, se désole Carole. Va falloir que tu sois irréprochable dans les semaines qui viennent, sinon le Vieux risque de revenir sur sa décision de te filer son poste…

Les deux amies passent commande auprès du serveur puis Carole commence l'interrogatoire.

— Et à part ce fiasco de ce matin, comment tu vas ?

Cloé hausse les épaules.

— Bertrand vient ce soir.

— Génial ! s'écrie Carole. Tu crois que… ?

— Je ne crois rien. Il doit passer me rendre les

clefs de chez moi. Mais j'espère qu'on pourra parler. Parce que j'ai toujours pas compris ce qui s'est passé. Et puis on ne sait jamais, peut-être qu'il changera d'avis... J'ai prévu de lui préparer un bon dîner, en tout cas. Je vais essayer de le faire craquer !

Les assiettes arrivent, mais Cloé n'a pas faim. Elle mange de moins en moins, de toute façon. Il lui arrive de passer des journées entières sans avaler quoi que ce soit.

— J'ai beaucoup réfléchi à ce que tu m'as dit la dernière fois, reprend Carole.

Cloé sent que son amie a du mal à trouver ses mots. Qu'elle s'apprête à aborder un épineux sujet. Ses muscles se contractent, dans un réflexe de défense. Invisible levée de boucliers.

— Est-ce que tu as toujours l'impression qu'un homme te poursuit ?

Carole a posé la question avec douceur. Malgré tout, Cloé a la sensation de recevoir un camouflet.

— *L'impression* ? rétorque-t-elle sèchement. Ce n'est pas une *impression*. C'est la réalité.

— Écoute, Clo... Je voudrais bien te croire, je t'assure. On est amies depuis vingt ans et tu sais que je tiens à toi, mais ce ne serait pas t'aider que d'aller dans ton sens.

Le visage de Cloé se ferme, Carole continue malgré tout sur sa lancée.

— Je pense que tu as un problème.

— Ça, c'est sûr ! ironise Cloé.

— Je ne plaisante pas. Je crois que tu souffres d'une forme de paranoïa.

— De mieux en mieux !... Pour ta gouverne, sache qu'hier soir un officier de police est venu chez moi.

Lui, il me croit, il me prend au sérieux. Et il va mener une enquête.

Carole est stupéfaite mais pas convaincue. Les paranoïaques en plein délire sont doués pour convaincre leur entourage, c'est bien connu. Alors, le charme aidant, Cloé a très bien pu leurrer un flic.

— J'en ai parlé avec Quentin, tu sais…

— Tu as raconté ça à ton mec ? balance Cloé. Mais de quel droit ?

— Ne le prends pas comme ça, je t'en prie, soupire Carole. Je me suis dit que, de par son métier, il pouvait m'aider à comprendre. Et il est d'accord avec moi.

— Vraiment ? Je suis heureuse d'apprendre qu'il me croit cinglée lui aussi !

Cloé repousse violemment son assiette et croise les bras.

— On veut juste t'aider ! rappelle Carole.

— Ce flic, lui, veut m'aider. Mais toi…

— Ne dis pas ça.

Carole sort de son sac un morceau de papier, le pose près de l'assiette de son amie. Cloé déplie le papier, déchiffre un nom et un numéro de téléphone.

— Ce sont les coordonnées d'un psy, précise Carole. Quentin le connaît, il dit que c'est le meilleur. Il faut que tu ailles le voir de sa part, Clo. Faut pas que tu restes comme ça…

Sur les lèvres de Cloé, un sourire qui oscille entre la colère, l'humiliation et la cruauté.

— C'est toi qui devrais y aller, assène-t-elle.

Carole reste bouche bée une seconde, avant d'ajouter :

— Tu as raison, tout le monde devrait aller chez un psy.

— Non, pas tout le monde. Mais toi, sans aucun

doute. Il serait peut-être capable de te dire pourquoi tu te fais sauter par un mec marié.

Carole reçoit la gifle à son tour.

— Tu ne devrais pas dire des choses pareilles, murmure-t-elle.

— Et toi, tu ne devrais pas me prendre pour une folle. Parce que je n'ai rien inventé du tout. Parce que ce type existe et qu'il veut me tuer. Je croyais que tu étais mon amie.

— Je le suis ! se défend Carole.

Elle est au bord des larmes. Mais Cloé ne se laisse pas attendrir.

— Les traîtres ne sont pas des amis, ajoute-t-elle.

Elle se lève, enfile sa veste. Puis elle froisse le morceau de papier avant de le jeter dans l'assiette de Carole.

Dehors une pluie fine l'attend. Avec un vent qui lui paraît glacial.

Le cœur de Cloé bat fort. Très fort. Trop fort, comme d'habitude. Elle marche, vite, sur le trottoir, ignorant la foule, la pluie, le froid.

Lorsqu'elle atteint le bout de la rue, elle pleure à chaudes larmes.

*
* *

Cimetière central, allée 14.
Devant la tombe de Laura Paoli, Gomez frissonne. Il pense à Cloé.
Ne me laissez pas seule, j'ai peur...
Vous avez raison d'avoir peur, Cloé.
Sur la sépulture, un bouquet de fleurs fanées. Ce qui

334

signifie que quelqu'un est venu ici quelques semaines plus tôt. Il va falloir trouver qui. Et vite.

Un proche ? L'assassin, peut-être ?

Gomez remonte le col de son blouson et repart vers la sortie. Il ne marche pas vite ; au milieu des tombes, il se sent un peu chez lui. Sentiment étrange.

Il entre dans le bureau du gardien, exhibe son laissez-passer magique et pose ses questions à un type qui a l'aspect du marbre.

Il sort de là quelques minutes plus tard avec un nom et une adresse. Le frère de Laura, apparemment. Gomez espère qu'il voudra bien répondre à ses questions par téléphone. À condition de trouver son numéro. Sinon, il lui faudra se rendre sur les lieux.

Trop loin pour y aller en voiture, il devra prendre le train. Ce qui ne l'enchante pas vraiment.

La dernière fois qu'il est monté dans un train, c'était avec Sophie.

Ils venaient d'apprendre qu'elle allait mourir.

*
* *

La partie commence à être longue, il faudrait en engager une nouvelle.

C'est ce qu'il s'est dit peu avant sa rupture avec Cloé.

Depuis, Bertrand se sent bien. Il se sent libre. Toujours libre, de jouer à sa guise.

Une autre fleur à butiner. Puis à faucher.

Il est reparti en chasse, en quête de sa nouvelle proie, de son nouveau jouet. Mais il n'est pas pressé. Parce que la partie avec Cloé n'est pas tout à fait terminée. Le meilleur reste à venir. Ça a déjà commencé d'ailleurs. Lorsqu'il a mis un point final à leur relation.

Le meilleur, c'est toujours pour la fin.

Il aime tellement les larmes. Les cris, la peine. Il adore faire mal, plus que tout au monde.

Chacun son trip.

Il n'y peut pas grand-chose. Pourquoi forcer sa vraie nature ?...

Blesser, à mort si possible. Sinon, c'est moins drôle. Ça peut même s'avérer dangereux. Toujours achever la proie, des fois qu'elle se rebiffe et attaque à son tour.

Avec Cloé, il s'est régalé et espère que ce n'est pas fini.

L'histoire se répète, le joueur s'améliore. Jour après jour, année après année.

Repérer la bonne, d'abord. Celle qui tombera amoureuse de lui.

Et puis devenir une drogue pour elle.

La rendre heureuse, lui faire miroiter un présent passionné, un avenir serein.

Agir en douceur. Toujours en douceur, c'est la seule façon de faire vraiment mal.

Masquer l'horreur derrière un rideau de tendresse, un sourire, une attention. Cacher la pourriture sous un épais tapis de pétales de roses jeté à ses pieds.

Avec Cloé, ça a fonctionné à merveille. Le réveil a été si brutal... Il s'en délecte encore !

Et elle espère, toujours. Le reconquérir. Elle se battra jusqu'au bout, se mettra à genoux.

Plus elles sont fortes, plus elles tombent bas. C'est mathématique.

Et c'est une jouissance sans pareille.

Cloé termine de mettre la table. Elle s'est forcée à rester au bureau jusqu'à 18 heures, histoire de partir après le Vieux. Malgré tout, elle sera dans les temps.

Jolie nappe, musique d'ambiance, alléchante odeur qui émane de la cuisine.

Robe légèrement sexy, mais pas trop, bijoux discrets, brushing impeccable.

Le guet-apens parfait.

Bertrand s'y laissera prendre volontiers, elle en est sûre.

Elle ne parvient pas à oublier le désastre de cette journée. Ce soir, elle tente de se persuader qu'elle va rattraper le coup. Séduire à nouveau Pardieu, lui prouver qu'elle peut être à la hauteur.

Ce commandant de police va neutraliser l'Ombre, ramener la lumière dans sa vie.

Bertrand va à nouveau tomber dans ses bras.

Elle sera alors aussi forte qu'avant. Tout rentrera dans l'ordre, bientôt. C'est certain.

Cloé met la touche finale à son piège de velours. Un peu de parfum, celui que Bertrand préfère.

Plusieurs fois, elle est tentée de se servir un verre de whisky. Histoire de se détendre, de faire baisser le niveau d'angoisse. Pourtant, elle résiste.

Par moments, elle songe à Carole. À cette rupture qui lui semble irrémédiable.

Aucun remords à avoir, après tout. On ne taxe pas sa meilleure amie de folie !

Mais alors qu'elle est incapable de regretter sa conduite, Cloé a mal. Une douleur non identifiée qui monte par vagues. Malaise diffus qu'elle met sur le compte de cette journée éprouvante mais qui va s'achever de la plus belle des façons, c'est certain.

Elle préfère reléguer le doute au plus profond d'elle-même. L'ignorer.

L'Ombre existe, je ne suis pas paranoïaque. Carole a eu tort, elle m'a perdue. C'est douloureux, mais inévitable. Et puis, elle a plus besoin de moi que l'inverse, songe-t-elle.

Pourtant, qui, du maître ou de l'esclave, est le plus dépendant… ?

Il est 20 h 40 quand le bruit de la sonnette retentit. Cloé se dépêche d'aller ouvrir et adresse un sourire tendre à Bertrand. Il est très élégant, sur son trente et un. Premier signe de la victoire annoncée.

Cloé l'invite à entrer, le débarrasse de son manteau. Il lui tend les clefs, elle feint de ne pas les voir et l'entraîne jusque dans le salon.

— Je te sers un verre ?

— Je ne vais pas rester longtemps, prévient-il au moment où il voit la table dressée.

Cloé ne se laisse pas démonter. Elle s'attendait à ce genre d'attitude. Impossible que ce soit si facile, il va forcément montrer une certaine résistance, se faire désirer. C'est le jeu.

— Tu as bien le temps de boire un verre, quand même ?

— Si tu veux, acquiesce-t-il.

Il s'installe dans un des fauteuils, elle lui sert son apéritif préféré. Un verre de saint-joseph blanc. Cloé a fait trois magasins avant de le trouver.

— Comment vas-tu ? demande-t-elle.

— Bien. Et toi ?

— Ça va, assure-t-elle.

Elle s'assoit en face de lui, croise ses jambes galbées dans des bas couleur chair.

— C'est la police qui m'a demandé de récupérer ces clefs, explique-t-elle. Un officier a pris l'enquête en mains. Ils sont en train de traquer l'homme qui me harcèle depuis des semaines.

Bertrand ne cache pas sa surprise.

— J'ai confiance, assure Cloé. Ce flic m'a l'air particulièrement efficace. Je pense qu'il va coincer ce malade et m'en débarrasser une bonne fois pour toutes.

— Il a une piste ?

— Il est sur l'enquête depuis hier seulement.

Cloé sent qu'elle doit étayer ses propos, quitte à mentir.

— Deux de ses hommes sont passés aujourd'hui pour un relevé d'empreintes… Et il m'a conseillé de changer à nouveau les serrures.

— Vraiment ? réplique Bertrand avec un sourire en coin. Alors pourquoi veux-tu récupérer mon jeu de clefs ? Si tu changes les verrous, je n'en vois pas l'utilité !

Cloé le fixe avec un regard audacieux.

— C'était un prétexte pour te revoir.

Il sourit, descend cul sec ce qui reste dans son verre.

— Tu n'as pas changé, dit-il seulement.

— Si. Je crois que si… Tu m'as rapporté le ticket de carte bleue ? La police en a besoin.

— Je ne l'ai pas retrouvé, avoue Bertrand. J'ai dû le jeter, sans doute.

— Mince… C'est dommage, mais tant pis.

Bertrand pose son verre vide sur la table basse, consulte sa montre.

— Je t'ai préparé ton plat préféré. Tu restes dîner ? poursuit Cloé.

Ce n'est pas une question, plutôt une affirmation.

— Désolé, je ne vais pas avoir le temps.

Cloé tente de ne pas se laisser déstabiliser. C'est le jeu, oui. Même si elle commence à entrevoir la défaite.

— Bien sûr que si ! Comme ça, on pourra discuter et je te montrerai à quel point j'ai changé.

Bertrand dépose le trousseau sur la table avant de se lever.

— Je ne reste pas. Je suis passé te rendre les clefs, c'est ce qu'on avait convenu, non ?

— Allons, je ne vois pas pourquoi tu as peur de dîner avec moi…

Le provoquer, peut-être ?

— Je n'ai pas peur. Mais je suis déjà en retard. Il y a une femme qui m'attend et que je meurs d'envie d'aller rejoindre. Et cette femme, ce n'est pas toi.

*

* *

Cloé se tient, immobile, devant la porte-fenêtre du salon.

Elle ressemble à une statue de pierre. Une sculpture de sable, plutôt. Prête à se désagréger au moindre souffle, à la moindre vague.

Il est avec une autre femme, déjà. M'a remplacée, déjà. Je ne suis plus rien pour lui. Rayée de sa mémoire, bannie de sa vie. Qu'est-ce qu'elle a de plus que moi ?

Il a dû la rencontrer alors qu'on était encore ensemble, pas possible autrement. C'est à cause d'elle qu'il m'a plaquée.

Trompée avant d'être abandonnée. La totale.

Cloé ferme les rideaux, ouvre le bar. Oubliées les

règles d'or de la proie. Deux ruptures le même jour justifient bien une entorse au règlement. Surtout qu'on est en fin de semaine, qu'elle ne risque pas d'arriver en retard le lendemain matin. Qu'elle pourra cuver toute la journée si elle veut.

Chialer toute la journée, si elle veut.

Cloé n'aime pas encore l'alcool. Alors, elle se force à avaler un savant dosage de Martini et de gin. Elle poursuit méthodiquement en vidant la bouteille de saint-joseph débouchée pour l'apéritif et ajoute à ce cocktail une de ses fameuses pilules pour le cœur ainsi que trois calmants.

Deux, pas plus, a prescrit le neurologue. Mais à circonstances exceptionnelles…

Elle regarde les photos de famille, s'arrête sur le visage de Lisa qui semble soudain la juger.

Les chandelles finissent de brûler pour rien sur la table. Alors, Cloé attrape la nappe blanche, tire dessus dans un épouvantable hurlement de rage suivi d'un assourdissant fracas. Le cristal et la porcelaine qui se brisent. Aussi facilement que son cœur.

Tout est si fragile.

Elle tombe sur le canapé, attend la délivrance. Sombrer, oublier. Le temps d'une nuit.

Explorer la profondeur des précipices à défaut de pouvoir conquérir les sommets.

Dans sa main droite, le P38, à nouveau chargé à bloc.

Dans sa poitrine, un concert de percussions. Et des sanglots qui l'étouffent.

*
* *

Bertrand s'allonge sur son canapé, allume la télé.

Il y est peut-être allé un peu fort. Légère erreur de calcul dans la partie d'échecs.

Il aurait dû lui laisser un espoir, même minime. Pour qu'elle rampe devant lui, encore et encore. Mais il garde confiance, se persuade qu'il reste un round à jouer. Qu'elle n'est pas tout à fait KO.

Il fixe le plafond, sourire aux lèvres.

Gamin, il aimait arracher les ailes des papillons. Aimait les regarder ensuite, collés au sol, se débattre et agoniser lentement.

Devenu un homme, il s'est mis à arracher celles des anges.

*
* *

Gomez ne sait pas très bien ce qu'il fait là. Ce qu'il vient chercher. Il se sentait perdu, a pris un chemin au hasard. À moins que le hasard n'ait rien à voir là-dedans…

Lorsqu'il l'aperçoit, il songe à rebrousser chemin. Mais il est déjà trop tard : Valentine s'avance vers la voiture. Alors Gomez en descend, se demandant ce qu'il va bien pouvoir lui dire.

— Bonsoir, Alexandre, dit-elle avec son sourire faussement timide.

Elle est déjà en tenue de flic, ça ne lui va pas si mal que ça.

— Bonsoir, Valentine. J'avais envie de vous voir, avoue-t-il d'emblée.

— On se tutoyait, non ?

— Exact, mais j'ai l'impression que la dernière fois qu'on s'est vus, c'était il y a un siècle !

342

— C'est pas faux ! rigole Valentine. Je pensais que tu allais me rappeler plus tôt.

Pas un soupçon de reproche dans sa voix.

— J'ai voulu, mais… Elle est morte. Sophie est morte.

Valentine détourne son regard un instant.

— Je ne savais pas. Je suis vraiment désolée.

— Merci.

— J'ai appris pour… pour le lieutenant de ton équipe.

— Lui est encore en vie, mais peut-être plus pour très longtemps… Tu vois, la mort rôde autour de moi.

— Ne dis pas ça, Alexandre.

La jeune femme consulte sa montre, un peu embarrassée.

— Tu aurais dû m'appeler. On se serait vus plus tôt, parce que là, je dois prendre mon service. Mais on pourrait se voir demain, si tu veux. Ça me ferait plaisir.

C'est peut-être cette phrase qu'il attendait. Ce qu'il est venu chercher. Savoir que quelqu'un a envie de sa présence.

— Demain, je ne pourrai pas. Je ne suis pas sur Paris. Mais je t'appellerai bientôt, promet-il.

Elle ne le croit pas une seule seconde, n'a pourtant toujours pas l'air de lui en vouloir. Elle a compris qu'elle devra attendre encore. Elle se hisse sur la pointe de ses rangers, dépose un baiser près de sa bouche.

Il ferme les yeux, l'attire contre lui. Tenir une femme dans ses bras lui fait du bien. Ça lui donne l'impression d'être encore en vie.

— Je t'appellerai, répète-t-il. Vas-y, maintenant.

Elle lui offre un dernier sourire puis se sauve en

343

direction du commissariat. Gomez la suit des yeux, jusqu'à ce qu'elle disparaisse dans les entrailles du bâtiment.

Son portable vibre dans la poche de son jean, il ne reconnaît pas le numéro mais décroche quand même avec un mauvais pressentiment.

Il entend juste une respiration. Une sorte de gémissement.

— Allô ?

— Il est là ! chuchote une voix d'outre-tombe.

Gomez fronce les sourcils.

— Cloé ? C'est vous ?

— Il est là… Venez, je vous en prie !

— Restez calme… Où êtes-vous ?

— Chez moi ! Il est là, venez vite !

— Il est dans la maison ? Vous le voyez ?

— Aidez-moi !

— J'arrive, dit Gomez en plaçant le gyrophare sur le toit de la 407. Je serai là dans quelques minutes. Tenez bon, Cloé !

La communication est brutalement interrompue alors que la voiture démarre dans un crissement de pneus et s'élance, sirène hurlante, à travers la ville endormie.

Chapitre 36

Alexandre stoppe le deux tons, retire le gyrophare. Pied au plancher, il s'engage enfin rue des Moulins. Il gare la voiture à quelques mètres de la maison, en descend aussitôt, son Sig-Sauer à la main.

Il traverse le jardin, grimpe rapidement les marches du perron. Discrètement, il teste la poignée de la porte d'entrée qui ne lui oppose aucune résistance. Dans le couloir obscur, il rase les murs. Une faible lueur provenant de la salle à manger lui permet de se diriger.

Progressant sans un bruit, il arrive au seuil de la grande pièce où une lampe d'appoint est allumée. Lorsqu'il voit la vaisselle cassée qui jonche le sol, sa tension monte d'un cran. Venant du 91, il a mis du temps à rejoindre le domicile de Cloé, malgré la sirène.

Peut-être qu'il arrive trop tard.

Avec une extrême prudence, il inspecte le reste de la maison. Personne dans la cuisine ni dans la chambre de Cloé. Idem pour la chambre d'amis.

Putain, mais où elle est ?

L'a-t-il kidnappée ? S'est-elle sauvée ?

Pas en voiture, en tout cas. Il a repéré la Mercedes dans la rue.

Revenant sur ses pas, il s'arrête devant la dernière porte. La salle de bains, fermée à clef.

— Cloé, vous êtes là ? chuchote-t-il.

En posant son oreille contre la porte, il perçoit des gémissements.

— Cloé ! C'est moi, Gomez. Ouvrez !

L'agresseur s'est peut-être enfermé là-dedans avec elle.

Alexandre file un coup d'épaule contre la porte, elle ne cède pas. Il entend alors un hurlement atroce de l'autre côté, s'acharne pour défoncer l'obstacle. Enfin, le verrou explose sous la pression et Gomez est projeté en avant, manquant de perdre l'équilibre.

— Cloé !

Elle est recroquevillée dans un angle, entre la baignoire et la vasque. Les mains collées aux oreilles, le front posé sur les genoux.

Il s'accroupit devant elle, saisit ses poignets, la force à relever la tête.

— Cloé ? Je suis là, tout va bien.

Elle est défigurée par les larmes et la terreur. Pupilles dilatées, lèvres tremblantes.

— Je suis là, répète-t-il doucement. Il n'y a personne d'autre, ici. J'ai inspecté toute la maison… Tout va bien, maintenant.

Il la serre contre lui, caresse ses cheveux. Elle respire fort, s'accroche à lui jusqu'à enfoncer ses ongles dans sa nuque.

— Calmez-vous, murmure-t-il. Dites-moi ce qui s'est passé…

Il l'aide à se relever mais elle s'effondre littéralement dans ses bras.

— Vous êtes blessée ? s'inquiète le commandant.

Elle sanglote, incapable de sortir le moindre mot.

Alors, il la porte jusque sur le canapé, s'assoit à côté d'elle et attend patiemment qu'elle recouvre un semblant de calme.

Son regard effaré se cogne aux murs, au plafond, tel un oiseau pris au piège d'une cage exiguë. Alexandre l'observe avec angoisse, songe à appeler un médecin.

Puis, soudain, il comprend.

— Mais… vous êtes complètement défoncée !

Sur la table basse, les bouteilles vides, les boîtes de médicaments. Aucun doute.

Le visage de Gomez se transforme.

— Cloé, vous m'entendez ?

Elle ne répond toujours pas, comme si elle était ailleurs. En enfer, visiblement.

Mauvais trip.

Alexandre laisse retomber la pression. Après la peur d'être arrivé trop tard, c'est la colère qui germe dans ses entrailles.

— Eh ! Vous m'entendez ?… Non, vous êtes trop loin pour m'entendre !

Il la prend par les épaules, la secoue un peu fort.

— Allez, Cloé, regardez-moi ! Écoutez-moi, merde !

Il la force à s'asseoir, sa tête bascule sur le côté.

— Qu'est-ce que vous avez pris, exactement ?

Il renonce, elle retombe en arrière sur les coussins. Il va dans la cuisine, vole une bouteille d'eau dans le frigo. La faire revenir, le plus vite possible.

Lorsque Cloé reçoit la douche froide sur le crâne, elle se crispe de la tête aux pieds, pousse des cris de démente. Elle se débat, Gomez reçoit même un coup de poing dans la mâchoire.

— Va-t'en ! hurle-t-elle. Va-t'en !

Le commandant abandonne la lutte, s'écroule dans le fauteuil d'en face et allume une clope.

Cloé se recroqueville sur elle-même, tremblante comme une feuille. Elle continue à gémir des mots qui ne veulent pas dire grand-chose.

— Manquait plus que ça, soupire Gomez.

*
* *

C'est un bruit qui le réveille.

Épuisé, Alexandre met quelques secondes à se souvenir qu'il n'est pas dans son fauteuil, près de Sophie. Parce qu'elle est morte. Et qu'il s'est endormi chez une autre femme.

Une cliente.

Il se lève, une douleur assassine lui barre le dos. Il pousse la porte entrouverte de la salle de bains, se désole du spectacle.

Cloé, à genoux face à la cuvette des toilettes. Prière ni catholique, ni orthodoxe.

— Ça va aller ? marmonne-t-il.

Lui qui n'a pas bu a pourtant l'impression de tenir la même gueule de bois. Elle se relève, tire la chasse et se rince la bouche. Le regard du flic l'insupporte.

— Je vais prendre une douche. Si vous voulez bien me laisser...

Alexandre migre vers la cuisine avec l'intention de préparer du café. Il bâille à s'en décrocher la mâchoire, s'asperge le visage et la nuque au robinet de l'évier.

Trois heures du matin. Sale nuit.

Il part à la recherche des tasses et du sucre. Il dispose le tout sur un plateau, ça lui rappelle quand il préparait le petit déjeuner à sa chère Sophie.

Quelques minutes plus tard, Cloé le rejoint dans le salon, vêtue d'un peignoir aussi blanc que son visage.

Ses longs cheveux mouillés tombent lourdement sur ses épaules.

Ses yeux, explosés, tombent lourdement sur lui.

— J'ai fait du café. Et je vous conseille d'en boire.

— Merci, répond-elle de sa voix cassée. Merci d'être resté.

— Vous abandonner dans cet état aurait été de la non-assistance à personne en danger ! Comment vous vous sentez ?

— J'ai mal au cœur...

— Sans blague ?

Il sert le café, ajoute un sucre dans le sien.

— Vous m'avez fait des cachotteries, mademoiselle... Vous avez *oublié* de me dire que vous êtes alcoolique.

Cloé fixe ses pieds nus. Une honte foudroyante fait grimper en flèche sa température corporelle. L'impression que son visage se gonfle à l'hydrogène.

— Je ne le suis pas ! se défend-elle. Je... je ne l'étais pas, avant.

— Avant quoi ?

Elle trempe ses lèvres dans le café, fait une grimace. Il est bouillant.

— Avant qu'il transforme ma vie en cauchemar.

— Et votre solution c'est vous saouler la gueule ? Comme c'est intelligent !

Il n'aura aucune pitié, Cloé le sait. Il a dormi trois heures à peine, dans un fauteuil inconfortable, et il faut bien qu'il passe ses nerfs sur quelqu'un. C'est de bonne guerre.

— Je sais que ce n'est pas la solution, rétorque sèchement Cloé. Merci de me le rappeler, c'est très délicat de votre part.

— La délicatesse n'est pas mon fort. Et à part l'alcool, vous avez pris quoi d'autre ?

— Rien du tout.

— Pas de ça avec moi ! ordonne le commandant. Quand je suis arrivé hier soir, vous n'aviez pas simplement bu. Ne me prenez pas pour un con, OK ? Vous aviez pris de la came.

— Mais non ! gémit Cloé.

Un mal de tête sournois est en train de prendre le pas sur la nausée. Chaque parole du flic s'enfonce tel un javelot incandescent dans son pauvre crâne.

— Cocaïne ? Crack ? Cristal ? Speed ball ?… Fumette ou injection ?

— Rien de tout cela, s'épuise Cloé. Je ne sais même pas de quoi vous me parlez.

— Impossible, s'entête Alexandre. L'alcool seul ne met pas dans ce genre d'état.

Elle ferme les yeux, renverse sa tête en arrière. Elle est si fatiguée… Et doit désormais subir un véritable interrogatoire.

— Je vous répète que j'ai seulement bu, murmure-t-elle. Je n'ai même pas dîné… J'ai pris mes médicaments, c'est tout.

— Quels médocs ?

— Des calmants que m'a prescrits le toubib.

Gomez laisse échapper un petit rire.

— Des *calmants* ? Alors là, je peux jurer sur la Bible que vous avez pris tout, sauf des calmants ! Vous feriez mieux de me dire la vérité, mademoiselle Beauchamp. Sinon, la prochaine fois que vous m'appelez, je ne me donnerai pas la peine de venir.

Cloé prend une longue inspiration et parvient à soutenir le regard du flic.

— J'ai avalé deux verres de Martini-gin et la bouteille

de croze-ermitage, dit-elle en articulant chaque syllabe. Ensuite, j'ai pris trois calmants et une gélule d'Ysorine.

— C'est quoi, ce machin ?

— Un truc pour le cœur.

— Vous êtes malade du cœur ?

— Tachycardie de Bouveret. Rien de grave, il paraît.

— Alors, que s'est-il passé, hier soir ?

— J'ai revu Bertrand. Je pensais que… J'ai cru qu'on avait encore une chance, mais…

Alexandre a un léger mouvement d'agacement. Il est flic, pas conseiller conjugal. Et sa cliente commence sérieusement à lui taper sur les nerfs.

— Mais il vous a fait comprendre que c'était définitivement fini, c'est ça ? Alors, pour oublier, vous avez descendu la moitié des bouteilles ici présentes et fumé je ne sais quelle merde…

Elle n'a pas encore la force de s'énerver, pourtant elle le jetterait volontiers dehors. Sauf qu'il est son seul recours. Et qu'elle ne l'oublie pas.

— Je viens de vous dire que je n'ai bu que du vin et…

— Arrêtez de vous foutre de ma gueule, mademoiselle Beauchamp ! Quand je vous ai trouvée, vous étiez hallucinée ! Impossible à calmer… Vous disiez n'importe quoi, vous m'avez même collé un pain !

— Ne hurlez pas, supplie Cloé. Vous pouvez fouiller la maison si vous voulez. Vous ne trouverez pas de drogue ici. Il n'y en a pas et il n'y en a jamais eu. Mais je peux difficilement vous le prouver, c'est sûr. Je pense que c'est l'alcool et les médicaments qui ne font pas bon ménage.

Gomez sourit un peu nerveusement.

— Admettons. Alors, pourquoi m'avoir appelé hier

351

soir ? Ce n'était pas pour vous consoler du départ de votre mec, j'espère ? Parce que je ne rends pas ce genre de services.

De plus en plus humiliée, Cloé ne se rebiffe pourtant pas. La peur de se retrouver seule est trop forte. Il pourrait l'insulter, ça n'y changerait rien.

— J'étais là, sur le canapé, presque endormie. Et brusquement, j'ai entendu qu'on ouvrait la porte d'entrée... Parce qu'elle était verrouillée, vous savez. Mais j'ai entendu une clef tourner dans la serrure. J'ai cru que j'allais faire une crise cardiaque ! Je me suis réfugiée dans la salle de bains et je l'ai entendu marcher dans le couloir. Par chance, j'avais le portable dans ma poche, alors je vous ai appelé. Il a tenté d'ouvrir la porte de la salle de bains, j'ai hurlé que je venais d'appeler la police. Il... il m'a dit qu'il reviendrait, que ce n'était que partie remise.

— Il vous a parlé ? s'étonne Gomez.

— Oui. *Je reviendrai, mon ange... Ce n'est que partie remise.*

— *Mon ange* ?... Vous avez reconnu sa voix ?

Cloé fait non d'un signe de la tête.

— Elle était bizarre, comme étouffée. Ensuite, je n'ai plus rien entendu, jusqu'à ce que vous arriviez. Voilà.

— Passionnant ! ricane Alexandre en terminant son café.

— Je ne vois pas ce qu'il y a de drôle ! balance Cloé d'un air mauvais.

— Non, rien de drôle, bien sûr... Après, vous avez vu une bande d'horribles petits lutins verts qui sortaient des chiottes, non ?

Cloé ne répond pas, se contente de le fusiller du regard.

— Faut pas jouer avec moi, mademoiselle Beauchamp, prévient Alexandre.

— Il est venu, je vous dis. Et parti avant que vous arriviez.

— Maintenant que je sais que vous êtes une junkie alcoolique, j'ai tendance à ne plus vous croire… Curieux, non ?

— Dans ce cas, partez. Sortez de chez moi.

Il s'enfonce dans le fauteuil, la fixe de ses yeux inquisiteurs.

— Vous n'avez qu'une peur : que je vous obéisse. Je me trompe ?

Elle fixe le mur, croise les bras.

— Au point où j'en suis, ça m'est égal. Il n'a qu'à venir m'égorger.

— Vous égorger ? À mon avis, c'est autre chose qu'il a envie de faire avec vous, s'amuse Alexandre.

Cloé sent l'effroi glacer sa peau encore humide.

— Vous avez fait changer les verrous ?

Elle essaie de recouvrer son calme avant de répondre.

— Le serrurier vient lundi en fin d'après-midi.

— Parfait.

— Je croyais que c'était juste un horrible petit lutin vert !

Gomez se ressert un café, y ajoute cette fois deux sucres.

— On ne se méfie pas assez des lutins, je vous assure. Surtout quand ils sont verts. De vraies teignes.

— Si vous ne me prenez pas au sérieux, je ne vois pas ce que vous faites là, soupire Cloé.

— J'ai passé ma journée à enquêter, révèle-t-il. Si je ne vous prenais pas au sérieux, croyez-vous que je perdrais ainsi mon temps ?

Elle hausse les épaules, à court de répliques.

— La seule chose que j'essaie de vous faire entrer dans le crâne, c'est que boire vous rend plus vulnérable. Et qu'il faut arrêter. Ça, et la came.

— Je ne prends pas de came, merde ! hurle Cloé. Vous me faites chier à la fin.

Il est surpris de l'entendre ainsi hausser le ton.

— Restez polie. Je vous rappelle que vous parlez à un officier de police. OK, vous êtes clean, pas de drogue, je veux bien vous croire. Mais des médicaments qui, mélangés à l'alcool, vous mettent dans le même état qu'un fixe de coke. Alors, plus d'alcool, d'accord ?

— D'accord... Je peux savoir ce qu'a donné votre journée d'enquête ?

— J'ai interrogé vos voisins mais aucun d'entre eux n'a vu un homme rôder dans les parages.

— Qu'avez-vous trouvé comme prétexte ?

— Je leur ai dit qu'il y avait eu une tentative d'effraction chez vous... Ensuite, je suis allé rendre visite à votre femme de ménage. Elle m'a montré où elle range les trousseaux de clefs de ses employeurs. Un placard fermé, rien à redire. Et son mari mesure 1,74 mètre.

— Vous lui avez demandé la taille de son mari ? s'étonne Cloé.

— Vous m'avez bien dit que ce type est grand, non ? Le mari de Fabienne est l'un des seuls à avoir accès aux clefs. Alors j'ai voulu savoir. Mais je suppose que par *grand* vous entendez plus de 1,80 mètre, non ?

— Oui.

— Bien... D'autre part, je me suis renseigné sur votre ex-mari. Et on peut l'éliminer de la liste des suspects. Parce qu'il est à nouveau à l'ombre. Devinez pour quel motif ?

— Violences conjugales, tente Cloé.

— Raté !… Il a tabassé un mec dans la rue. Bon, je vais aller me pieuter, maintenant.

— Vous pouvez aller dans ma chambre, propose Cloé.

Il la regarde, ébahi.

— Pardon ?

— Si vous avez sommeil, vous pouvez prendre ma chambre. Moi, je vais rester là.

— Mademoiselle Beauchamp, je ne vais pas m'installer chez vous. Je vous le répète, je suis flic, pas garde du corps. Je ne suis pas affecté à votre protection rapprochée…

— Il pourrait revenir.

— Non, c'est peu probable et je ne peux pas passer ma vie ici. Alors, vous allez sagement vous coucher et vous gardez votre portable avec vous, OK ?

Elle lui adresse un regard suppliant, il songe soudain à la locataire perpétuelle du cimetière central, allée 14.

— J'ai un train à prendre demain matin et…

Il lève les yeux au ciel.

— OK, c'est bon, je vais rester.

— Merci, commandant. La chambre est…

— Je sais où est votre chambre. J'ai visité toute la maison hier soir, en cherchant l'homme invisible. Mais je crois que vous avez plus besoin d'un lit que moi. Vous avez vraiment une sale gueule !

— Merci, c'est *gentil*.

— Je vous en prie. Moi je vais prendre le canapé, comme le bon chien de garde que je suis.

*
* *

355

Quand il a les yeux fermés, c'est plus facile de le regarder.

Alors Cloé l'observe, à sa guise. Sans son sourire cynique et son regard de malade mental, il a un visage agréable, resté jeune malgré les marques de fatigue. Des bras puissants terminés par de belles mains que Cloé a soudain envie de prendre dans les siennes.

Il s'est endormi sur le divan, dans une drôle de position.

Pour ne pas l'indisposer – ou ne pas montrer à quel point elle est terrorisée – elle lui a laissé le temps de s'assoupir avant de le rejoindre ici. Car elle, bien sûr, n'a pu trouver le sommeil.

Elle a l'impression d'avoir avalé des litres et des litres de café sucré aux amphétamines. Des semaines qu'elle ne sait plus ce que dormir veut dire. Sauf quand elle avale une dose massive de calmants. Pourtant, Alexandre est là. Enfin en sécurité, elle pourrait fermer les yeux, s'octroyer un repos bien mérité. Mais elle n'y parvient pas.

N'y parvient plus.

Combien de temps peut-on vivre sans dormir ? Quand on a le cœur qui bat déjà beaucoup trop vite ?

Elle a profité que Gomez soit inconscient pour planquer le P38 qui avait glissé derrière le canapé. Qu'il ne s'aperçoive pas qu'elle l'a rechargé et le lui confisque. Car elle n'imagine pas une seule seconde qu'il la place en garde à vue. Maintenant qu'ils se connaissent…

Sur la pointe des pieds, elle se rend dans la cuisine et avale un demi-litre d'eau. Cette soif, tenace, qui ne la quitte pas.

En jetant un œil par la fenêtre, Cloé découvre que l'aube ne tardera plus. Puis elle revient près du flic endormi qui n'a pas bougé d'un millimètre. Ses yeux se posent à nouveau sur lui, le détaillant à l'infini. Pourtant, c'est à Bertrand qu'elle pense. En continu.

Ce salaud, cet infâme salaud.

Elle ferait tout pour qu'il lui revienne. Oui, elle est droguée. Oui, elle est en manque.

— Pourquoi vous n'êtes pas dans votre chambre ?

Elle a un léger sursaut. Les yeux de fou se sont ouverts dans la pénombre.

— J'arrive pas à dormir, chuchote Cloé.

— Pour dormir, vaut mieux aller dans un plumard.

— J'ai essayé.

— Essayez encore, grogne le flic en lui tournant le dos.

— Je vous dérange ?

— Ça me fait bizarre de sentir que vous me fixez comme ça... Je vous plais ou quoi ?

— Je suis insomniaque depuis que j'ai ces problèmes. Et je n'arrête pas de penser à Bertrand.

Il se tourne à nouveau face à elle, pousse un long soupir.

— Oubliez-le.

— J'y arrive pas.

— Vous êtes accro, on dirait... Vous êtes restés longtemps ensemble ?

— Six mois.

Il songe aux dix-huit années partagées avec Sophie. Tellement courtes, tellement fortes.

— C'est pas grand-chose dans une vie, dit-il.

— Peu importe. Ce n'est pas ça qui compte.

— Peut-être... Qu'est-ce qu'il vous a dit, hier soir ?

— Qu'il avait rendez-vous avec une autre femme.

— Un vrai gentleman ! Et vous avez envie de lui arracher les yeux, non ?

— À qui ? À elle ou à lui ?

— Les deux, mon capitaine !… La meilleure façon de vous venger, c'est de vous trouver un autre mec.

— Je n'ai pas envie de me venger. J'ai envie qu'il revienne.

Alexandre s'assoit, ayant perdu tout espoir de se rendormir. Il passe une main dans ses cheveux, retient un bâillement.

— J'y crois pas ! dit-il en secouant la tête. Je suis là, à 6 heures du mat', à écouter une inconnue qui a la gueule de bois, me raconter ses déboires sentimentaux ! Je dois faire un cauchemar, pas possible autrement !

— Vous voulez un bon petit déjeuner ? sourit Cloé.

— Je crois que je l'ai mérité, en effet.

— À quelle heure est votre train ?

— 9 h 32. Gare de Lyon.

— Vous partez en week-end dans le Sud ?

— Je pars une journée dans la région de Lyon. Pour enquêter sur votre mystérieux lutin vert.

— Vous avez une piste ?

— Aucune. J'ai choisi d'aller à Lyon complètement par hasard. C'est sympa comme endroit, non ?

Elle lève les yeux au ciel.

— Pourquoi vous ne me dites pas ?

— Quand je l'aurai chopé, je vous le dirai, promet Alexandre. Alors, ce petit déjeuner ?

— C'est comme si c'était fait, dit Cloé en se levant.

Dès qu'elle a quitté la pièce, Alexandre se rallonge sur le sofa et ferme les yeux. Elle ressemble vraiment à Sophie. C'est frappant, presque effrayant. Chaque fois qu'il la regarde, il a un saignement au niveau du cœur.

Pourtant, s'il le pouvait, il passerait le temps qu'il lui reste à vivre à la regarder.

Chapitre 37

Le trajet lui semble interminable. Wagon bondé, surchauffé.

Certains voyageurs sont absorbés par le film qu'ils visionnent sur leur lecteur portatif ; d'autres arrivent à dormir profondément, les petits veinards… Pourtant, quatre ou cinq gamins braillent à n'en plus finir dans le fond du compartiment, excités par le voyage ou la fatigue.

Et puis il y a cet homme, juste devant lui. Qui ne cesse de téléphoner, quasiment depuis qu'ils ont quitté Paris. Qui raconte sa vie, inintéressante au possible, à qui veut bien l'entendre et s'esclaffe à intervalles réguliers. Il y en a qui ont la chance d'avoir envie de rire…

Enfin, il raccroche et Alexandre ne peut contenir un soupir de soulagement. Il ferme les yeux, tentant d'oublier où il se trouve. Il pense à Cloé, n'arrête pas de penser à elle. Ça tourne en boucle dans sa tête, surchauffée elle aussi.

Laval sur son lit de mort, Sophie dans une urne, Laura dans sa tombe. Et Cloé en sursis.

Alexandre n'a pas besoin de lecteur portatif pour se faire un film. Un film d'horreur.

Ce malade va la tuer, il en est sûr. Sauf s'il parvient à le cravater avant.

Bien sûr, il pourrait planquer devant chez elle à longueur de temps ; mais le tueur semble être sacrément malin et ne se laissera sans doute pas piéger aussi facilement. Il faudrait des sous-marins et plusieurs équipes, mais Gomez n'aura aucun renfort puisqu'il mène cette enquête en toute illégalité. Puisqu'il est censé être en congé forcé, en train de *faire son deuil*, comme dirait le divisionnaire.

Alors, il va falloir trouver une piste. Et la seule piste, c'est Laura. Remonter le cours de sa vie, durant les mois qui ont précédé sa mort, pour découvrir ce qui l'a tuée alors qu'elle n'avait pas 30 ans. Trouver celui – ou celle – qui a orchestré sa mort avec, sans doute, un talent criminel hors du commun.

Un instant, il se dit qu'il aurait dû donner les informations à son chef, passer le relais. Mais les éléments étaient si minces que personne n'aurait bougé le petit doigt.

Peut-être aussi que Gomez avait envie de cette affaire pour se rapprocher de cette fille et s'éloigner de sa vie. Mais ça, il ne se l'avoue pas.

Il commence à somnoler, un sourire de satisfaction détend son visage. C'est à ce moment-là que la sonnerie du portable maudit agresse une nouvelle fois ses tympans. Le type décroche et recommence, pour la énième fois, à raconter ses inanités qui ne font rire que lui.

Gomez sent monter en lui quelque chose de familier. Accès de violence incontrôlable.

Il tapote l'épaule de son voisin qui tourne vers lui sa tronche de premier de la classe, option trader.

— Ce serait sympa d'aller téléphoner dans le sas. Là-bas, vous voyez ?

L'individu lui répond d'un étrange sourire, mi-altier, mi-surpris. Puis il continue tranquillement sa conversation. *Ouais, excuse-moi... Non, rien, juste un grincheux...*

Alexandre bondit de son siège, saisit l'importun par sa cravate et le soulève. Le voyageur lâche son précieux téléphone, écarquille les yeux. Sans un mot, le flic ramasse l'iPhone et traîne de force son propriétaire jusqu'à la sortie de la voiture.

— Ça va pas, non ? hurle enfin le voyageur. Vous êtes malade ! Je vais appeler les flics, vous allez voir ! Ils vont vous conduire à l'asile, espèce de demeuré !

Alexandre le plaque contre la porte des toilettes, colle son visage au sien.

— Pas la peine : la police c'est moi. Et si tu remets un pied dans ce compartiment avec ton putain de portable, je te jure que je te le fais bouffer. Compris ?

L'infortuné hoche la tête plusieurs fois. Gomez desserre son étreinte, lui file une tape faussement amicale qui lui déboîte l'épaule et retourne s'asseoir à sa place, sous le regard ébahi des voyageurs. Même les gosses se sont tus, craignant peut-être de subir le même sort.

T'as vu, maman, le monsieur a un pistolet...

Une femme, dans l'autre rangée, lui adresse un petit sourire reconnaissant avant de replonger dans la lecture de son roman.

Alexandre replonge quant à lui dans sa contemplation du paysage, laissant ses nerfs se calmer lentement. Plus qu'une demi-heure et il sera à Lyon Part-Dieu.

Il a soudain envie d'appeler Cloé, pour savoir comment elle va. Sauf qu'il n'ose pas sortir son portable...

Au volant de sa voiture, Cloé roule sans but précis. Incapable de rester chez elle, elle s'est enfuie, peu après le départ d'Alexandre. Elle se trouve désormais quelque part dans l'Essonne, dans un endroit où elle n'a jamais mis les pieds. Mais au moins, elle est sûre d'avoir semé l'Ombre.

Le soleil est éclatant, aujourd'hui. Elle a si froid, pourtant. Un blizzard intérieur, qui durcit son âme et contracte ses muscles. Ses doigts tremblent, un tic nerveux agite sa paupière gauche.

Elle jette une nouvelle fois un œil dans le rétroviseur, ne relève rien de suspect. Il y a des voitures, bien sûr, mais aucune qui la suive depuis qu'elle a quitté le 94.

Voyant une petite route goudronnée s'enfoncer dans la forêt, comme une invite silencieuse, elle donne un coup de volant à droite et s'y engage. Envie de se détendre les jambes, de se réchauffer au soleil.

Elle abandonne la Mercedes dans un parking où sont déjà stationnés plusieurs véhicules et décide de marcher un peu sur un large chemin de terre. Elle croise un jeune couple avec leurs deux enfants, dont l'un apprend à tenir sur un vélo ; elle sourit de voir des gens normaux mener une vie normale.

Des gens qui ne se retournent pas sans cesse pour vérifier que personne ne les suit.

Qui ne craindront pas de voir le soleil se coucher, ce soir. Qui n'auront pas peur de la nuit qui tombe et des pas qui résonnent dans leur propre maison.

Mais a-t-elle vraiment entendu quelque chose, hier

soir ? Elle n'en est plus vraiment sûre. Dans un sursaut d'honnêteté, elle réalise qu'elle était dans un tel état second qu'elle a très bien pu imaginer cette visite nocturne.

Ça avait l'air vrai, pourtant.

C'est tellement improbable, pourtant. Qu'il ose, ainsi, rentrer chez elle alors qu'elle s'y trouve. Alors qu'il ignore si elle est seule ou en compagnie d'un homme.

Le spectre de la folie se dresse à nouveau face à elle, menaçant et ricanant.

Cloé sait que l'Ombre existe bel et bien. Mais elle sait aussi qu'elle marche sur un fil ténu, funambule sans filet. Et qu'au moindre mouvement brusque elle pourrait basculer dans le vide. Là où la raison et l'ordre n'existent plus.

Là où l'Ombre règne en maître.

*
* *

N'étant pas attendu, Gomez espère qu'il n'a pas enduré deux heures de train pour rien.

Le chauffeur du taxi lui annonce qu'ils seront bientôt arrivés. En voyant les chiffres rouges défiler sur le compteur, il se dit qu'il est vraiment stupide de mener cette enquête en solo et en sourdine. Cent euros de TGV et maintenant quarante euros de taxi qui ne lui seront jamais remboursés. Sans compter le retour…

Mais il sent qu'il a un rôle à jouer. Que cette fille n'a pas croisé son chemin par hasard sur les bords de Marne, puis au commissariat.

Il sent qu'il est le seul à pouvoir lui éviter de mourir. Alors, l'argent n'a vraiment aucune importance. D'autant que depuis que Sophie est partie, il ne sait pas vraiment quoi en faire. Certes, une fois le loyer et les factures payés, il ne lui reste pas grand-chose. Mais ce pas-grand-chose lui semble totalement inutile. Offrir quoi, à qui ?

S'offrir quoi, lui qui n'a plus goût à rien ? Lui qui, finalement, ne rêve que de rejoindre sa chère disparue, même si c'est dans l'oubli. Reste juste à trouver le bon chemin.

Alexandre pense soudain à Valentine. Cette fille lui traverse l'esprit comme une idée saugrenue, sans prévenir. De temps en temps. Il ne saurait même pas dire s'il a envie de coucher avec elle. Valentine l'attire, c'est évident et c'est réciproque. Pourtant, il ne sera bon qu'à la faire souffrir et se demande s'il est prêt à commettre ce crime.

Et puis, il y a si longtemps qu'il n'a pas fait l'amour à une femme...

— Voilà, m'sieur, c'est ici.

— Vous pouvez m'attendre ? Si je vois que ça doit durer, je sortirai vous régler et j'appellerai un autre taxi pour retourner à la gare.

Alexandre se plante devant le portail, décoré de pointes en acier doré. Maison bourgeoise, posée dans un jardin paysagé. Sur la boîte aux lettres, le nom qu'il cherchait : Romain Paoli. Il sonne, continuant à croiser les doigts, et c'est une voix féminine qui lui répond.

— Police judiciaire. Je souhaite parler à Romain Paoli.

Il patiente, le portail électrique s'ouvre lentement. Derrière, une femme âgée d'une petite quarantaine d'années, vêtue comme pour aller à la messe du dimanche. Pantalon noir, chemisier couleur crème.

— Bonjour, madame, j'ai quelques questions à poser à votre mari.

— Il n'est pas là. Il faudrait repasser en fin d'après-midi. Que se passe-t-il ?

— C'est que je viens de Paris pour le rencontrer et je dois reprendre un train ce soir... Dites-moi où je peux le trouver, s'il vous plaît. C'est au sujet de sa sœur.

— Viviane ?

— Non, Laura.

— Laura ? Mais... elle est décédée.

— Je sais. Alors, où puis-je le trouver ?

— Je ne sais pas exactement. Il est parti faire du VTT avec un ami.

Alexandre prend sa tête des mauvais jours. Pas besoin de beaucoup se forcer.

— Et si vous l'appeliez ? Il a un portable, je suppose ?

— Oui, bien sûr, je peux essayer.

Elle l'invite enfin à entrer et l'abandonne dans un vaste salon impeccablement rangé. Pas un grain de poussière sur les bibelots ou les meubles Empire. Un endroit où le temps semble s'être ralenti, voire suspendu. Un cercueil grand luxe.

*
* *

Ses jambes l'ont emmenée plus loin qu'elle ne l'aurait cru.

Cloé se sent bien dans ce décor inhabituel. Les balades en forêt ne font pas partie de ses occupations favorites, mais ce silence et ce calme sont parfaits pour anesthésier ses angoisses. Elle comprend mieux

pourquoi son paternel s'offre une promenade en solitaire chaque matin. Quoique depuis son *accident*, il y
ait renoncé. Provisoirement, espère Cloé.

Elle croise quelqu'un de temps à autre et goûte à
cette presque complète solitude. Propice à la réflexion,
aux questions. Celles qui la taraudent sans relâche.

Elle arrive enfin en vue du parking, où il n'y a
plus que trois voitures. Il faut dire que c'est l'heure
du déjeuner et qu'ils ne sont plus très nombreux à
déambuler dans la forêt.

Mais Cloé, elle, n'a pas vraiment faim.

Plus faim, plus sommeil... Son horloge interne s'est
détraquée.

Elle plonge une main dans son sac pour trouver
la clef de la Mercedes, relève la tête. À contre-jour,
elle aperçoit une silhouette appuyée sur le capot de
sa voiture.

— Non...

Un homme, qui porte un sweat noir à capuche et
des lunettes teintées.

*
* *

— Mon mari ne va pas tarder, j'espère. Mais il
n'était pas dans les parages, vous savez.

Alexandre a congédié le chauffeur de taxi et patiente
dans le grand salon.

— En attendant, je peux vous servir un café ou
un thé ?

— Merci, ça ira, répond Gomez.

— Vous avez peut-être faim ? Vous n'avez sans
doute pas eu le temps de déjeuner...

Il la toise avec un petit sourire en coin. Remarque

qu'elle a fait un détour par la salle de bains pour se recoiffer et se remaquiller. Et même pour se changer. Elle a troqué sa tenue sage contre une qui l'est beaucoup moins.

— Je ne vais pas vous déranger, dit-il. Parlez-moi plutôt de Laura.

Elle se pose dans un fauteuil, juste en face du flic, lui adresse un sourire enjôleur.

— Pauvre Laura, soupire-t-elle en passant une main parfaitement manucurée dans ses cheveux épais. Elle n'était pas faite pour le bonheur...

— C'est quoi, le bonheur ?

La question la surprend, elle dévisage Alexandre avec curiosité mais détourne aussitôt son regard. Gomez a l'habitude. Très peu de gens y parviennent.

— Je ne sais pas... C'est fonder une famille, trouver un certain équilibre.

— C'est ça, votre conception du bonheur ? s'étonne le commandant.

— Eh bien... oui, pourquoi pas !

— Pourquoi pas, en effet... Alors, Laura n'était pas faite pour le bonheur ?

— Elle était instable. Elle avait raté ses études, était caissière dans un supermarché.

Elle vient de dire ça avec un soupçon de pitié et de dégoût. Comme si elle avait annoncé que Laura souffrait d'une maladie contagieuse.

— Je sais qu'elle était caissière, reprend Alexandre. Ce que je voudrais savoir, c'est comment elle est morte. Elle s'est suicidée, mais de quelle façon ?

— Elle s'est jetée par la fenêtre de son appartement, du sixième étage. C'est horrible...

Ce n'était donc pas un simple appel au secours. Plutôt un aller simple.

— Pourquoi a-t-elle mis fin à ses jours, à votre avis ?

Mme Paoli hausse les épaules, se penche en avant pour enlever une poussière imaginaire sur le bout de sa chaussure. Surtout pour mettre en valeur son profond décolleté. Gomez profite du spectacle et c'est soudain lui qui ressent une certaine pitié. Une bourgeoise émoustillée de se retrouver face à un flic aux allures de voyou.

Mais une femme qui doit sans doute souffrir, pour s'offrir ainsi au regard du premier venu.

— A-t-elle laissé une explication, une lettre ?

— Non, rien du tout. Mais elle était instable, je vous l'ai dit.

— Ça ne suffit pas à se foutre en l'air.

— Son petit ami l'avait quittée… Bon, c'était un minable, un loser, certes, mais je pense que ça l'a affectée de se retrouver toute seule. Et puis elle avait perdu son emploi et, pour vous dire la vérité, elle avait des problèmes psychologiques.

— Quel genre ?

— Elle était à moitié folle, je crois, chuchote Mme Paoli.

— Il y a quelqu'un d'autre dans cette maison ? interroge Alexandre.

— Pardon ?

— Est-ce que nous sommes seuls, ici ?

— Oui, nous sommes seuls… Mais pourquoi cette question, commandant ?

Ses yeux clignotent comme des sapins de Noël, Alexandre sourit.

— Alors pourquoi vous chuchotez ? murmure-t-il.

Mme Paoli s'éclaircit la gorge.

— Oui, pardon, je ne vois pas pourquoi…

— Alors, elle était *à moitié folle* ?

— Elle allait voir un psychiatre.

— Ça ne veut pas dire qu'elle était cinglée, souligne Gomez. Des tas de gens vont voir un psy, vous savez.

— Je sais, oui. Moi-même, j'y suis allée.

Elle vient de chuchoter à nouveau. Il rapproche légèrement son fauteuil du sien, adoucit son regard. Autant entrer dans son jeu en attendant le retour du père de famille.

— Et pourquoi donc, madame Paoli ?

— Eh bien… mon mari m'a trompée, vous savez…

Il l'aurait parié. Parié qu'elle lui livrerait un truc intime avant le premier quart d'heure de discussion.

— Ah bon ? Serait-il fou, lui aussi ?

Elle lui sourit, un peu embarrassée ; ses joues prennent une jolie couleur rose.

— Car il faut être fou pour tromper une femme telle que vous.

Mme Paoli a un petit rire idiot.

— Vous êtes gentil !

— Non, j'ai juste des yeux pour voir.

Elle ne s'attendait pas à ce que ça fonctionne aussi bien, aussi vite. Se sent soudain un peu dépassée par les événements.

— Donc, Laura voyait un psychiatre ?

Mme Paoli hoche la tête.

— Mais elle, elle avait vraiment un problème. Elle était paranoïaque, à ce que je sais.

— C'est grave, ça. Et qu'est-ce qu'elle s'imaginait ?

— Des tas de choses bizarres.

— Elle pensait qu'elle était harcelée par un inconnu ?

— Comment vous savez ça ? réplique-t-elle, médusée.

— Deviner, c'est mon métier. Lorsque je vous ai vue, j'ai deviné que vous aviez souffert.

— C'est vrai ? Vous êtes policier ou… ?

— Un bon flic, c'est un flic qui a de l'instinct. Donc, elle pensait qu'elle était harcelée par un inconnu, que quelqu'un voulait la tuer ?

— Tout à fait. Elle prétendait être suivie, tout le temps. Qu'on rentrait chez elle, qu'on lui volait des choses. Mais ce n'était pas un cambriolage ! Juste des objets qui disparaissaient ou changeaient de place. Elle est même allée porter plainte, plusieurs fois ! Mais vous le savez peut-être ? réalise Mme Paoli.

— Oui, je le sais. Et lorsqu'elle vous a raconté tout ça, comment avez-vous réagi ?

— On ne se parlait pas beaucoup, elle et moi. C'est à mon mari qu'elle s'est confiée. Il a compris qu'elle perdait les pédales, l'a persuadée d'aller voir un spécialiste… Vous n'avez pas trop chaud, vous ? Je trouve qu'il fait vraiment très chaud dans cette maison.

— C'est moi qui vous donne chaud, Lucie ? insinue Alexandre avec un sourire appuyé.

— Vous ? Mais… Comment vous connaissez mon prénom ?

Elle cherche ses mots, visiblement troublée. Prise à son propre piège.

— Il est sur la boîte aux lettres… Avec qui votre mari vous a-t-il trompée ?

— Une collègue de travail. Je l'ai surpris avec elle. Ici, en plus !

— Il n'est pas très malin, dites-moi ! Ça a dû être affreux, soupire Alexandre. Vous savez son nom ?

— Annabelle.

— Je parle du psy de Laura, corrige Alexandre.

— Ah… Je ne me souviens plus très bien. Mon mari me l'a dit, mais… C'est une femme, il me semble, qui a son cabinet dans le Val-d'Oise. Mais

370

vous ne m'avez toujours pas dit pourquoi vous vous intéressez tant à Laura ?

La porte d'entrée s'ouvre, le charme est immédiatement rompu.

— Voilà mon mari, annonce Lucie en enfilant un gilet sur son bustier.

*
* *

Cloé reste quelques secondes pétrifiée. L'homme décolle ses fesses du capot de la Mercedes, se plante face à elle, bras croisés. Une vingtaine de mètres les sépare mais elle a déjà l'impression d'être tombée entre ses mains gantées de cuir. Alors, Cloé recule doucement.

Un pas en arrière. Un deuxième, sans en avoir l'air.

Il la fixe, derrière ses lunettes de soleil. Un foulard cache son menton et même sa bouche.

C'est lui, aucun doute.

Lorsqu'il s'avance, Cloé tourne les talons et s'élance sur le chemin de terre. Elle court, aussi vite qu'elle peut, se met à hurler. *Au secours ! À l'aide !*

Gaspillant ses forces en vain, puisqu'il n'y a personne. À part lui.

Elle jette un œil derrière elle. Il court, plus vite qu'elle. Se rapproche dangereusement.

Elle ne sent ni la fatigue, ni l'essoufflement. Juste la peur. Dopée par un fixe d'adrénaline, Cloé fonce droit devant. Ses forces décuplées par la frayeur, elle bat des records de vitesse.

Elle se souvient soudain qu'elle a le P38 dans le sac qu'elle porte en bandoulière. Il faut le récupérer, mais sans ralentir.

Encore un coup d'œil en arrière. Personne. Il a disparu de son champ de vision. Elle s'arrête, s'empare du pistolet, manque de le lâcher tellement elle tremble. Proche de la syncope, elle ne parvient plus à respirer. Pourtant, elle se souvient qu'il faut armer avant de tirer.

Son cœur est au bord de la rupture, des coups de marteau défoncent ses tempes. Elle tient le P38 à deux mains, cherche sa cible. Chemin désert, silence total. Effroi absolu.

— Merde, où il est ? gémit-elle. Mais où il est ?

Elle exécute un tour complet, ne voit toujours rien. Elle lève même les yeux en l'air, comme s'il avait pu s'envoler. Un point de côté lui cisaille l'abdomen, des tâches lumineuses éclatent devant ses yeux, telles des bulles de savon. Elle scrute les alentours, une nouvelle fois, brandissant toujours l'arme devant elle. La paisible forêt est devenue hostile, sans pitié. Un endroit peuplé de monstres tapis dans les hautes fougères.

Un bruit lui fait tourner la tête. Seulement un oiseau qui s'envole en criant.

Cloé baisse les bras, essaie de retrouver une respiration normale. Elle reste, immobile, au milieu du chemin. Ne sachant pas dans quelle direction s'enfuir. Ne sachant pas où il se trouve. Si elle doit continuer sa course effrénée, repartir vers la voiture ou ne pas bouger.

De longues minutes, un calibre entre ses mains tremblantes. La cadence de son cœur qui commence à peine à ralentir. Il a tenu le choc. Elle a pourtant bien cru qu'il allait se déchirer.

— J'ai peut-être rêvé…

Elle parle toute seule, au milieu de nulle part.

— Peut-être qu'il n'était pas là !

Si, Cloé.

Juste derrière toi.

Chapitre 38

Le retour lui paraît encore plus long que l'aller. Pourtant, le TGV est moins rempli, la température plus fraîche.

Et surtout, Alexandre n'a pas perdu son temps. Ce que les époux Paoli lui ont confié le renforce dans sa conviction que Laura a enduré un calvaire identique à celui de Cloé. Un supplice l'ayant conduit à cesser le combat et à s'écraser sur un trottoir anonyme.

À moins qu'elle n'ait pas sauté de son plein gré, qu'on l'ait un peu aidée.

Pourtant, autour d'elle, personne n'a rien vu.

Ou plutôt, tout le monde a vu une femme devenir folle.

Pas une âme pour la comprendre, l'écouter. La croire.

Et elle en est morte.

Ce mystérieux assassin est rusé, sournois et possède une intelligence criminelle hors du commun.

D'abord, choisir une cible. Pour le moment, Alexandre ne connaît pas encore ses critères de sélection. La seule chose dont il est sûr, c'est que l'homme a bon goût en matière de femmes… D'après les photos qu'il a vues chez son frère, Laura avait beaucoup de charme. Tout comme Cloé.

Ensuite, harceler sa victime jusqu'à ce qu'elle perde ses repères, ses proches et son travail. Comme le prédateur isole sa proie avant l'assaut final.

La solitude rend vulnérable, ce salopard l'a bien compris.

En revanche, ce que Gomez ignore totalement, c'est le but de ce meurtrier sans visage. Les pousser à mettre fin à leurs jours ou les tuer de ses propres mains en maquillant l'assassinat en suicide ?

Dès lundi, il projette d'aller s'allonger sur le divan de la psychiatre qui a suivi Laura quelques semaines avant qu'elle fasse le saut de l'ange. Il faudra aussi chercher d'autres cas similaires dans la région. Car Alexandre est persuadé que ce pervers n'en est pas à son coup d'essai.

Le flic échafaude lentement son plan, au rythme des paysages défilant sous ses yeux fatigués. Mais la poursuite de son enquête s'annonce délicate, étant donné qu'il est sur la touche.

Reste à savoir s'il doit partager ses découvertes avec Cloé. Pour le moment, elle croit encore qu'il peut s'agir d'une simple vengeance, d'actes de malveillance. Mais en lui révélant qu'elle a affaire à un dangereux malade mental, Alexandre pourrait finir de la terroriser. Et elle risquerait alors de céder à la panique.

Risquerait peut-être de se jeter par la fenêtre. Ou sous un train.

Faut-il l'envoyer en vacances sur les îles Kerguelen ou la garder comme appât pour que le tueur sorte de l'ombre ? Évidemment, s'il veut avoir une chance de coincer ce fumier, la deuxième solution s'impose. D'autant qu'il est certain que Cloé refusera catégoriquement de se sauver et d'abandonner son poste.

Il la connaît à peine ; pourtant, il sait déjà que fuir n'est pas dans sa nature.

Gomez va aux toilettes du compartiment, évite de respirer l'odeur pestilentielle. Puis, avant de regagner sa place, il appelle Cloé. Il tombe sur son répondeur, sourit en écoutant son message pour la première fois.

Bonjour, ne soyez pas déçu de ne pouvoir me parler en direct, je promets de vous rappeler très vite !

— Bonsoir, Cloé, c'est le commandant Gomez. Je voulais juste savoir comment vous alliez. Je rentre de Lyon, je suis dans le train... Rappelez-moi, si vous pouvez. Juste histoire de me dire si les lutins vous ont foutu la paix aujourd'hui !

De retour à sa place, il regarde l'ombre s'abattre, quelque part entre Lyon et Paris.

*
* *

C'est une sensation qui la force à revenir. Une sensation de froid, qui se fait de plus en plus précise. Ses paupières se soulèvent lentement, retombent aussitôt. Elles sont si lourdes...

Enfin, Cloé parvient à garder les yeux ouverts. Sauf qu'elle ne voit rien.

Normal, il fait nuit.

Les secondes qui suivent sont irréelles. Elle divague, délire, voyage dans des dimensions inconnues. Toutes cauchemardesques. Elle se demande si elle rêve, encore, ou si elle est vraiment là, dans ce corps qu'elle ne sent plus. Elle a envie de replonger dans l'oubli, autant que de sortir de cet état second.

Aucune idée de l'endroit où elle se trouve, de l'heure qu'il est, ni même du jour.

Alors, elle se bat. S'acharne.

Avec sa main droite, elle tâtonne et s'aperçoit qu'elle est allongée par terre. Elle effleure ensuite son visage qui semble être en carton. Insensible.

Dans un effort colossal, elle parvient à se redresser. La voilà assise, bras ballants, bouche ouverte, aspirant l'air comme si elle en manquait. Elle tremble, gelée de la tête aux pieds.

Normal, elle est complètement nue.

C'est en touchant ses jambes, puis son ventre qu'elle s'en rend compte.

C'est ici qu'arrive la peur. Le froid et l'effroi se mêlent pour la mordre à pleines dents.

Elle tente de se souvenir. Se revoit dans une forêt, en plein jour.

L'Ombre, contre la voiture. L'Ombre, à sa poursuite. Et puis, le pistolet, le silence…

Elle se souvient encore de quelqu'un qui l'attaque par-derrière, d'une main gantée de cuir qui se plaque brutalement sur sa bouche.

Ensuite, le film se casse. Une sorte de trou noir.

Cloé claque des dents, presse ses bras contre sa poitrine pour se protéger. Autour d'elle, des arbres et des fougères qu'elle devine, maintenant que ses yeux se sont habitués.

Elle se met debout, ses pieds foulent la terre glacée.

Nue, au milieu d'une forêt, au milieu de la nuit. Totalement perdue, totalement seule.

À moins que… Elle fait un tour sur elle-même, s'attendant à voir briller une paire d'yeux maléfiques. Ceux de l'homme en noir.

Est-il encore là, près d'elle ? L'observe-t-il tandis qu'elle se débat ?

Elle écoute attentivement mais n'entend rien d'autre

que ses dents qui s'entrechoquent, les battements irré-guliers de son pauvre cœur malmené. Et le chant ter-rifiant du vent dans les hautes branches.

Elle retombe à genoux, explore le sol à la recherche de ses vêtements ou de son sac. À la recherche d'un objet familier auquel se raccrocher.

Enfin, sa main gauche se pose sur une étoffe. Ses fringues sont là, ainsi que ses chaussures et son sac. Une grande joie la submerge. Une joie de courte durée, vite rattrapée par la panique.

Essayant de contrôler ses tremblements, elle se rhabille à la hâte, enfilant à l'aveuglette le strict nécessaire. Jean, tee-shirt à manches longues, veste en velours et baskets. Tant pis pour le reste.

Elle fouille son sac rapidement. La clef de la Mercedes y est, le P38 aussi. Ainsi que son téléphone portable. Elle l'allume ; la batterie est vide, il se rendort aussitôt.

Foutre le camp d'ici, vite.

Elle avance droit devant, au milieu des fourrés, les bras érigés en protection. Son pied heurte une racine, elle plonge en avant, s'écorche la paume des mains et les genoux. Elle se relève immédiatement, continue bravement à progresser au milieu des fougères. Elle se retourne toutes les dix secondes alors pourtant qu'elle ne peut rien discerner. Avec l'angoisse qu'il soit là, juste derrière elle. Qu'il l'attrape par les cheveux, la reprenne entre ses griffes.

Sa cheville se tord, elle gémit mais ne s'arrête pas.

La peur la pousse toujours plus vite, toujours plus loin.

Enfin, le décor s'éclaircit, elle pose le pied sur un large chemin. Sans doute celui où elle était lorsqu'il s'est emparé d'elle... Entre la gauche et la droite, elle hésite. Impossible de se repérer.

Elle opte pour la gauche, s'élance à toute vitesse, malgré la douleur qui remonte le long de sa jambe. Serrant son sac contre son ventre, elle court comme une dératée. Ses poumons s'enflamment, elle se met à crier pour se donner du courage.

Juste un cri, même pas un appel au secours.

Soudain, il lui semble apercevoir au loin une masse noire et elle prie pour qu'il s'agisse de sa voiture. D'une main tremblante, elle récupère la clef dans sa poche, appuie sur le bouton. Lorsque les clignotants s'allument, elle ressent un soulagement intense.

Ça doit être ça, le bonheur. Sauf qu'il ne dure que quelques secondes.

Le principe même du bonheur.

Elle se jette à l'intérieur de la Mercedes, en verrouille aussitôt les portières. Elle se retourne pour inspecter la banquette arrière puis met enfin le contact. La pendule de la voiture lui apprend qu'il est 19 h 49. Elle se croyait au beau milieu de la nuit.

Elle se croyait condamnée à mort.

Marche arrière, manœuvre rapide pour repartir sur la route. Cloé règle la climatisation sur 27 degrés – le maximum – puis appuie à fond sur l'accélérateur.

Mais elle ne va pas loin. Un kilomètre plus tard, elle est obligée de ranger la berline sur le bas-côté. De longues minutes durant, elle pleure, elle hurle. Il faut que ça sorte, avant qu'elle étouffe.

Enfin, elle essuie ses joues avec la manche de son blouson.

Calme-toi, Clo... Il faut partir d'ici !

Elle baisse le pare-soleil, regarde son visage égratigné et sale dans le miroir. Et brusquement, une angoisse plus forte que les autres la submerge.

Qu'est-ce qu'il m'a fait ?

Maintenant qu'elle se croit en sécurité, elle réalise qu'elle s'est réveillée entièrement nue.

Il m'a déshabillée. A posé ses mains sur moi. Peut-être bien pire.

Elle fait descendre la fermeture Éclair de son jean, passe une main entre ses cuisses.

Elle veut savoir.

Ce que ce salaud lui a fait subir pendant qu'elle était inconsciente.

Les larmes reviennent, ses cuisses se referment sur ses doigts. Une nausée fulgurante lui retourne l'estomac, elle a juste le temps d'ouvrir la portière pour cracher un jet de bile.

Elle s'enferme à nouveau dans la voiture, continue de trembler.

Il m'a violée.

L'impression que son corps se durcit. Qu'il meurt.

Un liquide gelé coule dans ses veines, un liquide chaud sur ses joues.

Quelque chose vient de se fracturer à l'intérieur.

Et c'est irréversible.

Chapitre 39

Alexandre règle le taxi et se jette dans la rue, sous une pluie battante. Il court jusqu'à la porte de l'immeuble, tape le code et entre se mettre à l'abri.

Ses pas sont lourds, il se sent fatigué alors qu'il a pourtant passé la journée le cul vissé dans un fauteuil. Lorsqu'il arrive enfin au deuxième, sa main se crispe sur la rampe. Une forme humaine est recroquevillée devant sa porte. Le front sur les genoux, tremblante comme une feuille.

— Cloé ?

Il l'aide à se lever, elle s'effondre dans ses bras. Il hésite un instant, la serre finalement contre lui.

— Cloé, calmez-vous… Qu'est-ce qui se passe ?

Elle ne parvient pas à parler, juste à sangloter. Son visage est abîmé, ses mains ensanglantées. Elle ne joue pas la comédie.

Sans la lâcher, il ouvre la porte de son appartement et la conduit jusqu'au petit salon. Elle s'accroche à lui comme à une bouée, peinant à respirer. Il décide de ne pas la brusquer, d'attendre patiemment les explications.

— Vous avez l'air frigorifiée… Je vais vous préparer quelque chose de chaud.

Il dépose son arme dans un tiroir fermé à clef, se rend immédiatement dans la cuisine.

Son cœur bat beaucoup trop vite. Il pressent le pire, sait que cette fille vient de subir quelque chose de grave. Quand on perd la parole, c'est que le choc a été violent.

Il fait chauffer de l'eau dans le micro-ondes, attrape une tasse et un sachet de thé. Il apporte le tout à la naufragée.

Sur le canapé, Cloé pleure toujours ; elle fixe le mur en face d'elle. Un mur blanc où est accroché un portrait de Sophie.

— Buvez ça, ordonne-t-il.

Elle attrape la tasse qu'il lui tend, il remarque alors son jean déchiré au niveau du genou droit. Il s'assoit à côté d'elle, ne la quitte pas des yeux. Pour saisir le moindre signe sur son visage. Un simple regard peut parfois en dire tellement long…

— Qu'est-ce qui s'est passé, Cloé ? Parlez-moi, je vous en prie.

Il enlève son blouson en cuir, le lui met sur les épaules.

— Vous êtes blessée ?

Toujours rien, aucune parole. Elle ne le regarde pas, comme si elle avait honte.

Honte de quoi ?

Alexandre commence à comprendre. Une colère sourde l'envahit.

— Vous avez bien fait de venir, dit-il doucement.

— Je ne savais pas où aller… Il est partout !

Les premiers mots, enfin.

— Qu'est-ce qu'il vous a fait ?

Cloé ferme les yeux, essayant de raconter l'indicible. Mais sa bouche refuse de laisser sortir l'horreur. Alors, Alexandre la prend par les épaules, l'attire contre lui. Ainsi, elle parlera plus facilement. Si elle n'a pas à affronter son regard.

— Dites-moi, je vous en prie. N'ayez pas peur, murmure-t-il.

Ce n'était pas grand-chose, mon ange. Juste les préliminaires.
Mais j'espère que tu as aimé !
J'avais envie d'un avant-goût de toi.
Je ne m'étais pas trompé. Je t'ai bien choisie.
Je ne me trompe jamais, de toute façon. Ou si rarement...
Et chaque erreur est là pour nous apprendre, nous faire progresser.

Tu as été imprudente, mon ange. Tellement imprudente ! Choisir
   d'aller te perdre dans la forêt, ma chère enfant... Quelle incons-
cience !
Tu m'as un peu déçu, je l'avoue. Mais je sais que tu ne recom-
menceras pas. Parce que chaque erreur nous apprend.
Ceci dit, ça ne te sauvera pas.
Désormais, tu vas vivre avec la peur chevillée au corps.
Ton si joli corps. Que j'ai pu admirer en prenant tout mon temps. Que
j'ai pu toucher... Toucher et même pénétrer.
Ce n'était pas la première fois, tu sais.
Tu es si jolie quand tu dors ! Mais je te préfère les yeux ouverts.
Et la prochaine fois, tu me regarderas, je te le promets.
Mon visage sera même la dernière chose que tu verras.
La dernière image que tu emporteras dans la tombe.

Chapitre 40

— Il faut y aller, rappelle doucement Alexandre.

Cloé presse ses mains l'une contre l'autre. Elle tremble encore, alors que le chauffage pulse un air brûlant dans l'habitacle.

— Je peux pas...

— Je serai près de vous, je ne vous lâcherai pas.

Il ouvre la portière passager, Cloé ne bouge pas. Il prend sa main dans la sienne, elle résiste.

— On y va, répète-t-il. Je vous promets que ça va bien se passer.

— Je ne suis pas présentable.

Alexandre sourit tristement.

— Si vous passez chez le coiffeur et la manucure, ils ne vous croiront jamais !

Elle retire sa main, lui jette un regard acerbe.

— Suivez-moi, Cloé.

— Ça ne servira à rien !

Il s'accroupit sur le trottoir.

— Vous avez confiance en moi ? demande-t-il.

Elle hoche simplement la tête.

— Alors, écoutez-moi... Vous devez porter plainte pour qu'on chope ce salopard et qu'on le mette hors d'état de nuire.

— J'ai déjà porté plainte !

— Ce n'est pas la même chose. Ce soir, ils vous prendront au sérieux, croyez-moi.

— Mais vous êtes flic ! Et je vous ai tout raconté…

Comment lui expliquer la situation ? Le moment est mal choisi pour lui avouer qu'il n'a pas autorité pour mener cette enquête.

— Justement, je suis flic. Alors je sais ce qu'il faut faire. Vous venez avec moi, maintenant.

Sa voix s'est faite plus persuasive, Cloé accepte enfin de quitter la voiture. Gomez la tient encore par la main, de peur qu'elle ne se sauve. Au moment où ils entrent dans le commissariat, elle se dégage de son emprise.

— Je vais devoir passer un examen médical ?

— Oui. Impossible de faire autrement. Courage…

Sans crier gare, Cloé repart dans l'autre sens. Gomez la rattrape devant la porte, la prend par les épaules.

— Arrêtez, merde ! On n'a pas le choix, je vous assure.

Elle tente de lui échapper, il la retient fermement.

— Cloé, écoutez-moi, s'il vous plaît. Si on n'arrête pas ce fumier, il ira plus loin. Il ne vous lâchera pas. Vous entendez ?

Elle regarde ailleurs, tente de retenir ses larmes.

— Si vous ne faites pas ce que je vous dis, vous lui laissez le champ libre ! C'est ce que vous souhaitez ? Qu'il continue à vous terroriser ?

Il l'entraîne à nouveau vers le bâtiment, avec l'horrible impression de l'emmener à l'abattoir.

— Je vous promets que c'est la dernière épreuve que vous aurez à subir, ajoute-t-il.

Elle aimerait tant le croire. Mais lui-même ne semble pas vraiment convaincu.

À bout de forces, elle se laisse guider jusqu'à l'accueil où un agent la dévisage avec insistance. Il faut dire qu'elle doit avoir un visage effrayant.

— Bonsoir. J'accompagne une amie qui vient porter plainte.

Cloé ne s'attendait pas à ce qu'il la présente comme une *amie*. Mais grâce à ce subterfuge, ils passent devant tout le monde et se retrouvent deux minutes après dans un minuscule bureau, face à un jeune homme qui n'a pas 25 ans. Cloé aurait préféré parler à une femme, mais ne proteste pas et s'assoit sagement avant de tendre sa carte d'identité.

— Mademoiselle a été agressée cet après-midi, explique Gomez. Elle est un peu sous le choc, mais elle va t'expliquer ce qui lui est arrivé.

Le lieutenant sourit à Cloé, histoire de la mettre en confiance.

— Je vous écoute, mademoiselle.

Cloé se concentre pour ne pas pleurer. Tout, sauf inspirer la pitié. Elle prend une profonde inspiration, puis une autre. Malgré ce froid qui la ronge jusqu'aux os, elle aurait envie qu'ils ouvrent une fenêtre. Sauf qu'il n'y en a pas.

— Prenez tout votre temps, ajoute gentiment le flic. Je comprends que ce n'est pas forcément facile.

— Je... je suis allée faire un tour en forêt...

Le lieutenant ne prend aucune note. Il se contente d'écouter attentivement.

— La forêt de Sénart, je crois. J'ai fait une longue promenade et puis j'ai voulu regagner ma voiture.

Elle s'arrête, Alexandre pose une main sur son épaule.

— Continuez, Cloé.

— C'est là que je l'ai vu. Il était appuyé sur ma bagnole. Habillé en noir, avec une capuche sur la tête. Il portait des lunettes de soleil et une sorte de... de foulard autour du cou, qui cachait la moitié de son visage.

Les deux flics sont suspendus à ses lèvres, même si Alexandre connaît déjà l'histoire. Mais peut-être va-t-il entendre une version plus détaillée. Plus claire aussi. Les sanglots en moins.

— Quand je l'ai vu, je me suis sauvée, je suis repartie en courant dans l'autre sens...

— Pourquoi ça ? interroge le lieutenant.

— *Pourquoi* ? répète Cloé. Mais... parce que c'était lui !

— Lui qui ?

Cloé ferme les yeux. Dans la pièce, le silence se fait. Oppressant.

Elle réalise qu'il va falloir à nouveau tout raconter depuis le début. Expliquer, encore et encore. Passer pour une cinglée, peut-être.

Lorsqu'elle rouvre les yeux, elle tombe sur ceux de Gomez. Bizarrement, elle ne les trouve plus si effrayants. Ils sont même incroyablement beaux.

Alors, elle s'accroche à ce regard comme au dernier fil qui lui évitera de se perdre. À la dernière balise qui lui évitera de se noyer. Des forces renaissent en elle.

Non, espèce de salaud, je ne suis pas finie. Pas encore morte. Tu ne m'anéantiras pas si facilement.

Tu veux jouer avec moi, tu me crois désarmée ? Tu te trompes. Je ne suis pas seule et j'ai encore la volonté de me battre. Je vais te le prouver.

Tandis que Cloé se met à parler à bâtons rompus, Alexandre esquisse un sourire.

Le tueur n'a peut-être pas bien choisi sa cible, cette fois…

*
* *

— Comment ça s'est passé ? s'enquiert Gomez.

Cloé ne répond pas, il s'y attendait. Il écrase sa clope, ouvre la portière. Elle s'engouffre dans la voiture, mais Alexandre ne démarre pas. Il voudrait d'abord qu'elle lui dise un mot. Seulement un mot.

— C'était difficile ?… Je comprends.

— Vous ne pouvez pas comprendre ! aboie Cloé.

Il est un peu surpris par cet accès de colère dirigé contre lui. Il n'est pas responsable, après tout. Mais si ça peut la soulager, il est prêt à encaisser ses reproches et même sa violence.

— Qu'est-ce que vous attendez pour démarrer ?

Il passe la première, la voiture s'éloigne de l'institut médico-légal.

— Quelles sont les conclusions du toubib ? demande Alexandre cinq minutes plus tard.

Cloé garde les mâchoires serrées, le regard fixe.

— Vous avez le droit de pleurer, précise le commandant.

Il accélère un peu, essayant de se détendre.

— Alors, qu'a dit le médecin ? Il faut que je sache, c'est important pour la suite.

— J'ai pas envie d'en parler !

— Répondez, ordonne Gomez sans élever la voix.

Elle appuie sa tempe contre la vitre glacée.

— Aucune trace de coups, sauf les hématomes que je me suis faits en tombant. Aucune trace de… rien.

Gomez l'aurait parié. Ce type est bien trop malin pour laisser son ADN derrière lui.

— Vous êtes rassurée ?

— J'aimerais rentrer maintenant.

— Vous pouvez venir chez moi, si vous voulez, propose Gomez.

Tant pis pour l'entorse au règlement. Au point où il en est…

Cloé hésite. Bien sûr, elle a peur de rester seule chez elle. Rien que d'y penser, sa gorge se transforme en goulet d'étranglement.

Bien sûr, il pourrait revenir, cette nuit. Mais elle a besoin de retrouver sa tanière, ses objets, ses habitudes. Se raccrocher à des images familières, à des odeurs qu'elle connaît.

Au milieu du chaos, il lui faut des repères.

— Je dois aller bosser demain matin, je ne peux pas dormir chez vous. Et il faut que je prenne une douche.

— J'ai une salle de bains, indique Gomez avec un sourire en coin. Et demain, c'est dimanche.

Cloé ne sait plus quel prétexte inventer. Autant dire la vérité.

— J'ai besoin d'être seule. Mais merci de le proposer.

Il accélère encore, elle s'accroche au tableau de bord. La tension est palpable.

Cloé a envie de tuer quelqu'un. Envie de hurler. De se taper la tête contre un mur.

Alexandre a envie d'une clope, envie de coincer le malade qui vient de traumatiser cette fille. À vie, sans doute.

Il a envie de la prendre dans ses bras, de la consoler.

— Désolé que vous ayez eu à subir ça, dit-il soudain.

Elle s'inflige un véritable supplice pour ne pas pleurer.

— Je vous garantis qu'il le paiera, ajoute Gomez.

Ils n'échangent plus une seule parole jusqu'à ce que la Peugeot se gare rue des Moulins.

— Je vous accompagne, annonce le commandant. Je vais inspecter les lieux.

Cette proposition rassure Cloé, mais elle a surtout hâte d'être seule. Pour ne plus faire semblant d'être forte.

Ils pénètrent dans la maison, Cloé se plante dans le salon. Debout face à la fenêtre. Tandis que Gomez visite chaque pièce.

— Rien à signaler, dit-il enfin.

— Bonsoir, commandant. Et merci.

Alexandre a du mal à l'abandonner à son sort.

— Je vous appelle demain. Et vous, n'hésitez pas. Vous pouvez me téléphoner n'importe quand, de jour comme de nuit.

Il pose une main sur son épaule, sent qu'elle se contracte de la tête aux pieds.

— Il m'a prise pour une dingue, murmure la jeune femme.

— Qui ?

— Le médecin… Il… il m'a dit que je n'avais rien, rien du tout. Que c'était peut-être une mauvaise blague qu'on m'avait faite… *Une mauvaise blague*, vous vous rendez compte ?

— N'y pensez plus, conjure Gomez. La plainte suivra son cours. Et on arrivera à l'arrêter, croyez-moi.

— Personne ne l'arrêtera, prédit Cloé.

Gomez a l'impression de se prendre une claque, sa main se crispe sur l'épaule de la jeune femme.

— Je vais mourir, je le sais. Je le sens.

Il l'oblige à se retourner ; elle ne pleure pas, terriblement froide.

— Pour vous tuer, il faudra d'abord qu'il me tue.

Il quitte enfin la maison et, dès qu'elle a refermé la porte à double tour derrière lui, Cloé enlève ses vêtements. Ou plutôt les arrache de sa peau, comme s'ils étaient brûlants.

Au lieu de les mettre dans le bac à linge sale, elle les jette directement à la poubelle. Si elle avait une cheminée, elle les jetterait au feu. Tout ce qu'il a touché doit disparaître.

Mais elle ne peut s'arracher la peau, s'écorcher vive. Alors, elle s'enferme dans la salle de bains, entre dans la baignoire et se place sous le jet d'eau chaude. Très chaude.

Jusqu'à se brûler.

Elle se savonne à outrance, frotte sa peau avec frénésie. Hystérie.

Finalement, elle va peut-être se l'arracher. Elle y passera la nuit s'il le faut.

*
* *

Gomez remonte le col de son blouson.

Une nuit froide parmi tant d'autres. Une nuit où il ne dormira pas. Comme tant d'autres.

Garé à trente mètres de la maison, il observe. Ses yeux ne faiblissent pas.

Si ce fumier pointe le bout de son nez, il lui fera regretter d'être né.

Mais l'homme invisible demeure invisible. Logique, après tout. Alexandre tente encore de dessiner son profil, ça l'aide à rester éveillé. Il s'interroge sur ce qui pourrait relier Laura et Cloé, mis à part un charme évident.

D'après le portrait brossé par son frère, Laura était une battante qui n'avait pas pour habitude de baisser les bras. Certes, elle n'avait pas connu l'ascension professionnelle de Cloé, sans doute parce qu'elle avait abandonné son cursus universitaire à 20 ans sur un coup de tête, pour suivre un homme à l'autre bout du monde. Mais quelque temps avant de mourir, elle avait eu le courage de reprendre ses études par correspondance et suivait même des cours du soir. Et, plus étonnant encore, elle passait le peu de temps libre qu'il lui restait à militer contre les violences faites aux femmes au sein de l'association féministe dont elle était la vice-présidente.

En allumant une cigarette, le commandant prend conscience que ce pervers n'aime pas les proies faciles. Il apprécie sans doute qu'elles lui résistent, qu'elles se battent jusqu'à la fin. Jusqu'à la mort.

Il les aime belles et fortes. Insoumises et dangereuses.

Il est presque 4 heures du matin, Gomez a mal aux reins. Mais sa douleur est sans importance. La seule chose qui compte, c'est que Cloé puisse dormir en sécurité.

La seule chose qui lui importe, c'est que cette femme retrouve sa vie.

Alors que lui a perdu la sienne.

*
* *

Quelqu'un tape à la vitre de la voiture, Gomez s'éveille en sursaut. Il fait jour, Cloé est debout sur le trottoir, emmitouflée dans un grand châle. Le commandant se redresse sur son siège, actionne l'ouverture de la vitre.

— Salut, dit Cloé avec un petit sourire.

Il a les mâchoires soudées par le froid, une douleur violente lui scie le visage en deux.

— Vous avez passé la nuit là ?

— Faut croire, répond Alexandre.

— Venez, je vais vous préparer du café.

Il ne se fait pas prier, suit Cloé jusque dans sa cuisine. Elle a l'air plus calme que la veille, presque sereine. Ce qui ne rassure pas le commandant.

— J'ai vu votre voiture en ouvrant les volets. J'ai voulu vérifier que vous n'étiez pas mort de froid !

— C'est gentil. Vous avez pu dormir ?

— Non, avoue-t-elle en déposant une tasse devant lui. Vous prenez du sucre, je crois ?

— Oui, s'il vous plaît. Et… comment vous vous sentez ?

Elle lui tourne bien vite le dos. Elle fuit son regard, c'est évident.

— Ça va, merci.

— Venez vous asseoir, prie Alexandre.

Cloé s'installe en face de son invité. Son malaise est tangible.

— Dites-moi comment vous allez, répète le flic. Et je veux la vérité, pas un mensonge.

Elle réchauffe ses mains contre le mug, fixe la table.

— Vous avez faim, sûrement ? Je vais vous préparer un petit déj.

— Répondez-moi, ordonne Gomez. Le petit déjeuner peut attendre.

Elle lève enfin les yeux sur lui, il voit sa lèvre inférieure trembler légèrement.

— Je vais mal. Très mal…

Il voulait juste qu'elle le confesse, comme si ça pouvait changer quelque chose.

— Tout le monde irait mal à votre place.

— Qu'est-ce que vous savez sur lui ?

— Rien, prétend Alexandre. Je n'ai pas encore assez d'éléments pour…

— Vous mentez ! coupe Cloé. À vous d'être sincère, à présent.

Il avale une gorgée de café, allume une clope.

— Vous avez raison. Mais ça risque de vous achever.

Il aurait dû choisir un autre mot, sans doute.

— Allez-y, exige Cloé d'une voix tranchante.

— J'ai trouvé une femme qui a subi la même chose que vous… Il y a de cela un an environ.

Cloé semble frappée par la foudre, Alexandre a l'impression qu'elle va tomber de sa chaise et se briser en mille morceaux sur le sol. Mille morceaux d'une belle et fine porcelaine blanche.

— Un homme qu'elle seule voyait, mais qu'elle était incapable de décrire. Un homme qui la harcelait… Exactement le même scénario à quelques détails près.

— Vous voulez dire que… que…

— Je veux dire que cet homme n'en est pas à son coup d'essai. Ce n'est pas une vengeance ou je ne sais quoi. C'est un malade mental.

Cloé suffoque, comme si elle venait d'avaler de travers. Alexandre se tait, la laissant digérer l'information pendant de longues minutes.

— Et qu'est-elle devenue ? demande enfin Cloé.

— Elle est morte, assène Alexandre. Officiellement, c'est un suicide.

Cloé quitte sa chaise brutalement, titube avant de s'accrocher à la paillasse.

Gomez ne bronche pas. Elle a voulu la vérité, doit l'encaisser.

— Vous avez le droit de boucler vos valises et de vous enfuir, dit-il enfin.

Elle ne répond pas, toujours penchée vers l'avant. Il se demande si elle va vomir ou s'évanouir. Peut-être se mettre à chialer...

Elle se retourne enfin, le regarde droit dans les yeux.

— Je ne m'enfuirai pas.

— Réfléchissez bien, préconise le flic.

— Mais vous allez l'arrêter ! Vous... Vous allez poster une équipe devant chez moi et...

— Il y a autre chose que je dois vous dire, l'interrompt Alexandre. Je ne suis pas en service.

— Pardon ?

Cette fois, c'est lui qui baisse les yeux. C'est plus difficile à avouer qu'il le pensait.

— Officiellement, je ne mène pas cette enquête. D'ailleurs, officiellement, il n'y a pas d'enquête.

— Je comprends rien... Expliquez-vous ! hurle la jeune femme.

— Je vous ai parlé du lieutenant qui est à l'hosto, entre la vie et la mort. À cause de moi. Je l'ai entraîné dans une opération trop dangereuse. Le chef m'a placé en congé d'office, je pense même que l'IGS va me sabrer.

Cloé le fixe méchamment, comme prête à se jeter sur lui.

— Quand j'ai lu vos mains courantes, je vous ai

prise au sérieux. Parce qu'un ami à moi, un commandant, m'avait raconté une histoire qui ressemblait étrangement à la vôtre. Alors, je me suis dit qu'il fallait que quelqu'un vous aide. Même si je n'avais pas l'autorisation de le faire… Voilà, vous savez tout. Demain, je dois rencontrer le psy qui suivait Laura, la jeune femme qui s'est suicidée. En enquêtant sur elle, j'essaie d'en apprendre plus sur cet homme, sur ses méthodes.

Cloé revient s'asseoir, finalement. Parce qu'elle ne tient plus debout. En elle, un mélange de rage, de déception et de désarroi. Émotions fortes qui gommeraient presque la peur.

Ce flic est-il un malade, lui aussi ? Ou son dernier espoir ?

— C'est pour ça qu'il fallait porter plainte hier soir, poursuit le commandant. J'espère qu'ils vont diligenter une enquête, maintenant. Demain, je rendrai une petite visite à mon directeur. Je lui expliquerai tout ce que je sais, tout ce que j'ai découvert au sujet de Laura. Et j'espère qu'il me donnera cette enquête et les moyens de la mener.

— Et s'il refuse ? interroge Cloé.

— Je passerai mes nuits devant chez vous.

— C'est tout ce que vous avez à proposer ?

Tant de mépris dans sa voix…

— Je ne peux rien de plus. Désolé.

— Et s'il se montre, vous pourrez faire quoi ?

Tant de colère, dans ses yeux. Presque de la haine.

— S'il se pointe, je m'occuperai de lui.

— Puisque vous n'avez pas autorité, de quel droit… ?

— Si je l'envoie à l'hosto ou à la morgue, il ne pourra plus vous toucher.

— Si vous faites ça, vous allez vous griller défi-nitivement !

— Ce qui compte, c'est vous. Le reste, je m'en balance. Ce qui pourra m'arriver ensuite m'est parfaitement égal.

— Arrêtez de mentir ! Je crois que vous n'avez pas envie de perdre votre boulot. Parce que c'est tout ce qu'il vous reste.

— Vous vous trompez, corrige Gomez avec un regard réfrigérant. Il ne me reste rien. Plus rien du tout.

Il enfile son blouson et quitte la pièce. Cloé s'élance à sa poursuite, l'agrippe par le bras.

— Où allez-vous ?

Alexandre a envie de mordre. Sans doute parce qu'elle lui parle comme à un chien.

— Je retourne dans ma caisse. Merci pour le café.

Cloé se place entre lui et la porte.

— Restez ici !

— Je ne suis pas là pour obéir à vos ordres. Et je ne suis pas votre exutoire !

Elle ressemble à une panthère sur le point de lui sauter à la gorge. Sophie aussi était belle lorsqu'elle se mettait en colère… Cependant, elle avait plus d'élégance.

— J'ai une veine terrible ! balance Cloé. Le seul flic qui s'intéresse à mon cas est un paria, un imposteur !… Si ça se trouve, vous êtes son complice !

Il réprime une furieuse envie de la forcer à se taire.

— Vous délirez ! Et si je ne vous semble pas assez efficace, allez vous chercher quelqu'un d'autre.

Il ne pensait pas qu'elle le prendrait si mal. Espérait même qu'elle le trouverait héroïque. Il se demande soudain pourquoi il est venu à son secours.

— Vous m'avez prise pour une conne ! Disparaissez !

— Si vous voulez que je m'en aille, laissez-moi passer.

Elle ne bouge pas, continuant à le provoquer. Alors, il l'attrape par les épaules, la déplace d'un bon mètre et ouvre enfin la porte.

— Ne me touchez plus jamais !

Elle frise l'hystérie.

— Aucun risque, rétorque Alexandre en dévalant les marches du perron. Et passez le bonjour de ma part à votre ami, dès qu'il vous rendra visite !

Cloé perd sa dernière goutte de sang-froid et continue de hurler.

— Espèce d'enfoiré ! Ça m'étonne pas que ta femme t'ait plaqué ! Elle a bien fait de se tirer, pauvre con !

Alexandre fait demi-tour. Surprise, Cloé rentre à la hâte puis tente de refermer la porte.

Trop tard.

Gomez file un coup d'épaule, elle est projetée en arrière, manque de perdre l'équilibre.

— Oh pardon ! ricane Alexandre. Je n'ai pas bien entendu votre dernière phrase… Vous disiez ?

Instinctivement, Cloé recule de quelques pas.

— Sortez de chez moi.

Elle a baissé d'un ton, il accentue son sourire. Celui qui ferait frémir l'enfer. Cloé sait qu'elle vient de franchir la limite. Et que ce type est dangereux.

Courir ne servirait pas à grand-chose vu qu'il n'y a qu'une porte et qu'il est devant.

— Je me boirais bien un autre café, finalement, ajoute Gomez. Vous permettez ?

Il la frôle, va tranquillement s'installer dans la cuisine. Cloé reste plantée dans le vestibule, ne sachant trop quelle attitude adopter. Elle songe à s'enfuir de sa propre maison, essaie de se souvenir où elle a mis les clefs de sa voiture.

Sa voiture, garée en bas de chez Gomez

Si elle part à pied, il la rattrapera. Alors autant l'affronter.

Elle le rejoint, constate qu'il s'est servi un café.

— Faites comme chez vous ! crache la jeune femme.

— Merci, vous êtes très aimable.

Il a l'air de bien s'amuser. Sauf que la haine enflamme ses yeux, redevenus ceux d'un fou.

Furieux.

Cloé attrape un couteau qui traîne sur le plan de travail et le planque dans son dos. Puis elle se campe en face de lui et soutient son regard.

— Alors comme ça, vous pensez que je suis son complice ? Peut-être même que c'est moi ! rigole le flic. Puisque je suis un *enfoiré*... Non, j'oubliais que je ne suis qu'un *pauvre con*... Je ne suis donc pas assez intelligent pour être ce fameux psychopathe !

— Je n'ai pas dit ça, murmure Cloé. Je n'ai pas dit que c'était vous.

Il ajoute un sucre dans sa tasse, ne la quitte pas des yeux.

— Je vous fais peur, *mademoiselle* ? Qu'est-ce que vous planquez dans votre dos ? Un couteau, je parie ! Vous croyez vraiment que vous faites le poids ?

— J'aimerais que vous sortiez de chez moi, maintenant.

— Je finis d'abord mon café, ça ne vous dérange pas ? J'ai passé la nuit à me geler les couilles dans ma caisse, juste pour veiller sur une hystérique. Ça mérite bien une petite récompense, non ?

Il avale son café, se lève. Mais, au lieu de se diriger vers la porte, il se dirige droit sur elle.

— Et j'ai faim, ajoute-t-il.

Cloé se liquéfie sur place. Il la bloque contre l'évier, tend le bras pour ouvrir le placard et s'empare d'un paquet de biscuits. Il approche sa bouche de son oreille.

— Ma femme ne m'a pas plaqué, murmure-t-il. Elle est morte dans d'atroces souffrances.

Un grand froid enlace brutalement Cloé.

— Je... je suis désolée. Je n'avais pas compris...

Elle n'essaie même pas de se dégager, consciente de n'avoir aucune chance.

— Vous ne comprenez rien. Vous vous croyez supérieure à tout le monde. Vous vous croyez parfaite... Ce malade ne vous a pas choisie au hasard, je crois.

— Qu'est-ce que vous en savez ? contre-attaque Cloé.

— C'est une évidence.

Cloé ravale une insulte. Elle sait qu'en ajoutant un mot, un seul, elle peut déclencher un cataclysme.

— Je peux même comprendre qu'on ait envie de vous démolir...

Le cœur de Cloé fait un tour sur lui-même, elle étouffe.

— Qu'est-ce qui se passe, mademoiselle Beauchamp ? Vous avez perdu la parole ?

Se taire et baisser les yeux, elle ne voit pas d'autre alternative. Ne pas attiser les braises rougeoyantes de sa colère. Celles qui éclairent son regard de dément.

Face à son silence, Alexandre recouvre son calme.

Il passe une main derrière elle, s'empare du couteau et le jette dans l'évier.

— Faut pas jouer avec ça, dit-il. C'est dangereux.

Il s'éloigne enfin, Cloé respire à nouveau.

— Bonne chance, en tout cas ! lance-t-il depuis le couloir. Et encore merci pour le café.

Dès qu'il a fermé la porte, Cloé se laisse glisser jusqu'au sol. Il ne l'a pas touchée, elle a pourtant l'impression d'avoir été rouée de coups.

Elle se retrouve des années en arrière, immobile dans ce silence et cette hébétude qui succédaient à la violence.

Chapitre 41

Le crépuscule a pris une bonne heure d'avance. Le ciel est si bas, si lourd, qu'il semble prêt à crever les toits.

— Voilà, ça fait dix-neuf cinquante, madame.

Cloé tend un billet de vingt euros au chauffeur de taxi.

— Gardez la monnaie, dit-elle.

Elle rejoint aussitôt sa Mercedes, garée juste derrière la voiture d'Alexandre. En levant la tête, elle aperçoit un rectangle de lumière sur la façade éteinte. Il est donc chez lui.

Cloé joue nerveusement avec sa clef. Envie de déguerpir, sauf que...

Ça fait des heures qu'elle y pense. Pas le choix, il faut qu'elle y aille. Qu'elle lui parle. Même si la simple pensée d'une confrontation avec Gomez lui est insupportable.

Il le faut. Parce qu'elle n'a personne d'autre et qu'un maniaque l'a choisie pour cible.

Parce qu'elle est seule à en crever et qu'il est son unique espoir.

Parce que tout le monde la croit folle à lier. Tout le monde, sauf lui.

Parce qu'il est coriace, fort et intelligent. Un solide rempart entre elle et l'Ombre.

Reste à trouver les mots justes, ceux qui le feront flancher. Il faudra faire profil bas. Peut-être même user de son charme. Peu importe la façon, seul compte le résultat : le convaincre de redevenir son ange gardien.

Cloé se présente à l'entrée de l'immeuble plutôt modeste pour ne pas dire moche. La veille au soir, elle est rentrée en sonnant au hasard. Quelqu'un a fini par lui ouvrir.

Aujourd'hui, ça ne fonctionne pas. Misant beaucoup sur l'effet de surprise, elle veut à tout prix éviter de s'annoncer. Cette brute serait capable de la laisser sur le trottoir.

Heureusement, la providence lui sourit lorsqu'un couple sort du bâtiment. Cloé en profite pour s'y engouffrer et grimpe au deuxième étage. À chaque marche, ses tripes se nouent un peu plus.

Il ne pourra pas m'abandonner. Il n'en a pas le droit et je ne le mérite pas.

Arrivée à destination, elle réajuste sa tenue et sa coiffure avant de frapper trois coups.

Gomez n'est pas du genre à regarder par le judas ; Cloé s'en aperçoit dès qu'il ouvre la porte. Il est visiblement surpris.

— Tiens, tiens… Mademoiselle Beauchamp ! Quel vent mauvais vous amène ?

Il sort apparemment de sa douche ; cheveux encore mouillés, rasé de près. Vêtu d'un tee-shirt noir orné d'une tête de mort sur un vieux jean usé.

— Bonsoir… Je suis venue récupérer ma voiture.

— Elle n'est pas ici. Cherchez plutôt dans la rue.

Cloé retient un sourire. Plus nerveux qu'autre chose.

— J'en ai profité pour monter vous dire un mot.

— Quelle charmante idée !

Il s'appuie au chambranle, croise les bras.

— Vous ne m'invitez pas à entrer ? Ce n'est pas très poli !

— Je suis un grossier personnage, chuchote le commandant avec un affreux sourire. Et je meurs d'envie de vous claquer cette porte au nez. Alors magnez-vous de dire ce que vous avez à dire.

Cloé joue le tout pour le tout. Elle le bouscule et pénètre de force chez lui. Il aurait pu l'en empêcher, s'est laissé faire.

— Je ne veux pas discuter de ça sur le palier, ajoute-t-elle.

Gomez ferme la porte et se campe face à elle. Ils se tiennent dans une minuscule entrée, sorte de début de couloir sombre, qui ouvre sur un salon pauvrement meublé. Cloé est venue ici même la veille, n'en garde pourtant qu'un vague souvenir.

Elle n'ose pas s'aventurer plus loin.

J'ai réussi à entrer, c'est déjà ça.

— Alors ? Qu'aviez-vous de si urgent à me confier ?

— Je suis désolée, pour ce matin. Je n'aurais pas dû réagir aussi mal. Voilà, c'est tout.

Elle a l'impression qu'elle vient de se mettre à plat ventre.

— *C'est tout* ?... Je suppose que c'est le moment du script où je suis censé vous répondre que c'est oublié et que je suis à nouveau prêt à vous aider. C'est bien ça ?

C'est exactement ça. Alors vas-y, dis-le !

— Rien ne vous y oblige, réplique-t-elle.

— En effet ! Ravi de vous l'entendre dire.

— Mais c'est votre boulot, rappelle maladroitement

Cloé. Et je suis sûre que vous avez envie de boucler cette enquête.

Elle lui sourit avec impertinence, voire insolence. Oublié, le profil bas.

— Ce que j'aime bien chez vous, c'est que vous ne doutez de rien ! balance le flic.

— Écoutez, commandant, je sais que je vous ai refroidi ce matin, mais…

— Vous ne m'avez pas *refroidi*, corrige Alexandre. Vous m'avez traité comme une merde, parlé comme à un clébard et, pour finir, insulté.

— N'exagérez pas ! souffle Cloé.

— C'est moi qui exagère ? Celle-là, c'est la meilleure !

Il a de nouveau croisé les bras, comme un gosse buté.

Un gosse d'un mètre quatre-vingt-dix et d'une centaine de kilos.

— Vous auriez dû jouer franc jeu avec moi dès le départ, poursuit Cloé. On n'en serait pas arrivés là.

— C'est ma faute, c'est évident !

— Vous allez m'aider, n'est-ce pas ?

— Vous pensez toujours que les autres sont à votre service ou c'est juste pour moi ?

— Je n'ai jamais pensé que vous étiez à mon service ! se défend Cloé.

Il remarque qu'elle tripote une mèche de ses cheveux. Terriblement mal à l'aise.

— Oh que si, mademoiselle ! Et je crois que vous devriez vous poser certaines questions. On dirait bien que vous considérez les autres comme vos domestiques, que vous vous en servez à votre guise… Et je ne fais pas partie de vos *gens*, altesse !

Cloé a envie de le gifler, ce qui serait vraiment la dernière chose à faire.

— Bon, vous allez m'aider, oui ou non ? interroge-t-elle d'une voix tranchante.

Elle vient de hausser la voix, le regrette instantanément.

— Rappelez-vous, je ne suis qu'un *paria*, même pas un vrai flic. Seulement un *imposteur*.

— Vous me laissez tomber, c'est ça ?

— C'est exactement ça, confirme Gomez.

— Et je fais quoi, moi ?

Alexandre la plante dans le vestibule pour retourner s'installer dans son canapé. Cloé comprend qu'elle n'est pas invitée à le suivre.

Il termine tranquillement son verre, tandis qu'elle le fixe avec une grenade dégoupillée sous chaque paupière.

— Vous faites ce que vous voulez, répond-il enfin. Je m'en balance, pour tout vous dire.

Il se verse une nouvelle dose de bourbon et allume une clope.

— Je ne vous raccompagne pas, vous connaissez le chemin.

Derrière les volutes de fumée blanche, Cloé devine son sourire désinvolte.

— Vous êtes ignoble ! crache-t-elle.

— Vous n'êtes pas la première à me le dire. Soyez plus originale.

Cloé hésite à sortir. Reste le plan B. Risqué, certes, mais au point où elle en est…

Elle entre dans le salon, reste tout de même à distance. Il la toise avec amusement.

— Vous êtes encore là ?

— Je peux vous payer, propose sèchement Cloé.

Elle vient de le surprendre une nouvelle fois. Ses yeux le trahissent.

— Vous voulez dire avec de l'argent ? insinue-t-il d'un ton particulièrement odieux.

Elle reste bouche bée. Alexandre se met à rire doucement et avale le contenu de son verre.

— Évidemment, avec de l'argent ! Pour qui vous me prenez ?

— Vous croyez que j'ai besoin de votre blé ? Vous pensez que je fais la manche, peut-être ?

— Dites-moi combien vous voulez.

Elle est raide comme la justice. Gomez sent bien qu'elle souffre mais n'arrive pas à avoir pitié d'elle. Étrangement, plus elle s'enfonce, plus il a envie de lui appuyer sur la tête.

Si seulement elle pouvait ôter son armure, montrer sa peur. Si seulement elle pouvait le toucher.

Sauf que plus grand-chose ne peut le toucher.

— Je suis trop cher pour vous.

— J'ai beaucoup d'argent.

Il s'extirpe du canapé et la saisit par le bras pour la reconduire dans l'entrée.

— Je ne suis pas à vendre, assène le commandant en ouvrant la porte.

D'un geste brutal, elle se dégage de son emprise et passe une main sur son manteau, comme s'il venait de la salir.

— Puisque vous avez tant de fric, payez-vous un garde du corps.

— Vous aurez ma mort sur la conscience !

— J'ai tellement de choses sur la conscience, soupire Alexandre. Au revoir, mademoiselle Beauchamp.

Alexandre a presque fini la bouteille de bourbon.

Elle n'était pas pleine, monsieur le procureur...

Les pieds sur la table du salon, il achève son paquet de Marlboro.

Ça fait deux heures qu'elle est partie. Ou plutôt qu'il l'a jetée dehors. Il se demande où elle est. Il se demande surtout pourquoi il s'est montré si dur envers elle. Après tout, elle était venue s'excuser même si elle n'a pas su comment s'y prendre.

Sophie le contemple, au travers du nuage de fumée. Et son regard est sévère. Sans appel.

— Cette nana est insupportable, plaide Alexandre. Elle se croit tout permis et prend les autres pour ses esclaves !

Voilà qu'il parle seul, maintenant.

Ça lui arrive, depuis que Sophie l'a abandonné.

Il avale les dernières gorgées de Jack Daniel's, balance le verre par-dessus son épaule.

— Elle n'a qu'à se démerder puisqu'elle est si *forte* !

Sophie continue à le dévisager, Gomez détourne son regard. Une indigestion de remords lui file la nausée.

Dès qu'il se lève, il voit les lignes droites se courber, des vagues s'échouer sur le mur. Il se retient au dossier du canapé, ferme les yeux. Même picoler, il ne sait plus.

Il titube jusqu'à la salle de bains, passe sa nuque sous le jet d'eau froide.

Il redresse la tête, s'affronte dans le miroir.

— Elle te ressemble, c'est vrai. Mais elle est si différente de toi...

Dans la cuisine, il avale un café serré. Puis un autre.

À quoi je sers ?

Cent fois, il s'est posé la question. Depuis qu'elle n'est plus là, il erre sans but dans un monde ravagé par son absence. Un monde après une catastrophe nucléaire où il fait malheureusement partie des survivants.

Un monde sans couleur, sans odeur, sans saveur. Sans pitié.

Un monde qui ressemble à l'enfer. À l'idée qu'il s'en fait.

— J'aurais tant voulu qu'elle soit comme toi !

Il retourne s'affaler sur son divan, fixe le mur qui n'a rien à lui apprendre. Il s'insupporte, en alcoolique désœuvré, vautré sur un canapé bon marché. La déchéance.

Il est au bord du gouffre.

Non, pas au bord. Suspendu par les pieds, il a déjà la tête dedans. Vue imprenable sur un abîme sans fond. Et il réalise que la seule chose qui retarde le plongeon, c'est la traque.

Bizarre de se dire que c'est un psychopathe qui tient la corde lui évitant de tomber.

Il enfile un blouson, récupère son Sig-Sauer et les clefs de la Peugeot avant d'éteindre la lumière. Tandis qu'il descend les étages en se cramponnant à la rampe, la voix de Sophie résonne dans son cerveau saturé d'alcool.

Ce n'est pas une raison suffisante pour la laisser mourir, mon amour...

Gomez entre dans sa voiture, met le contact.

— Tu as gagné, chérie, je retourne à la chasse. Je

dois coincer ce fils de pute. Si je ne le fais pas pour cette hystérique, je dois le faire pour Laura.

C'est facile de trouver des prétextes, des alibis en béton. Gomez a juste peur de tomber dans le vide. Retarder le moment, voilà la seule chose qui lui importe.

*

* *

Dans la vie, il y a des besoins vitaux. Essentiels, primaires. Qui nous rappellent que nous ne sommes rien d'autre que des animaux.

Parmi eux, un endroit où se sentir en sécurité. Un abri, un refuge. Un terrier, un gîte.

Quand cet endroit n'existe plus, on devient un animal traqué, la peur chevillée au corps.

Quand on ne se sent plus en sécurité nulle part, on devient un simple gibier. Une proie, qui fuit et se retourne sans cesse, ne trouvant plus le repos.

Cloé en a désormais conscience. Et ça fait mal. Terriblement mal.

Après avoir roulé plus d'une heure sur des routes tristes et glissantes, sans but et sans espoir, elle est revenue chez elle. Au point de départ. Parce qu'il faut toujours revenir.

Vous pouvez boucler vos valises et vous enfuir...

Abandonner son travail, renoncer au poste de directrice générale. À tout ce qu'elle a construit.

Disparaître, s'évaporer dans les brumes d'un matin froid.

C'est peut-être plus difficile encore que d'affronter la peur.

Elle est assise dans son living, le P38 à portée de main.

Pourquoi me l'a-t-il laissé ? Il aurait pu me le dérober pendant que j'étais inconsciente. Pendant qu'il... Il n'a même pas peur que je le blesse ou que je le tue. Il se croit tout-puissant.

Sans doute parce qu'il l'est.

Les *pourquoi* s'enchaînent à un rythme effréné. Ils rebondissent dans sa tête, se heurtent aux parois douloureuses de son crâne. Le principal, peut-être, c'est le *pourquoi moi* ?

Cette question rituelle quand le malheur frappe, quand on a l'impression d'être son unique cible.

Parce que je suis belle, sans doute. Attirante. Quelqu'un d'important. Parce que j'ai réussi, que j'excite les jalousies, la convoitise.

Un mets de choix, c'est certain. Un défi, un challenge. Ou une obsession.

On se rassure comme on peut. Trouver une cause, une raison.

Ce flic m'a laissée tomber. Comme Bertrand avant lui. Pourtant, j'ai fait de mon mieux. Pourtant, je me suis excusée.

Un salaud ordinaire.

Il a raison sur un point, elle devrait peut-être se payer les services d'un garde du corps ou d'un privé. Un mercenaire, mec costaud qui dormirait sur son paillasson toute la nuit. Bon chien de garde aux crocs puissants.

Le bruit de la sonnette fait presque éclater son cœur. Pourtant, l'Ombre ne s'annonce pas.

Cloé met le pistolet dans la poche de son sweat-shirt en polaire et se dirige lentement vers le vestibule, allumant les lumières devant elle. Elle colle son oreille à la porte, se demandant qui peut bien lui rendre visite.

— Oui ?

— Gomez.

La surprise est de taille. Quoique… Cloé sourit nerveusement et tourne le verrou. La première chose qu'elle voit, ce sont ses yeux dans lesquels se reflète la lumière de l'entrée. Deux meurtrières sur les profondeurs de l'enfer. C'est bien lui.

— Et si ça n'avait pas été moi ? balance le flic.

— Pardon ?

— Comment étiez-vous sûre que c'était bien moi ?

— J'ai reconnu votre voix, prétend Cloé.

— Vraiment ? Avec un seul mot ?

Cloé referme à double tour puis le précède jusqu'à la salle à manger. Là, il vire son blouson, s'installe dans un fauteuil.

— Vous voulez un verre ?

— Je suis déjà ivre.

Cloé frémit, tente de masquer ce qu'elle ressent. Un soulagement profond, une peur viscérale. Elle ignorait que ces deux-là pouvaient se marier.

— Préparez-moi plutôt un café, ordonne Gomez.

Elle s'en va dans la cuisine, se débarrasse du P38 qu'elle cache dans un placard, derrière les conserves. Puis elle s'attelle à préparer du café. Un sourire de gamine clignote sur ses lèvres.

Il est revenu. J'ai gagné, je suis la meilleure.

Je n'ai pas à avoir peur de lui, ce serait ridicule. Il aboie mais ne mord pas.

Elle dépose la cafetière, une tasse et le sucrier sur la table basse, s'assoit en face de lui. Tandis qu'il remplit son mug à ras bord, Cloé le dévisage avec insistance. Il ne semble pas ivre, contrairement à ce qu'il prétend.

— Vous auriez dû vérifier que c'était moi avant d'ouvrir, reprend-il en sucrant son café. Faites poser un judas par le serrurier, demain.

— D'accord… Merci d'être revenu sur votre décision.

Elle vient de dire ça d'un ton victorieux. Ce n'est pas un remerciement. Plutôt un constat.

J'ai gagné, vous avez cédé.

— Ce n'est pas à cause de votre pitoyable tentative que j'ai changé d'avis. Et si j'accepte de m'occuper de cette affaire, ce sera sous certaines conditions.

Le sourire de Cloé disparaît. Elle se remémore sa proposition, le fameux plan B ; il va lui demander du fric. Elle calcule combien d'argent dort sur ses livrets, décide d'une somme à ne pas dépasser. Comme si sa vie ne valait pas l'intégralité de son compte en banque.

— Je vous écoute, dit-elle.

Alexandre allume une cigarette, se cale dans le fauteuil.

— Vous ne me parlez plus jamais comme vous l'avez fait ce matin et vous m'obéissez, sans poser de questions.

Cloé a la sensation d'avaler une brosse à chiottes.

— C'est tout ?

— Si vous y arrivez, ce sera déjà pas mal ! ricane le flic.

— Vous ne voulez pas d'argent ?… Tout travail mérite salaire !

— J'ai déjà un salaire. Je suis en congé, pas au chômage. Et je vous répète que je ne suis pas à vendre.

Finalement, il ne profite pas de la situation.

Finalement, ce n'est pas un monstre. Plutôt un mec bien.

— Attention, mademoiselle Beauchamp, si vous ne respectez pas mes conditions, je ne mets plus un pied ici, c'est bien clair ?

— On ne peut plus clair, assure Cloé.

— Parfait. Votre café est dégueulasse. Du jus de chaussette...

— Je peux vous en préparer un plus serré, si vous le souhaitez.

Il lui décoche un sourire blessant.

— Ne forcez pas trop le trait ! Le déguisement de femme soumise ne vous va pas du tout.

— Faudrait savoir ce que vous voulez, monsieur Gomez.

— Choper cet enfoiré, voilà ce que je veux. C'est la seule chose qui m'intéresse.

— Nos objectifs sont donc les mêmes.

— Racontez-moi tout depuis le début, enjoint le flic en remplissant sa tasse une nouvelle fois. Je veux réentendre toute l'histoire. Il y a peut-être un détail qui m'a échappé.

Cloé soupire longuement.

— Vous allez passer la nuit ici ? demande-t-elle.

— Ça vous dérange ?... Ou ça vous tente ?

Elle feint d'être offusquée, ce qui le fait à nouveau sourire.

— Je bosse demain, ajoute-t-elle.

— Eh bien, plus vite vous aurez raconté votre histoire, plus vite je partirai.

— C'est sûr. Dites, pour ce matin...

— Inutile qu'on revienne là-dessus, tranche le commandant.

— Si. Je voulais juste vous dire que... Quand vous

414

m'avez annoncé que vous n'étiez pas en service, juste après m'avoir annoncé que le mec qui me poursuit est un dangereux psychopathe, j'ai mal réagi. J'ai même été odieuse envers vous. Mais c'est simplement parce que j'ai eu peur. Très peur, même. Et quand on a peur, on…

— … sort les griffes ?

— C'est ça, oui, murmure Cloé.

— OK, répond Alexandre. C'est noté. Mais ça n'excuse pas votre comportement.

— Vous êtes toujours aussi intransigeant ?

— Ça nous fait un point commun, vous ne croyez pas ?

Elle se met à rire, discrètement. Élégamment. Gomez se détend aussi, un peu malgré lui.

Mais la seconde d'après, elle ne rit plus. Elle est même au bord des larmes. Elle quitte le canapé, passe derrière lui et se plante face à la fenêtre, faisant mine de regarder dehors.

Alexandre avale son café, essayant de ne pas la brusquer.

— Qu'est-ce qui se passe ? demande-t-il simplement.

— Rien, ça va.

— Alors venez vous asseoir et racontez-moi.

Cloé obéit mais préfère l'autre fauteuil au canapé. Ne pas être pile en face de lui, plutôt à ses côtés. Il pivote légèrement pour l'avoir dans son champ de vision. Elle a replié ses jambes sous elle, déchiquette l'ongle de son index avec ses dents. Ce n'est pas la première fois que Gomez la trouve touchante. Dès qu'elle dépose les armes, elle ressemble à une gamine un peu capricieuse, un peu fragile. Qu'on a envie de protéger.

Aussi irrésistible que dangereuse.

— Vous voulez qu'on fasse ça demain ? Si vous ne vous sentez pas, on peut...

— Non. Je ne veux pas que vous partiez. J'ai besoin de vous.

Il cache son malaise derrière la fumée d'une nouvelle cigarette.

— Il n'a peur de rien, murmure Cloé. Il sait que je suis armée, aurait pu me voler mon pistolet, ne l'a pas fait.

Alexandre décide de ne pas l'interrompre, de ne pas la fixer. Comme s'il quittait discrètement la pièce. Lui donner l'impression qu'elle se confie à une caméra fixe. Il réglera le problème du flingue plus tard. Ou le lui laissera, il ne sait pas encore.

— Il n'a peur de rien, répète la jeune femme, il est sûr de lui. Il veut que tout le monde me croie cinglée. Que, même moi, je me demande si je deviens folle. Je vais peut-être le devenir, à force... Il m'a montré qu'il ne supporte pas que je m'éloigne de lui. Il m'a punie lorsque j'ai mis plusieurs centaines de kilomètres entre nous. Il s'en est pris à mon père, il savait combien ça me ferait mal. C'était pour me forcer à revenir, me forcer à l'affronter. Ou plutôt, me forcer à rester à sa disposition... On dirait qu'il anticipe le moindre de mes mouvements, qu'il me suit à la trace. Comme s'il pouvait me voir, tout le temps. Alors que moi, je ne le vois jamais. Il apparaît, il disparaît... Il connaît mon visage et même mon corps, maintenant. Alors que moi, je ne sais pas à quoi il ressemble... Je sais juste qu'il est grand et qu'il a de la force.

Elle fait une pause, Alexandre est suspendu à ses lèvres. Hypnotisé par sa voix suave, qui distille la douleur et l'horreur avec une grâce inimaginable.

C'est sûr, il ne l'a pas choisie au hasard.

— Il m'a déshabillée, hier. Il a dû prendre tout son temps. Il portait des gants, ça je m'en souviens. Des gants noirs. Peut-être les a-t-il enlevés après m'avoir droguée ? Ça, je l'ignore... Ce que je sais, c'est qu'il a pris son pied.

Elle a terminé de ronger l'ongle, attaque la chair. Alexandre sent monter en lui une vague de chaleur. Quelque chose qui l'indispose au point d'avoir envie de se sauver.

— Je n'arrête pas d'y penser, reprend Cloé. À ce qu'il m'a fait... Ça me bouffe la tête, ça m'empêche presque de respirer. J'étais inconsciente, il a pu disposer de moi comme il le voulait. Il a peut-être... Non, pas *peut-être* : je suis sûre qu'il a abusé de moi ! Même si ça n'a pas laissé de traces. Moi, je le sais, je le sens...

Le commandant passe une main sur sa bouche, comme pour cacher ce qu'il ressent. Alors que Cloé ne le regarde pas. Elle n'est pas là, elle est ailleurs.

Entre ses mains.

— Il ne veut pas me tuer, plutôt me *détruire*. Ce n'est pas la même chose. Il m'arrache des morceaux de chair à chacune de nos rencontres. Et il continuera, jusqu'à ce qu'il ne reste rien de moi...

Le malaise d'Alexandre s'accroît. Sans doute parce qu'il entend parfois une note de désir vibrer dans sa voix, une sensualité percer dans ses gestes.

Il a gagné, elle veut lui appartenir. Bientôt, elle sera prête à lui céder, à se laisser assassiner sans même se défendre. Et c'est intolérable.

Alexandre se lève d'un bond, Cloé cesse de parler.

— On reprendra demain, dit-il en attrapant son vieux blouson en cuir.

— Vous partez ?

— Je ne serai pas loin.

Elle remarque qu'il ne la regarde pas. Qu'il ne la regarde plus. Comme si elle était soudain un spectacle insoutenable.

Elle le rattrape alors qu'il est déjà dans le couloir.

— Restez, s'il vous plaît... J'ai peur d'être seule.

— Vous bossez demain, rappelez-vous. Alors il faut que vous dormiez.

— Je ne dors plus, révèle Cloé. Depuis des semaines.

— Impossible ! rétorque le flic.

— Une heure, par-ci par-là... Mais si vous êtes là, je prendrai un somnifère et je pourrai enfin dormir.

Alexandre est sur la défensive. Ne pas céder.

— Je ne suis pas votre doudou. Achetez-vous une peluche.

— Arrêtez de me traiter comme ça, commandant ! Je ne le mérite pas, merde !

Il ne répond pas, fixe la porte avec une envie grandissante de s'enfuir.

— Je peux vous préparer la chambre d'amis. Vous serez bien installé, je vous assure. Personne ne vous attend, de toute façon.

Il braque ses yeux dans les siens, enfin.

— Merci de me le rappeler, lance-t-il d'un air mauvais.

— Pardon, murmure Cloé.

Elle s'approche, beaucoup trop près. Prend la main du flic dans la sienne. Il n'essaie pas de la lui reprendre.

— OK, dit-il enfin. Je reste cette nuit, parce que vous n'avez pas encore fait changer les verrous. Mais c'est la dernière fois.

— Merci.

Elle fait monter ses doigts le long de son bras. Elle se colle contre lui, il ferme les yeux.

— Pas de ça, Cloé.

— Pourquoi ? Je sais que je vous plais…

Toujours cette assurance, inébranlable. Sûre d'elle, de son charme, de ce qu'elle suscite chez l'autre.

— Et vous me plaisez aussi, ajoute-t-elle.

— Non. C'est juste que vous avez besoin de moi.

Il la repousse avec un minimum de délicatesse alors qu'il a pourtant envie de la placarder contre le mur tout proche. Autant qu'il a envie de la porter jusque sur son lit.

Il ne sait plus très bien où il en est. Ce qu'il désire, ce qu'il refuse. C'est tellement soudain.

C'était tellement prévisible.

Il y a le visage de Sophie. Qui vient se superposer au sien.

Il y a cette angoisse absurde de ne pas y arriver.

Il y a l'odeur imaginaire de l'autre sur sa peau. Ce salopard qui l'a touchée pas plus tard que la veille.

Cloé revient doucement à la charge, passe ses bras autour de son cou, essaie de l'embrasser. Il ressemble à une statue en bronze.

— Je vous fais peur ? murmure-t-elle. C'est parce que je lui ressemble ?

Il la repousse une nouvelle fois, elle renonce. Soudain très mal à l'aise.

— Excusez-moi, j'ai cru que… C'était stupide. Je vais vous préparer la chambre. J'en ai pour cinq minutes.

Elle se sauve bien vite, il reste planté comme un idiot dans le couloir.

Fuir ou rester. Résister ou plonger.

Cloé réapparaît, il a l'impression qu'elle ne s'est jamais éloignée.

— Votre chambre est prête... Vous avez besoin d'autre chose ?

Il oublie de répondre.

La dévisage pendant de longues secondes. Elle a pleuré, ses yeux n'en sont que plus beaux.

Lorsqu'il s'approche, elle n'est pas surprise.

Lorsqu'il prend son visage entre ses mains, elle oublie pourquoi il est là.

Lorsqu'il l'embrasse, qu'il l'enlace, elle oublie qu'elle va mourir.

Un endroit où se sentir en sécurité. Enfin.

Chapitre 42

Quand Cloé se réveille, elle est étonnée.

D'avoir réussi à dormir. Sans somnifère, sans alcool. Juste en fermant les yeux.

Il est tôt, le jour n'est encore qu'une promesse. La seule dont on sait qu'elle sera tenue.

Alexandre a quitté la chaleur des draps. Assis dans un fauteuil, il la regarde. Avec une intensité dont seuls ses yeux sont capables.

— Tu es réveillé depuis longtemps ? demande Cloé.

— Je n'ai pas dormi.

— Pourquoi tu ne viens pas près de moi ?

Elle l'invite d'un petit geste de la main, d'un sourire provocant. Il ne bouge pas.

— Allez, viens ! supplie-t-elle d'une voix lascive.

Enfin, il franchit la courte distance qui les sépare, grimpe sur le lit à la manière d'un fauve en approche de sa proie.

Cloé est sous la couette, il ne s'y aventure pas. Il s'allonge sur le côté, continue à la regarder. Puis il fait descendre lentement l'enchevêtrement de tissus qui protègent son corps.

Elle empoigne les barreaux du lit, captive volontaire.

Lorsqu'il pose une main froide sur son ventre brûlant, elle se mord la lèvre.

— Ferme les yeux, ordonne Alexandre.

Elle obéit. Juste sentir, ressentir. Imaginer. On voit
tellement mieux, les yeux fermés.

Cette main, incroyablement douce, qui monte
jusqu'à sa gorge, redescend sur ses hanches.

Mais la douleur n'est pas loin. Là, juste sous sa
peau.

— Tu crois qu'il m'a fait quoi ? demande-t-elle
d'une voix à peine audible.

— Je crois qu'il t'a fait ça, chuchote le flic dans
son oreille.

Sa main se fait moins légère lorsqu'elle s'immisce
entre ses jambes.

Cloé serre ses cuisses dans un réflexe. Trop tard,
il est déjà en elle.

— Ne bouge pas. Rappelle-toi, tu étais inconsciente, à sa merci…

Sa voix vibre de nuances cruelles, perverses. De
menaces.

Cloé entend son cœur qui s'affole, cogne fort dans
sa poitrine et jusque dans sa tête.

— Je crois qu'il a fait ça aussi…

De son autre main, Alexandre serre sa gorge. À
peine, sans l'empêcher de respirer.

Cloé a envie de lui échapper. De lui résister.

De lui céder et même de l'encourager.

Quelque chose la force à se soumettre à sa volonté.
Plaisir de lui donner ce qu'il attend.

— Tu t'en souviens, maintenant ? demande
Alexandre.

Des images se bousculent dans le cerveau de la

jeune femme. Sensations qui prennent vie, se mélangent les unes aux autres.

— Est-ce que tu as aimé ça ?

— Je sais pas… Je sais pas !

— N'ouvre pas les yeux, ordonne à nouveau le flic. Pas encore.

Il balade ses lèvres sur sa peau, le sang afflue jusqu'au cerveau de Cloé. Juste derrière ses paupières, un ciel rouge barré d'éclairs.

— Moi, j'ai aimé ça, révèle Gomez. Et j'avais hâte de recommencer !

Énorme coup de tonnerre.

Cloé ouvre les yeux et plonge directement dans ceux d'Alexandre. Comme dans un bain de lave en fusion.

— C'est toi ? murmure-t-elle avec effroi.

— Qui veux-tu que ce soit ?

Il sourit, sa poigne se referme sur la gorge de Cloé.

— Mon Dieu ! gémit-elle.

— Ton dieu, c'est moi.

La peur devient plus forte que l'envie. Elle tente de le repousser, de s'enfuir. Il la plaque sur le matelas et pèse de tout son poids sur elle. Ses doigts se sont transformés en lames qui lacèrent sa peau.

Elle hurle, se débat. Il la mord jusqu'au sang, lui arrache des morceaux de chair.

Bientôt, la douleur est si forte qu'elle exige le silence.

Bientôt, Cloé ne peut même plus crier.

Abandonner, s'abandonner. Lui donner ce qu'il désire.

Son corps en pâture, son âme en sacrifice.

Mourir entre ses mains en oubliant qu'un jour elle a aimé vivre.

Chapitre 43

Gomez passe son jean et quitte la chambre en fermant la porte derrière lui.

Dans le salon, il récupère son blouson en cuir, l'enfile à même la peau et s'exile sur le perron.

Appuyé sur la rambarde en pierre, il savoure la fraîcheur nocturne pendant de longues minutes, un léger sourire sur les lèvres.

Il se sent bien. Étrangement apaisé.

Pourtant, il était sûr que ça lui ferait mal.

L'air est électrifié, l'orage continue de gronder au loin. Un éclair sabre parfois le ciel laiteux, y laissant une évanescente cicatrice.

Finalement, Alexandre s'assoit sur la première marche et allume une Marlboro.

Il y a si longtemps qu'il n'avait pas éprouvé pareille sérénité… Et même s'il sait que ça ne durera pas, puisqu'il sait que ça ne pourra pas durer, il profite de chaque seconde de cette rémission aussi miraculeuse qu'éphémère.

En évitant de penser à ce qui viendra ensuite.

Chapitre 44

Quand Cloé se réveille, elle est étonnée.

D'avoir réussi à dormir. Sans somnifère, sans alcool. Juste en fermant les yeux.

Il est tôt, le jour n'est encore qu'une promesse. La seule dont on sait qu'elle sera tenue.

Alexandre a quitté la chaleur des draps. Assis dans un fauteuil, il la regarde. Avec une intensité dont seuls ses yeux sont capables.

Cloé se redresse lentement, pressant les draps sur son corps. Elle tremble, une sueur froide perle au creux de ses reins.

— Tu rêvais de moi ? suppose Alexandre.

Dans les premières lueurs de l'aube, sa voix est mate, presque inhumaine.

Cloé tremble de plus en plus, face à cette silhouette immobile qui se mélange à l'ombre.

— Ou peut-être que tu rêvais de lui…

Il se déplie avec grâce, la rejoint en moins d'une seconde. Cloé repousse les draps avant de bondir hors du lit. Mais entre elle et la porte, il y a Alexandre. Qui la fixe bizarrement.

Il pose un pied par terre, elle recule jusqu'à heurter le mur.

— Je te fais peur ?

Il l'enlace, pose ses lèvres à la naissance de son cou. Elle suffoque, son cœur agonise.

— Qu'est-ce qui se passe, Cloé ?

Il écarte une mèche de cheveux qui lui barre le visage, observe la terreur qui grandit démesurément dans ses yeux.

— C'est toi ? gémit la jeune femme.

— Oui, c'est moi, répond Alexandre en souriant tendrement. Qui veux-tu que ce soit ?

— Mon Dieu !

Elle s'effondre dans ses bras, il l'empêche de tomber, la dépose sur le lit.

— Dis-moi ce qui t'arrive, s'inquiète Gomez. Parle-moi…

— Tu vas me tuer ?

Le flic la regarde, sidéré. Puis, d'un seul coup, il comprend.

— Comment tu peux croire une chose pareille ? reproche-t-il d'une voix sourde.

— J'ai rêvé que c'était toi… Ça semblait si vrai ! Tu me mordais jusqu'au sang, tu m'étranglais…

Gomez ramasse ses fringues qui traînent sur le tapis, quitte la chambre sans ajouter un mot. Alors qu'il s'enferme dans la salle de bains, Cloé enfouit son visage dans l'oreiller et se met à hurler, à taper du poing sur le matelas.

Ce n'était qu'un cauchemar. Si réel, pourtant.

Elle l'a blessé, à nouveau. Il va l'abandonner, à nouveau.

Alors, elle se précipite jusqu'à la salle de bains, entre sans frapper. Il est déjà sous la douche mais elle se jette à l'eau sans hésiter. Suspendue à son cou, elle l'embrasse à n'en plus finir. S'excuse, à n'en plus finir.

— Tu es complètement folle ! dit Alexandre.

— Oui !

Elle éclate de rire, il la serre contre lui.

Un instant, aussi fugace que délicieux, il oublie qu'un jour il a eu envie de mourir.

Comment as-tu osé, mon ange ?
Il a posé les mains sur toi... Et tu t'es laissé faire.

Tu te donnes de grands airs mais tu n'es qu'une salope, une traînée. Une moins que rien.

Personne n'a le droit de te toucher, pourtant. Personne, à part moi.
Tu le sais, mais tu as voulu me blesser.
C'est réussi, je l'avoue ! Bravo, mon ange : ma fureur est désormais sans limite.
Il va donc falloir que je te rappelle les règles.

Je vais te montrer ce qu'il en coûte de me désobéir. De me tromper, de me trahir.

Tu veux me provoquer, peut-être ? Me défier ? Pour voir de quoi je suis capable, sans doute.
Tu verras, mon ange.
Bientôt, je te le promets.

Chapitre 45

Gomez décroche alors qu'il est au volant.

— C'est moi, annonce Maillard d'une voix sèche. Amène-toi, faut que je te voie.

— Je comptais justement passer, révèle Alexandre. Mais j'ai un truc à faire avant…

— Tout de suite ! exige le commissaire. Tu viens immédiatement, c'est compris ?

Alexandre regarde l'heure sur le tableau de bord. La psychiatre de Laura ne consulte que le matin, il ne voudrait pas la rater. À peine 9 h 45, c'est jouable. Et ce n'est pas le moment de contrarier Maillard qui a déjà l'air de s'être levé du pied gauche.

— OK, j'arrive.

Le divisionnaire raccroche sans autre forme de politesse, Gomez place le gyrophare sur le toit et exécute un demi-tour au beau milieu d'un boulevard.

Qu'est-ce qu'il me veut, alors que je suis en *vacances* ?

Soit l'IGS a pris une décision, soit Maillard a eu vent de l'enquête qu'il mène en douce. Quoi qu'il en soit, l'entrevue risque d'être explosive.

Une quinzaine de minutes plus tard, Alexandre gare

sa voiture devant l'hôtel de police et grimpe directement jusqu'au bureau du patron.

— Salut, dit-il.

Le commissaire fixe son subordonné avec une
colère évidente. Mais Alexandre a l'habitude.

— Qu'est-ce qui se passe ? demande-t-il en se
posant sur une chaise.

— Tu es bien en congé ? attaque Maillard. Je ne
me trompe pas ?

Alexandre soupire et sort son paquet de cigarettes
de la poche de sa chemise.

— C'est toi qui m'as foutu en congé, je ne vois
pas pourquoi tu me poses la question.

— Alors tu peux m'expliquer ce que tu fabriques
avec cette fille ?

— Quelle fille ?

— Me prends pas pour un con, Alex ! enrage le
divisionnaire.

— Tu parles de Cloé Beauchamp ?

— Oui, je parle de Cloé Beauchamp, confirme
Maillard. Je parle d'une cinglée qui...

— Elle n'est pas cinglée, l'interrompt Alexandre
d'une voix calme. Et elle a besoin de nous parce
qu'elle est en danger.

Le directeur ouvre un dossier sur son bureau.

— C'est d'un psy dont elle a besoin. Et tu n'es
pas psy, Alex. Psychopathe, peut-être, mais psychiatre,
sûrement pas !

— Merci du compliment.

— Tu devais te tenir tranquille, tu devais te reposer,
te mettre au vert... Te faire oublier !

— Si personne ne la prend au sérieux, elle va
mourir. C'est ce que tu veux ?

Maillard semble ébranlé par l'assurance de son ami.

— Qu'est-ce qui te permet d'affirmer ça ?

— Lorsque j'ai appris pourquoi elle était venue nous voir, j'ai tout de suite fait le rapprochement avec une autre affaire dont j'avais entendu parler. Une nana, dans le 95, ayant porté plainte à plusieurs reprises pour le même type de problème.

— Et alors ? Des agitées du bocal, il doit y en avoir pas mal qui traînent chez nous comme dans le 95 !

— *Et alors ?* réplique Alexandre en le fixant droit dans les yeux. Alors, l'autre *agitée du bocal* est morte.

Le commissaire reste silencieux un instant. Alex sait qu'il a fait mouche.

— Morte comment ?

— Officiellement, c'est un suicide. Le saut de l'ange.

Sur les lèvres du divisionnaire se profile un sourire narquois. Mauvais présage.

— Un suicide, hein ?

— Peut-être bien qu'on l'a poussée dans le vide, ajoute le commandant.

— Plein de gens sautent par la fenêtre. Ça arrive tous les jours. Et c'est assez rare qu'on ait besoin de les aider.

— Pourquoi tu ne me fais pas confiance ?

— Je t'ai toujours fait confiance, Alex. Mais tu n'as pas le droit d'enquêter sur cette affaire.

— Eh bien, dans ce cas, mets quelqu'un d'autre dessus.

— Hors de question.

— Mais pourquoi ?

— Parce qu'il n'y a pas d'affaire ! J'ai lu les mains courantes et la plainte déposée samedi soir. J'ai appelé le toubib qui a examiné cette fille. Il n'y a rien, Alex. C'est vide. Complètement vide ! Vu la charge de boulot, je ne vais pas mobiliser quelqu'un simplement parce qu'un flic en congé a un vague pressentiment !

— Arrête de hurler, prie Alexandre. Je ne suis pas n'importe quel flic et j'ai des éléments qui ne sont pas seulement un *vague pressentiment*. Le dossier est vide parce que ce salopard est malin.

— Non, Alex. Je ne marche pas. Cette fille nous mène en bateau, elle a des problèmes à résoudre et n'a qu'à aller voir un spécialiste. Quant à toi, depuis que… depuis que Sophie n'est plus là, tu ne fais que des conneries.

Gomez accuse le coup. Il s'y attendait.

— Tu ne crois plus en mon instinct ?

— Pas en ce moment, assène Maillard. De toute façon, le parquet a classé la plainte de samedi. Alors, on ne peut pas enquêter.

Ce n'est pas une grosse surprise, mais Alexandre gardait un espoir.

— Cette fille est barge, répète son directeur. Alors éloigne-toi d'elle, OK ?

— Elle est menacée, je le sais !

— Elle *se croit* menacée, nuance.

Gomez garde le silence, Maillard hausse le ton.

— Ne m'oblige pas à prendre des sanctions envers toi ! Je n'en ai pas envie.

Alexandre fixe son ami quelques secondes jusqu'à l'obliger à baisser les yeux puis claque la porte sans ajouter un mot. En passant devant son bureau, il s'arrête un instant. Bizarrement, il a l'impression de n'être plus ici chez lui.

Un étranger, que même les murs rejettent.

*
* *

432

Cloé ouvre sa messagerie tout en terminant son expresso. Nathalie progresse, son café devient buvable.

Un mail de Pardieu ayant pour objet URGENT attire son attention. Elle clique dessus, constate qu'il a été envoyé le matin même à 8 h 15 à l'ensemble des cadres de l'entreprise.

Tous convoqués à une réunion surprise, en début d'après-midi.

Une bouffée brûlante enflamme sa poitrine. Le grand jour est arrivé. Il va l'annoncer à tous.

Cloé sourit et ferme les yeux. Aujourd'hui, jour du sacre. Aujourd'hui, elle tiendra sa victoire.

Il faut qu'elle partage ça avec quelqu'un, qu'elle le crie sur les toits. Elle attrape son portable, ouvre son répertoire. Mais qui appeler ?

Naturellement, elle compose le numéro d'Alexandre. Il décroche quasi instantanément.

— C'est moi, Cloé. Je te dérange ?

— Je conduis, mais ça va... Qu'est-ce qui se passe ?

— Le Vieux nous convoque tous pour une réunion surprise cet après-midi. Il va annoncer qui sera son successeur... Ça y est, je vais enfin être officiellement désignée !

— Tant mieux, répond Alexandre.

— Ça n'a pas l'air de te faire plaisir !

Elle réalise soudain qu'elle connaît à peine cet homme. Pourtant, c'est à lui qu'elle a eu envie de se confier.

— C'est pas ça, réplique Gomez. J'ai quelques soucis, je t'en parlerai ce soir. J'ai un rendez-vous, là...

— D'accord. Je t'embrasse.

— Moi aussi.

Il raccroche, Cloé relit le mail de Pardieu. Sa main se crispe sur la souris.

Bizarre que le Vieux ne lui en ait pas parlé avant de l'envoyer.

Mais pourquoi lui en aurait-il parlé, après tout ? Il lui a déjà annoncé la bonne nouvelle il y a des semaines. Et puis, elle se remémore qu'il lui a fait des sourires appuyés ce matin, quand elle est passée le saluer. Ils ont conversé un long moment, elle s'est à nouveau excusée de son retard de vendredi avant de lui parler d'un gros contrat qu'elle s'apprête à décrocher. Une manne, pour l'Agence. Et Papy a eu l'air particulièrement satisfait.

Alors non, aucun doute ne doit venir la ronger.

Elle se laisse aller en arrière sur son fauteuil, savoure l'instant. L'impression d'être une princesse à la veille de son couronnement. Bientôt, elle sera maîtresse en ces lieux.

Des années de travail acharné, des sacrifices astronomiques. Et enfin, la récompense.

Elle aurait aimé l'annoncer à Bertrand. Elle a passé la nuit avec un autre homme, pense encore à lui. Il devrait être là, à ses côtés. Il est si loin, pourtant. La blessure, toujours ouverte, semble refuser de cicatriser.

Après la joie, les larmes.

Je n'aurais jamais couché avec ce flic si tu ne m'avais pas abandonnée !

Soudain, alors qu'elle imagine les yeux fermés le visage de Bertrand, quelque chose la percute de plein fouet. Quelque chose qui manque de la faire tomber.

Une évidence.

Chaque fois que ce monstre s'est manifesté, Bertrand n'était pas là.

J'ai déjà aperçu l'Ombre dans la rue, alors que

j'étais avec Carole. Mais jamais lorsque j'étais en compagnie de Bertrand. Pourquoi ?

La première fois que ce malade m'a suivie dans la rue, c'était après une soirée où Bertrand ne m'avait pas accompagnée.

Tant de coïncidences troublantes... Son esprit se met à tourner à un rythme effréné, l'épisode du garage lui revient en mémoire.

Bertrand a très bien pu couper l'électricité lui-même, me tendre ensuite ce piège. Qu'est-ce qui me prouve qu'il a réellement été le témoin de cet accident de voiture ?

Le soir où j'ai vu l'Ombre dans le jardin... Quelques minutes plus tard, Bertrand sonnait à ma porte.

L'accident de mon père... Je lui avais donné l'adresse de mes parents et raconté au téléphone que papa faisait sa balade chaque matin.

Les incidents défilent en accéléré dans sa tête, elle peine à respirer.

Non, c'est impossible !

Pourtant, on dirait qu'un voile vient de se déchirer. Le ciel s'éclaircit, elle voit nettement. Distingue le contour de chaque chose.

L'Ombre et Bertrand ne sont qu'une seule et même personne.

*
* *

— Il faut prendre rendez-vous, monsieur.

Gomez exhibe sa carte de flic, avec l'impression de brandir un faux.

— Je dois voir le médecin très vite. J'ai laissé un message, samedi.

— Oui, je l'ai eu en arrivant, répond la secrétaire. Mais le docteur Murat est en consultation toute la matinée.

Alexandre lui adresse un petit sourire qu'il espère charmeur.

— Je me faufilerai entre deux patients. C'est très important, vous savez… J'ai vraiment besoin de la rencontrer. Et je ne lui volerai pas trop de son temps, c'est promis.

— Je lui en parle dès qu'elle sort de son cabinet, assure la secrétaire. En attendant, patientez dans la petite salle, là…

— D'accord. Merci, madame.

Il va sagement s'asseoir dans la pièce où attend déjà un homme d'une cinquantaine d'années qui n'a pas l'air dans son assiette. La plante verte semble plus en forme que lui.

Il transpire à grosses gouttes et se ronge méthodiquement les ongles. Le flic espère qu'il sera mieux en sortant du cabinet qu'en y entrant.

— Ça fait longtemps que vous venez ? demande le patient d'une voix mal assurée. Elle est vraiment très compétente, vous verrez. Moi, ça fait cinq ans que je la vois chaque semaine.

— Ah… Et ça vous fait du bien ?

— Oui. Avant, vous voyez, je n'aurais jamais osé vous parler.

— J'ai l'air si effrayant que ça ? s'inquiète Alexandre.

— Non, c'est pas ça ! C'est moi… J'ai des phobies. Je n'arrive pas à parler aux autres. Enfin, je n'y arrivais pas. Maintenant, ça va mieux. Et vous ? Ça vous gêne, peut-être… de dire pourquoi vous êtes là. Je suis indiscret !

— Non, ça ne me gêne pas, réplique Gomez. Je viens lui parler d'un suicide.

Le patient écarquille les yeux, visiblement catastrophé. Gomez aurait mieux fait de se taire.

— Il ne faut pas ! Il ne faut pas, je vous assure ! Le suicide n'est pas la solution !

— Je suis commandant de police et j'ai besoin d'un conseil dans l'une de mes enquêtes, corrige bien vite Alexandre.

— Oh, pardon ! Je croyais que…

— Y a pas de mal.

La porte du cabinet s'ouvre à point nommé ; la psychiatre raccompagne une jeune femme puis s'entretient quelques secondes avec sa secrétaire avant de se présenter à la porte de la salle d'attente. Elle salue son habitué et toise Gomez.

— Commandant ? Je vais vous recevoir tout de suite. À condition que ce soit rapide.

Alexandre lui serre la main, adresse un clin d'œil à l'homme assis à côté de la plante verte puis suit la psychiatre jusqu'à son spacieux cabinet.

— Pardonnez-moi de ne pas avoir pris rendez-vous, mais j'ai eu votre nom samedi et c'est assez urgent.

— Asseyez-vous, propose le docteur Murat.

Gomez s'installe sur l'unique chaise qui trône devant le bureau. La psychiatre est une femme d'une quarantaine d'années, au physique plutôt ingrat mais au regard intimidant.

— Je viens vous parler de Laura Paoli. Une de vos anciennes patientes.

— Laura Paoli… Oui, je m'en souviens, acquiesce la toubib. Que devient-elle ?

— Elle est morte, révèle le flic.

La psychiatre n'a pas de vraie réaction.

— J'aurais dû m'en douter. Sinon, vous ne seriez pas là... Que lui est-il arrivé ?

— Elle s'est suicidée en se jetant par la fenêtre. Il y a environ six mois.

Murat s'accorde un instant pour digérer la mauvaise nouvelle. L'échec.

— Le fait qu'elle ne vienne plus vous consulter ne vous a pas alarmée ? demande le flic.

— Non. Ça arrive très souvent, vous savez... Les patients interrompent leur suivi quand bon leur semble. Et puis, je n'ai pas vu Laura très longtemps. Quatre séances, tout au plus. Mais je me rappelle de cette jeune femme parce que ce n'est pas un cas qu'on rencontre tous les jours.

— Ça m'arrange, sourit Gomez. Comme ça, vous allez pouvoir me parler d'elle, de ses problèmes. Racontez-moi d'abord comment était Laura lorsqu'elle est venue vous voir. Pourquoi elle avait besoin de vous...

La psychiatre s'installe plus confortablement dans son fauteuil et croise les jambes.

— Je me souviens qu'elle fixait le divan comme s'il lui faisait peur. Alors qu'elle était déjà assise sur la chaise. *Il paraît que je suis folle, docteur*, a-t-elle dit d'entrée. J'ai été surprise, évidemment. Je lui ai demandé qui prétendait qu'elle était folle et elle m'a dit : *Tout le monde. Mes amis, ma famille...* Ensuite, elle m'a raconté son histoire. Une présence, invisible, qui transformait sa vie en cauchemar... Des fenêtres qui s'ouvraient pendant son absence, des objets qui changeaient de place sur les étagères. Des photos qui disparaissaient dans les albums. Des bruits, la nuit... Au départ, je me suis dit qu'elle était vraiment harcelée, mais j'ai vite compris qu'elle souffrait d'un délire paranoïaque.

— Pourquoi ? interroge Gomez.

— Eh bien parce qu'elle me racontait des histoires à dormir debout ! Pourquoi diable quelqu'un rentrerait chez elle – et comment rentrerait-il chez elle sans effraction, alors qu'elle a fait changer les serrures ? – pour déplacer simplement des bibelots sur les étagères ?

— Pourquoi pas ? assène le commandant.

— Parce que ça n'a aucun sens ! se défend la psychiatre.

— Sauf s'il désire justement que tout le monde la croie folle. Il fait des choses complètement improbables aux yeux de tous, voire aux yeux de sa propre victime, de façon à ce que personne ne puisse songer un instant qu'il existe vraiment ailleurs que dans la tête de cette pauvre femme...

— Vous insinuez que Laura était réellement harcelée ? Vous avez des éléments qui permettent de le penser ?

— Oui.

Il a l'impression que Murat vient de recevoir un coup de gourdin sur le crâne.

— Nous aurions alors affaire à un individu particulièrement pervers...

— Tout juste, confirme Alexandre. Un de mes collègues m'avait parlé de Laura Paoli et il se trouve qu'une femme est venue dans le commissariat où je travaille pour se plaindre de faits quasiment identiques. Alors, forcément, j'ai fait le rapprochement.

— Vous êtes en train de me dire qu'il a recommencé ?

— Malheureusement, docteur.

La psychiatre enlève ses lunettes, comme pour ne pas voir l'évidence.

— Mais ce n'est pas un peu gros, non ? demande-t-elle. Je veux dire… que vous ayez entendu parler de Laura et que vous soyez tombé sur la seconde *victime* ?

— Ce type vit dans le coin, il chasse dans les parages. Je ne connais que deux de ses victimes, mais si ça se trouve, il y en a beaucoup plus. Et forcément, vu ses méthodes et le temps qu'elles prennent, il est obligé d'agir sur un territoire restreint. Un psychopathe peut sillonner la France lorsqu'il viole ou qu'il tue sa victime et rentre ensuite tranquillement chez lui. Ici, nous avons affaire à un type qui les harcèle pendant des mois. Alors, il ne peut pas s'éloigner de chez lui, de son travail s'il en a un… Donc, ses victimes sont toutes regroupées dans le même secteur géographique.

— Je n'arrive pas à y croire, avoue la toubib. Et quel serait son but, selon vous ?

— Les rendre folles. Et les tuer ensuite. Laura s'est officiellement jetée par la fenêtre mais je pense qu'il l'a un peu aidée.

Murat secoue la tête. Elle refuse visiblement d'y croire, même si ses certitudes viennent d'en prendre un coup.

— Pourquoi les rendre folles, comme vous dites, avant de les tuer ?

Gomez hausse les épaules.

— Ne me demandez pas de comprendre les motivations profondes d'un psychopathe. Moi, c'est plutôt les dealers, les braqueurs, les proxos…

— Je vois, sourit la psy. Vous savez, j'ai décelé chez Laura un délire paranoïaque. Et je cherchais les raisons qui auraient pu la faire basculer dans ce genre de pathologie. Mais elle ne m'a malheureusement pas laissé le temps de comprendre. Elle n'est venue que trois ou quatre fois, comme je vous l'ai indiqué... Sans doute n'ai-je pas dit ce qu'elle voulait entendre, alors elle n'est pas revenue.

— En effet, ce n'est pas le suicide qui a interrompu les séances, confirme Alexandre. Elle s'est donné la mort environ deux mois après avoir cessé de venir ici.

— Dites-moi, cette femme dont vous me parlez, celle qui serait la seconde *victime*...

Elle a une drôle de façon de dire victime. Gomez comprend qu'il ne l'a pas convaincue.

— Je songe à quelque chose... Ne pourrait-elle pas avoir entendu parler de Laura ?

— Elles ne se connaissaient pas, affirme Gomez.

— Vous êtes certain qu'elles n'avaient pas d'amis en commun ? Que cette femme n'a pas pu, d'une manière ou d'une autre, avoir connaissance de l'histoire de Laura ?

— Pourquoi ?

— Si cette seconde *victime*...

— Elle s'appelle Cloé, précise Alexandre.

— Si Cloé a entendu parler de cette histoire, si cela lui a fait peur, elle a très bien pu par la suite développer le même genre de symptômes. Si elle avait le terrain, bien sûr.

Gomez lui adresse un regard interrogateur.

— Je vais être plus claire...

— Je veux bien ! ironise Alexandre.

— Imaginons un instant que Cloé ait ces fameuses prédispositions. Autrement dit, qu'elle ait une personnalité paranoïaque. Imaginons ensuite qu'elle entende parler de ce que vit Laura. Elle se persuade que cette femme est réellement harcelée. Ça l'effraie, elle se dit que c'est un cauchemar qu'elle n'aimerait pas endurer. Elle se dit même qu'un malade mental rôde dans le secteur. Qu'il pourrait très bien s'en prendre à elle… Il suffit ensuite d'un déclencheur pour qu'elle suive le même chemin que Laura.

— Un déclencheur ?

— Un homme qui la suit dans la rue, par exemple. Ça arrive tous les jours, vous savez.

— C'est comme ça que ça a commencé, avoue Gomez. Un type qui l'a suivie alors qu'elle rejoignait sa voiture.

— Cloé a-t-elle des antécédents psychiatriques ? Une personnalité paranoïaque ?

— Je n'en sais rien, avoue le flic.

— Il faudrait vérifier, commandant. Il faudrait interroger ses proches, ses amis… Bien sûr, ce n'est pas forcément facile à déceler pour des non-spécialistes, mais je crois que votre priorité est de savoir si, oui ou non, Cloé a pu entendre parler de Laura. Et si la réponse est oui, soyez sûr qu'elle souffre du même syndrome.

— Je ne crois pas, mais je vais vérifier.

— Il faut que je vous laisse, maintenant. Je ne peux pas faire attendre mon patient plus longtemps.

Chapitre 46

Cloé n'a pas déjeuné.

Elle a l'impression qu'un nœud coulant étreint ses tripes un peu plus à chaque respiration.

Toutes les cinq minutes, elle consulte l'horloge, en bas à droite de son moniteur. Elle ne saurait dire si le temps avance trop vite ou trop lentement.

La réunion commence dans un quart d'heure, Cloé a le trac. Comme l'artiste, avant d'entrer en scène.

Elle quitte son bureau pour rejoindre les sanitaires. Face au grand miroir, elle arrange ses cheveux, vérifie son maquillage, boutonne son chemisier un peu plus sévèrement.

Une directrice générale doit-elle être sexy ou stricte ?

Ses mains sont légèrement moites, tout comme son front. Elle réalise alors qu'elle a changé. Vraiment, profondément. Il y a quelques mois à peine, elle aurait montré plus d'assurance. Le seul sentiment qu'elle aurait ressenti dans un moment pareil aurait eu un goût de victoire.

Mais il s'est passé tant de choses, en si peu de temps...

Les deux mains à plat sur le carrelage verdâtre qui entoure la vasque, elle ferme les yeux.

J'ai réussi, le grand jour est arrivé. J'ai réussi, malgré les obstacles, malgré tout ce que j'ai eu à affronter. Malgré ce que Bertrand m'a fait subir.

— Mais je vais tout raconter à Alexandre et il va te réduire en miettes !

La porte s'ouvre, la silhouette de Martins se dessine dans le miroir. Imposante.

Ils auraient pu éviter les toilettes mixtes.

— Nerveuse ? nargue le directeur adjoint.

Il la toise de son petit air satisfait.

Pauvre Philip, tu ne sais pas ce qui t'attend !

— Je n'ai aucune raison d'être nerveuse.

— En effet, puisque les jeux sont faits, confirme Martins avec un sourire qui en dit long.

Ils se dévisagent par reflets interposés, ça dure de longues secondes. Puis Cloé retourne dans son bureau et tombe nez à nez avec le président.

— Il est l'heure, Cloé.

— Allons-y, dit-elle.

Il lui prend le bras, ce contact inhabituel la rassure. Ils marchent ensemble vers la grande salle de réunion où une partie des cadres attend déjà. Comme s'ils traversaient une cathédrale pour rejoindre l'autel.

Les tables et les chaises ont été poussées dans le fond. Ce sera donc une réunion debout, ou plutôt un discours.

Martins arrive à son tour, serre quelques mains. Son regard croise à nouveau celui de Cloé, dans un affrontement silencieux. Puis Pardieu se place près de la fenêtre et réclame le silence. En arc de cercle, les collaborateurs se rassemblent face à lui. La grand-messe peut commencer.

— Je vous ai tous réunis aujourd'hui pour vous annoncer quelque chose de particulier.

On entend les mouches voler. Et les battements de son cœur, Cloé en est sûre.

— J'ai décidé de prendre ma retraite dans une quinzaine de jours.

La nouvelle ne surprend personne. Depuis quelque temps déjà, les paris allaient bon train quant à la succession au trône.

— Rassurez-vous, mon discours d'adieu n'est pas pour aujourd'hui ! Je vous le réserve pour mon pot de départ. Quand vous aurez bu assez de champagne pour pouvoir le supporter !

Quelques-uns rigolent doucement, d'autres se contentent de sourire. Cloé et Martins restent de marbre.

— Si je vous ai réunis aujourd'hui, c'est pour vous dire qui va me succéder à la tête de l'Agence. Il m'a fallu longuement réfléchir, en concertation avec le CA. Et je peux vous dire que le choix n'a pas été facile. Non que je sois irremplaçable, bien sûr, mais… c'est toujours compliqué, ce genre de décision.

Allez, vas-y, Papy, dis-le ! prie Cloé en silence.

— À partir du 1er juin, l'Agence aura à sa tête une personne que vous connaissez tous puisqu'elle travaille chez nous depuis quelques années maintenant…

Une boule de feu explose dans le ventre de Cloé. Elle ne peut empêcher ses lèvres de sourire, ses yeux de se braquer furtivement vers Martins, aussi livide qu'un cadavre.

— Cette personne prendra donc ses fonctions dans une quinzaine de jours, poursuit Pardieu. Et j'espère que vous vous montrerez tous aussi fidèles et loyaux envers elle que vous l'avez été envers moi…

445

Il tourne la tête en direction de Cloé, la fixe droit dans les yeux.

— Mon successeur s'appelle Philip Martins.

Le choc est tel que Cloé a l'impression que le Vieux vient de lui donner un coup de poignard dans le dos.

D'ailleurs, c'est exactement ce qu'il vient de faire.

— Je sais qu'avec Philip la maison sera entre de bonnes mains. Entré chez nous voilà maintenant huit ans, il a su se forger une solide expérience et a démontré qu'il savait à la fois prendre les bonnes décisions au bon moment et travailler dans l'esprit d'équipe qui caractérise l'Agence et a fait son succès.

Cloé est sonnée. Des petites étoiles multicolores morcellent son champ de vision. Elle n'entend plus grand-chose, des mots qui n'ont aucun sens.

Solide expérience... bonnes décisions... esprit d'équipe... succès...

Non, vraiment, ça n'a pas de sens.

Elle tourne une fois encore la tête vers Philip, voit sa défaite se refléter dans les yeux de son rival. Sa défaite et une condamnation à mort.

La douleur est atroce, l'humiliation effroyable.

Les regards, satisfaits ou compatissants, cuisent sa peau, creusent sa chair.

Lorsque les applaudissements éclatent, ils sont autant de gifles.

Alors, Cloé s'enfuit en courant.

Chapitre 47

*Nous aurions alors affaire à un individu particu-
lièrement pervers...*

Nul besoin de consulter un psy pour comprendre
ça. Gomez se dit qu'il a vraiment perdu son temps.
Il se dit aussi que Laura a dû se sentir décidément
bien seule. Seule, face à l'Ombre.

Au point de n'avoir plus qu'une seule issue : le
grand plongeon vers l'inconnu.

Ce plongeon qu'Alexandre redoute autant qu'il
l'espère.

Il laisse sa voiture sur le parking de l'hôpital, s'engouffre dans le grand bâtiment.

Plusieurs jours qu'il n'est pas venu. Mais ce n'est
pas la culpabilité d'avoir abandonné le Gamin qui a
conduit ses pas jusqu'ici. C'est plutôt un impérieux
besoin.

Besoin de le voir, même si c'est au travers d'une vitre.

Arrivé dans le service, Gomez demande la permission d'entrer à l'infirmière en chef.

— Monsieur Laval a été transféré, annonce-t-elle.
Son état s'est amélioré, alors on l'a mis dans une
vraie chambre, en médecine générale.

447

— Il s'est réveillé ? espère Gomez avec un sourire d'enfant.

— Non, il est toujours dans le coma. Mais il n'a plus besoin d'assistance respiratoire.

L'infirmière lui indique le chemin à suivre avant de retourner à ses patients. Alexandre se remet doucement de ses émotions. Pendant une seconde, il a cru que le miracle s'était produit.

Il repart dans les couloirs, s'y perd, demande son chemin.

Enfin, cinq minutes plus tard, il pénètre dans la chambre de Laval sur la pointe des pieds. Comme s'il craignait de le réveiller. Alors qu'il aimerait tant le réveiller…

Il tire une chaise près du lit médicalisé, vire son blouson et s'installe.

— Salut, la Belle au bois dormant. Ta nouvelle chambre est chouette, dis donc !

Il prend la main du Gamin, l'écrase dans la sienne.

— C'est vrai que tu as meilleure mine.

Le visage de Laval est quasiment redevenu normal, aussi fin et racé qu'avant. Il est toujours sous perfusion, évidemment. Une banderille dans chaque bras. Il est également relié à une machine qui épie sa tension artérielle et les battements de son cœur.

Plus de tuyaux dans le nez ou la gorge. Certains de ses bandages ont même été enlevés.

Mais sa jambe n'a pas repoussé. Et ses yeux demeurent désespérément clos.

— Je t'ai apporté ça, reprend le commandant en posant un petit carnet sur la table de chevet. C'est pas de la lecture, puisqu'il est vierge…

Gomez lâche la main du lieutenant et attrape un

stylo dans sa poche. Il ouvre le carnet sur ses genoux, inscrit la date sur la première page blanche.

— C'est une sorte de journal de bord, explique-t-il. Je vais y noter tous les progrès que tu fais jour après jour. Je vais aussi te noter les visites que tu reçois, les choses qui se passent et que tu ne peux pas voir. Mais que tu auras peut-être envie de savoir quand tu... quand tu te réveilleras.

Alexandre, de son écriture tranchante, écrit quelques lignes, puis relève les yeux sur le Gamin.

— Je suis désolé, dit-il. Ça fait plusieurs jours que je suis pas venu, je sais. Mais j'ai un truc sur le feu. Une enquête.

Il se souvient à quel point Laval aimait le foot. D'ailleurs, il y jouait, en amateur.

Lorsqu'il avait ses deux jambes.

La gorge d'Alexandre se comprime, il retient ses larmes.

— Même si je suis sur le banc des remplaçants depuis que tu es sur ce plumard, j'ai décidé de revenir sur le terrain... Je crois que je suis sur un gros truc. Un salopard qui s'en prend à des nanas, qui s'amuse à les rendre folles jusqu'à ce qu'elles se jettent par la fenêtre. Les psychopathes, c'est pas trop mon rayon, mais comme personne ne veut s'occuper de l'affaire, je m'y suis collé... Je crois que ça m'évite de devenir fou, moi aussi ! Et même si je ne viens pas tous les jours, je veux que tu saches que je pense à toi. Et ça, c'est tous les jours. Toutes les minutes. Toutes ces putains de secondes...

Alexandre se retourne brusquement, voit le capitaine Villard à l'entrée de la chambre. Qui sourit, presque tendrement.

Gomez lâche précipitamment la main du Gamin et ferme le carnet.

— Tu peux continuer à lui tenir la main, dit le capitaine en s'approchant.

Les deux hommes se dévisagent quelques instants, puis Villard s'assoit à son tour.

— Il va mieux, non ?

— On dirait, acquiesce Alexandre. En tout cas, il a une meilleure tête. Et puis il respire tout seul, maintenant.

— Et toi, comment vas-tu ?

Gomez est étonné que Villard lui pose cette question. Il se contente de hausser les épaules.

— Qu'est-ce que tu fais de tes journées ? Tu t'emmerdes pas trop ?

— Je tricote des écharpes pour le Secours populaire.

— Paraît que t'enquêtes en douce. C'est vrai ?

— Qu'est-ce que tu veux que je fasse d'autre ! Je suis nul, pour le tricot.

Le commandant reprend finalement la main de Laval dans la sienne.

— Tu crois qu'il va se réveiller ? demande encore Villard.

— J'en sais rien. Si je pouvais donner ma vie pour qu'il récupère la sienne, je le ferais.

Le capitaine secoue la tête.

— T'as toujours adoré les grandes phrases, hein, Alex ?

— C'est la vérité. C'est ma faute s'il est dans cet état. Et je te jure que je voudrais être à sa place. Non seulement pour qu'il n'endure pas ce qu'il endure, mais parce que ça m'irait très bien d'être dans le coma.

Villard est soudain très mal à l'aise.

450

— Alex, on t'a pas beaucoup aidé quand ta femme est partie, mais…

— Tu peux dire morte, coupe durement Gomez.

— Quand ta femme est morte, corrige Villard. Mais t'as pas voulu qu'on t'aide. T'as fait le vide autour de toi.

— Non. J'ai été aspiré par le vide. C'est pas pareil.

— Je sais que tu ne voulais pas ça. On sait tous que tu ne voulais pas ça. Que tu voulais pas mettre Laval en danger. On n'a pas oublié qui tu es.

Gomez sent de nouvelles larmes affluer. Alors, il enfile son blouson et se penche pour embrasser Laval sur le front.

— Je reviendrai demain, mon petit gars. Sois sympa, fais pas trop chier les infirmières.

Puis il serre la main à son adjoint.

— Merci, mon vieux, dit-il.

— De quoi ? s'étonne Villard.

— Merci, c'est tout.

Il passe la porte, accélère le pas pour s'évader au plus vite de ces couloirs qui empestent silencieusement la maladie et la mort. Au moins Sophie aura-t-elle échappé à ça. Vivant ses dernières années dans leur appartement, auprès de lui.

Dès qu'il met un pied dehors, Gomez allume une cigarette et avale une grande bouffée d'oxygène aromatisé à la nicotine. Un délice…

Réfugié dans son appartement, Alexandre avale un déjeuner à scandaliser un nutritionniste, vautré sur son canapé.

Ce soir, il rejoindra Cloé. Pour assurer sa sécurité. Protection très rapprochée…

Il n'aurait jamais dû coucher avec elle, en est parfaitement conscient. Mais n'arrive pas à le regretter vraiment. Il a même hâte que ça recommence, alors que l'idée lui file une sorte de nausée. Il s'écœure lui-même.

Son portable vibre, il tend le bras pour le récupérer sur la table basse.

— Oui ?

— Bonjour, Alexandre, c'est Valentine.

— Valentine…, répète Gomez avec un sourire. Comment tu vas ?

— C'est à toi qu'il faut poser la question, répond la jeune femme.

— Vaut mieux pas.

Un petit silence, puis Valentine se lance.

— Je me demandais si on pouvait se voir, ce soir. Je ne suis pas de service et je te dois une invitation au resto.

— Tu ne me dois rien, précise le commandant. Et ce soir, j'ai quelque chose de prévu.

Il perçoit la déception à l'autre bout des ondes, hésite un instant. Jouissance et désespoir se mêlent parfois si bien…

— Mais on peut se voir cet après-midi, si tu veux.

— Pour un resto, ça ne va pas être pratique ! rigole Valentine.

— Offre-moi un café, alors.

— OK. Tu veux venir chez moi ?

Alexandre imagine un cinq à sept brûlant, préfère esquiver. Pour le moment.

— On pourrait se rejoindre en ville, dit-il. Tu vois le pub de la rue Racine ?

— Non, mais je trouverai, assure la jeune femme.

— 17 heures là-bas, c'est bon ?

— C'est bon, confirme Valentine. À tout à l'heure.

— Je t'embrasse, dit Gomez avant de raccrocher.

Il jette le téléphone à l'autre bout du sofa, soupire. Il saisit un cadre sur la table, le pose sur ses genoux. Il sourit tristement à Sophie.

— Je sais, je déconne... Mais je suis encore là, j'ai tenu parole, tu vois. Pour l'instant, en tout cas. Pourtant, je ne t'avais rien promis, tu te souviens ?... Comment pourrais-tu te souvenir, désormais ? Il n'y a que moi qui me rappelle... Et ça fait mal à en crever.

*
* *

Ça fait mal à en crever.

Cloé s'est enfermée dans son bureau. Debout face à la fenêtre, le front posé sur la vitre, les mâchoires affreusement soudées sur l'échec.

Comment Pardieu a-t-il osé lui infliger une chose pareille ?

Comment ce salaud a-t-il pu se montrer si cynique, si cruel ?

Nathalie frappe un coup à la porte, entre aussitôt.

— Cloé ? Je venais voir si...

— Sortez, ordonne sa supérieure d'une voix sourde.

— Mais...

— Sortez ! répète Cloé sans se retourner.

Enfin, la porte se referme dans son dos. Ses lèvres se mettent à trembler, sa gorge se serre.

Ne pas pleurer, attendre d'être à la maison.

La porte s'ouvre à nouveau, Cloé ferme les yeux.

— Je vous ai dit de sortir !

— J'ai à vous parler, annonce une voix masculine.

Une voix qu'elle hait, désormais. Elle se retourne pour faire face à Pardieu.

— Je comprends votre déception. Mais votre réaction, tout à l'heure… Vous enfuir de la sorte… ! J'aurais aimé un peu plus de retenue. Un peu plus de professionnalisme.

— Oh, je suis vraiment désolée que ma réaction vous ait déplu, monsieur le président !

Elle vient de s'adresser à lui sur un ton inédit. Arrogance mêlée de rage.

— Vous auriez préféré que je vous applaudisse, moi aussi ? ajoute-t-elle.

— J'imagine que vous me détestez, mon petit, soupire Pardieu. Mais…

— Cessez de m'appeler *mon petit*. J'ai un nom. Je m'appelle Cloé Beauchamp.

Le président sourit de manière un peu frondeuse. Comme si tout cela n'était qu'un jeu.

— Je vois que vous n'êtes pas en état de m'écouter. On en reparlera une autre fois.

— Comme il vous plaira, monsieur le président, rétorque Cloé.

Pardieu s'éclipse enfin, refermant doucement la porte. Cloé demeure immobile un instant.

Son regard incendie les piles de dossiers qui s'entassent sur son bureau. Qui la narguent.

Brusquement, elle en attrape un, le jette violemment contre la porte. Les papiers s'éparpillent sur le sol, elle les piétine avec fureur. Puis, dans un silence de mort, elle lance ses précieux dossiers, l'un après l'autre, à travers la pièce.

Enfin, elle s'effondre dans son fauteuil, complètement hébétée.

*
* *

Gomez sort de la douche et part à la recherche de vêtements propres. Il faudrait qu'il songe à faire tourner une machine avant de se retrouver en caleçon.

Il descend l'escalier rapidement, décide d'aller au pub à pied, histoire de profiter de la douceur de cet après-midi printanier. Comme si le soleil pouvait faire fondre la glace.

Question d'épaisseur…

Il s'apprête à rejoindre une femme qui attend quelque chose de lui. Qui, sans doute, est tombée amoureuse de lui. Il s'apprête à lui dire qu'elle devrait l'oublier. Ou à lui donner un espoir, il n'a pas décidé.

Avant d'en rejoindre une autre, qu'il prendra dans ses bras, à qui il fera l'amour, cette nuit.

Tout, sauf plonger. Se raccrocher à n'importe quoi, n'importe qui. Combler le vide qui se creuse en lui, inexorablement. Et qui l'aspire dans un tourbillon vertigineux.

Perdu dans ses pensées, les mains calées au fond des poches de son vieux cuir, il marche rapidement, sans remarquer l'Ombre qui le suit à distance.

*
* *

Il est 17 heures lorsque Cloé trouve enfin la force de quitter sa tanière. Elle ne peut rester une minute de plus dans cet endroit même si elle aurait aimé partir en dernier, histoire de ne croiser personne dans les couloirs.

Ils doivent tous jubiler. Rire dans mon dos.

Bande de salauds.

Elle s'est pris une bonne claque, la Beauchamp. Elle s'est fait remettre à sa place !

Elle imagine les ricanements, derrière chaque porte, invente les regards moqueurs. Les railleries bon marché. Pas un instant, elle ne songe que certains pourraient compatir à son sort.

Quand meurt le prédateur, le gibier exulte… !

Elle a passé l'après-midi à maudire le Vieux. À écouter germer en elle une haine, profonde. À imaginer comment elle pourrait le faire payer.

Comment elle le fera payer.

Alors qu'elle approche de l'ascenseur, elle voit arriver Martins en sens inverse.

Dès qu'il l'aperçoit, il redresse les épaules, bombe le torse. Tel le mâle dominant qui veut montrer qu'il est le plus fort.

Ils se croisent inévitablement, mais leurs regards s'évitent avec brio.

Cloé appelle l'ascenseur et jette un œil en direction de la porte du bureau de Pardieu, tout au bout du long couloir. Son pire ennemi, désormais.

Non, pas son pire ennemi.

Car elle le sait, sa nouvelle faiblesse ravira les ténèbres, faisant d'elle une proie parfaite.

*
* *

Finalement, il ne lui a pas demandé de l'oublier. Il ne lui a rien demandé, d'ailleurs.

Alexandre s'est juste laissé faire. Avec l'impression que son cœur, si fatigué, s'enroulait dans une couverture de soie.

Avec l'impression de planter ses crocs dans une chair tendre et juteuse, d'étancher sa soif avec du sang frais.

Mais rien, pourtant, ne pourra étancher sa soif. Rien, non plus, ne pourra réchauffer son cœur, déjà à l'agonie.

Juste un sursis.

Lorsque Valentine lui a pris la main, il n'a rien fait pour la lui reprendre.

Lorsqu'elle a avancé son visage vers le sien, il l'a embrassée.

Avant de la planter, au milieu de ce pub.

J'ai du boulot, on se voit bientôt.

Elle n'a même pas protesté. Heureuse, visiblement, des miettes qu'il daignait lui donner.

Alexandre arrive en bas de son immeuble, monte directement dans sa voiture et met le gyrophare sur le toit. Il n'est plus flic pour longtemps, le sait. Alors autant en profiter.

Bientôt, tout cela sera terminé.

Cloé, Valentine, sa carrière.

Sa vie.

Tout n'est qu'illusion. Puisqu'elle est morte.

Il respire, il fume, il mange, il boit, il bande. Il a le cœur qui bat, parfois un peu fort. Il a des souvenirs plein la tête, qui surnagent au milieu du désastre.

Mais tout cela n'est qu'un mirage.

Puisqu'il est mort.

Chapitre 48

Cloé avait oublié le serrurier. Il patiente devant chez elle, en grillant une cigarette.

Elle ne songe pas à s'excuser de son retard, le laisse œuvrer sur sa porte d'entrée, tandis qu'elle se réfugie dans le salon. Elle remplit un demi-verre de whisky, y ajoute du jus d'orange et se cale dans un fauteuil.

Tout cela n'est qu'un rêve. Un cauchemar. Elle va forcément ouvrir les yeux. Et tout va reprendre sa place.

Deuxième verre.

Ça lui rappelle quand Lisa est tombée. Juste après, elle s'est dit la même chose.

Pas possible qu'une horreur pareille soit arrivée. Nous soit arrivée.

C'est un cauchemar, je vais me réveiller... Demain matin, tout sera effacé.

Elle ne s'est jamais réveillée. Lisa non plus.

C'était donc vrai.

Elle allume son ordinateur portable, sort de l'oubli son curriculum vitae, datant d'il y a plus de trois ans. À un moment où elle songeait à quitter l'Agence pour aller voir ailleurs. Le mettre à jour, rédiger une lettre de motivation. Et demain, postuler dans une autre boîte.

Sa vue se brouille, elle ferme les yeux. Recommencer, de zéro. Ou presque. Démarrer une nouvelle carrière, dans une autre maison. Avec de nouveaux collègues, un nouveau patron. Un autre à qui il faudra lécher les bottes. Prouver qu'elle a de la valeur, qu'elle est la meilleure.

— Je ne suis pas la meilleure, murmure-t-elle. Je ne suis plus rien…

Elle essuie ses larmes d'un geste rageur, termine son verre.

— Ils ont préféré Martins, ça veut dire que je ne vaux plus rien !

Elle ferme le PC, se lève d'un bond pour arpenter le salon.

— Tout ça, c'est ta faute, fumier ! hurle-t-elle soudain. Tout ça, c'est à cause de toi ! Et je te jure que tu vas me le payer !

À l'entrée de la pièce, le serrurier la fixe d'un air ébahi.

— Vous m'avez parlé ? ose-t-il timidement.

Cloé fait non, d'un signe de tête.

— J'étais au téléphone, prétend-elle. Vous avez terminé ?

— Non, pas encore… J'y retourne.

C'est ça, retournes-y. Fais en sorte que cette ordure ne puisse plus mettre un pied chez moi.

Bertrand, cette ordure. Mais ça pourrait tout aussi bien être Martins… Si tel est le cas, la mission de l'homme en noir est terminée. Cloé ne le reverra plus jamais et s'apprête à débourser une centaine d'euros pour rien. Mais qu'est-ce qu'une centaine d'euros quand son rêve se brise ?

Se brise. Comme la colonne vertébrale de Lisa.

Le serrurier est encore là lorsque Gomez se présente chez celle qu'il appelle encore sa cliente.

Le commandant serre la main de l'artisan.

— Madame est dans le salon ! chuchote-t-il. Et elle a l'air de très mauvais poil !

— Madame est toujours de mauvais poil, précise Gomez avec un sourire.

Gomez trouve effectivement Cloé dans la salle à manger, debout face à la fenêtre, bras croisés, en train de scruter le jardin. On dirait que ça fait des heures qu'elle est là.

— Bonsoir…

Quand elle se retourne, Alexandre comprend instantanément que la journée a été éprouvante.

Son regard, comme un livre ouvert au chapitre tragédie.

Il vient près d'elle, hésite cependant à la toucher. Avec la curieuse impression que la nuit d'avant est déjà loin. Qu'ils sont à nouveau des étrangers.

— Qu'est-ce qui ne va pas ? interroge le flic.

— Sers-toi un verre, si tu veux, propose-t-elle en se remettant face à la fenêtre.

Alexandre remarque alors la bouteille de whisky sur la table basse, le verre vide.

— Je vois que tu as commencé sans moi… On a pourtant déjà parlé de ça, non ?

— Si t'es venu pour me faire la morale, va-t'en, balance Cloé.

— Je suis venu assurer ta protection. Et je te remercie pour ton chaleureux accueil.

Il entend qu'elle ricane.

— *Pour assurer ma protection ?* Ou pour passer un bon moment, peut-être… ?

Alexandre l'oblige à lui faire face. Elle plonge ses yeux dans les siens. Désormais, elle parvient à soutenir son regard. Question d'habitude.

— Tu veux que je te rafraîchisse la mémoire ? propose Alexandre. C'est toi qui m'as allumé, tu ne te souviens pas ?

— J'ai pas eu beaucoup à insister.

Alexandre sourit, comme s'il lui crachait au visage.

— Que veux-tu ? Tu es irrésistible ! C'est ça que tu essaies de me dire ? Curieux que ton mec se soit cassé, alors… Je me demande pourquoi ! Tu es si douce, si charmante !

Cloé se dégage de son emprise, pose son front contre la vitre.

— Qu'il vienne me tuer, ça vaudra mieux.

Le flic soupire et se sert finalement un verre de single malt.

— Merveilleux… Je te propose d'oublier ce qu'on vient de dire, OK ?

— OK, murmure Cloé. Je suis mal, désolée.

— J'avais compris. Tu l'as vu ? suppose-t-il en allumant une Marlboro.

Murée dans le silence, Cloé fixe la rue déserte, soudain passionnante.

— Ton imitation de la statue est parfaite… C'est si dur que ça, de me parler ?

Le serrurier frappe deux coups discrets à la porte du salon.

— J'ai terminé, madame. Je vous ai laissé les deux jeux de clefs à l'entrée.

Cloé attrape son sac à main, en sort son chéquier.

L'artisan lui remet une facture et attend sagement, lorgnant la bouteille de whisky avec l'espoir de se voir offrir l'apéro.

Mais Cloé se contente de lui remettre le chèque, sans un mot.

— Bien, merci. J'espère que, cette fois, vous ne serez plus importunée.

— Au revoir, répond Cloé. Je ne vous raccompagne pas, vous connaissez le chemin.

Le serrurier fourre le chèque dans sa sacoche et lui serre la main.

— Bonne soirée ! lance-t-il d'un ton ironique.

Gomez observe Cloé, tandis qu'elle se ressert un verre. Le troisième.

— Bon, maintenant qu'on est tous les deux, tu peux me dire ce qui t'arrive ?

— Il a gagné ! marmonne Cloé en s'enfuyant vers la cuisine.

Gomez lève les yeux au ciel et lui emboîte le pas.

— J'aime pas les devinettes, précise-t-il.

Cloé met le lave-vaisselle en marche. Chacun de ses gestes est brusque, il devine qu'elle contient sa violence.

— Alors ? insiste le commandant. Ça veut dire quoi, *il a gagné* ?

— Pardieu a donné le poste à Martins.

Elle est effrayante ; cette haine, lorsqu'elle a prononcé le nom de Pardieu et celui de Martins.

— Merde, répond simplement Gomez. Il te l'a annoncé comment ?

— Il a convoqué la moitié du personnel de la boîte et a fait un joli discours sur la personne *extraordinaire* qui allait lui succéder ! Sauf que cette personne, ce n'est pas moi. On appelle ça se faire humilier publiquement, je crois.

— C'est dégueulasse, admet le commandant. Tu lui as parlé ? Je veux dire ensuite…

— J'ai envie de le tuer. Alors non, je ne lui ai pas parlé.

— Tu vas faire quoi ?

— J'en sais rien… Trouver un poste ailleurs, je suppose. Après cet affront, je ne vois pas comment je pourrais rester.

— Pourquoi as-tu dit : *Il a gagné* ?

— Ce poste était à moi. Et s'il m'est passé sous le nez, c'est parce que ces derniers temps, je n'ai pas été à la hauteur. Je suis arrivée en retard, j'ai commis des erreurs, je me suis absentée… Alors oui, il a gagné ! Je ne serai pas directrice générale. Je ne serai jamais directrice générale !

Gomez repense au DRH du supermarché. Ce con de Pastor.

Nombreux retards, absences injustifiées, erreurs de caisse…

— Mais je ne méritais pas ça, poursuit Cloé qui a soudain très envie de parler. Le Vieux a déjà oublié toutes ces années où j'ai bossé comme une dingue, tous ces contrats signés grâce à moi… Tout le fric que j'ai rapporté à sa putain d'Agence !

— Les gens ont la mémoire courte lorsque ça les arrange.

— Je ne crois pas en ton histoire de psychopathe, révèle soudain Cloé. Je crois que c'est quelqu'un qui a voulu me déstabiliser pour que le poste ne me revienne pas.

— Qui ?… Vas-y, dis-moi !

— Martins, évidemment.

Gomez s'assoit et pique une pomme dans la corbeille de fruits.

— Il avait deviné que j'allais avoir la place, alors il a tout fait pour m'écarter ! s'emporte la jeune femme. Avoue que mon hypothèse tient la route, non ?

— Ça tient la route, concède Gomez. Pourtant, je n'y crois pas. Le monde du travail est sans pitié, je te l'accorde. Mais de là à prendre autant de risques... Tu aurais pu le reconnaître, vu que tu le croises tous les jours au bureau.

— Ce n'est pas lui qui a fait le sale boulot, c'est pas son genre. Il a payé quelqu'un.

— Un mec capable de faire ce job, ça ne doit pas être facile à trouver.

— Je crois que c'est Bertrand, mon ex. Ça m'a frappée, comme une évidence. J'ai brusquement réalisé qu'il n'a jamais été là lorsque l'Ombre s'est approchée de moi.

— C'est mince, comme indice... Quel serait donc son mobile, selon toi ?

— Tu ne comprends pas ? L'argent, bien sûr ! Martins a payé Bertrand. Il a fait en sorte de me séduire, et ensuite, il est passé à l'attaque.

— Ce n'est pas exclu, avoue Gomez. Il est vrai que Bertrand a eu les clefs de chez toi. Qu'il connaît tes habitudes... Je vais m'intéresser à lui de plus près.

— Comment ? s'inquiète Cloé.

— C'est mon boulot, je te signale. Alors, fais-moi confiance. Il n'en saura rien.

Elle a les yeux dans le vague, les mâchoires serrées sur son échec. Sur sa colère. Gomez attrape sa main, elle se laisse faire.

— Tu veux qu'on aille dîner dehors ? propose-t-il. Histoire de te changer les idées...

— Je suis fatiguée et j'ai pas faim. Tu te rends pas compte de ce qui m'arrive !

— Si, j'imagine ta déception. Mais tu n'es pas du genre à te laisser abattre facilement. Tu sauras rebondir et trouver ailleurs ce que tu désires… Tu es forte.

Elle a une sorte de rire amer, teinté de désespoir. Celui qui précède les larmes.

— Je ne suis pas forte. C'est juste une illusion… J'ai peur d'une ombre !

— Tout le monde serait mort de trouille à ta place. Alors, ne sois pas trop dure avec toi, d'accord ?

Il lâche sa main, restée froide.

— J'aimerais que tu me dresses la liste de tous les gens que tu connais.

Cloé écarquille les yeux.

— Amis, voisins et anciens voisins, collègues de bureau… Tout le monde, quoi.

— Tu rigoles, non ?

— Pas du tout, assure Gomez. Je sais que tu dois connaître plein de monde, mais… c'est nécessaire. Ça peut m'aider à retrouver l'homme invisible.

— Vraiment ? Mais je te dis que c'est…

— On ne sait pas qui c'est. Pas encore. Et je ne veux écarter aucune piste. Alors fais ce que je te dis, s'il te plaît. Je vais comparer cette liste avec les gens qui ont approché Laura de près ou de loin. Il faut que je trouve le point commun entre cette fille et toi.

— Mais elle est morte ! rappelle Cloé avec violence. Je ne vois pas comment…

— J'interrogerai ses proches, ses amis, ses ex.

Cloé demeure un instant silencieuse, tout en le dévisageant.

— Ils t'ont filé l'enquête ?

Le regard du commandant soutient celui de Cloé.

465

— Non, dit-il. Mon chef estime qu'il n'y a pas d'éléments suffisants. Mais ça ne m'empêche pas de continuer. Rien ne m'en empêchera, d'ailleurs.

Cloé ne fait aucun commentaire. Pourtant, il devine qu'elle lui en veut.

— Et j'ai encore quelques potes dans la maison. Si j'ai besoin de certaines infos, je ferai appel à eux. Pour ma part, je reste persuadé qu'il s'agit d'un malade et qu'il s'en est pris à Laura avant de s'en prendre à toi.

— Qu'est-ce qu'elle faisait dans la vie, cette Laura ? demande soudain Cloé.

— Caissière dans un supermarché.

— Caissière, hein ?… Et tu penses qu'on avait des amis en commun ?

Cloé vient de balancer ça avec un affreux sourire.

— Oh, pardon ! ricane le commandant. Comment ai-je pu penser une chose pareille ? ! Comment ai-je osé imaginer que mademoiselle Beauchamp pouvait avoir le moindre point commun avec une simple caissière de supermarché ? Je suis vraiment trop con !

— Arrête ! ordonne méchamment Cloé.

— C'est toi qui devrais arrêter. Tu méprises tous ceux qui ne sont pas de ton rang, c'est ça ?

Le bruit de la sonnette les empêche de continuer dans cette mauvaise voie. Cloé se dirige vers la porte, suivie de près par son ange gardien.

Un ange gardien avec une gueule de voyou et un parabellum 9 mm.

— T'as pas fait poser le judas ? reproche Alexandre à voix basse.

— Il n'avait pas le matériel. Et puis faut que je demande l'autorisation au proprio…

Alors, Cloé colle son oreille contre la porte et demande :

— Qui est là ?

— C'est Caro, je suis avec Quentin.

*
* *

Ça ressemble davantage à une guerre des tranchées qu'à une conviviale soirée entre amis.

D'un côté de la table basse, sur le canapé, Carole et Quentin. En face, assis dans un fauteuil, Alexandre qui les dévisage sans vergogne.

Banalités. Les embouteillages, les beaux jours qui arrivent, les températures qui montent.

Alors pourquoi fait-il soudain si froid ? Comme un vent du nord qui traverserait le salon de part en part.

Carole, extrêmement tendue, essaie de maintenir un sourire de façade, tandis que Cloé remplit les verres de ses invités et dispose sur la table quelques amuse-gueules.

— On passait dans le coin, j'ai eu envie de venir voir comment tu allais, ma chérie...

Cloé s'assoit enfin du côté d'Alexandre.

— Je ne vais pas très bien, répond-elle d'un ton glacial. Des problèmes au boulot.

— Encore le Vieux qui t'emmerde ?

— Il ne m'emmerdera plus très longtemps. Je vais quitter l'Agence.

— Ah bon ? Et le poste de directrice ?

— Donné à Martins, révèle Cloé en attaquant son verre. Le quatrième.

— Mince, dit Carole.

Un long silence creuse encore le fossé. Puis Carole s'intéresse à l'inconnu assis en face d'elle et que Cloé a juste présenté par son prénom, sans rien ajouter. Il n'a pas l'allure habituelle des conquêtes de son amie de lycée. Plutôt l'allure d'un truand. Séduisant mais effrayant.

Et ces yeux… Ceux d'un fou.

— Et vous, Alexandre ? Dans quoi travaillez-vous ? Gomez la fixe, Carole détourne aussitôt son regard comme si une lumière l'aveuglait.

— Je suis commandant de police.

— Vraiment ? répond bêtement Carole.

— Ça vous dérange ?

— Pourquoi ça nous dérangerait ? intervient Quentin.

L'ambiance est si lourde que Carole desserre le foulard enroulé autour de sa gorge.

— Le commandant Gomez enquête sur l'homme qui me harcèle, ajoute Cloé avec un sourire perfide. Vous savez, celui qui n'existe pas !

Carole soupire, Quentin lui renvoie son sourire.

— Nous avons cru que vous étiez… ensemble, dit-il. Il est tard, pour enquêter, non ? Vous faites des heures sup, commandant ?

Les deux hommes s'affrontent du regard, Quentin ne cède pas.

— Je suis en service vingt-quatre heures sur vingt-quatre, s'amuse Alexandre.

— Nous avons une police particulièrement efficace ! rigole l'infirmier. C'est rassurant. Vous bossez dans quel commissariat ?

— SDPJ du Val-de-Marne.

— Oh… Et votre enquête avance-t-elle ?

— À grands pas. Je ne vais pas tarder à envoyer ce type derrière les barreaux.

— Tant mieux, dit timidement Carole.

— Vous ne croyez ni l'un ni l'autre en l'existence

de ce mystérieux agresseur, n'est-ce pas ? devine le commandant.

— Effectivement, ils n'y croient pas, confirme Cloé. Ils m'ont conseillé d'aller consulter un psy. Il faut dire que Quentin s'y connaît en malades mentaux… Il passe ses nuits à veiller sur eux. Alors forcément, il en voit partout !

— Je n'ai jamais dit que tu étais malade, corrige Quentin avec un calme surprenant.

— Non, juste que j'étais paranoïaque. Et c'est quoi, la paranoïa, sinon une maladie mentale ?

— Je crois qu'on n'a pas eu une bonne idée de s'arrêter ici, soupire Quentin en posant la main sur la cuisse de Carole.

Carole, qui se décompose, seconde après seconde.

— Je crois que Cloé n'a pas très envie de nous voir, continue l'infirmier. Alors, on devrait peut-être prendre congé et laisser le commandant poursuivre ses *investigations*.

Carole lève les yeux vers son amie ; elle est sur le point de pleurer.

— Tu vas m'en vouloir jusqu'à la fin de ta vie ? demande-t-elle, la gorge nouée. J'ai juste voulu t'aider.

Cloé hésite une seconde avant de répondre d'un ton cinglant :

— Ce fou m'a attaquée. Il m'a violée.

Carole manque de lâcher son verre.

— Mon Dieu, mais…

Cloé quitte la pièce, sans ajouter un mot. Ils entendent une porte claquer lourdement, au bout du couloir. Carole reste pétrifiée sur le canapé, son verre à la main.

— Vous devriez partir, préconise Gomez. Cloé a

eu une très mauvaise journée, je crois que le moment est mal choisi pour une réconciliation. Une autre fois, peut-être…

— Oui… Je… On va s'en aller, murmure Carole.

Ils se lèvent tous les trois, Quentin s'approche d'Alexandre.

— Nous sommes rassurés de voir que vous êtes là, dit-il.

— Mon Dieu, murmure à nouveau Carole. Mais pourquoi elle ne m'a rien dit ?

Gomez les raccompagne jusqu'à la porte, leur serre la main.

— Les serrures ont été changées, au moins ? s'inquiète Quentin.

— Oui, le serrurier vient de partir. Mais pourquoi ces questions puisque vous ne croyez pas en l'existence de ce type ?

— Avec ce qu'elle vient de nous confier, je m'aperçois que nous nous sommes peut-être trompés, avoue tristement l'infirmier.

— Ça se pourrait, acquiesce le flic. Bonne soirée en tout cas.

— Veillez bien sur elle, commandant, conclut simplement Quentin.

Gomez verrouille la porte puis se rend dans la chambre, où Cloé s'est allongée. Sur le ventre, le visage dans l'oreiller. Il s'assoit près d'elle, caresse ses cheveux.

— Ils sont partis, dit-il doucement. Et je crois qu'ils ne sont pas près de revenir.

— Qu'ils aillent au diable ! profère une voix étouffée. Qu'ils aillent tous au diable…

— Moi aussi ?

Elle se tourne vers lui, il s'attend à un visage inondé

de larmes. Mais elle ne pleure pas, sèche et dure comme de la pierre.

— Non, pas toi, dit-elle en se calant contre son épaule.

— Pourquoi as-tu balancé ça à ton amie ?

— Ce n'est plus mon amie. Et je veux qu'elle ait mal comme j'ai mal.

Chapitre 49

Ça fait une semaine.

Une semaine que l'Ombre ne s'est pas manifestée. Comme si elle était retournée aux ténèbres.

Ou comme si elle n'avait plus la clef.

Mais nul besoin de clef pour suivre Cloé dans la rue ou l'attendre à la sortie du travail.

Une ruse, un piège, ou la fin du cauchemar ?

Cette disparition soudaine conforte Cloé dans sa théorie : Martins était le chef d'orchestre de cette ignoble symphonie. Il a obtenu ce qu'il voulait, a donc mis fin au contrat de Bertrand en même temps qu'à ce jeu cruel.

Il ne fait pas encore jour, Cloé ne dort pas. Comme d'habitude.

L'Ombre est partie, mais le sommeil n'est pas revenu. Deux ou trois heures, pas plus.

Alexandre a quitté le lit pour s'installer dans le fauteuil de la chambre. Comme d'habitude.

On dirait qu'il a peur de dormir près d'elle.

L'Ombre est partie mais il reste fidèle au poste.

Peut-être parce qu'il ne peut se passer de moi… ?

À pas de loup, Cloé se rend dans la cuisine pour boire un grand verre d'eau et avaler un comprimé.

Elle en est à quatre ou cinq par jour. Peut-être six, elle ne compte plus vraiment.

Pourtant, son cœur souffre de plus en plus. Accélère de plus en plus.

Mais elle sent qu'arrêter le traitement serait une erreur. D'ailleurs, elle n'a pas parlé de cette aggravation à son généraliste. Lui a juste demandé de renouveler l'ordonnance et de ne pas oublier les somnifères, ces fidèles compagnons quand l'insomnie devient trop dure.

L'Ombre est partie, oui. Pas les séquelles. Ces traces immondes qu'il a léguées en souvenir.

— Tu devrais te recoucher, il est encore tôt...

Cloé sursaute ; elle n'avait pas entendu Alexandre approcher.

— Surtout que tu as ton entretien aujourd'hui... Faut que tu sois en forme.

Elle tend les bras comme une invitation. Il la soulève du sol et la pose sur le plan de travail. Ses doigts font glisser les bretelles de la nuisette en satin, sur peau de satin. Il ferme les yeux, essayant de se souvenir de la douceur d'une autre peau. De l'odeur d'une autre femme.

Sa femme.

— Je croyais que je devais me reposer pour être en forme ! chuchote Cloé.

— J'ai dit ça ?

— Tu l'as dit.

— T'as raison, j'arrête ! dit-il en reculant d'un pas.

Elle passe ses mains derrière sa nuque, l'attire à nouveau contre elle.

— Je veux une fouille au corps, commandant !

Il se met à rire ; elle adore l'entendre rire. C'est

si rare qu'elle a l'impression qu'il lui fait un cadeau. Précieux, puisqu'il ne l'offre à personne d'autre.

*
* *

Il est temps d'y aller. Cloé enfile sa veste, attrape son sac et passe par le bureau de Nathalie.

— Je m'absente une heure ou deux, annonce-t-elle.

— D'accord, Cloé. Vous êtes joignable ?

— En cas d'urgence, seulement.

Dans le couloir, Cloé essaie de paraître naturelle. Pourtant, elle se rend à un entretien d'embauche dans une agence concurrente.

Tout a été si vite… Après le sacre de Martins, elle a envoyé son CV dans trois agences. Quarante-huit heures plus tard, elle recevait un premier coup de fil.

Les suivants ne tarderont pas, elle en est persuadée. Finalement, elle vaut peut-être encore quelque chose.

Finalement, tout va peut-être rentrer dans l'ordre.

Un nouveau poste, ailleurs, un nouvel homme dans sa vie. Même si c'est un flic veuf, sur la sellette. Qui préfère dormir dans un fauteuil plutôt que dans un lit.

Même si c'est un homme qui flirte avec le désespoir.

Mais Cloé saura bien le reconvertir au bonheur, au goût de la vie. La vie à deux.

Elle entre dans l'ascenseur sans avoir croisé personne, appuie sur le zéro. Alors qu'elle devrait se concentrer sur son entretien, elle pense à Alexandre. Qui enquête le jour et passe ses nuits auprès d'elle. Car même si l'Ombre a disparu, le commandant continue à chercher qui s'est ainsi acharné sur elle. Il n'a pas dit son dernier mot.

Cloé non plus…

Oui, j'arriverai à l'apprivoiser, se répète-t-elle. À faire en sorte qu'il soit à moi.

À faire en sorte de ne plus être seulement le reflet d'une morte.

Elle sent bien que pour le moment, il est simplement de passage. En transit avant de mettre les voiles vers une destination inconnue.

Chaque soir, elle est surprise de le trouver sur le pas de sa porte.

Chaque nuit, elle est surprise de s'endormir dans ses bras.

Chaque matin, elle est inquiète de le voir partir.

N'ayant pas envie de parcourir le trajet en métro, Cloé décide de se rendre à la station de taxis toute proche. En attendant que le feu passe au rouge, elle consulte les messages sur son iPhone.

Une légère pression sur l'épaule, elle fait volte-face.

Le feu passe au rouge, la foule s'élance sur le passage clouté, comme emportée par le courant d'un fleuve invisible et puissant.

Mais Cloé reste sur la berge.

Elle ne bouge pas. Ne bouge plus. Fixant cet homme sans visage.

Capuche sur la tête, lunettes noires, foulard remonté jusque sur la bouche.

Les jambes de Cloé se mettent à trembler. Ses lèvres, juste après.

— Tu vas te mettre en retard, Cloé.

— Qui… qui êtes-vous ?

Même sa voix tremble.

— Ton pire cauchemar, on dirait… Tu croyais que j'avais renoncé, n'est-ce pas ? Tu croyais que c'était fini ? Tu penses qu'un simple verrou suffit à me décourager ? Tu crois qu'un chien de garde suffit à m'éloigner ?

Cloé garde la bouche ouverte, aspirant l'effroi à pleins poumons. Elle ne va pas tarder à s'étouffer. Sauf si son cœur lâche avant.

Cette voix maléfique s'enfonce en elle, tel un dard distillant un venin mortel.

— Tu es amoureuse de lui, Cloé ? Amoureuse de ce petit flic de merde ? Ou peut-être simplement que tu aimes baiser avec lui… C'est ça, Cloé ? Tu aimes ça ?

Cloé regarde autour d'elle. Appeler au secours. Mais ses cordes vocales sont coincées.

— Sache que je n'abandonne jamais, mon ange. Jamais.

C'est bien plus tard, alors qu'il est déjà loin, que Cloé se met à hurler.

Comme une démente.

Chapitre 50

Alexandre se réveille en sursaut. Il réalise qu'il est au volant de sa voiture et que son portable sonne. Il le cherche partout, finit par le trouver dans le vide-poche. Trop tard…

Ça fait des heures qu'il planque devant l'immeuble où vit Bertrand. Des jours qu'il lui colle au train, observant chacun de ses mouvements.

Pas grand-chose à lui reprocher, pour le moment. Il va au boulot, y passe une bonne partie de ses journées. Le soir, il part parfois en maraude, quand il ne reste pas sagement dans son appartement. Il a un comportement qu'on pourrait qualifier de normal, si la normalité existe.

Mais ce type est suspect, Gomez ne peut en disconvenir. Simplement parce qu'il a fait croire à Cloé qu'il fréquentait une autre femme et que, pour le moment, le commandant n'a pas vu le moindre jupon s'approcher de lui.

Certes, il est seul sur l'enquête et ne peut donc avoir Bertrand à l'œil vingt-quatre heures sur vingt-quatre. Mais s'il avait une nouvelle conquête à son actif, impossible que le flic ne l'ait pas aperçue au moins une fois.

Alors, pourquoi avoir menti à Cloé ? Pourquoi avoir voulu la faire souffrir ainsi ?

Simplement pour s'en débarrasser, peut-être. Pour qu'elle renonce à lui.

Gomez perd sans doute son temps, s'étant laissé abuser par les certitudes inébranlables de Cloé.

Pour mener correctement ses investigations, il devrait avoir la possibilité de faire surveiller parallèlement Martins et de continuer l'enquête sur la mort de Laura.

La possibilité, aussi, d'éplucher les comptes bancaires des deux hommes, de les mettre sur écoute. Mais il a les pieds et les poings liés, agissant dans la plus pure illégalité. Sans moyens humains, financiers ou techniques.

Pourtant, quelque chose lui dit qu'il ne tardera plus à mettre la main sur ce monstre.

Aujourd'hui, Bertrand est resté cloîtré chez lui. Est-il en congé ? Malade ?

Alexandre allume une cigarette et consulte sa messagerie. La voix de Cloé lui fait l'effet d'un coup de poing dans l'estomac.

Alex, c'est moi... Il est revenu ! Il m'attendait dans la rue, il... il m'a menacée ! Il m'a dit des horreurs... Après l'appel au secours, un sanglot sans fin.

Gomez compose le numéro de Cloé qui décroche aussitôt.

— Il t'a fait du mal ?

— Non...

— Qu'est-ce qu'il t'a dit ?

Cloé tente de se rappeler chaque mot. Elle hurle dans le combiné.

— Essaie de te calmer... Essaie de te calmer, je t'en prie !

Il entend qu'elle pleure. Ça lui fait mal. Plus qu'il ne l'aurait imaginé.

— Tu vas à ton entretien ?

— Oui, mais je sais pas si je vais arriver à...

— Essaie de te calmer, répète inlassablement le flic. Il ne réapparaîtra pas aujourd'hui, j'en suis certain. Et je viendrai te chercher ce soir à ton travail, d'accord ?

— Oui ! gémit Cloé.

— Courage, tu vas y arriver. Je suis sûr que tu vas y arriver... Sois forte. Je t'embrasse.

— Moi aussi.

Gomez raccroche, tape violemment sur le volant.

C'est alors qu'il s'aperçoit que la voiture de Bertrand, garée à trente mètres de la sienne, a disparu pendant qu'il dormait.

*
* *

Il est 18 heures lorsque les portes de l'ascenseur s'ouvrent. Cloé aperçoit Alexandre qui fait les cent pas dans le hall. Ils se dévisagent un instant. C'est tellement douloureux...

Cette peur, qui lui colle à nouveau à la peau. Qui lui va comme un gant.

Elle l'avait un peu oubliée, mise à l'écart. Aujourd'hui, elle est revenue en force.

Je n'abandonne jamais, mon ange.

Puis Alexandre la prend dans ses bras, la serre longuement contre lui.

— Je suis là, dit-il. C'est fini.

Elle aimerait tellement qu'il ait raison. Pourtant, elle sait qu'il se trompe. Et les mots n'arrêtent plus de résonner dans sa tête... *Tu aimes ça, Cloé ?... Je n'abandonne jamais.*

— Viens, dit Gomez. On prend ma voiture. Je t'accompagnerai demain matin.

Cloé se laisse faire, rassurée qu'il soit là. Qu'il décide pour elle. Ils montent dans la 407, garée en double file. Alexandre s'aperçoit que sa passagère détaille avec angoisse ce qui les entoure.

— Je suis sûre que ce salaud nous observe ! Je suis sûre qu'il est là, quelque part...

— Peut-être. Mais tant que je suis près de toi, il restera à distance, affirme Alexandre.

La Peugeot s'incruste dans la circulation, Cloé étend ses jambes. L'impression que ses muscles sont en bois, qu'elle manque d'air. Elle ouvre la vitre, ferme les yeux.

— Si tu avais entendu sa voix, murmure-t-elle. Les horreurs qu'il m'a dites...

— C'est la première fois qu'il te parle, non ?

— Il m'a parlé le soir où il est venu chez moi. Quand je t'ai appelé.

— Tu as reconnu sa voix, cette fois ? espère Alexandre.

— Il avait un foulard sur la bouche.

— Mais quand même, il était près de toi, tu as pu voir son visage ! insiste le commandant. La forme de son visage... Est-ce que tu as eu l'impression de le connaître ?

— Je sais pas. Oui, peut-être. Mais c'était juste une impression !

— Il était à quelques centimètres de toi ! Tu n'as pas remarqué un détail, quelque chose ?

— Non ! gémit Cloé.

— Sa carrure, son odeur... Ses mains ?

— Il portait des gants.

— Autre chose alors… Essaie de te rappeler, c'est important !

Alexandre a une voix dure, autoritaire. On dirait qu'il cuisine un suspect.

— Je sais que c'est important ! enrage Cloé. Je ne l'ai pas reconnu, je te dis !

Elle cache son visage entre ses mains, Gomez change de ton.

— Excuse-moi, dit-il. On en reparlera plus tard, à tête reposée. D'accord ?

— Oui, merci, murmure-t-elle en prenant un Kleenex dans son sac.

Elle essuie ses larmes, se recroqueville sur son siège. Ils ne s'adressent plus la parole jusqu'à ce qu'ils arrivent à destination.

Une fois à l'intérieur, Cloé s'effondre sur le canapé, Alexandre se pose en face d'elle et revient à la charge.

— Ton entretien, ça s'est passé comment ?

— À ton avis ? Dans l'état où j'étais… J'ai été lamentable.

Elle secoue la tête, revivant le désastre. L'humiliation.

Cette rencontre a été une épreuve. Qui se soldera par un fiasco, Cloé en est sûre.

Agitée et nerveuse, elle a trébuché sur chaque mot. Les trois hommes assis en face d'elle ont dû la prendre pour une débutante !

Merci d'être venue, on vous rappellera.

— Ils ne rappelleront jamais. C'est foutu.

— Tu feras mieux la prochaine fois, assure Alexandre en allumant une cigarette.

— Il savait où j'allais.

— Il te l'a dit ?

— Non. Juste que j'allais me mettre en retard… Mais je suis sûre qu'il a fait exprès de m'attendre pour me déstabiliser.

— Pas forcément.

— Il savait où j'allais et voulait que je rate mon entretien ! C'est évident.

Que cet homme soit au courant du moindre de ses faits et gestes leur glace le sang.

— À qui avais-tu parlé de ce rendez-vous ? demande Alexandre.

— À toi. Et à personne d'autre.

Alexandre se lève et jette un coup d'œil circulaire dans la pièce. Il se baisse, passe une main sous la table basse.

— Qu'est-ce que tu fabriques ? s'étonne Cloé.

Le commandant lui fait signe de se taire et continue son manège. Il passe le salon au peigne fin, regardant derrière les cadres accrochés au mur, sous les chaises, dans la petite bibliothèque… Ça dure de longues minutes pendant lesquelles Cloé retient sa respiration.

— Tu cherches un micro ? chuchote-t-elle.

— Oui, mais il n'y a rien. Tu sais, il rôdait peut-être dans le coin en espérant te voir. C'était quasiment l'heure du déjeuner, il attendait sans doute que tu sortes.

Cloé secoue à nouveau la tête, refusant cette version.

— En tout cas, cette fois, tu l'as vu de près. Tu as entendu sa voix, même si elle était modifiée. Alors si c'était Bertrand, tu l'aurais forcément reconnu. Pas possible autrement.

— Je sais pas…

— Tu l'aurais reconnu, s'entête le commandant.

Elle est épuisée, mais extrêmement agitée. Des

spasmes secouent ses jambes, des tics assaillent ses paupières.

— Calme-toi, prie Alexandre.

— Il m'a demandé si j'étais amoureuse de toi.

Le commandant est mal à l'aise. Ça, elle ne lui avait pas dit au téléphone.

— Il m'a demandé : *Tu es amoureuse de ce petit flic de merde ? Ou... peut-être que... tu aimes simplement baiser avec lui ?*

Elle se remet à pleurer, en silence.

— Comment il sait ça ? gémit-elle.

— Pas compliqué. Il a dû me voir entrer chez toi et y passer la nuit. Il se doute bien que je ne dors pas sur le canapé.

— Mais comment il sait que tu es flic ? Comment il sait tout sur moi, sur nous ? C'est pas vrai... Il... il doit passer son temps à m'espionner ! Il doit...

Elle ne termine pas sa phrase, éclate en sanglots. Alexandre la considère un instant, soudain désarmé. Puis il la rejoint sur le divan et l'attire contre lui.

— Qu'est-ce qu'il me veut ? Hein ? Qu'est-ce qu'il me veut à la fin ? Martins a eu le poste, alors pourquoi il ne me laisse pas tranquille ?

— Je sais pas, murmure Alexandre. Mais je vais trouver. Je te le promets.

Chapitre 51

— Bonne journée, sourit Alexandre.

Un sourire crispé qui ne fait pas vraiment illusion. Il est inquiet, c'est évident. Une inquiétude qui réconforte Cloé.

Elle l'embrasse, caresse son visage. Il ne s'est pas rasé, ce matin. Pourtant, elle le trouve plus charmant encore.

— À ce soir… Je récupérerai ma voiture.

— OK, mais je te suivrai.

Elle ouvre la portière, ne descend pas. Elle le regarde encore, avec une intensité rare.

— C'est long une journée sans toi, dit-elle simplement.

Il lui offre un vrai sourire, cette fois.

— Va, tu es en retard. On se retrouve ce soir. Tout se passera bien, je t'assure, ajoute Alexandre avec un clin d'œil.

Elle quitte enfin la voiture, le flic attend qu'elle soit avalée par la tour gigantesque avant de démarrer et de reprendre la direction de la banlieue.

Direction le 95. Sarcelles.

Ce matin, il a rendez-vous avec Amanda, l'ancienne collègue et amie de Laura. Pour tenter d'en savoir plus sur les gens que fréquentait la précédente victime. Car il ne peut écarter l'hypothèse d'un seul et même agresseur.

Ce type qui se joue de lui. Qui s'amuse avec ses nerfs.

Il n'attend pas grand-chose de cette rencontre, mais ne veut négliger aucune piste. Quand on est perdu en pleine forêt, chaque début de chemin est un espoir.

Comme il est en retard, il place le gyro sur le toit et roule en quatrième, pleins phares.

La vitesse, les voitures qui se rangent pour le laisser passer. Ça lui donne l'impression qu'il a de l'importance. Qu'il est quelqu'un.

Alors qu'il n'est vraiment plus rien.

Rien d'autre qu'un flic en congé, lâché par sa hiérarchie et pas mal de ses anciens collègues.

Un veuf qui ne parvient pas à faire son deuil. Même s'il couche avec une autre femme. Parce qu'elle ressemble à Sophie, il ne l'oublie pas. C'est peut-être plus horrible encore.

Pourtant, elle le maintient en vie. Une perfusion dans son bras. Un simulacre d'espoir, un semblant d'existence.

Il y a des secondes, des minutes même, où il s'imagine rester avec elle lorsque l'enquête sera terminée et l'Ombre effacée. Mais la couche de glace s'épaissit autour de son cœur. Il a froid. Même quand il serre Cloé dans ses bras. Même quand il est en elle.

Enfin, il arrive sur le parking du centre commercial et trouve une place proche de l'une des portes. Il se hâte de rejoindre le snack où Amanda l'attend déjà.

— Désolé pour le retard.

— C'est pas grave. Je ne prends mon service qu'à 11 heures, on a le temps…

485

Gomez se commande un café, offre un thé à la caissière. Elle doit avoir la quarantaine, se maquille un peu trop et se parfume beaucoup trop, ce qui indispose Alexandre.

— Bon, dit-il, vous avez réfléchi à ce que je vous ai demandé ?

— Oui, répond Amanda. Mais je ne connaissais pas toutes les personnes qui ont croisé le chemin de Laura. On était proches, c'est vrai, mais…

— Eh bien, dites-moi ce que vous savez. Chaque détail peut avoir son importance.

Gomez dégaine un calepin et un stylo de sa poche, ainsi que la liste écrite par Cloé.

— D'accord, je vais faire de mon mieux… Elle a fréquenté pendant deux ans un mec qui s'appelait Michaël. Il était vendeur dans une des boutiques du centre. Le magasin de sport, vous voyez ?

Gomez hoche la tête. Il note le nom, le prénom.

— Quel genre ?

— Le genre banal ! Sans histoires… Un peu ennuyeux, même. Assez quelconque. Et puis, un jour, il l'a plaquée. C'était avant qu'elle se fasse virer. Vraiment, je ne vois pas quoi vous raconter sur ce type, je le trouvais vraiment insignifiant. Alors que Laura, elle, avait un caractère bien trempé !

— Hum… Quoi d'autre ?

— Laura ne côtoyait pas grand monde, elle était plutôt solitaire. Beaucoup de gens la trouvaient hautaine, distante et froide. Mais c'est faux, vous savez. C'est seulement l'impression qu'elle donnait à ceux qui ne la connaissaient pas.

Hautaine, distante et froide. Comme Cloé, finalement, songe le flic.

Amanda livre encore quelques noms, quelques prénoms. Rien d'alléchant pour Gomez qui commence à se dire qu'il ne trouvera rien ici.

— Vous savez, reprend Amanda, depuis votre coup de fil, je me suis creusé la cervelle et y a un truc qui m'est revenu. C'est sans doute sans importance, mais...

— Allez-y, encourage le commandant.

— Eh bien, je sais que Laura avait rencontré un type dans une soirée. Un type qui lui avait tapé dans l'œil. Elle m'en a parlé quelques fois. Souvent, même.

— Comment s'appelait-il ?

— Aucune idée ! Elle m'a sans doute dit son prénom, mais je vous avoue que je n'arrive pas à m'en souvenir. En tout cas, elle l'avait trouvé beau, ténébreux, séduisant...

— C'est mon portrait tout craché ! s'amuse Alexandre.

Amanda se met à rire, elle ajoute un sucre dans son thé.

— Seriez-vous un *psychopathe* ?!

— Il paraît... Alors, ce mec, que pouvez-vous m'en dire ?

— Après cette rencontre, elle m'en a parlé plusieurs fois, répète Amanda. Elle m'a dit qu'elle aimerait le revoir.

— Elle était avec ce Michaël, à l'époque ?

— Oui. Mais je crois qu'elle n'était pas très heureuse.

— Je vois... Ça s'est passé à quelle période ?

— Environ trois ou quatre mois avant qu'elle se fasse licencier.

— OK, ça m'intéresse. Donc, ce mystérieux don Juan lui tape dans l'œil au cours d'une soirée et... ?

— Et elle réussit à avoir son numéro de téléphone

par la personne chez qui elle l'a rencontré. Elle l'appelle, ils se filent rancard. Ils boivent un café, puis un autre. Mais au troisième rendez-vous, il lui apprend qu'il est marié et qu'il a des gosses.

— Aïe... ça rompt le charme !

— On peut dire ça ! confirme Amanda avec un sourire qui sent le vécu. Le type lui a expliqué qu'il ne pouvait pas aller plus loin avec elle, même s'il était très attiré par elle. Obligations familiales obligent... et bla-bla-bla ! Vous voyez le topo ? Je me suis dit qu'il n'aurait pas dû la revoir trois fois avant de lui avouer ça. Elle s'est fait des rêves pour rien. Je trouve que c'est vache, non ?

— Peut-être qu'il a eu peur au moment de franchir le pas. Les hommes ont parfois besoin de se prouver qu'ils peuvent séduire.

— Ouais, mais c'est quand même dégueulasse ! D'ailleurs, je crois que Laura en a souffert. J'avais l'impression qu'elle avait vraiment eu un coup de foudre pour cet homme, parce que après elle a changé. Même si ça n'a sans doute aucun rapport, c'est à partir de ce moment-là qu'elle s'est renfermée sur elle-même et qu'elle a déconné niveau boulot. Elle arrivait en retard, elle était agressive avec les clients...

Une alerte s'allume dans le cerveau de Gomez.

— Dites-moi que vous vous rappelez le nom de cet homme ! supplie-t-il. Ou au moins son prénom ! Un détail, quelque chose !

— Je n'ai jamais su son nom, je vous l'ai dit. Je ne me souviens même pas de son prénom, désolée. Par contre, je me rappelle très bien ce qu'il faisait dans la vie, parce que c'est pas banal...

Alexandre retient sa respiration.

— Il était infirmier dans un hôpital psychiatrique.

Chapitre 52

Encore interloqué par ce qu'il vient d'entendre, Alexandre demeure un moment immobile au volant de sa voiture.

— Incroyable ! Je l'avais sous les yeux… Je l'avais devant moi, ce salaud !

Il commence à réfléchir à la meilleure façon d'agir pour coincer ce malade.

Parce que Alexandre en est sûr : l'Ombre n'est autre que Quentin. Le séduisant et énigmatique Quentin. Bon mari, bon père, sans doute. Qui passe pourtant ses fins d'après-midi avec la meilleure amie de Cloé. Qui occupe son temps libre à terroriser une femme. Après en avoir poussé une autre au suicide. Le voilà, le fameux point commun entre Laura et Cloé.

Son portable sonne, il met un temps à décrocher, encore sous le choc. La voix de Cloé le ramène à la réalité.

— Qu'est-ce qui se passe ?

— Rien… J'avais juste envie de te parler, répond la jeune femme. T'es où ?

— Sur le parking d'un supermarché.

— Tu fais quoi ?

Il hésite un instant à lui révéler qu'il est sur une piste, sérieuse. Mais il se ravise.

— Je continue à chercher.

— Sur un parking de supermarché ? s'amuse Cloé. Drôle d'endroit pour enquêter !

— Tu veux qu'on déjeune ensemble ? propose soudain Alexandre.

Cloé est surprise, il devine qu'elle sourit.

— Oui, avec plaisir !

— Je reviens sur Paris… Je serai là dans une grosse demi-heure, ça te va ?

*
* *

— C'est le resto où je venais tout le temps avec Caro, dit Cloé.

Gomez se hâte de saisir la perche qu'elle lui tend.

— J'ai trouvé que son mec était bizarre, non ?

— Quentin ? Bof… Je ne dirais pas ça. Un peu mystérieux, peut-être.

— Moi, je l'ai trouvé antipathique, prétend le flic. Qu'est-ce qu'il fait dans la vie, déjà ?

— Infirmier psychiatrique.

— Ah oui, c'est vrai ! Tu sais où il bosse ?

— À Villejuif. Dans un truc un peu spécial, je sais plus comment ça s'appelle… Un endroit où on enferme ceux qui sont vraiment dangereux.

— Une UMD ? suppose Alexandre.

— C'est ça, oui ! Une UMD. Ça veut dire quoi, au fait ?

— Unité pour malades difficiles.

— Drôle de boulot, quand même. Mais il paraît que là-bas, les infirmiers ont une prime spéciale, genre prime de risques, alors je suppose que ça motive le personnel ! Et en plus, Quentin y travaille la nuit, alors…

— Seulement la nuit ?

— Je sais pas. Il m'a dit qu'il faisait souvent les nuits.

— Et il est marié et père de famille, c'est ça ?

— Oui. Mais pourquoi tu t'intéresses tant à lui tout d'un coup ? s'étonne la jeune femme.

— Comme ça. Je te l'ai dit, je l'ai trouvé bizarre.

— Bizarre comment ? Tu veux dire que tu le soupçonnes d'être… ?

— Non ! s'empresse de répondre Gomez. Rien ne me permet de le soupçonner. Ceci dit, tous ceux qui t'ont approchée de près ou de loin deviennent des suspects potentiels.

— Évidemment… Mais bon, je le connais à peine, Quentin. Et je ne vois pas quel intérêt il aurait à… Tu le soupçonnes vraiment ?

— Je viens de te le dire : je n'écarte aucune piste. Et je ne me suis pas encore intéressé à lui. Ni à Carole, d'ailleurs.

— Carole ? Tu plaisantes, j'espère !

— Pas le moins du monde. Tu sais comment il s'appelle ?

— Non.

— Tu connais son adresse ?

— Non plus, regrette Cloé.

Elle lui prend la main.

— Heureusement que tu es là pour veiller sur moi.

— Seulement pour ça ? demande Alexandre en souriant. Allez, raconte-moi un peu comment Carole a rencontré ce type, comment elle est tombée amoureuse de lui…

— Je déjeune avec le flic ou avec l'homme ?

— Les deux, chérie ! Tu ne peux pas avoir l'un sans l'autre. À prendre ou à laisser.

— Je prends.

— Ça te gêne qu'on parle de ton amie Carole ?

— Ce n'est plus mon amie.

— Tu vas finir par lui pardonner, non ? espère Gomez.

— Je ne pardonne jamais.

*
* *

Pendant le trajet, le cerveau d'Alexandre tourne à plein régime. Il se repasse le film de sa brève rencontre avec celui qui est devenu son principal suspect, ressasse ce que Cloé lui en a dit.

Ce fumier a séduit la meilleure amie de Cloé pour se frayer un chemin jusqu'à elle. Pour tout savoir sur elle. Chaque pièce du puzzle se met lentement en place.

Alexandre arrive enfin à Villejuif, stationne la Peugeot sur le parking de l'établissement spécialisé.

Un hôpital psychiatrique, endroit qui fait peur.

Ici se trouve une des Unités pour malades difficiles disséminées sur le territoire français.

Un lieu pour isoler celles et ceux que leur pathologie rend dangereux pour autrui ou pour eux-mêmes. Souvent pour eux-mêmes, d'ailleurs.

Ceux qui ont commis un crime pour lequel ils n'ont pas été reconnus responsables et que le préfet a décidé d'interner d'office.

Ceux qui n'ont plus leur place en prison et qu'on transfère ici.

Ou ceux dont on craint qu'ils ne deviennent un jour des agresseurs.

Derrière ces murs végètent aussi ceux qui s'auto-mutilent, se détruisent. Ceux qui veulent mourir mais ont la malchance de se rater.

Avant de quitter sa voiture, Alexandre réfléchit. Comment obtenir les coordonnées de Quentin alors qu'il ne mène aucune enquête officielle ? S'il se présente sous sa véritable identité, il risque de compromettre la suite de ses investigations.

Même s'il sent qu'il va droit dans le mur, il décide de tenter sa chance.

Deux minutes plus tard, il se présente à l'accueil de l'UMD, armé de son plus beau sourire.

— Bonjour, mademoiselle. Je cherche quelqu'un qui travaille ici. Il est infirmier et fait les nuits… Il s'appelle Quentin.

— Quentin ? Oui, bien sûr. Je vous l'appelle tout de suite.

La jeune femme décroche son téléphone, Gomez reste sans réaction. Il avait à peu près tout prévu. Sauf l'évidence.

— Quentin ? C'est Rachel… Quelqu'un pour toi à l'accueil, dit l'hôtesse.

Elle adresse à Alexandre un sourire désarmant.

— Il arrive tout de suite, monsieur.

Le commandant songe à s'enfuir, mais il sait que ce sera inutile. La secrétaire a eu le temps de le dévisager, elle fera son portrait détaillé à l'infirmier. Autant l'affronter.

— Merci beaucoup, répond-il simplement. Dites-lui que je l'attends dehors.

Alexandre passe à nouveau les portes coulissantes et allume une cigarette. Il échafaude une ébauche de plan en deux minutes. Juste le temps pour Quentin de le rejoindre.

— Tiens… commandant ! Quelle surprise…

Les deux hommes se serrent la main.

— Désolé de vous déranger en plein boulot, mais je voulais vous parler.

— C'est calme, répond Quentin. Je peux vous consacrer quelques minutes.

— Parfait… On marche un peu ?

Ils s'engagent dans une allée bordée d'une pelouse rachitique. Un hurlement atroce traverse les murs d'enceinte, Gomez adresse un regard interrogateur à l'infirmier.

— On s'y fait. Question d'habitude… Que puis-je faire pour vous ? Il n'est pas arrivé quelque chose à Cloé au moins ?

— Non. J'essaie d'interroger un par un ses amis, ses proches… Pour trouver le détail qui me mettra sur la bonne piste. Alors, comme je passais dans le coin, j'ai tenté ma chance.

— Je ne fais pas partie de ses amis ! souligne Quentin. Vous m'offrez une cigarette ? J'ai pas pris les miennes.

Gomez lui tend son paquet de Marlboro et son Zippo.

— Vous fréquentez sa meilleure amie. Alors vous faites partie de son entourage.

— Si on veut. Je ne connais pas Carole depuis très longtemps. Et je n'ai vu Cloé que deux fois. Non, trois fois, en fait… La dernière fois, vous étiez là !

— Vous savez, j'enquête sur ce type qui la harcèle et…

— Quel type ? coupe Quentin avec un sourire cynique. Vous croyez vraiment qu'il existe ?

Il secoue la tête, d'un air vaguement désolé et franchement condescendant.

— Ne me dites pas que vous êtes tombé dans le panneau, Alexandre !

Gomez ne répond pas, laissant l'infirmier abattre ses cartes.

— Vous l'avez vu ? Ce mystérieux *agresseur*, vous l'avez vu ?

— Non, avoue Gomez. Jamais.

— Seule Cloé l'a vu ! Sincèrement, je la plains.

— Éclairez-moi, ordonne le commandant. Vous semblez si sûr de vous…

— Cloé souffre d'un épisode de paranoïa aiguë. D'après ce que Carole m'a dit, ce n'est pas la première fois.

— Vraiment ? s'étonne le flic.

— Disons que Cloé est quelqu'un qui a toujours eu des tendances paranoïaques. Vous savez, l'impression que tout le monde complote dans son dos, que les gens sont jaloux et envieux de sa réussite, qu'ils veulent donc se venger et lui faire du mal…

Quentin accompagne son discours de grands gestes un peu théâtraux.

— Mais là, elle est visiblement entrée dans une phase de délire, ce qui est bien plus grave. Ça arrive parfois. En général, les sujets ayant une tendance paranoïaque risquent le délire vers la quarantaine.

— C'est quoi, un délire paranoïaque ? questionne le commandant.

— Pour faire simple, c'est lorsque le patient met en place un système, très logique, mais basé sur une réalité déformée.

— En clair ?

— Cloé a carrément inventé un agresseur imaginaire.

— Vous voulez dire qu'elle ment ? À tout le monde ?

Ils s'arrêtent de marcher, Quentin fixe son interlocuteur droit dans les yeux.

— Non, Cloé ne ment pas : elle est persuadée que cet homme existe vraiment. Je pense même qu'au stade où elle en est, elle le voit. Comme vous me voyez en ce moment.

— Comment expliquez-vous les objets déplacés chez elle ?

— Il est possible que ce soit elle qui les déplace. Ou alors, elle se persuade qu'ils ont été bougés pendant qu'elle n'était pas là. Elle relie chaque événement, même anodin, même mineur, à ce mystérieux type. Un oiseau mort sur le pas de sa porte ? C'est forcément lui qui l'a placé là. Un dessin sur sa voiture ? C'est lui qui l'a tracé. Une bagnole qui la colle un peu trop près ? Encore lui... Vous me suivez ?

— Mais... Et l'agression ?

Quentin s'assoit sur un muret, écrase sa cigarette. Gomez reste debout face à lui.

— Quelle agression ?

— Cloé a été droguée et s'est réveillée à poil en plein milieu de la forêt.

L'infirmier a encore un de ses sourires navrés.

— Je parie qu'il n'y avait aucun témoin !

— Non, mais...

— Était-elle blessée ? Portait-elle des traces de sévices ou... autre ?

— Non, reconnaît Alexandre.

— Ce n'est pas à un flic que je vais apprendre qu'une agression laisse des traces, non ? Elle dit avoir été violée... A-t-elle vu un toubib, un légiste ?

Gomez hoche la tête.

— Et alors ?

— Alors rien, concède le flic.

— Vous voyez ! Elle a imaginé tout ça, assure l'infirmier. Ça fait partie de son scénario.

— C'est un peu fort, quand même !

Quentin considère la forteresse dans le dos du commandant.

— Avec les cas que je côtoie chaque jour derrière ces murs, je peux vous dire qu'il n'y a là rien d'étonnant. J'ai vu des choses beaucoup plus ahurissantes ! Mais le problème, avec la paranoïa, c'est que le patient refuse d'admettre qu'il est malade. Ce serait l'effondrement de ses certitudes, la fin du monde qu'il s'est créé… Ce sont les malades les plus difficiles à traiter. Nous en avons quelques-uns ici. Je sais de quoi je parle, croyez-moi.

Gomez s'assoit à son tour.

— Cloé repousse violemment tous ceux qui tentent de lui expliquer qu'elle est malade et doit se faire soigner, poursuit Quentin. Elle les considère comme des ennemis. C'est ce qui s'est passé avec Carole. Je lui ai donné les coordonnées d'un spécialiste, un bon. Mais lorsque Caro a voulu persuader Cloé d'aller le consulter, elle s'est braquée. Au point de ne plus vouloir lui parler… Pourtant, ça faisait une vingtaine d'années qu'elles étaient les meilleures amies du monde !

Alexandre allume une nouvelle cigarette et lui trouve un drôle de goût.

— Vous couchez avec elle, n'est-ce pas ? balance Quentin.

Le flic ne répond pas ; l'infirmier considère ce silence comme un aveu et continue son monologue.

— Remarquez, je vous comprends, elle est vraiment attirante ! La première fois que je l'ai vue, je l'ai immédiatement remarquée. Elle est éblouissante. Mais j'ai tout de suite senti qu'elle était dangereuse.

— Dangereuse ?

— Pas claire, précise l'infirmier. Je les repère à des kilomètres ! C'est un peu mon métier, faut dire.

— Bon... si je résume ce que vous venez de me dire, Cloé est gravement malade et je ne peux rien pour elle.

— Vous perdez votre temps, commandant. Vous pourrez enquêter pendant dix ans, vous ne trouverez jamais ce *psychopathe*. Parce qu'il n'existe que dans la tête de Cloé. Et nulle part ailleurs. Alors, si vous voulez vraiment l'aider, essayez de la persuader d'aller consulter un spécialiste. Un bon, de préférence.

— D'après ce que vous venez de me dire, c'est mission impossible !

— On ne sait jamais... L'amour fait parfois des miracles !

Ils restent silencieux un moment, puis Gomez reprend la parole.

— Y a quand même un truc qui me chiffonne dans votre théorie... Toute cette histoire nuit gravement à Cloé : elle a vu le poste de directrice générale lui passer sous le nez, elle a perdu son mec, sa meilleure amie...

— C'est vrai. Cloé se fait du mal, vous avez raison. Elle pourrait même aller jusqu'à se détruire. S'auto-détruire.

Gomez frissonne en pensant à la tentative de suicide que Cloé lui a racontée.

— Mais pourquoi ?

— Ça, seul un bon psy pourrait nous le dire ! D'ailleurs, Cloé ne le sait pas elle-même. Elle n'a pas conscience de tout ça.

— Je crois qu'elle se sent coupable d'un accident qui est arrivé à sa sœur, tente Alexandre.

— Oui, Caro m'en a parlé. C'est une possibilité, en effet. Elle s'inflige peut-être une punition parce qu'elle culpabilise. Elle s'est inventé un bourreau et un châtiment.

— Mais pourquoi maintenant ? Presque trente ans après ! Ça n'a pas de sens.

— Au contraire, c'est même très sensé. Tout ça arrive au moment où elle allait réussir. Un petit ami charmant, le poste de directrice... Elle avait tout. Alors que sa sœur n'a plus rien. Tu commences à comprendre, Alexandre ?

Gomez hoche la tête, à peine surpris par ce tutoiement inattendu.

— Bon, faut que je te laisse, annonce Quentin en consultant sa montre. Je ne peux pas m'absenter plus longtemps. Mais si tu as besoin d'autres infos, n'hésite pas.

Ils se lèvent, se serrent la main.

— Si je peux aider Cloé, je le ferai.

— Merci... Tu peux me laisser tes coordonnées ?

— Ouais, bien sûr. Tu peux m'appeler ici ou sur mon portable.

Quentin lui donne les deux numéros, Gomez les note avec application sur son calepin.

— Et ton nom ?

— Barthélemy. Comme la Saint-Barthélemy ! À bientôt, Alexandre. Et tiens-moi au courant.

— Je n'y manquerai pas.

L'infirmier retourne à l'intérieur de l'hôpital, Gomez le suit des yeux avant de marcher lentement jusqu'à sa voiture.

Il est venu ici traquer un suspect. Repart avec des incertitudes plein la tête.

Chapitre 53

Ils sont face à face, dans la cuisine.

Pensif, Alexandre n'a quasiment pas ouvert la bouche depuis qu'ils sont rentrés.

— C'est pas terrible, mais j'ai pas eu le temps de faire les courses, s'excuse Cloé.

— Pas grave. J'ai pas très faim de toute façon.

— Tu es contrarié ?

— Non. Juste un peu crevé.

Cloé attaque le contenu de son assiette du bout de la fourchette. Elle non plus n'a pas faim.

Jamais sommeil, jamais faim… Une pile électrique survoltée.

— Et toi ?.. Ta journée ? demande le flic.

Cloé hausse les épaules.

— Il est temps que j'aille voir ailleurs, ça devient insupportable ! Tout le monde ricane dans mon dos, tout le monde se fout de ma gueule…

Alexandre fronce les sourcils.

— Comment ça ? Qu'est-ce qu'ils t'ont dit ?

— Oh, rien ! sourit nerveusement Cloé. Ils ne le font pas en face, tu penses bien ! Mais dès que j'ai le dos tourné, ça y va de bon cœur !

— Si c'est *dans ton dos*, comment le sais-tu ?

— Je le sais, un point c'est tout, élude sèchement la jeune femme. Ils sont tellement contents que je me sois fait humilier, ils jubilent !

— Et pourquoi n'y aurait-il pas parmi eux des gens déçus par la désignation de Martins ? Certains te préféraient sans doute à lui.

— Tu parles ! Je sais ce que je dis. Ils veulent tous ma peau.

— Tu te fais des idées.

Cloé le fusille du regard, laisse tomber sa fourchette.

— Non, je ne me fais pas des *idées*, s'emporte-t-elle. Ils sont tous ligués contre moi !

Les mots de Quentin éclairent la scène d'une lumière différente. Et brutale.

— Ils n'ont pas supporté que je grimpe aussi vite les échelons, que je sois meilleure qu'eux ! Alors, ils ont décidé de m'abattre. Peut-être même qu'ils sont de mèche avec Martins !

Les mots se bousculent, comme si Cloé frisait l'hystérie.

Ses yeux brillent, comme si elle avait de la fièvre.

— C'est qui, *eux* ? embraye Alexandre. C'est qui, *ils* ? Vas-y, file-moi des noms

— Mais j'en sais rien, moi ! Des… des gens de l'Agence, dirigés par Martins. Ils ont très bien pu embaucher Bertrand pour me terroriser, pour me faire commettre un faux pas.

Gomez ferme les yeux, passe une main dans ses cheveux.

— Écoute, Cloé, je crois que tu délires. Tu vois le mal partout, tu suspectes tout le monde…

Elle le fixe avec rage, il ne se laisse pas démonter.

— La théorie du complot et du mercenaire, ça ne

tient pas debout, je t'assure. Tu as trop d'imagination !
Je ne vois vraiment pas une poignée de collègues
de travail soudoyer un type pour te séduire puis te
terroriser. Un type qui gagne bien sa vie, en plus.

— Et moi, je crois que c'est toi qui manques d'imagination ! envoie Cloé.

Alexandre tente de garder son calme. Malgré son
malaise de plus en plus prégnant.

— Tu oublies Laura, ajoute-t-il. Ce sont aussi Martins et tes collègues de travail qui l'ont poussée au
suicide ?

Le visage de Cloé se pare d'un masque inquiétant.

— Il n'y a pas de point commun entre cette fille
et moi.

— Tu en es sûre ? Moi pas. Alors, je continue à
creuser.

— Si tu creuses au mauvais endroit, tu ne trouveras jamais.

— Tu sous-entends que je suis un tocard ?

Elle jette à la poubelle le contenu de son assiette
et la balance violemment dans l'évier.

Évidemment, elle se brise.

— Putain ! Regarde ce que tu me fais faire !

— Doucement ! prie le commandant. On ne peut
pas discuter sans que tu te mettes en rogne ? Je suis
là pour t'aider, combien de fois faudra-t-il que je te
le répète ? Mais si je te tape autant sur les nerfs, je
peux très bien rentrer chez moi.

Cloé contient sa fureur, face à la menace la plus
efficace qui soit.

— J'aimerais juste que tu me croies ! répond-elle,
un ton en dessous.

— Moi aussi, j'aimerais que tu me croies. Je surveille Bertrand et, pour le moment, je n'ai rien sur

lui… Sauf que je ne sais pas où il était lorsque le type t'a agressée hier.

Cloé revient s'asseoir, lui vole une cigarette qu'elle fera semblant de fumer.

— Il n'a pas bossé, il est resté chez lui. Mais je me suis endormi dans ma caisse et c'est ton coup de fil qui m'a réveillé. C'est là que j'ai vu qu'il s'était éclipsé.

— Génial ! ricane Cloé. Il est peut-être sorti avec une capuche sur la tête et des lunettes noires et tu ne t'es aperçu de rien !

— Si c'est lui, je ne tarderai pas à le choper.

— Quand il m'aura assassinée ?

— Bien avant, rassure-toi. Et justement, hier, tu l'as eu à quelques centimètres de toi… Alors essaie de te souvenir de quelque chose.

— Je t'ai déjà tout raconté, souffle la jeune femme.

— Tu ne m'as rien appris, je te signale. Quelle taille faisait-il ? Il était grand, petit ?

Elle tarde à lui répondre, regarde ailleurs.

— Alors ? s'énerve le commandant. Tu as bien vu s'il était petit ou grand, non ?

— Grand.

— Grand comment ? ajoute Alexandre en se levant. Comme moi ? Plus ?… Moins ?

— À peu près comme toi.

— Disons alors qu'il mesure environ 1,90 mètre. Ce qui n'est pas très courant. À vue de nez, je dirais que ton ex mesure 1,85 mètre, maximum. Tu es d'accord avec ça ?

Cloé soupire.

— 1,85 ou 1,90… c'est la même chose !

— Ah non ! rétorque le flic. Ce n'est pas la même chose.

— Il pouvait avoir mis des talons.

— Des escarpins, tu veux dire ? Voilà, ça, c'est un indice ! raille Alexandre.

— Arrête de te foutre de moi ! enrage Cloé.

— Bon, on va dire que ce type mesure entre 1,85 mètre et 1,90 mètre. Et sa carrure ?...

Comme elle reste muette, il continue sur sa lancée.

— Gringalet ? Large d'épaules ?

— Normal.

— Normal, d'accord. Tes indications me sont très précieuses, tu sais. J'apprécie ton aide !... Gros ou maigre ?

— Normal, j'te dis !

— Décidément, ce fumier n'a aucun signe parti-culier ! Un accent, peut-être ?

— Mais non ! De toute façon, quand il me parle, il doit transformer sa voix.

— On dirait presque que tu ne veux pas m'aider, insinue le flic avec un sourire féroce. Comme si tu ne voulais pas que je mette la main sur lui...

— N'importe quoi ! Je te rappelle que ça a duré quelques secondes. Je n'ai pas vu son visage et j'étais morte de trouille ! Et puis merde, j'en ai marre de ton interrogatoire ! C'est pas moi, le suspect, non ?

Elle quitte la pièce en claquant la porte, Alexandre retombe sur sa chaise.

— Peut-être bien que si, murmure-t-il.

*
* *

Seule dans sa chambre, seule dans l'obscurité, elle pleure. Assise sur le lit, serrant un oreiller contre son ventre, elle se balance d'avant en arrière.

Il m'a abandonnée. Et l'autre va venir. Revenir. Encore et encore. Pour m'achever.

Cloé songe au flingue planqué dans le placard de la cuisine. Le mettre sur la table de chevet, juste avant de s'endormir. Même si elle ne dormira pas. Quoiqu'il reste les somnifères…

Mais alors, je ne l'entendrai même pas rentrer, me réveillerai peut-être lorsqu'il sera penché sur moi. Une lame à la main.

Ses sanglots redoublent de violence. Elle continue à se balancer, métronome détraqué.

Alexandre est parti, sans mot dire. Même pas au revoir.

— De toute façon, il me croit folle, lui aussi ! Bon débarras !

Sa voix résonne drôlement dans la pièce. Dans le vide qui l'entoure, l'absorbe. La dévore.

Et brusquement, le bruit de la porte d'entrée la paralyse. Elle arrête de pleurer, de respirer, de bouger. Presque de vivre.

Des pas dans le couloir.

Elle devrait s'enfuir. Passer par la fenêtre, contourner la maison et rejoindre la rue.

Pourtant, elle reste pétrifiée sur le lit. Attendant son heure.

La porte de la chambre s'ouvre dans un grincement funeste, elle étreint son oreiller avec force. Maigre protection.

Lorsque la silhouette apparaît dans l'encadrement, son sang se fige dans ses veines.

— Tu dors ?

En reconnaissant la voix d'Alexandre, Cloé revient d'entre les morts.

— Non, murmure-t-elle.

Gomez tâtonne pour trouver l'interrupteur, Cloé ferme les yeux. Lorsqu'elle les rouvre, le flic la considère avec un mélange de tendresse et de colère. Elle essuie son visage, recommence à se balancer d'avant en arrière.

— J'ai cru que c'était lui.

Alexandre pose un genou sur le matelas, écarte ses cheveux pour caresser son visage.

— Il faut que tu me fasses confiance, Cloé, dit-il.

— Où t'étais ? gémit-elle.

— J'étais énervé. J'avais peur de devenir violent, alors j'ai préféré aller prendre l'air.

Cloé est traversée par un frisson glacé.

— Ça va mieux, maintenant ?

Elle a parlé comme une petite fille un peu coupable, il sent fondre ses dernières résistances.

Peut-être bien qu'elle est malade. Dangereuse, même. Pourtant, il n'arrive pas à s'éloigner d'elle. Il s'allonge sur l'édredon, la fait basculer doucement contre lui.

Chapitre 54

— Bonjour, docteur, commandant Gomez à l'appareil... Vous vous souvenez de moi ?

— Bien sûr, répond la psychiatre.

— Auriez-vous quelques minutes à m'accorder ? J'ai une ou deux précisions à vous demander.

— Allez-y.

— Merci... Voilà, j'aimerais savoir si un patient peut avoir des hallucinations durant un délire de paranoïa.

— Des hallucinations ? s'étonne le docteur Murat.

— Oui, comme voir des gens qui n'existent pas.

— Impossible. Dans ce genre d'épisode, il n'y a pas d'hallucinations visuelles ou sonores. Seulement une réalité déformée. Si hallucinations il y a, c'est plutôt un délire paranoïde.

— Ah... Et c'est quoi, la différence ? patauge le flic.

— Ça n'a rien à voir. Le délire paranoïde est le syndrome qu'on rencontre dans la schizophrénie.

— Expliquez-moi en deux mots, s'il vous plaît.

— En deux mots, ça ne va pas être facile !

— En deux phrases, alors !

— Pour faire simple, un délire paranoïde ne connaît

aucune logique, il est anarchique. Pour parler de façon un peu familière, je dirais que ça part dans tous les sens ! Un jour, le patient va se croire persécuté par des extraterrestres ; le lendemain, il pourra très bien se prendre pour Jésus. Là, il y a des hallucinations… Visuelles, sonores, olfactives ou même gustatives. Alors que dans le cas d'un patient paranoïaque – et non schizophrène, donc – le délire est fort bien structuré et répond toujours à la même logique. Il fait appel uniquement à un mécanisme interprétatif et non à un mécanisme hallucinatoire. Je schématise, mais c'est pour vous donner une idée.

Face au silence interrogateur de son interlocuteur, la psychiatre poursuit patiemment :

— Si vous préférez, le paranoïaque va tourner en boucle sur des faits qui sont toujours les mêmes. Il va déformer la réalité, l'interpréter de façon qu'elle réponde à son délire. Qu'elle colle parfaitement à sa théorie du complot.

— Vous pouvez me donner un exemple ?

— D'accord… un exemple volontairement simpliste : si le patient paranoïaque se croit la cible de quelqu'un et qu'il crève un pneu sur la route, il va être persuadé que c'est son persécuteur qui a placé un clou sur la chaussée. Vous voyez où je veux en venir ?

— Oui, je vois, fait Alexandre. Chaque incident courant va devenir un acte de malveillance de la part de son ennemi.

— Exactement ! Si sa machine à laver tombe en panne, c'est la faute de celui ou celle qu'il désigne comme son ennemi. C'est un sabotage ! Si son chien meurt d'une crise cardiaque, idem… Un autre exemple : si un malade atteint de paranoïa se croit surveillé par les services secrets et qu'il aperçoit un

508

touriste muni d'un appareil photo sur le trottoir, il sera persuadé qu'il s'agit d'un agent secret déguisé en touriste et en train de l'épier.

— Je comprends, dit Alexandre.

— Mais pas d'hallucinations. Ni de mensonges, d'ailleurs.

— Juste une fausse interprétation de la réalité, enchaîne Alexandre. Le schizo voit des extraterrestres qui n'existent pas, alors que le parano voit un touriste bien réel, mais le prend pour un agent secret.

— Tout à fait, commandant.

— Merci, docteur, vous m'avez bien aidé. Et... Est-ce que vous seriez d'accord pour auditionner quelqu'un ? Voir une personne en consultation et me donner votre avis ensuite ?

— Eh bien... cette personne peut prendre rendez-vous, je la recevrai. Toutefois, il m'est impossible de vous faire un compte rendu de cette rencontre, commandant. Je suis tenue au secret professionnel, je vous le rappelle.

— Bien sûr, mais...

— Il n'y a pas de *mais* ! Je ne peux pas faire ça, sauf si un juge me demande une expertise, évidemment.

— OK, merci de votre aide, docteur.

— De rien. Bonne journée, commandant... Ah, une dernière chose : je ne sais pas exactement où vous en êtes, mais sachez tout de même que les paranoïaques en phase de délire sont très persuasifs. En général, leur théorie paraît si logique qu'elle devient crédible aux yeux de leur entourage.

— D'accord... Autre chose ?

— Ils peuvent devenir dangereux. Extrêmement dangereux, même. Un délire paranoïaque qui n'est pas traité par des neuroleptiques, voire par un internement, peut conduire le patient au passage à l'acte.

— Au passage à l'acte ? répète bêtement Alexandre.

— Oui. Le malade peut tenter de se suicider pour échapper à son calvaire. Mais il peut tout aussi bien porter atteinte physiquement à celui ou celle qu'il considère comme responsable de son malheur. Autrement dit, essayer de le tuer.

Un lourd silence suit cette mise en garde.

— Merci du conseil, docteur.

*
* *

L'eau a toujours la couleur du ciel.

Parce que l'eau n'a aucune couleur. Sauf celle qu'on lui donne.

Alexandre a l'impression de toucher le fond. L'impression que ses yeux plongent dans les entrailles vaseuses et sombres de la Marne. Dans la laideur intrinsèque à chaque chose, à chaque être, à chaque pensée.

Pourquoi son regard discerne-t-il toujours cette fameuse horreur ? Pourquoi ne flotte-t-il jamais à la surface des choses ?

Assis sur un banc, il fume cigarette sur cigarette. Le cancer n'est pas assez rapide à son goût. Même pas sûr, d'ailleurs. Il doit y avoir des solutions plus rapides. Moins douloureuses, aussi.

Il ne sait plus.

Si Cloé est malade. Folle à lier, peut-être.

Ou si elle dit vrai, si Quentin est en train de la tuer.

Quentin ou quelqu'un d'autre. Des infirmiers psy-

510

chiatriques en région parisienne, il doit y en avoir des centaines.

Non, vraiment, il ne sait plus. Il n'est pas expert psychiatre, seulement un flic bientôt viré, bientôt mort. Impuissant et dépassé.

Il sait seulement qu'il a envie de venir en aide à Cloé. Besoin de la sauver, de ses propres démons ou d'un véritable danger.

Besoin de la sauver, mais pourquoi ?

Que représente-t-elle pour moi ? Je ne sais même pas qui elle est. Ce qu'elle est.

La laisser tomber ? Et après ?

Après, *me* laisser tomber. Me lâcher des deux mains.

L'eau est grise, comme le ciel, aujourd'hui. Comme ses pensées, aujourd'hui. Hier, avant-hier... Comme le jour où il a croisé Cloé à ce même endroit. Cet instant, précis, où elle a déclenché quelque chose en lui. Où il a vu sa souffrance, l'a faite sienne.

Il aurait pu se jeter dans la rivière, ce jour-là. Mais Cloé a croisé son chemin.

Alors, il est encore là.

Il se remet à marcher lentement au bord de l'eau. La sonnerie de son portable l'arrache à cette contemplation douloureuse. Il reconnaît le numéro du capitaine Villard.

— Salut, vieux.

— J'ai les infos que tu m'as demandées, annonce le capitaine.

— Balance !

— Ton Quentin Barthélemy vit à Créteil, je t'envoie son adresse exacte par SMS... Il est cadre infirmier à l'hôpital psy de Villejuif. Célibataire, sans enfants.

Gomez se fige.

511

— Célibataire sans enfants, t'es sûr ?

— Ouais. Sinon, pas de casier... il est clean.

— OK, merci.

— De rien, Alex. Qu'est-ce que tu lui veux, à ce type ?

— Rien, ne t'inquiète pas.

— Tu reviens quand ?

— Aucune idée. Demande à notre chef vénéré !

— Je n'y manquerai pas... Sinon, comment tu vas ?

— Je vais. Comment, j'en sais trop rien. À bientôt, vieux. Et encore merci.

Alexandre raccroche, lève les yeux vers le ciel.

Quentin Barthélemy n'est ni un bon mari, ni un bon père. Ça ne fait pas de lui un assassin. Seulement un sacré menteur. Et sans aucun doute, un vrai pervers.

*
* *

— Comment ça va, champion ?

Laval a toujours les yeux fermés. Son visage est plutôt serein lorsque Gomez dépose un baiser sur son front.

— Moi, je suis mal, murmure Alexandre. Je sais plus vraiment où j'en suis...

Le bruit régulier de la machine traduit de façon indécente les battements de cœur du lieutenant. Ce cœur qui résiste, qui refuse d'abdiquer.

Alexandre le contemple un moment, bercé par les pulsations régulières. Il approche sa main de celle du Gamin, la prend finalement dans la sienne.

Puis il se met à lui parler à voix basse. Lui racontant son enquête, ses doutes, ses faiblesses.

Son amour naissant pour Cloé. Cet amour dont il ne sait que faire. Qui ressemble à un dernier sursaut, presque à un baroud d'honneur.

Il lui dit combien elle est belle. Combien elle est forte. Et combien elle est en danger.

— Elle te plairait, fils... J'en suis sûr. Il faut la connaître, bien sûr, mais... même si elle a un sale caractère et un peu trop de certitudes, je pense qu'elle te plairait. Elle semble arrogante et méprisante, mais c'est juste un déguisement, tu vois. En fait, je crois qu'elle a tellement souffert qu'elle s'est construit une carapace pour survivre après l'accident de sa sœur. *Regardez comme je suis forte !*

Après un long silence, Alexandre se met à évoquer Sophie. Les larmes embrument ses yeux, sans même qu'il s'en rende compte. C'est alors que la main de Laval serre la sienne avec une force inattendue. Alexandre sourit, un peu béatement.

— Tu m'entends ? Je crois bien que tu m'entends, espèce de petit salopard ! Alors, pourquoi tu ouvres pas les yeux ? Tu ne veux pas voir ma gueule, c'est ça ? T'as raison, remarque. Après ce que je t'ai fait... Ou alors, c'est le monde que tu ne veux plus voir. Mais y a des trucs sympas ici-bas, rappelle-toi...

La main de Laval redevient un morceau de chair inerte. Pourtant, Alexandre continue à sourire.

Il récupère le carnet dans la table de chevet, prend son stylo et remplit deux pages.

Puis il embrasse à nouveau le Gamin. Comme il le ferait pour un fils.

Deux minutes plus tard, il est dans sa voiture. Avec une nouvelle énergie. Peut-être Laval lui a-t-il communiqué la sienne ?

Il doit découvrir si Quentin est l'homme qu'il

traque. La stratégie sera simple ; inciter le loup à sortir du bois. Pour y parvenir, une seule solution : prendre ses distances avec Cloé pour laisser croire à l'Ombre qu'elle est sans protection.

Laisser le champ libre à Quentin Barthélemy. Ou à Bertrand. Peu importe.

Ne plus jouer les gardes du corps et observer de loin.

Sauf que Cloé risque de ne pas être d'accord. Elle risque même d'en mourir.

Il réfléchit à la meilleure façon de mettre son plan en action lorsque son portable sonne à nouveau.

— Salut, Alex, c'est Maillard.

Un lac gelé les sépare. Chacun sur une berge. Alors qu'ils étaient amis, avant.

Du temps où Laval avait ses deux jambes.

— Attends, je me gare…

Alexandre stoppe la voiture le long d'un trottoir, coupe le contact.

— Tu as vu le Gamin, récemment ? attaque le commissaire.

— Je sors de l'hosto, révèle Gomez. Il m'a serré la main. Il a quelques réactions, je pense que c'est bon signe.

— Tant mieux, murmure le divisionnaire. Tant mieux…

— Tu ne m'appelles pas pour prendre des nouvelles de Laval, n'est-ce pas ?

— Non. En fait, Couturier veut te revoir. Il va te convoquer.

Couturier. Le capitaine de l'IGPN, chargé de l'enquête interne sur la *bavure* Tomor Bashkim.

— Et je voulais te prévenir, poursuit Maillard.

— Merci, c'est sympa.

— J'ai parlé avec lui ce matin... Les choses ne se présentent pas bien pour toi.

— Sans déconner ? ricane Gomez.

— Comme Laval ne se réveille pas et que tu finiras par arriver au bout de tes congés, il...

Maillard cherche ses mots, Alexandre décide de lui filer un coup de main.

— Il va me suspendre de mes fonctions, c'est ça ?

— Oui.

Gomez encaisse le coup, demeurant silencieux. Il savait que ça arriverait, mais l'entendre lui fait mal.

— Tu as dit quoi ? demande-t-il enfin.

— Qu'est-ce que tu voulais que je dise ? soupire le divisionnaire. C'est une mise à pied temporaire, le temps que l'enquête se termine.

— Ils vont me saquer et tu le sais très bien. Ils ont déjà oublié tout ce que j'ai fait avant, n'est-ce pas ?

— Écoute, Alex, je t'ai toujours soutenu. Mais là, je n'ai rien pu faire, je t'assure.

— Et moi, je crois que tu n'as rien *voulu* faire, assène le commandant. Je crois que tu m'as lâché. Je crois même que tu leur as dit que je menais une enquête en douce ! Je crois que tu m'as balancé.

— Arrête tes conneries ! gronde Maillard. Tu délires. J'ai fait ce que j'ai pu !

— Ouais, j'imagine ! Mais t'inquiète pas, je vais rendre mon flingue et ma carte bien sagement, sans faire d'histoire. Je ne te poserai plus aucun problème ! Tu pourras roupiller tranquille, mon pote.

— Alex, ne dis pas...

Maillard n'a pas le temps de finir sa phrase, Alexandre vient de raccrocher.

Il file un coup de poing sur le volant, cale son front entre ses mains.

Tout cela est logique. J'ai déconné, je dois payer. Je dois payer pour le Gamin qui croupit sur un lit d'hôpital et ne reverra peut-être plus jamais la couleur du ciel.

Alors, Alexandre remet le contact et refoule sa haine.

Se sentira-t-il moins coupable lorsqu'il aura été sanctionné ? Foutaises ! Même si on l'amputait d'une jambe, il continuerait de se sentir coupable. La seule chose qui pourrait le soulager de ce poids immense serait un sourire du Gamin. Les mots du pardon.

Gomez ouvre la vitre et respire un bon coup, essayant de se concentrer à nouveau sur son enquête. L'ultime de sa carrière, il le sait.

C'est alors que son portable se manifeste une fois de plus. Il décroche après avoir vérifié que ce n'est pas Maillard qui rappelle.

— Oui ?

— Alexandre ? C'est Quentin Barthélemy.

La tension artérielle de Gomez monte d'un cran.

— Salut, Quentin… Que se passe-t-il ?

— J'ai beaucoup réfléchi depuis ta visite d'hier. Et j'aimerais bien qu'on se voie.

Gomez prend trois secondes avant de répondre, alors Quentin ajoute :

— J'ai parlé du cas de Cloé avec un grand spécialiste et je crois que je peux t'aider… Tu es libre, là ?

— Ouais… Tu veux que je vienne à Villejuif ?

— Non, je bosse pas aujourd'hui. Je te rejoins chez toi si tu me donnes l'adresse.

Gomez hésite à nouveau. Mais même si Quentin et l'Ombre ne font qu'un, il ne risque pas grand-chose. Après tout, ce fumier n'est qu'un lâche, tout juste capable de terroriser des femmes seules.

— J'habite au 156 boulevard Clemenceau, à Maisons.

— Très bien, je trouverai. Disons dans une heure, c'est bon ?

— Parfait. À tout à l'heure, conclut Alexandre.

Soit ce mec est un vrai pro qui veut venir en aide à Cloé, soit le loup a finalement décidé de sortir du bois tout seul. Facile de comprendre pourquoi : continuer à laver le cerveau du flic, continuer à le monter contre Cloé. Pour que son dernier défenseur la croie folle et cesse de veiller sur elle. Une tactique comme une autre.

À condition que ce soit bien lui le coupable.

Mais coupable de quoi ? Aux yeux de la loi, il n'y a pas de quoi le coffrer. Même pas de quoi le mettre en examen.

Il a mis une capuche et a suivi Cloé. Il a chaussé des lunettes noires et lui a fait peur, monsieur le procureur.

Comment prouver qu'il est entré chez elle ? Qu'il l'a droguée et déshabillée en pleine forêt ? Qu'il a transformé sa vie en cauchemar ?

Après cette entrevue, il paraîtra logique à Barthélemy que je laisse tomber Cloé. Il se sentira en confiance et passera à la vitesse supérieure.

Le piège est absolument parfait.

*
* *

En chemin, Alexandre compose le numéro de Cloé. Il tombe sur son répondeur.

— Salut, ma belle, c'est Alex. Je voulais savoir

simplement comment tu allais... Bon, à ce soir, je t'embrasse. Je t'embrasse fort.

Il raccroche, jette son portable sur le siège passager et accélère. Il a eu envie de lui dire *Je t'aime*. Ça le surprend. Et sans doute qu'il s'est trahi dans sa façon de dire *Je t'embrasse...*

Boulevard Clemenceau, Gomez aperçoit Barthélemy qui patiente déjà en bas de chez lui. Il gare la Peugeot, prend son temps pour rejoindre l'infirmier.

— Je suis un peu en avance, s'excuse Quentin en lui serrant la main.

— Pas de problème.

Le commandant tape le code en prenant soin de se mettre devant le clavier, avant de pousser la porte de l'immeuble.

— J'habite au deuxième, précise-t-il en s'engageant dans l'escalier. Alors, tu as des choses intéressantes à m'apprendre ?

— Je crois, oui.

Arrivé au second, Gomez ouvre la porte de son appartement, entre en premier.

— Fais pas attention au bordel.

— T'inquiète... Tu vis seul ?

— Non, prétend Alexandre. Mais ma femme n'est pas plus ordonnée que moi !

— L'ordre, c'est l'instinct de conservation.

— Tu comptes me psychanalyser ?

Quentin se met à rire, il suspend son blouson dans l'entrée.

— Je n'en ai pas les capacités ! Je suis juste infirmier, pas psychiatre.

— Tant mieux. Tu bois quelque chose ?

— Un café, si tu as. Merci.

— Assieds-toi, je reviens, propose Alexandre en partant vers la cuisine.

Quentin profite de l'absence de son hôte pour détailler ce qui l'entoure. Ce salon, plongé dans une semi-pénombre, chichement décoré. Triste à mourir.

On dirait presque que personne n'habite ici. Ou seulement un fantôme.

— Elle bosse, ta femme ? demande-t-il en élevant la voix.

La main d'Alexandre se crispe sur le paquet de café, il en renverse à côté du filtre.

— Oui. Chez un notaire, répond-il.

— Ah… C'est bien, ça !

— Et la tienne ? enchaîne le flic en revenant dans le salon.

— Je vais te faire une confidence, sourit Quentin, je ne suis pas marié.

Gomez feint l'étonnement le plus complet. D'ailleurs, il est étonné. Que Barthélemy lui balance la vérité de cette manière tout à fait désinvolte. Il doute de plus en plus de sa culpabilité, reste cependant sur ses gardes. D'ailleurs, contrairement à son habitude, il ne s'est pas débarrassé de son arme en rentrant.

— Cloé m'avait dit que…

— Je sais. En fait, c'est ce que je fais croire à Carole, mais c'est faux. Tu le garderas pour toi, n'est-ce pas ?

— Ça me regarde pas, réplique Alexandre en haussant les épaules.

— Je sais que je ne passerai pas ma vie avec Carole, alors, avec ce petit mensonge, je la tiens à distance et je lui évite de se faire des idées sur notre avenir commun.

— C'est pourri, quand même ! objecte le flic.

— Sans doute. Mais les nanas sont tellement compliquées…

Quentin s'assoit sur le canapé, Alexandre va chercher le café dans la cuisine puis s'installe dans un fauteuil, juste en face de lui.

— Bon, parle-moi de Cloé, embraye le commandant.

— J'ai discuté avec le professeur qui dirige l'UMD. C'est un grand spécialiste, tu sais… Je lui ai décrit les symptômes dont souffre Cloé et il a confirmé ce que je pensais. Pour lui, elle est en plein délire paranoïaque.

Alexandre allume une cigarette, en propose une à Barthélemy qui refuse.

— Il m'a dit aussi qu'il a déjà entendu parler d'un cas presque similaire par un confrère, une femme qui exerce en ville.

— Vraiment ? s'étonne Gomez.

— Il s'agissait d'une jeune femme qui se croyait poursuivie par un homme… Elle était caissière dans un supermarché, je crois.

Gomez manque de lâcher sa cigarette mais tente de garder un visage impassible.

— Et alors ?

— Alors, ça a fini par un suicide, poursuit l'infirmier en portant la tasse à ses lèvres. Défenestration.

Ce fumier n'a peur de rien. Il se permet même de le provoquer.

Ou alors, il est aussi innocent que l'agneau qui vient de naître.

— Je ne crois pas que Cloé ait envie de se foutre en l'air, rétorque Alexandre.

— Les suicides arrivent sans prévenir.

Alexandre regarde l'infirmier droit dans les yeux, cherchant à quel jeu il joue.

— Je t'ai apporté de la doc sur le sujet, reprend Quentin en se levant. C'est un peu long à lire, mais je crois que ça t'en apprendra beaucoup sur la paranoïa.

— Génial ! ricane Gomez. J'ai toujours eu envie de me farcir des livres de psychiatrie ! Tu pourrais pas plutôt me faire un résumé ?

Quentin retourne vers la porte d'entrée où il a laissé sa sacoche.

— Je suis sûr que ça va te passionner ! dit-il en rigolant.

Gomez esquisse un sourire et termine son café. En tournant la tête vers la fenêtre, il voit le reflet d'un homme, debout dans son dos. Qui tient quelque chose entre ses mains levées vers le plafond.

Il sent un drôle de frisson secouer ses vertèbres. Une seconde passe, interminable.

Pendant laquelle Gomez ne fait rien.

Pendant laquelle Quentin prend son élan.

Puis Alexandre se lève d'un bond, se retourne et reçoit le coup en pleine tempe.

Sans un cri, il part en arrière et s'effondre devant le canapé.

Le choc est brutal, il a l'impression que son crâne s'est fendu en deux.

Il tente de dégainer son arme, mais un pied se pose sur son avant-bras, le clouant au sol.

Il râle, faiblement, sent ses dernières lueurs de conscience s'éteindre.

Chapitre 55

— Ohé, y a quelqu'un ?

Lacérant un bourdonnement continu, cette voix semble venir de très loin. Presque de l'au-delà.

— Commandant ?... Vous m'entendez ?

Gomez cligne des yeux, plusieurs fois d'affilée. Un visage sort du néant. Au sourire rassurant.

Pourtant, il préfère refermer les paupières. Encore un peu... De ce sentiment d'apaisement, de ce délicieux renoncement.

Même si ça lui paraissait étrange d'en avoir conscience, il se croyait mort.

Une main le secoue avec force, il reçoit une gifle.

— Allez, mon vieux, on se réveille ! J'ai pas que ça à faire, moi... !

Quentin, assis sur une chaise, dans le mauvais sens. Le menton posé sur le dossier, il continue de lui sourire.

— Ça y est, t'es de retour parmi nous, mon pote ?

Gomez tente d'émerger. Au bout de quelques secondes, il s'aperçoit qu'il est chez lui.

— Pas trop mal à la tête, j'espère ?

— Qu'est-ce que... ?

Sa bouche est un désert aride, hérissé de cactus. Sa

tête, un dirigeable en chute libre, qui part en vrille. Le crash est pour bientôt.

Et il a la désagréable impression d'avoir descendu cul sec une bouteille de whisky.

— Tu te souviens plus ?

Gomez est également assis sur une chaise, poignets menottés dans le dos. Il se rappelle avoir reçu un coup, se rappelle essentiellement la douleur, puis la chute.

En face, Barthélemy fait joujou avec son Sig-Sauer.

Même s'il n'a pas les idées très claires, le commandant réalise enfin qu'il est dans une situation délicate.

— T'es vraiment dans la merde, Alex ! confirme Quentin. Mais en général, c'est ce qui arrive aux gens trop curieux. Et pas assez malins... Ou les deux, comme toi. Y en a qui les cumulent, hein ?

Gomez préfère garder le silence, pour le moment. La priorité, c'est reprendre des forces. Puisqu'il n'est pas mort, il veut soudain vivre. Plus que tout.

Mais d'abord, il voudrait reprendre complètement ses esprits. Déchirer le brouillard qui emmaillote son cerveau.

Il tente de bouger les doigts, y parvient à peine. C'est comme s'il était sous l'emprise d'une drogue puissante. Même son regard peine à fixer l'ennemi.

— Bon, on va causer un peu tous les deux. Si tu es d'accord, évidemment...

Le flic émet un grognement de douleur.

— Parfait ! raille l'infirmier. Je savais que tu serais ouvert à la discussion.

Il allonge quelques pas, gardant le semi-automatique en main.

— Si tu t'avises de gueuler, je te bâillonne ! ajoute-t-il en brandissant un rouleau de Scotch. Mais ça m'étonnerait que tu y parviennes avec la dose que je t'ai mise !

C'est donc ça. Ce salopard m'a drogué !

Quentin agite alors une seringue sous ses yeux.

— Une substance très efficace pour transformer en agneaux les plus récalcitrants, explique-t-il. Et tu sais quoi ? Une molécule qui ne laisse aucune trace dans l'organisme. Ce qui signifie que s'ils te charcutent dans les jours à venir, ils ne trouveront rien !

Barthélemy exulte, Gomez sent la peur germer dans ses entrailles. Sans doute parce qu'il s'imagine sur la table en inox du légiste. Son cerveau d'un côté, son foie de l'autre.

Soudain, la mort n'est plus tout à fait aussi romantique et séduisante. Seulement abjecte et sordide.

Un morceau de viande froide sur l'étal d'un boucher.

— Et comme les légistes sont toujours débordés, ça m'étonnerait qu'ils t'ouvrent avant quarante-huit heures. Qu'est-ce que tu en penses, Alex ?

— J'en pense que… que… tu es… un… un…

Gomez n'arrive même plus à aligner deux mots.

— Un quoi ? s'amuse Quentin. Un génie ? Je ne te le fais pas dire, mon pote !

Le flic se concentre au maximum. Il doit recouvrer sa lucidité et l'usage de ses membres. Il refuse de se laisser saigner sans réagir. De crever de cette façon.

Pitoyable.

— Un fils de pute, lâche-t-il enfin.

— Reste poli, OK ?

— Ça va… me… tuer ?

— La drogue ? Non, rassure-toi ! La piqûre, c'est juste pour que tu te tiennes tranquille. C'est moi qui vais te tuer.

Alexandre ferme les yeux. Mais ça continue de tanguer. À l'intérieur de son crâne, seulement. Parce qu'il a de plus en plus de mal à bouger. Comme si ce fumier l'avait enduit d'un ciment, en train de durcir sur sa peau.

Une horreur.

Il faut tenir. Cette drogue, si elle disparaît aussi vite de l'organisme, doit avoir des effets très temporaires.

Tenir, le plus longtemps possible.

— Tu vois, Alex, je t'aime bien. Je te trouve… Comment dire ?… Sympathique. Et touchant. Oui, c'est ça, je te trouve touchant.

— Tant mieux, marmonne une voix d'outre-tombe.

— Ah, je vois que tu retrouves la parole, c'est bien. Mais j'adore parler tout seul ! Alors te force surtout pas à me répondre.

Quentin pose ses mains gantées sur les épaules d'Alexandre et se penche. Leurs fronts se touchent presque.

— Je dirais même : ferme ta grande gueule ! murmure-t-il. Compris ?

Il se redresse, Gomez respire à nouveau. Si lentement qu'il a l'impression qu'il va s'endormir. Alors, il se mord la langue, jusqu'au sang.

— Qu'est-ce que je disais, déjà ? poursuit son tortionnaire. Ah oui, je te trouve touchant. Mais trop curieux… Remarque, je comprends, mon vieux. Je comprends pourquoi tu as craqué pour cette fille. N'importe quel mec, à ta place, aurait plongé tête la première… Mais le problème, c'est que c'est mal de piquer la femme d'un autre. Très mal. On te l'a jamais dit ? C'est même écrit dans la Bible !

— La femme… d'un autre ?

— Eh oui, Alex, soupire l'infirmier. Cloé est à moi. Pas à toi.

— Je ne pouvais pas… savoir qu'elle était à toi.

— Bien sûr que si, tu le savais ! Depuis le début. Mais tu t'es cru plus fort que moi. Tu t'es donné pour mission de la sauver. Tu t'es pris pour un héros !

Quentin approche à nouveau son visage du sien.

— Il a une sale gueule, le héros !

— Il t'emmerde… le héros.

L'infirmier lui adresse un clin d'œil suivi d'une tape amicale sur la joue.

— T'es pas en position de devenir arrogant, je crois.

Gomez réunit toutes ses forces et teste les bracelets. Sans espoir. Mais ses jambes ne sont pas attachées, ce qui lui laisse une chance. À condition d'en retrouver l'usage. Pour le moment, il ne bronche pas. Attendant le moment propice.

Quentin s'immobilise devant les portraits de Sophie qui ornent le vieux buffet des années 30.

— Elle était belle, ta femme. C'est vrai que Cloé lui ressemble. C'est frappant. Ça a dû te faire un choc, non ?

— Qu'est-ce que tu… veux, à part m'assommer de paroles ?

— Moi ? Je voulais juste Cloé. Mais tu t'es mis en travers de ma route. Tu t'es mis entre elle et moi.

— J'ai fait mon boulot.

Lui parler. Même si c'est une torture. Ce fou a besoin de s'épancher. Besoin de vider son sac.

Lui répondre, pour l'encourager à continuer. À avouer ses crimes et ses projets.

Gagner du temps, encore et encore.

— Pas faux. Mais je te rappelle que tu n'es même plus flic.

— Si, rétorque Gomez. Je suis *encore*... flic. Et descendre un officier de police, c'est... de la folie.

Quentin éclate de rire, Gomez en a les tripes qui se retournent. L'infirmier se réinstalle sur la chaise. Il se balance d'avant en arrière, se rapprochant et s'éloignant de sa proie. De quoi lui filer la nausée, juste après la migraine.

— Merci de me mettre en garde, le héros. Quand je t'aurai tué, je méditerai là-dessus, je te le promets.

Un long silence, pendant lequel les deux hommes s'affrontent du regard. Mais les yeux de Gomez ont bien du mal à tenir le cap.

— De toute façon, tu as envie de mourir, affirme soudain Quentin.

— Qu'est-ce que... t'en sais ?

— Je sais tout. Ta femme te manque, tu as envie de la rejoindre. Envie d'en finir. Sinon, tu ne te serais pas laissé cogner de la sorte, tu aurais essayé de te défendre. Tu m'as vu, dans la vitre, n'est-ce pas ? Et c'est à ce moment-là que tu as abandonné la lutte.

Gomez serre les dents ; ce salaud a raison.

— Mourir, murmure Quentin. Oublier la souffrance, la peine, la douleur... Ce doit être merveilleux, non ?

— Tu veux essayer ? propose le flic dans un regain d'énergie.

C'est fou comme la colère est puissante.

Quentin sourit à nouveau. Sourire un peu désolé.

— J'ai bien peur que ce soit ton tour, poulet. Pas le mien. Tu vas crever et je vais pouvoir m'occuper tranquillement de la jolie petite Cloé... Tu ne seras plus là pour veiller sur elle, comme un bon toutou.

La gorge d'Alexandre se noue atrocement, il retient

un flot de larmes prêt à jaillir de ses yeux. Qui n'ont, en cet instant, plus rien de ceux d'un fou. Plutôt ceux d'un enfant terrifié.

Ceux d'un homme qui sait qu'il va mourir. Sans avoir rempli sa mission.

— Je la consolerai de ton départ, promet Barthélemy. Je vais la soigner, fais-moi confiance.

— T'es qu'un malade ! T'as tué un infirmier de l'UMD et tu as pris sa place, c'est ça ?

Quentin ricane, quitte à nouveau sa chaise. Visiblement, il a la bougeotte.

Alexandre est étonné d'avoir pu balancer une phrase entière sans s'arrêter. Il lui semble que renaissent ses forces.

— T'es un marrant, toi... Je crois que tu as mérité que je t'explique. Que je te dise vraiment qui je suis et ce que je vais lui faire.

Non, je n'ai pas mérité ça. Mérité d'entendre un psychopathe m'exposer dans le détail ses projets, ses déviances, ses mobiles.

Pourtant, Alexandre devra supporter cet ultime tourment.

— Cloé, je l'ai rencontrée à une soirée où Carole m'avait invité. Nous avons échangé trois mots, mais elle ne m'a même pas vu, trop occupée à contempler sa propre lumière. Trop occupée à briller ! À resplendir comme un soleil... J'ai su tout de suite que c'était elle. C'est à cet instant que je l'ai choisie.

Le commandant ne lui coupe plus la parole, le laissant raconter son histoire d'amour morbide. Quentin se débarrasse du flingue sur la table basse, Gomez en ressent un léger soulagement.

— J'ai commencé à la suivre, discrètement. À noter chacune de ses habitudes, chacune de ses manies. J'ai appris à la connaître, en somme. Ensuite, je me suis rapproché de sa meilleure amie. Pas difficile à séduire, celle-là ! Elle est tombée à mes pieds avec une déconcertante facilité… Il paraît que j'ai un charme fou, remarque. T'en penses quoi, toi ?… Grâce à Caro, j'ai appris plein de choses sur ma promise. Bon, il a fallu que je fasse semblant de l'aimer en retour et, crois-moi, c'est pas facile. Cette fille est aussi ennuyeuse qu'un jour de pluie ! Aussi bandante qu'un plat de nouilles.

Gomez fait doucement basculer son poids vers l'avant. Il tente quelques mouvements, pour désengourdir son corps. Pour craqueler la couche de ciment.

— Et puis ensuite, je suis passé à l'attaque. J'ai une méthode infaillible : je les rends complètement cinglées !

Quentin s'approche à nouveau, Gomez repart en arrière.

— Qu'est-ce que t'as à gesticuler comme ça ?

— J'ai envie de pisser, prétend le flic.

— Désolé, ce sera pour une autre fois. Donc, je disais que je les rends folles. C'est le pied, tu peux pas savoir ! Elles racontent leur histoire partout et personne ne les croit.

— Personne, à part moi.

— On ne peut jamais éviter tous les problèmes, c'est sûr, concède Barthélemy. Enfin, ce n'est pas grave, tout ça. Tu vois, ce que j'aime, c'est les déconstruire. Les mettre en pièces ! Les regarder se débattre, se battre contre un ennemi invisible. Perdre tous leurs repères, perdre tout ce qu'elles ont bâti. Les mettre à nu, les mettre à vif… C'est jouissif, tu peux pas t'imaginer.

— Non, je ne peux pas, confirme Gomez. Je ne suis pas assez fou pour ça.

— Moi non plus, je ne suis pas assez fou, regrette Barthélemy. J'aime la folie. Elle m'attire, irrésistiblement. La normalité est si triste, si prévisible. Si banale ! La folie, c'est la porte ouverte sur de nouveaux mondes. Des univers si riches que notre imagination n'est pas assez fertile pour les concevoir. Sauf si on est fou !

Quentin fait une courte pause, comme pour méditer ses propres paroles.

— Fou, je le suis. Mais un peu, seulement. Parfois, seulement. Malheureusement…

— J'ai un scoop pour toi, rétorque le commandant. Tu es fou, à lier. Tu es barge, dingue, cinglé, barré, taré ! Complètement, et tout le temps.

Quentin ne semble pas l'avoir entendu, il poursuit son monologue.

— Grâce à moi, ces filles explorent de nouveaux mondes, vivent de nouvelles expériences. Grâce à moi, elles connaissent enfin autre chose que le désespoir d'une vie insignifiante, parfois bancale, souvent morose. Je suis leur sauveur…

L'infirmier s'éloigne à nouveau, marchant dans le salon, mains sur les hanches.

— Cloé est une cible de choix. C'est une dure à cuire ! Mais elle a un potentiel énorme… Grâce à ce que Carole me racontait, j'ai compris rapidement que Cloé avait des tendances paranoïaques, ce qui m'a grandement facilité la tâche.

Cloé… qu'est-elle en train de faire ? se demande soudain Alexandre. Il l'imagine, dans son tailleur noir. Belle à se damner. Belle à se condamner.

Mourir pour elle, il s'y croyait prêt. Mais finalement, il préférerait vivre. Avec elle.

À cet instant, il en ressent l'envie. Une envie folle, même. À cet instant, Alexandre est prêt à toutes les promesses. Sans doute parce qu'il ne lui reste plus assez de temps pour les tenir.

Quentin se rassoit avant de poursuivre sa confession.

— Tu te demandes sans doute comment j'ai pu accomplir tout ça, poulet… C'est simple, tu vas voir. D'abord, j'ai fait un double des clefs de chez elle. Cloé a une femme de ménage très organisée : elle écrit le nom de ses clients sur chaque trousseau et les suspend dans un meuble de l'entrée. Tu vois, Alex, c'est là que tu as fauté, que tu n'as pas été à la hauteur… Si tu avais fouillé du côté de Fabienne, tu m'aurais démasqué beaucoup plus vite. Tu aurais vu que je me la tapais aussi ! Cela dit, j'ai de la chance : elle est mignonne et bien plus drôle que Carole. Et elle s'ennuie à mourir avec son mari. Bref, j'ai subtilisé le trousseau, j'ai fait un double et je l'ai remis à sa place. Et chaque fois que Cloé a changé les verrous, j'ai recommencé l'opération. Un jeu d'enfant !

Alexandre réalise à quel point Cloé s'est montrée imprudente en lui désobéissant. À quel point lui-même a été négligent. Éplucher la vie de Fabienne faisait partie de ses projets. Alors que ça aurait dû être sa priorité. Si seulement il avait eu le temps et les moyens… Si seulement Maillard avait daigné l'écouter.

Si seulement je m'étais montré plus persuasif.

— Ensuite, je me suis introduit chez Cloé et j'ai posé quelques petits mouchards. Un micro par-ci par-là. Attention, c'est du beau matos, pas de la merde…

Quand on veut réussir, il faut savoir investir. Dommage que tu ne les aies pas trouvés, hein Alex ? Faut dire que j'avais pris tout mon temps pour les planquer et qu'il t'aurait fallu plus qu'une simple fouille pour mettre la main dessus... J'ai aussi placé un traceur sur la bagnole de Cloé. C'est incroyable ce qu'on peut acheter sur le Net, aujourd'hui !

Le flic ferme les yeux. Il a envie de s'endormir, résiste autant qu'il peut. Quentin décide de l'aider en lui filant une nouvelle gifle.

— Eh ! Reste avec moi, le héros ! Tu veux pas connaître la suite ?

Gomez relève la tête.

— Bien... Donc, j'ai posé des micros un peu partout. Si tu savais tout ce que j'ai entendu ! Je vais même te confier un truc : elle criait bien plus fort avec Bertrand qu'avec toi.

Le visage d'Alexandre se contracte imperceptiblement. Il donnerait cher pour le pulvériser. L'écraser entre ses mains comme un fruit mûr.

— Mais je ne voulais pas te faire de peine, mon vieux.

— Moi, au moins, j'ai pas été obligé de l'agresser pour qu'elle remarque que j'existe, riposte le commandant. Je n'ai pas eu le moindre effort à faire.

— Allons, sourit Quentin, ne sois pas de mauvaise foi. Elle t'a remarqué uniquement parce qu'elle avait besoin de toi. Parce qu'elle avait la trouille. Uniquement parce que *je* lui faisais peur. Réveille-toi : cette garce s'est servie de toi, t'es pas du tout son genre ! Sans mon intervention, elle ne t'aurait jamais regardé.

Gomez va pour répondre, mais il sent bien qu'il parle dans le vide.

— Comme les micros ne suffisaient pas, poursuit

532

l'infirmier, j'ai installé des caméras miniatures, à des endroits stratégiques. C'est de cette façon que je peux entrer en étant sûr qu'elle dort. Malin, non ? Et puis je peux l'admirer à loisir. C'est vrai qu'elle est belle. Un vrai régal pour les yeux...

Alexandre n'en revient pas. Comment a-t-il pu passer à côté de ça ?

— Et puis ensuite, je me suis amusé à mon jeu favori... Lui donner l'impression qu'elle perdait la raison.

Quentin allume une cigarette, narguant le commandant. Lui balançant la fumée directement dans les yeux.

Ces yeux qui n'ont rien vu. Ces yeux qui s'ouvrent, bien trop tard.

— Le Ya Ba, ça te parle ?

— Métamphétamine, répond machinalement Gomez.

— Bravo, tu as bien appris ta leçon ! C'est ce que j'ai mis dans ses pilules pour le cœur. J'ai remplacé ses médocs par cette merde. À faible dose, tu peux pas savoir comme le crystal accentue la paranoïa ! Notre petite princesse est devenue complètement accro. Et puis, elle a pris d'autres cames, aussi, en croyant avaler des somnifères ou des calmants. J'ai testé différents trucs, pour voir ce que ça donnait. Pour la déstabiliser encore plus. *Up and down*... Et elle continue, chaque jour, à se shooter sans même le savoir.

— Salopard ! rugit le flic.

— Tu devrais plutôt admirer mon intelligence, s'indigne Barthélemy.

— T'es pas intelligent, seulement gravement malade !

Quentin se contente de sourire et écrase sa cigarette dans le cendrier déjà plein. Il récupère ensuite le mégot éteint, le fourre dans la poche de son pantalon.

— Tu veux que je te raconte la suite, maintenant ?

— Ce que je veux, c'est t'exploser la gueule !

— La cervelle, rectifie Quentin. C'est la cervelle que *je* vais t'exploser.

Alexandre déglutit bruyamment.

— T'as les foies, le héros ? chuchote l'infirmier.

— Peut-être bien, avoue Gomez.

— Je comprends. Et crois bien que je suis désolé d'avoir à te faire ça.

— Eh bien, ne le fais pas, alors ! De toute façon, je n'ai rien contre toi… Tu risques que dalle !

Nouveau sourire navré.

— J'ai pas le choix. Avant ta visite d'hier, je savais que tu avais fait le rapprochement entre Laura et Cloé. C'est vachement pratique, les micros ! Mais ça ne me mettait pas vraiment en danger… OK, c'est vrai que j'avais envie de te faire la peau simplement parce que tu baisais avec Cloé, mais il faut parfois savoir refréner ses envies si on veut atteindre son objectif. Et puis hier, quand je t'ai vu devant l'UMD, j'ai compris que tu avais deviné. Tu n'aurais jamais dû te pointer là-bas, mon pote. Erreur fatale…

Gomez continue à se maudire en silence. Toutes les fautes à ne pas commettre, il les a commises. Tel un débutant. Son regard pivote vers le portrait grand format de Sophie accroché au mur.

Je demande les circonstances atténuantes. Je n'étais pas dans mon état normal. Sans elle, j'étais perdu. Pouvez-vous comprendre ça, monsieur le procureur ?…

— Tu crois que je vais te laisser anéantir tout mon

travail ? Tant que tu seras là, je n'aurai pas le champ libre. Alors, faut que je t'élimine. Parce que maintenant que Cloé est presque prête, j'ai bien l'intention d'en profiter.

— Comment ? interroge Alexandre en essayant de cacher à quel point il a mal.

Cette fois, le sourire de Quentin n'a rien de désolé. Il est même terrifiant.

— Elle va basculer complètement, je le sens. Et ta mort, même si elle n'était pas prévue, va accélérer les choses. Elle a fait le vide autour d'elle, s'est grillée auprès des flics. Elle ne va pas tarder à perdre ses derniers repères. Et là, elle sera à moi. Je profiterai d'elle jusqu'à plus soif, tu peux me croire. Je pourrai faire tout ce que je veux avec elle, personne ne la croira. Jusqu'à ce qu'elle ne supporte plus de voir ce qu'elle est devenue. Jusqu'à ce que la peur et la solitude la poussent à mettre fin à sa lamentable existence…

Alexandre a froid, tout à coup. Il se met à trembler. Les yeux bleus le glacent d'effroi.

Il les imagine, plantés dans ceux, terrifiés, de Cloé. Il imagine la jeune femme entre ses mains. Seule, à sa merci.

L'infirmier s'éloigne à nouveau, faisant le tour du canapé. Puis, subitement, il passe dans la cuisine, où Gomez l'entend ouvrir le frigo.

Maintenant, ou jamais.

Il réunit le peu de forces qui subsistent encore en lui, tente de se lever.

Les muscles de ses jambes refusent l'effort, ses mâchoires se crispent, le souffle lui manque. Ses bras restent accrochés au dossier de la chaise dont il n'arrive pas à se débarrasser.

Il retombe. Retour à la case départ.

Nouvel essai, tandis que de l'autre côté de la cloison, l'infirmier ouvre une canette de Coca et continue sa dissertation sur le crime parfait.

— Je me demande comment elle va en finir... Tu crois qu'elle avalera des somnifères ou qu'elle préférera se jeter sous un train ? À moins qu'elle se tire une balle... Tu aurais dû lui confisquer son flingue, Alex. T'as déconné, une fois de plus.

Gomez essaie encore de tendre ses jambes, la douleur est terrible.

— Cela dit, les nanas se suicident rarement par arme à feu. Elles veulent protéger l'intégrité de leur visage, rester jolies jusque dans la mort. Je me rappelle avoir vu Laura sauter par la fenêtre de son appartement... C'était beau, tu peux pas t'imaginer !

Les genoux d'Alexandre flanchent, il bascule vers l'avant, s'écrase sur la table basse en verre, qui cède sous son poids dans un épouvantable fracas. Le Sig-Sauer glisse sur le tapis.

Gomez, un peu sonné, parvient à se libérer de sa chaise au moment où Quentin accourt. L'infirmier s'immobilise, bouche ouverte.

— Merde...

Gomez se penche en avant, serre ses poings toujours attachés. Il prend son élan, véritable taureau dans l'arène. Tête la première, il percute sa cible en plein dans le sternum. Quentin s'écrase contre le mur avant de glisser jusqu'au sol, la respiration coupée.

Mais le taureau n'a aucune chance, c'est bien connu.

Alexandre voudrait profiter de l'occasion. Son adversaire est à terre, le moment est venu de le finir. À coups de pied, à coups de talon. À coups de n'importe quoi.

Sauf qu'Alexandre ne peut plus. L'assaut l'a vidé de ses dernières forces.

Il s'effondre à son tour, tandis que Barthélemy se relève péniblement.

— Merde, répète-t-il en posant une main sur son torse. T'as une sacrée force, putain...

Il retrouve progressivement une respiration normale, tout en observant le flic à genoux, qui lutte pour ne pas s'évanouir, à cinquante centimètres de lui.

— Tu déconnes, Alex. Regarde-moi ce bordel ! Comment je vais faire, maintenant ?... Bien essayé, mais avec ce que tu as dans les veines, tu n'avais aucune chance. Pour le reste, t'inquiète pas, je vais me débrouiller. Ils n'y verront que du feu.

Gomez ne bouge plus, essayant de réunir à nouveau quelques forces.

Pourquoi ses muscles ne lui obéissent-ils plus ?

Il voit l'infirmier s'emparer de la seringue, la remplir avec ce qui reste dans le flacon.

Il voit la mort s'approcher sans aucune possibilité de lui échapper.

Il tente de se relever, des serres puissantes se referment sur ses épaules, le clouant au sol, dans sa position de pèlerin. L'aiguille s'enfonce délicatement dans sa jugulaire.

L'effet est quasi instantané. Gomez rend les armes.

Quentin le saisit sous les aisselles et, dans un effort titanesque, le traîne jusque sur le tapis pour l'adosser au canapé. Puis il prend le Sig-Sauer, arme le chien.

— Il est temps d'en finir, mon pote. Avec le boucan que tu viens de faire, je suis obligé d'accélérer la cadence. Dommage, j'avais encore des trucs à te raconter...

Il récupère dans sa sacoche un silencieux qu'il visse sur le canon du pistolet.

Inerte sur le sol, Alexandre pleure.

Dans un silence atroce, les larmes coulent sur son visage paralysé.

Gomez pleure, en songeant à Cloé que sa mort imminente laissera sans défense.

Il pleure, en songeant à Sophie que sa mort imminente versera dans l'oubli.

Il pleure, parce qu'il ne saura jamais si le Gamin sortira du coma.

Mon Dieu, faites qu'il se réveille...

Dans un silence atroce, Gomez pleure. Parce qu'il a peur de mourir, tout simplement.

Seul, comme un chien.

Impossible de supplier son bourreau puisqu'il ne peut même plus parler.

Quentin l'observe quelques instants. Sans haine, ni compassion. Sans rien dans le regard.

Puis il ouvre les menottes, saisit la main droite du flic pour y placer l'arme.

— Va falloir que tu m'aides. Désolé, mais c'est pour tes petits copains de la scientifique. Si t'as pas de dépôt sur les doigts, ils vont se douter de quelque chose.

Il oblige Gomez à plier son index sur la détente, accompagne sa main jusqu'à sa tempe, là où s'est formé l'hématome.

Le commandant ressemble à un pantin, Barthélemy tire les ficelles.

Le spectacle touche à sa fin.

— Moi, je parie qu'elle se jettera sous un train, chuchote l'infirmier en souriant.

Dans un dernier sursaut, Gomez tente d'éloigner

sa tête du canon. Mais Quentin le tient fermement par les cheveux.

— Bon voyage, le héros…

Les yeux d'Alexandre cherchent désespérément le portrait sur le mur.

La voir, une dernière fois. Partir avec elle.

Enfin, Sophie lui sourit. Au moment où son doigt presse malgré lui la détente.

Chapitre 56

Elle a l'impression que cet après-midi sera sans fin, comme une perpétuelle punition.

Cloé consulte discrètement sa montre, pour la énième fois. Mais les aiguilles prennent un malin plaisir à faire du surplace.

Assis en face d'elle, les clients n'ont pas l'air de vouloir presser le mouvement. Peut-être se sentent-ils bien dans son bureau ? Il est vrai qu'elle a ouvert les stores et qu'une agréable lumière baigne l'atmosphère.

Tandis que les deux hommes, le patron d'une chaîne de restauration rapide et son conseiller en communication, décortiquent l'avant-projet sous tous ses angles, Cloé pense à Alexandre.

Un agréable frisson la traverse, un sourire trahit son désir.

Là, juste sous sa peau.

Elle réécouterait volontiers le message qu'il lui a laissé en fin de matinée. Sa façon de lui dire *Je t'embrasse fort...* Comme s'il voulait lui dire *Je t'aime* sans se dévoiler.

Elle aussi a eu envie de le lui avouer ce matin. Mais il faudrait déjà qu'elle se l'avoue à elle-même.

Un jour, peut-être. Bientôt, peut-être.

Baisser les armes, enfin. Ôter cette armure, enfin.

L'envie se fait plus forte, seconde après seconde. Sa peau est brûlante, maintenant.

Envie de le toucher, de se lover dans ses bras. Envie de lui.

Il n'y a qu'en sa présence qu'elle se sent bien, ces derniers temps. Alors, penser à lui, savoir qu'elle le retrouvera dans quelques heures, l'apaise un peu.

Car elle a une Cocotte-Minute logée au beau milieu de ses entrailles, une dose de TNT dans chaque main, un animal enragé à la place du cœur.

Chaque jour, ça empire. Surtout en milieu d'après-midi.

Envie de hurler, de tout casser.

Ses nerfs en fusion semblent prêts à se rompre. Ses muscles se tétanisent à intervalles réguliers comme si elle avait les doigts dans la prise. Une migraine atroce transforme son crâne en casserole où mijote un breuvage diabolique.

Elle a porté un stylo à sa bouche, le déchiquette méthodiquement entre ses dents, sans même s'en rendre compte. Le conseiller en communication lève ses yeux fadasses au-dessus de ses demi-lunes, Cloé éloigne précipitamment le stylo de ses lèvres.

Ce rendez-vous est le cinquième de la journée. Depuis que Martins a été sacré futur président, Cloé se tape les corvées. Comme si elle était son larbin.

D'ailleurs, c'est ce qu'elle est devenue.

Ces clients-là ont déjà demandé trois fois la refonte du projet. La routine.

Pourtant, lorsqu'ils remettent le couvert, Cloé rêve de leur enfoncer ce qu'il reste de son Bic dans la gorge. Elle se contrôle, tant bien que mal, essaie même de leur sourire.

Sauf que ça ressemble à une menace de mort.

Le *Nous comptons sur vous pour nous adresser un nouveau projet dans les meilleurs délais* lui fait l'effet d'une piqûre de frelon.

Elle devrait répondre qu'ils peuvent effectivement compter sur elle, mais garde le silence.

La main du conseiller en communication est moite, Cloé réprime une grimace de dégoût. Il quitte enfin le bureau, mais son patron s'attarde.

Qu'est-ce qu'il veut, encore ?

M'inviter à dîner. Manquait plus que ça !

Pourquoi pas dans un de ses restaurants pourris, pendant qu'il y est !

Cloé refuse, oubliant d'y mettre les formes ; l'homme est surpris mais ne s'avoue pas vaincu. Il aime sans doute qu'on lui résiste un peu. Après tout, il s'apprête à verser plusieurs dizaines de milliers d'euros à l'Agence, pense qu'il est naturel d'obtenir un bonus. La petite douceur offerte avec le café.

Cadeau de la maison.

Lui n'a pas les mains moites. Juste baladeuses.

Il s'imagine peut-être qu'il vient d'enflammer une charmante jeune femme. Alors que ce qu'il vient d'allumer, c'est la mèche d'un bâton de dynamite. Qui va lui exploser en pleine gueule.

La gifle qu'il reçoit résonne dans tout l'étage. Tout juste si elle ne fait pas trembler les cloisons.

Il fixe Cloé dans les yeux, elle soutient son regard. Et, comme si une claque ne suffisait pas, elle porte l'estocade.

— Tu crois que tu peux te servir, connard ? Tu t'es regardé dans la glace en te rasant ce matin ? Tu me donnes envie de vomir…

Il aurait mieux valu lui asséner une deuxième baffe, ça lui aurait fait moins mal.

Le roi du sandwich bio reste interloqué trois petites secondes. Puis il contre-attaque.

— Tu vas le regretter, salope, prédit-il en tournant les talons.

Cloé, immobile près de la porte, se sent curieusement apaisée. Ce n'est pas la première fois qu'un tel incident se produit. Qu'un client se montre un peu entreprenant, voire grossier. Mais c'est bien la première fois que Cloé répond par une gifle et des insultes. D'habitude, elle aurait raccompagné l'homme jusqu'à l'ascenseur, s'en serait débarrassée d'un sourire complice et pourquoi pas d'un clin d'œil.

Là, elle vient de lui administrer une humiliation qui restera dans les annales.

Un camouflet historique.

Enfin, elle reprend ses esprits, jette un œil dans le couloir. Et quand elle voit l'homme bafoué sortir du bureau de Pardieu, elle comprend qu'elle vient de commettre le faux pas de trop.

Le Vieux tente de retenir son client, lui court après. Tout juste s'il ne se met pas à genoux. Son arthrose l'en empêche, sinon il ramperait devant lui ou s'accrocherait à ses chevilles.

— T'as qu'à lui faire une pipe, murmure Cloé. C'est ça qu'il veut ; sacrifie-toi, vieux débile !

Mais le client reste de marbre et envoie un tonitruant : *Je vous ferai de la pub, comptez sur moi !* Sachant qu'il s'adresse au patron d'une agence de publicité, ça ne manque pas d'humour. Pourtant, dans les couloirs et les bureaux, personne ne songe à rire. Le silence est total.

Lorsqu'il repasse devant Cloé, l'homme ne la

regarde même pas. Sans doute craint-il de recevoir une nouvelle paire de claques. À moins qu'il n'ait honte.

Pardieu lui fait signe de venir, Cloé soupire. Elle marche lentement jusqu'à l'antre du Vieux qui claque la porte dans son dos.

— Vous m'expliquez ?

— Il m'a collé une main au cul, je lui ai collé une gifle, résume Cloé. Normal, non ?

— Nous venons de perdre un gros client ! hurle Papy. Vous l'avez frappé et insulté alors qu'il vous proposait simplement un dîner !

Cloé ne peut s'empêcher de sourire.

— Un dîner ? Ben voyons ! Je vous rappelle, *monsieur le président*, que mon contrat ne prévoit pas que j'accepte de me faire sauter par les clients pour emporter un marché.

— Taisez-vous ! s'époumone Pardieu. Je ne supporte plus vos mensonges !

Qu'il s'énerve de la sorte est inédit. Cloé a envie de lui conseiller de se calmer, tant l'attaque cardiaque ou cérébrale menace. Mais s'il rendait l'âme sous ses yeux, ça ne serait pas pour lui déplaire. Peut-être même que, prise de panique, elle oublierait momentanément le numéro du SAMU.

— Vous êtes devenue complètement folle, ma parole ! Vous voulez couler l'Agence ?

Il tombe dans son fauteuil, apparemment épuisé. Puis il lève ses petits yeux sur Cloé.

— Débarrassez-moi le plancher. Je vous licencie pour faute lourde. Ne remettez plus jamais les pieds ici, c'est compris ?

Prostrée dans son bureau, Cloé ne réalise pas encore. Elle tente d'appeler Alexandre, qui saura sans doute lui conseiller comment réagir. Mais elle est dirigée vers sa messagerie, envoie un coup de pied furieux dans la corbeille à papiers.

— Alex, c'est moi. Je suis dans la merde ! Rappelle-moi, s'il te plaît. Rappelle-moi vite !

Lorsqu'elle raccroche, Pardieu s'invite.

— Vous êtes encore là ?

— Écoutez, monsieur, je…

— Je ne veux rien entendre ! braille le Vieux. Prenez ce qui vous appartient et disparaissez !

Cloé s'approche de lui, il reste stoïque. Pourtant, elle est impressionnante.

— Ce type m'a mis la main au cul, rappelle-t-elle en contenant sa fureur.

— Et après !

— Je ne suis pas payée pour ça !

— Je me demande bien pourquoi je vous paye, alors… !

Comment ose-t-il ?

— J'ai rapporté plus de fric à cette boîte que n'importe qui d'autre, fulmine la jeune femme. Mais c'est vrai que j'ai déjà été largement récompensée pour mon travail !

— Vous pensiez vraiment que j'allais laisser mon agence entre les mains d'une hystérique ? ricane Pardieu.

— Enfoiré ! murmure Cloé.

— Foutez le camp.

Pardieu tient la porte comme s'il avait peur qu'elle ne tombe. Cloé récupère deux ou trois choses qu'elle fourre dans son sac, puis elle enfile sa veste.

Lorsqu'elle frôle le président, elle ralentit.

— Vous ne l'emporterez pas au paradis, *votre agence*.

— Bon vent, mademoiselle Beauchamp. Le Pôle emploi vous trouvera très certainement une place de catcheuse, je ne me fais aucun souci. Ou une place à l'asile.

— Et toi, c'est une place au cimetière qui t'attend !

Cloé lui tourne le dos et s'éloigne dans le couloir. Ils ont tous déserté leur poste pour assister à la scène. Il faut dire qu'un final comme celui-ci est plutôt rare.

Les spectateurs, silencieux, regardent passer Cloé, tête haute, regard fixe. Peut-être entendent-ils son cœur qui bat à tout rompre. Au bout de cette haie du déshonneur, Martins lui barre la route. Comme un dernier obstacle, l'ultime épreuve.

— Désolé, dit-il simplement. Mais ça devait arriver.

Il paraît sincère. Pourtant, Cloé ne voit rien d'autre qu'un homme lui ayant volé la place qui lui revenait de droit. Un homme ayant manigancé le pire pour arriver à ses fins.

Elle le fixe, intensément.

— Toi aussi, tu me le paieras.

*
* *

Pourquoi tu ne me rappelles pas ? Pourquoi tu n'es pas là ?

Cloé pleure. Depuis des heures. Depuis qu'elle a quitté le parking souterrain de l'Agence.

Virée, pour faute lourde. Ni indemnités, ni allocations chômage.

Rien.

Que ses yeux pour pleurer. Encore et encore.

Ce client faisait, à coup sûr, partie de la machination orchestrée par Martins. La pousser à bout, la pousser à la faute.

Ce fumier a gagné. Il a le champ libre. Mais peut-être qu'il ne s'arrêtera pas là. Peut-être que ce qu'il désire, c'est la voir morte. Et qu'il va envoyer son soldat des ténèbres lui porter le coup de grâce.

Cloé a déjà avalé trois verres de bourbon et deux gélules pour le cœur. Elle voit arriver la nuit comme on guette un ennemi puissant. Un de ceux que rien ne peut arrêter, ni même ralentir.

Seul Alex pourrait. Mais il n'est pas là. L'a abandonnée, une fois encore.

La nuit, qu'elle redoute tellement, finit par taper aux carreaux des fenêtres.

Cloé vide un quatrième verre, un troisième paquet de Kleenex.

Où es-tu ? Qu'ai-je fait pour mériter ton absence ?

Elle est allée chez Alexandre, bien sûr. A trouvé porte close, alors que la 407 était garée non loin de l'immeuble.

Dans un sursaut, elle tente de se rassurer. Il était visiblement sur une piste. Peut-être que cette piste l'a conduit loin de Paris. Peut-être a-t-il pris le train, comme la dernière fois ? Son portable n'a plus de batterie, il est en route pour venir me rejoindre.

On se ment, surtout quand on a peur. Quand on a mal.

Tant d'années passées au sein de l'Agence. Sans compter ses heures ou ses efforts. Et la voilà jetée dehors comme une malpropre.

La sonnerie du téléphone est un électrochoc, elle se rue jusqu'au combiné accroché au mur.

— Alex ?

À l'autre bout du fil, des sanglots. Et une voix familière.

547

— C'est moi, Caro…

La déception est si forte que Cloé songe à raccrocher sans prononcer un mot de plus.

Encore des sanglots, le visage de Cloé se durcit.

— Qu'est-ce que tu veux ?

— Quentin m'a quittée ! pleurniche Carole.

Le cœur de Cloé reste froid.

— Qu'est-ce que tu veux que j'y fasse ?

Les pleurs de Carole redoublent d'intensité.

— Moi aussi, j'ai des problèmes. Et bien plus graves que de m'être fait larguer par un mec marié.

— Je pensais que, toi, tu m'écouterais ! gémit Carole.

— Eh bien tu t'es trompée, assène Cloé. Il a dû rejoindre sa femme. Sans doute qu'il l'aimait encore. Alors tu l'oublies. Et tu m'oublies aussi, par la même occasion. Parce que j'ai autre chose à faire qu'écouter tes jérémiades. Pour info, un psychopathe cherche à me tuer et je viens de perdre mon boulot.

Carole renifle bruyamment, se mouche.

— Je ne savais pas, bredouille-t-elle. Tu veux que je vienne ?

Cloé sourit. Un sourire terrifiant.

— Parce que tu crois que tu peux m'être d'une quelconque utilité… ?

Elle raccroche violemment, se sert un autre verre de bourbon.

Puis elle se déshabille, abandonne ses fringues sur le parquet du salon et passe dans la salle de bains en titubant légèrement.

Le miroir lui joue des tours.

Ça ne peut pas être moi. Cette fille qui a les yeux rouges, gonflés, cernés. Dans le vague.

Cette fille qui a les lèvres gercées et le teint jaune. Les cheveux ternes et la peau brillante.

Cette fille, laide à pleurer. Et qui pleure.

Cloé entre dans la baignoire, ouvre le robinet et tire le rideau. Les deux mains appuyées contre le carrelage bleu, comme à son habitude, elle laisse l'eau chaude chasser l'humiliation, la peine, l'angoisse, la solitude.

Ce serait trop facile. Une simple douche ne sert à rien. Tout reste gravé dans la chair.

Après un long moment passé sous le jet brûlant, Cloé décide enfin de sortir. Un brouillard épais flotte dans la pièce surchauffée et saturée d'humidité. Elle s'enroule dans une serviette, se plante face au miroir. Ce traître.

C'est là qu'elle voit. Qu'elle voit enfin.

Le message, écrit avec un doigt dans la buée qui recouvre la glace.

Fini de jouer, mon ange.

*
* *

— Il n'y a personne, ici, madame. On a tout vérifié.

— Il y avait quelqu'un ! gémit Cloé.

Le brigadier la considère avec un soupçon de lassitude.

— On a fait le tour de toutes les pièces. On a même regardé dans les placards et sous les lits. Et je peux vous assurer qu'il n'y a que vous et nous dans cette maison.

Son collègue a un sourire vaguement caustique. Il consulte sa montre.

— Il est venu ici ! martèle Cloé. Il est même

entré dans la salle de bains pendant que je prenais ma douche !

— Oui, le message sur le miroir, je sais. Pourtant, la porte n'a pas été forcée...

— Et l'alcool donne des hallucinations, vous savez, ajoute son collègue en fixant la bouteille de bourbon sur la table basse. Alors, faut pas en abuser, madame.

— Vous voulez qu'on appelle un médecin ? propose le brigadier.

Foudroyée par la honte, Cloé baisse les yeux. De toute façon, ils ne sont pas de taille face à l'Ombre. C'est Alexandre qu'elle veut, personne d'autre.

— Merci d'être venus, murmure-t-elle.

— Fermez derrière nous et allez vous reposer, conseille le brigadier. Bonsoir, madame.

La porte claque, Cloé reste figée dans l'horreur.

Fini de jouer, mon ange...

Lorsque minuit sonne à une lointaine église, Cloé ouvre une autre bouteille de whisky et avale un calmant. Elle a songé à quitter la maison, mais sait que c'est inutile. Il la retrouvera, où qu'elle aille.

Gomez ne l'a pas rappelée. Il n'est pas venu.

Il ne viendra plus.

Ne la verra pas ramper jusqu'à son lit, mettre le P38 sous l'oreiller.

Ne la verra pas non plus tomber à genoux pour inventer une prière.

Mon Dieu, faites qu'il ne vienne pas... Faites qu'il ne soit rien arrivé à Alexandre.

*
* *

Il fait sombre. Il fait froid.

Cloé ne sait plus comment elle s'est retrouvée là. Elle se souvient juste d'avoir couru à en perdre haleine, tandis que l'Ombre la poursuivait sans relâche.

Un hangar, immense.

En levant la tête, elle aperçoit Lisa qui s'élance sur la poutre. Elle entend son rire cristallin emplir tout l'espace.

Et puis son hurlement tragique au moment où elle bascule dans le vide.

Le corps s'écrase à ses pieds. Bruit effroyable des os qui se brisent, des chairs qui éclatent.

Alors, Cloé se réfugie dans une pièce sans fenêtre, tout au fond de l'usine. Assise par terre, recroquevillée dans un angle, elle écoute. Mais la seule chose qu'elle entend, ce sont les coups de butoir dans sa poitrine.

Je voudrais venir à ton secours, ma Lisa. Mais je dois me cacher ! Toujours me cacher… Sinon, il me retrouvera.

Elle pleure, elle tremble. Jusqu'à ce qu'un bruit fige le sang dans ses veines.

La porte.

Quelqu'un essaie de l'ouvrir.

Le petit verrou explose, un affreux grincement annonce le pire. Une lumière jaunâtre éclaire soudain la scène. C'est alors que Cloé découvre le message écrit sur le mur : *Fini de jouer, mon ange.*

Une silhouette gigantesque se plante dans l'encadrement et Cloé se remet à respirer.

— Alex !

Il entre, laissant la porte ouverte, mais ne s'approche pas d'elle. Les bras croisés, il s'adosse au mur. Comme s'il attendait quelque chose.

— Viens ! supplie Cloé.

Il ne bouge pas, se contente de la fixer. Ses yeux brillent, on dirait qu'il est sur le point de pleurer.

C'est alors qu'une autre silhouette apparaît. Celle de la Bête.

L'Ombre s'avance, ignorant Alexandre qui ne fait rien pour l'arrêter. Pour l'empêcher.

Le monstre est près d'elle, maintenant. Il n'a pas de visage, porte des gants.

Il attrape ses poignets, la soulève du sol.

Cloé hurle, si fort qu'elle se réveille enfin.

Le souffle court, le front et le dos trempés d'une sueur glacée.

Elle s'assoit dans le lit, essaie de recouvrer une respiration normale.

Au bout de deux minutes, la crise est calmée. Les chiffres rouges du réveil lui annoncent qu'il est 4 h 28 du matin. Elle se rallonge, ferme les yeux.

Mais quelque chose l'empêche de repartir vers le monde des cauchemars. Une impression, une oppression.

Elle n'est pas seule dans la pièce.

Il est là.

Chapitre 57

Il est là.

Les mains de Cloé se crispent sur les draps. Son cerveau se vidange complètement pour se remplir de panique.

Elle ne pense plus à rien.

Sauf à lui.

Et à la mort.

Totalement immobile, la bouche maintenue ouverte par ses mâchoires tétanisées, elle coule à pic dans les profondeurs d'une peur primaire, animale. Viscérale.

Elle ne le voit pas, elle le sent. Elle entend même sa respiration régulière, maintenant.

Son souffle. Celui d'un fauve.

Perceptions acérées par la terreur.

Elle devine qu'il est en face. Au pied du lit, juste à côté de la fenêtre.

Plusieurs minutes s'écoulent ainsi. Avant que ses méninges se remettent à fonctionner. À une allure démente.

Sa main se glisse sous l'oreiller d'à côté, pressée de saisir le fidèle P38.

Mais le pistolet n'y est plus. Peut-être est-il braqué sur elle en ce moment même ?

Calme-toi, Cloé… Calme-toi et réfléchis !

Bondir hors du lit, courir jusqu'à la salle de bains et s'y enfermer à double tour.

Pour cela, il faudrait d'abord pouvoir bouger ne serait-ce qu'un cil.

Sait-il que je suis réveillée ? Peut-il me voir ? Va-t-il me tuer ?

Et si j'attendais simplement qu'il parte ?

Elle ferme les yeux, se concentre.

Saisir discrètement le portable posé sur le chevet, faire descendre les draps et la couverture. Sans le moindre bruit, le moindre froissement. Sauter du lit, s'élancer dans le couloir. Toujours tout droit, jusqu'à la salle d'eau. Pousser le verrou. Et appeler la police, car il aura tôt fait d'enfoncer la porte.

Elle tente de réunir les forces et le courage de passer à l'action. Son cœur ne résistera plus très longtemps, il faut qu'elle s'éloigne de lui.

Et s'il me rattrape avant que j'atteigne la salle de bains ?

Peut-être que je ne devrais pas bouger, peut-être qu'il veut juste m'observer ?

Alex, pourquoi t'es pas là ? Mon Dieu, mais pourquoi t'es pas là !

Soudain, il fait un mouvement. Cloé ressent le léger déplacement d'air comme un coup de fouet.

Déflagration dans son cerveau.

Elle attrape son portable, se lève d'un bond et fonce dans le couloir à peine éclairé par la lumière de la rue.

Elle n'a jamais couru aussi vite de sa vie.

Tellement vite qu'elle heurte la porte de la salle de bains, lâche le téléphone.

Elle pose enfin la main sur la poignée en porcelaine lorsqu'elle repart brutalement en arrière. Il vient de l'agripper par les cheveux, elle hurle. Frappe dans le vide, se débat.

Poussée violemment, elle atterrit sur le parquet, face contre terre. Elle n'a pas le temps de se redresser, il saisit ses poignets, la retourne sur le dos et la traîne ainsi sur le sol, jusqu'à la chambre.

L'impression d'être aspirée par les enfers.

Avec ses pieds, Cloé essaie de s'accrocher à tout ce qui passe. Elle emporte une petite sellette sur laquelle trône une plante ; pas assez lourde pour la retenir. Le pot en terre cuite s'écrase sur le sol, dans un bruit sourd.

Une fois dans la chambre, une force invisible la soulève du sol et la jette sur le lit. Cloé se relève instantanément pour se réfugier dans l'angle opposé.

La lumière de chevet s'allume, son cauchemar prend forme humaine.

Il porte une cagoule sur le visage, son sweat noir et sa capuche. Des gants, noirs eux aussi. Et un foulard qui monte jusque sur son nez.

— Bonsoir, mon ange.

Acculée contre le mur, les yeux exorbités, Cloé fixe Satan en personne.

Il se tient entre elle et la porte, il n'y a plus aucune issue. Sauf la fenêtre. Le temps de tirer les rideaux, de l'ouvrir… Impossible. Tout espoir de fuite est réduit à néant.

Seul le lit les sépare. Moins de deux mètres.

C'est terminé, Cloé le sait.

— Tu voulais prendre un bain à cette heure-ci ? Tu te sens sale, peut-être ?

Cette voix, maléfique, emplit tout l'espace. Rentre de force en elle.

Substance visqueuse, mortelle.

— Ou alors tu as eu peur de moi ? C'est ça, mon ange ? Tu voulais te sauver ? C'est normal, tu sais… Et tu as bien raison d'avoir peur.

D'un bond, il grimpe sur le lit, le traverse d'une seule enjambée.

Cloé s'enfuit par le côté, il la rattrape aussitôt, la plaque brutalement contre le mur, serrant une main sur sa gorge. Elle se débat encore, véritable lionne enragée. Elle distribue les coups, parvient à l'atteindre au tibia et à la tête. Pourtant, il tient bon, serrant sa gorge de plus en plus. Il l'oblige à se retourner, écrase son visage contre la cloison, attrape ses poignets.

Elle continue à résister, à hurler.

— Au secours ! Aidez-moi !

Il extirpe de sa poche une sorte de ruban, lui attache les mains dans le dos.

Une volte-face, et elle se retrouve à nouveau face à lui. Il est tellement collé contre elle qu'elle ne peut même plus utiliser ses jambes pour le frapper.

— Tu es déchaînée, ma douce Cloé ! Mais je vais te calmer.

Il comprime sa gorge si fort qu'elle n'arrive plus à crier. Même plus à respirer.

— Fini de jouer, mon ange… ! Je t'ai prévenue, non ?

Cloé s'immobilise, un gémissement déchirant franchit ses lèvres.

Plus elle bouge, plus il l'étrangle.

Prenant son visage à deux mains, il la décolle du mur, la pousse vers le lit. Elle bute contre le montant, s'écroule sur le matelas.

Pas le temps de ramper sur les couvertures, il est déjà sur elle.

Elle tente un coup de genou, il bloque ses jambes.

— Où est ton chien de garde, Cloé ? Tu es sans défense, on dirait...

— Il va arriver d'une minute à l'autre ! hurle la jeune femme. Il va venir et te tuer !

Il se met à rire, sort un couteau de sa poche. Le *clic* caractéristique du cran d'arrêt résonne froidement aux oreilles de Cloé. La lame étincelle dans la faible lumière tandis qu'elle approche lentement de son visage.

— Continue de hurler et je t'écorche la gueule.

Elle ferme les yeux, le silence revient.

— Bien. C'est bien, mon ange...

— Qu'est-ce que vous voulez ? gémit la jeune femme. Qui vous envoie ?

— Tu ne devines pas ? Je te croyais plus perspicace...

Cloé est sur le point de lui dire qu'elle l'a reconnu. *Je sais que c'est toi, Bertrand !*

Elle retient sa phrase à la dernière seconde. Ne pas signer son arrêt de mort alors qu'il lui reste une chance de survivre.

— Je peux vous payer, j'ai de l'argent !

— C'est vrai ? C'est une bonne idée, ça...

Elle se doute qu'il sourit, même si elle ne peut pas voir sa bouche. Ça s'entend à sa voix, étouffée par le foulard et qu'il s'applique à dénaturer, avec talent.

— Combien vous voulez ? Je vous donnerai tout... Tout ce que j'ai !

Il pose la lame sur ses lèvres.

— Chut... Ne dis pas de connerie, mon ange. De toute façon, tu n'as plus rien.

— Combien il vous paye ? Je peux vous donner plus ! J'ai de l'argent, je vous le jure !

— Je te crois, ma beauté. Mais je suis au-dessus de tes moyens.

— Si vous me touchez, Alexandre vous tuera !

— Ton petit flic de quartier ? Aucun risque. Et tu sais pourquoi ? Parce qu'il est mort.

— Non !

— Si, mon ange. Il s'est brûlé la cervelle.

Il redresse le buste, pose un index sur sa tempe.

— Boum !... Bye bye, commandant Gomez.

— Non !

— Il faut croire qu'il en avait marre de toi. Il a préféré la mort à la vie avec toi. C'est moche, non ? Mais tu n'as jamais su garder un homme, Cloé. Tu les fais tous fuir. Pourquoi, d'après toi ?

Cloé se met à sangloter, la lame coupe une première bretelle de sa nuisette en satin.

Puis la deuxième.

— Moi je sais pourquoi ils partent tous. Parce qu'ils voient très vite qui tu es, mon ange. *Ce* que tu es...

Elle préfère refermer les paupières, sent la lame d'acier trancher en son milieu ce qu'il reste de sa nuisette en satin.

— Tu veux que je te dise ce que tu es, Cloé ?

Seul un gémissement lui répond. Le métal froid glisse entre ses seins, descend sur son ventre.

— Tu préfères que je te montre, peut-être ?

— Laissez-moi ! Laissez-moi, s'il vous plaît...

Elle pleure à chaudes larmes, maintenant.

— Tu n'es qu'une petite garce égocentrique. Une salope qui aime écraser les autres. Qui adore s'en servir... Et moi, je vais te remettre à ta place.

— Alex te tuera !

En rouvrant les yeux, Cloé croise furtivement ceux

de son agresseur dans le faisceau de la lampe. Peut-être bleus. Ou gris. Clairs, ça elle en est sûre.

— Alex te tuera ! hurle-t-elle à nouveau.

La pointe du couteau se plante soudain sous sa mâchoire.

— Je te dis qu'il est mort, ton bâtard de flic ! Tu entends ? Il est mort, ce connard ! Mort ! Crevé comme un chien !

Sa voix s'est faite soudain plus violente. Il est furieux.

Ne l'énerve pas, Cloé ! Ne fais pas ça, par pitié !

— Il a un trou à la place de la tête ! Il va falloir que je te le répète combien de fois ? Écoute quand on te parle ! Il s'est fait sauter le caisson !

Cloé se remet à sangloter, les larmes réchauffent son cou avant d'aller mouiller le drap.

Il approche son visage du sien, lui glisse à l'oreille :

— Je l'ai un peu aidé, remarque... Mais ça, c'est un secret. Un secret entre toi et moi, d'accord ? Tu ne le diras à personne, n'est-ce pas ?

— Non ! tremble Cloé. Non, je le dirai à personne, je vous le jure !

— Bien... Parce qu'il m'avait démasqué, ce cher *Alex*. Il n'était pas si con que ça, tu vois. Lui aussi, tu t'es bien servi de lui, hein ? Et maintenant, à cause de toi, il est mort.

Il sent son corps se durcir sous le sien.

— Mais je vais te confier un autre petit secret, Clo : il avait envie de mourir. Il voulait rejoindre sa femme. Parce qu'il n'en avait rien à foutre de toi. Il a décidé de me laisser jouer avec toi...

Il se redresse à nouveau, savourant l'effet de ses paroles sur le visage de Cloé. Où la lumière rasante met en relief l'épouvante extrême. La peur à l'état brut.

Soudain, il ôte son foulard noir et sa capuche, Cloé devine enfin son sourire diabolique. Elle manque de défaillir.

S'il vire la cagoule, je suis morte.

Mais ce qui l'effraie le plus serait qu'il enlève son jean.

Ligotée sur ce lit, tenue en respect par une lame tranchante, elle n'a aucun moyen de se défendre.

Elle connaît alors la solitude absolue. Celle qu'on éprouve face à la mort. Face à l'inconnu.

Il écrase ses lèvres sur les siennes, elle tourne la tête d'un mouvement brusque. Il serre son visage dans sa main gantée, l'oblige à revenir vers lui avant de recommencer.

Puis il descend dans son cou, sur la pointe de ses seins. Tandis que sa main libre s'immisce entre ses jambes.

Cloé manque d'air. Elle sent son parfum, boisé, légèrement musqué, qui l'étouffe.

Ses muscles, tendus à l'extrême, vont peut-être céder. Se déchirer.

Son cœur cogne dans sa poitrine comme un oiseau affolé se fracasserait sur les barreaux de sa cage. Il bat si vite que le sang inonde son cerveau, brûle ses chairs.

Ne pouvant plus résister, elle se remet à crier. Il plaque une main sur sa bouche, continue à goûter sa peau, sans empressement.

Tranquillement.

Et brusquement, il cesse ses jeux cruels. Il la soulève en poids, elle retombe sur le ventre. Elle sent qu'il tranche les liens serrant ses poignets. Pourtant, elle n'arrive toujours pas à bouger les mains.

Il remet son foulard et sa capuche, descend du lit.

— Je reviendrai, mon ange, promet-il. J'ai l'impression que tu n'es pas tout à fait prête…

Il range son couteau au fond de sa poche, la contemple un moment.

— Avec un petit effort, tu devrais pouvoir te libérer. Ça te prendra un peu de temps, mais tu vas y arriver. J'ai commencé le travail… Tu vois, je suis sympa !

Elle espère pendant une seconde que le cauchemar est terminé. Mais il l'empoigne par les épaules, la remet sur le dos, l'obligeant ensuite à s'asseoir.

Une main sous le menton pour qu'elle redresse la tête.

Il approche son visage masqué à quelques centimètres du sien.

— Je reviendrai. Et je t'achèverai. Bonne nuit, mon ange…

Chapitre 58

— Donc, si je résume, il est entré alors que vous dormiez et, lorsque vous vous êtes réveillée, il s'est jeté sur vous. Ensuite, il vous a attaché les poignets et a… tenté d'abuser de vous. Mais il ne l'a pas fait. Vous avez juste subi des attouchements.

Juste subi des attouchements.

Manière désinvolte de résumer le supplice que Cloé vient d'endurer.

— Puis il est parti et vous avez réussi à vous détacher. Et là, vous nous avez appelés. C'est bien ça ?

Cloé hoche la tête. Elle est ratatinée sur le canapé, tandis que le jeune lieutenant en tenue s'est installé dans le fauteuil, juste en face d'elle.

Sa collègue revient de la chambre où elle a procédé aux premières constatations.

— Faites-moi voir vos poignets, s'il vous plaît.

Cloé remonte les manches de son peignoir, tend les bras vers le flic. Ils tremblent encore.

— Je ne vois aucune trace. Une corde, normalement, ça…

— C'était pas une corde, murmure Cloé. Plutôt une sorte de ruban.

— Ça ? demande la gardienne de la paix en brandissant le morceau de tissu brillant.

— Oui.

— Il l'a pris chez vous ?

— Non, je ne crois pas. Il devait l'avoir sur lui.

— OK, reprend l'officier. Et il était armé d'un couteau, vous dites. Quel genre ?

— J'en sais rien, moi… Genre pointu et tranchant ! Du calme, Clo. Ils sont là pour t'aider.

— Un cran d'arrêt, je crois.

— La lame, quelle longueur ?

— Je sais pas. Peut-être trente centimètres.

Le lieutenant sourit presque imperceptiblement.

— Non, ça c'est un énorme couteau de boucher, pas un cran d'arrêt !

— Moins, alors… Il n'y avait pas beaucoup de lumière, vous savez.

— Bien sûr, je vois. C'est avec ça qu'il a découpé votre nuisette, on est d'accord ?

— Oui.

La fliquette observe le morceau d'étoffe gisant sur la table. Comme s'il allait lui révéler le nom du coupable.

— Bon, reprend le lieutenant, la couleur du manche du couteau ?

— Aucune idée, avoue Cloé. Noire, peut-être. Foncée, en tout cas.

— C'est assez imprécis… Et lui, vous pouvez me le décrire ?

— Grand, fort. Les yeux clairs.

— Les cheveux ?

— Il portait une cagoule, une capuche et un foulard qui lui montait jusque-là, répond Cloé en plaçant sa main en travers de son nez. Alors…

— Donc, vous ne pouvez pas le décrire. Ensuite, il a coupé votre nuisette et il vous a...

Il jette un œil sur ses notes, un peu embarrassé.

— Il a essayé de vous embrasser et vous a touchée. Est-ce qu'il a tenté autre chose ?

Cloé répond non, d'un signe de tête.

— Il n'y a pas eu pénétration, c'est bien ça ?

— Non.

— OK. Il faut que je passe un coup de fil, excusez-moi.

Il s'éloigne jusque dans l'entrée, Cloé se ressert un verre d'eau. Elle réalise alors qu'elle aurait dû prendre le temps de planquer les deux bouteilles de whisky dont l'une est vide et traîne encore sur le tapis. Le verre où les glaçons ont fondu et où subsiste un fond d'eau ambrée. La plaquette de calmants, aussi. Elle a juste pensé à cacher le P38, retrouvé sous le lit. Encore une fois, il le lui a laissé. Incompréhensible.

Serait-il à l'épreuve des balles ?...

Le lieutenant range son téléphone, adresse un signe à sa collègue. Ils disparaissent tous les deux, Cloé comprend qu'ils sont partis dans la chambre. Sans doute pour l'inspecter à nouveau.

Seule, elle hésite à se resservir un verre de scotch. Ça calmerait peut-être ses tremblements.

Je reviendrai. Et je t'achèverai.

Elle attrape son portable, compose le numéro d'Alexandre. Mais, comme les fois précédentes, elle tombe sur sa messagerie. Elle raccroche, ferme les yeux.

Lorsqu'elle les rouvre, les deux flics sont de retour dans le salon.

— Êtes-vous blessée ? interroge le lieutenant en reprenant place dans le fauteuil.

Cloé soulève son peignoir, dévoilant un hématome qui commence à se former sur son tibia.

— C'est lui qui vous a fait ça ? Il vous a frappée ?

— C'est quand il m'a traînée sur le sol. J'ai essayé de m'agripper à la sellette, dans le couloir... Et elle m'est tombée dessus.

— Je vois. Vous dites également qu'il a tenté de vous étrangler. Pouvez-vous relever vos cheveux ?

Cloé obéit, sûre que les traces du forfait s'étalent sur sa gorge. Le lieutenant en tenue se penche. Il sent le cuir et un parfum subtil dont Cloé a oublié le nom.

— Je ne vois rien, dit-il. C'est un peu rouge, mais à peine.

— Pourtant, j'ai cru qu'il allait me tuer, tellement il a serré.

— Sans doute, répond le flic en retournant à sa place. Rien d'autre ?

— Non, avoue Cloé.

Un court silence, pendant lequel l'officier prépare son attaque.

— Vous savez, mademoiselle Beauchamp, j'ai appelé mes collègues. Ceux qui sont venus chez vous hier soir. Vous vous souvenez ?

Cloé fronce les sourcils.

— Évidemment, que je m'en souviens. C'est moi qui vous ai dit qu'ils étaient venus !

— Mes collègues m'ont assuré qu'ils avaient scrupuleusement fouillé votre maison et n'avaient rien trouvé d'anormal. Alors que vous pensiez déjà que votre agresseur s'était introduit ici.

— Et alors ? soupire Cloé.

— Alors, ils m'ont dit que vous aviez l'air ivre.

Un silence, plus long que le premier, assomme Cloé.

— Je n'étais pas ivre ! se défend-elle soudain. Je…
J'avais bu un verre ou deux, c'est tout.

Cette fois, le flic ne cache plus son sourire.

— La bouteille qui est sur la table, celle qui n'est
pas encore vide, il manque bien… il manque bien le
contenu de deux grands verres, non ?

— C'est ce que je viens de vous dire.

— Et celle qui est par terre ? Elle est vide, non ?

— Je ne suis pas ivre, nom de Dieu ! s'emporte
Cloé.

— D'accord, calmez-vous, mademoiselle… Que
faites-vous dans la vie ?

Chômeuse. Sans allocations.

— Je travaille dans une agence de publicité.

— C'est bien, ça… Vous faites quoi, là-bas ?

— Je suis directrice générale adjointe.

Il a une petite moue admirative.

— Et tout se passe bien ? À l'agence, je veux dire.

Cloé hésite, il en profite pour ajouter :

— Si nous ouvrons une enquête, nous allons vérifier, vous savez… Alors, autant parler franchement,
mademoiselle.

Cloé fixe le cadavre de la bouteille de whisky sur
le tapis.

Que je suis conne.

— J'ai été licenciée aujourd'hui. Enfin, hier, quoi.

— Pour quel motif ?

— Je… J'ai giflé un client.

— Ah bon ? Et pourquoi ça ?

— Parce qu'il m'a… mis la main au cul.

Il adresse un nouveau signe à sa collègue, elle s'approche avec un éthylomètre.

— Vous voulez bien souffler, mademoiselle ?

Cloé voudrait s'énerver. Et même les jeter dehors. Mais tant qu'ils sont là, elle est en sécurité.

Je reviendrai. Et je t'achèverai.

— Il… m'a forcée à boire, invente-t-elle soudain.

— Vraiment ? s'étonne le flic. Et pourquoi ne pas m'avoir dit ça plus tôt ?

Cloé passe une main dans ses cheveux.

— J'avais oublié.

— Bien sûr… Bon, mademoiselle, nous n'avons pas vraiment de temps à perdre, vous savez.

Elle le fusille du regard, il ne bronche pas.

— Moi, je crois que vous avez fait un cauchemar.

Les paupières de Cloé retombent. Elle secoue légèrement la tête.

— Je crois que vous avez bu plus que de raison, sans doute parce que vous avez été licenciée hier. Et qu'en plus, vous avez avalé des comprimés. D'après ce que vous avez confié hier soir à mes collègues, ce n'est pas la première fois que vous faites appel aux services de police pour un *mystérieux* agresseur… Et je crois qu'une fois de plus vous inventez quelque chose pour qu'on vienne à votre secours.

Il se lève, avec une lenteur calculée, vient se poser près de Cloé. Il prend sa main gauche dans les siennes, lui sourit.

— Il faut vous faire aider, mademoiselle, dit-il avec une étonnante douceur. Il ne faut pas rester comme ça.

Les yeux de Cloé s'emplissent soudain de larmes.

— Vous devez voir un médecin. Un psychologue ou un psychiatre. Je peux appeler les pompiers, si vous le souhaitez.

Cloé n'a plus la force. De protester. D'expliquer. D'argumenter.

Toute énergie a abandonné son corps.

— Ils pourront vous emmener à l'hôpital et vous confier à un spécialiste. Vous voulez que je les appelle ?

Cloé hésite ; si elle accepte, ils la feront interner. Tout sauf ça.

— Non, répond-elle.

— Vous avez tort, vous savez. Vous êtes en danger, je crois. Mais je ne peux pas vous forcer, alors…

Il lâche sa main, tourne la tête.

C'est fini.

Elle est à nouveau une proie.

Rien d'autre qu'une proie.

Je reviendrai. Et je t'achèverai.

Chapitre 59

— C'est la concierge qui l'a trouvé, explique Maillard. Elle venait lui faire le ménage une fois par semaine.

Hébété, le capitaine Villard fixe le cadavre d'Alexandre. Allongé sur le ventre, au milieu des débris de la table de salon, son Sig-Sauer près de sa main droite. Son visage est tourné vers la fenêtre, baignant dans une belle clarté. Et une immonde flaque de sang. Ses yeux sont ouverts sur un indéchiffrable message.

— Putain, c'est pas possible, murmure le capitaine. Alex, c'est pas possible...

Le commissaire Maillard s'appuie au mur. Lui aussi contemple son ami. Ou ce qu'il en reste.

Le légiste arrive, échange une poignée de mains avec les deux hommes. Il se met aussitôt au travail, dans un abominable silence.

Finalement, Maillard s'assoit. Il ne tient plus debout.

— Je dirais qu'il est mort depuis environ vingt-quatre heures, annonce rapidement le toubib. Suicide, ça ne fait aucun doute.

— C'est ma faute, murmure le commissaire. J'aurais pas dû lui annoncer comme ça...

Villard l'interroge d'un regard.

— Je l'ai appelé hier. Je lui ai dit qu'il allait être mis à pied par l'IGS. Que je n'avais rien pu faire pour le couvrir. Il a dû se flinguer juste après...

Le capitaine se tourne à nouveau vers Alexandre. Même si c'est une image insoutenable.

— Vous l'avez tué, assène-t-il. Son boulot était tout ce qui lui restait.

— Qu'est-ce que je pouvais faire ? rétorque le divisionnaire.

Villard ne répond pas ; il s'approche du légiste, accroupi près de Gomez.

— Curieux qu'il ait placé un silencieux pour se suicider, non ?

Le flic en lui a repris ses droits. Le toubib hausse les épaules.

— Il voulait peut-être pas ameuter le voisinage. Pour pas qu'on le découvre trop vite et qu'on l'envoie à l'hosto...

— C'est stupide ce que tu viens de dire, souligne nerveusement le capitaine. Quand on se tire une balle dans la tête, quelle importance qu'on te retrouve trente secondes ou six mois plus tard ? T'es mort, de toute façon !

— Tu sais comme moi qu'on ne meurt pas forcément sur le coup d'une balle dans la tête. D'ailleurs, il n'est pas mort tout de suite.

— Qu'est-ce qui te fait dire ça ? demande Villard.

— La quantité de sang... Le cœur a continué à battre un moment. Au moins une heure.

Maillard s'exile à l'autre bout de l'appartement. Ça faisait des années qu'il n'avait pas pleuré.

*
* *

570

Le plafond est blanc. Couleur neutre, qui a quelque chose d'accablant. Surtout quand on la fixe des heures durant.

Je reviendrai. Et je t'achèverai.

Le Walther P38 dans la main droite, la gauche sur le cœur, Cloé est allongée à même le sol, sur le parquet.

Impossible de remonter sur ce lit. Même si elle passe les draps à la javel, même si elle remplace ce matelas.

Le pistolet, elle ne le lâchera plus. Plus une seule seconde. Même pour aller aux toilettes.

À cause de toi, il est mort. Crevé comme un chien... Bye bye, commandant Gomez !

À cause de moi.

Mais non, il n'est pas mort. Il ne peut pas être mort.

— Alex ! hurle-t-elle soudain.

Lentement, elle se remet debout et marche vers la salle de bains. Son visage est blême, ses yeux brillants. La peur s'y lit, encore et toujours.

Il ne peut pas mourir. Pas comme ça, pas maintenant.

Elle ferme le verrou, pose le pistolet sur le rebord de la baignoire et ne tire pas le rideau.

Le pommeau crache son obole, Cloé garde les yeux ouverts. Même si ça la brûle.

Tu es plus fort que lui, je le sais. Il n'a pas pu te tuer.

Elle reste longtemps ainsi, les deux mains à plat sur le carrelage, l'oreille aux aguets.

Une proie ne se repose jamais. Sauf si elle veut mourir.

Depuis que les flics sont partis, c'est sa sixième douche.

Bientôt, elle n'aura plus de peau. Pourtant, elle sera

toujours sale. Parce que c'est dedans. Parce que c'est profond.

Le goût de ses lèvres sur les siennes. Cette infamie. Elle avale de l'eau brûlante, la recrache en un jet puissant.

Cette nuit, elle n'a pas reconnu son sourire ni son odeur. Alors, elle doute.

Il faisait sombre, j'étais morte de peur. Le parfum musqué, ça masque l'odeur de la peau…

Enfin, elle ferme le robinet, s'habille, sèche ses cheveux et prend même le temps de se maquiller. Pour tenter de dissimuler l'horreur.

Mais aucune ombre à paupières, aucun fard ne peut cacher qu'elle a touché le fond.

Elle monte dans sa Mercedes, prend la direction de Maisons-Alfort.

*
* *

Elle a sonné, frappé. Recommencé.

Au bout d'un moment, la porte d'en face s'ouvre et une dame âgée sort sur le palier. Élégante, tirée à quatre épingles. Elle s'approche de Cloé, lui sourit gentiment.

— Vous cherchez quelqu'un, mademoiselle ?

— Je viens voir monsieur Gomez. Je suis une de ses amies.

— Mon Dieu… Vous ne savez pas ?

La gorge de Cloé se comprime au point que l'air n'y passe plus. Soudain, elle attrape la pauvre voisine par les épaules, la secoue avec violence.

— Qu'est-ce que je ne sais pas ? s'écrie-t-elle.

La dame fixe avec stupeur cette furie montée sur talons aiguilles.

— Qu'est-ce que je dois savoir ? hurle à nouveau Cloé.

— Il est mort, monsieur Gomez, annonce timidement la vieille dame.

Cloé la lâche, attrape la rampe. L'escalier est pris de convulsions. Il bouge, tangue, avance et recule. Une voix, lointaine, arrive jusqu'à son cerveau.

Ils l'ont retrouvé un peu avant midi. Ils sont venus me poser des questions, pour savoir si j'avais entendu quelque chose. Mais comme je suis un peu sourde... Il paraît qu'il s'est tué, avec son pistolet. C'est terrible ! Je crois que c'est à cause de la mort de sa femme. Mon Dieu, si jeune...

Cloé fait un pas en arrière. Puis, soudain, elle dévale les marches, abandonnant la voisine sur le palier.

Chapitre 60

Il fait déjà nuit. Ou pas encore jour. Je ne sais plus vraiment.

Ça fait des heures que je l'attends. Mes yeux sont secs, fatigués de rester ouverts.

Et j'ai froid.

Pourtant, à la radio, ils ont dit que les températures étaient douces pour la saison.

Ça, je m'en souviens. C'était il y a une heure, peut-être deux. Ça, je ne sais plus très bien.

J'ai froid, vraiment. On dirait que ça vient de moi. Que le froid émane du plus profond de mon être... Que j'en suis la source et qu'il va se répandre sur la Terre entière.

Une traînée de givre qui anéantira tout sur son passage.

Tu crois que c'est possible ?

Non, bien sûr ! Je dis n'importe quoi... Le froid, c'est dehors.

Ils ont dû se tromper, à la radio. Ou alors, ils ont menti.

C'est fou comme les gens savent mentir ! Moi aussi, je savais.

Mais c'est fini, maintenant. Terminé.

Plus personne ne me mentira. Et moi, je ne mentirai plus. Je ne me cacherai plus.

Tiens, le jour s'est levé… Pendant que je te parlais, la lumière s'est allumée.

Tu devrais voir ça, mon amour… C'est beau, ce ciel légèrement rosé.

Tu devrais voir ça, mon amour. Sauf que tu ne peux plus.

Tu ne peux plus voir, tu ne peux plus sourire.

Tu avais un si beau sourire, pourtant. De si belles mains.

J'aimerais qu'elles me touchent. Sauf que tu ne peux plus me toucher, mon amour.

Mais moi, je peux encore t'aimer.

Tu es surpris ? Surpris que je t'appelle *mon amour* ?… Je comprends, tu sais. Moi aussi, ça me surprend.

Je n'ai pas eu le temps de te l'avouer, tu es parti trop vite. Trop tôt. Il t'a enlevé à moi avant que j'aie eu le temps de réaliser.

Pourtant, je sais qu'un jour ces mots auraient franchi mes lèvres.

Mon amour… Je l'avais déjà dit, avant, à d'autres que toi. Parce que je m'étais trompée, fourvoyée. Je m'étais laissé abuser.

Toi, c'est différent. C'était brutal, foudroyant. Toi, c'était vrai.

Tu es le seul à avoir vu au-delà des apparences, au-delà des paravents derrière lesquels je me réfugiais. Toi seul as vu ce qui se cachait derrière. Toi seul as compris.

Toi seul m'as protégée. Et tu l'as payé de ta vie.

Alors accepte que je t'appelle *mon amour*.

Le voilà.

J'ai cru qu'il ne se montrerait jamais.

Il sort de chez lui, referme le portail à clef.

Je dois te laisser, mon amour. Je dois y aller. Il est l'heure, je crois.

Je sors de ma voiture, claque doucement la portière. Je traverse la rue pour me placer sur le même trottoir que lui. Bizarre qu'il ne se retourne pas. Il devrait se retourner, normalement. C'est comme ça que ça se passe dans les films.

Alors, je l'appelle par son prénom. Enfin, il se retourne et je vois bien qu'il est surpris.

Après l'étonnement, il sourit. Il ose me sourire. Il se croit fort ou me croit faible.

Il se trompe, quoi qu'il en soit.

Parce que son sourire, je vais l'effacer.

— Cloé ? Qu'est-ce que tu fais là ? Tu voulais me voir ?

— Oui. Je voulais te voir. Mort.

Lorsque mon bras droit se lève dans sa direction, il change de visage. Ses yeux s'arrondissent de stupeur, il lâche les clefs de sa voiture.

J'aurais cru que ma main tremblerait.

— Cloé… Qu'est-ce que… ?

— *Fini de jouer, mon ange !*

Mon doigt, sur la détente. Je n'ai pas oublié d'ôter la sécurité ni d'armer le pistolet, comme tu me l'as appris.

Oui, je vais appuyer, mon amour. Laisse-moi juste le temps. Le temps de jouir encore un peu de la terreur qui le défigure.

J'aurais voulu qu'il se pisse dessus. Comme moi, le premier soir.

Tant pis.

— Tu es folle !

— Toi, tu es mort.

— Cloé, parle-moi ! On peut…

— Je ne parle pas aux morts.

Mon doigt presse la détente. Le bruit me surprend, le recul aussi.

Il part en arrière, rebondit contre sa voiture et tombe à genoux, pressant une main sur son ventre. Comme s'il voulait recueillir dans sa paume le liquide chaud qui s'échappe de ses tripes ouvertes.

Je crois que j'ai touché le foie. Sans vraiment le faire exprès.

Tant mieux.

Je m'approche, mes talons résonnent sur le bitume. Et jusque dans mon cerveau. Chaque bruit est amplifié, chaque seconde est démultipliée. Je suis tellement près de lui que je pourrais toucher son front avec le canon de mon fidèle Walther.

— Cloé…

— Tu es mort, et je parle pas aux morts. Je te l'ai déjà dit, non ?

Je fais descendre l'arme au niveau de sa bouche et je tire, une seconde fois.

Je le lui avais dit. Que j'effacerais son sourire.

Il vient de heurter le trottoir. Quelques spasmes plus tard, il semble mort.

S'il ne l'est pas, ça ne tardera plus.

Alors je me détourne de sa monstrueuse dépouille et marche lentement jusqu'à ma voiture.

Je mets le contact, passe au ralenti près de la scène qui vient de se jouer.

C'était moi, l'héroïne.

J'accélère, les pneus crissent un peu. Je ne pensais pas que ce serait si facile.

J'ai du sang sur les mains. Mais le sang, ça se lave. Ça s'oublie. Par contre, celui qui a éclaboussé mon chemisier ne partira pas. J'aurais dû penser à m'habiller autrement.

Tout cela est sans importance.

Je viens de tuer un homme. Le maître de la Bête. Et sans son maître, elle n'est plus rien, j'en suis sûre.

Je la pourchasserai elle aussi. Et je la tuerai. Son tour viendra bientôt.

Repose en paix, mon amour.

*
* *

Je profite de la tournée du facteur, me glisse derrière lui alors que la porte de l'immeuble est encore ouverte. Je monte les trois étages, mes jambes refusent un peu.

La fatigue, sans doute.

Ça semblait plus facile, tout à l'heure. Mais l'image de l'autre, à genoux devant sa bagnole, ne me quitte pas. L'image de son visage martyrisé, atrocement mutilé… Ça m'encombre la tête, on dirait une tache indélébile devant mes yeux.

Non, ne t'en fais pas, je vais réussir. Parce que tu es là, avec moi. Parce que ta voix me dit ce qu'il faut faire. Ta voix, ou la mienne, je ne sais plus très bien. Peu importe.

Mais cette voix, je l'entends. Ça, j'en suis sûre.

Je garde le doigt appuyé sur la sonnette. Et j'attends.

Il ouvre enfin, encore à moitié endormi. À moitié

nu. Dire que j'ai aimé ce visage… Que j'ai serré ce corps contre le mien. Que je l'ai laissé se servir de moi.

Dire que je lui ai donné du plaisir.

Il me considère d'abord avec étonnement, puis avec colère.

— Cloé… Qu'est-ce que tu fous là ?

— Je voulais te voir.

— Pas moi.

Je l'empêche de refermer la porte et m'invite à l'intérieur sans lui demander son avis. J'ai envie de faire durer le moment, je crois. Ou peut-être que j'hésite.

En caleçon, les yeux gonflés de sommeil, il n'a plus l'air si dangereux. Juste furieux.

— Bon, maintenant tu sors de chez moi !

— Où est ton déguisement ? Ton sweat noir, ta cagoule… ?

La stupéfaction sur son visage pourrait paraître vraie. Et même cocasse. Si je ne savais pas qui il est. Ce qu'il est vraiment.

— Quel déguisement ? Putain, de quoi tu parles, Cloé ?

— Tu veux *m'achever* ? C'est bien ce que tu as dit cette nuit, non ?

— Cette nuit ? T'es folle, ma parole…

Je sors la main de la poche de ma veste, il se met à loucher sur le canon de mon P38.

— Tu vois, c'est moi qui suis revenue. Et c'est moi qui vais t'achever.

Il recule, j'avance.

— Cloé… Pose ce flingue tout de suite. Qu'est-ce qui te prend ?

J'ai ôté la sécurité et armé le chien. Je deviens une vraie pro.

— Cloé, arrête tes conneries, merde ! On va discuter. Calme-toi et pose cette arme !

— Je suis calme. Tu peux pas savoir comme je suis calme…

La terreur déforme sa voix, agrandit ses yeux. Ses magnifiques yeux verts.

Ils m'ont semblé bleus, cette nuit. Ou gris. Évidemment, il portait des verres de contact pour me tromper. Pour pas que je le reconnaisse.

Mais il y a longtemps que je l'ai démasqué.

— Fini de jouer… ! Maintenant, tu vas crever.

Les grandes phrases sont réservées aux grands moments.

Et là, c'en est un. L'Ombre va rejoindre les enfers. Là où est sa place.

— Arrête, Clo… Arrête, je t'en prie ! Tu ne sais plus ce que tu fais, je crois…

Je vise, j'appuie. Le recul ne me surprend plus. Il s'écrase contre le mur avant de s'écrouler sur le sol. J'ai visé la tête, mais j'ai raté mon coup. Je l'ai touché à la gorge.

Et je le regarde s'étouffer avec son propre sang.

Je croyais qu'une balle de pistolet, ça tuait net. Sur le coup, proprement. C'est ce qu'on veut nous faire croire à la télé, au ciné. Mais c'est faux : la mort prend tout son temps.

Aujourd'hui, je suis sa messagère. Je frappe, j'exécute.

Je suis la puissance.

La vengeance.

La justice.

Il essaie désespérément de respirer, il lutte. Il tend même un bras vers moi.

Je crois qu'il demande mon aide.

Il t'a enlevé à moi. Alors je n'aurai aucune pitié. Je ne l'achèverai même pas, le laissant lentement s'asphyxier.

Mais la mort n'en finit plus de jouer avec lui. Il ne peut plus parler, alors ses yeux me supplient.

Je fais quelques pas en arrière, mon cœur se soulève.

Ma vue se brouille. Je crois que je pleure.

Aide-moi, mon amour… Aide-moi !

Chapitre 61

— Tu as une bien jolie robe, dis-moi.

Je lui souris, me penche pour l'embrasser sur le front. Elle est froide, comme la mort.

Tout ce que je touche est glacé comme la mort. Ça doit être ça, quand on passe de l'autre côté.

— Tu vois, je t'avais dit que je reviendrais. J'ai tenu promesse ! Je suis arrivée y a à peine deux heures chez papa et maman et je viens te rendre visite tout de suite.

Je m'assieds sur le lit défait, pose une main sur les genoux de Lisa.

Ma Lisa. Ma chère Lisa…

— Je suis en vacances, tu sais. Vacances prolongées. J'ai démissionné de l'Agence, j'en avais marre. Ils ont essayé de me retenir, bien sûr. Mais j'ai rien voulu entendre… Je suis libre, après tout. Qu'ils trouvent quelqu'un d'autre pour faire leur sale boulot !

Lisa, installée dans son fauteuil en faux cuir déchiré par endroits, a la tête qui penche dangereusement sur le côté.

C'est normal. C'est une poupée. Une poupée cassée.

C'est moi qui l'ai abîmée, c'est ma faute. Alors je suis venue réparer.

J'écoute le chant des oiseaux qui filtre par la fenêtre entrebâillée. Je regarde mes mains. J'y vois du sang. Je les cache bien vite entre mes cuisses.

Finalement, le sang ça ne part jamais. Même en frottant. Reste toujours l'odeur, la sensation.

— Et si on allait faire un tour dans le parc, comme la dernière fois ? Je suis sûre que t'aurais rien contre ! Bouge pas, je vais chercher ton taxi.

En inspectant les couloirs, je finis par trouver ce que je cherche près du bureau des infirmières. C'est alors que la chef des blouses blanches apparaît.

Si elle me cherche, je la tue.

— Madame ! Qu'est-ce que vous comptez faire avec ça ?

— Je compte emmener ma sœur dans le parc. Vous y voyez un inconvénient ?

Je dois avoir un regard particulièrement effrayant. Je le vois qui se reflète dans ses yeux. Elle a compris qu'il valait mieux battre en retraite. Elle a dû flairer le sang sur mes mains.

Elle sait que j'ai changé. Je ne suis plus la même Cloé. Je suis la vraie Cloé.

— Non… Non, bien sûr. Faites.

Dix minutes plus tard, nous sommes dehors, Lisa et moi.

Je reviendrai. Et je t'achèverai.

Bizarre que cette phrase résonne encore en moi. Alors que j'ai anéanti celui qui l'a prononcée.

Ça passera, avec le temps.

— Regarde comme il fait beau, ma Lisa !

Ils avaient raison, à la radio. Les températures sont douces pour la saison.

Tu ne reviendras pas. C'est moi qui suis venue jusqu'à toi. Et qui t'ai achevé.

— Tu veux qu'on aille au bord du bassin, comme la dernière fois ?

Avec Lisa, il faut faire les questions et les réponses. Elle n'est pas contrariante, au moins.

Les nénuphars sont toujours aussi mal en point, mais l'endroit reste agréable.

Je remonte la fine couverture sur les jambes de ma sœur. Son regard croise le mien, s'arrête un instant. Je viens de lui raconter toute l'histoire. Et je suis sûre qu'elle m'a écoutée.

Pourtant, elle ne semble pas me juger.

Ça fait tellement de bien, quelqu'un qui m'écoute, qui me croit. Enfin.

— J'aurais voulu que tu connaisses Alexandre… Je suis sûre que tu l'aurais aimé.

Je retiens mes larmes, je ne voudrais pas que Lisa me voie pleurer.

Oui, j'aurais voulu que tu connaisses Alex.

Et moi, j'aurais voulu te connaître, petite sœur. Connaître la femme que tu aurais pu devenir…

— Je t'ai apporté un cadeau.

J'ouvre mon sac à main, considère longuement le Walther P38.

Je l'ai apporté pour toi, ma Lisa.

La mort sera mon cadeau. Le plus beau que je puisse t'offrir, je crois.

Il faut juste que je trouve le courage de te le donner.

C'est si dur de trouver le courage. De réparer ses erreurs. Mais je vais y arriver, ne t'en fais pas. Je vais te libérer de ce corps qui n'est plus qu'un carcan. Ton âme s'envolera vers les cieux. Tel un oiseau, enfin libre de voler à sa guise.

Oui, je vais te libérer, ma Lisa. Je te dois bien ça.

— Je me suis brisée en même temps que toi, tu sais... Ça ne se voyait pas, bien sûr. J'ai recollé les morceaux comme j'ai pu. N'importe comment, en vérité. Depuis vingt-six ans, je suis morcelée, fragmentée. Comme un puzzle, tu vois ?

Déchirures au corps et à l'âme. Par lesquelles ma sève coule doucement.

Tant d'énergie dépensée pour colmater ces brèches !

— C'est pour ça que je ne venais jamais te voir, ma Lisa. Car à chacune de mes visites, les failles s'agrandissaient dangereusement. À chacune de mes visites, je risquais de me disloquer.

Mais ça, personne ne l'a compris. Personne ne l'a vu.

Sauf un homme. Qui s'appelait Alexandre.

J'essuie les larmes qui coulent sur mes joues. Finalement, je n'ai pas pu les cacher.

Je dois être forte. Puisque c'est ma faute, mon crime.

Je vais partir avec elle, je le sais. Juste après elle, en fait. Les pièces du puzzle s'éparpilleront au vent. Il y aura deux oiseaux dans le ciel, libres de voler à leur guise.

De toute façon, je suis déjà morte dans cette usine. La vraie Cloé a disparu ce jour-là. Et il est temps de mettre fin à cette odieuse mascarade.

Je caresse le visage de ma petite sœur, lui souris tendrement.

— Laisse-moi un peu de temps, s'il te plaît. Je ne suis pas tout à fait prête.

Elle me regarde à nouveau. Elle a compris, je le sais. Je le sens. Elle m'appelle, m'encourage. Je plonge la main dans mon sac, mes doigts serrent la crosse.

Deux oiseaux libres de voler à leur guise.

C'est alors que j'entends des pas dans mon dos. Je me retourne aussitôt.

Je reviendrai. Et je t'achèverai.

Non, ça ne peut pas être lui. Puisque je l'ai tué. Je les ai tués, tous les deux.

Je referme mon sac à la va-vite.

— Mademoiselle Beauchamp ? Police judiciaire.

Deux types. Habillés comme monsieur Tout-le-monde.

— Police ?

Je n'ai pas seulement l'air étonnée. Je le suis vraiment. Déjà ?

Le premier brandit sa carte, son collègue fait de même. Un capitaine et un lieutenant.

— Vous pourriez revenir plus tard ? Je suis avec ma sœur, là…

— Nous avons prévenu les infirmières, rétorque le capitaine. Elles vont venir la chercher. Je vais vous demander de nous suivre, mademoiselle Beauchamp.

Je me tourne à nouveau vers Lisa, tente de lui sourire. Mais ça ne marche plus.

Mon Dieu, Lisa… Ma chère Élisabeth. Je n'aurai pas le temps !

— Faut que je te laisse. Ils vont te ramener dans ta chambre, ne t'inquiète pas.

Je l'embrasse sur la joue, reste quelques secondes collée à elle. Je sens que sa respiration s'accélère.

— Ne t'inquiète pas, je reviendrai.

Il nous faudra encore souffrir. Encore attendre.

Finalement, je la serre dans mes bras, la soulève presque du fauteuil.

Impossible qu'ils aient compris. Qu'ils sachent. La peur fait trembler mes lèvres.

Je viens d'échouer, une seconde fois. Je viens de condamner ma sœur, une seconde fois.

— Pardonne-moi, Lisa !

Le lieutenant pose une main sur mon épaule, je sursaute.

— Faut y aller, mademoiselle.

Je m'écarte d'Élisabeth, avec l'horrible pressentiment que je la vois pour la dernière fois de ma vie. Je crois qu'elle aussi a compris ; son visage, qui n'exprime presque plus rien depuis vingt-six ans, se pare brusquement d'un linceul de peur.

Je fais face aux deux flics et songe à saisir le Walther. Mes yeux se posent alors sur l'arme qu'ils exhibent sur la hanche droite.

Non, je dois trouver une autre solution. S'ils me tuent maintenant, Lisa n'aura plus aucune chance.

Le lieutenant s'avance, une paire de menottes à la main.

— Pas ici. Je ne veux pas que ma sœur voie ça.

Le jeune officier hésite, mais m'accorde finalement cette faveur. Il me confisque mon sac à main, m'empoigne par le bras et m'entraîne vers le parking où leur voiture est stationnée tout près de la mienne.

— Comment vous m'avez trouvée ici ?

— Nous sommes allés chez vos parents, ils nous ont expliqué où vous étiez.

— Et qu'est-ce que vous me voulez au juste ?

Il me passe les menottes, ma gorge se serre en même temps que les bracelets. J'ai l'impression de monter sur l'échafaud. Puis le capitaine fouille mon sac. Là, je crois que je deviens livide. Il récupère le P38, le place dans un sachet plastique

— Je vais vous expliquer. Je...

— Inutile, nous savons tout. Vous êtes en état d'arrestation, mademoiselle Beauchamp.

*
* *

Je rêve de prendre une douche. Ou même un bain.

Je me sens sale. Affreusement sale, mon amour. J'ai l'impression que l'odeur de la geôle du dépôt imprègne mes vêtements et même ma peau. Non, ma chair.

D'ailleurs, ce n'est pas une impression. Juste une réalité.

La réalité.

J'ai passé la nuit dans une cage sordide et puante.

J'ai été arrêtée sous les yeux de ma petite sœur, tu te rends compte ?

Mais peut-être que Lisa ne s'est aperçue de rien ?

Non, j'ai juré que je ne mentirais plus. Bien sûr que Lisa a compris. Je l'ai vu dans ses yeux.

Elle a tout compris, je le sais. Tout.

J'imagine l'angoisse de mes parents. Mes pauvres parents…

Je n'ai pas voulu ça, c'est l'Ombre qui a voulu. Moi, je n'ai pas eu le choix.

Mais il n'y a que toi qui le sais. Qui le savais. Eux, ils ne savent rien, ne comprennent rien.

L'Ombre existait, pourtant ils ne la voyaient pas. Aveugles et sourds.

Et ils ne la voient toujours pas.

Vais-je trouver quelqu'un pour m'écouter ? Y a-t-il en ce monde quelqu'un capable de m'entendre ?…

Ils m'ont rapatriée sur la capitale, m'ont interrogée. *Cuisinée*, comme ils disent.

Ils étaient quatre. Ça a duré des heures, mon amour.

D'abord, j'ai nié. Je leur ai dit qu'ils se trompaient. Que ce n'était pas moi, qu'ils commettaient une grave erreur.

Et puis j'ai compris que c'était peine perdue. Le mensonge ne marche plus, on dirait. Sans doute parce que j'ai juré que je ne m'en servirais plus.

Ils ont un témoin, tu comprends. Quelqu'un qui m'a reconnue.

Je me demandais comment ils m'avaient retrouvée si vite, maintenant je sais : la femme de Martins m'a vue, hier matin. Par la fenêtre de la cuisine.

Elle m'a *identifiée*, comme ils disent.

Et pour Bertrand, ils ont simplement fait le rapprochement. Parce que c'était la même arme. Et parce que quelqu'un m'avait vue sortir de son appartement. La voisine, il paraît. Au travers de son judas.

J'ai commis des erreurs, tellement d'erreurs. J'aurais dû prendre plus de temps pour préparer ma vengeance, exécuter ma sentence. Mais je n'avais pas le temps !

Je reviendrai et je t'achèverai.

J'ai peur. Tellement peur, tu sais…

Tandis que je te parle, je suis dans un couloir, au premier étage du palais de justice. J'ai un flic à côté de moi, les menottes aux poignets. Tout le monde peut me voir.

Voir ce que je suis devenue, voir ce que l'Ombre a fait de moi.

Tout le monde, à part toi, mon amour.

Ça fait mal, tu sais.

Le juge d'instruction est une femme, plus jeune que moi.

Brune, avec un visage émacié, des pommettes saillantes et des yeux noirs profondément enfoncés dans leurs orbites.

L'avocat a été commis d'office, puisque je ne savais lequel choisir. Lui aussi, il est jeune. Il débute, sûrement. Et il a l'air de ne rien comprendre à ce qui m'arrive.

Je raconte mon histoire, une fois encore. Sans omettre le moindre détail.

Ça me prend de longues minutes, pendant lesquelles la juge m'écoute, avec attention. Parfois, elle m'interrompt, pour me poser une question, pour éclaircir un point.

Et puis, enfin, j'arrive au bout de cet éprouvant récit. En priant pour que ce soit la dernière fois que j'aie à le raconter.

La juge ôte ses lunettes, me fixe d'un drôle d'air.

Chaque mot qu'elle prononce se grave en moi de manière indélébile.

Mademoiselle Beauchamp, je vous signifie votre mise en examen pour le meurtre avec préméditation de monsieur Philip Martins. Autrement dit pour son assassinat. Ainsi que pour l'assassinat de Bertrand Levasseur. Je vais demander votre incarcération préventive au juge des libertés. Et vous subirez une expertise psychiatrique.

Incarcération. Ça veut dire que je vais aller en prison.

Expertise psychiatrique. Ça veut dire qu'elle me croit folle.

Je lui ai dit, pourtant. Que c'était de la légitime défense. Qu'il t'avait tué.

Le commandant Gomez s'est suicidé. Sa voix était froide, lorsqu'elle a balancé ça.

Est-ce que quelqu'un va enfin ouvrir les yeux ?
Est-ce que quelqu'un va enfin m'entendre ?

*
* *

J'ai tout essayé, tu sais. Tout.

J'ai répété cent fois, mille fois. J'ai expliqué, avec tous les mots que je connais. Et j'en connais beaucoup.

Mais je crois que ce n'est pas une question de vocabulaire. J'ai l'impression d'être dans une autre réalité. Ils me regardent tous comme si je ne faisais pas partie de leur monde. Comme si je n'étais pas normale.

Je leur ai dit qu'il t'avait tué, qu'il m'avait agressée, violentée. Qu'il allait revenir et m'achever. Que je n'avais pas eu le choix.

Je leur ai dit que la victime, c'était toi. C'était moi. Que Martins avait tout organisé, orchestré, préparé. Qu'il avait mis tout en œuvre pour me détruire.

J'ai répété la vérité, à en devenir vraiment cinglée.

Mais personne ne m'écoute. Font-ils tous partie du complot ?

Je commence à me le demander, tu sais.

*
* *

Les jours passent et se ressemblent depuis que je suis enfermée ici. Les minutes s'écoulent, lentes, inutiles et douloureuses.

Parfois, je rêve que tout cela est un cauchemar. Que je vais me réveiller et que tout va redevenir normal. Comme avant.

Mais je sais bien que ce n'est pas un cauchemar.

Ou plutôt si, c'en est un. Un de ceux dont on ne sort jamais.

Pourquoi moi ? Pourquoi toi ?

Qu'est-ce que j'ai fait pour mériter ça ?

Maintenant que je lui ai promis la liberté, Lisa doit m'attendre, chaque jour.

Combien de temps encore devra-t-elle souffrir ?...

*
* *

Parfois, je te déteste.

Parce que tu n'es plus là. Parce que tu m'as laissée, abandonnée.

Parce que je suis seule, affreusement seule, au milieu de tous ces gens qui ne savent pas. Qui sont incapables de voir la vérité.

Je croupis dans cette infâme cellule. J'en fais le tour sans m'arrêter. Pendant des heures, pendant des jours. Je rase ces murs sales, contre lesquels je ne peux rien.

Contre lesquels, parfois, je me tape la tête.

Seule, affreusement seule.

Mais non, pas vraiment. Il y a la peur, avec moi. Qui ne me quitte jamais. Comme une seconde peau.

Je n'ai plus peur de l'Ombre, juste de l'avenir.

Les lumières sont éteintes, pourtant je continue mes allers-retours entre la fenêtre et la porte. Entre les barreaux et la serrure.

Je ne parviens même plus à former des cercles, à tourner en rond.

Sans doute parce que je suis désaxée.

Les lumières sont éteintes, pourtant je ne dors pas.

Comment le pourrais-je ? Alors que je ne sais pas ce qu'ils vont faire de moi...

Chapitre 62

Comment vais-je survivre à ça ?

La prison, c'était dur. Horrible. Des semaines à m'écorcher les nerfs sur des barreaux, des barbelés. Des semaines à m'épuiser dans neuf mètres carrés.

C'était dur, oui.

Mais ici, c'est l'enfer, le vrai.

C'est comme si on m'avait enterrée vivante. Comme si j'étais dans mon cercueil, les yeux grands ouverts pour assister à ma propre agonie.

Ma lente agonie.

Je suis arrivée ce matin. Après un voyage en fourgon, attachée comme une bête qu'on conduit à l'abattoir.

On ne m'a pas dit où j'allais. C'est quand j'ai vu le bâtiment que j'ai compris.

Compris que j'étais arrivée au bout du voyage. Dans ma dernière demeure.

D'abord, j'ai rencontré un médecin. Une fois encore, j'ai raconté mon histoire. Du début à la fin. J'ai eu du mal, c'est vrai. À force de répéter toujours les mêmes choses, je finis par m'embrouiller, me contredire. Je mélange les dates, je mélange les noms et les images.

Je suis si fatiguée, mon amour. Exténuée, même.

Le toubib, il avait l'air sympa. Il était souriant, gentil. Alors, là aussi, j'ai prié. Pour qu'enfin je voie briller dans les yeux de quelqu'un cet éclair de lucidité. D'humanité.

Pour qu'enfin j'entende dans la bouche de quelqu'un la délivrance. Des mots simples.

Mademoiselle Beauchamp, vous n'avez rien à faire ici ! On va vous libérer !

Mais je n'ai entendu que des mots compliqués, des mensonges. Des horreurs.

Crise paranoïaque... Neuroleptiques... Anxiolytiques... Psychothérapie... Non-lieu... Décision du préfet... Internement d'office...

Alors, j'ai hurlé.

Jamais je n'avais hurlé si fort, je crois.

Ensuite, j'ai voulu m'enfuir. Comme le psychiatre refusait d'ouvrir la porte, je l'ai frappé. Je crois même avoir essayé de le tuer.

Je ne pouvais plus, tu comprends... ?

Des infirmiers sont arrivés aussitôt. Ils étaient trois.

Ici, les blouses blanches ont remplacé les uniformes bleus.

Comment voulais-tu que je me défende ? Comment lutter ?

Ils m'ont traînée de force jusqu'à une chambre, avec un lit scellé au sol, en plein milieu de la pièce vide. Et puis, ils m'ont attachée avec des sangles avant de me faire une piqûre.

J'ai eu l'impression que mon cerveau sortait de ma tête. Qu'il coulait par mes oreilles.

Doucement, ma colère s'est évanouie, remplacée par le désespoir.

Depuis, je chiale. Je pleure toutes les larmes de mon corps qui, bientôt, sera sec et flétri.

Ça fait des heures que je pleure. Seule, dans mon cercueil.

Où sont mes parents ? Où sont mes sœurs ? Mes amis ? Tous ces gens qui me connaissent, qui savent que je ne suis pas folle.

M'ont-ils oubliée, déjà ? Ou les empêche-t-on de m'approcher ?

Seule, dans mon cercueil. Condamnée à y rester jusqu'à la fin, j'ai bien compris.

Personne à qui parler, à part toi. Toi, ce fantôme.

Seule, dans mon cercueil.

Sous des mètres cubes d'indifférence.

*
* *

Ils m'ont détachée. Mais la porte reste fermée à clef et il y a des grilles à la fenêtre.

Alors, je me suis réfugiée par terre. Dans un recoin de cette chambre mortuaire.

Je tremble, comme un animal. Ce n'est pas le froid puisqu'on étouffe ici. C'est autre chose.

Mangée par la peur, dévorée par le désespoir. Digérée, bientôt.

Ils m'ont forcée à avaler des médicaments. *Buvez, sinon on vous rattache.*

Salauds.

J'ai l'impression d'avoir reçu un coup de massue sur la tête. Mon cerveau est une boule de coton, mes souvenirs s'effilochent. Mes muscles ne m'obéissent plus vraiment. Mon énergie s'éteint doucement, comme la flamme d'une bougie en manque d'oxygène.

Je sais où je suis. Je sais qui je suis. Je ressens tout, je n'oublie rien.

Mais mes forces m'abandonnent, ma vue devient trouble.

Pourquoi me condamner alors que je n'ai fait que me défendre ?

Pourquoi m'enfermer chez les fous alors que je ne suis pas folle ?

Qu'est-ce qui m'arrive, mon amour ?

Mon Dieu, mais qu'est-ce qui m'arrive ?...

*
* *

Je crois que je me suis assoupie.

Quelques minutes ou quelques heures. Comment savoir ?

Pas de montre ici, pas de pendule. Les seules aiguilles sont celles qu'ils nous enfoncent dans les veines.

Plus de repères. Seulement des murs blancs de silence. Avec, parfois, un hurlement atroce qui les traverse et me glace jusqu'au cœur.

Je vais peut-être replonger dans le sommeil. Quelle autre échappatoire ? Quelle autre issue, à part la mort ?

J'espère que je vais rêver de toi, entendre ta voix. Je l'ai tellement aimée, ta voix...

Mais je crois que, bientôt, je l'oublierai.

Un bruit me force à rouvrir les yeux.

Une clef dans la serrure.

Ils viennent me droguer ? Me torturer ?

Doucement, j'appelle ma mère. Les poings serrés, je chuchote : *maman, maman, maman ! Viens me chercher, par pitié ! C'était un accident, je te le jure ! Alors ne les laisse pas me tuer, je t'en supplie !*

Une faible lumière éclaire le néant, quelqu'un s'approche de moi.

Une blouse blanche, évidemment. Il n'y a que ça ici, de toute façon.

Ça, et des fous.

Je lève la tête et, soudain, une joie aussi intense qu'inattendue me submerge, me transporte.

Un visage connu. Un repère, enfin. Un espoir.

— Quentin !

L'allégresse me donne des forces inespérées. Je me jette dans ses bras, même si je le connais à peine. Soudain, il devient mon seul ami, ma lumière, le centre du monde.

Je l'étreins, m'accroche à lui comme à une bouée alors que j'étais en train de me noyer.

Je sanglote contre son épaule, il passe une main dans mes cheveux.

— Quentin, si tu savais comme je suis heureuse de te voir…

Il ne parle toujours pas, essuie juste les larmes qui coulent sur mes joues. Mais il me sourit. Et ça me fait du bien. Tellement de bien…

Je pose à nouveau ma tête à la naissance de son cou.

— Tu vas me sortir de là, n'est-ce pas ? Dis-moi que tu vas me sortir de là, je t'en prie !

Jamais je n'ai mis autant d'espoir dans une simple phrase.

Je respire fort, m'enivrant de son parfum.

Boisé. Légèrement musqué.

C'est alors que ma gorge se noue, que mes tripes se tordent.

Au début, je ne comprends pas pourquoi. Pourquoi cette fragrance fait rejaillir en moi des images, atroces.

Je reviendrai. Et je t'achèverai.

Je m'écarte de lui précipitamment, croise ses yeux dans la pauvre lumière.

Ses yeux bleu gris.

Son sourire s'élargit tandis que je bats en retraite.

— Bonsoir, mon ange… Tu m'as manqué, tu sais. Je suis content de te revoir.

Je fais trois pas en arrière, mes omoplates heurtent le mur. Ma bouche reste ouverte sur l'horreur absolue.

La fin du monde.

Enfermée dans mon cercueil.

Mais pas seule, non.

Avec l'Ombre.

Je m'effondre contre la cloison étanche, jusqu'à toucher le sol. Je ne tiens plus debout.

Il s'accroupit face à moi, effleure mon visage.

Me défendre, le repousser… je n'en ai plus la force. Putains de cachets.

— Tu as dépassé toutes mes espérances, Cloé. Tu es vraiment parfaite.

Sa main descend sur mon cou, écarte légèrement ma blouse.

Mon cœur va éclater, je le sens. Je l'espère.

— Tu es devenue une meurtrière, mon ange… Pauvre Martins, pauvre Bertrand ! Tu réalises que tu as assassiné froidement deux innocents, ma douce ?

Ma tête oscille de droite à gauche, pour dire non. Pour chasser l'évidence.

Je ne peux pas avoir massacré deux innocents… !

— Je t'assure, ils n'y étaient pour rien. Personne ne me paye, il n'y a pas de *commanditaire*… Il n'y a que moi ! Toi et moi. Et maintenant que tu es ici, je vais pouvoir profiter de toi. Ça va durer des mois, peut-être même bien des années… Et puis, je me lasserai de toi et j'en choisirai une autre. Alors, je te regarderai crever lentement entre ces murs.

Il crache son venin cuisant à mon visage glacé. Avec son sourire étincelant.

— Je leur dirai qui tu es ! Je leur dirai ce que tu as fait !

J'ai essayé de crier, pourtant seul un pitoyable murmure a franchi mes lèvres.

— Vas-y, mon cœur, dis-leur tout ce que tu veux. Ils ne te croiront pas. On ne croit jamais les fous, surtout les paranoïaques tels que toi... Ils penseront que tu m'as inclus dans ton délire parce que tu me connais. Ils te fileront juste des doses un peu plus fortes.

— Non !

— Si, Cloé. La parole d'une cinglée n'a aucune valeur. Ils feront semblant de te prendre au sérieux et augmenteront ton traitement... Ici, tu n'es plus rien. Rien d'autre qu'une aliénée, une dangereuse criminelle jugée irresponsable de ses actes. Une malade mentale qu'il faut isoler, enfermer, empêcher de nuire à notre belle société... Tu viens de prendre perpète, chérie. Et personne n'en a plus rien à foutre de toi. Personne, à part moi.

Je ne sais pas vraiment comment, mais je trouve soudain la force de le bousculer. Il tombe sur le côté, je me précipite jusqu'à la porte. Je m'acharne sur la poignée, j'appelle au secours avec ce qui me reste de voix, tambourine avec mes poings.

Quand je me retourne, ce salaud me considère avec son air démoniaque. Il agite doucement le trousseau de clefs devant mes yeux.

— C'est ça que tu veux, mon ange ? Viens le chercher… Allez, viens ! Tu veux me fausser compagnie ? On n'est pas bien ici, toi et moi ?

Ma nuque bascule en arrière, mon crâne percute la porte close.

Je voudrais me fracasser la tête. Pour ne plus voir son sourire. Ne plus entendre sa voix.

Pour aller dans un cercueil où il ne serait pas.

Tu viens de prendre perpète, chérie.

Les doses de calmants ont raison de moi. Mes nerfs, sectionnés, m'abandonnent. Je m'affaisse contre la porte.

Assis sur le lit, il continue à m'observer, comme s'il entrait en moi rien qu'avec ses yeux.

— Tu as changé de visage, Cloé. Pourtant, je te trouve encore plus belle qu'avant… Sans doute parce que tu as viré ce putain de masque ! Te voilà enfin débarrassée de ce sentiment de supériorité, de cette arrogance qui te défiguraient. Maintenant, tu es vraiment toi… Et vraiment à moi. Maintenant, je suis sûr que tu vas me regarder. Tu ne regarderas même que moi. Tu ne penseras qu'à moi. Je serai ton univers à moi tout seul, tu te rends compte ?

Il ricane, range les clefs au fond de sa poche. Puis il marche doucement vers moi.

Comme j'aimerais disparaître ! Comme j'aimerais ne jamais être venue au monde !

— Et tu vas perdre la raison, Cloé. Lentement, tu oublieras qui tu étais.

— Non…

— Si, mon ange. Et je sais que tu vas m'aimer, comme tu n'as jamais aimé personne. Parce que tu n'auras plus que moi.

Il me soulève du sol, m'emporte dans sa tanière.

Juste derrière le lit, en fait.

Je suis par terre, sur le carrelage froid, les yeux rivés au plafond.

Il me parle, je l'entends. Sans pouvoir lui répondre.

Je peux seulement pleurer. Encore et encore.

Tandis qu'il me déshabille lentement, comme on déshabillerait une poupée de chiffon éventrée.

— Tu es la première à me rejoindre ici, tu sais. D'habitude, elles se tuent pour m'échapper. Mais toi… toi, tu n'es pas comme les autres, tu es exceptionnelle. Toi, tu es ma plus belle réussite.

J'appelle au secours, les mots expirent à l'intérieur de ma gorge.

Tandis qu'il balade ses lèvres de malade sur mon corps à vif. Y laissant d'atroces brûlures.

— Mon chef-d'œuvre…

Je supplie mon cœur de lâcher. Tandis que je l'entends rire.

Je supplie la mort de me prendre, mais je comprends qu'elle ne viendra pas.

Que personne ne viendra profaner mon cercueil.

Tandis qu'il profane mon corps.

— Mon plus beau carnage.

Épilogue

Un an et trois mois plus tard..

Tu as encore changé les verrous, mon ange ?

Pourtant, tu devrais savoir que ça ne sert à rien... Qu'aucune porte, aucune serrure ne peut m'arrêter.

Rien ni personne ne peut m'arrêter, d'ailleurs.

La preuve, je suis déjà chez toi. Alors que tu viens de partir pour le boulot. Brave petit soldat ! Je te regarde t'éloigner, dans ton uniforme qui te va à ravir. Mais que, bientôt, je t'arracherai de force.

Déjà, tu as perdu pied.

Déjà, tu ne dors plus sans tes somnifères. Tu ne penses plus qu'à moi, alors même que tu ne me connais pas.

Déjà, ta vie est devenue un enfer.

Mais ce n'est rien à côté de ce que je te réserve.

Mon cher ange, ma chère Valentine... J'espère que tu marcheras dans les traces de Cloé. Que tu iras aussi loin qu'elle.

C'est un peu pour ça que je t'ai choisie, tu sais.

D'abord parce que tu es belle. Décidément, Alex avait bon goût en matière de femmes ! Je dois lui reconnaître ça. Mais ce n'est pas uniquement pour ta féminité et tes charmes que je t'ai choisie. C'est aussi pour l'arme que tu portes à la ceinture.

Un jour, tu t'en serviras. Un jour, tu basculeras. Et je serai là.

Il y aura de la place pour toi, chez moi. Tu pourras prendre celle de Cloé. La merveilleuse Cloé...

Seras-tu à la hauteur ? Sauras-tu la remplacer ?

Tu sais, je ne me remets pas de son départ. Nous sommes restés ensemble de longs mois. Inséparables. Chaque nuit, ou presque, elle était à moi. Rien qu'à moi.

J'ai contemplé la folie à l'œuvre. Fascinante artiste.

Je l'ai vue transformer Cloé, jour après jour. Sculpter son âme, son visage et son corps. L'éroder tel un puissant acide.

Cloé, ma chère Cloé... J'ai cru qu'elle avait renoncé. Mais Cloé ne renonce jamais, tu sais.

Elle m'a impressionné, comment ne pas l'avouer ?

Pas facile de se donner la mort. Surtout quand on a si peu de moyens. Pas de fenêtre par laquelle se jeter. Pas de couteau avec lequel se taillader les veines. Pas de pharmacopée à disposition pour s'empoisonner. Juste les doses pour t'assommer, pour annihiler ta volonté.

Pourtant, Cloé a réussi.

Entre deux rondes, elle a passé un drap autour de son cou, a noué l'autre extrémité à la grille qui ornait la fenêtre.

Et elle s'est agenouillée.

Tu n'imagines pas comme c'est difficile, sans doute. Il ne suffit pas de subir l'étouffement. Il faut l'affronter, jusqu'au bout. Résister à la douleur, ne pas dénouer ce qui t'empêche de respirer, ne pas te relever... Un supplice comme il en existe peu.

Elle a attendu le bon moment. Elle voulait que ce soit moi qui la trouve. Elle avait les yeux ouverts, je l'ai regardée longtemps.

J'ai pleuré, tu sais. Chialé comme un gosse. Des larmes de colère, de rage. Je crois que j'avais mal, aussi. De l'avoir perdue.

Merveilleuse Cloé. Courageuse Cloé... Elle a réussi à me blesser. Mais pas à me tuer.

Dommage pour toi.

604

Changer les verrous ne sert à rien, mon ange. Me voilà déjà dehors.

Je t'ai préparé une belle surprise pour ton retour. Après ta dure nuit de labeur au service de la loi.

Une surprise qui t'empêchera de trouver le sommeil. De quoi te faire douter. Douter de tout, de tout le monde. Et surtout de toi.

De ta santé mentale.

Bientôt, tu seras prête, mon ange...

L'Ombre se faufile hors de la maison. Aussi discrète qu'un animal sauvage. Aussi insaisissable qu'un souffle d'air.

Les mains dans les poches, sa capuche sur la tête, Quentin sifflote un air d'opéra entendu à la radio. Il jette un coup d'œil rapide, puis s'élance dans la rue déserte.

Il ne remarque pas la voiture garée à quelques dizaines de mètres de là.

Ni l'homme à son bord. Qui le vise avec un zoom surpuissant, immortalisant la scène.

Tu es trop sûr de toi pour me voir, immonde salopard.

Trop sûr de toi pour imaginer que la proie, c'est toi, désormais.

Je ne peux plus rien faire pour Cloé. Mais tu n'auras pas Valentine.

Tes heures sont comptées, tu peux me croire. Bientôt, tu croupiras en taule. À moins qu'ils ne t'enferment dans ton propre asile d'aliénés. Ça me plairait assez, je dois dire !

Mais peu importe. Tu prendras perpète, quoi qu'il en soit.

Même si je ne suis plus sur le terrain, même si

je ne suis plus qu'un handicapé qui bosse dans les bureaux, j'ai gardé mon âme de flic.

Il faut dire que j'ai été à bonne école. Formé par le meilleur.

Il s'appelait Alexandre Gomez.

Il me disait toujours : *Suis ton instinct, Gamin... Ne perds jamais ta cible de vue.*

Alors que j'explorais les frontières de l'autre monde, il ne m'a jamais abandonné.

Chaque jour, il est venu me parler. M'encourager. Me secouer.

Chaque jour, il m'a raconté ses doutes, ses espoirs. Ou ses désespoirs.

Chaque jour aussi, il m'a écrit ce que je ne pouvais entendre. Ce que j'entendais, pourtant.

Et quand je suis revenu d'entre les morts, j'ai trouvé un petit carnet à côté de mon lit. À chacune de ses visites, il y notait mes progrès, mes sursauts, les étapes de mon combat.

Et les avancées de son enquête.

Je connais Cloé, sans jamais l'avoir rencontrée. Je sais ce que tu lui as fait subir, espèce de salaud.

Pour elle, il était trop tard. Mais pour les autres, il est encore temps.

J'ai fait cette promesse à Alexandre.

Je crois qu'il serait fier de moi, aujourd'hui. Fier du *gamin* que j'étais.

Et de l'homme que je suis devenu.

Remerciements

Je tiens à remercier celles et ceux qui ont accepté avec enthousiasme d'être mes premiers lecteurs : merci à ma mère, tout d'abord, ainsi qu'à Emmanuelle, Philippe et Sylvain, de m'avoir donné leur avis sincère sur ce roman.

Composé par Nord Compo
à Villeneuve-d'Ascq (Nord)

Imprimé en France par

MAURY IMPRIMEUR
à Malesherbes (Loiret)
en mai 2013

POCKET – 12, avenue d'Italie – 75627 Paris Cedex 13

N° d'impression : 180529
Dépôt légal : mai 2013
S23857/01